本书系国家社科基金重大课题
"中国上古知识、观念与文献体系的生成与发展研究"
（11&ZD103）成果

国家出版基金项目
NATIONAL PUBLICATION FOUNDATION

"十四五"
国家重点出版物
出版规划项目

02

春秋卷

过常宝 主编

早期中国知识观念与文献的生成

侯文华
韩高年
过常宝
著

北京师范大学出版集团
BEIJING NORMAL UNIVERSITY PUBLISHING GROUP
北京师范大学出版社

总　序

过常宝

　　从西周初期的"制礼作乐"到西汉中期的"独尊儒术"，中国传统文化的基本形态得以建立，文献在这其中起着关键性的作用，意识形态话语体系主要基于文献得以建立。战国以前，文献形成于特定的职事，话语也主要是职事行为；春秋时期，职事文献被经典化，成为一个可以依据的传统，为社会性话语提供合法性，话语则面向当下的文化建设，使得经典具有合理性。职事以及与职事关联的某种方式是制度性因素，它们与文献、话语方式一起大体能勾勒出中国早期文化构成方式和发展路径。就历史文化而言，最为突出的还是知识形态和思想观念体系。知识观念是时代理性和精神的显现，受多方面因素的影响，在中国上古时期，它与文献活动的关系更为紧密。所以，在制度、文献、话语基础上将研究扩展到知识观念的维度，也就是从结构分析、功能分析扩展到内容和意义分析，可以使上古文献文化研究的内涵更加丰富。基于以上构想，笔者于 2011 年申请了国家社科基金重大项目"中国上古知识、观念与文献体系的生成与发展研究"，并组织了学术团队，在诸多师友的鼓励和学生们的努力下顺利结项。本书即是在项目成果的基础上修改、补充完成的，下面简单介绍本书的研究思路和大致内容。

一

　　先秦文献和文化关系研究的制度之维，是说春秋之前的文献文体的形成并不是文学史意义上的"继承和创新"，而取决于文献背后的职事制度、职事权利和职事行为方式。战国诸子文献虽然不是职事文献，但起始于对职事文化传统的认同和对职事文献的模拟，并以此获得话语权，形成特定的价值导向和形式特征。也就是说，在上古时代，以职事传承为基础的包括价值、权利、表达方式等在内的文化传统，是影响文献"意义和方式"的制度性因素。

比如《春秋》这种"断烂朝报"式的叙事体例，刘知几认为是出于对文章风格的追求，所谓"叙事之工者，以简要为主"（《史通·叙事》），但这显然不能服人。从职事文献这一理念出发，《左传·隐公十一年》所谓"凡诸侯有命，告则书，不然则否"这一记载有着特别重要的意义。所谓"告"就是西周到春秋时期普遍行之的告庙仪式。诸侯国何事需要告庙？为何要到鲁国告庙？来告的诸侯国史官和鲁国史官在告庙中的权利和义务是什么？这一仪式的著录规则是怎样的？这些问题，对告庙文献的形成、形态和意义都有着重要的影响。鲁国宗庙周期性的集中呈告制度，导致了这些告庙文献的季节性排序。这就是《春秋》的原始状态，但事情并不如此简单，春秋时期的礼崩乐坏同样也会影响告庙制度。史官们借告庙载录宣示自己对一些人物或事件的价值判断，这就形成了独特的"春秋笔法"。"春秋笔法"借助巫史传统和仪式所赋予的神圣权利表达符合时代发展的思想，从而使得《春秋》成为一部过渡性的文献，其神圣性保证了它的合法有效，因此它才能成为意识形态的经典。史书的这种神圣性质和书法原则的制度基础，正是史职的宗教性质、史家传承方式和告庙载录制度。

再比如《老子》，被认为是一部个人创作的哲理类文献。通过对《老子》各章结构的大致分析可以看出，《老子》在"章"的结构上是由三个层次的文本构成的：格言类的"语"文本、阐释性文本、指导"圣人"（或"侯王"）的应用型文本。因此，可以判断《老子》是一种职事文献，或由职事文献演化而来。能够训诫、指导"侯王"的职事，在春秋之前应该是太祝。现存《逸周书·周祝解》在文本结构和训诫功能上与《老子》相同，则《老子》是祝官文献。从禽簋铭文可推知，周代最早的太祝应该是周公。周公摄政称王，对成王和所分封诸侯都有训诫之辞，见诸《尚书》诸诰。《大戴礼记·公符》记载了周公命祝雍祝王，祝雍之辞为"使王近于民，远于佞，啬于时，惠于财，亲贤使能"，这是一则典型的训诫之辞。成王在周公死后一再申述"周公之训，惟民其乂"，并要求能"弘周公丕训"（《尚书·君陈》），即认同训诫制度是一种值得继承的职事权利。《周礼·大祝》记大祝掌"事鬼神示，祈福祥，求永贞"的"六祝之辞"，此为祭祀鬼神所用；又掌"通上下亲疏远近"的"六辞"，其中的"命""诰""会"等则是"以生人通辞为文"（孙诒让《周礼正义》），实际上是在宗教背景下的训诫之辞。春秋时期，祝史地位下降，加上"立言不朽"文化的浸染，祝官采用汇集"语"的形式延续自己的训诫使命，这才有了《周祝解》《老子》这样的文献。

战国诸子文献虽然是个人或集体的创作，但其合法性和文本形式在相当程度上仍然依赖过去的职事文献或者受其影响。如《孟子》主要为问对体，其内容和体制都与上古咨议—谏诫的政治传统相关。《尚书·虞夏书》中的《尧典》《皋陶谟》等，都有君臣问对的记载，以大臣为主体，往往有对君王的训诫之辞。周代的此类文献，则见于《逸周书》中的《酆保解》《大开武解》《小开武解》《寤儆解》《大聚解》《大戒解》《本典解》《官人解》《祭公解》等，除了最后一篇为祭公对周穆王之问外，其余皆为周公对周文王、周武王、周成王之问，也都包含有训诫意味。以上文献不尽是实录，可能出自后人的整理、增饰，但关于周公训政的史实应该有其根据，对于孟子来说则是一个切实可据的传统。孟子也正是依据这个传统，以周公为榜样开展自己的游说—劝诫活动，并形成了包括"问、答、谢"三个部分的问对体文本。

可以说，中国最初的文献是职事的产物，文献的内容、风格、形态受到职事方式的制约，紧接着职事文献之后出现了模拟职事文献。因此，对职事制度的研究是我们理解中国早期文献生成及其形态的关键所在。

二

先秦文献和文化关系研究的话语之维，是我们理解文献文化功能、文化价值的关键所在。职事文献所体现的是该种职事的性质和功能，而我们更关心的是它谋划或反映现实的权利和方法。《春秋》是春秋史官的告祭载录，但却能体现春秋史官以其职事为依据裁决社会的权利和方法。也就是说，职事文献往往包含着纯粹的职事行为，以及以此为根据的溢出职事之外的社会话语权。这种现象普遍存在于各种专业性职事之中，甚至工匠、优人也有权利以自己的方式发表政见。由宗教向世俗化发展的过程中，士大夫必将取代神职人群的文化地位，但新的话语权必须假借早先的职事传统才能被社会接受。首先是对观念和内容的假借，这当然是有选择的，或者是经过了重新阐释的；其次是对文献形态或话语形式的假借，包括征引、模仿等，这就形成了不同的话语方式，形成了多种形态的文本。

宗教时代的话语权来自神灵信仰。商王盘庚可能是因为自然灾害而计划迁殷，但遭到普遍的反对。于是他召集臣民，云："兹予大享于先王，尔祖其从与享之。作福作灾，予亦不敢动用非德。"又云："古我先后，既劳乃祖乃父，汝共作我畜民。汝有戕，则在乃心。我先后绥乃祖乃父，乃祖乃父乃断弃汝，不救乃死。"（《尚书·盘庚》）从这段话中可以看出，盘庚作为王并不能直接惩罚臣民，但他却可以在祭祀自己的祖先时同时祭祀臣民们的祖先，并在祭祀过程中汇报他们的子孙的作为，从而通过他们的祖先对他们施加严厉的惩罚。宗教盛行的殷商时代，最为直接的关系是天人关系，君臣之间的政治关系是以神灵为中介的。彼时，诸侯或归附方国将自己祖先的祭祀权交给商王，陪祀商人先祖，而商王亦凭此祭祀权来控制诸侯或方国，由此标志着现实政治关系的成立。所以，作为商王的盘庚对臣民的惩罚也是假借祖先神灵来实现的。祭祀权意味着话语权，假借神灵则是宗教文化最为典型的话语方式。

这一话语方式在西周礼乐文化中得到延续和变革。周初，周公在改革殷商宗教礼仪、创建周代礼乐制度的同时提出了一系列新的宗教思想、政治思想，使得中华文明走出蒙昧，理性内涵大大增强。周公的思想观点主要见于《尚书》诸诰。"诰"由"告"衍变而来。"告"即告祭或告庙礼，它是一种单独的仪式，但也存在于各种祭祀仪式之中，从殷商一直延续到周朝。周公之"诰"乃是假借神的权威来训诫君臣子弟。诰辞的一个标志性的用语是"王若曰"，白川静认为甲骨文"若"像一个长发者仰天而跪，双手举起作舞蹈状，那么"诰"就是在仪式状态中假借神灵的名义进行的，它是周公制礼作乐而形成的新的礼仪或仪节。所以，周公的话语权仍来自仪式，是一种职事行为。到了春秋时期，巫史祝官地位下降，也就丧失了诰教王臣的权利，转而采取"微言大义"的方式，在职事载录规范下隐晦地表达自己的观点，这就是《春秋》。在周公礼乐思想的影响下，周代形成的多种宗教或仪式文献，《诗》《书》《易》以及礼乐文献等都具有相当程度的理性精神，这为理性文化和世俗话语的发展奠定了基础。

春秋时期礼崩乐坏，宗教职事及人员的话语能力大多丧失，世俗士大夫成为文化主角，他们对话语权有着迫切的需求，于是提出了"三不朽"的理论，其目的在于为"立言"张本。那么，世俗阶层如何取得话语权呢？春秋士大夫提出了"信而有征"的话语方式，也就是通过征引《诗》《书》《易》以及礼乐将自己的言论与传统职事关联在一起，从而获得话语的合法性，取信于社会。这在春秋战国时期是一种通用的方式，它也解决了意识形态话语权由神圣职事向世俗士大夫过渡的问题。春秋时期的"立言"主要见于《左传》《国语》以及出土文献《春秋事语》等，"立言"风气导致了记言文体的繁荣，"信而有征"的话语方式将神圣职事文献转变为世俗经典文献，于是另外一种话语方式——经典阐释也就应运而生。《史记·孔子世家》说孔子晚年"序彖、系、象、说卦、文言"，此外，孔子的教学活动还涉及《诗经》《春秋》《尚书》等，都会形成一些阐释性文献。"征引"和"传释"实际都是将自己的话语权追溯到职事文献。"征引"是"立言"者自立己意，"传释"则强调一切思想来自经典，虽各有偏重，但都有着意识形态创新功能，因此成为中国传统文化中两种重要的话语方式。

从"立言不朽"到"百家争鸣"，世俗理性全面取代了宗教信仰，士人成为话语的主体。孔子立于这一文化转折的关键点上，他所开创的课徒、游说君王、著述等方式成为战国诸子的新职事。诸子为了适应和缔造新的政治关系和文化形态，创建了不同的思想体系，历史进入到一个新的"立言"时代。但诸子仍必须要解决话语权和话语方式问题，按照中国上古文化思维的逻辑，它们的合法性和权威性仍然需要从传统中获取。儒家和墨家是最早出现的两个学派，都受宗教祭祀传统的影响。儒家着眼于宗庙祭祀，从这一职事中汲取了"亲亲""里仁""孝""崇礼"等明显具有宗法特征的价值观念；而墨家则着眼于郊祀仪式，讲"天鬼""大同""朴素"等。儒家和墨家因踵武两种不同类型的祭礼，而形成了两套差异极大的价值观和思想体系。《庄子》一直被认为是个性化的思想创造，但《逍遥游》开宗明义地列举《齐谐》和其中的鲲鹏故事，又在《寓言》中说"卮言日出，和以天倪，因以曼衍，所以穷年。不言则齐，齐与言不齐，言与齐不齐也，故曰无言。言无言，终身言，未尝言；终身不言，未尝不言"，则《庄子》依古优传统立言，所谓"卮言"(酒边之语)即优语。《庄子》文章排列汗漫无稽之故事，立论常在有无虚实之间，重启发而非说服，由此形成了独特的话语方式，皆与优语传统有关。诸子文献显示了逐渐远离传统而自铸伟辞的发展过程，后期的《荀子》《韩非子》等可能较多地依赖学术或著述传统，而非职事传统。

早期职事文献的合法性及其文化功能，都源于宗教和礼仪；诸子及其他世俗文献以职事文献为经典，通过征引、模仿、阐释等方式间接获得合法性。不同职事的文献形态实际上也就是其话语方式的体现，文献的合法性、结构性特征也就是话语权和话语方式。

三

以上研究方法，形成一个"职事—话语—文献"的研究模式。在我们过去的研究中，曾以这一模式对先秦各种文献形态诸如彝器铭文、诅盟辞及《周易》《尚书》《春秋》《左传》《国语》《老子》《论语》《墨子》《庄子》《荀子》《战国策》《山海经》《史记》等作出了新的阐释，揭示了这些文献赖以形成的文化动力、传统以及文体形态、文化功能等，并重新阐释了与职事、话语、文献相关的一些历史或文献现象诸如周公称王、经典化、乐教与诗教、实录与虚饰、春秋赋诗等。由于比较关注文献在意识形态建设中的功用，所以也涉及一些学术史、思想史等问题。如春秋中晚期，以贵族大夫为主体的"君子"成为文化舞台的主角，他们以"信而有征"的话语方式借原史经典为现世立法；孔子承前启后，通过删述《春秋》假借史官的话语权来评判历史、垂法后世，以师道、学统的构建替代了史官的职事传统。这种自觉的传道意识，在孟子那里发展出"五百年必有王者兴"的道统谱系，并在后世引发了司马迁"本诗书礼乐之际"而当仁不让的著述姿态。显然，道统观念以及上古各流派思想都与某种文献、话语方式、文化实践有关。所以，深入探讨上古知识体系和思想观念的形成也是丰富"职事—话语—文献"模式的题中应有之义。

比起当代从学科范畴着眼的研究，从"职事—话语—文献"模式出发的观念研究更贴近历史事实。比如，"诗言志"一向被认为是古人对诗歌本质或功能的表述，但这个观念在其早期只是一个话语命题。由"诗言志"衍变而成的"赋诗言志""信而有征""诗亡隐志""以意逆志""知人论世""在心为志，发言为诗"等系列观念，是早期儒家话语体系建构的产物。"诗言志"的原初含义就是在宗教仪式中通过"诗"沟通天人，传达特定的宗教意愿，并由此形成了一个独特而有魅力的表意传统，启发了春秋时期的"赋诗言志"和"引诗言志"，使得"诗"由礼乐文献变成世俗话语的经典，士大夫借"诗"以言己"志"。在以上观念中，"诗"和"志"不具有直接对应关系。《孔子诗论》所谓"诗亡隐志，乐亡隐情，文亡隐言"立足于教诗实践，将"诗"从礼仪乐舞中独立出来，将"志"从情志合一的宗教意愿中分离出来，并将"志"完全赋予"诗"。"诗亡隐志"确定了教"诗"、论"诗"的合法性和可行性，使得"诗"阐释成为意识形态建设的重要方式。孟子认为，完全依靠"诗"来构建整套价值观念体系有其自身的局限性。所谓"不以文害辞，不以辞害志"，就是希望破除对"诗"文本的迷信，更好地发挥"说诗者"的主观能动性。"以意逆志"即"意"在"志"先，以"意"会"志"。"以意逆志"表明"说诗者"之"意"与古诗人之"志"地位相当，因此此处的"说诗者"只能是今之圣人。孟子自认为是仅次于"王者"的"名世者"（《孟子·公孙丑下》），所以他说"圣人先得我心之所同然耳"（《孟子·告子上》）。孟子的"诗言志"，就是先圣后圣凭借"诗"而相互印证。"以意逆志"赋予"说诗者"更大的话语权。汉代《毛诗序》借鉴了荀子的"乐教"理论，认为"诗"发自古圣人的情志，能向下感染民众的情志，这就是教化；诗人的情志亦可能由现实触动，"伤人伦之废，哀刑政之苛"，由此而形成了向上的感染，这就是谏戒。由于《毛诗序》从创作论角度论述"诗言志"，认可以诗抒情作为一种政治方式，因此也就鼓舞了后人"作诗言志"，开启了中国政治抒情诗的门径。以上系列观念都源自"诗言志"，它们是大夫君子意识形态创新和话语自觉的体现。

如福柯所言，知识、观念是由话语所构建的（《知识考古学》）。所以，在"职事—话语—文献"模式中加入"知识观念"这一环节有其逻辑的必然。不过，要在理论层面明确"知识观念"所扮演的角色，还需要对其总量、类型、功能等有更全面的分析，然后才能搭建一个"知识观念—制度—文献"的三维文化模型。在这个文化模型中，"知识观念"是"文献"生成和发展的基础，"文献"产生于"知识观念"生成、发展、传播的过程之中。随着"文献"的阐释和经典化，它又为新兴"知识观念"的发展提供了资源和合法性依据。当然，"知识观念"并不直接凝结为"文献"，知识主体在相应"制度"（包括宗教信仰、职事传统、接受传统等）规约下发出的寄寓其理想要求的"话语"是将两者绾合起来的关键因素。

四

基于以上的设想，本书由三个层次构成：一是对特定时代知识、观念和文献三方面整体状况的描述；二是在制度性背景下对特定时代知识、观念和文献之间的影响关系进行研究，从而探讨上古文献生成、内外结构形态及文化功能，并进而构建出"知识观念—制度—文献"三维结构的文化模型；三是描述这一文化形态从商周到西汉时期的历史演变过程。本书分四个历史阶段对以上内容进行了论述。

殷商行巫政，关于宗教和祭祀的知识观念是这一文化的主要内容，甲骨卜辞则是这一文化的典型文献。对甲骨上的"记事刻辞"以及卜辞各部分的行款、性质、功能和互文关系作出更加深入的探讨，揭示了中古早期文献在其形成阶段的意义和方式。西周建立后，周公制礼作乐，开展了一场文化革新运动，引导宗教文化向理性文化转变。"神道设教"是其最重要的话语方式，新的知识和观念体系由此得以建立，知识类型和观念形态也都发生了变化。具体来说，彝器铭文因器物、宗庙和宗法的制度性变革而有所创新；天学知识、星占和物候占知识被赋予新的内涵，其中的时序意识对史官文献和阴阳家月令文献有着重要的影响；礼教文献开始出现，通过对"命""诰"以及《颂》《雅》中的知识观念和文本形态进行分析，可以考求"书"和"诗"的仪式性来源，探索它们"神道设教"的具体模式和独特的话语功能，并对它们的演变机制作出细致的描述；两周之际占卜礼俗和观念的改易，使得筮法文献、"梦书"以及祝告辞等都有了新的形态和意义，它们与诗、书、铭文等有了更多的互动。可以说，西周文化在革新殷商文化的基础上开启了中国文献文化的新传统，"神道设教"作为一种新型的话语方式，为这一新文化的知识类型、观念体系和文献形态奠定了基础。

春秋时期，天学知识的发展导致"天命"观念发生变化，地球"暖期"的到来和生产工具的进步使得关于土地的知识和意义更加丰富，咨询制度、讽谏制度、议政制度离仪式越来越远。《春秋》和《左传》是史职的两种形态：前者保持了仪式用辞的规范，却发展出微言大义的讽谏方式；后者以因果关系构建政治伦理，却离不开对礼仪背后的宗教精神的依赖。春秋史官将载录由宗教行为改造为见证和褒贬现实社会的方式，使文献成为引导社会、介入政治的一种有效手段。"君子"开始从巫史手里接过话语权，但话语资源仍然来自前代文献，这就是"君子立言"中的"信而有征"。他们从古事、古训、古制和古礼中寻求话语资源，通过歌唱、赋诵、解说、征引等方式将《诗》《书》等经典化。"君子"的"立言"兴趣使得"语"作为一种文献样式在春秋晚期得到较快的发展，产生了如《老子》《国语》等经典文献。此外，兵法和法典类实用性文体的出现显示春秋时期经验性知识开始独自发展。春秋是史官和君子的时代，也是传统巫史文献第一次经典化的时代。

战国时期，礼乐文化在社会制度层面彻底崩坏，缺乏主流意识形态和制度制约的各类知识和观念系统都失去了确定性。宗教、礼乐、历史知识仍然是思想的起点，但经过儒、墨、道等不同学派的解释，被改造成新的不同的知识类型。在此基础上又创建了形态各异的观念体系，新的文献大量产生，文献传播空前活跃。《左传》《国语》《系年》《春秋事语》等文献的书写或编订，显示了史官文献已经在社会上广泛传播，并出现了私家著述，历史叙事由此走向新变。在礼乐秩序的重建中，早期儒家学者通过阐释既有宗庙祭祀制度凝练"仁"的价值。与热心于礼乐价值的儒家相比，道家学者更强调对超越之"道"的追寻。他们致力于将自然与社会融为一体，把"道"提升为宇宙的本体。阴阳五行的知识体系逐渐由封闭走向开放，被不断引申、阐释、丰富，形成了新的知识体系，并对其他学派产生或多或少的影响。战国时期的"百家之学"在文化的不同方面或不同层次上有所分工，形成事实上的协作关系，并构成文献体系。战国时期出现了跨学派、跨体系的知识、观念反思和总结性著述，如《庄子·天下》《荀子·非十二子》《韩非子·显学》等。反思和总结再次促使着具有近似知识形态和趋同价值观念的文献的汇集、整合，以至形成其后秦汉社会认同的文献体系分类。战国诸子在话语方式上作出了多种尝试，大大开拓了文化发展的路径和方式。

秦汉时期，大一统政治引导着文化建构的方向。秦汉士人一方面延续了战国士人的文化理想，另一方面又积极整理、融汇着各种知识观念，使得知识观念和文献再经典化，形成大一统的知识和观念模式。这一特点体现在《吕氏春秋》《淮南子》中。汉初士人以"过秦论"为中介，开展了道术与帝制的初步互动，最终使得儒家经学成为国家话语形态；董仲舒的《春秋》阐释学以"大一统"为旨归，通过"辞指论"等特殊方法形成了新的知识和观念体系；"春秋决狱"这一个案突出地显示了公羊学家的理想和局限，也充分展示了儒家经学阐释学的方法和特征；谶纬是公羊学发展的另一个极端，它以天人相感为逻辑始点，通过灾异和祥瑞彰显天人相感的各种具象以及阴阳五行观念的转接和深化，五德终始与帝王谱系的构拟和神性化共同构成了一个神秘主义知识体系。司马迁以一己之力熔铸史官传统和诸子传统，并以世系、谱系、统系的建构回应了"五百年必有王者兴"的道统和"大一统"政治的诉求，唤醒了一个遥远而有力的话语传统。对画像石的研究提示了与文字文献相并的另一个表意传统，在汉代，它更能体现民间社会文化的内涵和形态。大一统的政治背景、先秦文献的经典化，使汉儒有条件创造出新的意识形态和知识类型，体系更为精密、宏大，充满了理想色彩。

五

清理各历史阶段知识观念和文献状况，在此基础上进一步研究上古时代的知识结构、思维方式、文献经典化、表述方式、影响和接受等，并通过类型和个案研究方法分析知识观念、制度、文献三者的影响关系，构建出不同时代的"知识观念—制度—文献"三维结构的文化模型，揭示出不同文化因素在一个相对完整的文化结构中的作用，以及它们发生作用的条件和方式，这是一种新型的文献研究方法。虽然本书并不着重讨论话语，但话语一直是一种结构性的力量，也只有付诸话语，才能理解知识观念、文献的生成机制和文化功能。

在这个文化模型中，文献的经典性有着举足轻重的作用，文献经典化有赖于其所蕴含的知识和观念的原创性、有效性、开放性。殷商到西汉中期是中国文化由宗教文化向理性文化转型的时期，新的知识和观念不断涌现。但大多数新知识、新观念都是对传统的继承和改造，体现出延续性特征。西周初期，在"神道设教"的口号下，前代宗教信仰和祭祀、占卜仪式等都得到一定程度的传承，但其内容和功用却发生了重大的变化。战国诸子也都有前代的知识和观念的依据，即使是标榜自然的道家和实用主义的法家也不例外。西汉公羊学也是利用前代知识、观念和文献完成了新的政治和伦理体系的构建，此即儒家强调"君子立言"需"信而有征"的意义。文献的传承性特征除了表现在知识和观念上，也表现在话语方式、文体、风格等方面。这些文献特征不能仅仅被解释为创作论意义上的影响，它体现了话语的内在合法性的要求，是一种文化建构意义上的特质。

以往的文化研究往往以"事实—思想—价值（规律）"的模式来进行，虽然能够指出传统文化的价值内涵，但在文化功能、成长模式及合理性方面则有所不足。"知识观念—制度—文献"这一理论方式包括了自直观反映到理论反思、自社会大众到文化精英、自职事行为到学术方式、自历史存在到合法性存在等多个层面，能够典型地体现上古文化的发展，尤其是意识形态的建构过程。这一模型是一个动态的结构，它既有共时性关系的描述，也有历时性发展的展示。本书关注这一模型中各文化因素的独特功能，意在揭示上古文化的成长机制和调整机制。文化现象是复杂的，有相当一部分文化因素如民间习俗、审美观念、物质发明与形态、政治体制等，由于研究者的学识、研究框架不够完备、著述体例等制约，都还难以完全纳入这个体系中。此外，本书所涉及的文献文化现象众多，又是假众手完成的，在具体个案方面的研究用心较多，而在体系化、整体结构等方面还不够均衡、严整，有时甚至显得有些琐碎，颇有不足之处。要更加全面而生动地展示中国传统文化的早期形态，还需要在今后的研究中不断深化和修正，使其逐渐完善。

本课题从立项至今，已经超过十个年头，学术界关于上古文献文化的研究已经有了很大的改观，学者们的理论视角远较过去开阔，尤其是一些借助各类出土文献的研究，使得先秦文化、文献研究呈现出更加丰富、更加细致、更加凿实的面貌，这是值得我们学习和借鉴的。但由于本书完成较早，而没能下决心作较大的增改，甚至未能包含作者们自己的最新成果。这是一大缺憾，也只能寄希望于将来了。

目　录

绪　言

　　公元前 771 年，周幽王被杀，西周灭亡；次年平王东迁，开启了中国历史上的春秋时期。春秋时期，社会形态发生了剧烈变革，无论是社会结构方面还是思想文化方面，都发生了巨大的变化。这是一个动乱的时代，也是一个不断变革的时代，呈现出动态性、过渡性以及多样性等鲜明的时代特征。

　　中国早期文献书写体例的生成往往与文化群体的知识结构、观念体系密切相关。知识主要指某一历史阶段的社会大众或特定群体对自然、社会和人生等方面的认知，有公共性特点，它们是各种思想观念萌发的基础。观念则是各种知识的集合体，是对自然、社会和人生或某一方面的系统认识，能反映特定社会群体或其杰出代表的意志和理想，其核心为概念。文献是在知识和观念的发展、传播过程中产生的，但文献在被经典化后，又为新的知识和观念的产生提供了合理性和话语资源，它的构成形态也会影响到新知识、新观念的形态。春秋时期文化群体的知识结构在整体上呈现出多元化特征，商周以来的巫史知识、礼乐知识延续下来并逐渐理论化，天学知识、军事知识、法律知识、农耕知识等不断更新；观念体系也逐渐脱离了原始宗教思维，人们在政治实践中开始用理性和道德思考问题。春秋时期知识结构和观念体系的变化直接影响了文献的基本内容和书写形态。

　　春秋时期，天学知识的累积以及剧烈的社会变革导致知识阶层的"天命"观念发生了根本性的转变，由西周时期对"天"的信赖、崇拜渐而转变为怀疑和漠视，其思想重心由对"天命"的信仰转为对"人事"的重视，而孔子即此次思想革命中极具代表性的人物之一。从《春秋》《竹书纪年》《墨子》《史记》等文献的相关记载来看，春秋时期，各地方诸侯国都有国史，但基本上都是体例松散、观念杂糅的汇编的资料，鲁国国史《春秋》的早期文本亦是如此。孔子是编年体文献出现的关键性人物，他"兴于鲁而次《春秋》"，始将松散、杂糅的资料汇编、整理成体例统一、观念一贯的编年体史书。作为编年体的鲁国国史《春秋》无论是内容还是书写体例，都是在春秋礼崩乐坏时代大背景下孔子的"天命"观念发生转变的直接结果。"春秋笔法"中所蕴含的微言大义体现了孔子重塑西周礼乐文明和王道政治的价值追求。

春秋时期，随着地球"暖期"的到来和生产工具的发展，土地的开发和利用程度空前提高，人们从土地中获得的生活资料较之前代更加丰富。此期，以诸侯国国君为代表的权力阶层对土地表现出疯狂的占有欲，由此而引发的诸侯国之间吞地、并国以及中原诸侯国对夷狄的"攘夷"战争直接促成了相关文献的生成。整个春秋时代对土地的敏感气氛使得史官在撰写编年体史书时坚持"尽全时空观念"，即除了注重对"时"的记载之外，也极其看重对"地"的记载，力求完整地呈现事件发生时的时间和地点信息。这在客观上直接影响了中国早期编年体史书的撰写格局；在诸侯争霸过程中，有些诸侯国为了获取更多的物资而加剧了对宗族内民众的剥削压迫，而有些诸侯国则有意识地辟土以来民，因此诸侯国之间的移民、安民现象时有发生，促成了诗歌中流民诗的创作。春秋时期农人对土地的依恋和对农耕生活的珍视，促成了农事诗的创作；中原诸侯国对夷狄的"攘夷"战争促使春秋时期出现了战争诗。农事诗与战争诗虽反映的是春秋时期民众两种不同的生活状态，但透露出来的价值观却高度统一。舆地观念是深入把握春秋时期相关诗文作品创作和编撰缘起的一个重要切入点。

春秋时代，虽然此前的"礼乐文明"有衰落的趋势，但周室余威尚存，尊礼重信仍是社会的主要趋势。整个春秋社会表现出浓重的"文治"特点。无论是传统的人生礼仪、祭祖祭神礼仪，还是处在变革中的聘问、盟会、册命等制度，都要借助于相应的各类礼仪之文撰制和发布，从而在实际的社会生活中发挥作用。因此，我们可以从春秋时期的礼乐制度的实际实施操作情况入手，对由此产生的各类文章文类的特点、功用予以系统梳理，并借此展现春秋时代文章、文类生成的独特样貌。

形成于周初的意识形态、礼乐文化、政治制度等，到春秋时期已经显出彬彬大盛之气象；同时，随着诸侯国势力的壮大，周天子地位逐渐衰微，社会又显出礼崩乐坏的趋势。在这个复杂的历史进程中，史官一方面继承传统的宗教权威，通过载录的形式维护着礼仪文化；另一方面顺应时代的发展，通过批判现实的方式，推行新的伦理政治观念。史官是春秋文化的代表性角色，史著文献是春秋文化的重要载体。春秋史官关注现实，并刻意在礼的旗帜下用理性精神审判现实，从而创造出新的文献方式和话语方式。在这一文化背景下产生的最著名的文献是《春秋》和《左传》。《春秋》以其独特的记事方式，在宗教信仰和现实理性之间找到了一个平衡点，创造出"微言大义"的表达方式。为了突破宗教性文献的局限，史官差不多在与《春秋》载录同时，开始了世俗意义上的史实载录，这些材料在后来被编定为《左传》。春秋史官文献的最基本特征是现实性精神，它们将载录由宗教行为改造为见证和褒贬现实社会的方式，使文献成为引导社会、介入政治的一种有效手段。《春秋》《左传》是中国史传文献的源头活水，它们包含着深厚的文化精神和成熟的文体形态，是中国散文史上的第一个高峰。

以史官为代表的礼乐文化，在春秋中后期逐渐衰落。在复杂政治环境的培育下，一些有见识、有担当的贤人，从贵族阶层中脱颖而出，成为社会意识形态的代言人。他们在指责春秋种种非礼现象之余，也开始对礼乐文化进行反思，推动了理性精神的发展。这些文化贤人被称为君子。所谓君子，即那些浸染在礼乐文化中却有着理性精神，并能立言于世的人。君子文化是巫史文化到士文化的过渡阶段，起着承上启下的作用。史官参与并以文献的方式支持了君子的"立言"，《左传》《国语》等都大量载录了君子所立之言。"语"作为一种文献样式，由此得到较快的发展，《国语》是其中最有代表性的著作。春秋后期的"语"体文献种类较多。《老子》是一部从史职箴诫功能中发展出来的"语"体文献，有着明显的职业性特点，体现了史官阶层干预现实、训诫政治的愿望。孔子是君子文化的集大成者，也是士文化的开创者，他通过系统传播和阐释传统巫史文献的方式，使其成为社会理性的经典。而《论语》则是孔子所立之言，它的编纂体现了孔门弟子对孔子"君子"身份的认同。春秋是崇尚评论的时代，《左传》《国语》《春秋事语》等文献大量记载了春秋时人对当时历史人物的品评和对政事的议论。就评论的性质而言，有事后的评价，也有事前的预言。评论主体较为广泛，既有卿、大夫，也有地位较低的国人和舆人。《左传》《国语》中所记载的以"君子曰""君子是以知"等形式发表的议论，实际上是史官对事件发生之后以"语"体呈现的社会舆论的补充记载。春秋"语"体文的兴盛，为中国士文化奠定了思想基础，对战国诸子文献的书写方式起到了示范性作用。

春秋时期的知识阶层普遍存在崇古观念。为了说理的需要，他们习惯从古事、古训、古制和古礼中寻求话语资源，以建构起价值观的合理性。春秋时期知识阶层的崇古观念普遍存在有以下两方面原因：一方面，与西周以来的祖先崇拜有关；另一方面，面对西周末年以来政治权威和知识权威双重失落的局面，在伦理失序的不适和恐慌中，他们产生了重建有序世界的诉求。而重建有序世界，首先就要在意识形态领域通过再现古事、古训、古文献中的经典事件和嘉言善语来重建权威。在崇古观念的导引下，春秋时期的知识阶层相应地进行了一系列的文献活动：史传类文献中记言成分较多，知识阶层热衷于议论，史官也乐于记载言论，甚至出现了专门的记言体文献；通过歌唱、赋诵、解说、征引等方式使《诗》《书》等古书中所蕴含的话语魅力重新绽放出来，再现经典文献的话语魅力。春秋时期知识阶层普遍存在的崇古观念深刻影响了文献中思想表达的形式。

春秋时期是中国历史上的大变革时期，其社会运行最首要的特点就是战争频仍，这在史传文献《左传》中有详细的记载。《左传》擅长描写战争，据统计，《左传》记载了大大小小的战争 483 次，对一些重要的战争如郑国与周王朝繻葛之战（《桓公五年》）、齐国与鲁国长勺之战（《庄公十年》）、秦国与晋国韩原之战（《僖公十五年》）、宋国与楚国泓之战（《僖公二十二年》）等，所记皆能曲尽其妙。《左传》中的战争叙述，其宝贵意义不仅仅在于数量浩繁，更在于对战争经验的总结。思维能力的发展水平是人类演化所到达程度的重要参照，人类的发展史同时也是人类思维能力的发展史，思维方式直接影响生产力发展水平。孙子所处的时代，放在世界文化的大背景中，正是雅思贝尔斯所说的"轴心时代"的前期。在孙子逝世稍后，中国出现了"百家争鸣"的文化爆炸局面。"九流十家"纷纷著书立说，针对不同的问题阐发自家观点。孙子虽然较后起的墨家、儒家、道家、法家等早一些，但他熟悉历史，明晰掌故，有超出常人的逻辑思维能力。《孙子兵法》一书的出现，也就是历史的必然。书中所包含的逻辑思维方面的论述，在哲学和逻辑学发展史上具有重要意义。《孙子兵法》成书于春秋后期，其成书年代较《论语》《老子》《墨子》为早，较战国末期的《荀子》更早。在文体学上，《孙子兵法》具有多方面的开创性意义：《孙子兵法》包含了主客问答的形式，是假设问对的先声；《孙子兵法》十三篇各篇主题鲜明，有明确的论证中心，著者明确；从行文来看，文章结构完整浑融，逻辑严密，语言凝练，论证方法多样，俨然已是成熟的专题论说文的形式。一般文学史上所普遍认同的《荀子》代表了专题论说文成熟形态的说法应该得到订正。《孙子兵法》能够呈现出较为成熟的专题论说文的形态，既有其历史的客观原因，又有作者主观方面的原因。从客观方面来看，西周末到春秋时期几百年的战争积累了丰富的实战经验，而孙子其时连续不断的战争也需要对战争经验进行总结和借鉴。从主观方面来看，春秋晚期知识阶层逻辑思维能力的发展为《孙子兵法》的辩证思维提供思维能力的保证，而春秋时期知识阶层普遍存在的"立言不朽"的观念为孙子撰写《孙子兵法》提供了内在的精神动力。

在中国法制史上，春秋时期是一个由习惯法向成文法过渡的时期。所谓习惯法，指的是经国家认定，对民众行为具有一定程度的外在约束力但又无明确的法律条文规定的社会习惯和风尚。而成文法指的则是国家机关根据法定程序制定和发布的系统的法律文件。一般认为，我国夏、商、西周时期是习惯法的时期，战国以降是成文法的时期，而春秋时期则是两者之间的过渡时期。由于自西周以来宗法制度的崩溃，原先以礼治为主体的习惯法已不可能再完全支撑起社会统治的主体框架，所以对适应新的社会秩序的相关成文法的制定势在必行。由是，法治建设在这一时期空前活跃。各诸侯国根据实际发展的需要，竞相颁布适合本诸侯国国情的法律文献，也就是法典。法典的颁布，一方面是春秋时期知识阶层的法治观念不断推进更新的必然结果；另一方面，法典颁布之后，它们又在知识阶层间掀起了轩然大波，引发了关于礼治与法治的激烈讨论，这是前诸子时代早期儒家与早期法家最早的交锋，拉开了儒法斗争的序幕。

总之，春秋时期文献的生成和发展与其时文化群体知识的增长、观念的发展有着直接的因果联系，而且很多时候这种因果是相互的。文化群体知识的增长、观念的发展直接促成了相关文献的生成、发展以及传播，而文献生成、发展和传播以后，又会反过来影响文化群体的思想和观念。由于文化群体在知识结构方面的多元化特征和观念体系的理性化色彩，使得春秋时期成为了继周初之后又一次文献编纂的高峰时期。不仅文献数量空前增多，且文献之间关系紧密，内容主旨涵盖社会生活的诸多方面，文本结构形态特点鲜明突出，为后世诸多文体样式勾勒出了基本模板。无论是在思想内容方面，还是在书写形式方面，春秋时期的文献都为稍后战国诸子时代的到来奠定了坚实的基础。

第一章　春秋天学的发展与中国早期编年体书写体例的形成

　　中国早期史传类文献的书写体例比较多样化。最早的《尚书》是虞、夏、商、周各代历史文献和部分追述古代事迹资料的汇编，以记言为主，也有叙事成分。《尚书》最突出的特点是分体，篇章都有较为明确的书写体例，即典、谟、训、诰、誓、命等，但作为历史文献，却没有明确的纪年。战国时期，兼具史书和子书双重文体性质的《战国策》是国别体，即按照东周、西周、齐、楚、燕、韩、赵、魏、秦、宋、卫、中山等国分别记载相关史实，其纪年的性质也不明显。在处于中间阶段的春秋时期，各诸侯国出现了编年体例的历史文献①，留存至今的鲁国国史《春秋》是其中的代表。迄今为止，学界对于《春秋》的研究已经相当深入，对于《春秋》的材料来源、文化功能、时间叙事结构等问题都作了充分探讨，得出了信实的结论。② 除了这些已经解决的

---

①　春秋列国的国史虽大多数已经失传，但从《墨子》所载佚文、《竹书纪年》以及《史记》的相关记载来看，应该都是编年体文献，后文将进行详细论证。

②　如关于《春秋》的材料来源，过常宝教授考证曰："原始《春秋》是以'策'的形态存在的，源于鲁国史官告庙或诸侯国史官'来告'，而'告'则与古已有之的祭告仪式相关。祭告内容须经史官事先书策，成为'岁典'，于四时常祭集中告庙。……'岁典'导致了史官于四季首月虽'无事'而书策。四时常祭在当时被称为'春秋'，这就是《春秋》名称的来源。"参见：《祭告制度与〈春秋〉的生成》，载《文学遗产》，2017（3）。关于《春秋》的文化功能，过常宝教授总结道："春秋时期的史官通过'春秋笔法'即'常事不书''隐而不书''爵号名氏寓褒贬'和'一字寓褒贬'，利用职业传统，构建起自己的话语权，对历史事件和人物进行价值判断。"参见：《"春秋笔法"与古代史官的话语权力》，载《北京师范大学学报（社会科学版）》，2003（4）。史常力注意到《春秋》存在明显的时间叙事结构，认为这种时间叙事结构是"根基于古代中国农业立国的社会基础"的。参见：《论〈春秋〉的时间叙事结构》，载《东北师大学报（哲学社会科学版）》，2018（1）。

问题之外，还有一个问题也特别值得关注和思考，即当历史转入春秋时期，为何就猛然出现了《春秋》这样一部既不同于以往的资料汇编也不同于之后的国别体、书写体例较为统一、价值观念也较为稳定的编年体史书呢？这种规范整饬的书写体例是基于一种怎样的文化观念而逐渐建立起来的呢？本书拟在前人相关研究成果的基础上，从文化阶层的知识结构、思想观念与早期文献书写体例之关系这一角度入手，就这些问题展开讨论。

关于中国古代文体的生成，郭英德教授认为它们往往与某种特定的行为方式有关，"中国古代文体的生成大都基于与特定场合相关的'言说'这种行为方式……人们在特定的交际场合中，为了达到某种社会功能而采取了特定的言说行为，这种特定的言说行为派生出相应的言辞样式……久而久之，便约定俗成地生成了特定的文体。"①此说对古代文体学尤其是中国早期文体生成的研究影响深远。这里所说的"言说行为"，指的是为完成某种特定的职事功能而采取的表达策略。而这些表达策略，与当时的文化阶层所拥有的相关知识的累积程度和思想观念的状况密切相关。知识是指某一历史阶段的社会大众或特定群体对自然、社会和人生等方面的认知，它们是各种思想观念萌发的基础。观念则是各种知识的集合体，是对自然、社会或人生的系统认识，能反映特定社会群体或其杰出代表的意志和理想。相关知识累积到一定程度，就会引起旧观念的转变和新观念的产生。而中国早期文献书写体例就是在知识的累积和新旧观念的鼎革中逐渐形成的，其时文化阶层的知识储备、思想观念与中国早期文献书写体例之间存在影响和被影响的关系。《春秋》等早期编年体文献书写体例的生成，也是同样的道理。

---

① 郭英德：《中国古代文体学论稿》，29 页，北京，北京大学出版社，2005。

第一节　春秋天学知识的累积与天命观念的转变

春秋时期，"天学"取得了长足的进步，关于日食、流星、彗星的天象记录异常丰富。据《春秋》《左传》等文献记载，从鲁隐公三年（公元前720年）到鲁哀公十四年（公元前481年），鲁国的天文学家共观测到日食37次，其中33次用现代准确的日食计算方法核验被证明是可靠的。《春秋·庄公七年》载："夏，四月，辛卯，夜，恒星不见。夜中，星陨如雨。"这是世界上天琴星座流星雨的最早记录。《春秋·僖公十六年》载："十有六年春，王正月戊申朔，陨石于宋五。"这是我国最早的陨石记录。《春秋·文公十四年》载："秋，七月，有星孛入于北斗。"这是世界上关于哈雷彗星最早的记录。春秋时期，诸侯列国还普遍设有专门的天文观测机构和专职官员负责天文观测。列国的天文机构，或称灵台，或称仪台、刨居之台，其性质和功能类似，都是专门进行天象观测的机构或组织。《左传·僖公五年》载："五年，春，王正月，辛亥，朔，日南至。公既视朔，遂登观台以望。而书，礼也。凡分、至、启、闭，必书云物，为备故也。"所登之"台"即灵台。《左传·昭公二十年》记载了鲁国的梓慎到灵台望云气之事："二十年，春，王二月，己丑，日南至。梓慎望氛，曰：'今兹宋有乱，国几亡，三年而后弭。蔡有大丧。'叔孙昭子曰：'然则戴、桓也。汰侈，无礼已甚，乱所在也。'"《左传·僖公十五年》记载了秦晋韩原之战，秦穆公将晋惠公囚禁于"灵台"。学者考证，此灵台即秦国当初设置用来观测天象的灵台，位于秦都郊外。《左传·哀公二十五年》载："卫侯为灵台于藉圃，与诸大夫饮酒焉。"《史记·魏世家》载："六年，伐取宋仪台。""仪台"又名"义台"。《史记索隐》引郭象注云："义台，灵台。"《吴越春秋》载："范蠡于东武山起游台其上。东南为司马台，立层楼，冠其山巅，以为灵台。"《国语·楚语上》载："先君庄王为匏居之台，高不过望国氛，大不过容宴豆，木不妨守备，用不烦官府，民不废时务，官不易朝常。""匏居之台"即当时的灵台。灵台的主持者即专职的天象观测员，称大夫、太史、星官、司星，史书中提到的相关人物主要有宋国的子韦，赵国的尹史、尹皋，鲁国的申𬌗、梓慎，晋国的董因、卜偃、屠余、史苏，郑国的裨灶，楚国的唐昧、史老等。

专职的天象观测人员是如何展开天象观测的呢？《左传·桓公十七年》载："'冬，十月，朔，日有食之。'不书日，官失之也。天子有日官，诸侯有日御。日官居卿以厎日，礼也。日御不失日，以授百官于朝。"鲁桓公十七年（公元前 695 年），鲁国发生了一次日食，但是天象观测人员却未能记载具体的日期。《左传》言未能记载具体日期是"官失之也"，即本来应该记，却因为疏忽、失误未能记载。"不失日"是当时社会对"日御"这一官职的职业要求。作为诸侯国专职的天象观测人员，"日御"应该记录下每次星象出现的详细时间。要做到不失误，天象观测人员就必须日日观测、时时观测。所以，从事实际观测的人员应该不仅仅是一人，而是一个团队。日食的显象时间长，万众瞩目，很容易被观测到。而流星雨和彗星的显象时间则比较短暂，转瞬即逝，只有通过持续不间断地监测才能将其捕捉到。所以，只有当天象监测者是一个群体、一个团队的时候，才能有效完成这一任务。

那么，这个团队昼夜不停地进行天象观测，其目的是什么？对于这个问题，以往的理解是通过观测天象以预测人间的祸福吉凶。《左传》《国语》中的确存在一些这样的记载，如上文中所引《左传·昭公二十年》冬至日，梓慎望氛曰："今兹宋有乱，国几亡，三年而后弭。蔡有大丧。"鲁国的天文观测者梓慎登灵台望云气，预言宋国将有内乱，且可能导致灭国，三年之后才能消弭；又预言蔡国将有大丧乱。我们是否据此就可以认为春秋时期的天象观测纯粹是为预言人间的祸福吉凶之用呢？春秋时期的知识阶层如何看待人间的祸福吉凶与天象之间的关系呢？这还要从春秋时期知识阶层的"天命"观念说起。

从文化的整体层面讲，春秋时期知识阶层对于"天命"的理解与之前的商、西周相比已经发生了根本的变化，这种变化主要体现在以下三个层面。

第一，春秋时期知识阶层对于天文现象的解读虽然依然带有神秘意味，认为某种天文现象是对人间事件的预示，但这种神秘色彩已经渐渐被深具理性精神的士大夫解构，他们不再认为天象与人事之间存在必然联系。《左传·僖公十六年》记载了如下内容："十六年，春，'陨石于宋，五'，陨星也。'六鹢退飞，过宋都'，风也。周内史叔兴聘于宋，宋襄公问焉，曰：'是何祥也？吉凶焉在？'对曰：'今兹鲁多大丧，明年齐有乱，君将得诸侯而不终。'退而告人曰：'君失问。是阴阳之事，非吉凶所生也。吉凶由人，吾不敢逆君故也。'"宋国发生五次陨石现象，又接连出现了六只鹢鸟倒退飞行经过都城。宋襄公顺势就问其时正在宋国聘问的周王朝的内史叔兴："这是什么预兆？是吉还是凶？"内史叔兴的回答耐人寻味：他一方面屈从于诸侯的压力而作出吉凶的预言，另一方面又转而告诉别人宋襄公妖祥吉凶之问是不对的。陨石也好，六鹢退飞也好，都是自然现象，而非天命意志。吉凶皆由人自身的行为而非自然天象决定。内史叔兴对同一现象所作出的两种不同的说法，代表了当时社会两种截然不同的思维方式，即天命意志的神秘思维和客观理智的理性思维。前者代表了当时社会的一般看法，后者则代表了当时文化层次较高的知识阶层的理性看法。虽然理性看法当时尚不能被广大人群广泛接受，甚至还不能直接表达（可能招致某种危险），但是它却充分说明了春秋时期正处于原始神秘思维逐渐"祛魅"的时代，神秘意志不再牢固地盘踞在人们的思维中，有识之士正在试图用理性来思考和解释问题，这具有划时代的标志性意义。

下面这则子产不从巫师之言的材料更能说明问题。《左传·昭公十八年》载：

> 夏，五月，火始昏见。丙子，风。梓慎曰："是谓融风，火之始也。七日，其火作乎！"戊寅，风甚。壬午，大甚。宋、卫、陈、郑皆火。梓慎登大庭氏之库以望之，曰："宋、卫、陈、郑也。"数日，皆来告火。裨灶曰："不用吾言，郑又将火。"郑人请用之，子产不可。子大叔曰："宝，以保民也。若有火，国几亡。可以救亡，子何爱焉？"子产曰："天道远，人道迩，非所及也，何以知之？灶焉知天道？是亦多言矣，岂不或信？"遂不与。亦不复火。

春秋鲁国用周历，周历的五月相当于夏历的七月，梓慎和裨灶分别通过观风和望氛来预言火灾，甚至连当时郑国开明的卿大夫子大叔也认同这种预言方式。然而，子产却坚定地认为："天道远，人道迩，非所及也，何以知之？灶焉知天道？"自然之理幽微难明，变化莫测，不可能总与人间世事有直接的、准确的对应关系。裨灶等人之所以有时候预言应验，只不过是"多言""或信"，即预言得多了偶尔也能说中。由此可见，子产能全面、自信地把握神秘天象与人间世事的关系，形成了较为稳定的世界观。或许我们可以说，子产的思维境界代表了春秋时期理性思维的最高水准。

春秋时期，巫师的地位已经非常尴尬，不仅预言经常不被认可，甚至会被随意杀害。《左传·僖公二十一年》载有如下一段材料："夏，大旱，公欲焚巫尪。臧文仲曰：'非旱备也。修城郭，贬食省用、务穑劝分，此其务也。巫尪何为？天欲杀之，则如勿生；若能为旱，焚之滋甚。'公从之。是岁也，饥而不害。"鲁国天气大旱，鲁僖公认为是巫师所为。臧文仲则认为杀掉一个巫师根本没有用，巫师没有掌控旱涝的能力。如果真想消除旱灾，只有在具体政治举措上努力，比如修筑城郭、节用、劝农等。在《左传》的记载中，巫师面临被杀不止这一处。巫师在当时社会中被无视的地位和随意就可能被杀害的处境，恰恰从一个侧面说明了神秘主义的思维方式在当时的思想世界中逐渐被疏远、弃置的尴尬状态。神秘思维逐渐退场的过程，实际上就是理性思维逐渐登场的过程。

第二，春秋时人对事件发展趋势或人物命运进行预测时，尽管有时候也会牵扯到"天命""天意"，但对他们来说，这些所谓"天命""天意"的描述仅仅是顺应传统的惯性解读，并不具备逻辑判断依据的意义。而真正担负起逻辑判断依据责任的，往往是来自人间的道德、能力、客观局势等可以真正操控的因素。我们以鲁僖公二十三年、二十四年晋公子重耳流亡过程中沿途人们对他的评价和预言为例，来说明这个问题。《左传·僖公二十三年》载：

> 及曹，曹共公闻其骈胁，欲观其裸。浴，薄而观之。僖负羁

之妻曰："吾观晋公子之从者，皆足以相国。若以相，夫子必反其国。反其国，必得志于诸侯。得志于诸侯而诛无礼，曹其首也。子盍蚤自贰焉。"乃馈盘飨，置璧焉。公子受飨反璧。

    ……………

及郑，郑文公亦不礼焉。叔詹谏曰："臣闻天之所启，人弗及也。晋公子有三焉，天其或者将建诸，君其礼焉。男女同姓，其生不蕃。晋公子，姬出也，而至于今，一也。离外之患，而天不靖晋国，殆将启之，二也。有三士足以上人，而从之，三也。晋、郑同侪，其过子弟固将礼焉，况天之所启乎？"弗听。

及楚……子玉请杀之。楚子曰："晋公子广而俭，文而有礼。其从者肃而宽，忠而能力。晋侯无亲，外内恶之。吾闻姬姓，唐叔之后，其后衰者也，其将由晋公子乎！天将兴之，谁能废之。违天必有大咎。"乃送诸秦。

重耳流亡到曹国、郑国和楚国时，曹国大夫僖负羁之妻、郑国大夫叔詹和楚成王都对重耳的未来作过预测，其中叔詹和楚成王都认为重耳是"天之所启"的人物，即在天命的安排下必然会回到晋国登上君主之位。然而我们发现，在叔詹和楚成王的描述中，他们之所以预测重耳能够回到晋国当上君主，其依据并不是所谓的"天启""天兴"，而是来自客观现实世界的理由："有三士足以上人，而从之""广而俭，文而有礼""其从者肃而宽，忠而能力"，即从重耳本人的志向和性情、追随者的品德和能力等方面来预言重耳必将大有作为。从天命意志方面寻找理由作为预言的依据，对春秋时期的知识阶层而言已经渐渐成为一种来自古已有之的传统原始思维方式的习惯性表述，而真正的原因往往在自身、在现实人间。李惠仪指出："《左传》一般会把'天启之'、'天方授[某国]'、'天祸[某人/某国]'、'天其殃之'、'天诱其衷'等表述方式，放在形势顺逆的解释或列举之前。换言之，吁求于天可能只是一种描述环境因素或事情动因的方法。"[①]确乎如此。亦如陈来所云：

---

① ［美］李惠仪：《〈左传〉的书写与解读》，文韬、许明德译，15 页，南京，江苏人民出版社，2016。

"周人的理解中，'天'与'天命'已经有了确定的道德内涵，这种道德内涵是以'敬德'和'保民'为主要特征的。天的神性的渐趋淡化和'人'与'民'的相对于'神'的地位的上升，是周代思想发展的方向。用宗教学的语言来说，商人的世界观是'自然宗教'的信仰，周代的天命观则已经具有'伦理宗教'的品格。"①

第三，春秋时期的逻辑思维能力已经达到了一个较高的水平。我们除了通过对历史文献中所记载的春秋时人在处理具体问题时所体现出来的思维方式来对其思维水平进行间接推断之外，还可以从文献中有关逻辑学的相关记载来对春秋时期知识阶层的思维水平进行直接判断。与巫术、宗教等神秘思维不同，理性思维着重从概念、判断、推理三个方面来完成一段思考的过程。一段完整的思维序列应该包括界定概念、作出判断、进行推理三部分。春秋时期，已经明确了"名"的范畴。"定名"即界定概念、解释名词的内涵，是思维序列中首要的一环。

春秋时期郑国的邓析被认为是"名辩学派"的始祖，其生活的年代与子产基本同时。邓析的"刑名之辩"是概念之"名"的发端。《邓析子·转辞》言："循名责实，实之极也；按实定名，名之极也。参以相平，转而相成，故得形之名。"邓析的循名责实、按时定名思想中，已经把"名"作为概念进行考察。之后，孔子提出"正名"，强调了概念的规范性作用。《论语·子路》记载了孔子对"名"的论述。"子曰：'必也正名乎！……名不正则言不顺，言不顺则事不成，事不成则礼乐不兴，礼乐不兴则刑罚不中，刑罚不中则民无所措手足，故君子名之必可言也，言之必可行也。君子于其言，无所苟而已矣。'"孔子所说的"名"首先是一个政治伦理范畴，"正名"的实际目的是用周礼的"名"去规范现实社会的"实"，呈现出很强的现实功用目的。但同时我们也注意到，孔子的"正名"原则也的确包含了逻辑学中"概念"的成分。孔子是在中国历史上较早对人的思维能力予以关注并初步探索人类思维现象的人。"在

---

① 陈来：《古代宗教与伦理：儒家思想的根源》，183 页，北京，生活·读书·新知三联书店，2009。

殷商甲骨文和稍后的青铜器铭文（金文）中，尚未出现表现思考、思虑、思维意义的'思'字，而在《论语》一书中，竟有 24 次出现具有上述意义的'思'字。"①虽然孔子关于"名"的理论还不够系统，未能涉及"名"的产生和分类问题，但毕竟将"名"作为一个逻辑概念提出来，最早关注"名"的内涵和外延，最早揭示"名"在逻辑思考过程中的作用，这在逻辑学发展史上具有重要意义。

春秋战国之际，墨子把"名"和"实"对举，提出了"实"的范畴。《墨子·明鬼下》有如下一段材料："子墨子曰：是与天下之所以察知有与无之道者，必以众之耳目之实知有与亡为仪者也。"《墨子·非攻下》曰："今天下之所同义者，圣王之法也。今天下之诸侯将犹多皆免攻伐并兼，则是有誉义之名，而不察其实也。此譬犹盲者之与人，同命白黑之名，而不能分其物也，则岂谓有别哉?"墨子在中国概念理论发展方面的主要贡献在于名实对举，把名纳入名—实这一对范畴体系之中，这构成了中国概念理论发展的重要的一环。只有在名、实的比较中，才能更加深刻地认识名；只有在较丰富的具体分析的基础上，才能概括出抽象的理论。正如学者所云："墨子初步奠定了中国的概念理论的基础。"②另外，《墨子》还有专门探讨逻辑学的文章，即《经上》和《经下》、《经说上》和《经说下》、《大取》和《小取》，一般统称为《墨辩》。《经》和《经说》所讨论的问题，即包括简单的名实问题，如《经上》曰孝"利亲也"，《经说上》曰"孝，以亲为芬，而能能利亲，不必得"；也涉及较为复杂的逻辑问题，如《经下》曰"牛马之非牛，与可之同，说在兼"，《经说下》曰"故曰'牛马非牛也'，未可，'牛马牛也'，未可。则或可或不可，而曰'牛马牛也未可'亦不可。且牛不二，马不二，而牛马二。则牛不非牛，马不非马，而牛马非牛非马，无难"。显然，《经》和《经说》的主要内容是关于常见概念和命题的，罗根泽说这些文章"主辩以诘彼之辩，然则作者或可名为谈辩之墨家矣"③。它可能用于训练

---

①　李匡武主编：《中国逻辑史（先秦卷）》，46 页，兰州，甘肃人民出版社，1989。

②　李春勇：《先秦概念之"名"的确立——由邓析经孔子至墨子》，载《华东师范大学学报（哲学社会科学版）》，1999(6)。

③　罗根泽：《罗根泽说诸子》，133 页，上海，上海古籍出版社，2001。

谈辩者，使其掌握阐述和辩论的技巧，是学派内部的教科书。《墨辩》中最具有逻辑学价值的是《大取》和《小取》，尤其是《小取》在 20 世纪初很受学者重视。梁启超总结了论理学家所论的思维作用的三种形式，他说："一曰概念，二曰判断，三曰推论。《小取篇》所说，正与相同。"①胡适认为"《小取》是一篇关于逻辑的完整的论文"②，并著有《墨子小取篇新诂》以阐发其中的逻辑理论。《墨子》对论证逻辑有着相当程度的理论自觉，专事中国逻辑史的学者指出："先秦逻辑史是中国逻辑史的开始阶段。先秦逻辑和我国秦以后的逻辑比起来，我们可以看出先秦逻辑是中国古代逻辑史上最辉煌的时期。秦以后，罢黜百家，独尊儒术，百家争鸣没有了，中国古代逻辑也日趋衰微了。魏晋时期，名辩思潮复兴，出现了像鲁胜那样有成绩的逻辑家。但总的说来，却没有达到《墨辩》的水平。"③先秦逻辑的发展中，战国惠施、公孙龙等名辩学派是一个高峰，但之前春秋时期的邓析、孔子和墨子对于"名"和"辩"的探索为名辩之风的到来作了充分的铺垫。

另外，春秋时期好议之风盛行也是此时期知识阶层逻辑思维能力急剧提升的直接体现。春秋是崇尚评论的时代，《左传》《国语》《春秋事语》等文献大量记载了春秋时人对当时历史人物的品评和对政事的议论。就评论的性质而言，有事后的评价，也有事前的预言。评论主体较为广泛，既有卿、大夫，也有地位较低的国人和舆人。《左传》《国语》中所记载的以"君子曰""君子是以知"等形式发表的议论，实际上是史官对事件发生之后的社会舆论的补充记载。④ 春秋时期，知识阶层对于事件和人物的解读和评价已经能够从"因"和"果"的辩证关系中寻求事件与事件之间、人物的命运与行为之间内在的逻辑联系。

随着逻辑思维能力的提升，春秋时人对"天"的态度也逐渐理性化。一方面，他们保留了"天学"之中纯自然的知识，即对于"天"的认知经

---

① 梁启超：《墨子学案》，97 页，上海，商务印书馆，1922。

② 姜义华：《胡适学术文集·中国哲学史》下册，840 页，北京，中华书局，1991。

③ 周云之、刘培育：《先秦逻辑史》，310～311 页，北京，中国社会科学出版社，1984。

④ 侯文华：《春秋好议之风及其社会根源》，载《孔子研究》，2018(3)。

验，因为这些知识对于"人事"如农耕、祭祀等具有强大的指导意义，这方面的知识主要凝练为历法；另一方面，他们试图摈除那些由"天"而生发出来的神秘预测，即超验的预言等。"周代统治者鉴于殷代统治者之迷信昏乱，因以亡国，故引以为戒，逐步产生了重人轻天思想。至春秋时，此种思想益为发展，遂开后世学者怀疑鬼神甚至鬼神思想之先河。"①春秋时人已经比较明确地认识到，超验的神秘预言并不能真正地指导世俗社会，并不会对世俗人间产生实质性的指导意义。真正能够产生实质性的指导意义的，是来自活生生的政治实践和人生经历的"经验"。"经验"成为春秋时期知识阶层精神世界的一个关键词，如何积累"经验"——包括政治经验和人生经验——成为春秋时期知识阶层最为关怀的问题之一。

春秋时人对"经验"的追求，主要体现在两个方面：一是"尊老"传统，二是撰述史书。我们先来看"尊老"传统。《国语·周语上》记载西周末期召公虎劝谏周厉王弭谤云："防民之口，甚于防川。川壅而溃，伤人必多。民亦如之。是故为川者决之使导，为民者宣之使言。故天子听政，使公卿至于列士献诗，瞽献曲，史献书，师箴，瞍赋，矇诵，百工谏，庶人传语，近臣尽规，亲戚补察，瞽、史教诲，耆、艾修之，而后王斟酌焉，是以事行而不悖。"其中，"耆、艾修之"所体现的就是对年长者意见的尊重。在知识的生产主要靠时间的累积而获得的上古时代，年长者因为拥有丰富的阅历和经验而成为知识的拥有者，因而其意见也很容易得到重视。西周末与春秋相去不远，其思维方式差别不大，春秋时期自然也存在着尊老、敬老的传统。实际上，按照年代顺序细致修史的行为与对年长者经验的重视，其内在的心理动机都是一样的，从根本上讲都是对政治经验和人生经验的重视。春秋时期，即使是在天象星占的领域，自然主义的解释也越来越多，而且天象星占的具体事项也是以政事和人生为主。对政事的重视，是诸侯争霸、战争频仍年代的时代需求；对人生问题的关注，则是人类追求自我认知提升的自然需求。当时人们对于生死问题已经有了较为成熟的认识，

---

① 童书业：《春秋左传研究》，194 页，北京，中华书局，2006。

钱穆先生云："范宣子以家世传袭食禄不辍为不朽，叔孙穆子则以在社会人群中立德、立功、立言为不朽，只能不朽在此人生圈子之内，不能逃离此人生圈子，在另一世界中获得不朽。……因此中国人思想里，只有一个世界，即人生界。并没有两个世界，如西方人所想象，在宗教里有上帝和天堂，在哲学中之形上学里，有精神界或抽象的价值世界之存在。"①

撰述史书是春秋时人保存政治经验和人生经验最为重要的方式，春秋时期的编年体文献如包括鲁国《春秋》在内的"列国《春秋》"、《竹书纪年》等都可以说是春秋时期知识阶层追求经验（主要是政治经验）的产物。而采取一种怎样的书写方式来保存和传播这些经验，是春秋时期的史官着重要思考的问题。

第二节　重"时"与中国早期编年体史书的时间书写

在《春秋》《竹书纪年》等编年体史书出现以前，史传类文献并没有形成真正规范、固定的书写体例。《尚书》是夏、商、周以及传说时代的资料汇编，虽然以典、谟、训、诰、誓、命等功能性体例成文，但史事发生的时间不明确，缺乏准确的时间坐标，因而其作为"史"的本质特征并没有很充分地体现出来。编年体史书改变了资料汇编式史书记事时间模糊的弊端，力图按照时间的自然顺序将所关注的人物、史实及其价值和意义原原本本地呈现出来。

人们对于时间的把握是一个渐进的过程。由于史料阙如，遥远的传说时代人们对于时间的认知后人无从知晓。夏、商、西周时期，人们能够根据天象的变化清晰地划分出春、夏、秋、冬四季，能够通过干支计时和时刻计时来获得对时间的准确把握。而到了春秋时期，人们对"时"的把握和运用达到了空前的程度。无论是农业种植、政事处理还是日常生活方面，人们都希望能够通过对"时"的理解来获得对现

---

① 钱穆：《中国思想史》，8 页，北京，九州出版社，2012。

实生活的指导和借鉴，因而事事"从时"，"从时"意识异常显著。

第一，在农业种植方面，要使民以时，不能妨害农事。

《左传·成公十六年》载楚国申叔时云："时顺而物成"，不可"奸时以动"。

《左传·昭公三十二年》载周敬王云："余一人无日忘之，闵闵焉如农夫之望岁，俱以待时。"

《左传·成公十八年》载晋悼公初即位时云："时用民，欲无犯时。"

《国语·周语中》载周王朝大夫单子云："不夺民时，不蔑民功"。

《国语·齐语》载齐桓公云："无夺民时，则百姓富。"

《国语·楚语上》载伍举曰："民不废时务。"

《国语·越语下》载范蠡曰："四封之内，百姓之事，时节三乐，不乱民功，不逆天时，五谷睦熟，民乃蕃滋。"

《论语·学而》载孔子曰："使民以时。"

第二，在生态保护方面，要"以时禁发"。《国语·鲁语上》记载了鲁国大夫里革断罟匡君的史事：

> 宣公夏滥于泗渊，里革断其罟而弃之，曰："古者大寒降，土蛰发，水虞于是乎讲罛罶，取名鱼，登川禽，而尝之寝庙，行诸国，助宣气也。鸟兽孕，水虫成，兽虞于是禁罝罗，猎鱼鳖以为夏犒，助生阜也。鸟兽成，水虫孕，水虞于是禁罝䍡，设阱鄂，以实庙庖，畜功用也。且夫山不槎蘖，泽不伐夭，鱼禁鲲鲕，兽长麑麌，鸟翼彀卵，虫舍蚳蝝，蕃庶物也，古之训也。今鱼方别孕，不教鱼长，又行网罟，贪无艺也。"

《管子·戒》记载了春秋时期齐国关于"以时禁发"的政令：

> 管仲与桓公盟誓为令，曰："老弱勿刑，参宥而后弊，关几而不正，市正而不布，山林梁泽以时禁发，而不正也。"

齐国规定山林水泽按时封禁和开禁，说明已经认识到"时"对于山林川泽资源保护和再生的意义。

第三，在具体的政事处理方面，春秋时人强调要顺时而动。

《左传·昭公七年》载："故政不可不慎也。务三而已，一曰择人，二曰因民，三曰从时。"

《左传·文公二年》载："丁丑，作僖公主。书，不时也。"

《左传·庄公二十九年》载："新作延厩，书，不时也。"

《左传·僖公二十年》载："新作南门。书，不时也。凡启塞从时。"

《左传·襄公十三年》载："冬，城防。书事，时也。"

在《左传》的作者看来，筑城、修门、丧葬、理政等都要因时而动，"时"或"不时"成为史官进行价值评断的重要标准。

在"相时而动"的春秋时期，"时序"与诗、史等文献的形成有着直接的联系。在诗歌领域，《豳风·七月》就是一篇因"时"而生的诗歌文本。此诗反映了上古时期的农业生产情况和农民的日常生活情况，具有极高的史料价值和文学价值。全诗共分为八章：第一章从岁寒写到春耕开始；第二章写开春妇女蚕桑；第三章写制作布帛、衣料；第四章写猎取野兽；第五章写一年将尽，收拾房屋过冬；第六章写采藏果蔬和造酒；第七章写收成完毕后为公家修屋或做其他一些室内工作，然后修理自家的茅屋；末章写凿冰的劳动和一年一次的年终宴饮。诗歌用"赋"的手法，按照季节的先后，从年初写到年终，从种田养蚕写到打猎凿冰，反映了一年四季多种多样的劳动和生活情景。夏宗禹先生通过对诗中字句和历法的考证，推断此诗不是西周时期的诗歌，而是春秋时期鲁国的乐歌。① 李山教授亦同意此说。②《豳风·七月》是《诗经》中最长的一首诗，它以一年十二个月为经，以四时耕稼、蚕桑、制衣、狩猎、修葺房屋、酿酒等农事及其相关生活场景为纬，将春秋时期的农人一年的劳作按时间自然顺序一一铺陈出来。正是出于对"时序"的重视，春秋时人才创作出这样一首完整有序的叙事诗歌，其功能或许与祭祀和指导农事有一定关系。

对"时序"的高度尊崇，也直接影响了史传类文献中编年体书写体例的生成。

---

① 夏宗禹：《豳风〈七月〉——鲁诗与鲁历的解决》，载《社会科学》，1984(1)。

② 李山：《诗经析读》，202页，海口，南海出版公司，2003。

　　春秋时期，各诸侯国应该都有自己的史书。"春秋"原是各诸侯国史书的通名，大多数诸侯国都以"春秋"命名史书，个别诸侯国另有专名。墨子在《明鬼下》中说自己曾见过"百国春秋"，并提到了"周之《春秋》""燕之《春秋》""宋之《春秋》"和"齐之《春秋》"等相关史事。《孟子·离娄下》也说："晋之《乘》，楚之《梼杌》，鲁之《春秋》，一也。'其事则齐桓、晋文，其文则史'。"赵岐注云："'乘'者，兴于田赋乘马之事，因以为名；'梼杌'者，嚣凶之类，兴于记恶之戒，因以为名；'春秋'，以二始举四时，记万事之名。"①《乘》和《梼杌》分别是晋国和楚国的史书，孟子将它们与鲁国的《春秋》并举，三者的文献性质应该是一样的。司马迁在撰写《史记·秦本纪》时，以未遭浩劫的秦国史《秦记》为依据："秦既得意，烧天下诗书，诸侯史记尤甚，为其有所刺讥也。诗书所以复见者，多藏人家，而史记独藏周室，以故灭。惜哉，惜哉！独有《秦记》，又不载日月，其文略不具。"他认为《秦记》记事不够周详，也不记载具体的日期。这里，我们需要进一步推敲司马迁的说法：《秦记》"不载日月"，但是记载了"年"。也就是说，司马迁所见到的秦国史书是记载年而不记载日和月的。与中原列国史书相比，这种记载方式过于粗疏，这正是史迁所不能满足之处。退一步讲，如果《秦记》连基本的年代记载都没有，司马迁又何以据此撰写《秦本纪》呢？所以，《秦记》应该也是编年体文献。

　　墨子在《墨子·明鬼下》中所提及的"周之《春秋》""燕之《春秋》""宋之《春秋》"和"齐之《春秋》"等，是以什么体例写就的呢？为了方便说明问题，我们将《墨子·明鬼下》中的相关内容呈现如下：

　　　　今执无鬼者言曰："夫天下之为闻见鬼神之物者，不可胜计也，亦孰为闻见鬼神有无之物哉？"子墨子言曰："若以众之所同见，与众之所同闻，则若昔者杜伯是也。周宣王杀其臣杜伯而不辜，杜伯曰：'吾君杀我而不辜，若以死者为无知则止矣；若死而有知，不出三年，必使吾君知之。'其三年，周宣王合诸侯而田于

---

① 　李学勤主编：《孟子注疏》，226 页，北京，北京大学出版社，1999。

圃，田车数百乘，从数千，人满野。日中，杜伯乘白马素车，朱衣冠，执朱弓，挟朱矢，追周宣王，射之车上，中心折脊，殪车中，伏弢而死。当是之时，周人从者莫不见，远者莫不闻，著在周之《春秋》。为君者以教其臣，为父者以敬其子，曰：'戒之慎之！凡杀不辜者，其得不祥，鬼神之诛，若此之憯遫也！'以若书之说观之，则鬼神之有，岂可疑哉……

"非惟若书之说为然也，昔者，燕简公杀其臣庄子仪而不辜，庄子仪曰：'吾君王杀我而不辜，死人毋知亦已，死人有知，不出三年，必使吾君知之。'期年，燕将驰祖。燕之有祖，当齐之社稷，宋之有桑林，楚之有云梦也，此男女之所属而观也。日中，燕简公方将驰于祖涂，庄子仪荷朱杖而击之，殪之车上。当是时，燕人从者莫不见，远者莫不闻，著在燕之《春秋》。诸侯传而语之曰：'凡杀不辜者，其得不祥，鬼神之诛，若此其憯遫也！'以若书之说观之，则鬼神之有，岂可疑哉？

"非惟若书之说为然也，昔者，宋文君鲍之时，有臣曰祏观辜，固尝从事于厉，祩子杖揖出与言曰：'观辜，是何珪璧之不满度量？酒醴粢盛之不净洁也？牺牲之不全肥？春秋冬夏选失时？岂女为之与？意鲍为之与？'观辜曰：'鲍幼弱在荷繦之中，鲍何与识焉？官臣观辜特为之。'祩子举揖而槁之，殪之坛上。当是时，宋人从者莫不见，远者莫不闻，著在宋之《春秋》。诸侯传而语之曰：'诸不敬慎祭祀者，鬼神之诛，至若此其憯遫也！'以若书之说观之，鬼神之有，岂可疑哉？

"非惟若书之说为然也，昔者，齐庄君之臣有所谓王里国、中里徼者。此二子者，讼三年而狱不断。齐君由谦杀之恐不辜，犹谦释之，恐失有罪，乃使之人共一羊，盟齐之神社，二子许诺。于是泏洫，㓞羊而漉其血，读王里国之辞既已终矣，读中里徼之辞未半也，羊起而触之，折其脚，祧神之而槁之，殪之盟所。当是时，齐人从者莫不见，远者莫不闻，著在齐之《春秋》。诸侯传而语之曰：'请品先不以其请者，鬼神之诛至若此其憯遫也！'以若书之说观之，鬼神之有，岂可疑哉？"

仅仅通过以上记载，似乎很难推断"周之《春秋》"等的体例。它们都没有记载事件所发生的具体年、月、日，只记载了事件的经过和影响，但是否就能断定"周之《春秋》""燕之《春秋》""宋之《春秋》"和"齐之《春秋》"均非编年体史书呢？笔者认为未必。第一，墨子征引这几则列国《春秋》，其侧重点在故事，而非时间。只要事件实际发生了，并在他的写作过程中能够起到佐证自己观点的作用，那么故事发生的详细时间其实都不甚重要。所以就产生了这样一种可能性：列国《春秋》其实是有具体时间的（至少有年的记载，月日未必），但是《墨子》并没有详细转载。第二，《墨子》在引述"周之《春秋》"等列国故事时，结尾都缀以"从者莫不见，远者莫不闻"字样，这很是让人觉得蹊跷。春秋时期各诸侯国的史官虽然彼此之间可能会互相承告、传闻，但是频频出现雷同的文字表述却让人难以置信。① 这说明，墨子为了论证自己的观点——鬼神存在，不惜夸大当年事件的效果，其目的无非是增强论证的可信度和话语效力。据此可见，墨子在引述列国《春秋》时，存在猎奇、出离的成分。《墨子·明鬼下》中所展示出来的文本样态，并非列国《春秋》原貌。不仅具体史事，而且体例方面可能也不是原态呈现。通过以上分析，我们认为，尽管不能完全确认列国《春秋》具体体例，但是我们也没有理由否定它们是编年体，而且它们是编年体的可能性其实非常大。秦国向来被认为是"虎狼之国"，在文化方面比较粗鄙，而《秦记》都可以被推断为编年体，那么其他诸侯国的史书是编年体的可能性自然更大。周王朝与鲁国文化一脉相承，最是亲密，鲁国史书《春秋》是严密整饬的编年体，"周之《春秋》"为编年体的可能性最大。当然，其他诸侯国《春秋》以编年体为之的可能性也是极大的。

保存至今的鲁国《春秋》是先秦时期最为成熟、体例最为完备的编年体文献。杜预对于鲁《春秋》的书写体例有这样一段概括："记事者，以事系日，以日系月，以月系时，以时系年，所以纪远近、别同异也。

---

① 过常宝：《〈左传〉源于史官传闻制度考》，载《北京师范大学学报（社会科学版）》，2004(4)。

故史之所记，必表年以首事，年有四时，故错举以为所记之名也。"①
鲁《春秋》记事，以"时"为纲领，"系日月而为次，列时岁以相续，中国
外夷，同年共世，莫不备载其事，形于目前"②，形成了以"年—时—
月—日—事"为次序的相对稳定的叙事结构模式。无论是书名的选取，
还是叙事结构模式的设定，鲁《春秋》一书都体现出对于"时"的强烈重
视。《左传·闵公二年》载晋国大夫狐突之语曰："时，事之征也；衣，
身之章也；佩，衷之旗也。故敬其事，则命以始；服其身，则衣之纯；
用其衷，则佩之度。"狐突认为，时间是事情的征兆。凡国家重要的事
情，都应该选取合适的时间。诸如赏赐策命之事，就应"命以始"，即
选择春夏二季；如果"命以时卒，闭其事也"，十二月策命出征，其事
情不得通达。狐突对于"时"的看法，代表了春秋时期贵族知识阶层对
于"时"的普遍认知。在春秋时期的知识阶层看来，"时"的选取与相关
事件的成败存在密切的联系。合"时"则成功，不合"时"则可能招致失
败。《春秋》对"时"的重视，集中体现在三个层次：第一，《春秋》记事
拥有完整的纪年。《春秋》记事起自鲁隐公元年，终于鲁哀公十四年，
历记鲁隐公、鲁桓公、鲁庄公、鲁闵公、鲁僖公、鲁文公、鲁宣公、
鲁成公、鲁襄公、鲁昭公、鲁定公、鲁哀公十二君。每一位君主从继
位到退位期间每一年所发生的史事，《春秋》或详或略都会有所记载，
而且是逐年记载，无一年有遗漏。第二，《春秋》记事在纪年之后又标
注四时，即春、夏、秋、冬。"《春秋》纪月，必于每季之初标出春、
夏、秋、冬四时，如'夏四月''秋七月''冬十月'。虽此季度无事可载，
亦书之。考之卜辞、西周及春秋彝器铭文与《尚书》，书四时者，彝铭
仅一例。"③《公羊传·隐公六年》释《春秋》中"秋，七月"言："此无事，
何以书？《春秋》虽无事，首时过则书。首时过则何以书？春秋编年，
四时具，然后为年。"《穀梁传·桓公元年》释《春秋》中"冬，十月"言：
"无事焉，何以书？不遗时也。《春秋》编年，四时具而后为年。"孔颖达

---

① （清）阮元校刻：《十三经注疏》，1703 页，北京，中华书局，1980。

② （唐）刘知幾撰，（清）浦起龙释：《史通通释》，27 页，上海，上海古籍出版社，
1978。

③ 杨伯峻编著：《春秋左传注》第一册，5 页，北京，中华书局，1981。

《春秋左传正义序》曰："史之记事，一月无事不空举月，一时无事必空举时者，盖以四时不具，不成为岁，故时虽无事，必虚录首月，其或不录，皆是史之阙文。"①第三，《春秋》记事在纪年、四时之外还有纪月和纪日，这是其他编年体文献所不具备的。就记时的完整性而言，鲁《春秋》在列国《春秋》中堪称楷模。《左传·昭公二年》载，晋国大夫韩宣子适鲁，"见《易象》与《鲁春秋》"，曰："周礼尽在鲁矣，吾乃今知周公之德，与周之所以王也。"韩宣子来鲁国聘问，特地观摩了鲁《春秋》，并予以高度评价。韩宣子对鲁《春秋》的高度评价，有两方面的理由：一是《春秋》记事中包含着一定的价值判断，能昭后世；二是《春秋》记事详赡，为同期的晋国史书所不及。鲁国史官在《春秋》中所体现出来的对完整时间序列的追求，从本质上讲是一种理性精神的反映。《春秋》作者有"搭建完整时间框架的叙事意图"，"时间是《春秋》叙事的根本框架，对完整时间框架的重视也就是对叙事整体性的重视，所以这种对于时间架构的追求其实饱含着来自于文本内部的叙事动力。这种绝对理性的时间结构布局，清楚地显示出《春秋》作者对于秩序的执着追求"。②

　　如果说《春秋》是先秦编年体文献中第一层次的文献，那么《左传》就是在其基础上对其进行阐释的再生型文献，属于第二层次的文献。《左传》叙事虽然有"无经有传"的情况，也有"有经无传"的情况，但基本上是依经而行。《左传》叙事与《春秋》基本同步，但由于是解经文献，在叙事方面更加详赡。

　　先秦的编年体文献中，我们还应该注意的一部文献是《竹书纪年》。《竹书纪年》是春秋时期晋国史官和战国时期魏国史官接力编写的一部编年体通史，记载了自夏、商、周至战国时期的历史。现存《竹书纪年》分为"古本"和"今本"两个体系。古本为辑佚本，其纪事起于夏代，终于公元前299年，乃清人朱右曾从各旧典籍中广辑《竹书纪年》原文，

① （清）阮元校刻：《十三经注疏》，1704页，北京，中华书局，1980。
② 史常力：《论〈春秋〉的时间叙事结构》，载《东北师大学报（哲学社会科学版）》，2018(1)。

成《汲冢纪年存真》二卷；王国维在此基础上加以补充和修订，成《古本竹书纪年辑校》一卷；范祥雍在王本的基础上对其中的误字和阙文进行修改增补，成《古本竹书纪年辑校补订》。今本纪事起于黄帝，终于公元前296年，有较为完整的体例，但其真伪问题一直聚讼纷纭。朱右曾、王国维等力主今本不足信，王国维对今本材料一一查核其文献出处，揭示其材料来源，成《今本竹书纪年疏证》一书。近些年来，美国汉学家倪德卫、杨朝明等竭力证明今本并非伪书，但其生成年代、版本来源问题确实不够明朗，疑点颇多。所以，我们在讨论《竹书纪年》文体问题时暂且以古本为对象。

古本《竹书纪年》的文体特征与《春秋》相近：前面是五帝、夏、商、周的历史，记事简单粗疏；之后是晋国史，起自晋殇公，终于晋烈公，记事较为详细；再后是三家分晋之后魏国的历史，记事较晋国史更为详细。由于古本《竹书纪年》是辑佚本，文本所呈现出来的史料并不全面，但读者依然可以从中看出《竹书纪年》的原编纂者在编订时坚持以"年"为主线的原则，《竹书纪年》的原本应为编年体文献无疑。

以上是对以鲁国《春秋》为代表的中国早期编年体史书体例的考察和推断。鲁国《春秋》是留存下来的最为完整的编年体史书；从辑佚的资料看，《竹书纪年》原本应该也是编年体；从司马迁在《史记·六国年表》中所提到的《秦记》，可以推断出先秦时期秦国的史书也是编年体；从《墨子》征引的"周之《春秋》""燕之《春秋》""宋之《春秋》"片段来看，大致也可以揣测列国《春秋》都是编年体。列国编年体史书文献在记时方面详略不同，鲁国《春秋》最为完整，有较为详细的年、时、月、日的记载；《竹书纪年》次之，有年，但月或有或无，记时的情况也有，但较为少见；秦国史书只写年，而不写时、月、日。虽然各国史书记时详略各不相同，但实际上都是按照"时"来安排史料、记载历史的。"时"是史书的纲领，记时之后再缀以具体的史事，构成了"时—事"的二维叙述结构。记"事"简约，是第一层次的早期编年体文献的共同特征。《左传》作为依《春秋》而衍生出来的再生型文献，依然是以"时"为纲领展开叙事，但记"事"更加详细，以达到解经的目的。无论是第一层次的文献还是第二层次的文献，在先秦时期都大量涌现，体现出先秦时期尤其是春秋时期的知识阶层对于保存历史经验、探求历史发展规律的内在需求。因此，早期的编年体文献都承载了某种特定的文化功能。

第三节 中国早期编年体史书的文体功能

中国早期编年体史书中第一层次的文献如《春秋》《竹书纪年》《秦记》及其他列国《春秋》等，其文体功能主要体现在以下两个方面：一方面，它们彰显出先秦时期尤其是春秋时期的史官对于历史连续性的执着追求；另一方面，它们也体现了先秦时期的史官对于历史事件背后所蕴含着的历史经验及其他诸多理性精神的探索和总结。而这两个方面之间又存在密切的联系。

早期编年体史书叙事过程中坚持以"时"为序，沿着时间自然延展的顺序去记录历史事件，这种坚持以时间序列编排史实的体例，从原则上保证了记事的全面性。从编纂动机的角度讲，从事早期编年体史书编纂工作的史官是有将所有有用的史实搜罗殆尽的撰写意图的，这为记事的全面性和完整性提供了有效保证。

然而，线性时间流程中发生的所有历史事实并非都会被载入史书中，史官在载录史事的过程中一定会有所筛选，只有符合史官的选录要求的史料才会被载入史书。那么，史官的选录要求或者说筛选标准是什么呢？简单一点儿来说，就是有某种经验可以总结、对后人有借鉴意义的事件才会被记载。史官对历史事实的筛选，主要考虑的是其背后是否蕴含着可资借鉴的价值和意义。上古社会，"君举必书"。《左传·庄公二十三年》记载了曹刿对鲁庄公的劝谏之语："君举必书。书而不法，后嗣何观？"曹刿的话其实是对春秋时期史官载录原则的高度概括：君主的行动史官一定要载录，载录下来的行动一定要有某种垂范意义。所记史事中有可"观"之处，才值得被载录下来。春秋史官记载历史有两个重要的"笔法"，即"常事不书"和"隐而不书"。"常事不书"即不记载常规事件，一旦被记载，说明事件本身存在"非常"（一般是违礼、不时等)之处;"隐而不书"是指有些事件本该被记载,但史官阙记,则说明史官希望通过阙记的方式表达自己的褒贬态度。① "书"或者"不书"都是史官为了显示个人态度的章法,彰显史事背后的价值观念才是史官最终的职业追求。

《春秋》的写定过程应该是不断累积的,其间具体经过了多少次修补,我们无从考证。比较明确的一次,就是孔子曾经编订过《春秋》。在孔子之前,《春秋》文本即已生成。《左传·昭公二年》记载了晋国的韩宣子适鲁,"见《易象》与《鲁春秋》"。韩宣子比孔子早生几十年,来鲁国聘问时孔子尚幼。也就是说,在孔子编订《春秋》之前,鲁国已有国史《春秋》。从韩宣子"周礼尽在鲁矣"的评价来看,早期鲁《春秋》文本已经包含了一定的价值判断,与周礼相吻合,符合当时知识阶层普遍的价值观念。《国语·晋语七》载大夫司马侯对晋悼公说"羊舌肸习于《春秋》",于是晋悼公"召叔向使傅大子彪"。《国语·楚语上》载楚大夫申叔时谈论太子教育时说:"教之《春秋》,而为之耸善而抑恶焉,以戒劝其心。"叔向所熟习的《春秋》和申叔时所说的用于太子教育的《春秋》,应该分别指的是晋国和楚国的史书。"春秋"是当时各诸侯国史书的通名,不局限于鲁国专用。羊舌肸即晋国卿大夫叔向,他也比孔子早生几十年。叔向所熟习的《春秋》,应该是晋国早期的史书。申叔时生年远在孔子之前,他去世时孔子尚未出生。申叔时所说的教育文本《春秋》,应该是楚国早期的史书。叔向因熟习《春秋》能当上太傅,楚国太子通过学习《春秋》就能耸善抑恶、心志得到戒劝,可见早期各诸侯国的《春秋》都有戒劝的作用,而鲁《春秋》在此方面更加突出鲜明。

鲁《春秋》蕴含着深刻丰富的价值和意义,这与孔子的参与不无关系。孔子确实编订过鲁《春秋》,《孟子·滕文公下》曰:

> 世衰道微,邪说暴行有作,臣弑其君者有之,子弑其父者有之,孔子惧,作《春秋》。《春秋》,天子之事也。是故孔子曰:"知我者其惟《春秋》乎! 罪我者其惟《春秋》乎!"

---

① 过常宝:《"春秋笔法"与史官的话语权力》,载《北京师范大学学报(社会科学版)》,2003(4)。

孟子说孔子"作《春秋》"，其中含有后学对先师过誉的成分，因为孔子自称其著述方式为"述而不作"，意思是他只绍述阐扬前人成说，而不自创新说。到了汉代，司马迁在论及孔子与《春秋》的关系时用的词是"次"。《史记·十二诸侯年表序》言：

> 是以孔子明王道，干七十余君，莫能用，故西观周室，论史记旧闻，兴于鲁而次《春秋》，上记隐，下至哀之获麟，约其辞文，去其烦重，以制义法，王道备，人事浃。

"次"的意思为编次、编纂。也就是说，孔子之于《春秋》主要的工作是编次、修订。在修订过程中，较早期《春秋》寄寓更多的褒贬态度和价值判断。除了"约其辞文，去其烦重"以外，还要"制义法"，以达到"王道备，人事浃"的编修目的。因此，我们认为，孔子编订《春秋》是一个使《春秋》文本更加精良的过程，也是一个其价值和意义在原本的基础上叠加和累积的过程，而不能说是《春秋》的价值倾向和褒贬意图初创的过程。因为在孔子之前，《春秋》的价值倾向已然存在。

早期编年体史书的编纂，最终还是要为现实社会服务的。史实中所蕴含的政治、军事、外交以及作为生命个体的生存感悟等各方面的"经验"，只有在对现实有借鉴、指导意义时才能彰显出其价值。从编年体史书记事的内容来看，可闻可见的"人事"多，不可捉摸、无法把握的鬼神、灾异等超越人类生活经验的记载少。这说明史官其实是力图从真实发生的事件中寻求意义，其目光和立足点是源于现实生活并服务于现实生活的。

在《春秋》基础上再衍生出来的《左传》以及其时尚处于口传时代的《春秋公羊传》《春秋穀梁传》亦承载着独特的文体功能。《春秋》以时序记事，保证了历史的连续性和相对全面性，并通过"春秋笔法"来寄寓一定的褒贬意图，呈现出当时史官的价值追求。而在《春秋》基础上衍生出来的"三《传》"则通过以事解经、随笔装点或者以理解经的方式将《春秋》中所蕴含的史实、价值和意义详细地呈现出来。

《春秋》记事简单，后人单纯依据《春秋》难以掌握完整的历史事实。

《左传》对于《春秋》的阐释的主要方式是以事解经，即通过还原复杂的历史事件的起因、经过和结果"再现"《春秋》中简笔叙述的史实。更重要的是，《左传》力图在叙述过程中揭示事件的起因、经过与结果之间的因果关系。刘知幾云："夫当时所记或未尽，则先举其始，后详其末，前后相会，隔越取同。"①所谓"前后相会"即是指追索事件背后各因素之间的因果关系，找出事件或成或败的原因，以总结历史规律。总结历史规律的最终目的，当然还是为了指导现实政治。"《左传》对因果关系的认定，主要是采取追溯的方法，也就是从一件既已发生的重大异常事件出发，通过逆叙追溯事件的开端。"②《左传》中共有 86 个起追溯起因作用的"初"字，这说明《左传》的作者对于事件的因果联系有着异乎寻常的关注。

作为史书的记录者，《左传》的作者并不掌握历史的全部细节。那么，在叙事过程当中，为了叙述的完整性，史官就需要对情节链条断裂或空缺的地方进行增补，学者称这种叙述手法为"虚饰现象"。所谓虚饰，指的是史官对事件或其中的部分事实进行想象性的描写，包括杜撰情节、修饰人物语言、描写细节和场面，也包括对不同来源的材料的自由组合。虚饰并非出于文学的目的，而是为了追寻事件中的道德意义，对现实社会进行道义审判。③ 如《左传·宣公二年》：

> 宣子骤谏，公患之，使锄麑贼之。晨往，寝门辟矣，盛服将朝。尚早，坐而假寐。麑退，叹而言曰："不忘恭敬，民之主也。贼民之主，不忠；弃君之命，不信。有一于此，不如死也。"触槐而死。

锄麑触槐而死之前的这一番内心独白，无人能知。他要刺杀的是国之

---

① （唐）刘知幾撰，（清）浦起龙释：《史通通释》，222 页，上海，上海古籍出版社，1978。

② 过常宝：《原史文化及文献研究》，143 页，北京，北京大学出版社，2008。

③ 过常宝：《〈左传〉虚饰与史官叙事的理性自觉》，载《北京师范大学学报（社会科学版）》，2006(4)。

正卿赵盾，刺杀正卿应该属于保密度极高的国家机密，行刺过程中他不可能随身携带一位史官。他纠结的心理，史官不可能完全了解。而在撰述史书时，史官却清晰地将这段内心独白描述了出来。这种描述，显然是出于史官的想象之词。史官能够确定下来的事实是钽麑触槐而死，至于他为什么触槐而死，他们并不清楚，只能进行想象性的描写。"不忘恭敬，民之主也。贼民之主，不忠；弃君之命，不信。有一于此，不如死也。"史官选择描述出这样一番内心独白，而不叙写其他内容（比如钽麑见赵盾"盛服将朝""坐而假寐"，担心自己武力不足，不敌赵盾），有两方面的作用：一方面，它使得情节的链条得到修复，呈现出历史的完整性；另一方面，它也充分体现了史官的价值取向，即像赵盾这样勤勤恳恳、兢兢业业的卿大夫才是理想的卿大夫，像钽麑那样是非分明、善恶能辨、头脑清醒的刺客才是值得称颂的刺客。虚饰并非如后世小说那样为了满足读者的好奇心理，而是为了弘扬一定的价值观念。

先秦时期，《公羊传》和《穀梁传》尚处于口传时代。从汉代写定的版本来看，它们都是从义理的角度阐释《春秋》大义的。两部文献尽管立场和观点时有不同，但都是以理解经，即通过阐释义理的方式揭示《春秋》中所蕴含的微言大义。其文献性质，均属于《春秋》基础上再生出来的解经文献。

以上是对中国早期编年体史书中两个层次的文献之文体功能的梳理和考索，通过分析，我们明确了这两个层次的文献的文体功能：《春秋》等第一层次的编年体文献，以时序为纲领展开记事，保证了记事的连续性和相对完整性，同时也在简短的叙事中寄寓史官的褒贬态度和价值判断；《左传》等第二层次的编年体文献，均从第一层次文献的基础上衍生而来，在保证记事连续性的同时，它们更多的是保证事实和细节的多方位呈现，使读者更加清楚地了解具体详细的历史事实和价值思考，在叙事或者说理的基础上注重事件的因果联系，力图把握并呈现事件背后的历史规律。因此，可以这么说：《春秋》等第一层次文献体现了史官对历史连续性及其价值意义的追求，《左传》等第二层次文献通过追索事件之间的因果关系显示出了史官对历史必然性的追求。无论是对历史连续性及其价值意义的追求还是对历史必然性的追求，都是史官理性精神的体现，都是史官在理性精神的指引下祈求把握人类历史自然规律、改造历史、弘扬端正价值观的内在追求。

现在，我们可以回到本章开头的问题了。是什么导致了中国早期编年体史书的大量生成，且在春秋时期如雨后春笋般涌现出来？当时不仅诞生了列国《春秋》等第一层次的编年体文献，而且在《春秋》的基础上衍生出《左传》等解经类文献。春秋乱世，战争频仍，各诸侯国要想在充满征战、弱肉强食的时代环境下保存下来或者谋求发展壮大，就必须从火热的现实或冷静的历史中寻求一定的经验总结。而经验的获得从哪里来？春秋时期有制度化的天文观测活动，频繁细密的天文观测活动给春秋时期的知识阶层带来了强烈的思想震荡：天文的变化与世俗人间的祸福吉凶之间并不必然存在决定与被决定的关系，真正能够影响人类社会祸福吉凶的更大程度上只能是人的思想和行动。只要人的思想和行动符合一定的价值标准，那么就会有利于事态的发展。"春秋时期所突出的是政治理性主义和人的道德感和德行。与此同时，人们渐渐意识到，神的世界并不能干涉人的现世生活，虽然在一般信仰层面并未否弃'神'，但不少开明之士明确排斥神秘因素对政治和社会的影响，是这一时期引人注目的现象。"[1]如何才能获得正确的思想和行动呢？只能从当下的现实和过往的历史中来获得。历史是过往的现实，现实是未来的过往，只有将目光和思考的重心转移到历史和现实中来，才能从中汲取有效的经验，为当下和未来提供借鉴和指导。因此，必须将已经发生的事情有选择性地记录下来。以怎样的方式将历史记录下来？各诸侯国的史官几乎达成共识，共同采用"时序—人事"的方式来记录历史。这是春秋时期史官为人类社会作出的最富于创造性的文化贡献。虽然列国记时详略不同，但无疑都遵循以"时序"为

---

① 陈来：《古代思想文化的世界——春秋时代的宗教、伦理与社会思想》，14 页，北京，生活·读书·新知三联书店，2009。

纲领。由此，编年体文献产生。无论是最初产生的《春秋》《竹书纪年》等第一层次的编年体文献，还是在第一层次文献基础上产生的《左传》《公羊传》《穀梁传》等第二层次的编年体文献，都承载着各自独特的文体功能，体现出史官对历史连续性、历史必然性的追求以及祈求以史为鉴、改造现实、构建理想未来的价值追求。

第二章　春秋舆地观念及其
相关文献的生成

中国早期文献的生成有其自身的特点和规律，即往往与某些知识、观念、思维方式、行为方式、职业传统、典章制度等存在极其密切的联系。春秋时期是中国社会发生剧烈变革、社会阶层双向流动的时期，其间所形成和发展起来的诸多思想、观念、制度等对相关文献的生成有着直接的影响。

根据已有的文献记载，"舆地"一词首见于《史记·三王世家》："臣请令史官择吉日，具礼仪上，御史奏舆地图"。司马贞索隐云："谓地为'舆'者，天地有覆载之德，故谓天为'盖'，谓地为'舆'，故地图称'舆地图'。疑自古有此名，非始汉也。"地有载物之德，故喻之为车舆。《周易·说卦》："坤为地……为大舆。""舆地"即土地、大地，是一种渗透了较多人文情怀、表述更加规整的书面词汇。春秋时期的舆地观念指的是春秋时期人们对土地问题的认识，包括对土地的归属、使用、买卖、交换等诸问题的认知。春秋时期是舆地观念发生剧烈变化的时期，土地对于社会各阶层的意义比以往任何时代都重要。由于舆地观念的转变而引发的一系列社会现象，如诸侯国之间的吞地、兼并、赐田、土地买卖以及诸侯国对夷狄的"攘夷"战争，在客观上对中国早期散文和诗歌的编撰与创作产生了直接或间接的影响。

第一节　春秋时期权力阶层对土地的热衷：
吞地、并国及赐土

　　在属于中国早期社会的西周春秋时期甚至接续而来的几千年的古代社会，土地无疑是人们最重要的生产资料，是人类的衣食之源、立身之本。社会各阶层之于土地的占有关系，很大程度上决定了当时生产关系的性质和社会的面貌。在封建领主土地所有制关系下，土地既是各个领主经济利益的来源，也是政治利益的承载体。土地数量的多少和品质的高低与土地所有人所获得的政治利益、经济利益的多少成正比例关系。西周立国之后，遍封诸侯，封疆建国，土地关系较为固定。《左传·昭公二十六年》载："昔武王克殷，成王靖四方，康王息民，并建母弟，以蕃屏周。"《左传·僖公二十四年》载："昔周公吊二叔之不咸，故封建亲戚以蕃屏周。"其时，"溥天之下，莫非王土。率土之滨，莫非王臣"（《诗经·小雅·北山》），周天子作为天下共主，名义上拥有天下所有的土地与臣民。在四方诸侯国，诸侯王又是名义上的诸侯国所有土地与臣民的主人。《左传·昭公七年》载："封略之内，何非君土？食土之毛，谁非君臣？"在封国之内，原则上不能随意交易土地。土地交易在西周中后期虽偶有发生，但为数毕竟很少。[①] 但降至春秋时期，土地所有关系却通过赏赐、赠与、侵吞、兼并等多种方式发生转变。这从某种程度上说明，土地在春秋时期成为权力阶层争夺的对象，春秋时期权力阶层对于土地的占有欲望较西周时期明显增强。他们企图通过各种方式获得更多的土地，以便从土地中获得更多的利益。

---

　　①　西周晚期的《卫盉》铭文记载了一桩土地交易事宜："隹三年三月既生霸壬寅，王禹旂于丰。矩白庶人取董章于裘卫，才八十朋氒寘，其舍田十田。矩或取赤虎两、麀鞣两、𪊥韐一，才𦩻。其舍田三田。裘卫乃彘告于白−邑−父−𤼈−白−定−白−𤞷−白−单−白，乃令参有𤔲。"[见刘翔、陈抗、陈初生等编著：《商周古文字读本（增订本）》，95 页，北京，商务印书馆，2017]矩伯用十块田换取裘卫的价值八十朋的瑾璋，又用三块田换取裘卫的价值二十朋的赤琥等物。在进行这两项交易时，裘卫先征得了白邑父等大贵族的同意，由他们下令"参有𤔲"去办理"受田"事务。

春秋时期，人们之所以对土地异常重视，是因为较之前代，土地能够给其所有者带来更多的实际利益。一方面，根据气象学家所提出的“气候脉动说”，西周时期是地球的“寒冷期”，持续了两百多年的时间。这两百多年的“寒冷期”根本不适合农作物的生长。土地乃人类衣食之源，但人们要想在地球的“寒冷期”从土地上获取物资却并不容易。而春秋至西汉末年则是地球的“温暖期”，气候温暖湿润，较为适合农作物的生长。在以农为本的古代中国，社会发展的速度往往与气候状况紧密联系在一起。古人应对自然灾害的能力较差，农作物的丰歉在很大程度上取决于客观气候条件的好坏。一般说来，在古代中国，当气候进入“温暖期”，往往农业繁荣，社会进步较快；当气候进入“寒冷期”，往往伴随着经济衰退，社会进步缓慢。气候的脉动变化，直接或间接地对历史的走向产生了重要影响。春秋时期适逢地球的“温暖期”，气候条件适合万物生长，人类从土地上获取的物资增多。“春秋时期气候开始转暖。从春秋战国到秦、西汉时期，这是一个长达800年左右的温暖期。春秋时期，竹子、梅树等亚热带植物在黄河流域广泛生存，一些地方农作物可以一年两熟，表明有充足的热量可供植物生长，一年中适宜植物生长的时间比现在长。”①在这样的自然条件下，诸侯国经济和军事实力的强弱很大程度上与所占有土地的多寡密切相关。为了增强经济和军事实力，在诸侯争霸的历史环境下生存下来甚至称霸于列国，各诸侯国国君必须想方设法获得更多的土地。另一方面，春秋时期，农业生产工具有了巨大的进步。商、周之际，铁器可能已经在中国出现，但普遍应用于农业生产却是在春秋时期。《管子·轻重乙》曰：“一农之事，必有一耜、一铫、一镰、一鎒、一椎、一铚，然后成为农。一车必有一斤、一锯、一釭、一钻、一凿、一銶、一轲，然后成为车。一女必有一刀、一锥、一箴、一鉥，然后成为女。”《管子·海王》曰：“一女必有一针一刀，若其事立。耕者必有一耒一耜一铫，若其事立。行服连轺辇者，必有一斤一锯一锥一凿，若其事立。”春秋末期，冶铁技术取得了长足的进步，晋国曾经鼓铁铸刑鼎。《左

① 蓝勇编著：《中国历史地理》，46页，北京，高等教育出版社，2010。

传·昭公二十九年》载："冬，晋赵鞅、荀寅帅师城汝滨，遂赋晋国一鼓铁，以铸刑鼎，著范宣子所为刑书焉。"晋平公四年（公元前554年），范宣子在执政期间曾经制定刑书。晋昭公十九年（公元前513年），赵鞅、荀寅铸造了载有范宣子刑书的铁鼎，史称"铸刑鼎"。吴王阖闾时，已经发明了三百人鼓风的大型冶铁风箱。《吴越春秋·阖闾内传》载："干将作剑，采五山之铁精，六合之金英，候天伺地，阴阳同光，百神临观，天气下降，而金铁之精，不销沦流。于是干将不知其由。……干将妻乃断发剪爪，投于炉中，使童女、童男三百人，鼓橐装炭，金铁刀濡。遂以成剑。阳曰干将，阴曰莫耶。阳作龟文，阴作漫理。"此外，春秋时期已经使用牛耕。《国语·晋语九》载："夫范、中行氏不恤庶难，欲擅晋国，今其子孙将耕于齐，宗庙之牺为畎亩之勤。人之化也，何日之有！""宗庙之牺"指的就是牛，"宗庙之牺为畎亩之勤"即指使用牛耕。温润的气候条件、锋利的生产工具、便捷省力的耕作方式，使得春秋时期土地的开发和利用程度空前提高。既然土地可以生产出财富，更多的土地就意味着更多的财富，也就意味着诸侯国国力更加强大，这在很大程度上决定着诸侯国在列国间的政治地位和未来安危。

为了获得更多的土地，诸侯国要么亲自开发土地，要么通过和平外交手段或武力征伐从其他诸侯国那里获得土地。诸侯国之间吞地、并国事件屡有发生。《韩非子·有度》记载齐桓公"启地三千里"，"启地"即开发土地，齐桓公执政期间曾经开发了三千亩土地。根据《春秋》以及《左传》的记载，鲁国在春秋时期共吞并了十几个小国和城邑。晋国是春秋时期兼并小国较多的国家之一，《韩非子·难二》记载晋献公"并国十七，服国三十八"。《吕氏春秋·贵直》记载"献公即位五年，兼国十九"。齐国并国的数量比晋国还要多一些。《荀子·仲尼》记载齐桓公"并国三十五"，《韩非子·有度》记载齐桓公"并国三十"。《韩非子》与《荀子》的记载有异，大概《荀子》中的记载更加准确，《韩非子》所记可能是概数。南方楚国也是兼并大国。《左传·僖公二十八年》记载晋楚城濮大战，晋国大夫栾贞子曰："汉阳诸姬，楚实尽之。"楚国在春秋时期先后吞并了四十余国。

各诸侯国内部也频繁上演土地争夺。《左传·闵公二年》载："初，公傅夺卜齮田，公不禁。秋，八月，辛丑，共仲使卜齮贼公于武闱。"
鲁闵公的师傅强行夺取卜齮的土地，闵公没有禁止，结果被卜齮刺杀。
《左传·成公十七年》载："晋厉公侈，多外嬖。反自鄢陵，欲尽去群大
夫而立其左右。胥童以胥克之废也，怨郤氏，而嬖于厉公。郤锜夺夷
阳五田，五亦嬖于厉公。郤犨与长鱼矫争田，执而梏之，与其父母妻
子同一辕。既，矫亦嬖于厉公。……壬午，胥童、夷羊五帅甲八百，
将攻郤氏。"这是晋国执政集团内部在鄢陵之战后发生的争田事件。《左
传·昭公十四年》载："晋邢侯与雍子争鄐田，久而无成。士景伯如楚，
叔鱼摄理。韩宣子命断旧狱，罪在雍子。雍子纳其女于叔鱼，叔鱼蔽
罪邢侯。邢侯怒，杀叔鱼与雍子于朝。宣子问其罪于叔向。……乃施
邢侯，而尸雍子与叔鱼于市。"这是晋国邢侯与贵族雍子争夺赂田，结
果引发了贵族之间的斗争。

　　土地如此宝贵，因此它在春秋时期成了诸侯王对卿大夫、卿大夫
对家臣赏赐的重礼。《左传·僖公元年》载："公赐季友汶阳之田及费。"
《左传·襄公二十六年》载："郑伯赏入陈之功。三月，甲寅朔，享子
展，赐之先路三命之服，先八邑。赐子产次路，再命之服，先六邑。"
郑简公赏给子产六邑之田。《左传·昭公三年》载："夏，四月，郑伯如
晋，公孙段相，甚敬而卑，礼无违者。晋侯嘉焉，授之以策。曰：'子
丰有劳于晋国，余闻而弗忘。赐女州田，以胙乃旧勋。'"晋平公赐给子
丰之子公孙段田，以表彰子丰、公孙段的功劳。

　　以上所举春秋时期所出现的辟土、并国、争田、赐田等事件，无
一不是由于春秋时期土地的独特意义引起的。春秋时人对土地的重要
性有着清醒的认识。据《左传·昭公十三年》记载，鲁国大夫子服景伯
不满晋国对鲁国的轻慢态度，于是对晋国大夫中行穆子说："鲁，兄弟
也，土地犹大，所命能具。""土地犹大，所命能具"的意思是说鲁国国
土面积大，出产的物资足够多，足以满足晋国的指令。这句春秋士大
夫的外交辞令，透露出鲁国大夫对土地与财富之间辩证关系的认知。
《礼记·大学》云"有土此有财"，说的正是这个道理。总之，春秋时期
是一个对土地高度敏感的时期，人们对土地与财富之间关系的认知可
能比以往任何一个朝代都更加明确，诸侯国自发的土地开发行为、诸

侯国之间的并国和夺地以及不同阶层之间的赐地等皆由此而起。

第二节　"尽全时空观念"：早期编年体史书的地域书写

中国古代史书的体例经历了一个辩证发展的过程。在《春秋》、"三传"以及《竹书纪年》等编年体史书出现之前，是资料汇编性质的史书《尚书》。上古史职各有分工，由于史职分工的不同而产生了体例不同的文献。班固的《汉书·艺文志》云："左史记言，右史记事。事为《春秋》，言为《尚书》。"《尚书》以记言为中心，主要是夏、商、周以及传说时代的政府档案资料汇编，虽然以典、谟、训、诰、誓、命等功能性体例成文，但史实的时间记载不明确，缺乏准确的时间坐标，记事也缺乏前后连贯性，不能给人以完整的历史认知，因而其作为"史"的本质特征并没有很充分地体现出来。编年体规避了资料汇编式史书记事时间模糊的弊端，力图按照时间的自然顺序将所关注的人物、史实及其价值和意义原原本本地呈现出来。

以往对于编年体书写体例的推崇多乐于强调其对"时"的完整记载，而忽略了其对"地"的记载。早期编年体史书也有明确的记"地"意识，"地"与"时"兼记，体现了春秋史官完整的、立体的时空观念。早期编年体史书对"地"的重视主要体现在以下两方面。

第一方面，春秋史官在记载历史事件时，一般都会对事件发生的地点作出交代。《春秋·隐公元年》载："三月，公及邾仪父盟于蔑。夏，五月，郑伯克段于鄢。……九月，及宋人盟于宿。"《春秋·隐公二年》载："二年，春，公会戎于潜。夏，五月，莒人入向。无骇帅师入极。秋，八月，庚辰，公及戎盟于唐。九月，纪裂繻来逆女。冬，十月，伯姬归于纪。纪子帛、莒子盟于密。"《春秋·庄公十年》载："十年，春，王正月，公败齐师于长勺。二月，公侵宋。三月，宋人迁宿。夏，六月，齐师、宋师次于郎。公败宋师于乘丘。秋，九月，荆败蔡师于莘，以蔡侯献舞归。冬，十月，齐师灭谭，谭子奔莒。"而《左传》在阐述这些历史事实时，对地点的记载比《春秋》更加细密。《左传·僖公二十四年》载："济河，围令狐，入桑泉，取臼衰。二月，甲午，晋师军于庐柳。秦伯使公子絷如晋师，师退，军于郇。辛丑，狐偃及秦、晋之大夫盟于郇。壬寅，公子入于晋师。丙午，入于曲沃。丁未，朝于武宫。戊申，使杀怀公于高梁。"这一段关于秦穆公纳公子重耳回国的记载，时间清晰，地点明确，纵贯而下，一气呵成。史官将事件发生的时间和地点详细记载了下来，这就将历史事件置于立体的时空坐标系中，使后世读者对事件有了清晰的认知。春秋史官这种"时""地"并记的撰写方式，实际上已经与现代历史地理学所倡导的"尽全时空观念"不谋而合。"尽全时空观念"是现代历史地理学研究的重要思维方法。时间和空间本是一切事物研究的两个基本维度，任何事物都是由具体的时空组成的，对历史客体的认识应该由地域性客体和时间性客体两部分组成。从事历史地理研究，要尽可能全面、客观、准确地认识客体，尽可能地占有所有历史时间信息符号，也要尽可能全面地占有所有地域信息符号。[①]"尽全时空观念"虽然是现代历史地理学所倡导的一种研究方法，但它与春秋时期史官的撰史原则是异曲同工的。春秋史官对历史事实的载录是对历史事实的再现，同时，春秋史官记史时又常常运用"春秋笔法"以寄托某种"微言大义"。所以，《春秋》可以看作春秋史官对当时历史的观察和思考，《左传》以事解经，更可以看作对《春秋》的阐释和研读。所以，《春秋》《左传》追求"时"和"地"准确性、全面性的撰史方式，从某种程度上完全可以看作"尽全时空观念"在中国早期史学中的体现。

第二方面，对春秋时期的史官而言，"地"已经成为撰述过程中着重描述的知识点。许多时候，关于"地"的记载中往往蕴含着史官的褒贬态度，寄托着史官的价值倾向。《春秋·庄公二年》载："冬，十有二月，夫人姜氏会齐侯于禚。"《左传·庄公二年》载："二年，冬，'夫人姜氏会齐侯于禚'。书，奸也。"禚属于齐地，夫人文姜嫁与鲁桓公之后依然回齐地与其兄齐襄公相会，行不以礼，故《左传》讥之以"奸也"。《春秋·庄公二十三年》载："夏，公如齐观社。"《左传·庄公二十三年》

---

① 蓝勇编著：《中国历史地理》，21 页，北京，高等教育出版社，2010。

记载了如下内容："二十三年，夏，公如齐观社，非礼也。曹刿谏曰：
'不可！夫礼，所以整民也。故会以训上下之则，制财用之节；朝以正
班爵之义，帅长幼之序；征伐以讨其不然。诸侯有王，王有巡守，以
大习之。非是，君不举矣。君举必书。书而不法，后嗣何观？'"鲁庄公
到齐国参观社祭，《左传》认为是非礼的。其理由包含在曹刿的谏语中：
君主如若不是因为国事就不应该轻易出境。因观社而出境，是非礼的。
观社可以，但要看地点的选择。如果是在侯国之内，一般没有问题；
一旦出境，就是非礼之举。《春秋·桓公四年》载："四年，春，正月，
公狩于郎。"《公羊传》释曰："狩者何？田狩也。春曰苗。秋曰蒐。冬曰
狩。常事不书，此何以书？讥。何讥尔？远也。诸侯曷为必田狩？一
曰干豆，二曰宾客，三曰充君之庖。"鲁桓公在郎地狩猎，史官认为这
是不合理的，因为地点太远。《春秋·僖公二十八年》载："天王狩于河
阳。"《左传》对此作了如下解释："是会也，晋侯召王，以诸侯见，且使
王狩。仲尼曰：'以臣召君，不可为训。'故书曰'天王狩于河阳'。言非
其地也。且明德也。""晋侯召王"是晋文公确立其霸主地位的标志性事
件，也是政权下移的一个典型事件，不能不载，所以史官采取这样一
种较为隐讳的方式，以表达对晋文公以下欺上违礼行为的批判。

　　《春秋》等编年体史书在体例方面确实预先有成熟的思考，时间、
人物、具体事项、地点都是撰史时必须要呈现出来的书写因素。"地"
的记载与"时"的记载同样富有重要意义。"地"的记载不仅是历史书写
的一个核心要素，还承担着价值批判的功能。春秋史官兼记"时"和
"地"的撰述方式，体现了早期编年体史书对时空记载全面性和准确性
的追求，也是上古时期时空观念发展的一个重要体现。

第三节　辟土来民与《诗经》流民诗的创作

　　从文献记载来看，春秋时期流民现象层出不穷。《管子·四时》曰：
"禁迁徙，止流民。"齐国曾经发布过禁止民众迁徙的政令，令民定居，
不废田地。既然已经到了要通过颁布国家政令来禁止流民的地步，可

见当时流民现象非常普遍。

在安土重迁的农耕社会，百姓之所以迁徙，一定是出于无奈，不得不然。离乱的时代环境直接影响了文学创作，为春秋文人提供了可供展现的文学母题。《诗经》中有四首诗与流民题材有关——《王风·葛藟》《唐风·杕杜》《小雅·黄鸟》《小雅·鸿雁》，其中前三首是流民内心困苦的表达，而最后一首是专司安置流民的诸侯国使臣对自己的辛勤劳作不被认可的抱怨。《王风·葛藟》云：

> 绵绵葛藟，在河之浒。终远兄弟，谓他人父。谓他人父，亦莫我顾。
>
> 绵绵葛藟，在河之涘。终远兄弟，谓他人母。谓他人母，亦莫我有。
>
> 绵绵葛藟，在河之漘。终远兄弟，谓他人昆。谓他人昆，亦莫我闻。

《唐风·杕杜》云：

> 有杕之杜，其叶湑湑。独行踽踽。岂无他人？不如我同父。嗟行之人，胡不比焉？人无兄弟，胡不佽焉？
>
> 有杕之杜，其叶菁菁。独行睘睘。岂无他人？不如我同姓。嗟行之人，胡不比焉？人无兄弟，胡不佽焉？

《小雅·黄鸟》云：

> 黄鸟黄鸟，无集于穀，无啄我粟。此邦之人，不我肯穀。言旋言归，复我邦族。
>
> 黄鸟黄鸟，无集于桑，无啄我粱。此邦之人，不可与明。言旋言归，复我诸兄。
>
> 黄鸟黄鸟，无集于栩，无啄我黍。此邦之人，不可与处。言旋言归，复我诸父。

这三首诗中所蕴含的思想情感极其相似，传递出了三个层面的信息：第一，诗中的抒情主体是背井离乡的流民；第二，他们来到陌生之地后重新得到了土地；第三，他们与当地居民相处得并不融洽，不被接纳，内心忧伤，因而更加怀念故土。诗中对抒情主体生存境况的描述有些复杂：第一，抒情主体缘何当了流民？且他们因为什么远走他乡？第二，他们通过什么方式重新获得了土地？第三，他们既然已经重新定居，为什么不能融入当地族群？只有依次解决了这三个问题，才能从根本上真正了解这三首诗的创作缘起和情感内涵。

西周社会是血缘共同体社会，周天子、诸侯王、卿大夫、士以及各自所辖范围内的庶民之间存在或远或近的血缘姻亲关系，自上到下构成多层级的主属关系。由于这种主属关系是以血缘姻亲为基础的，因此它相对稳定、紧密。作为上级的大宗对作为下级的小宗有庇护的责任，作为下级的小宗对作为上级的大宗有效忠并为其纳贡的责任。上下之间权责较为分明，关系稳定牢固，又以血缘姻亲为基础，因此西周社会从某种程度上说就是一个温情脉脉的熟人社会。但是，西周末至春秋时期，中国历史进入大变革大动荡时期。礼崩乐坏，王纲解纽，宗法纽带开始松弛，血缘宗族关系断裂。"既有肥羜，以速诸父。宁适不来，微我弗顾。於粲洒扫，陈馈八簋。既有肥牡，以速诸舅。宁适不来，微我有咎"（《诗经·小雅·伐木》）反映的就是当时宗法血缘纽带的维持作用日渐松弛。面对日渐松散的宗族关系，贵族阶层中有的人拼命维系，如《伐木》的作者；有的人却对此不以为意，如诗中被宴请却辞而不就的"诸父""诸舅"。宗法关系断裂过程中，最大的受害者不是贵族，而是宗族大家庭中的下层庶民。这些下层庶民从宗族大家庭中脱离，迁徙到别地，形成了一个新的社会群体——氓。段玉裁在《说文解字注》中言："氓与民小别。盖自他归往之民则谓之氓，故字从民亡。""氓"这一新的社会群体，在先秦典籍中有记载。《诗经·卫风·氓》云："氓之蚩蚩，抱布贸丝。匪来贸丝，来即我谋。"诗中的男主人公"氓"，程俊英认为"可能是一个丧失田地而流亡到卫国的人"①，而不是一般意义上的农夫。此说不为无据，文字学家、考古学家林沄

① 程俊英、蒋见元：《诗经注析》上册，171 页，北京，中华书局，1991。

结合众多文献考证出"氓"字的本义是"自他归往之民"①。

周人十分注重宗族情感，为什么要离开生于斯长于斯的故乡而奔向陌生的他乡？这背后一定有他们不得不然的客观原因，总结起来有两点。一是春秋时期，愈演愈烈的宗族斗争使族人失去庇佑，不得不离开故土。《仪礼·丧服》曰："大宗者，收族者也，不可以绝。"郑玄注"收族"曰："收族者，谓别亲疏，序昭穆。"即以上下尊卑、亲疏远近之序来团结族人。大宗肩负护佑宗族子弟，"救灾患，宥孤寡"（《左传·昭公十四年》），"匡乏困，救灾患"（《左传·成公十八年》），使本宗族血脉绵延不绝的责任。因此，他们必须在王朝或者封国中任一定职官。然而，"弃官，则族无所庇"（《左传·文公十六年》），贵族作为宗主，代表家族奔走于公家，职官是其收族、庇族的依据，失去职官便使全族在政治和经济上失去依恃。与此相伴，必然会出现血缘关系的疏远与人口的流动。《国语·晋语五》载："臼季使，舍于冀野。冀缺薅，其妻馌之，敬，相待如宾。"冀芮（郤芮）之子冀缺因父之罪（支持晋惠公而反对晋文公）流落乡间，过着躬耕生活。据《国语·晋语八》记载，晋国卿大夫叔向云："夫郤昭子，其富半公室，其家半三军，恃其富宠，以泰于国，其身尸于朝，其宗没于绛。不然，夫八郤，五大夫三卿，其宠大矣，一朝而灭，莫之哀也，唯无德也。"郤昭子曾经居功至伟，后遭诬陷被杀，其宗族遂流落至民间。《国语·晋语九》载："夫范、中行氏不恤庶难，欲擅晋国，今其子孙将耕于齐，宗庙之牺为畎亩之勤，人之化也，何日之有！"范氏和中行氏曾经擅晋国之政，势败之后，子孙辗转于齐国躬耕，成为氓民。

二是不堪忍受本宗族的宗主疯狂的剥削压迫，选择远适他乡。春秋时期，随着诸侯兼并战争的加剧，战争的规模越来越大，需要投入的兵力和物力也越来越多。因此，作为大宗主的诸侯王、卿大夫不可避免地加强了对本宗族子民的压榨。久而久之，民众不堪压迫，必然选择离开。《国语·周语下》载："民不给，将有远志，是离民也。"韦昭注："远志，逋逃也。"意思是说，百姓如果不堪压迫，就会逃至他乡。

---

① 林沄：《说"氓"》，载《史学集刊（复刊号）》，1981(10)。

《魏风·硕鼠》曰："逝将去女，适彼乐土。乐土乐土，爰得我所。"《毛诗序》曰："《硕鼠》，刺重敛也。国人刺其君重敛蚕食于民，不修其政，贪而畏人，若大鼠也。"朱熹《诗序辨说》曰："此亦托于硕鼠以刺其有司之辞，未必直以硕鼠比其君也。"朱子所言极是。《硕鼠》所刺对象，未必一定是诸侯国君，而更有可能是所属的宗主（即有司）。当宗主的剥削不堪忍受时，庶民必然会迁至别国，形成人口的迁徙流动。

从诗歌文本来看，"无集于榖""无集于桑""无集于栩""无啄我粟""无啄我粱""无啄我黍"显然表明，这些离开故国背井离乡的"氓"们是既有树又有粮，重新获得了土地的。那么，他们是怎么重新获得土地的呢？

春秋时期的诸侯王要开疆拓土或者参与战争，必须要有人力。为了扩大人力资源，他们往往都会对流民采取一定的安抚优待政策。《左传·僖公七年》载有管仲劝谏齐桓公之语："招携以礼，怀远以德。德、礼不易，无人不怀。"管仲劝谏齐桓公说，统治者只有德行高尚，才能招引移民入住本国。《管子·形势解》曰："民，利之则来，害之则去。民之从利也，如水之走下，于四方无择也。故欲来民者，先起其利，虽不召而民自至。设其所恶，虽召之而民不来也。"管子指出，只有给百姓利益才有希望"来民"。在列国争霸的时代环境下，能不能引来流民，能否将这些流民妥善安置，对诸侯国的存亡意义重大。因此，管子与齐桓公不止一次地讨论过如何"致民""安民"。《管子·轻重甲》记载了齐桓公问管子"何谓致天下之民"之事，管子对曰："饥者得食，寒者得衣，死者得葬，不资者得振，则天下之归我者若流水。此之谓致天下之民。"《管子·事语》曰："彼善为国者，壤辟举则民留处。"如何才能安民呢？得从实际生活上给予其安抚，同时也得开辟土地使其有地可耕。孔子也非常看重对外来人口的吸引和安抚。《论语·子路》载孔子之语曰："近者说，远者来。"他认为从政者只有使封国之内的民众生活安乐，才能使封国之外的人羡慕，最终将他们吸引来。《论语·子张》记载子贡论孔子为政："绥之斯来。"何晏注曰："安之则远者来至。"只有安顿好外来移民，才会有更多的外来者涌入本国。如何对外来人口进行安抚照顾？各国可能都有自己的办法。《周礼·地官·遂人》曰：

"凡治野，以下剂致氓，以田里安氓，以乐昏扰氓，以土宜教氓稼穑，以兴锄利氓，以时器劝氓，以强予任氓，以土均平政。"所谓"下剂"，孙诒让曰："剂即徒役之凡要，以所任之多少为上下……下剂致氓，谓依下等役法征聚遂徒，轻其力役以惠远也。"即让他们服最低程度劳役。《周礼·地官·旅师》也有类似的表述："凡新氓之治皆听之，使无征役，以地之嫩恶为之等。"除减免徭役之外，还要帮助氓民安排好田地和住宅，引导他们及时婚恋，教授他们稼穑之法，辅导他们使用农耕用具，对有余力的氓民继续分配土地耕种。既然故土难安，又能从新的统治者那里得到土地，重新与土地结合并且得到一定的优待照顾，选择迁徙也就是必然的了。

漂泊到异乡的流民，虽然能够从当地的统治者那里得到一定的优待安抚，重新获得土地并以力田为生，但是他们却很难融入当地族群。自西周以来一直延续到春秋时期的以血缘亲情为基础的地缘政治，将外来移民排斥在族群之外。"此邦之人，不我肯穀。言旋言归，复我邦族"，正是他们这种作为异乡人的被排斥感的反映。

族群之所以能够结成一个相对稳定的共同体，在于族群对其成员有一个潜在的要求，即同心同德。《国语·晋语四》载："昔少典娶于有蟜氏，生黄帝、炎帝。黄帝以姬水成，炎帝以姜水成。成而异德，故黄帝为姬，炎帝为姜。二帝用师以相济也，异德之故也。异姓则异德，异德则异类。异类虽近，男女相及，以生民也。同姓则同德，同德则同心，同心则同志。"那么，"异姓则异德""同姓则同德"中"德"字的具体含义是什么呢？在殷商甲骨文和周初金文中，"德"字并无"心"这一构件，径写作"徝"。其实，"徝"乃"直"字的繁文、"德"字的初文。"悳"乃"德"之古字，从心从直，会内心正直之意，直亦声。《说文解字》曰："德，外得于人，内得于己也。从直从心。"清朱骏声《说文通训定声》曰："外得于人者，恩德之德；内得于己者，道德之德。经传皆以'德'为之。"从文献用字角度看，"徝""悳"二字后世皆废弃不用，唯"德"字通行至今。从词源角度看，"徝""悳""德"三字皆由"直"字派生孳乳而来。"直"字的甲骨文从目，加竖画，会"正见"之意，故"德"有

"正直"的意义特征。① 因此，郭沫若说："德字照字面上看来是从循（古直字）从心，意思是把心思放端正，便是《大学》上所说的'欲修其身先正其心'。"②李泽厚、何新进一步指出，在先秦书面文献的具体语境中，"德"字常常特指"习惯法"，即宗族祭祀祖先的法则。③《尚书·高宗肜日》曰："民有不若德，不听罪。天既孚命正厥德。"民（此指宗族子弟）如果不遵循祭祀的法则，不接受惩罚，老天就会来纠正他们的祭祀法则。《尚书·召诰》曰："我不可不监于有夏，亦不可不监于有殷。我不敢知曰，有夏服天命，惟有历年。我不敢知曰，不其延，惟不敬厥德，乃早坠厥命。我不敢知曰，有殷受天命，惟有历年。我不敢知曰，不其延，惟不敬厥德，乃早坠厥命。"如果不恭敬地进行祭祀，天命就会陨落。《尚书·康诰》曰："克明德慎罚，不敢侮鳏寡，庸庸，祗祗，威威，显民。"对祭祀恭敬，对刑罚谨慎，用可用，敬可敬，刑可刑，明此道以示民。

周初封土建国，建立不同的宗族。宗族子弟对先祖进行祭祀，使之"继嗣不绝"，这叫作"明德""昭德"。《左传·定公四年》载："昔武王克商，成王定之，选建明德，以蕃屏周。故周公相王室，以尹天下，于周为睦。分鲁公以大路、大旂，夏后氏之璜，封父之繁弱，殷民六族，条氏、徐氏、萧氏、索氏、长勺氏、尾勺氏，使帅其宗氏，辑其分族，将其类丑，以法则周公。用即命于周。是使之职事于鲁，以昭周公之明德。"鲁国立周公之后，"昭周公之德"；成王继位后，"昭文、武之德"。总之，继嗣祭祖即为"德"。

"异姓则异德""同姓则同德"，因为是同一宗族的子弟，拥有共同的祖先，其祭祀对象是相同的，因此便有相同的祭祀法则。《尚书·盘庚》曰："兹予大享于先王，尔祖其从与享之。作福作灾，予亦不敢动

① 参见黄德宽主编：《古文字谱系疏证》，151～154 页，北京，商务印书馆，2007；何九盈、王宁、董琨主编：《辞源（第三版）》上册，1449、1507 页，北京，商务印书馆，2015。

② 郭沫若著作编辑出版委员会编：《郭沫若全集　历史编　第一卷》，336 页，北京，人民出版社，1982。

③ 何新：《诸神的起源——中国远古神话与历史》，300～310 页，北京，生活·读书·新知三联书店，1986。

用非德。"将别宗的祖先与先王共同祭祀，无论先祖先王作福也好，作灾也好，不管他们态度如何，在祭祀时都不用"非德"改变祭祀的法则，一并恭敬地进行祭祀。

"同德则同心，同心则同志"，共同的祖先决定了有共同的祭祀法则。有共同的祭祀对象和法则，则必然勠力同心，志同道合。《左传·僖公十年》载狐突之语："神不歆非类，民不祀非族。"孔颖达疏曰："非其子孙，妄祀他人父祖，则鬼神不歆享之耳。"一个宗族的族人不应该祭祀另外一个宗族的祖先，即使祭祀，异族祖先也不会安然享用，当然也不会对其有任何护佑。据《左传·成公四年》载，鲁国拟叛晋归楚，鲁国大夫季文子反对，他征引《史佚之志》，有"非我族类，其心必异"之语。楚与鲁非同族，心志是不会一致的。《王风·葛藟》《唐风·杕杜》《小雅·黄鸟》三首诗中的抒情主人公所抒发的疏离情绪，正是宗法时代"非我族类，其心必异"的伦理观念压迫出来的结果。

同样是以流民现象为背景，与《王风·葛藟》《唐风·杕杜》《小雅·黄鸟》三首直接从流民角度抒发悲愤哀怨之情的诗歌不同，《小雅·鸿雁》的抒情主体转到了负责安置流民的使臣那里：

> 鸿雁于飞，肃肃其羽。之子于征，劬劳于野。爰及矜人，哀此鳏寡。
> 鸿雁于飞，集于中泽。之子于垣，百堵皆作。虽则劬劳，其究安宅。
> 鸿雁于飞，哀鸣嗷嗷。维此哲人，谓我劬劳。维彼愚人，谓我宣骄。

"之子"指的是安置流民的使臣。他们"劬劳于野"，筑造房屋安置流民，使远道而来的流民得到安抚。然而他们辛勤的劳作并没有完全得到肯定，"维此哲人，谓我劬劳。维彼愚人，谓我宣骄"，通情达理的"哲人"肯定"我"的劳动，而不明事理的"愚人"则认为"我"傲慢，"我"由此感到幽怨。"诗虽谓尝明言流民如何，但以鸿雁起兴，则使人顿觉满目疮痍、一片萧索之象。"①后世以"鸿雁"代指流民，正是由此诗而起。

由上可见，春秋时期流民现象的出现，与春秋时期社会阶层的流动和列国战争所带来的剥削压迫有关；而有些诸侯国则有意识地辟土以来民，因此列国之间的流民、安民现象时有发生，促成了诗歌中流民诗的创作。

第四节　农事诗与征役诗中
交相辉映的生活情境与价值追求

对于春秋时期的上层贵族而言，"国之大事，在祀与戎"（《左传·成公十三年》）；而对于普通国民而言，"民之大事在农"（《国语·周语上》），最基本的生产活动是力田。然而，战乱年代，参战又难以避免。力田与参战构成了春秋时期普通国民生活的两个基本状态。没有战争的时候，他们居守于土地上，日出而作，日落而息，春播夏耨，秋收冬藏，全身心地投入且热情地讴歌土地所带来的安宁与收获。战争一旦到来，他们就得放下耒耜，扛起戈矛，由农夫一变而为征战的士兵，离开故土，四处漂泊，不知归期何在。力田与参战截然不同的生活情境以及其中各自蕴藏的心曲，却存在某种深刻的内在联系。

农耕社会里，土地意味着绝大部分生活资料的来源，因此西周、春秋时期出现了一些直接以"土地"为表现内容的诗歌，即农事诗。《诗经》中的农事诗，指的是直接描述农事活动以及与农事相关的政治、宗教活动和日常生活的诗歌。其具体的篇目，目前学界一般认同朱熹《诗集传》和郭沫若《从周代农事诗论到周代社会》中的相关论述，即《豳风·七月》《小雅·楚茨》《小雅·信南山》《小雅·甫田》《小雅·大田》《周颂·噫嘻》《周颂·臣工》《周颂·丰年》《周颂·载芟》《周颂·良耜》《周颂·思文》十一篇。据李山老师考证，《小雅·楚茨》《小雅·信南山》《小雅·甫田》《小雅·大田》以及《周颂·载芟》《周颂·良耜》《周

---

① 李山：《诗经析读》，251 页，海口，南海出版公司，2003。

颂·思文》七篇均创作于周恭王时期，《周颂·噫嘻》《周颂·臣工》《周
颂·丰年》三篇均是周康王时期的作品，《豳风·七月》为春秋时期的
作品。①

与收录于《雅》《颂》的西周时期的农事诗不同，《豳风·七月》所强
调的不再是农业祭祀典礼，而是农夫的日常生活。诚如李山教授所言：
"农事诗篇歌唱的是农政典礼，立意揭橥的是以人、神关系为其表象形
式的人群关系，着重强调的是农事典礼的政道意义。而在《豳风·七
月》中，我们看到的是一首意义全新的农事之歌。它的艺术触觉不是农
事活动的某个片段，而是一年四季的耕桑全部；它的视角不是局限于
'王者治农'的政道界域，而是放眼于人在天地之间。它仿佛将我们从
隆重的典礼上、庄严的祭祀中召唤出来，带向广阔的田野之上，去面
对农人所面对的天地自然，去领会真正的农人所体会到的世界节律，
去感受农人们在几百年农耕实践中对人与天地自然关系所获得的认同
与理解。"②《豳风·七月》没有过多超越现实的宗教色彩和掌控秩序的
政教色彩，它所散发出来的是浓郁的人间气息。在诗人循序渐进的叙
述中，我们能够感受到当年生存于这片土地上的人们曾经怎样认真地
生活过。这是一首基于对土地的依恋和热爱而创作出来的诗歌，充分
展示了春秋的农人对土地的深厚情感。在字里行间的叙述中，我们能
够感觉出当时的人们所坚持的一种价值观：居守于大地上辛勤劳作，
从大地中汲取生存所需要的一切，生于斯，长于斯，老于斯，就是最
理想的生活；任何影响这种安宁和祥和的外在力量都是令人厌弃的破
坏性因素。

然而，对于大多数人而言，生于春秋战乱年代，从生到老一直居
守于土地安宁地生活大概仅仅是一种理想。由于战争频仍，他们不得
不弃耕从征，由是在《诗经》中出现了一些以战争为题材的诗歌，学界
一般将其称为战争诗。赵沛霖教授曾对战争诗作过概念界定："所谓战
争诗又可称为战事歌、武勋诗，是指那些以战争为题材，直接反映战

---

① 李山：《诗经析读》，311、437、202 页，海口，南海出版公司，2003。

② 李山：《诗经的文化精神》，61 页，北京，东方出版社，1997。

争或围绕战争展开叙写的诗歌。"[①]他以此为标准，将《诗经》中的战争诗按战争的范围和性质分为两类：一类是反映周天子对外战争的诗歌如《小雅·采薇》《小雅·出车》《小雅·六月》《小雅·采芑》《大雅·江汉》《大雅·常武》，另一类是反映诸侯对外战争的诗歌如《秦风·小戎》《秦风·无衣》。[②] 第一类战争诗均出于西周，第二类的两首战争诗出于平王东迁以后的春秋时期。《秦风·小戎》以平王东迁以后秦伐西戎事为写作素材，《毛诗序》认为产生于秦襄公讨伐西戎之时。公元前771 年周幽王被杀，西周灭亡，秦襄公因护送周平王东迁有功被封为诸侯。东周初年，西戎骚扰不休，于是襄公奉王命备兵甲以讨西戎。全诗一共三章，重章叠唱。每章十句，每句四字。每章前六句都是赞美秦师军容盛大、装备精良，后四句都是抒发女子思念远方征人之情。关于《秦风·无衣》，《毛诗序》曰："《无衣》，刺用兵也。秦人刺其君好攻战，亟用兵，而不与民同欲焉。"现代学者一般不认同此说，而认为是秦人攻逐犬戎时，兵士间团结友爱、同仇敌忾、偕作并行、准备抵御外侮的战歌。其创作年代，当与《秦风·小戎》基本同时。

与西周时期的战争诗相比，这两首春秋时期出自秦地的战争诗有一个较为明显的特点，即在情感基调上较为昂扬高亢，对战争的排斥态度被隐藏了。究其原因，主要有如下两方面。一方面，这自然与秦地一贯的"尚武"民风有关。秦地向来崇尚武力，民风彪悍，诗歌也以刚猛豪横著称。另一方面，也与春秋时期中原诸侯国的"戎狄"观念有关。"中国"一词的早期含义，多涉政治或地理意义，如《大雅·民劳》中的"惠此中国，以绥四方"，《大雅·桑柔》中的"哀恫中国，具赘卒荒"等。但是到了春秋时期，"中国"一词往往在夷夏之辨的文化语境中

---

① 赵沛霖：《诗经研究反思》，114 页，天津，天津教育出版社，1989。

② 战争诗概念有广义、狭义之分。狭义的战争诗指的是直接以战争为主题的诗歌，广义的战争诗既包括狭义的战争诗，也包括以战争为背景的诗歌（包括《周南·卷耳》《周南·兔罝》《周南·汉广》《周南·汝坟》《召南·草虫》《邶风·击鼓》《邶风·雄雉》《邶风·式微》《鄘风·干旄》《鄘风·载驰》《王风·君子于役》《卫风·伯兮》《魏风·陟岵》《唐风·鸨羽》《豳风·东山》《豳风·破斧》《小雅·四牡》《小雅·何草不黄》，共 18 首）。赵沛霖教授对战争诗的界定用的是狭义战争诗概念。以战争为背景的诗歌史料较为模糊，较难明确断代，因此本书所指战争诗用的也是狭义战争诗概念。

被提出，如《穀梁传·成公九年》中的"莒虽夷狄，犹中国也"，《公羊传·宣公十五年》中的"离于夷狄，而未能合于中国"，《左传·庄公三十一年》中的"凡诸侯有四夷之功，则献于王，王以警于夷，中国则否。诸侯不相遗俘"等，"中国"与"夷狄"互相对立。《春秋》经学的主要价值取向是"尊王攘夷"，因此像《秦风·小戎》中反映的春秋时期中原诸侯国对夷狄的"攘夷"战争充满战斗的豪情是在情理之中的。朱熹在《诗集传》中评《秦风·小戎》曰："西戎者，秦之臣子所与不共戴天之仇也。襄公上承天子之命，率其国人往而征之。故其从役者之家人，先夸车甲之盛如此，而后及其私情。盖以义兴师，则虽妇人亦知勇于赴敌而无所怨矣。"朱熹认为《秦风·小戎》的写作手法是"赋"，即写实，对军容盛大、装备精良的描写是写实的。"秦人在西周晚期以前，世居陇西一带，以养马为业，至平王东迁时，才将戎狄占领的岐西之地空头口惠地封予秦人。至文公时期，秦人才据有岐山之地，'收周余民有之'。……襄公至文公的时代，正是秦人在征战中建立新型国家制度的时期。世以养马骑射为习性的秦人，也有了盛行于宗周邦国的车马，正是秦人从游牧人群向农耕人群转化的表现。可以推想，装饰华美的战车在当时不仅新兴，而且时髦，并且在秦人心目中又是新身份的标志，所以诗人在表现思妇情绪时，也忘不了对新式武器作一番不那么轻灵的描述。"①整首诗歌将三分之二的篇幅用于军容装备的描写，对其时的秦国诗人来讲，大概是一种情不自禁的欢喜。同时，也起着鼓舞士气的作用。

诗歌每章后四句都是思妇"念远"的描写："言念君子，温其如玉。在其板屋，乱我心曲。""言念君子，温其在邑。方何为期，胡然我念之。""言念君子，载寝载兴。厌厌良人，秩秩德音。"深切的怀念中其实隐藏着对战争的抵触情绪，因为这不得相见的境遇正是无休止的战争造成的。那么，如何来理解同一首诗中既有对军容盛大的歌颂，又有对战争的抵触情绪呢？前者昂扬，后者消沉，这两者之间存在令人费解的冲突和张力。其实，这是西周时期的战争诗的既有写法。西周战

---

① 李山：《诗经析读》，166 页，海口，南海出版公司，2003。

争诗如《小雅·出车》在描绘完军容盛况之后，有一章专写思妇念远："喓喓草虫，趯趯阜螽。未见君子，忧心忡忡。既见君子，我心则降。"这首诗中甚至还出现了征夫厌战和思归情绪的直接表达："忧心悄悄，仆夫况瘁。""岂不怀归？畏此简书。"对周人而言，这两种描写并存于同一首作品中其实是可以理解的。《诗经》中的战争诗用于演唱，就相当于军中战歌。既然是抗敌御辱的战争，军情激昂理所应当；而从人性的角度出发，思恋是人类永恒思考和乐于讨论的话题，军歌当中出现思恋描写的片段也是诗人了解人性、贴近人性的一种书写方式。诗歌演唱的接受对象——征人，无论是已婚还是未婚，不管家乡是否真实存在一位互相依恋、值得思念的对象，这些诗歌当中的情思描写对于他们而言都是一种精神上的宽慰。这种刚柔相济的军歌写作方式亦为现代军歌（如《军中绿花》《家乡的月亮》等）所承袭。

战争诗中思情的描写以及直接表达厌战、归乡情绪的描写，从诗歌的具体功用上讲，是对接受对象的宽慰；从文化思想史的角度看，它们也从本质上体现了周人对战争的根本态度。"通观《诗经》的战争作品，从国家到个体，从征夫到家人，普遍地对战争抱以厌弃的态度。"①对那些无比珍视个体生命的人来说，战争并不被看成是什么建功立业、名垂青史的好机会，而是生命不折不扣的噪声，是时代硬塞到人们手里的沉重包袱，不仅多余，而且可恶。对于普通人而言，最理想的人生只不过是小心翼翼地呵护好仅有的一次生命，安然地迎送完一段属于自己的人生历程。这是对生命深沉的尊重和珍惜。《诗经》中的战争诗中恋情、思乡和厌战情绪的描写，让人们看到了战争对正常人生历程的阻断，使读者们懂得了战争对于无辜生命的戕害。我们应该承认，这是一种非常高明、文明且对普通民众负责任的战争观。

从根本上讲，《诗经》中农事诗和战争诗的相关描写具有两方面特点：一方面，铺陈了周人生命中两种不同的状态即力田与从征；另一方面，这两种生命状态所传达出来的情绪和价值观念又可以说是异曲同工、殊途同归的——力田的生活是梦寐以求、竭力歌颂的，征战的

---

① 李山：《诗经的文化精神》，106 页，北京，东方出版社，1997。

生活是不得不然、力图回避的。这两种不同题材的诗歌类型，均直接或间接与土地有关。

综上可见，春秋时期史书的编写和诗歌的创作确实受到了其时舆地观念的影响，而舆地观念的转变又受制于自然条件和生产技术的发展状况。三者之间产生了次第影响的关系，即随着地球"暖期"的到来和生产工具的急遽进步，土地的开发和利用程度空前提高，从土地中获得的生活资料较之前代更加丰富，以诸侯国国君为代表的权力阶层对土地表现出疯狂的占有欲，由此而引发的诸侯国之间吞地、并国以及中原诸侯国对夷狄的"攘夷"战争直接促成了相关文献的生成。整个春秋时代对土地的敏感气氛使得史官在撰写编年体史书时坚持"尽全时空观念"，即除了注重"时"的记载之外，也极其看重"地"的记载，力求完整地呈现事件发生时的时间和地点信息，这在客观上直接影响了中国早期编年体史书的撰写格局；在诸侯争霸过程中，有些诸侯国为了获取更多的物资而加剧了对宗族内民众的剥削压迫，而有些诸侯国则有意识地辟土以来民，因此在诸侯国之间的移民、安民现象时有发生，促成了诗歌中流民诗的创作。春秋时期农人们对土地的依恋和对农耕生活的珍视，促成了农事诗的创作；中原诸侯国对夷狄的"攘夷"战争，促使了战争诗的出现。虽然农事诗与战争诗虽反映的是春秋时期民众两种不同的生活状态，但透露出来的价值观却高度统一。因此，要透彻地了解春秋时期诸多文献的生成原因，不能不关注到其时社会各阶层尤其是权力阶层的舆地观念。舆地观念是深入把握春秋时期文献生成状况的一个值得关注的视角和切入点。

第三章　春秋礼乐制度及其相关文献

　　春秋时代，自西周以来的"礼乐文明"渐呈衰落之势，但周室的余威尚在，尊礼重信仍是社会的主要趋势。整个春秋社会政治表现出浓重的"文治"特点，无论是传统的人生礼仪、祭祖祭神礼仪，还是处在变革中的聘问、盟会、册命等制度，都是借助于相应礼仪之文的撰制和发布而在实际的社会生活中运作的。因此，本书拟从春秋时期礼乐制度的实际实施操作情况的归纳入手，揭示春秋时期的礼乐制度与相关文献之间的关系，对由此而产生的各类文章文类的特点、功用予以系统梳理，借此彰显春秋时代的文章文类生成的独特样貌，并从文章创作的角度呈现春秋文学的实绩及对后世文学的影响。

第一节　春秋祭祀制度与祝颂文献

　　《周礼·春官》载，大宗伯"掌建邦之天神、人鬼、地示之礼，以佐王建保邦国"。西周以来的祭祀制度高度体系化，祭祀对象包括天神、地神、人鬼三个层次。宗庙祭祀的对象主要是祖先，郊祀及群祀的对象比较多，对象虽有不同，但祭祀的程序大体一致。《礼记·礼运》载："故玄酒在室，醴盏在户，粢醍在堂，澄酒在下。陈其牺牲，备其鼎俎，列其琴、瑟、管、磬、钟、鼓，修其祝、嘏，以降上神与其先祖。"可见，祭祀的仪程大体包括择期①、献祭、奏乐、祝嘏、降神、

---

① 柳诒徵尝言："祭必卜日，先期斋戒，以所祭者之孙或同姓者为尸。"见柳诒徵编注：《中国文化史》上册，169页，上海，东方出版中心，1988。

燕享等仪式。① 祭祀的核心仪程是"修其祝、嘏"，也就是用特殊的言辞完成人与神的沟通。

《礼记·曲礼下》载："天子祭天地，祭四方，祭山川，祭五祀，岁遍。诸侯方祀，祭山川，祭五祀，岁遍。大夫祭五祀，岁遍。士祭其先。"不同阶层所祭对象不同，祭祀的规格也有相应的差异，祝嘏之辞也有不同的要求。这体现了祭祀的等级性特征。春秋祭祀制度大体继承了西周而小有变化，本节拟从祭祀制度入手，探讨祭祀祝嘏辞与祭祀制度的关系，揭示其写作特点及其对后世文章的影响。

一、春秋祭礼的文学化特征

刘师培在《文章学史序》中尝言："东周以降，祭礼未沦，故陈信鬼神无愧词者，随会之祝史也。能上下说乎鬼神者，楚王之左史也。推之范文虞灾，则祝宗为之祈死；随侯失德，则祝史兼用矫词。盖周代司祭之官，多娴文学，与印度婆罗门同，故修词之术，克擅厥长。"② 足见春秋时代祝史"修其祝、嘏"之风的盛行。

祭祀的核心是通过祝嘏之辞的撰制与宣示完成人、神之间的信息沟通，再加上祭祀的过程贯穿着歌舞艺术的展演，因此可以说"祭坛就是文坛"。③ 在神圣和世俗的祭祀仪式的展演当中，一方面是春秋以前的仪式乐歌借此定型和传播，另一方面是祝嘏通神的祝颂之文的创作。以下试以具体的祭礼为例，对春秋祝颂之文的生成机制予以叙述。

（一）春秋郊祭中的奏乐歌颂与祝嘏辞说

郊祭见于甲骨文记载，说明商代已有郊祭。据文献记载，周代郊祭既是祭天大典，也是以始祖后稷及先王配祭的祭祖大典。《尚书·召诰》记载了周公摄政七年，洛邑告成，举行郊天之礼的盛况：

> 若翼日乙卯，周公朝至于洛，则达观于新邑营。越三日丁巳，

---

① 钱玄：《三礼通论》，617~627页，南京，南京师范大学出版社，1996。
② 刘师培：《刘申叔遗书》上册，527页，南京，江苏古籍出版社，1997。
③ 黄惠焜：《祭坛就是文坛——论原始宗教与原始文学的关系》，载《思想战线》，1981(2)。

用牲于郊，牛二。

孙星衍疏曰："王郊是正祭，当以上旬行礼于镐京。此因始立郊兆而特祭天，配以后稷也。"是说郊祭本应在镐京举行，但因为洛邑初成，修建了郊祭用的祭坛，所以在此祭天。郊祭用特牲，即两头牛，而不用猪与羊。《逸周书·作雒》记周公营建洛邑后，"乃设丘兆于南郊，以上帝，配□后稷，日月星辰，先王皆与食"。也记录了周公还政成王之前，在洛邑举行郊祭的情况。周公之后，郊礼就固定了下来，此后成为常制。

后世礼家以为《周礼》中的祭上帝、五帝之祭也属郊祭，今人钱玄在《郊社及群祀》中认为："先秦祀天神祇只有天（昊天），或称上帝，其祀即《左传》《礼记》及其他书中所述郊祭。"①其说是。

关于郊祭的时间，《礼记·郊特牲》有论述。其文曰："郊之祭也，迎长日之至也。大报天而主日也。兆于南郊，就阳位也。……于郊，故谓之郊。"又云："郊之用辛也，周之始郊，日以至。"言西周时于冬至行郊礼。钱玄据此认为西周的郊祭在一年的冬至日进行，有时也推迟至下年一月举行。② 具体的时间见《礼记·祭义》："郊之祭，大报天，而主日，配以月。夏后氏祭其暗，殷人祭其阳。周人祭日，以朝及暗。"这是说夏代祭天在黄昏时分，商代在日中时分，而周代祭日则或在早晨、或在黄昏。郊祭的地点在南郊。杨天宇则以为西周郊祭不一定在冬至举行，其常制当在周历四月、夏历二月，地点也不一定在南郊。③ 考之春秋有关郊礼的记载，似以杨说为长。

依西周礼乐相须的礼制，祭必有乐，奏乐必歌诗。《周礼·春官·大司乐》载大司乐之职"掌成均之法……乃分乐而序之，以祭，以享，

---

①　钱玄：《三礼通论》，489 页，南京，南京师范大学出版社，1996。

②　钱玄：《三礼通论》，490 页，南京，南京师范大学出版社，1996。

③　杨天宇认为，西周的郊天礼，就是祭天的最高祀典，此外再无所谓圜丘祀天之礼。"郊"字只可作祭名看。西周郊天不一定在国郊，更不一定在南郊，也不一定筑坛，只是择地势较高处祭之而已。杨天宇说："礼书及先儒（如郑玄、王肃等）所谓冬至郊、立春郊或启蛰郊的说法，都是缺乏根据的。西周郊天时间的常制，当在周历四月、夏历二月。"见杨天宇：《西周郊天礼考辨二题》，载《文史哲》，2004(3)。

以祀。乃奏黄钟，歌大吕，舞《云门》，以祀天神。"这里说的祀"天神"即是郊祭天神。大司乐机构中有乐师四人、史八人，还有其他人员共计120多人，这些人都是奏乐歌诗者。从乐曲名目来看，周代郊祭所歌之诗多"率由旧章"：或歌三代之乐，或歌《周颂》。这种看似重复的仪式歌诗展演，既是乐歌旧章的传播保存方式，同时也是诗歌欣赏与批评的方式。据学者考证，《诗经》中的《昊天有成命》即为"郊祀天地的乐歌"，而《思文》则是"郊祀后稷以配天"之诗，《天作》是以先王配享所奏乐歌，《我将》是明堂祭文王所配乐歌。①

在郊祭仪式之中，最为核心的言辞活动是"修其祝、嘏"。巫史之官要撰写辞章与天神沟通，整个仪式具有很浓重的文学化色彩。值得注意的是，郊祭中的祝辞都具有固定的语体模式，甚至措辞也是固定的，具有礼仪写作的一般特点。如上文所载周公摄政期间于洛邑郊天的祝嘏辞，还见于《何尊铭》，此铭文记载成王祭天情形云：

> 佳王初䜌（壅）宅于成周，复禀珷王豊（礼）福自天。才（在）四月丙戌，王䛒（诰）宗小子于京室，曰："昔才尔考公氏克逑（弼）玟王，肄玟王受兹□□。佳珷王既克大邑商，则廷告于天，曰：'余其宅兹中或（国），自之辥（乂）民。乌虖（乎）！尔有唯（虽）小子亡（无）戠（识）覞于公氏有爵（恪）于天，叡（彻）令苟（敬）享戋（哉）。'䏩（惟）王龏（恭）德谷（裕）天，顺（训）我不每（敏）。王咸䛒（诰）。何易贝卅朋，用乍□公宝尊彝。佳王五祀。②

学者普遍认为，何尊是一个名叫"何"的贵族用作祭祀的礼器，铭文中记载了成王郊祭上天的事③，其中"余其宅兹中或（国），自之辥（乂）民"是成王祭天祷辞的一部分。这段话的意思是说："我建都在这天下的中心，从这里来治理人民。"④虽然只是片言只语，不够完整，但是可见祭天祷辞之一斑。

---

① 参见贾海生：《洛邑告成祭祀典礼所奏乐歌考》，载《文学遗产》，2001(2)。
② 马承源主编：《商周青铜器铭文选》第三册，20～21页，北京，文物出版社，1988。
③ 顾颉刚、刘起釪：《尚书校释译论》第三册，1453页，北京，中华书局，2005。
④ 马承源：《中国古代青铜器》，80页，上海，上海人民出版社，2008。

实际上，《尚书·召诰》中所载所谓召公的"诰辞"①大意也是向上天申明营建洛邑的用心，当为史官所记录的成王在洛邑郊祭时的祝嘏之辞。其辞曰：

呜呼，皇天上帝，改厥元子，兹大国殷之命。惟王受命，无疆惟休，亦无疆惟恤。呜呼，曷其奈何弗敬？

天既遐终大邦殷之命，兹殷多先哲王在天，越厥后王后民，兹服厥命。厥终智藏瘝在。夫知保抱携持厥妇子，以哀吁天，徂厥亡出执。呜呼！天亦哀于四方民，其眷命用懋。王其疾敬德，相古先民有夏。天迪从子保，面稽天若，今时既坠厥命。今相有殷，天迪格保，面稽天若，今时既坠厥命。今冲子嗣，则无遗寿耇。曰其稽我古人之德，矧曰其有能稽谋自天？

"呜呼！有王虽小，元子哉！其丕能诚于小民，今休。王不敢后用，顾畏于民嵒。王来绍上帝，自服于土中。旦曰：'其作大邑，其自时配皇天。毖祀于上下，其自时中乂。王厥有成命，治民今休。'王先服殷御事，比介于我有周御事，节性，惟日其迈。王敬所作不可不敬德。"

"我不可不监于有夏，亦不可不监于有殷。我不敢知曰，有夏服天命，惟有历年。我不敢知曰，不其延，惟不敬厥德，乃早坠厥命。我不敢知曰，有殷受天命，惟有历年，我不敢知曰，不其延，惟不敬厥德，乃早坠厥命。今王嗣受厥命，我亦惟兹二国命，嗣若功。

王乃初服。呜呼！若生子，罔不在厥初生，自贻哲命。今天其命哲，命吉凶，命历年。知今我初服，宅新邑，肆惟王其疾敬德。王其德之用，祈天永命。

其惟王勿以小民淫用非彝，亦敢殄戮用乂民，若有功，其惟王位在德元。小民乃惟刑用于天下，越王显。上下勤恤，其曰，

───────────

① 于省吾据金文重文通例，认为篇中"太保（召公）入锡周公曰"当作"太保入锡周公。周公曰"，发表诰辞的应当是周公。此说见其《尚书新证》。

> 我受天命，丕若有夏历年，式勿替有殷历年。欲王以小民受天永命。"

从内容来看，这篇文诰围绕着"天命"的转移展开，反复申明周受天命是因为有德，因此告诫成王"疾敬德""祈天永命"，使天命佑周。这明明是周公借祷告上天而致诫于成王的，却被历来的学者误解为召公诰周公之辞，殊为无据。另外，"王来绍上帝，自服于土中。且曰：'其作大邑，其自时配皇天'"，完全与郊天之礼吻合；其中出现"服于土中""作大邑""乂民"等词，与《何尊铭》中所引的两句祝嘏辞相同。由这些证据来看，以上所引的《尚书·召诰》中的"周公诰辞"就是郊祭的祝嘏之辞。

郊祭和其他祭礼一样，也要立尸。孔颖达注解《诗经·大雅·既醉》中的"昭明有融，高朗令终。令终有俶，公尸嘉告"引《石渠论》云："周公祭天，用太公为尸。"《国语·晋语八》有言："宣子以告祀夏郊，董伯为尸。"俱可为证。立尸前必须要用筮占决定吉凶，《仪礼》之《特牲馈食礼》与《少牢馈食礼》均载筮日、筮尸之命辞与祝宿尸之辞，大体相同。如《仪礼·少牢馈食礼》载主人使史筮尸吉否之命辞曰：

> 孝孙某，来日丁亥，用荐岁事于皇祖伯某，以某妃配某氏，尚飨！

郑玄注曰："荐，进也，进岁时之祭事也。皇，君也。伯某，且字也。大夫或因字为谥。《春秋传》曰'鲁无骇卒，请谥与族，公命之以字为展氏'是也。某仲、叔、季，亦曰仲某、叔某、季某。某妃，某妻也。合食曰配。某氏，若言姜氏、子氏也。尚，庶几。飨，歆也。"史受主人之命后，在筮时还要"述命"，即重申上面所引的主人的命辞：

> 假尔大筮有常。孝孙某，来日丁亥，用荐岁事于皇祖伯某，以某妃配某氏，尚飨！

郑玄注曰："述，循也。重以主人辞告筮也。假，借也。言因著之灵以问之。常，吉凶之占繇。"如果史求吉得吉，就要告诉主人："占曰从。"

接下来要行"宿尸之仪"，由祝代主人告尸曰：

> 孝孙某，来日丁亥，用荐岁事于皇祖伯某，以某妃配某氏。
> 敢宿！

因神尸代表受祭者，提前将神尸请至家，就意味着祭前的准备工作已完结。以上所载的是一般祭祀的祭礼筮日、筮尸、宿尸命辞。由此可见，祭礼之中祝嘏辞的撰作到春秋时代已经形成一种套式。每当祭礼操演之时，循此套式进行即可。可以推知，郊祭立尸当亦有辞。

关于正式举行祭礼时的祝嘏活动，周人立尸作为天的代表，但尸不是人与神沟通的中介者，中介者是祝。据《仪礼·少牢馈食礼》等所载，祭品备好后，由祝来陈辞，将主人的祈祷及愿望转达于尸，其辞曰：

> 孝孙某，敢用柔毛、刚鬣、嘉荐、普淖，用荐岁事于皇祖伯某，以某妃配某氏。尚飨！

因是祝向神所致之辞，不同于一般交际语言，故祭品的称谓也有专称，郑玄言："羊曰柔毛，豕曰刚鬣。嘉荐，菹醢也。普淖，黍稷也。"

礼书所载献祭之辞应是春秋时代献祭通用之辞。《左传·桓公六年》载：

> 楚武王侵随，使薳章求成焉，军于瑕以待之。随人使少师董成。……少师归，请追楚师，随侯将许之。
>
> 季梁止之曰："天方授楚。楚之赢，其诱我也。君何急焉？臣闻小之能敌大也，小道大淫。所谓道，忠于民而信于神也。上思利民，忠也；祝史正辞，信也。今民馁而君逞欲，祝史矫举以祭，臣不知其可也。"公曰："吾牲牷肥腯，粢盛丰备，何则不信？"对曰："夫民，神之主也，是以圣王先成民而后致力于神。故奉牲以告曰'博硕肥腯'，谓民力之普存也，谓其畜之硕大蕃滋也，谓其不疾瘯蠡也，谓其备腯咸有也；奉盛以告曰'絜粢丰盛'，谓其三时不害而民和年丰也；奉酒醴以告曰'嘉栗旨酒'，谓其上下皆有

嘉德而无违心也。所谓馨香，无谗慝也。故务其三时，修其五教，亲其九族，以致其禋祀。于是乎民和而神降之福，故动则有成。今民各有心，而鬼神乏主；君虽独丰，其何福之有？君姑修政，而亲兄弟之国，庶免于难。"随侯惧而修政，楚不敢伐。

这是随国的国君和大臣季梁有关祭神的一段讨论，涉及春秋时祭祀的一般仪节和其中蕴含的祭祀观念。季梁的谏语中三次引证献祭时的祝辞，并对其用意作了解说。这些被引的祝辞虽非完篇，但仍可看出是《仪礼》所载的祝辞样本的"翻版"。这反过来证明了《仪礼》所载祝辞的时代。

献祭之后，天神或祖先接受祭祀后将要赐福佑于主人。这将由尸转达于祝，再由祝转达于主人。《仪礼·少牢馈食礼》载祝嘏主人曰：

> 皇尸命工祝，承致多福无疆于女孝孙。来女孝孙，使女受禄于天，宜稼于田，眉寿万年，勿替引之。

这种人与神交通的过程，是通过特定的文辞——祝祷与嘏辞的制作与传递来完成的。

春秋时的郊祭仪式中也不乏通神的文章，其作者为卜官、史官、祝官之类，文章的内容多为祭礼中的祈祷之辞和祝福之辞。

春秋时期，受周公的影响，鲁国保留了郊礼。据《左传》载，鲁国的郊祭除祭天外，还有春耕前的祀后稷与祈农事仪式。《左传·襄公七年》所载内容就是一例："夏，四月，三卜郊，不从，乃免牲。孟献子曰：'吾乃今而后知有卜筮。夫郊祀后稷，以祈农事也。是故启蛰而郊，郊而后耕，今既耕而卜郊，宜其不从也。'"启蛰，节气名。杜预注曰："启蛰，夏正建寅之月。"春秋时尚无二十四节气之名。卜郊应在耕种之前，今鲁耕而后卜郊，有违启蛰而郊之古礼，故三卜而不许，孟献子赞美龟之灵验。又如《春秋·宣公三年》载："三年，春，王正月，郊牛之口伤，改卜牛。牛死，乃不郊。犹三望。"《左传·宣公三年》载："三年，春，不郊，而望，皆非礼也。望，郊之属也。不郊，亦无望可也。"此年鲁废郊祀之礼，而举行望祭，实际只是改换名目而已。由这些例子来看，春秋郊祭的主要功能除了祭天以外，还有祭祀先农、祈求丰收。郊祭既是鲁国的宗教大典，也是鲁国的行政大典。

据上引鲁国郊祭材料，郊祭前必占卜，故大卜及各级卜官必从主祭者，为之服务，因此必有命龟之辞、释兆之辞的创制。祭天为王者大事，以史官职责言之，君举必书，因此郊祭中必有史官纪事之文的创制。《礼记·郊特牲》言郊祭之礼曰："诏祝于室，坐尸于堂，用牲于庭，升首于室。直祭祝于主，索祭祝于祊。"这说的是正祭则祝释辞于主，索祭则祝释辞于门外之祊。释辞实即祝传达主人与神之辞命，也即发表沟通神人之文章。其文又言："卜之日，王立于泽，亲听誓命，受教谏之义也。"意谓其日卜筮结束后，有司即以祭天之事誓戒命，令众执事者，而国君也要听有司宣读誓命。

我们认为，鲁宣公、襄公时代的郊礼已经废弛，最为鼎盛的是在鲁僖公时代。《诗经·鲁颂》中的《闷宫》，就是春秋时鲁国郊祭的仪式颂歌，在撰作文本时，作者融合了祭天的祝嘏之辞与颂扬祖先功德的礼器铭文。为论述之便，兹引其文如下：

> 闷宫有恤，实实枚枚。赫赫姜嫄，其德不回。上帝是依，无灾无害。弥月不迟，是生后稷。降之百福：黍稷重穋，稙稚菽麦。奄有下国，俾民稼穑。有稷有黍，有稻有秬。奄有下土，缵禹之绪。
>
> 后稷之孙，实维大王。居岐之阳，实始翦商。至于文、武，缵大王之绪。致天之届，于牧之野。"无贰无虞，上帝临女！"敦商之旅，克咸厥功。王曰："叔父，建尔元子，俾侯于鲁。大启尔宇，为周室辅。"
>
> 乃命鲁公，俾侯于东，锡之山川，土田附庸。周公之孙，庄公之子，龙旂承祀，六辔耳耳，春秋匪解，享祀不忒。皇皇后帝，皇祖后稷，享以骍牺，是飨是宜，降福既多。周公皇祖，亦其福女。
>
> 秋而载尝，夏而楅衡。白牡骍刚，牺尊将将。毛炰胾羹，笾豆大房。万舞洋洋，孝孙有庆。俾尔炽而昌，俾尔寿而臧。保彼

东方，鲁邦是常。不亏不崩，不震不腾；三寿作朋，如冈如陵。

公车千乘，朱英绿縢，二矛重弓。公徒三万，贝胄朱绶，烝徒增增。戎狄是膺，荆舒是惩，则莫我敢承。俾尔昌而炽，俾尔寿而富。黄发台背，寿胥与试。俾尔昌而大，俾尔耆而艾。万有千岁，眉寿无有害。

泰山岩岩，鲁邦所詹。奄有龟蒙，遂荒大东，至于海邦，淮夷来同。莫不率从，鲁侯之功。

保有凫绎，遂荒徐宅。至于海邦，淮夷蛮貊。及彼南夷，莫不率从。莫敢不诺，鲁侯是若。

天锡公纯嘏，眉寿保鲁。居常与许，复周公之宇。鲁侯燕喜，令妻寿母。宜大夫庶士，邦国是有。既多受祉，黄发儿齿。

徂来之松，新甫之柏，是断是度，是寻是尺。松桷有舄，路寝孔硕。新庙奕奕，奚斯所作。孔曼且硕，万民是若。

学者普遍认为，这首诗是公子奚斯所作，以颂扬鲁僖公能恢复疆土、重修祖庙，举行祭祀。所说大体可信。这首诗共九章，篇幅较长。前三章追述周人受天命福佑，由姜嫄、后稷、文王、太王、武王说到成王、周公，再说到鲁国始封，借回顾历史来申明上天对鲁国的福佑，表现了对天的敬畏之心和感激之情，似是祭天时巫史对天的祷告和祝嘏。从诗中所述来看，这首诗很有可能是鲁僖公新建姜嫄庙成，仿效周公于洛邑宗庙落成之时举行盛大祭典的故事而举行郊天祭祖时所奏之乐歌。之所以这样看，是因为有如下理由。

第一，《毛诗序》言"《閟宫》，颂僖公能复周公之宇也"，即僖公时代恢复了成王册封周公的疆土。这是这首诗的创作背景。而此诗创作的直接原因，则是建成了閟宫（姜嫄庙）。朱熹在《诗序辨说》中云："此诗言'庄公之子'，又言'新庙奕奕'，则为僖公修庙之诗明矣。"僖公修庙，就是修姜嫄庙。① 有学者认为，周人祭礼中凡出现女性祖先，均是依附于男性祖先，这和商代祭祖礼不同。② 西周祭祖礼中无姜嫄，

---

① 聂石樵主编：《诗经新注》，648 页，济南，齐鲁书社，2000。
② 刘源：《商周祭祖礼研究》，169 页，北京，商务印书馆，2004。

唯有《诗经·大雅·生民》颂之，但颂扬的重点是后稷；《閟宫》中虽提到姜嫄，但也是为了突出后稷，仍未超出"郊祀以后稷配天"的礼典。

第二，诗中追述鲁之受命始封，歌颂周公皇祖及鲁国始封之祖的功业。"王曰叔父"中的"王"指成王，"叔父"即周公。这说的是周成王分封周公之后伯禽于鲁的事，内容及格式显然都是引述册命的命辞。

第三，诗中突出了郊天的内容。第三章中明言"周公之孙，庄公之子，龙旂承祀，六辔耳耳"，朱熹解此章云："庄公之子，其一闵公，其一僖公。知此是僖公者，闵公在位不久，未有可颂，此必是僖公也。……成王以周公有大功于王室，故命鲁公以夏正孟春郊祀上帝，配以后稷，牲用骍牡。皇祖，谓群公。此章以后，皆言僖公致敬郊庙，而神降之福，国人称愿之如此也。"①林义光也认为此章在言郊祀，"龙旂是承，郊祀也。《礼记·明堂位》云：鲁君孟春乘大路，载弧韣，旂十有二旒，日月之章(此旂亦有交龙，《郊特牲》云龙章而设日月是也)，祀帝于郊，配以后稷，天子之礼也。耳耳，同《载驱》篇之济济。耳、济一声之转。耳通作济，犹弭通作弥也。"②这章明确说周公后人、庄公之子鲁僖公举行郊祭大典。

第四，全诗从周族发祥、周人开国、鲁国受封一直写到僖公开疆拓土、虔诚祭祀，然后为鲁僖公祝祷，最后以修建宗庙作结，以祭天敬祖为主线，写作程式与前引《尚书·召诰》中所述郊天祝嘏相似。

第五，诗的第三章后半部分说："皇皇后帝，皇祖后稷，享以骍牺，是飨是宜，降福既多。周公皇祖，亦其福女。""女"即"汝"，指鲁僖公。这明显是祭天时神尸向主祭者鲁僖公转达的祝嘏；第五章后半部分的"俾尔"数句以及第七章，也都是巫祝所宣的祝嘏之辞。其主旨在于宣扬"天命"眷顾鲁邦，祖先福佑鲁国。

总之，《閟宫》是鲁僖公时代郊天祭祖之作，作者在诗中引用了周初成王册封周公之子于鲁的命辞及郊天祝辞，为鲁僖公祈福，并颂扬了鲁僖公的功业。

---

①　(宋)朱熹注：《诗集传》，281页，南京，凤凰出版社，2007。
②　林义光：《诗经通解》，425页，上海，中西书局，2012。

贾海生依据《诗》《书》《仪礼》《礼记》与铜器铭文所载研究周代祭祀之礼，指出其中以文辞饰礼的三种具体形式：

> 除了上述直接以文辞、祝嘏饰礼致情之外，还有两种间接以文辞饰礼的方法，即陈器观铭与奏乐歌颂。……如果将铭文与《诗经》中的颂歌合观，再与具体的仪式典礼联系起来，祝嘏、铭文、颂歌三者的功用不言自明，都是以文辞饰礼致情，只不过载体不同而已。因此，行礼时既以祝嘏致孝敬之情，又陈器观铭、奏乐歌颂述先祖之盛美、扬己之成功，于此可见古人祭祀鬼神的虔诚。
>
> 从较为广泛的意义上说，祝嘏、铭文、颂歌都是构成祀典不可或缺的礼物，而礼义则正由此以显。①

这段话清楚地说明了在祭祀仪式中人、神沟通的具体话语方式和操作方式：巫祝口宣祝嘏以完成主祭者与受祭者之间的沟通，而列鼎于仪式则使祖先的功业昭示于参加祭祀的人眼前，乐工通过演奏颂歌将祭者的虔敬之情与祭祀的庄严肃穆烘托出来。借助于这三种形式，"交于神明"的目的得以达成。从写作的角度看，祝嘏、铭文、颂歌都是构成祀典的"神圣写作"，虽然各自的内容、呈现方式和语言风格不同，但却有着共同的撰作背景。明乎此，也就可以理解，为什么祝嘏、铭文、颂歌三类文本之间会存在着"互文性"（内容和形式的相互引用）了。这种情形并非始于春秋时期的《闷宫》，而是在西周中后期就已经出现了。

如《诗经·大雅·江汉》，《毛诗序》说是"尹吉甫美宣王也。能兴衰拨乱，命召公平淮夷"，朱熹认为诗的文词与古器物铭文"语正相类"，方玉润认为此诗就是"召穆公平淮铭器"，郭沫若则说："《大雅·江汉》之篇，与世存《召伯虎簋铭》之一，所记乃同时事。《簋铭》云：'对扬朕宗君其休，用作列祖召公尝簋。'诗云：'作召公考，天子万寿。'文例正同。"②此诗中第三、第四、第五三章曰：

> 江汉之浒，王命召虎："式辟四方，彻我疆土。匪疚匪棘，王

---

① 贾海生：《祝嘏、铭文与颂歌——以文辞饰礼的综合考察》，载《文史》，2007（2）。
② 程俊英、蒋见元：《诗经注析》，910 页，北京，中华书局，1991。

国来极。于疆于理，至于南海。"

> 王命召虎："来旬来宣。文武受命，召公维翰。无曰予小子，
> 召公是似。肇敏戎公，用锡尔祉。"

> 厘尔圭瓒，秬鬯一卣，告于文人。锡山土田，于周受命，自
> 召祖命。虎拜稽首："天子万年！"

很明显，这三章的写法格式与西周册命类铭文如出一辙。第三、第四
两章都是引用了宣王册命召虎的命辞，第五章则是引用了铭文中记录
天子赏赐的部分。换句话说，这些诗章与册命类铭文具有相同的祭祀
背景，是在参考了铭文后写成的。这些铭文一般保存于召虎家族或王
室，因而为写作者提供了便利。最后一章诗曰：

> 虎拜稽首，对扬王休。作召公考："天子万寿！明明天子，令
> 闻不已。矢其文德，洽此四国。"

诗章中的"考"字，郭沫若认为乃"簋"之假借字。① 其说甚是。这章是
表明器主"虎"作"召公簋"的意图，即颂扬先祖召公，并及于周天子。
由此可见，这首诗的作者应当是召虎本人，他受宣王之命率军讨伐淮
夷，得胜而归，周宣王通过册命仪式对他进行封赏，他铸簋把这件光
荣的事记录下来。为此，他还祭祖以告此事，因此又写了这首诗。铭
文、颂歌都是为祭祖而作，所以颂歌引用铭文。虽然未见嘏辞，但应
当是有的。

无独有偶，这种情形还见于《诗经·大雅·下武》一诗。美国学者
夏含夷比较了此诗和《应侯见工编钟铭》《毛公鼎铭》《虞述盘铭》等铭文
的格式后，认为：

> 《下武》前三章应该是全诗的前半部，后三章则是后半部，
> 前半部与后半部可能有不同的主题。前半部的主题是颂扬周王，
> 第一章都提到"王"（第一章谓"王配于京"，第二和三章都谓"成王

---

① 郭沫若：《周代彝铭进化观——录自古代铭刻汇考》，见《青铜时代》，314～318页，
北京，人民出版社，1954。

之孚"），也说他是"下土之式"。后半部分却连一个"王"字也没有，反倒提及"应侯"，并说他有"顺德""孝思""嗣服"，说"四方来贺"似乎都暗示属国对王朝、诸侯，对周王孝顺的态度。换句话说，诗的前半赞扬周王，后半乃纪念应侯。……

这样理解如果不误，我们还可以把这首诗和西周时代的其他铜器，诸如《史墙盘》和《虞逨盘》铭文联系起来。《史墙盘》在1975年于陕西省扶风县庄白村出土，现在已经成为西周铜器中最有名的之一。这件铜器是西周中期周王朝史官史墙所作，铭文明显地分成前后两部分，前半部分赞扬从文王到穆王到当时在位的天子（即龔王）各代周王，后半部分乃继续称赞史墙自己的微氏家族之祖先，特别是他们对周王所提供的服务。……从《史墙盘》和《虞逨盘》铭文看，在西周时代文学作品当中，应当有一种是颂扬周王与自己的祖先的。我觉得《大雅·下武》这首诗很可能也是同类的诗歌。全诗是某一代应侯所作，前半颂扬周成王，后半部赞美应国高祖，亦即成王的同母弟弟。这样读不但不需要语言上的曲解，并且与西周时代的历史背景一致。也许更重要，这样读也说明《诗经》里至少这首诗与西周铜器铭文都来自同一个文学环境。①

夏氏说《下武》这首诗是在书写格式上借用了祭祖仪式所用的纪念性器铭，并说二者"来自同一个文学环境"，所论比较令人信服，而且也与上文所述贾海生提出的"祝嘏、铭文、颂歌都是构成祀典不可或缺的礼物"的看法暗合。

结合以上对周代祭祀中祝嘏、铭文、颂歌"来自同一个文学环境"的分析，回过头来再看《閟宫》一诗既引用铭文命辞又杂有祭天的祝嘏，才能对这种现象背后所隐含的祝史陈信、"文辞饰礼"、陈鼎观铭以及颂扬时君的礼仪内涵有一个深度的理解。郭沫若尝言："彼周秦诸子，广义而言，余谓均可称为金石学家。墨子曾通读金石盘盂之书，其言已自明。儒家经典如《尚书》之周代诸篇及《诗》之《雅》《颂》，余谓殆亦

---

① ［美］夏含夷：《由铜器铭文重新阅读〈诗·大雅·下武〉》，见《兴与象：中国古代文化史论集》，190～192页，上海，上海古籍出版社，2012，有改动。

有琢镂于金石盘盂之文为孔子所辑录者。"①《雅》《颂》的作者因为常参与祭祀，对饰礼的器铭而言也都是能如数家珍的专家。正因为有这样的礼仪背景，所以他们在创作诗篇时才能对有关的器铭信手拈来，或直接引用其文，或暗用其表达方式，由此造成了诗与铭的互文性。

根据《閟宫》末章的"奚斯所作。孔曼且硕，万民是若"，魏源的《诗古微》、皮锡瑞的《经学通论》认为这首诗的作者就是奚斯，也就是公子鱼。魏源说："惟奚斯当庄、闵之末，僖公之初，故因立閟庙，而致祈寿之词，故文公二年《传》已引《閟宫》之诗。"②奚斯是鲁国大夫、三朝元老，他对周人的祭祀祝嘏、陈器观铭、奏乐歌诗这些仪节特别熟悉，因此才能作出《閟宫》这样的颂诗来。

（二）春秋祭祀祝嘏的撰作与表达方式

祭祀祝嘏既是饰礼的文辞，也是一种最直接的旨在达成人、神沟通目的的文章撰作与表述活动。《礼记·祭统》云："夫祭有十伦焉……诏祝于室，而出于祊，此交神明之道也。""诏"，祝代主人祈祷也；"祝"，祝代神灵传福佑于主人也。但凡祭祖、郊祭及各类祭祀，其间均贯穿着巫祝交通神人的文章创作与宣叙活动。

祭祀中的祝嘏还有着明确的基于礼仪的写作要求。《礼记·礼运》言祭时祝官"作其祝号"，孙希旦在《礼记集解》中对此作过讨论："愚谓作其祝号，谓尸未入时，祝作牲、币之嘉号，告神而享之也。《少牢礼》：'祝曰：孝孙某，敢用柔毛、刚鬣、嘉荐、普淖，用荐岁事于皇祖伯某，以某妃配某氏。尚飨！'"③《礼运》又言"祝以孝告，嘏以慈告。是谓大祥"。孙希旦在《礼记集解》中云："祝，谓飨神之祝辞也。嘏，谓尸嘏主人之辞也。祭初飨神，祝辞以主人之孝告于鬼神；至主人酳尸，而主人事尸之事毕，则祝传神意以嘏主人，言'承致多福无疆于女

---

① 郭沫若：《周代彝铭进化观——录自古代铭刻汇考》，见《青铜时代》，31 页，北京，人民出版社，1954。

② （清）魏源：《魏源全集》第一册，322 页，长沙，岳麓书社，2004。

③ （清）孙希旦撰：《礼记集解》，593 页，北京，中华书局，1989。

孝孙'，而致其慈爱之意也。"①由上述记载来看，祝嘏中对于每一种祭品都有专门的用于祭祀礼仪的称谓，祝嘏的内容则是以表现主祭者事神祭祖的虔敬之心与祖先神灵的慈爱之意为主。以上所述种种，都表明祝嘏辞在措辞和内容方面的规定性。

不仅如此，巫祝交神之辞还体现出制度化的特点。《礼记·礼运》言："祝、嘏莫敢易其常古，是谓大假。祝、嘏辞说，藏于宗、祝、巫、史，非礼也。"孙希旦在《礼记集解》中云："有德之君，祭祀不祈，荐信不愧，故祝、嘏之常法，祝、史莫敢变易。如此，则虽不求福，而鬼神用飨，大福自降之矣。人君无德，祝、嘏之辞说，变易常礼，媚祷以求福，矫举而不实，必有不可闻于人者，故为宗、祝、巫、史之所私藏，若汉世秘祝之类是也。"②这就是说，祭祀祝嘏之辞必须要合乎"常古"，即以"信"为准则，否则视为非礼之辞。这是祝嘏的原则。

《左传·昭公二十年》中有如下内容：

> 齐侯疥，遂痁，期而不瘳。诸侯之宾问疾者多在。梁丘据与裔款言于公曰："吾事鬼神丰，于先君有加矣。今君疾病，为诸侯忧，是祝、史之罪也。诸侯不知，其谓我不敬，君盍诛于祝固、史嚚以辞宾？"公说，告晏子。晏子曰："日宋之盟，屈建问范会之德于赵武。赵武曰：'夫子之家事治；言于晋国，竭情无私，其祝、史祭祀，陈信不愧；其家事无猜，其祝、史不祈。'建以语康王。康王曰：'神人无怨，宜夫子之光辅五君以为诸侯主也。'"公曰："据与款寡人能事鬼神，故欲诛于祝、史，子称是语，何故？"对曰："若有德之君，外内不废，上下无怨，动无违事，其祝、史荐信，无愧心矣，是以鬼神用飨，国受其福，祝、史与焉。其所以蕃祉老寿者，为信君使也，其言忠信于鬼神。其适遇淫君，外内颇邪，上下怨疾，动作辟违，从欲厌私。高台深池，撞钟舞女。斩刈民力，输掠其聚，以成其违，不恤后人。暴虐淫从，肆行非

① （清）孙希旦撰：《礼记集解》，594页，北京，中华书局，1989。
② （清）孙希旦撰：《礼记集解》，599页，北京，中华书局，1989。

度，无所还忌，不思谤讟，不惮鬼神。神怒民痛，无悛于心。其祝、史荐信，是言罪也；其盖失数美，是矫诬也。进退无辞，则虚以求媚。是以鬼神不飨其国以祸之，祝、史与焉。所以夭昏孤疾者，为暴君使也，其言僭嫚于鬼神。"公曰："然则若之何？"对曰："不可为也：山林之木，衡鹿守之；泽之萑蒲，舟鲛守之；薮之薪蒸，虞候守之；海之盐、蜃，祈望守之。县鄙之人，入从其政；逼介之关，暴征其私；承嗣大夫，强易其贿。布常无艺，征敛无度；宫室日更，淫乐不违。内宠之妾，肆夺于市；外宠之臣，僭令于鄙。私欲养求，不给则应。民人苦病，夫妇皆诅。祝有益也，诅亦有损。聊、摄以东，姑、尤以西，其为人也多矣。虽其善祝，岂能胜亿兆人之诅？君若欲诛于祝、史，修德而后可。"

这是春秋时期一个非常典型的讨论祝史祝嘏的例子，从中可以看出当时一些著名的人物如晏婴等对于祭祀祝嘏的观念。齐侯病重，梁丘据认为只要诛杀祝固和史嚚，举行祈禳仪式，他的病就会痊愈。而晏婴则不以为然，借楚国的屈建与楚康王谈论赵武竭情无私以辅晋国，所以不用祝史祈禳，其家族也可福禄绵长。齐侯则认为自己祭祀鬼神从不马虎懈怠，有病祈禳一定会得到鬼神的保佑。晏婴又说，有德之君祈禳则有效，无德之君骄奢淫逸、不恤民力，虽使祝史祈禳，也只是向神灵撒谎，再加上百姓的抱怨与诅咒，绝对不会得到神灵的护佑。这说明无论什么祭祀，祝史祝嘏都不可轻易实施，必须为有德之君为之，且不可有私阿之心，否则视为无礼的、违背职业操守的行为。

祭祀祝嘏是祭祀仪程中最能体现宗教内涵的仪节，也是文章创作与宣叙的核心环节。祝史祝嘏的内容和形式受春秋祭祀制度的制约，体现着春秋时期宗教的本质。《礼记·曲礼》记载了天子如何祭祀："践阼，临祭祀，内事曰'孝王某'，外事曰'嗣王某'。"郑玄注曰："皆祝辞也。唯宗庙称孝，天地、社稷祭之郊内，而曰'嗣王'，不敢同外内。"①祭祀中的祝嘏，连祭者的称谓也随祭祀对象的不同而有如此严

格的规定，足见祭祀中祝史文章写作的礼仪化、程式化。

春秋祭祀制度对祝颂之文的吁求充分体现在各类祭祀活动中祝宗卜史的通神文辞之中，祝嘏由专官职司。《周礼·春官宗伯》载："大祝，下大夫二人，上士四人；小祝，中士八人，下士十有六人。府二人，史四人，胥四人，徒四十人。丧祝，上士二人，中士四人，下士八人。府二人，史二人，胥四人，徒四十人。"大祝的职能如下：

> 掌六祝之辞，以事鬼神示，祈福祥，求永贞。一曰顺祝，二曰年祝，三曰吉祝，四曰化祝，五曰瑞祝，六曰筴祝。……辨六号，一曰神号，二曰鬼号，三曰示号，四曰牲号，五曰齍号，六曰币号。

《周礼》虽成书于战国，但其主要内容当源自春秋甚至西周，故此处所言大祝所掌之"六祝之辞"，即春秋时期祭祀祝嘏的总称，其中包含着丰富的沟通神人的内容，在文章写作形式上则体现出职官化、制度化的特点。下文拟结合文献中的祝嘏实例，从几个不同侧面揭示春秋祭祀制度与各类祝颂文体创制的关系。

二、春秋时期的祈禳之礼与祝祷之辞

春秋时期的宗教祭祀呈现出圣、俗二分的格局，即西周以来的宗庙祭祀和岁时祭典仪式与民间的祭祀仪式两个层面。从总体上来看，因为此时理性精神的觉悟，一些在思想上走在时代前列的人物已经认识到人事在实践活动中的重要性，所以神的地位有所动摇。这一变化使列国的宗教祀典成为为政者的制度化形式的点缀，仪式伦理演变为德行伦理；而民间乡民社会的祭祀礼俗却一以贯之，与上层社会宗教观念中的人文萌芽状态不同，民间祭祀表现出周礼"大传统"对乡民风俗的影响力。

（一）祈禳之礼的起源及演变

祈禳之礼起源于巫术，最初是针对风雨雷电等自然灾害，后来才逐渐发展为专门的礼仪。如祷雨仪式屡见于甲骨卜辞，这种礼俗为周人所继承，一直到春秋战国而绵延不绝。①《周礼·春官》载："小祝掌小祭祀，将事侯禳祷祠之祝号，以祈福祥，顺丰年，逆时雨，宁风旱，弥灾兵，远罪疾。"可见禳灾之礼中的祈禳是由小祝来承担的。春秋时期，祈禳制度继续存在，祈祷之辞的撰作与传播也在继续。借助《国语》《墨子》《荀子》等中所载商汤祷雨之祭及其祝祷之辞，可以看到一篇商代的祷雨祝辞是如何随着祈禳制度的代代相承而逐渐被经典化的。

关于商汤祷桑林之事，屡见于先秦典籍，其中《墨子》《尸子》②《吕氏春秋》等书的记载较为接近原貌。《荀子》所载大体相同，但祷雨祝辞形式不同。以下试梳理不同时代祷辞文本差异形成的原因。《墨子·兼爱下》引商汤之语云：

> 惟予小子履，敢用玄牡，告于上天后曰："今天大旱，即当朕身履，未知得罪于上下，有善不敢蔽，有罪不敢赦，简在帝心。万方有罪，即当朕身，朕身有罪，无及万方。"

这应是典籍中记商汤祷桑林之事最接近原貌的一条。《国语·周语》言："余一人有罪，无以万夫；万夫有罪，在余一人。"与上引祝辞略同，说明此祷辞在西周时代即已为人们所熟知。引述者以其文属《汤誓》，韦昭在《国语注》中谓此《汤誓》即"《商书》伐桀之誓也"，而今《汤誓》无此文。胡厚宣则从措辞和用语方面证实这是一篇经典的、古老的祷辞。③

还有一例是《白虎通》引《论语》之语的论述："故《论语》曰：'予小子履，敢用玄牡，敢昭告于皇天上帝。'此汤伐桀告天用夏家之牲

①　参见胡厚宣、胡振宇：《殷商史》，457～463 页，上海，上海人民出版社，2003；宋镇豪：《中国风俗通史·夏商卷》，640 页，上海，上海文艺出版社，2001。

②　《尸子》一书前人以为伪书，其说见罗根泽编著：《古史辨》第 4 册，646～653 页，上海，上海古籍出版社，1982。经唐兰等晚近学者的研究，认为前人之说应予以修正。《尸子》是先秦杂家的先驱，成书当在《吕氏春秋》之前。虽然其中也许杂有后人补充掺入的东西，但绝不能视之为伪书而弃之不顾。

③　胡厚宣认为辞中用语合于商人习惯，如汤自称"余一人"为甲骨文中多见。此外，文中提及的"上帝鬼神"也与甲骨文"帝令雨"及求雨于地方山川神祇、祖先神等契合。参见胡厚宣：《重论"余一人"问题》，见中国古文字研究会、四川大学历史系古文字研究室编：《古文字研究》第六辑，15～33 页，北京，中华书局，1981。

也。"①这说明在春秋时期，此祷辞也为人们所熟知，可随口称引。春秋时人称此祝辞曰"告"。美国汉学家艾兰据此认为文献所引的商汤祷雨祝辞属于最初的《汤诰》，《伪古文尚书》有《汤诰》篇，《墨子》所言"汤说"可能是"汤诰"之误。② 新近公布的清华大学藏楚简中，有《尹至》《尹诰》等记录商汤与伊尹事迹的"书"类文献。③ 这些楚简所记的商汤事迹多可与传世文献记载相印证，可以证明有关记载自有其来源，并非凭空构拟。无论如何，这条求雨祷辞的真实性是不容置疑的。

　　一条商代求雨的祝祷之辞，能历经西周、春秋而代代相传，主要是因为它体现了商汤爱民的思想。这种思想合乎古代明君圣贤实行仁政的理想，故而被代代引述，遂成经典。这种情形还可以从其他典籍引述这条祷辞的例子中得到印证，如《尸子·绰子》载：

　　　　汤曰："朕身有罪，无及万方；万方有罪，朕身受之。"汤不私其身而私万方。④

此处是节引汤之祷雨之辞。又《尸子·君治》逸文载：

　　　　汤之救旱也，乘素车白马，著布衣，婴白茅，以身为牲，祷于桑林之野。当此时也，弦歌鼓舞者禁之。⑤

这是重点描述商汤祷桑林的祈祷仪式而未及祷辞，因为作者的目的是引证其事而说理，故记其事而略其祷辞亦在情理之中。又《吕氏春秋·顺民》云：

---

　　① （清）陈立撰：《白虎通疏证》，204 页，北京，中华书局，1994。

　　② ［美］艾兰：《〈尚书〉一段散佚篇章中的旱灾、人祭和天命》，见《早期中国历史思想与文化》，杨民等译，137～168 页，沈阳，辽宁教育出版社，1999。

　　③ 清华大学出土文献研究与保护中心编：《清华大学藏战国竹简（壹）》下册，127～134 页，上海，中西书局，2012。

　　④ 引文据清平津馆丛书本：《尸子·绰子》卷上。参见（清）孙星衍辑：《平津馆丛书》第一册，280～281 页，南京，凤凰出版社，2010。

　　⑤ 此条出自《艺文类聚》卷八十二、《初学记》卷九所引，清平津馆丛书本《尸子》卷下据此辑入。参见（清）孙星衍辑：《平津馆丛书》第一册，290 页，南京，凤凰出版社，2010。

　　　　昔者汤克夏而正天下，天大旱，五年不收，汤乃以身祷于桑
　　　林，曰："余一人有罪，无及万夫。万夫有罪，在余一人。无以一
　　　人之不敏，使上帝鬼神伤民之命。"于是翦其发，磨其手，以身为
　　　牺牲，用祈福于上帝，民乃甚说，雨乃大至。

《吕氏春秋》所引与《墨子》所载商汤以自身为牺牲、祷告天神以求雨大
体相同。到了战国后期，《荀子》仍然引述其事作为说理的依据。所不
同者，祷辞的文本已经与之前的散体文不尽相同，完全韵文化了。《荀
子·大略篇》载：

　　　政不节与？使民疾与？何以不雨至斯极也！
　　　宫室荣与？妇谒盛与？何以不雨至斯极也！
　　　苞苴行与？谗夫兴与？何以不雨至斯极也！

明人冯惟讷将这段内容收入《古诗纪》，视之为诗。今人逯钦立将这段
内容收入《先秦汉魏晋南北朝诗》，亦视之为诗。经过"改写式"的著录，
这篇经典的祝祷之辞在形式上由三章构成，每章三句（每章第三句至
"雨"为读则为每章四句，为四言句），有了灵巧的形式。闻一多的《什
么是九歌》一文认为，这种一诗三章、每章三句的形式就是上古时代流
行的"九歌"的形式。① 这类求雨的仪式随着商汤事迹的传播而代代相
传。春秋战国时代，商汤成为儒家系统中的"明君典范"，祷辞中因天
下大旱而引发的对君、民关系以及君主个人德行的自省反思也成为儒
家所津津乐道的内容。因此之故，汉代以后，这篇祷辞仍然在承传之
中②，只是祷辞原有的以"祷曰"或"祝曰"为标志的文体也被改变了。

――――――

　　① 闻一多：《神话与诗》，见《闻一多全集》（一），263～278 页，北京，生活·读书·新
知三联书店，1982。
　　② 刘向在《说苑》中有如下记载："汤之时，大旱七年，雒坼川竭，煎沙烂石，于是使
人持三足鼎祝山川，教之祝曰：'政不节邪？使人疾邪？苞苴行邪？谗夫昌邪？宫室营邪？
女谒盛邪？何不雨之极也？'盖言未已而天大雨。"这里是说，商汤时大旱七年，他派人去祭山
川，教之祝辞，"言未已，而天大雨"，并无商汤自为牺牲以祷天之说。《说苑》所据显系《荀
子》，但《荀子》说的是商汤旱而祷，并没有说他"使人持三足鼎祝山川"，这一节话是刘向加
工的。

《墨子》《荀子》所载求雨祝辞文本虽小有差别，但其核心信息大体相同。这表明殷商时代的求雨之祭为周人所继承，商代的求雨祷辞在西周时代仍是"率由旧章"，也就是照搬前代。但是到了春秋战国时代，因为求雨之祭的日渐衰落以及诸子重新改造圣贤的时代需要，这首经典的求雨祝辞也被改造和美化成了一首诗。

（二）春秋时期的禳灾之祭与祈禳之辞

祈禳的巫术活动除针对旱灾外，还用于日食发生时的救日之祭。《春秋》记灾异，以日食为盛。《左传·昭公十七年》引《夏书》曰："辰不集于房，瞽奏鼓，啬夫驰，庶人走。""辰不集于房"即日食，而"瞽奏鼓"则是指瞽史击鼓而救日。《诗经·小雅·十月之交》云："彼月而食，则维其常。此日而食，于何不臧！"《周礼·地官司徒·鼓人》曰："救日月，则诏王鼓。"《周礼·夏官司马·太仆》曰："凡军旅田役，赞王鼓。救日月亦如之。"胡新生概括说："每当日食发生，盲乐师一齐播鼓，官吏驾车疾驰，庶人发疯似的狂奔，鼓声、马蹄声、脚步声与震天动地的嘶喊声汇成一片。这种救日方式是中国古代常见的鼓噪驱邪法的雏形，它试图用各种声音造成一种雄壮的气势，威逼天上恶魔把太阳吐还给人间。"①除了击鼓以外，周人禳除日食之灾当亦有祝辞。到了汉代，董仲舒仍知救日祝辞。《周礼正义》有言："炤炤大明，瀸灭无光，奈何以阴侵阳，以卑侵尊。"②这几句话是郑玄所引董仲舒救日的祝辞片段，即使不是大祝之旧传，当也源于此。在周代，禳灾祈祷之事由祝官专司。到了春秋时代，情况有所变化。

《左传·文公十五年》载："六月，辛丑，朔，日有食之，鼓，用牲于社，非礼也。日有食之，天子不举，伐鼓于社，诸侯用币于社，伐鼓于朝，以昭事神、训民、事君，示有等威，古之道也。"古人以为日食为灾异，故在其发生时于社击鼓，并以牲祭社以禳除之，在这种仪式中，由祝宗撰作祷辞以祈求神灵解除日食，使之恢复常态。《周礼·春官宗伯》曰："国有大故、天灾，弥祀社稷，祷祠。""大故"，指

---

① 胡新生：《中国古代巫术》，319 页，济南，山东人民出版社，1998。
② （清）孙诒让撰：《周礼正义·大祝》，1987 页，北京，中华书局，1987。

战争等；"祷祠"，就是禳解之辞。此为天子之制，而鲁国用之，则当时的所谓礼仪之邦鲁国亦不完全按传统等级制度行事，表明所谓"周礼"已在崩溃之中。

攻击性的祈禳又称诅，是举行仪式杀牲以祭神，使神加祸于人的祭祀。诅常用以攻击敌人，春秋时常用于复仇性的惩戒或战争前的对敌。如《左传·隐公十一年》载："郑伯将伐许，五月，甲辰，授兵于大宫。公孙阏与颍考叔争车，颍考叔挟辀以走，子都拔棘以逐之。及大逵，弗及，子都怒。秋，七月，公会齐侯、郑伯伐许。庚辰，傅于许。颍考叔取郑伯之旗蝥弧以先登，子都自下射之，颠。……郑伯使卒出豭，行出犬鸡，以诅射颍考叔者。"这是惩罚性"诅"的显例。在"诅"前，郑庄公让每百人以猪一头、每二十五人以狗鸡各一只为祭品献祭神灵，祈求神灵降祸给射颍考叔的人。又如《左传·宣公二年》载："初，丽姬之乱，诅无畜群公子，自是晋无公族。"这是说晋献公宠爱骊姬，后来骊姬为了立自己生的儿子为国君发动宫廷政变，驱逐群公子，并且诅咒暗中收容公子的晋国大臣，所以弄得晋国的群公子逃的逃、死的死，从此"晋无公族"了。再如《左传·襄公十八年》载，中行献子伐齐过河时，以朱丝系玉二瑴，祷于河神曰：

> 齐环怙恃其险，负其众庶，弃好背盟，陵虐神主。曾臣彪将率诸侯以讨焉，其官臣偃实先后之。苟捷有功，无作神羞，官臣偃无敢复济。唯尔有神裁之。

祈祷毕，沉玉于河。这是中行献子祈求河神保佑己方而裁制齐人之祝辞。该祝辞历数齐人之罪，并许愿告捷后祭神，在内容和形式上都与《尚书·金縢》所载的祝辞非常相似。

另如《左传·哀公二年》载卫太子临战而祷，祷辞也属此类：

> 甲戌，将战，邮无恤御简子，卫大子为右。登铁上，望见郑师众，大子惧，自投于车下。子良授大子绥而乘之，曰："妇人也。"简子巡列，曰："毕万，匹夫也，七战皆获，有马百乘，死于牖下。群子勉之，死不在寇。"繁羽御赵罗，宋勇为右。罗无勇，

麇之。吏诘之，御对曰："疟作而伏。"卫大子祷曰："曾孙蒯聩，敢昭告皇祖文王、烈祖康叔、文祖襄公：郑胜乱从，晋午在难，不能治乱，使鞅讨之。蒯聩不敢自佚，备持矛焉。敢告无绝筋，无折骨，无面伤，以集大事，无作三祖羞。大命不敢请，佩玉不敢爱。"

铁之战，卫大子惧，所以祷告祖先神灵保佑自己。祷辞虽主要是祈求保佑，但其目的是祈求在战争中避免自己伤亡，其实也是带有攻击性的"诅"。

这种祝诅之辞在战国时代仍很常见，《墨子·城守篇》中记载的却敌之"迎敌辞"即具有攻击性目的的祷辞。杨宽先生指出："当时宋秦等国流行在天神前咒诅敌国君主的巫术。他们雕刻或铸造敌国君主的人像，写上敌国君主的名字，一面在神前念着咒语的言词，一面有人射击敌国君主的人像，如同过去彝族流行的风俗，在对敌战斗前，用草人写上敌人（的）名字，一面念咒语，一面射击草人。"[1]秦、楚相争，除争胜于战场之外，相互诅咒对方也是一种常见的斗争方式。著名的《诅楚文》就是秦人在战前用诅术攻击楚人的祝辞，关于其文体及功能已有学者论及[2]，兹不赘述。

三、祭祀祝嘏与赋体源流

祭祀开始时，祝要铺陈祭品之丰盛，并高声呼唤神灵的名号，这样神灵才会降临受享。祝的这种言语活动称为祝或号，进一步发展，就形成了赋体。

古籍中辞、赋多连称，二者关系密切。据上文所引《周礼》等典籍记载，辞是巫祝事神的工具，旨在沟通神人。由此可见，辞的起源与祭神仪式有关。考察赋的起源，也不能不考虑到它与辞的这层关系。综合近年来对赋的文体特征的研究，可以看出构成文体的赋的基本要

---

[1] 杨宽：《战国史》，542 页，上海，上海人民出版社，1998。
[2] 杨宽：《秦〈诅楚文〉所表演的"诅"的巫术》，载《文学遗产》，1995(5)。

素有两个：一是铺陈物类，二是不歌而诵。① 前者主要涉及赋的手法和内容，后者主要针对赋的传播形式。探讨赋体的起源，也要从这两个方面入手。通过初步考察，上述两个要素源于上古祭祀仪式中的祝号，之后被"大夫"阶层运用于赋布政令及外交赋诗，最终在战国之士的手中演变为独立的文体。

（一）祭祀祝嘏中的铺陈物类及其文体学意义

赋体之铺陈物类的文体构成要素，源于上古祭神仪式中巫祝铺陈祭品时的"祝""号"等言语活动。《礼记·礼运》曰："作其祝号，玄酒以祭。"郑玄注曰："号者，所以尊神显物也。"孙希旦注曰："谓尸未入时，祝作牲、币之嘉号，告神而飨之也。"②据《周礼》，大祝掌"辨六号"，号指名号，或谓之嘉名。所谓六号，则指神号、鬼号、示号、牲号、齍号、币号。③ 综合指鬼神的美称及祭品牺牲的名目。归根结底，祭祀中的"祝号"只不过是一系列名物的铺陈，这和"赋"字的本义密切相关。

"赋"字的本义是"赋敛"，也就是为神"格物"，是祭神仪式中铺陈祭品的言语活动的另一个称谓。《礼记·月令》载：

> 天子乃与公、卿、大夫共饬国典，论时令，以待来岁之宜。乃命太史次诸侯之列，赋之牺牲，以共皇天、上帝、社稷之飨。乃命同姓之邦，共寝庙之刍豢。命宰，历卿大夫至于庶民，土田之数，而赋牺牲，以共山林名川之祀。凡在天下九州之民者，无不咸献其力，以共皇天、上帝、社稷、寝庙、山林、名山之祀。

这里太史及大夫等论等依次"赋之牺牲"，就是为神"格物"。《说文解字》曰："赋，敛也。"段玉裁注曰："《周礼·大宰》'以九赋敛财贿。'敛之曰赋，班之亦曰赋，经传中凡言以物班布与人曰赋。"④

---

① 关于赋体本质特征的探讨，可参见陶秋英：《汉赋研究》，杭州，浙江古籍出版社，1986；冯俊杰：《赋体四论——（2）赋体的生命要素》，载《山西师大学报（社会科学版）》，1986(2)；马积高：《略论赋与诗的关系》，载《社会科学战线》，1992(1)；骆玉明：《论"不歌而诵谓之赋"》，载《文学遗产》，1984(2)等。

② （清）孙希旦撰：《礼记集解》，592～593 页，北京，中华书局，1989。

③ 傅亚庶：《中国上古祭祀文化》，278 页，北京，高等教育出版社，2005。

④ （清）段玉裁注：《说文解字注》，282 页，上海，上海古籍出版社，1981。

据《大戴礼记·五帝德》记载，大禹的功绩如下："巡九州，通九道，陂九泽，度九山。为神主，为民父母"，就是做山川之神的祭主，为山川定名，为万民定祀礼。也就是依土地及道路远近规定贡赋祀品的种类及数量，以有德者为神"格物"。① 这种活动具有神圣的意义：一是以此确定九州的文化秩序，规定了天地四方的生存空间。二是"定祀""置祭"，祀礼所视，定其差秩，通过罗列某地出产、物类规定祀礼制度。"格物"又称"方物"，也是远古的一种认知方法，它既指"各方物产"，也指以"方"区分各方之物。"方物"的目的是"格物致知"，即通过博物的形式来达成对事物利害的认识。② 古有类物之官，以司其职。《山海经》一书，就是上古时代巫祝"格物"的具体记载。所以"赋"之"赋敛"一义，最早是指为祭神而"格物"，也指为神贡献之物品。"格物""方物"最终是要侑神，所以巫祝祭神时要将祭品排列好，并向神说明，口中念念有词，以铺陈物类之美。这说明"格物"既是初民最主要的认知方式，也是祭神仪式上的主要表达方式。

最初以祭神的名义征收的贡赋之物，主要用于祭祀和维持祭司们的生活，这几乎是一个世界性的现象。西周的贡赋表现为实物的"贡"和劳役形式的"助"两种形式。贡赋大部分用于祭祀、赏赐及王室生活等，还保留了上古时期的痕迹。③ 由此也可以看出，赋的铺陈物类与祭神有关。

---

① 韩高年：《先秦仪式展演与赋体的生成——对赋体形成过程的发生学考察》，载《求是学刊》，2005(4)。

② 参见叶舒宪：《〈山海经〉与禹、益神话》，载《海南大学学报（社会科学版）》，1997(3)；叶舒宪：《方物，〈山海经〉的分类编码》，载《海南师范学院学报（人文社会科学版）》，2000(1)。

③ 金鹗在《求古录礼说》的《周彻法名义解》中云："助、彻皆从八家同井起义，借之力以助耕公田，是谓之助，通八家之力以共治公田，是谓之彻。"他又说："谓之贡者取以下供上之义示后世人君当恤民力，即公田所纳亦谓之贡也。"（清）金鹗撰：《求古录礼说》，753～754页，济南，山东友谊书社，1992。吕振羽、曾仲勉等学者也认为"贡""赋"本相同，"别而为二，只是文字跟着社会发展而分化。""在赋的方面，农民除去一小部分的劳动时间，在自己的'分有地'即所谓'私田'上劳动之外，则以一部分劳动时间支付在领主的土地即所谓'公田'上去劳动。……其次便是农民要向领主提供无定额的贡纳物。……在西周，从《诗经》上所能考出者，为兽皮、猪肉、野味、蔬菜、羊肉等类。"岑仲勉：《西周社会制度问题》，61～62页，上海，上海人民出版社，1957。

从深层心理讲，向神铺陈物类之美源于远古的语言崇拜观念。语言是神，万物无不是由语言生成的。[①] 巫师借助语言可以通神，所以向所祭之神宣诵献祭之物的丰厚洁净是祭神仪式中常见的程式，因为这样做可以示诚信于神灵，以获得神灵的福佑。这在《诗经》的雅、颂及《楚辞》描写祭祀的诗篇当中屡见不鲜。

汉赋仍然保留了与祭祀有关的内容。纪行和田猎是汉赋的常见题材，这恰恰来源于人间帝王祭祀山川之神的"巡狩"仪式。《周礼》载王官有职方氏及土训、诵训之职，在王巡狩时告知所到之处的山川形势及物产种类并风俗美恶，以责其贡献之物。在古代，巡狩的目的一是显示武力（或为田猎，或为战争），二是祭祀所到之处的山川之神。人间帝王的巡狩仪式，归根到底是上古时代神灵出游仪式的经典化和历史化。所不同的是，到了汉赋当中，古代巡狩祭神方物这类题材的宗教色彩减弱了，而着重强调人世间的统治者对物类的占有和对物质享受的铺陈。因为这时人的能力提高了，神灵的权威降低了，物类的铺陈是为了突出人对自然的胜利。人不再是伏在神灵脚下为神"格物"以求福佑的弱者了。

对赋体经典作品的剖析表明，汉赋铺陈物类的方式是对上古祭祀"格物"的继承和变异。司马相如的《子虚》《上林》二赋在铺陈物类时采用了所谓"四至"的方式，完全因袭了巫祝所记的方物之书《山海经》的类物之法，这就是赋之铺陈物类源于祭神仪式的最好的说明。《子虚赋》以山为纲，按东南西北四面的顺序依次铺陈其中的物类，每一方之中又以上下或内外为序，显得井井有条："其中有山焉，其山则……其土则……其石则……其东则有蕙圃，衡兰芷若……其南则有平原广泽……其高燥则生……其埤湿则生……其西则有涌泉清池……其北则有阴林巨树……其上则有……其下则有……"[②]《上林赋》铺陈上林苑中的物类，则以山和水为纲，依次铺排。这种按方位次序来罗列所在地

---

① ［日］北冈诚司：《巴赫金：对话与狂欢》，魏炫译，5 页，石家庄，河北教育出版社，2002。

② 费振刚、仇仲谦、刘南平校注：《全汉赋校注》上册，70 页，广州，广东教育出版社，2009。

点的动物、植物及矿物等的方式，前人以为来自纵横家游说时侈陈形势的做法，但实际上它们都来自远古时期巡狩仪式中的"方物"或"格物"。这种方式在《楚辞》的《招魂》《大招》两篇作品中还具有比较原始的面貌，其以四方、六合为序来罗列其中的灵怪，还带有浓厚的宗教色彩。① 上溯至《山海经》，则更为典型。如《南山经》曰："青丘之山，其阳……其阴……英水出焉，南流注于即翼之泽。其中……"又如《西山经》曰："又北百八十里，曰号山……曰孟山，其阴多铁，其阳多铜，其兽多……其鸟多……"②《子虚赋》《上林赋》状物的模式，显然来自《山海经》一类的书。

不仅如此，楚汉赋中的名物，也大多来自《山海经》。鉴于此，有的学者认为，司马相如赋中的"上林苑"与《离骚》中描写的昆仑悬圃一样，实际上就是《山海经》所述之天地之中、日月所入的昆仑的人间摹本。③ 由此，赋中的状物方式来源于远古仪式这一点是可以肯定的。

（二）祭祀祝嘏中的"不歌而诵"与赋的文体特点

《汉书·艺文志》："不歌而诵，谓之赋。"赋的传播方式"不歌而诵"也是巫师在祭祀仪式上用以通神的主要手段之一。

祝管祭祀，宗主世系，卜司占卜，史掌记事，但均有"诵"的特长。《说文解字》云："祝，祭主赞词者。""祝"是会意字，表示人以言辞事神。《诗经·小雅·楚茨》中"工祝致告"的"祝"字还保留着古义。

西周以来，世卿大夫逐步替代了巫祝官守，因此他们亦长于"诵"。依《周礼》，大夫以上均有宣诵王命的职能。如史官的职务主要为掌祭祀、掌典仪、掌册告、掌记事，而宗伯为之统，他们既是神职人员，又是国家的行政人员。史官的册命文告职能也兼人神两面，既代王宣读文告册命，又代王主持祭祀仪式，并行占卜、祝祷。据此可知周代史官实兼有巫祝宗卜之事神职能与代王宣读文告册命之行政职能，进而可知"不歌而诵"是巫祝在祭神仪式展演中的主要技能。

---

① 赵逵夫：《屈原与他的时代》，586～591页，北京，人民文学出版社，2002。

② 袁珂校译：《山海经校译》，2～3、37页，上海，上海古籍出版社，1985。

③ 朱晓海：《某些早期赋作与先秦诸子学关系证释》，见南京大学中文系主编：《辞赋文学论集》，90页，南京，江苏教育出版社，1999。

随着神权观念的消退，巫祝渐次退出政治的中心，诵也逐步与祭神仪式分离，成为贵族"乐教"中"乐语"的一个重要内容。巫祝之官代王宣诵王命的言语技能成为世卿大夫的必备素质，得到提倡和强化。《诗经·大雅·烝民》云："天子是若，明命使赋。"又云："出纳王命，王之喉舌。赋政于外，四方爰发。"朱熹在《诗集传》中说："宣王命樊侯仲山甫筑城于齐，而尹吉甫作诗以送之。"从诗的末章也可以看出，这首诗是尹吉甫"作诵"，赞美仲山甫作为"王之喉舌"而"赋"政于外的才能。《毛传》曰"赋，布也"。《郑玄笺》云"显明王之政教，使群臣施布之也"，"以布政于畿外，天下诸侯于是莫不应发"。诗中的"赋"的意思是把王的政令口头传布到四面八方。

从另一个角度讲，在世袭社会里，文化的垄断从来都是世袭阶层的重要标志。[①] 而在春秋时期，上述标志的外在显现就是以有辞（出使专对）、赋诗（赋诗言志和登高能赋）、立言为内容和表现形式的行人大夫的语言和举止的艺术化。《管子·立政》记载了王命的传布制度，从中可以看出"赋"的政治功能，兹引述如下：

> 孟春之朝……季冬之夕……正月之朔，百吏在朝，君乃出令布宪于国。五乡之师，五属大夫，皆受宪于太史。大朝之日，五乡之师，五属大夫，皆身习宪于君前。太史既布宪，入籍于太府……首宪既布，然后可以布宪。

引文中的"布"，即"敷"，也就是"赋"。"布宪"也就是"赋政"。《诗经·鄘风·定之方中》之《毛传》则说得更清楚些："故建邦能命龟，田能施布，作器能铭，使能造命，升高能赋，师旅能誓，山川能说，丧纪能诔，祭祀能语，君子能此九者，可谓有德音，可以为大夫。"为大夫的标准是具有在任何场合都能铺陈讲说于民的表达能力。"命龟""施布"

"铭""造命""赋""誓""说""诔""语"九者，虽然场合和具体内容有所不同，但据其中的"语"属于《周礼》所说的"乐语"这一事实来看，所谓"君子九能"的实质，在形式上都是有节奏的陈述，在内容上则都与《诗》《礼》政教有关。而卿大夫这种能力的培养，又依赖于"大司乐"所掌的"《诗》教"和"《乐》教"，借助于诵《诗》和奏乐的活动。何怀宏指出："尤其是在春秋时代，艺术看来还是受到了政治家相当由衷的尊重……另外，春秋时代文化典籍奇缺，各种艺术形式本身尚未分化，与政治也是难分难解，艺术家、学问家与政治家、外交家常常是集于一身。"①这就决定了赋与政治的密切关系。

挚虞在《文章流别论》中言："礼义之指，须事以明之，故有赋焉，所以假象尽辞，敷陈其志。"这就是"登高能赋……可以为大夫"的内涵。这里说的"赋"虽然还不是纯粹的文学活动，然其必借助于诵《诗》的形式完成却是不争的事实。春秋时代的行人赋诗和乐教诵诗，在促成"不歌而诵"的文学化方面具有不可低估的作用。

（三）巫祝之官演变为文士：赋的生成

战国时代，随着世袭社会的解体，新兴的"士"阶层成为文化传承的主体。士志于道，并以道自任。为推行道，就连孟子这样的儒者也不得不辩乎言谈。至于其他"仰禄之士"，则更是铺张扬厉、主文谲谏，甚至行"以顺为正"的"妾妇之道"。在官学失守、道术分裂之际，卿大夫以赋诗、重辞、有言为内容的行为艺术演变为道术的文饰。也就是说，春秋世卿大夫的"诵"到了战国之士尤其是纵横之士的手中成为其言"道"的手段，这种做法具体表现为借助"不歌而诵"和铺排物类的文学化和娱乐性进行讽喻。后来，在他们中的精英人物的著述活动中就逐渐地萌芽出以口诵和铺排物类为特征的新文体。

宋玉的《大言》《小言》《钓》《风》等赋是赋化的纵横家文的进一步发展，上述现象的发生可以从下面的材料中看出来。枚乘的《七发》写远游之乐的一段说登高远望，听"博辩之士""比物属事"，这一点非常引

---

① 何怀宏：《世袭社会及其解体——中国历史上的春秋时代》，1 页，北京，生活·读书·新知三联书店，1996。

人注目。赋云：

> 既登景夷之台，南望荆山，北望汝海，左江右湖，其乐无有。
> 于是使博辩之士，原本山川，极命草木，比物属事，离辞连类。①

这里说的"登景夷之台"而"比物属事，离辞连类"的活动，是春秋燕享仪式"不歌而诵"的进一步世俗化，其目的在于以此使楚太子悟以道。这里的"博辩之士"，实即后世之辞赋家。其"原本山川"的技能，则表明他们与上古为神"格物"的巫祝有着某种师承关系。由此可以看出，赋由诵陈政事到渐渐兼具了娱乐的功能，这是实质性的飞跃。

以口诵方式铺陈形势成为士阶层在话语特征和文化人格方面的鲜明标志。② 因此，他们的文章（包括诸子文、史传及说理文、游戏文等）中普遍运用赋法。③ 纵横家的说辞和《庄子》《韩非子》中的一些篇章是这方面的代表，这对赋体的产生而言是很关键的一个阶段。

战国之际，文体逐步分化定型，出现了主要用赋法的"赋体的诗"。《周礼·春官宗伯》说太师之职为"教六诗"：曰风，曰赋，曰比，曰兴，曰雅，曰颂。章太炎在《六诗说》中表示，"赋"是通篇以赋为表达方式的诗。这在赋体的产生过程中是最为重要的一个环节。

除了《诗经》中纯用赋法的一些诗外，战国时代用于讽谏和游戏的隐体也纯用赋法，所以荀况之隐以赋名篇。《文心雕龙·诠赋》肯定了荀况之隐在赋的形成过程中的关键作用，是符合实际的。朱光潜指出，"赋就是隐语的化身"，"赋源于隐"。④ 徐北文指出："描绘物体的形状和特征，正是隐谜的主要写作方式。在隐藏谜底的情况下，尽量刻画

---

① 费振刚、仇仲谦、刘南平校注：《全汉赋校注》上册，34 页，广州，广东教育出版社，2005。

② 春秋时孔子以"言语"教授弟子，使弟子"诵《诗三百》"以明"专对"之学，告诫弟子"不学诗，无以言"；《左传》载行人"赋诗言志"；《史记·屈原列传》说屈原"娴于辞令，博闻强识"等。这都说明"赋"是卿大夫身份的重要标志。

③ 《论语》《庄子》《孟子》《荀子》《左传》《国语》等先秦文献中多用赋法咏叹淫佚，加倍渲染，以富于文学性的手段述道。

④ 朱光潜：《诗论》，38、228 页，北京，生活·读书·新知三联书店，1998。

渲染谜面，于是就'铺采摛文'了，'铺张扬厉'了。"①这种观点揭示了问题的部分真相：运用了产生于祭神仪式的"赋"法的隐，是作为文体的赋的一个来源。

"赋体的诗"在单位篇章中只能描绘一种事物，虽然容量比说辞和诸子文中片断的赋已经增加，但当事物更为复杂丰富、事情细节繁多时，仍然需要改造自身，即吸收说辞及某些诸子文的铺张扬厉。于是篇幅拉长，语言进一步文雅化。最终在宋玉、荀况的手中，赋体形成了。刘熙载在《艺概·赋概》中说："赋起于情事杂沓，诗不能驭，故为赋以铺陈之。斯于千态万状，层见迭出者，吐无不畅，畅无或竭。"②这一方面道出了"赋体的诗"变为赋体的原因，另一方面指出了这一转变中"赋"法的变化。

赋体的两个要素"铺陈物类"和"不歌而诵"，都较前有了新的气象。前者在"赋体的诗"中只有针对单个事物的描绘，而且只重外貌形状的细部刻画，没有时空整体上的位移。而赋体则因篇幅拉长，可以描绘多种事物组成的纷繁复杂的场面，具有时间的连续性和空间的绵延性，体现出尚多尚博的倾向。刘熙载在《艺概·赋概》中说："诗为赋心，赋为诗体。诗言持，赋言铺，持约而铺博也。古诗人本合二义为一，至西汉以来，诗赋始各有专家。"③刘氏此说也已经触及赋由原始形态的"方物"演变成为以描写和叙述为主、兼具议论的赋体。

从现代文体学的角度看，在一种文体的构成要素中，表达方式占有重要的地位。以某一种表达方式为主对其他表达方式的综合运用，构成了一种文体在表达方式方面区别于其他文体的特质。因此，考察文体的语言形式和与之相适应的主要的表达方式，是揭示文体实质的一个重要途径。以口诵方式铺陈物类的赋法，源于上古祭神仪式上的序列物类，之后演变为行政仪式中的宣诵王命，再演变为外交燕享仪式中的赋诗言志，最终在战国之士的宣道活动中成为铺陈状物、恢廓

---

① 徐北文：《先秦文学史》，145 页，济南，齐鲁书社，1981。
② （清）刘熙载撰：《艺概》，86 页，上海，上海古籍出版社，1978。
③ （清）刘熙载撰：《艺概》，86 页，上海，上海古籍出版社，1978。

声势的赋体。可以说，在"铺陈物类""不歌而诵"的赋法演变为一种文体的过程中，仪式展演中的主体的兴替起到了重要的作用，也体现了先秦时期宗教、政治与文学的密切关系。

第二节　春秋聘礼与辞令文章创作

聘礼既是周人创立的一种羁縻诸侯的礼制，也是春秋时期诸侯国之间邦交关系的一种新形式。东周以降，周室贫弱，诸侯之间、诸侯与王室之间原有的关系被打破，诸侯争霸的新形势要求重新建立邦交秩序的形式，春秋朝聘制度由此应运而生。朝聘制度古已有之，春秋朝聘会盟制度是借其形式而赋予其新的内容。刘勰在《文心雕龙·征圣》中言："先王圣化，布在方册；夫子风采，溢于格言。是以远称唐世，则焕乎为盛；近褒周代，则郁哉可从。此政化贵文之征也。"意思是说孔子称赞周代"郁郁乎文哉"，体现了周代的政治教化都表现为"文"，借"文"而行（"政化贵文"）。这种精神体现于聘礼，就是聘文中精彩巧妙的行人专对和温文尔雅的外交辞令。本节拟从对聘问的实例的归纳出发，揭示春秋时代各国行人及卿大夫的辞令文章创作。

一、春秋聘礼仪程述略

春秋时代的聘礼是诸侯之间的外交礼仪，又称觐、朝或问。郑玄在《三礼目录》中云："觐，见也，诸侯秋见天子之礼，春见曰朝，夏见曰宗，秋见曰觐，冬见曰遇。……三时礼亡，唯此存尔。"《五经异义》引《公羊》说："诸侯四时见天子，及相聘皆曰朝。以朝时行礼，卒而相逢于路曰遇。"①觐礼为古礼中诸侯朝见天子之礼。春秋周室衰，觐礼不行于天子，而于小国朝大国有之。大适小，小国"怀服如归"，不能不如此。

春秋时代朝聘礼的变化，从一个实例即可看出。《周礼·秋官司

---

① （清）陈寿祺撰：《五经异义疏证》，136页，上海，上海古籍出版社，2013。

寇》有言："上公之礼，执桓圭九寸……其他皆如诸子之礼。"郑玄注曰："享，设盛礼以饮宾也。"此礼通行于周代，屡见于器铭。《师遽方彝铭》云："隹正月既生霸丁酉，王才康寷乡醴，师遽蔑历友。王乎宰利'易师遽瑈、圭一、瑷、章四'。师遽拜稽首敢对扬天子不显休，用乍文且它公宝隊彝，用匄万年亡疆，百世孙子永宝。"①此铭为周共王时器铭，铭记王命作器者宥，嘉其勤勉，故命宰利锡之以玉器五品，共为四种。据《左传·庄公十八年》记载，周惠王元年（公元前 676 年）春，虢公丑、晋献侯朝于周惠王。王飨醴，赐玉五毂、马三匹。鲁史以为非礼也。依器铭所载西周礼制，王享诸侯，仅赐玉而无马。是名位不同，礼亦异数，不以礼假人。《左传》所载之例中，王之赐无等次，知已非其旧制，故鲁史有"非礼"之讥。可证春秋时代的"朝"已非周人旧制，名虽无别，实质已改。

春秋时的朝聘，成为大国在政治、经济等方面威服小国的一种制度。通过朝聘，大国的目的在于巩固和扩大其势力，小国的目的则在于保全其国。春秋朝聘，大致可分为如下两类。一是诸侯新即位的朝聘，《左传·文公元年》载："凡君即位，卿出并聘，践修旧好，要结外援，好事邻国，以卫社稷，忠信卑让之道也。"又《左传·襄公元年》载："凡诸侯即位，小国朝之，大国聘焉，以继好、结信、谋事、补阙，礼之大者也。"二是因突发事件而进行的朝聘，这类事件主要有战争、政治纷争（如内乱、国与国之间的争端等）、天灾、喜庆等。《春秋》所记朝聘上百次，多数都是第二类朝聘。

聘礼有两方面内容，一是礼仪，二是礼币。礼仪是指登降揖让、歌诗赋诗、陈辞说事等繁文缛节，这些是体现行礼双方的身份、等级并在外交场合交流思想情感、达成政治目的的手段。据《仪礼·聘礼》及典籍所载，其仪节如下。

①命使，命介。大聘命卿，小聘使大夫。总的原则是使者据所出使之国而定，介则据使者的爵位而定。

②授币。即预备出使所用的礼物，其多少据所出使之国而定，礼

---

① 陈梦家：《西周铜器断代》上册，159～160 页，北京，中华书局，2004。

物——书写于礼单之上。出使前"使者受书，授上介"。礼币是指玉、帛、皮、马等宝货财物。① 据《仪礼·聘礼》，出聘国所备礼币除献圭璧玉器之外，还有帛二百匹、兽皮数十张、马三四十匹。依周礼受聘国亦应回赠礼币，以示重礼轻币之意。但春秋朝聘礼币则重币轻礼，成为大国在经济上剥削小国的手段。

③将行释币，告祢与行。这是使者告于祢庙，祭祀行道之神，祈祷出使平安。

④使者率上介及众介受命于朝，遂行，舍于郊。

⑤过邦借道。出使路过其他诸侯国时，要通过外交方式"假道"，所过国依礼"饩之以其礼"。

⑥将入所聘国之国境，预先演习礼仪，以免失礼。

⑦效劳、致馆、设飧。至所聘国国都之郊，主国之君派卿用束帛慰劳，使者用皮及束帛酬谢卿。主国之夫人派大夫劳宾，并引宾至馆舍，致君命。宰夫设飧。

⑧行聘礼于所聘国的宗庙中。主国下大夫奉命迎宾于馆，宾着皮弁服，至君外朝。宾使介陈币。主国卿为上摈，大夫为承摈，士为绍摈。主国之君着皮弁，迎宾于中庭。宾立于西塾。宾、主至堂上，三让，公升至阼阶，宾升至西阶。宾东向授圭，公西向受之。宾出。

⑨主国行享献礼慰劳使者。奉束帛加璧，陈皮于庭。揖让升，宾致命。公再拜受币。宾出。

⑩私觌。即宾以君币慰问卿，又以私币面卿。上介、众介皆面见卿。上介以君币问下大夫尝使至者，以私币面下大夫。主君夫人赠送礼物给宾及上介。

⑪主君使卿大夫赠饔饩于使者及众介。这是送给宾、介及随从在聘期的膳食之用。

⑫请观。请宾、介观览宗庙宫室。

⑬主国君臣食飨宾与介。君为宾、介行飨、食、燕之礼。宾飨礼二次，食礼一次，燕礼不定数。上介一飨一食。飨、食均用大牢。主

---

① 参见钱玄：《三礼通论》，657～662 页，南京，南京师范大学出版社，1996。

国之卿亦为宾行一飨一食，为上介或飨或食一次。

⑭宾、介问卿大夫。皆有币。

⑮君使卿着礼服，还玉于馆，还璋，贿用束纺。"礼玉、束帛、乘皮，皆如还玉礼。"此玉即行聘礼时宾致君之圭，及致夫人之璋。

⑯贿、礼。君以束帛赠来聘国之国君，称之为贿。以玉、束帛、乘马、皮报答所享之礼品，谓之礼。

⑰送宾、君臣赠送。

⑱返国复命。陈币，冢宰受圭、璋，君劳使者，赐介。

⑲使者国家释币于门（祭门神），告祢，酬劳随从。上介亦如此。

以上就是聘礼的基本程序。① 各家所述虽小有差异，但从礼书和《左传》《国语》所载实例来看，朝聘礼的各个环节中都贯穿着乐舞、歌诗的表演与评论以及文章辞令的写作发布，充分体现了礼乐文化"郁郁乎文哉"的特点。我们考察朝聘中的文学活动，主要注意朝聘仪程中的礼仪性文学展演与辞令文章的创作发布。

二、聘问燕享中的歌诗奏乐与文章写作

周人实行乐教，所有的礼仪活动都有奏乐的内容，朝聘也不例外。据《周礼》所载，周代有专门的音乐机构，大司乐为其首，所属从事音乐行政、音乐教育、乐舞表演的人员有一千五百人之多。这个机构所掌五种乐舞（六代乐舞、小舞、散乐、四夷之乐、宗教乐舞）和燕礼所用的特定音乐节目。② 这是重要的艺术和文学传统。时至春秋，在朝聘中展演上述节目是当时文学活动的重要内容。

朝聘必有燕享，而燕享必奏乐。《礼记·王制》称诗、书、礼、乐为"四术"，又称"四教"。四者相互配合，以显示主人的风雅；娱宾助兴，也表示和衷共济、不相侵陵的政治意图。燕享歌诗奏乐既是前代

① 杨志刚：《中国礼仪制度研究》，310～311页，上海，华东师范大学出版社，2001；陈戍国：《中国礼制史·先秦卷》，349～355页，长沙，湖南教育出版社，2002。

② 据《仪礼》之《燕礼》和《乡饮酒礼》，这些特定节目包括如下周人的诗作：工歌《鹿鸣》《呈牡》《皇皇者华》；笙奏《南陔》《白华》《华黍》；间歌《鱼丽》，笙《由庚》；歌《南有嘉鱼》，笙《崇丘》；歌《南山有台》，笙《由仪》；乡乐《关雎》《葛覃》《卷耳》《鹊巢》《采蘩》《采苹》。

乐歌传播的重要途径，也是观乐听歌者进行评价的场所。

朝聘燕享中的歌诗奏乐娱乐性较强，大多数情况下是表演前代乐舞尤其是上古圣王之乐，即上文言"六代乐"。如《国语·周语上》载："惠王三年，边伯、石速、芮国出王而立子颓。王处于郑三年。王子颓饮三大夫酒，子国为客，乐及遍舞。"《左传·庄公二十年》云："冬，王子颓享五大夫，乐及遍舞。"此前所舞皆为六代之乐，即黄帝之《云门》《大卷》，尧之《大咸》，舜之《大磬》，禹之《大夏》，汤之《大濩》，周武王之《大武》。《周礼·春官宗伯》记叙了大司乐的职责，即"以乐舞教国子：舞《云门》《大卷》《大咸》《大磬》《大夏》《大濩》《大武》"。

王子颓、享边伯等五大夫，为之演奏六代之乐，这是燕享中歌诗奏乐的典型事例。《左传》和《国语》并未记载宾主对六代乐舞表演艺术的评论，但详细记载了当时的人对王子颓等人在祸患临头时仍歌舞不倦的行为的评价。郑厉公听后对虢叔说："哀乐失时，殃咎必至。今王子颓歌舞不倦，乐祸也。夫司寇行戮，君为之不举，而况敢乐祸乎？奸王之位，祸孰大焉？临祸忘忧，忧必及之。"郑厉公所说的"哀乐失时，殃咎必至"当为引述前人之说，体现出春秋时人对于乐与礼关系的认识。这种思想进一步发展，就产生了关于音乐歌诗社会功能的思想。

非常有趣的是，郑厉公虽明此理，但他本人也因得意忘形而犯了同样的错误。原庄公指出了他的错误，《左传·庄公二十一年》载："郑伯享王于阙西辟，乐备。"杜预注曰："备六代之乐也。"郑厉公享周王，席间为之奏六代之乐。原庄公曰："郑伯效尤，其亦将有咎！"杨伯峻在《春秋左传注》中云："郑伯效尤指乐备而言。郑伯既以王子颓乐及遍舞为非，而己又于享王时备六代之乐，是所谓'尤人而效之'也。"这个事件在叙事上与"螳螂捕蝉，黄雀在后"的故事有异曲同工之妙，饶有趣味地说明了奏乐遵礼、乐必有时的音乐观念。

再如《左传·成公十二年》载，是年秋晋国大夫郤至到楚国参加盟会，楚王享之，在地室悬钟鼓，违礼作金奏，郤至引《诗经·周南·兔罝》而论"政以礼成，民是以息"。杨伯峻在《春秋左传注》中云："金奏，金指钟镈，奏九种夏乐，先击钟镈，后击鼓磬，谓之金奏。"此金奏，应是《九夏》之《肆夏》。据《左传·襄公四年》，《肆夏》本是"天子所以享元侯"之乐，春秋时诸侯相见亦用之。此年楚王享郤至用此乐违礼，故郤至曰"不敢"，范文子言楚人"无礼"。

《左传·襄公十年》载：宋平公享晋悼公于楚丘，席间请求为之表演《桑林》之舞。晋大夫荀罃辞让，表示不敢当此。荀偃、士匄曰："诸侯宋、鲁，于是观礼。鲁有禘乐，宾、祭用之。宋以《桑林》享君，不亦可乎？"此时，舞师举着饰以雉羽的旌旗率舞队以入，晋悼公因惧怕而退入房内。但晋悼公只是命人拿掉了旌旗，仍接受了《桑林》之舞。他到著雍后就病了，于是就让人占卜，占卜结果为冲撞了桑林之神。荀偃、士匄欲奔回宋都的桑林之宇祈祷，荀罃以为不可："我辞礼矣，彼则以之。犹有鬼神，于彼加之。"他不信有鬼神，但也没有从正面进行反驳。

《桑林》之舞为殷商所传旧乐，宋人因之。《庄子·养生主》："合于《桑林》之舞。"成玄英注云："《桑林》，殷汤乐名也。"《吕氏春秋》《荀子》《尸子》等载汤时曾大旱七年，汤以身祷于桑林。《桑林》之舞盖由此得名。

朝聘燕享除了展演前代乐舞，也涉及《诗经》中为《仪礼》而创作的诗篇。借助这类歌诗的展演及评论，可以形象地理解相关诗歌的主题、用途等。如《左传·襄公四年》载：

> 穆叔如晋，报知武子之聘也，晋侯享之。金奏《肆夏》之三，不拜。工歌《文王》之三，又不拜。歌《鹿鸣》之三，三拜。韩献子使行人子员问之，曰："子以君命辱于敝邑，先君之礼，藉之以乐，以辱吾子。吾子舍其大，而重拜其细，敢问何礼也？"对曰："三《夏》，天子所以享元侯也。使臣弗敢与闻。《文王》，两君相见之乐也，臣不敢及。《鹿鸣》，君所以嘉寡君也，敢不拜嘉？《四牡》，君所以劳使臣也，敢不重拜？《皇皇者华》，君教使臣曰'必咨于周'。臣闻之，访问于善为咨，咨亲为询，咨礼为度，咨事为诹，咨难为谋。臣获五善，敢不重拜？"

《国语·鲁语下》所载内容与此段略同："咨才为诹，咨事为谋，咨义为度，咨亲为询。"春秋贵族社会的风雅风范体现在诗乐的好尚方面，但归根结底，仍在一个"礼"字上。歌诗奏乐是其外在形式，尊礼重信则是其内在本质。

从渊源上说，春秋后期季札、孔子的音乐思想、文学思想与上述音乐歌舞展演的盛行以及在此过程中孕育的关于歌、乐、舞的思想、审美认知有着直接的联系。可以说，没有上述风气以及相关思想认识，就没有儒家的乐论、诗论，上古时代和《诗经》中的歌诗也无从保留和流传下来。

三、聘问赋《诗经》言志中的诠释性文类创作

朝聘会盟中的赋诗活动不仅是对《诗经》的展演、歌诵与引用，更为重要的是在"歌诗必类""赋诗合礼""断章取义"等原则下对诗篇内涵的再诠释，以及这种基于礼仪要求的再诠释所内含的当时人们对诗歌功能、文本的认识方面的潜在的一致性倾向。英国著名社会学家安东尼·吉登斯在《社会的构成：结构化理论大纲》中说：

> 社会活动的具体情境有一个特点，就是人类行动者的反思能力始终贯穿于日常行为流中。但这种反思性只是在一定程度上体现于话语层次。行动者对自己的所作所为及其缘由的了解，即他们作为行动者所具有的认知能力，大抵止于实践意识（practical consciousness）。所谓实践意识，指的是行动者在社会生活的具体情境中，无须明言就知道如何"进行"的那些意识。对于这些意识，行动者并不能给出直接的话语表达。贯穿本书的一个主题便是实践意识的重要意涵，必须把它与意识[话语意识（discursive consciousness）]和无意识区分开来。我承认，认知和动机激发过程中的无意识特征的确具有重要意义，但我并不认为我们可以满足于这些相沿已久的既定观点。我之所以采纳经过改造的自我心理学（ego psychology），只是力图把它与例行化概念（rutinization）直接联系起来。①

---

① ［英］安东尼·吉登斯：《社会的构成：结构化理论大纲》，李康、李猛译，42 页，北京，生活·读书·新知三联书店，1998。

吉登斯关于"实践意识"的这一表述，与春秋文学活动中潜在的倾向性颇具一致性，为我们深入研究春秋赋诗诵诗歌诗活动中的内在原则、文学观念等问题提供了理论支撑点。春秋时期的这些观念形态的倾向性虽然并没有清楚明确的系统理论表述，但却是当时君子赋诗诵诗歌诗活动中约定俗成的规范，严密约束着相关的文学实践活动，同时也对后世文学具有重要的影响，所以有必要加以归纳，使之明确化、系统化。

赋诗言志内含着双方认可并遵循的诗学诠释、接受原则。在赋诗言志活动中，双方必须遵循在一定范围内具有通约性的诗学诠释、接受原则，方可以达到以微言相接、各言其志的目的。对春秋赋诗活动中通行的一些原则，如赋诗多取首章，"断章取义，予取所求"等，以往的研究者已有讨论，兹不赘述。这里着重就赋诗言志中临时规定诗文本诠释原则、范围的现象进行观察和理论探索，这方面最为典型的例子是著名的"垂陇之会"。

《左传·襄公二十七年》记载了郑简公享赵孟于垂陇，子展、伯有、子西、子产、子大叔、二子石从之事：

> 赵孟曰："七子从君，以宠武也。请皆赋，以卒君贶，武亦以观七子之志。"子展赋《草虫》。赵孟曰："善哉！民之主也。抑武也，不足以当之。"伯有赋《鹑之贲贲》。赵孟曰："床第之言不逾阈，况在野乎？非使人之所得闻也。"子西赋《黍苗》之四章。赵孟曰："寡君在，武何能焉？"子产赋《隰桑》。赵孟曰："武请受其卒章。"子大叔赋《野有蔓草》。赵孟曰："吾子之惠也。"印段赋《蟋蟀》。赵孟曰："善哉！保家之主也。吾有望矣。"公孙段赋《桑扈》。赵孟曰："'匪交匪敖'，福将焉往？若保是言也，欲辞福禄，得乎？"卒享。文子告叔向曰："伯有将为戮矣！诗以言志，志诬其上，而公怨之，以为宾荣，其能久乎？幸而后亡。"叔向曰："然。已侈！所谓不及五稔者，夫子之谓矣。"文子曰："其余皆数世之主也。子展其后亡者也，在上不忘降。印氏其次也，乐而不荒。乐

以安民，不淫以使之，后亡，不亦可乎？"

七子与赵孟赋诗是此次活动的第一阶段。众卿所赋，分别出自《召南》《鄘风》《小雅》《小雅》《郑风》《唐风》《小雅》。除去子西所赋《黍苗》外，均赋全诗，与大多数情况下赋其首章不同。此外，赵孟一一评其所赋，多数情况下表示对赋诗者借诗文本所言之志的认可，并据双方身份及礼节表示自己的主观态度；有时也表示不能认同或部分认同。在这个过程中，有以下两点值得注意。一是双方对《诗经》如数家珍，并对《诗经》文本的阐释有共同的标准，故运用于赋诗言志可谓得心应手，于此可见春秋士大夫之文学修养与《诗经》运用之广。二是双方根据当时的场合，将《诗经》的文本与当下的意义进行关联，对文本进行二次诠释。在文本临时性意义的生成过程中，礼仪的、政治的和主观性原则共同决定着对文本进行诠释的临时性原则。

赵孟与叔向对此次赋诗活动本身及参与者的评论，是活动的第二阶段，也是对七子所赋《诗》文本的第三次诠释。这次是依据前两次诠释的意义系统，对赋诗者当下的思想道德状况进行逆推。这一过程颇类预言，但实际上昭示了赋诗者言行中的必然性——其思想行为合乎"礼"则"有其后"，反之则无后。

从以上对"垂陇之会"中诠释《诗经》文本的三次活动的分析可以看出，虽然赋诗进程中意义生成离诗的文本义越来越远，看似主观随意，但实则其中始终贯穿着"礼"这根红线。也就是说，在赋诗活动中，文本义、诠释义、引申义三者之间的转换靠的是"礼"，是借助于类比思维完成的。

另一个典型的例子于此更具说服力。《左传·文公四年》载：

> 卫宁武子来聘，公与之宴，为赋《湛露》及《彤弓》。不辞，又不答赋。使行人私焉。对曰："臣以为肄业及之也。昔诸侯朝正于王，王宴乐之，于是乎赋《湛露》，则天子当阳，诸侯用命也。诸侯敌王所忾，而献其功，王于是乎赐之彤弓一、彤矢百、玈弓矢千，以觉报宴。今陪臣来继旧好，君辱贶之，其敢干大礼以自取戾？"

《湛露》《彤弓》均见于《诗经·小雅》。对于《湛露》，毛诗及三家诗均以为是西周盛时天子夜宴诸侯同姓之诗；《彤弓》则是天子以彤弓赏赐有功诸侯而作，通用为天子锡有功诸侯之乐章。今宁武子聘而鲁侯为之赋此二诗，明为僭礼之举。故宁武子佯装不知，不辞，亦不答赋。《论语·公冶长》载孔子之语曰："宁武子，邦有道则知，邦无道则愚。其知可及也，其愚不可及也。"正指此事而言。宁武子解此二诗，据诗意发挥之，谓诸侯于正月朝天子，天子宴之，奏乐，歌《湛露》，表示天子对着太阳，诸侯效劳听命，以天子之敌为敌，且献己功。天子因此赐诸侯以彤弓等物，以表彰其功。宁武子之语紧扣此二诗所体现的"礼"意。孔子在《论语·阳货》中曰："《诗》，可以兴，可以观，可以群，可以怨。"又在《论语·泰伯》中曰："兴于《诗》，立于礼，成于乐。"这些正是对春秋时风雅实践的理论概括。

《诗经》施于礼仪，故与乐、舞相辅而行，故《诗经》可以观。朝聘观诗，实即对《诗经》的文本及乐、舞综合艺术的欣赏活动。在此种礼仪性展演中，评论性文体创作是其核心内容。评论性文体虽也是针对前代的经典而发，但它不同于强调客观准确的"解释性"解经文体，更注重对观诗活动中主体的主观感受的表达。当然，这种主观感受也不是漫无目的和随意性很大的感悟，它的创作标准是合乎当时的道德、政治对文艺的要求。这种形式上极其灵活而自由的评论性文体，直接影响了后世诗文评等文学批评文体的生成。

周室东迁后，礼崩乐坏，时人有周礼周乐尽在鲁国之叹。《春秋》记载的朝聘观《诗》之事虽然为数不多，但是都与鲁国有关，显示了鲁人的文化优越感。观《诗》实际上就是观周乐、周礼，在这种文化与文学的展演活动中往往伴随着观《诗》言政式的评论活动，而其中所贯穿的则是观《诗》者以地域历史文化传统和现实政治特点为依据的宏观的诗学诠释思想。以下，我们通过一些典型的例证来考察在观《诗》观乐活动中评论性文体的生成机制和文体特点。

《左传·襄公二十九年》记载了季札观乐之事：

吴公子札来聘，见叔孙穆子，说之。谓穆子曰："子其不得死乎！好善而不能择人。吾闻君子务在择人。吾子为鲁宗卿，而任其大政，不慎举，何以堪之？祸必及子！"请观于周乐。使工为之歌《周南》《召南》。曰："美哉！始基之矣，犹未也，然勤而不怨矣。"为之歌《邶》《鄘》《卫》。曰："美哉，渊乎！忧而不困者也。吾闻卫康叔、武公之德如是，是其《卫风》乎！"为之歌《王》。曰："美哉！思而不惧，其周之东乎！"为之歌《郑》。曰："美哉！其细已甚，民弗堪也，是其先亡乎！"为之歌《齐》。曰："美哉！泱泱乎，大风也哉！表东海者，其大公乎！国未可量也。"为之歌《豳》。曰："美哉，荡乎！乐而不淫，其周公之东乎！"为之歌《秦》。曰："此之谓夏声。夫能夏则大，大之至也，其周之旧乎！"为之歌《魏》。曰："美哉，沨沨乎！大而婉，险而易行，以德辅此，则明主也。"为之歌《唐》。曰："思深哉，其有陶唐氏之遗民乎！不然，何忧之远也？非令德之后，谁能若是？"为之歌《陈》。曰："国无主，其能久乎！"自《郐》以下，无讥焉。为之歌小雅。曰："美哉！思而不贰，怨而不言，其周德之衰乎！犹有先王之遗民焉。"为之歌大雅。曰："广哉，熙熙乎！曲而有直体，其文王德乎！"为之歌颂。曰："至矣哉。直而不倨，曲而不屈，迩而不偪，远而不携，迁而不淫，复而不厌，哀而不愁，乐而不荒，用而不匮，广而不宣，施而不费，取而不贪，处而不底，行而不流。五声和，八风平，节有度，守有序，盛德之所同也。"

季札观乐所作出的评论，是流传至今的孔子诗论之前最完整的文艺批评，其不仅展现了文学批评文体的生成过程，而且涉及文学批评的观念。这段评论至少涉及以下四个方面的文学观念：其一，由季札此年观《诗》可知周对诗乐做过系统的整理工作，为诗歌批评奠定了基础；其二，当时诗、乐、舞是一体的，相互为用；其三，季札指出不同地域诗歌的优缺点，反映当时之人对乐调与诗歌风格的欣赏是多样化的；其四，季札借诗论政，是对"观志"批评方法的继承与发展。

从批评文体的形式出发来观察上引的这段话，可以发现其语体均呈现出点评式的特点。在评论中运用的"美""渊""深""广""直""曲""怨""哀""乐"等语汇，已经体现出术语化倾向。评论术语如果要能让观《诗》的参与者都能理解，必须以双方对这类术语都具有事先的认知为前提。这也折射出当时文学批评文体的专业化倾向。

文学批评文体的专业化倾向还可从后世典籍类似的总结性评述中窥其端倪，如《吕氏春秋·适音》云："凡音乐通乎政而移风平俗者也，俗定而音乐化之矣。故有道之世，观其音而知其俗矣，观其政而知其主也矣。"《礼记·乐记》亦云："声音之道，与政通矣。""审乐以知政，而治道备矣。"两者都提到了"治世"之音、"乱世"之音及其特点，还有与政治之关系，这都显然受到季札之说的影响。此外，季札赞美《邶风》《鄘风》《卫风》"忧而不困"、《王风》"思而不惧"、《豳风》"乐而不淫"，又用"直而不倨，曲而不屈"等相反相成的范畴赞美《颂》，创造了一种"×而不×"的文学批评的语体范式。前人以为这是对《唐风·蟋蟀》"好乐无荒"和赵孟所谓"乐而不荒""乐以安民"的批评语体的继承和发展，这是季札的一个贡献。而《尚书·舜典》中的"直而温，宽而栗，刚而无虐，简而无傲"等表述方式和观念，与季札的评《诗》论乐之辞有内在的相通之处。[①] 还有孔子赞美《关雎》"乐而不淫，哀而不伤"所使用的同类的语体，也是受到季札的影响。以上几方面都表明，就其所操持的语体和文体来说，当时对于诗歌品评鉴赏的方式已经专业化了，甚至可以说是相当成熟了。

上文所引述并讨论的这次发生在鲁襄公二十九年的观《诗》评论的表述虽使用口宣的方式，但从季札所操持的术语和所表达的语体来说，已经有专门化与职业化的意味。归根结底，这是春秋时代诗歌由"作诗"（创作）的阶段全面进入"用诗"的阶段所导致的。

---

① 笔者认为，《尚书·尧典》是孔子为突出尧的事迹功业而编成的。对于这个问题，笔者另有专文讨论，此不赘述。

第三节　春秋盟会制度与盟誓书告文

盟，即盟誓；会，即会同。盟会制度起源于原始社会，盛行于夏、商、西周三代，至春秋时期成为列国政治与邦交的主要形式。盟会制度借助于各类书告之体与盟誓之辞而实现，因此，盟、书、告、誓之文的创制就是盟会制度实施的重要手段。西周至春秋初年，盟、书、告、誓之文的创制由专官主司。书告之文一般由执事的卿大夫负责起草，而盟誓之文则由祝官专司创制。《周礼·春官宗伯》言诅祝之职曰："掌盟、诅、类、造、攻、说、禬、禜之祝号。作盟诅之载辞，以叙国之信用，以质邦国之剂信。"春秋中后期，随着会盟的频率骤增以及列国在交往中高扬政治理性，盟、书、告、誓之文的创制也由官守出现私人化倾向，出现了个体之间的盟誓。

一、春秋盟会制度及其特点述略

春秋时代，周室衰落，诸侯力政，五霸迭兴，礼乐征伐自诸侯出。盟会制度成为天子与诸侯之间、诸侯与诸侯之间、诸侯与卿大夫之间达成政治上联结关系的主要手段。据《左传》所载统计，春秋三百多年间，仅诸侯间的盟会就达 133 次，次数远高于西周和战国时代。①

（一）春秋盟会制度的主要程序

春秋时代诸侯国之间举行盟誓的程序已经相对固定和程式化，从《左传》《国语》等文献所载春秋时代盟会的实例来看，盟会的具体程序如下。

第一，准备阶段，包括"通告""除地""筑坛""张幕""立木表""凿地""掘坎"等仪程，主盟国要事先通知与盟者盟会时间、地点，之后就要提前准备修筑盟会的场地。一般要选择处在国界的人迹罕至、荒远

---

① 参见王贵民、杨志清编著：《春秋会要》，412~429 页，北京，中华书局，2009。

偏僻而多河流山丘的地方①，先"除地"而后"筑坛"，并在周围搭建帐篷。"筑坛"后还要"立木表"，以确定盟会时与盟者的位置。

第二，核心阶段，盟誓祭仪包括"杀牲""割牛耳""歃血"和"宣读载书"。到了盟誓的日子，先要"杀牲"取血献祭神灵，然后"割牛耳"。在这个仪节中，要推举一人执牛耳。之后与盟者共同"歃血"，就是将牲血涂在嘴唇上的仪式。②"宣读载书"就是"宣誓"，当事人在祭坛上通过口头语言向神灵陈述结盟的意愿和信守盟誓的决心，并宣布不遵守盟约当受何种惩罚。当众宣读事先拟好的盟书，是盟誓的核心仪程。

第三，盟后阶段，包括处置盟书、宴享宾客等环节。口头宣誓后，书面形式盟书一般一式两份：一份埋入土坎或深入水中，象征着誓言已经送达神灵；另一份则由主盟者带回收藏。盟会结束以后，主盟者还要尽地主之谊，举行宴会招待远道而来的与盟者。对一些短时间内无法返国的与盟者，主盟者还要赠送牛、羊、豕、黍、粱、稷、禾等。至此，盟会的仪程才算全部结束。

（二）春秋盟会制度的特点

下面拟以对春秋时代的一个盟会实例的分析，来归纳春秋盟会制度的特点。《左传·昭公四年》载，楚国召集蔡、陈、郑、许、徐、滕、顿、沈、邾、宋等国盟会于申地：

> 夏，诸侯如楚，鲁、卫、曹、邾不会。曹、邾辞以难，公辞以时祭，卫侯辞以疾。郑伯先待于申。六月，丙午，楚子合诸侯于申。椒举言于楚子曰："臣闻诸侯无归，礼以为归。今君始得诸侯，其慎礼矣，霸之济否，在此会也。夏启有钧台之享，商汤有景亳之命，周武有孟津之誓，成有岐阳之搜，康有酆宫之朝，穆有涂山之会，齐桓有召陵之师，晋文有践土之盟。君其何用？宋向戌、郑公孙侨在，诸侯之良也，君其选焉。"王曰："吾用齐桓。"

① 据《左传》载盟例，屡次举行会盟之地如葵丘、中邱、曲池、桃邱、夹谷、邢邱、鲁济、泺、柯陵等地，均是靠近国界的地方。

② 也有的学者认为"歃血"是饮血，《说文解字》释"歃"为"歠"，段玉裁在《说文解字注》第八篇下言"歠"为"饮"。

王使问礼于左师与子产。左师曰："小国习之,大国用之,敢不荐闻。"献公合诸侯之礼六。子产曰："小国共职,敢不荐守。"献伯、子、男会公之礼六。君子谓"左师善守先代,子产善相小国"。

……

王使椒举侍于后,以规过。卒事,不规。王问其故,对曰:"礼,吾所未见者有六焉,又何以规?"

宋大子佐后至,王田于武城,久而弗见。椒举请辞焉。王使往曰:"属有宗祧之事于武城,寡君将堕币焉,敢谢后见。"徐子,吴出也,以为贰焉,故执诸申。

楚子示诸侯侈。椒举曰:"夫六王二公之事,皆所以示诸侯礼也,诸侯所由用命也。夏桀为仍之会,有缗叛之;商纣为黎之搜,东夷叛之;周幽为大室之盟,戎狄叛之。皆所以示诸侯汰也,诸侯所由弃命也。今君以汰,无乃不济乎?"王弗听。

子产见左师曰:"吾不患楚矣。汰而愎谏,不过十年。"左师曰:"然。不十年侈,其恶不远,远恶而后弃。善亦如之,德远而后兴。"

上引这一大段文字,记录了楚国君臣及郑国执政子产、宋国左师向戍围绕着楚国在申地盟会诸侯的仪程的种种评论。从这些评论中,可以推断春秋盟会制度有如下特点。

第一,春秋盟会制度①似是由齐桓公开创的,其程序大体稳定,但并不固定,盟会仪程有旧式和新式之别。上面所引材料中,楚灵王的手下椒举劝楚灵王盟会要"慎礼",楚灵王自己选择了"齐桓公会诸侯于葵丘"的礼;椒举建议楚灵王问盟会之礼于子产、向戍二人,二人皆

---

① 吕静研究指出,最初的"盟誓是一种典型的宗教性行为","经过'东迁'的混乱,曾经在诸侯联合政体中占据顶点地位的周王势力渐渐衰弱,已经无法用优势武力控制政治局面。但是,整个社会的基本结构没有发生质的变化。持续了数百年的政治权威并没有在一次政治事件后立即消失,以周王为中心的诸侯联合集团也没有完全崩溃。因此,有实力的诸侯如齐桓公、晋文公,在诸侯聚集的祭祀场,演示昔日商、周王祭祖的'盟'仪和'载'祀。求得自己作为周王政治上、宗教上权威继承者的认同,强调其统合诸侯的正当性。同样,在盟誓祭仪仪式中,像周王那样使用、操弄文字,把盟约用文字记录下来,不仅仅强调盟辞内容的神圣性、不可更改性,还说明其拥有优越政治和宗教权威的特殊意义。"见吕静:《春秋时期盟誓研究——神灵崇拜下的社会秩序再构建》,185、200 页,上海,上海古籍出版社,2007。

进献公盟会诸侯的礼六种，这六种礼连博学的椒举也未见过。这类盟会礼仪大约是古制。

第二，盟会应当严格遵守礼制。盟会前约期须有王命，以示召集盟会的正当性，但楚灵王会于申地并非如此。对于因故未来盟会的诸侯，也应当礼遇之，但楚灵王则是用武力对付未来盟会者。

第三，盟会应当节俭守礼，但楚灵王却示诸侯以奢侈。所以子产和向戌都认为楚国的强大是暂时的，不会长久。

第四，背盟之事屡有发生，盟辞载书的神圣性和约束力不断下降，所谓"口血未干，即背盟约"的事很常见。《左传·哀公十二年》载：

> 公会吴于橐皋。吴子使太宰嚭请寻盟。公不欲，使子贡对曰："盟，所以周信也，故心以制之，玉帛以奉之，言以结之，明神以要之。寡君以为苟有盟焉，弗可改也已。若犹可改，日盟何益？今吾子曰，必寻盟。若可寻也，亦可寒也。"乃不寻盟。

《左传》所记寻盟、征会很多，说明参与盟会者并非自愿，多被挟持。既然如此，背盟是必然的。

总而言之，春秋时代的盟会已经由此前的宗教活动完全演化成为一种以"神道设教"的宣示权威的政治手段，盟辞载书逐渐失去其神圣性和约束力，由原来的礼仪之文变成一种达成特定政治目的的托辞。

二、盟会制度的实行与春秋盟辞的生成

盟会制度的实行是春秋盟辞的生成的内在动因。《文心雕龙·祝盟》曰："盟者，明也。骍毛白马，珠盘玉敦，陈辞乎方明之下，祝告于神明者也。在昔三王，诅盟不及，时有要誓，结言而退，周衰屡盟，以及要契。"[1]《释名·释言语》曰："盟，明也。告其事于神明也。"[2]盟会就是示人以诚，示神以诚。盟必有载辞以示诚信，周衰寡信，诸侯

---

① （南朝）刘勰，范文澜注：《文心雕龙注》上册，177 页，北京，人民文学出版社，1958。

② （汉）刘熙撰：《释名》，60 页，北京，中华书局，1985。

屡盟。盟辞多押韵，为先秦及后世重要文体之一。

（一）盟辞的写作动机

任何礼仪之文的写作都具有明确的动机，盟辞属于礼文，所以也不例外。从典籍所载的实例归纳起来，盟辞的写作动机有如下两个方面。

第一，在协商的基础上就某一重大事项达成共识。不论是春秋时期的诸侯之盟，还是家族与家族、个体与个体之间的盟约，其基本的写作动机就是借助盟辞将事先约定共同遵从的事项形之于文字而固定下来，起到达成一致的作用。

第二，约束与盟者遵守盟约。盟辞要通过"宣誓"的方式告知神灵，其写作动机之一是借助神灵的力量使人信守盟约。同时，盟辞要书之典册、藏于盟府，其写作动机还有约束与盟者，起着契约的作用。春秋时代，盟辞事神的动机越来越微弱，而约束人的动机则在逐渐加强。如《左传·昭公六年》载是年六月楚公子弃疾与郑三卿盟誓之事：

> 楚公子弃疾如晋，报韩子也。过郑，郑罕虎、公孙侨、游吉从郑伯以劳诸相，辞不敢见。固请见之，见如见王，以其乘马八匹私面。见子皮如上卿，以马六匹。见子产，以马四匹。见子大叔，以马二匹。禁刍牧采樵，不入田，不樵树，不采蓺，不抽屋，不强丐。誓曰："有犯命者，君子废，小人降。"舍不为暴，主不愿宾。往来如是。郑三卿皆知其将为王也。

从这一年楚公子弃疾与郑三卿之盟来看，盟辞的写作动机是进行政治结盟。在楚公子弃疾而言，是为自己登上王位做好外交上的铺垫；在郑三卿而言，则是不希望与楚为敌，但又不想得罪晋，体现了郑人的弹性外交策略。所以，这一年的盟誓虽是私盟，但却处处体现着楚、郑两国外交方面的意图。

（二）盟辞的写作过程

盟辞的写作是盟会制度的一个重要环节，不仅事先有专人负责其事，而且在正式"宣誓"前还要征求与盟者的意见，达成一致后方可公之于众。这个过程好比是共同完成一篇文章的写作，由一人事先按要求的程式起草文稿，然后大家一起来润色加工。如《左传·僖公九年》载齐侯盟诸侯于葵丘曰："凡我同盟之人，即盟之后，言归于好。"记录了齐桓公在葵丘盟会诸侯时宣誓的情形，其盟辞写作的细节则见于其他文献。《孟子·告子下》曰：

> 五霸桓公为盛，葵丘之会诸侯，束牲载书而不歃血。初命曰："诛不孝，无易树子，无以妾为妻。"再命曰："尊贤育才，以彰有德。"三命曰："敬老、慈幼，无忘宾旅。"四命曰："士无世官，官事无摄；取士必得，无专杀大夫。"五命曰："无曲防，无遏籴，无有封而不告。"曰："凡我同盟之人，既盟之后，言归于好。"

焦循在《孟子正义》中说："《孟子》五命，乃葵丘之会所命次第如此。"[1]齐桓公会诸侯，盟辞事先由专官拟好，到了宣誓的时候，大家都不敢先"歃血"。齐桓公命史官先后五次宣读盟书，内容涉及治国的方方面面，目的是征求与盟诸侯的意见。大家没有意见，才宣誓。《左传》摘录的只是盟辞之中关于宣誓的数句，《孟子》则转录了盟辞的具体内容。这件事还见于《管子·小匡》，文字略有出入。可以看出，齐桓公之所以能称霸于诸侯，既与齐国的国力有关，也因为他与管仲注意到他国利益，并协调社会矛盾，在政治上结成同盟，适应了当时社会发展的普遍要求。这是齐桓公能利用盟辞之礼树立权威，取得人心的一个重要原因。

再如鲁季武子立臧为主掌臧氏家族之政，并与之结盟，然而盟辞无正当理由可书。季武子召外史之官，讨论盟辞的写法。《左传·襄公二十三年》载：

> 臧纥致防而奔齐。其人曰："其盟我乎？"臧孙曰："无辞。"将盟臧氏，季孙召外史掌恶臣，而问盟首焉。对曰："盟东门氏也，曰：'毋或如东门遂，不听公命，杀嫡立庶。'盟叔孙氏也，曰：'毋或如叔孙侨如，欲废国常，荡覆公室。'"季孙曰："臧孙之罪，

---

① （清）焦循撰：《孟子正义》，845页，北京，中华书局，1987。

皆不及此。"孟椒曰："盍以其犯门斩关?"季孙用之，乃盟臧氏，曰："毋或如臧孙纥，干国之纪，犯门斩关!"臧孙闻之，曰："国有人焉，谁居? 其孟椒乎!"

鲁国孟孙氏立臧为为臧氏继承人，原定继任者臧纥奔齐，臧纥所从之人以臧纥罪不当被逐。季武子将与臧为结盟，盟辞不好写，于是召掌管恶臣事迹的外史问盟辞的写法。外史回答说："过去与东门氏结盟，盟辞说：'不要像东门遂那样不听君命，杀嫡立庶。'与叔孙氏结盟，盟辞说：'不要像叔孙侨如那样废除国家常道，荡覆公室。'"季武子说："臧孙纥之罪，皆不及此。"孟椒说："何不说他攻门斩关的罪过?"季武子采用了，于是与臧氏结盟，盟辞说："不要像臧孙纥那样凌国家之纪，犯门斩关。"臧孙纥在齐听说此事，说："鲁国有人才啊，是谁? 恐怕是孟椒吧。"由这个例子可看出，盟辞由专人（一般是史官）根据结盟涉及的具体的人、事来撰写，写好后还要征得与盟者的认可方能生效。即使与盟者是出奔于外的"政治流亡者"，盟辞中数其罪行或过错也要讲求真实，以公告天下与神明。

又如《左传·襄公二十五年》载，此年五月乙亥，齐国大臣崔杼弑齐庄公而立齐景公，欲与晏婴结盟，以掩盖弑君之罪。晏子临盟而机智地改写盟辞，临死地而不易其义，从中也可以看出盟辞的写作情况。其文曰：

> 丁丑，崔杼立而相之，庆封为左相。盟国人于大宫，曰："所不与崔、庆者"。晏子仰天叹曰："婴所不唯忠于君、利社稷者是与，有如上帝!"乃歃。

这段文字是对盟誓仪式的描写，生动细致。齐庄公与崔杼之妻私通，崔杼愤而杀齐庄公，并且杀死了齐庄公的许多亲信，齐国因此大乱。为了控制政局，崔杼拥立齐景公，自己做了相，又拉拢庆封为左相。崔杼知道晏婴对自己不满，担心他鼓动其他贵族起来反对，就强行与他们举行盟会，想借盟会来消除后患。如果晏婴参与盟会且对盟辞无异义，就意味着他名义上也参与了弑君改立的事，成为合谋者。紧要关头，晏婴改写盟辞，显示了自己的是非观念和拥立公室的政治立场。《淮南子·精神训》评价说："晏子与崔杼盟，临死地而不易其义。……故晏子可迫以仁，而不可劫以兵。"①由此可见，在盟辞的写作过程中，达成一致或作修改都体现了十分鲜明的政治倾向。表面上是言辞的写作与修改润色，实质上则是政治利益的角逐与博弈。类似的例子甚多，此不繁举。

（三）盟辞的文体特征

盟辞是礼仪之文，因而具有特定的写作动机，其写作过程又贯穿着与盟者的政治倾向性，写成后还要宣誓以使人神共知。在盟誓仪式结束后，盟辞文本要藏之盟府，有时副本刻于石上埋藏于地，以示接受神灵的监督。由此来看，盟辞已经是一种成熟的礼仪文体，具有特定的文体特征。除前文引述的盟辞实例外，春秋时代的盟辞还有很多。如鲁僖公二十八年五月，周室王子虎盟诸侯于践土之王庭，有盟辞；同年六月，晋人复卫侯，宁武子与卫人盟于宛濮，也有盟辞。这两条盟辞见于《左传》，相对都比较完整，还有出土的侯马盟书若干篇。对这些文献综合起来予以考察，可以归纳出盟辞的文体特征。

首先，大多数盟辞都是以"要言曰"或"誓曰"等专门表示盟誓的词语领起。来看传世文献中所载录的实例。《左传·僖公二十八年》载，癸亥，王子虎盟诸侯于王庭，要言曰："皆奖王室，无相害也！有渝此盟，明神殛之！俾队其师，无克祚国，及而玄孙，无有老幼。"杜预注曰："要，平声，约也。"意谓盟辞中所述内容是与盟者共商相约而达成共识，带有强调盟辞权威性的意思。《左传·成公十二年》载，鲁成公十二年夏，晋、楚盟于宋西门之外，依礼作誓辞以申盟誓。誓曰："凡晋、楚无相加戎，好恶同之，同恤菑危，备救凶患。若有害楚，则晋伐之；在晋，楚亦如之。交贽往来，道路无壅；谋其不协，而讨不庭。有渝此盟，明神殛之，俾队其师，无克祚国。"这篇盟辞以"誓曰"领起，则是强调盟誓仪式上口头宣誓的仪节，其用意与"要言曰"相同。

也有的盟辞径直以"曰"字领起，如《左传·僖公二十八年》载晋人

①　（汉）刘安等编著：《淮南子》，73页，上海，上海古籍出版社，1989。

复卫侯之事。宁武子与卫人盟于宛濮，曰："天祸卫国，君臣不协，以及此忧也。今天诱其衷，使皆降心以相从也。不有居者，谁守社稷？不有行者，谁扞牧圉？不协之故，用昭乞盟于尔大神以诱天衷。自今日以往，既盟之后，行者无保其力，居者无惧其罪。有渝此盟，以相及也。明神先君，是纠是殛。"宁武子，名俞，卫国大夫，《论语·公冶长》载孔子尝称道其人大智若愚。[①] 宁武子忠贞而有气节，由上述盟会之事来看，他还是一位深于礼义、长于文章之君子。

其次，盟辞一般由"告人之辞"与"告神之辞"两部分组成，前者主要叙述与盟者约定共同遵守的事项内容，后者则向神明告知与盟者背盟后应受的惩罚。如《左传·襄公十一年》载，四月，诸侯伐郑；六月，诸侯会于北林，围郑，观兵于南门，西济于济隧，郑人惧，乃行成；七月，同盟于亳。范宣子曰："不慎，必失诸侯。诸侯道敝而无成，能无贰乎？"乃盟，载书曰："凡我同盟，毋蕴年，毋壅利，毋保奸，毋留慝，救灾患，恤祸乱，同好恶，奖王室。或间兹命，司慎、司盟，名山、名川，群神群祀，先王、先公，七姓十二国之祖，明神殛之，俾失其民，队命亡氏，踣其国家。"这例载书中，从"凡我同盟"至"奖王室"是"告人之辞"；从"或间兹命"至末尾是"告神之辞"。当然，严格来说，这两部分均既是"告人之辞"又是"告神之辞"，只不过前者主要体现与盟者达成约定，后者则侧重于借神灵保证此前约誓的权威性和神圣性。

最后，从出土的盟书实例来看，有的盟书还在开头叙述盟誓的具

---

① "宁武子，姓宁名俞，谥武子。孔子说：'宁武子，邦有道则知（智），邦无道则愚；其知可及也，其愚不可及也。'卫成公初立，二三年间，两度失国，流离颠坠，君臣相讼，这便是'邦无道'之时。二次复国后，宁武子辅政，次年又迁都于帝丘，奠定了三百年之国祚。成公在位三十余年，屡合诸侯之好，罕被大国之兵，国家安定，民亦小康，此即所谓'邦有道'之时（朱注以卫文公之世为有道，卫成公时为无道，并不对；因为武子并没有事文公，事文公的是他的父亲宁庄子）。宁武子为政十余年，事君交邻，国人和协，此其'智'，人尚可及；而当危难之时，其艰贞委屈，沈晦隐忍，潜运其智，调酌机宜，终使祸乱消，社稷安，其用智至深而人莫之知，所谓大智'若愚'，此则非人所能及矣。"蔡仁厚：《论语人物论》，23～24页，台北，台湾商务印书馆，1996。

体时间，不过大部分盟书没有。吕静将其称为盟书的"序章"。① 如山西侯马出土的编号第六七的盟书曰：

> 十五年十二月乙未朔，辛酉，自今台（以）往，鄩朔敢不憨憨焉中心事其宔，而与贼为徒者，丕显晋公大冢，宦恶既女，麻尘非是。②

这篇盟书用朱笔书写在圭形玉石片之上，与其他五千余件盟书一起出土于山西侯马晋国故城东南郊的"呈王"古城一处春秋晚期的盟誓"坎牲"遗址。从出土盟书所记时间大多相同这一点推测，所谓"序章"可能只是一批盟书埋藏之时整理盟书者所记，并非盟辞本身的组成部分。这种情形与甲骨卜辞的埋藏很相似，也颇似后世整理档案材料时的"归档"。

最初的盟誓可能都是口头的约定，到了后来才将其书写成文。就现有的材料来看，春秋时期"盟辞""载书"等并称，可以推断盟誓的"文本化"大约是在春秋时期发生的。吕静认为："齐桓公、晋文公等盟主（霸者），为了有效地维持中原圈诸侯间的政治秩序，巧妙地将被商、周王所独家占有的汉字引入盟誓的祭祀场。历来的口头宣誓被文字化，做成载书。从此载书被运用于诸侯间的盟誓仪式中，甚至扩展到国内举行的盟誓之中。"③考虑到传世文献所记载的盟誓材料中，有一些盟誓并非严格按程序进行，往往是临事而盟，所以口头的盟辞仍在一定范围内与书面化的载书并行。也就是说，当口头的盟辞书面化成为载书之后，前者并未完全消失。

从文体学的角度来看，盟辞的书面化具有重要的意义：一方面使盟辞的体式固定下来，另一方面形成了一些经典的盟辞文本，成为后来者争相征引和模仿的"范本"。如《左传·定公元年》载薛宰之语："晋

---

① 吕静：《春秋时期盟誓研究——神灵崇拜下的社会秩序再构建》，213 页，上海，上海古籍出版社，2007。

② 山西省文物工作委员会编：《侯马盟书》，210～211 页，北京，文物出版社，1976。

③ 吕静：《春秋时期盟誓研究——神灵崇拜下的社会秩序再构建》，200 页，上海，上海古籍出版社，2007。

文公为践土之盟，曰：'凡我同盟，各复旧职。'"由此可以看出，春秋早期的一些盟辞已经随着结盟事件的巨大影响力而广泛传播，并在传播中因不断被引用而经典化。

三、盟会制度与春秋侯国书告之文

春秋时代，诸侯国之间的交往除了互派使者聘问外，还可以互通书告。这种制度的实施主要靠互通文书的方式来完成，因此它也促成了春秋时代书告之文的生成。这些就某一具体政治行为或事件而撰制的书告之文，除了承担着告知、商讨的功能外，也具有盟约的意味。春秋侯国书告之文中，比较典型的如郑子家告赵宣子书（《左传·文公十七年》）、巫臣自晋遗二子书（《左传·成公七年》）、"吕相绝秦书"（《左传·成公十三年》）、"魏绛上晋侯书"（《左传·襄公三年》）、子产致范宣子书（《左传·襄公二十四年》）、王子朝使告于诸侯书（《左传·昭公二十六年》）等。

首先来看郑子家告赵宣子书。《左传·文公十七年》载，晋侯不见郑伯，以为其贰于楚也。郑大夫子家使执讯之官如晋而与之书，以告赵宣子。其书曰：

> 寡君即位三年，召蔡侯而与之事君。九月，蔡侯入于敝邑以行。敝邑以侯宣多之难，寡君是以不得与蔡侯偕。十一月，克减侯宣多，而随蔡侯以朝于执事。十二年，六月，归生佐寡君之嫡夷，以请陈侯于楚，而朝诸君。十四年，七月，寡君又朝，以蒇陈事。十五年，五月，陈侯自敝邑往朝于君。往年正月，烛之武往，朝夷也。八月，寡君又往朝。以陈、蔡之密迩于楚，而不敢贰焉，则敝邑之故也。虽敝邑之事君，何以不免？在位之中，一朝于襄，而再见于君。夷与孤之二三臣相及于绛。虽我小国，则蔑以过之矣。今大国曰："尔未逞吾志。"敝邑有亡，无以加焉。古人有言曰："畏首畏尾，身其余几？"又曰："鹿死不择音。"小国之事大国也，德，则其人也；不德，则其鹿也，铤而走险，急何能择？命之罔极，亦知亡矣。将悉敝赋以待于鯈，唯执事命之！文

公二年，六月，壬申，朝于齐。四年，二月，壬戌，为齐侵蔡，亦获成于楚。居大国之间，而从于强令，岂其罪也？大国若弗图，无所逃命！

晋怒郑贰于楚，郑大夫子家与赵盾书，以告其故。子家之书陈述郑国之所以服于楚，实出于晋不能救而不得已。言辞恳切、有理有节，将楚晋争霸时晋因政衰而不能救诸侯，郑居大国之间之无奈情状和盘托出。故晋人见其书，遂使大夫巩朔赴郑国修好，并使赵穿、公婿池为人质。

《左传·成公七年》载：

> 楚围宋之役，师还，子重请取于申、吕以为赏田，王许之。申公巫臣曰：“不可。此申、吕所以邑也，是以为赋，以御北方。若取之，是无申、吕也，晋、郑必至于汉。”王乃止。子重是以怨巫臣。子反欲取夏姬，巫臣止之，遂取以行，子反亦怨之。及共王即位，子重、子反杀巫臣之族子阎、子荡及清尹弗忌及襄老之子黑要，而分其室。子重取子阎之室，使沈尹与王子罢分子荡之室，子反取黑要与清尹之室。巫臣自晋遗二子书，曰：“尔以谗慝贪惏事君，而多杀不辜，余必使尔罢于奔命以死！”

《左传·成公十三年》载：

> 夏，四月，戊午，晋侯使吕相绝秦。曰：“昔逮我献公及穆公相好，戮力同心，申之以盟誓，重之以昏姻。天祸晋国，文公如齐，惠公如秦。无禄，献公即世。穆公不忘旧德，俾我惠公用能奉祀于晋。又不能成大勋，而为韩之师。亦悔于厥心，用集我文公，是穆之成也。文公躬擐甲胄，跋履山川、踰越险阻，征东之诸侯，虞、夏、商、周之胤而朝诸秦，则亦既报旧德矣。郑人怒君之疆埸，我文公帅诸侯及秦围郑。秦大夫不询于我寡君，擅及郑盟。诸侯疾之，将致命于秦。文公恐惧，绥靖诸侯，秦师克还无害，则是我有大造于西也。无禄，文公即世，穆为不吊，蔑死

我君，寡我襄公，迭我殽地，奸绝我好，伐我保城，殄灭我费滑，散离我兄弟，挠乱我同盟，倾覆我国家。我襄公未忘君之旧勋，而惧社稷之陨，是以有殽之师。犹愿赦罪于穆公。穆公弗听，而即楚谋我。天诱其衷，成王陨命，穆公是以不克逞志于我。穆、襄即世，康、灵即位。康公，我之自出，又欲阙剪我公室，倾覆我社稷，帅我蝥贼，以来荡摇我边疆，我是以有令狐之役。康犹不悛，入我河曲，伐我涑川，俘我王官，剪我羁马，我是以有河曲之战。东道之不通，则是康公绝我好也。及君之嗣也，我君景公引领西望曰：'庶抚我乎！'君亦不惠称盟，利吾有狄难，入我河县，焚我箕、郜，芟夷我农功，虔刘我边垂，我是以有辅氏之聚。君亦悔祸之延，而欲徼福于先君献、穆，使伯车来命我景公曰：'吾与女同好弃恶，复修旧德，以追念前勋。'言誓未就，景公即世，我寡君是以有令狐之会。君又不祥，背弃盟誓。白狄及君同州，君之仇雠，而我之昏姻也。君来赐命曰：'吾与女伐狄。'寡君不敢顾昏姻，畏君之威，而受命于吏。君有二心于狄，曰：'晋将伐女。'狄应且憎，是用告我。楚人恶君之二三其德也，亦来告我曰：'秦背令狐之盟，而来求盟于我，昭告昊天上帝、秦三公、楚三王，曰："余虽与晋出入，余唯利是视。"不谷恶其无成德，是用宣之，以惩不壹。'诸侯备闻此言，斯是用痛心疾首，昵就寡人。寡人帅以听命，唯好是求。君若惠顾诸侯，矜哀寡人，而赐之盟，则寡人之愿也，其承宁诸侯以退，岂敢徼乱？君若不施大惠，寡人不佞，其不能以诸侯退矣。敢尽布之执事，俾执事实图利之。"

吕相，晋大夫，魏锜之子。"秦桓公既与晋厉公为令狐之盟，而又召狄与楚，欲道以伐晋。"故晋厉公使吕相作书宣己命数秦罪而绝之。杨伯峻在《春秋左传注》中云："绝秦书，或由吕相执笔，或由吕相传递。其后秦作《诅楚文》，仿效此书。"亦可见此文影响之大。汪基的《古文喈凤》录此书，题作"晋使吕相绝秦"，说其文"开合顿挫，笔笔匠心"。

《左传·襄公三年》载：

晋侯之弟扬干乱行于曲梁，魏绛戮其仆。晋侯怒，谓羊舌赤曰："合诸侯，以为荣也，扬干为戮，何辱如之？必杀魏绛，无失也！"对曰："绛无贰志，事君不辟难，有罪不逃刑，其将来辞，何辱命焉？"言终，魏绛至，授仆人书，将伏剑。士鲂、张老止之。公读其书曰："日君乏使，使臣斯司马。臣闻师众以顺为武，军事有死无犯为敬，君合诸侯，臣敢不敬？君师不武，执事不敬，罪莫大焉。臣惧其死，以及扬干，无所逃罪。不能致训，至于用钺。臣之罪重，敢有不从，以怒君心？请归死于司寇。"

公跣而出，曰："寡人之言，亲爱也，吾子之讨，军礼也。寡人有弟，弗能教训，使干大命，寡人之过也，子无重寡人之过，敢以为请。"晋侯以魏绛为能，以刑佐民矣。反役，与之礼食，使佐新军。

《国语·晋语七》亦载魏绛之书，与此文稍有不同。严可均的《全上古三代文》录此书，题作"授仆人书"。魏绛，魏为其姓。陈厚耀在《春秋世族谱》中曰："魏氏，毕公高之后。本与周同姓，始封于毕，以毕为姓，其苗裔曰毕，万事鲁封于魏，故以魏为氏。"[1]毕万仕晋，封于魏，以邑为氏。魏绛为毕万的曾孙，魏绛之父魏犨曾追随晋文公出亡，僖公二十八年城濮之战为车右，位不在六卿之列。至魏绛，事晋悼公，列为大夫，进司马，佐新军。谥曰庄子，一云昭子。魏绛是魏氏中兴之关键人物，他才智过人，对晋国赤胆忠心，又能言直谏，因此受晋悼公重用。其言论除此年上书外，较有代表性的如：襄公四年，力陈以德待诸侯，论人君不可失人及荒于田猎；襄公十一年，晋侯以"女乐二八歌钟一肆"赐魏绛，魏绛谏君以德、义、礼、信、仁守邦国。这些言论，都有辞气恳切、有礼有节、入情入理、感人至深之特点。

再如郑子产致书信于范宣子以谏轻币，亦是比较典型的为盟会而作的文。《左传·襄公二十四年》载：

————————

① 《景印文渊阁四库全书》第178册，362页，台北，台湾商务印书馆，1986。

　　范宣子为政，诸侯之币重，郑人病之。二月，郑伯如晋，子产寓书于子西，以告宣子，曰："子为晋国，四邻诸侯不闻令德，而闻重币，侨也惑之。侨闻君子长国家者，非无贿之患，而无令名之难。夫诸侯之贿聚于公室，则诸侯贰。若吾子赖之，则晋国贰。诸侯贰，则晋国坏。晋国贰，则子之家坏。何没没也！将焉用贿？夫令名，德之舆也。德，国家之基也。有基无坏，无亦是务乎！有德则乐，乐则能久。《诗》云：'乐只君子，邦家之基。'有令德也夫！'上帝临女，无贰尔心。'有令名也夫！恕思以明德，则令名载而行之，是以远至迩安。毋宁使人谓子：'子实生我'，而谓'子浚我以生'乎？象有齿以焚其身，贿也。"

子产此书由令德、令名说起，按下郑轻币之请不表，却分析重币于晋之弊，言晋重币则诸侯贰，诸侯贰则晋国坏，晋国坏则执政之卿亦不能免，中引《诗》为证、末以象为喻，读之可谓在情在理、感人至深。故宣子以为是，乃许轻币。

第四节　春秋铭功、册命制度与铭赞册命文献

　　在西周宗法社会里，出于册命封赏的需要，祖先和个人的功业常常被记录下来，琢之鼎彝，传之子孙，成为一种合法的身份和地位的标志。册命制度的实施也催生出大量的册命文，而在册命文中常有叙述祖宗功烈和个人功业的文字，贯穿着对功业的赞美与追求不朽价值的观念。

一、铭功制度与记事之文

　　铭是附着在器物上的一种实用文体。刘师培在《论文杂记》中言："铭者，古人儆励之词也。铭始于黄帝，故《汉志》道家类列《黄帝铭》六篇，厥后禹铭笋虡，汤铭浴盘，武王闻丹书之言，为铭十六，而周代

公卿大夫，莫不勒铭于器，以示子孙。"①早期的铭大多篇幅短小、造语精练，以片言只语阐明道理、表示告诫，形式与谣谚相仿。商代后期至西周时期的铭体逐步发生变化，由说理转而侧重叙述，篇幅加长至几十字、数百字不等。在语言形式上与《诗经》之颂、雅相似，在文体功能上则体现出铭功与颂德并重。从铭体所记载内容来看，此期铭记的事主多为王及各级贵族中有功勋者。铭体的创作是对相关人物的一种旌扬方式，同时也是沟通神人关系、血缘族群关系的一种礼仪写作活动。

到了春秋时期，神权观念逐步衰落，人本思想萌芽，当时社会的主流卿大夫阶层开始关注个人的终极价值。他们追求事功、渴望不朽的思想在铭的创作与引证传播中借以表现出来，致使传统的礼仪性、程式性的铭体创作向个体性、灵活性转变。本节拟以《左传》《国语》等所载之春秋人物讨论铭体写作之言论及有典型性的铭体实例为主，探讨铭体在春秋时期的社会文化变迁中的文体界定、写作过程及引用传播的情况。

（一）春秋时期的铭论

从《周礼》《仪礼》及《诗经》《尚书》等所载来看，先秦时期战国以前的大部分文体都是为特定礼仪服务的，文体的写作过程实际就是某个礼仪的践行过程，文体本身则体现着礼仪所需协调或沟通的某种关系。铭体及其写作也是如此。正因为文体的写作关系着祭祀、行政甚至战争等重大事件，所以礼书和史传当中常有关于文体写作过程方面的评论。这些评论既针对当下的政治事件，也体现了先秦时期的文学观念、文体观念。春秋时期对于铭体及其写作过程的评论包括两部分：一是见于《左传》《国语》中的时人评论铭体写作过程与具体政治事件的关系的言论，二是铭辞中所见的作者本人的言论。综合以上两部分的材料来看，春秋时期的铭体由此前的强调其礼仪性功能向突出其实用性政治功能转变，且对此有新、旧两种观念的冲突和争论。

春秋时期，周礼在鲁，鲁国卿大夫对于铭这种礼仪性文体的讨论

---

① 刘师培：《刘申叔遗书》上册，712 页，南京，江苏古籍出版社，1997。

也最为深入。如臧武仲与季武子论铭体之功能、作铭者的资格、作铭的客观条件等问题，借助于铭体写作的一个实例表现出对铭体的不同认识。《左传·襄公十九年》载：

> 季武子以所得于齐之兵，作林钟而铭鲁功焉。臧武仲谓季孙曰："非礼也！夫铭，天子令德，诸侯言时计功，大夫称伐。今称伐，则下等也；计功，则借人也；言时，则妨民多矣。何以为铭？且夫大伐小，取其所得以作彝器，铭其功烈以示子孙，昭明德而惩无礼也。今将借人之力以救其死，若之何铭之？小国幸于大国，而昭所获焉以怒之，亡之道也。"

季武子为鲁之知《诗》《书》、达礼义者。

《左传·襄公十九年》载：

> 季武子如晋拜师，晋侯享之。范宣子为政，赋《黍苗》。季武子兴，再拜稽首，曰："小国之仰大国也，如百谷之仰膏雨焉！若常膏之，其天下辑睦，岂唯敝邑？"赋《六月》。

季武子在外交场合善于辞令，且赋诗言志，表现出他因来自礼仪之邦而应有的博识风雅与君子风范。

季武子欲铭记的所谓鲁之功，即襄公十八年鲁国伐齐得胜，于次年春主盟诸侯之事。《左传·襄公十九年》载：

> 诸侯还自沂上，盟于督扬，曰："大毋侵小"。执邾悼公，以其伐我故。遂次于泗上，疆我田。取邾田，自漷水归之于我。晋侯先归。公享晋六卿于蒲圃，赐之三命之服；军尉、司马、司空、舆尉、候奄皆受一命之服。贿荀偃束锦、加璧、乘马，先吴寿梦之鼎。

由此次会盟的情况来看，鲁国似乎是代行天子之命而合诸侯，故季武子欲作铭而旌鲁之功。对于处在秦、晋、齐等诸侯强国挤压下的鲁国来说，这是站在为天子和鲁国树立威信的立场上而采取的外交策略。就这次铭体写作活动本身来说，也可以说体现了其政治礼仪功能。但是，臧武仲则从此次鲁国伐齐的实质出发，指出其只是晋国霸业的产物，既不是周室天子意志的体现，也不是鲁国代行天子之命而会诸侯。也就是说，此次鲁国伐齐及会诸侯本身是对周礼的践踏。所以，勒铭既不能彰"天子令德"，也不能体现诸侯的"言时计功"，为"非礼"之举。

可见，在对铭体写作的认识上，季武子和臧武仲之间存在着革新与守旧的差异。臧氏之论隐含着对铭体写作中所铭之事的真实性的要求，已经涉及名实相符或文质相符的命题。而季武子的主张则表现出新的社会形势对铭体写作的新的吁求。

此外，《国语·鲁语》载孔子在陈论周武王以肃慎氏贡矢之铭旌表其功，并示其贡服之职。孔子从周礼，强调的是铭的礼仪内涵。《国语·晋语》载晋悼公之语，其文曰："昔克潞之役，秦来图败晋功，魏颗以其身却退秦师于辅氏，亲止杜回，其勋铭于景钟。"则是突出铭体写作的旌功称伐作用。

（二）春秋铭体的写作

春秋铭体的写作主要突出为作铭者纪功的文体功能特点，纪功则主要侧重于卿大夫阶层之"伐"，即战争、外交或其他重大政治事件中的功勋事迹。铭在春秋以前主要是颂扬死者而教育其后人，春秋时则以颂扬生者、留名后世为主。如《左传·僖公二十五年》中的这段记载："春，卫人伐邢，二礼从国子巡城，掞以赴外，杀之。'正月丙午，卫侯燬灭邢'，同姓也，故名。礼至为铭曰：'余掞杀国子，莫余敢止。'"邢、卫本为同姓之国，且均曾为狄所灭，赖齐桓公存之，理应同仇敌忾，不想邢反于僖公十八年引狄人伐卫，困菀圃，逼得卫侯要让国给父兄朝众；僖公二十年邢人又邀狄人、齐人同盟以谋卫，二十一年狄又为邢伐卫，是则卫受邢之祸甚深，已至势难两立。卫为图存，于僖公二十四年使其大夫礼至两兄弟诈降于邢，在与邢之守城大夫国子巡城之时挟国子而杀之，卫师遂得灭邢。此役礼至当居首功，故作铭以旌其"伐"。《左传》引述铭之二句，非此铭之全文。然而由"莫余敢止"一语，可知作铭者之心理。

另外，《子犯编钟铭》也呈现出了对卿大夫之"伐"的颂扬。子犯编钟为甲、乙两组，铭文相同。李学勤谓其形制、纹饰保持着西周以来的传统风格，裘锡圭认为其相当忠实地承袭了西周后期八个一组的编钟之风。两套编钟铭记大体相同，兹据诸家考释引录如下：

> 惟王五月，初吉丁未。子犯佑晋公左右，来复其邦。诸楚荆（第一钟）不听命于王所，子犯及晋公率西之六师，搏伐楚荆，孔休（第二钟）大功。楚荆丧厥师，灭厥渠。子犯佑晋公左右，燮诸侯，俾朝（第三钟）王，克定王位。王锡子犯，辂车四牡，衣裳黻黼冕。诸侯羞元（第四钟）金于子犯之所，用为和钟九堵（第五钟），孔淑且硕，乃和且鸣，用燕（第六钟）用宁，用享用孝，用祈眉寿（第七钟），万年无疆，子子孙孙，永宝用乐（第八钟）。①

综合李学勤、裘锡圭、张光远诸家的观点，"惟王五月，初吉丁未"应当就是《左传·僖公二十八年》所记城濮之战后晋文公献楚俘于周襄王之日。

钟铭涉及好几件事情，但重点及中心只有一个，就是突出子犯之"伐"。最为重要者是其辅佐晋文公赢得城濮之战，大会诸侯，实现晋之霸业，巩固周王朝之统治。据钟铭中记载，"诸楚荆不听命于王所"是起因，"子犯及晋公率西之六师"至"灭厥渠"概述了城濮之战的过程、战果。"子犯佑晋公左右，燮诸侯，俾朝王，克定王位"则是讲诸侯在晋文公的率领下"尊王"的活动，这与城濮之战以前诸侯的"叛离"行为形成了鲜明对照，是"克定王位"的重要体现。子犯受周王的赏赐和诸侯的进献，也是因为他在城濮之战中有功劳，为"克定王位"作出了贡献。至于"佑晋公左右，来复其邦"，虽然也是子犯的功劳，但不是钟铭的主旨。钟铭的日期之所以选择五月丁未即献俘日，正是为了突出子犯之"伐"。

作于公元前 567 年的《叔夷钟铭》也是比较完整的铭体。《左传·襄公六年》载："十一月，齐侯灭莱，莱恃谋也。……十一月，丙辰，而

---

① 参见王泽文：《春秋时期的纪年铜器铭文与〈左传〉的对照研究》，博士学位论文，中国社会科学院研究生院，2002。铭文据此论文，个别地方据李学勤、裘锡圭、张光远诸家考释，参以己意，有所取舍。为排印方便，罕见字一概写作相应的常见字。下引《叔夷钟铭》《大盂鼎铭》等同此例。

灭之，迁莱于郳。高厚、崔杼定其田。"孙诒让、郭沫若均以为《叔夷钟铭》多记齐灭莱之事，作于齐灭莱之时。叔夷参与灭莱之役有功，作器以纪之。叔夷乃宋出，其父为宋穆公之孙，己则出仕于齐灵公之世。铭文中两见"桓武灵公"字样，"桓武"乃美灵公之辞，"灵公"为生号。杨伯峻的《春秋左传注》亦主此说。《叔夷钟铭》之释文及考证文字见于郭沫若的《两周金文辞大系图录考释》。铭文曰：

> 佳王五月，辰在戊寅，师于淄渒，公曰："汝夷，余经乃先祖，余既专乃心，汝小心畏忌，汝不坠，夙夜宦执尔政事。余弘厌乃心，余命汝政于朕三军。肃成朕师旃之政德，谏罚朕庶民左右毋讳。"夷不敢弗敬戒，虔恤厥死事。戮和三军徒旃，雪厥行师，慎中厥罚。公曰："夷，汝敬共予命，汝应禹公家，汝……"夷典其先旧，及其高祖。虩虩成汤，有严在帝所。敷受天命，剪伐夏祀，败其灵师，伊小臣佳辅，咸有九州，处禹之堵。丕显穆公之孙，其祀配（齐）襄公之妹，而（秦）成公女，雪生叔夷，是辟于齐侯之所。是小心恭遬，灵力若虎，董（勤）劳其政事，有供于桓武灵公之所。桓武灵公锡夷吉金矢镐，玄镠铸铝，夷用作铸其宝钟。用享于其皇祖皇妣，皇母皇考。用祈眉寿，灵命难老。丕显皇祖，其祚福其元孙，其万福纯鲁，和协尔有事，俾若钟鼓。外内剀辟，都都誉誉。造尔佣剹，毋有丞頪。汝考寿万年，永保其身，俾百斯男，而艺斯字。肃肃义政，齐侯左右，毋疾毋已，至于叶日武灵诚。子子孙孙，永保用享。

此钟铭作者为叔尸，尸读为夷。夷之先祖为成汤，其父为宋穆公之远孙。郭沫若以为，齐襄公之妹适秦为成公妃，其女适宋为叔夷母。叔夷本宋人后裔，因为与齐有姻亲关系，故仕于齐，任齐之正卿，担戴辅弼公家之事。因从齐灵公伐莱有功，受锡封于莱，故作此铭以记其"伐"。齐灵公时当春秋中叶，叔夷为殷之后裔仕于齐国者，其铭功而不忘追孝于先祖，也带有以己之功告慰其先祖的用意。

铭文中自"夷典其先旧"以下均为韵文：祖、所、堵、女、虎、铝，押鱼部韵；考、寿、老，押幽部韵；祖、鲁、鼓、誉，押鱼部韵；剹、頼，押脂部韵；年、身，押真部韵；字、右、已，押之部韵；政、诚，押耕部韵。其句式以四言为主，用语典雅。

叔夷钟七器，铭辞相接，为成套祭器，均用于祭礼仪式，是整个礼仪的一部分。从整体内容来看，铭文记载的是商人的后裔叔夷从齐灵公伐莱有功，灵公行册命礼，封叔夷于莱，作器以铭功的事。铭文中押韵的一段颂扬远祖成汤，并自述家世，末尾表示祈福佑于祖先的意思，这与传世的商、周颂诗在形式上如出一辙。所不同者，商、周庙堂颂诗歌、舞、乐齐作，而器铭则是凝固形态的颂诗。前者重在用颂神侑神的方式祈福求佑，后者则在祭祖的同时表示生者意欲功业传之不朽的意识，这体现了从三代到春秋时代人们宗教思想的变化。

《礼记·祭统》为铭作界说，指出了铭的功能在于表彰先祖、激励铭者、教育后人，还举例说明了对作铭的要求。其文云：

夫鼎有铭，铭者自名也，自名以称扬其先祖之美，而明著之后世者也。为先祖者，莫不有美焉，莫不有恶焉。铭之义，称美而不称恶。此孝子孝孙之心也，唯贤者能之。铭者，论撰其先祖之有德善、功烈、勋劳、庆赏、声名，列于天下，而酌之祭器，自成其名焉，以祀其先祖者也。显扬先祖，所以崇孝也，身比焉，顺也；明示后世，教也。夫铭者，壹称，而上下皆得焉耳矣。是故君子之观于铭也，既美其所称，又美其所为。为之者，明足以见之，仁足以与之，知足以利之，可谓贤矣。贤而勿伐，可谓恭矣。故卫孔悝之鼎铭曰："六月丁亥，公假于大庙。公曰：'叔舅！乃祖庄叔，左右成公。成公乃命庄叔随难于汉阳，即宫于宗周，奔走无射。启右献公。献公乃命成叔纂乃祖服。乃考文叔，兴旧耆欲，作率庆士，躬恤卫国。其勤公家，夙夜不解。民咸曰："休哉！"公曰：'叔舅！予女铭，若纂乃考服。'悝拜稽首曰：'对扬以辟之。勤大命。'施于烝彝鼎。"此卫孔悝之鼎铭也。古之君子论撰其先祖之美，而明著之后世者也，以比其身，以重其国家如此。子孙之守宗庙社稷者，其先祖无美而称之，是诬也；有善而弗知，不明也；知而弗传，不仁也。此三者，君子之所耻也。

　　《礼记》成书虽晚于春秋，但《祭统》所载的这篇铭论以春秋时卫孔悝之鼎铭为例来说明当时人们对铭体的认识和其写作规范，大致反映了春秋时期铭体写作的实际情况。

　　从结构形式上讲，春秋铭体一般具有程式化的特点，其内容一般可大致分为三部分，即追述祖烈、称颂己功、表明作器目的并表达留名不朽之思想。前述二铭之外，最为典型的如《晋公奠铭》。从开头到"公曰"之前，为晋公追叙其先世功业。唐公，即晋的始封君。《左传·昭公十五年》载周景王之语曰："叔父唐叔，成王之母弟也。"唐公封在成王时，《左传·昭公元年》载"及成王灭唐而封大叔焉"。《左传·定公四年》对其受封情况有较多描述，《史记·晋世家》也说唐叔虞受封在成王时。铭文称"唐公"，可证《史记·晋世家》"唐叔子燮，是为晋侯"之说。"我剌（烈）考□□"，当指晋平公父晋悼公。从"公曰余雄今小子"至结尾前述明嫁女的目的前为第二段，如李学勤先生言，是"平公自述帅型先王、辅保天子的心志"①。以上两部分的内容有实有虚，更多的是对同类铭文格式的套用。其他如《秦公簋铭》《齐侯镈钟铭》《邾公华钟铭》等亦是如此。

　　此外，在语言词汇等方面，今传春秋时代的铭辞与《雅》《颂》多相同之处。郭沫若曾指出："我们研究金文，西周几百年与东周几百年里面的钟鼎铭文中，有许多是有韵的，其用韵和句法都和《雅》《颂》体相同，差不多都是四个字一句。从时间上看，西周、东周各几百年因为都是奴隶制时代，故文体是一样。再从空间上看，东西南北，各个地方，也是一样。……齐是北方的国家，吴却是南方的国家了，文体则全同。还有好多南方的东西，如徐，如楚，如越，有韵的大都是四字为句。"②铭辞作为一种特殊形态的文体，在内容和形式上都体现出贵族社会日渐世俗化的文化观念。

---

　　①　李学勤先生认为此器为晋平公嫁女媵器。见李学勤：《晋公蠤的几个问题》，载《出土文献研究》，1985。

　　②　郭沫若：《古代的"五四运动"——论古代文学（上）》，见《豕蹄内外》，5 页，杭州，浙江人民出版社，1998。

（三）铭体的传播与引证

中国古代历史意识起源很早，先秦时期的人们就十分重视前言往行，以史为鉴成为行政的准则与处世的智慧。因为铭体具有叙事功能，所述之事又有具体的历日可查，确凿可信。加上铭所涉及的人物均为当时杰出之贵族或卿大夫，故春秋时期一些铭传播很广。有的为当世之人屡次引用，作为论事析理之根据或谈论之凭借；有的则成为史官记录历史之材料来源，据以证史。刘勰在《文心雕龙》中云："敬慎如铭，而异乎规戒之域。"言铭之文风"敬慎"而有规诫之功。

《左传·昭公三年》载，叔向、晏婴曾引《谗鼎铭》之文句论齐、晋之政，铭中警句成为论政之依据、标准。以下引述此段文字，以考察铭中之名句在时人言论中所起的作用：

> 既成昏，晏子受礼，叔向从之宴，相与语。叔向曰："齐其何如？"晏子曰："此季世也，吾弗知齐其为陈氏矣！公弃其民而归于陈氏。……民人痛疾，而或燠休之。其爱之如父母，而归之如流水。欲无获民，将焉辟之？箕伯、直柄、虞遂、伯戏，其相胡公、大姬，已在齐矣。"叔向曰："然。虽吾公室，今亦季世也。戎马不驾，卿无军行，公乘无人，卒列无长。庶民罢敝，而宫室滋侈。道殣相望，而女富溢尤。民闻公命，如逃寇雠。栾、郤、胥、原、狐、续、庆、伯，降在皂隶。政在家门，民无所依。君日不悛，以乐慆忧。公室之卑，其何日之有？谗鼎之铭曰：'昧旦丕显，后世犹怠。'况日不悛，其能久乎？"晏子曰："子将若何？"叔向曰："晋之公族尽矣。肸闻之，公室将卑，其宗族枝叶先落，则公从之。肸之宗十一族，唯羊舌氏在而已，肸又无子。公室无度，幸而得死，岂其获祀？"

两位有见识者针对齐、晋二国公室日卑、政在家门的"季世"政治危机所发表的此番议论又见《晏子春秋·内篇·问下》，表明了这段议论在当时流传范围之广泛。其中叔向引谗鼎之铭文的做法与春秋大夫君子引《诗》、引《书》无异，均将其视为一种浓缩了的智慧与价值标准。

孔颖达引服虔注云："谗鼎，疾谗之鼎。《明堂位》所云'崇鼎'是也。一云谗，地名。禹铸九鼎于甘谗之地，故曰'谗鼎'。"谗鼎本为鲁所有，《韩非子·说林》载齐伐鲁，索谗鼎，以其为宝物。《吕氏春秋·审己》《新序·节士》皆作"岑鼎"。叔向是晋人，居然能讽诵其铭文①，亦以此鼎铭寓劝戒之义，为人所重之故。此外，《国语·晋语》载晋国史官郭偃引商铭以论亡国之理，也体现出历史上一些有名的铭文在春秋时期的传播情况。

另一种引述铭体则是引述某人之事迹而加以发挥、阐述，为引述者立论之佐证。《左传·昭公七年》载：

> 九月，公至自楚。孟僖子病不能相礼，乃讲学之，苟能礼者从之。及其将死也，召其大夫，曰："礼，人之干也。无礼，无以立。吾闻将有达者，曰孔丘，圣人之后也。而灭于宋。其祖弗父何，以有宋而授厉公。及正考父佐戴、武、宣，三命兹益共。故其鼎铭云：'一命而偻，再命而伛，三命而俯。循墙而走，亦莫余敢侮。饘于是，鬻于是，以餬余口。'其共也如是。臧孙纥有言曰：'圣人有明德者，若不当世，其后必有达人。'今其将在孔丘乎？我若获没，必属说与何忌于夫子，使事之，而学礼焉，以定其位。"

"鼎铭"，即杜预所注"考父庙之鼎"。杜预又云："于是鼎中为饘鬻。饘鬻，餬属，言至俭。"所引之铭中的偻、伛、俯、走、口，古音俱在侯部。铭文有韵，且以四言句式为主，似诗，盖为讽诵之便。

孟僖子（仲孙玃）引述《正考父鼎铭》中表现正考父行事恭敬的这段话，是为了赞扬孔子及其家风。孟僖子聘楚，不能答郊劳之礼，知其为鲁卿中不甚熟知礼仪者。当其临终嘱咐其子师事孔子以学礼时，将死之人②，其言也诚。以其不知礼如此而尚能引前代鼎铭，足见春秋时一些有名的铭文或其中的名言警句传布之广、入人之深。

---

① 杨伯峻注叔向所引二句云："言凌晨即起，可以大显赫，而后世犹懈怠不为。"杨伯峻编注：《春秋左传注》第四册，1237页，北京，中华书局，1981。
② 《春秋·昭公二十四年》载："春，王二月，丙戌，仲孙玃卒。"

二、册命制度与《文侯之命》等命体文

册命制度或称锡命礼，是西周以来实行的一种赏赐臣子的礼仪制度。因锡命时必有策以书其命，故又称策命礼。"策"又作"册"，因此又称册命礼。册命礼于《周礼》属嘉礼，周天子常用于嘉奖有功诸侯或臣工。其实施特别倚重于对辞命的制作，其展演的主体是作册内史和其他史官。西周册命辞多见于金文，传世文献中也有一些实例；春秋册命辞则见于《尚书》《左传》《国语》及诸多的册命类金文。册命体文是一种礼仪之文，梳理上述文章可以发现，从西周到春秋时期，随着册命制度的变化，册命辞在文体和语言风格方面也有相应的变化。

（一）春秋册命制度与文章写作

册命制度，是周天子赏赐和分封诸侯或重要臣子的制度。正如杜预在《春秋释例》中所云"天子锡命，其详未闻"，西周册命制度至汉以后已难知其详。关于其仪节，《周礼》未载，唯《礼记·祭统》云：

> 古者，明君爵有德而禄有功，必赐爵禄于大庙，示不敢专也。故祭之日，一献，君降立于阼阶之南，南乡，所命北面，史由君右，执策命之，再拜稽首，受书以归，而舍奠于其庙。此爵赏之施也。

孔颖达云："'而舍奠于其庙'者，谓受策命，卿、大夫等既受策书，归还而释奠于家庙，告以受君之命。"除此之外，《周礼·大宗伯》载，大宗伯、小宗伯职下有王举行册命礼时充任"傧"的任务，小史、内史则有执策和代宣王命的任务。清代学者朱为弼撰《王亲锡命礼》等文，考证了锡命礼的具体内容。[1] 但限于材料，仍有未尽之处。近代以来，史学家陈梦家有《西周金文中的册命》《文献中的策命》，探讨了册命礼仪的细节。[2] 齐思和有《周代锡命礼考》，结合文献材料与金文记载详

---

① （清）朱为弼：《蕉声馆集》文卷一，见《清代诗文集汇编》编纂委员会编：《清代诗文集汇编》第 501 册，448～463 页，上海，上海古籍出版社，2010。

② 陈梦家：《尚书通论》，146～160 页，北京，中华书局，2000。

细考证了西周锡命礼的"仪式"、内容、不同类型(锡命诸侯、锡命王臣、锡命嗣位之诸侯)以及演变等。① 陈、齐二家的研究,使得这一礼仪的面目大体呈现于世。新时期以来,因为考古发现的有关材料进一步增多,陈汉平的《西周册命制度研究》在前代学者研究的基础上对册命制度进行了系统阐述。张光裕对册命礼的仪节也有详论。② 陈、张二家的论著纠正了前人的册命礼研究中的一些误解,又将此研究大大地推进了。这些学者的研究为我们从文学的角度探讨册命制度与文章写作的关系提供了充分的前提。

据以上所述诸家的研究,西周金文及传世文献记载中,册命仪式一般在宗庙、王宫或臣工之宫进行。册命之时,周王立于大室之前,而受命者在傧相的导引下立于中廷。仪式开始时,由一位史官手秉事先已经书写好册命辞的竹简,另一位史官代周王向受命者宣读册命。册命辞的内容有三项:赏赐,任命,诰戒。史官宣读完册命后,受命者要拜稽首、对扬王休,也就是感谢天子之恩并祝福天子。仪式结束后,史官要将记有王命的册书交给受命者。受命者一般还要将受命之事告于家庙,并作器以为记其事,以显示荣耀。

从传世文献来看,王或诸侯册命之书谓之册(策)、书、册命、简命、命、命书,也即金文中的书、令(命)书、令册。由其名称来看,整个册命礼仪充分体现了"言辞为功"的特点,具有很浓的文学色彩。孔子在《论语·八佾》中称赞周朝"郁郁乎文哉",的确不是空发感叹。王命事先由作册内史制作并书于简册,由周王在册命仪式进行中将简册交给一位史官,再交由主持仪式的另一位史官宣读。《逸周书·尝麦解》载:"太祝以王命作策,策告太宗,王命□□秘,作策许诺,乃北向缫书于两楹之门。王若曰……"又《逸周书·世俘解》载:"乃俾史佚缫书于天号。"可见,史官宣读册命谓之"缫",即诵读。"缫书"即相当于以口头方式"发表文章"。因为仪式的需要,这种诵读活动一定不仅仅是"照本宣科",而应当是绘声绘色、抑扬顿挫,且能明白晓畅地宣

---

① 齐思和:《周代锡命礼考》,载《燕京学报》,1947(32)。
② 张光裕:《雪斋学术论文集》,29 页,台北,艺文印书馆,1989。

布王命。此材料中，"王若曰"以下即册命之辞。在册命仪式结束后，册命交由受命者保存。如是重大的册命，周天子还保留有册命简册的副本。

在册命仪式中，文章的创制、宣读、保存环节都非常严格地遵守册命制度的要求。从文章写作的角度来说，册命辞的撰制带有明显的制度化、程式化的特点。

从西周初期金文如《大盂鼎铭》、西周晚期金文如《毛公鼎铭》所载的册命辞来看，史官的撰作每每在格式规定之内表现出旺盛的创造力。如《大盂鼎铭》追述文王、武王之德烈及殷商为何亡国，洋溢着一股豪情，雍容典雅，风格似《大雅》；接下来以周天子的口气命盂嗣其祖南公，语气严正，语重心长，风格似周诰；再接下来命盂以职并列赏赐之厚，语调煦若春风，亲切自然；最后又重申诰戒，归于谨严。一篇之中，语气三变，三致意焉。其文曰：

> 王若曰："盂，不（丕）显玟（文）王受天有大令（命）。在珷（武）王嗣玟乍（作）邦，辟氒（厥）匿，匍（敷）有四方，畯（畯）正氒民，在雩（于）邲御事，叔酉（酒）无敢酖，有柴蒸祀无敢醿（扰），古（故）天异（翼）临子，灋（法）保先王，□有四方。我闻（闻）殷述（坠）令，隹殷边侯田（甸）雫（与）殷正百辟，率肄于酉，古（故）丧自（师）。已（已）！女（汝）妹（昧）辰又（有）大服，余隹即朕小学。女勿敄余乃辟一人。今我隹即井（型）廩（稟）于玟王正德，若玟王令二三正。今余隹令女盂召燚（荣）方（敬）雝德巠（经），敏朝夕入谏（谏），享奔走，畏天畏（威）。"王曰："而，令女盂井（型）乃嗣且（祖）南公。"王曰："盂，廼（乃）召夹妃（尸）嗣（司）戎，敏谏罚讼，夙夕诏我一人烝四方。雫我其遹省先王受民受疆土。易（赐）女鬯一卣、冂衣、市、舄、车、马。易乃且南公旂，用遟（战）。易（赐）女（汝）邦嗣四伯，人鬲自驭至于庶人六百又五十又九夫。赐尸（夷）嗣（司）王臣十又三伯，人鬲千又五十夫，徝（亟）毕迁自氒（厥）土。"王曰："盂，若方乃正，勿灋（废）朕令（命）。"

此铭记周康王册命盂之事。盂作鼎铭，记康王九月在宗周命盂之辞。

康王一命盂绍续荣，早晚规谏；二命盂效法其祖南公；三命盂主司戎之职。①

《毛公鼎铭》开篇追述文王、武王之功，而意归于当时四方不宁，忧虑重重之心毕现；接下来命毛公治邦家内外，赐予毛公出内王命的专权，期望其能为国分忧；最后是诫勉和赏赐。整篇册命辞表现出国势危急时的紧张气氛。于省吾分析、评论曰："此铭可分为三段。由起至'永巩先王'为第一段，祗述先德，竞惕在位，其义意已涵括全文。由'王曰父厝'至'以乃族扞敢王身'为第二段，皆申戒父厝夹辅王室，最见多难兴邦忧勤深挚之意。由'取䝙卅锊'至末为第三段，叙宠赉之优及作器之由。通体崇奥浑穆，渊古高卓，与殷盘、周诰并美同风。吾人于《尚书》二十八篇之外，犹获诵此等文字，不可谓非厚幸也。"②

总体而言，西周时代的册命文虽然在撰作上表现出程式化的特点，但作册内史在撰制时也充分展示了他们运用言辞技巧曲达王意的高超文学才能。

春秋时期册命制度继承了西周，册命之辞的撰制大多也由史官承担，其体制风格也一依西周时代。但对比春秋初叶至末叶的册命文，风格仍然表现出由谨严向轻快的变化。

(二)春秋册命礼的衰落与册命之辞文体风格的变化

春秋初叶的册命文，最有代表性的是《文侯之命》。公元前 760 年（周平王十一年、鲁惠公九年，晋文侯杀周携王，二王并立的局面至此被打破。周平王为答谢晋文侯，依周礼册命之制锡晋文侯命，周作册史官作《文侯之命》。《竹书纪年》载："二十一年，携王为晋文公所杀。"王国维在《古本竹书纪年辑校》中云：

> "《春秋经传集解·后序》：'纪年无诸国别，惟特记晋国，起自殇叔，次文侯、昭侯，以至曲沃庄伯。庄伯之十一年十一月，鲁隐公之元年正月也，皆用夏正建寅之月为岁首，编年相次，晋

---

① 参见王世民、陈公柔、张长寿：《西周青铜器分期断代研究》，26～27 页，北京，文物出版社，1999。

② 于省吾：《双剑誃吉金文选》，125～126 页，北京，中华书局，1998。

国灭，独纪魏事。'案殇叔在位四年，其元年为周宣王四十四年，其四年为幽王元年，然则《竹书》以晋纪年，当自殇叔四年始。"

由此可知，前引"携王为晋文公所杀"在晋文侯二十一年。

《尚书·文侯之命》曰："平王锡晋文侯秬鬯圭瓒，作《文侯之命》。"郑玄、孔颖达皆从之。然《史记·周本纪》《史记·晋世家》及《新序·善谋》以之为周襄王锡命晋文公而作，其说误。司马贞《史记索隐》云："《尚书·文侯之命》是平王命晋文侯仇之语，今此乃襄王命文公重耳之事，代数悬隔，勋策全乖。……学者颇合讨论之。而刘伯庄以为盖天子命晋同此一辞，尤非也。"李贤注《后汉书·丁鸿传》亦云："周平王东迁洛邑，晋文侯仇有功，平王赐以车马、弓矢而策命之，因以名篇，事见《尚书》也。"宋林之奇《尚书全解》卷四十亦曰："依盖当是时，犬戎方乱，王室如缀旒，而文侯于周有再造之功。故平王于其将归国也，锡之秬鬯圭瓒以报其厚德焉。……此锡文侯秬鬯圭瓒，盖亦命之为侯伯也。……司马子长不之察，徒见文公亦有是赐，遂以此篇为襄王赐命文公之言，盖未尝深考左氏而妄为之说也。"①是言《文侯之命》为周平王锡命晋文侯行锡命礼所作命辞。清人朱鹤龄所论更为详尽，其《尚书埤传》卷十五云：

> "幽王既陨，携王僭位，诸侯乃共举兵绌之，而迎立故太子宜臼。其迁洛未定何时，大抵自犬戎发难至平王东迁，必非止一二年间事。《正月》诗云：'赫赫宗周，褒姒灭之。'又云：'哀我人斯，于何从禄，瞻乌爰止，于谁之屋？'正西周亡后王位未定时作也。《竹书》又云：'携王为晋文侯所杀。'以此书用'会绍乃辟''及多修扞于艰'等语验之，正合其时卫武公、郑武公、秦襄公同奖王室，而平王于文侯独加殊礼，有秬鬯圭瓒之锡，殆以杀携王之故欤？"②

朱氏指出了东迁、杀携王、锡命晋文侯等历史事件与《文侯之命》的具

---

①　(宋)林之奇：《尚书全解》第二册，2310～2320 页，济南，山东友谊书社，1992。

②　《景印文渊阁四库全书》第 66 册，958～959 页，台北，台湾商务印书馆，1986。

体内容的内在联系，其说可从。他认为"自犬戎发难至平王东迁，必非止一二年间事"，更是卓见。为讨论方便，兹引述《文侯之命》如下：

> 王若曰："父义和，丕显文武，克慎明德，昭升于上，敷闻在下，惟时上帝集厥命于文王。亦惟先正，克左右昭事厥辟，越小大谋猷，罔不率从，肆先祖怀在位。呜呼！闵予小子嗣，造天丕愆。殄资泽于下民，侵戎我国家纯。即我御事，罔或耆寿俊在厥服，予则罔克。曰惟祖惟父，其伊恤朕躬。呜呼！有绩，予一人永绥在位。父义和，汝克昭乃显祖，汝肇刑文武，用会绍乃辟，追孝于前文人。汝多修，扞我于艰，若汝，予嘉。"
>
> 王曰："父义和，其视尔师，宁尔邦。用赉尔秬鬯一卣，彤弓一，彤矢百，卢弓一，卢矢百，马四匹。父往哉！柔远能迩，惠康小民，无荒宁。简恤尔都，用成尔显德。"

这篇册命之辞在格式、文风方面尚能遵守西周旧制，但因平王于危难之际借晋、郑、秦、卫等诸侯之力而即位，不免有仰人鼻息之感，所以和西周册命辞相比在语气上感念有余而威严不足。

春秋时期，因为天子分封诸侯已经基本完成，加上王室实力远不如西周时代，册命礼走向衰落。至春秋中叶，在周天子被迫承认霸主的权威并册命某些诸侯为霸主的时侯，册命之制的实施已是出于形势所不得已而为之。有的时候，甚至出现了违礼的追赐诸侯和诸侯不待册命的现象。[①] 因此，册命之辞的撰作也成了官样文章。其在形式上多用韵文，朝着轻快流利的方向发展，如《左传·僖公二十八年》载：

> 丁未，献楚俘于王，驷介百乘，徒兵千。郑伯傅王，用平礼也。己酉，王享醴，命晋侯宥。王命尹氏及王子虎、内史叔兴父

---

① 孔颖达注《诗经·唐风·无衣》云："诸侯不命于天子，则不成为国君。"依册命礼，诸侯、卿大夫于太庙受封接受册命之时，受有作为信物的命圭。因此国君死，命圭上献天子。新君三年丧毕，身穿上士之服往朝天子，天子重以锡命礼赐予册命、圭璧，方改换君服。卿大夫亦然。详参董立章：《国语译注辨析》，156～158页，广州，暨南大学出版社，1993。

策命晋侯为侯伯，赐之大辂之服，戎辂之服，彤弓一，彤矢百，玈弓矢千，秬鬯一卣，虎贲三百人。曰："王谓叔父：'敬服王命，以绥四国，纠逖王慝。'"晋侯三辞，从命，曰："重耳敢再拜稽首，奉扬天子之丕显休命。"

出入凡三次行觐礼，受策书以出。

再如《左传·襄公十四年》载：

> 王使刘定公赐齐侯命，曰："昔伯舅大公右我先王，股肱周室，师保万民。世胙大师，以表东海。王室之不坏，繄伯舅是赖。今余命女环，兹率舅氏之典，纂乃祖考，无忝乃旧。敬之哉！无废朕命！"

锡命必以作册内史作命辞，于赐命仪式宣读之。由此年所载册命之辞，可见此类文体之特征。

春秋中叶以后，册命制度已被僭越，一些诸侯国也用册命礼赏赐臣子。如《左传·昭公三年》载此年四月，晋平公作策以嘉公孙段，君子引《诗经·鄘风·相鼠》以赞之：

> 夏，四月，郑伯如晋，公孙段相，甚敬而卑，礼无违者。晋侯嘉焉，授之以策曰："子丰有劳于晋国，余闻而弗忘。赐女州田，以胙乃旧勋。"伯石再拜稽首，受策以出。君子曰："礼，其人之急也乎！伯石之汰也，一为礼于晋，犹荷其禄，况以礼终始乎？《诗》曰：'人而无礼，胡不遄死？'其是之谓乎！"

此处引《诗》是强调礼之重要性，有礼则兴、无礼招祸仍为春秋时普遍认可之观念。策，即策书。晋平公嘉许公孙段有礼，书其事于简册以赐之。

《左传·昭公三十二年》载：

> 秋，八月，王使富辛与石张如晋，请城成周。天子曰："天降祸于周，俾我兄弟并有乱心，以为伯父忧。我一二亲昵甥舅不皇启处，于今十年。勤戍五年。余一人无日忘之，闵闵焉如农夫之

望岁，惧以待时。伯父若肆大惠，复二文之业，弛周室之忧，徽文、武之福，以固盟主，宣昭令名，则余一人有大愿矣。昔成王合诸侯城成周，以为东都，崇文德焉。今我欲徽福假灵于成王，修成周之城，俾戍人无勤，诸侯用宁，蜮贼远屏，晋之力也，其委诸伯父，使伯父实重图之，俾我一人无征怨于百姓，而伯父有荣施，先王庸之。"

此年秋周敬王使富辛与石张如晋，"天子曰"云云盖代传天子之命，或即后世之传圣旨，故以为王"书"。《国语·周语下》载此事以欲城成周者为刘文公与苌弘，与《左传》所载不同，今从《左传》。

（三）春秋册命之辞对诗歌创作的影响

春秋时期，王室册命诸侯之礼虽日渐衰落，但作为一种特殊的荣耀，个别受到王室册命的诸侯还是以之为荣。同时，受到王室册命就意味着得到王室的特许，可以代王室征讨诸侯，或者拥有王室礼乐，或者获得诸侯名分。鉴于此，一些重要的册命礼仪就成为诗人歌咏的重要素材，而由受封者所保留的册命之辞有时也被诗人隐括加工而入诗，从而对春秋诗歌创作产生了一定的影响。

春秋初叶，周平王册命秦襄公为诸侯，秦人获得了向西扩张的名分。诗人歌咏其事，作《终南》一诗。诗云"君子"（秦襄公）身着"锦衣狐裘""黼衣绣裳"朝见天子，接受册命的荣耀，可从一个侧面印证册命礼仪的仪节之隆重。《终南》美秦襄公朝王受赐官服，而《毛诗序》曰："戒襄公也。能取周地，始为诸侯，受显服，大夫美之，故作是诗以戒劝之。"范处义在《诗补传》中云："周地虽有王命，尚为戎有。戒其无负天子之托而劝其必取也。"[①]其实，《毛诗序》正是从册命礼赏赐并告诫的角度说诗的，与诗的本义并不矛盾。《国语·郑语》言："及平王之末，而秦、晋、齐、楚代兴，秦景、襄于是乎取周土。"秦襄公于平王元年受命取周土，故言戒劝，而实有周土已至秦文公末年。然而终秦襄公之世，秦与戎之争战未尝稍息，以至于秦襄公于十二年伐戎至岐而卒。

---

① 《景印文渊阁四库全书》第77册，146页，台北，台湾商务印书馆，1986。

李黻平在《毛诗紬义》中云：

> 《驷骥·序》言始命，此《序》亦言始为诸侯……至是始受显服，《序》故以能取周地表之。《小雅·采菽》云："又何予之？玄衮及黼。"《大雅·韩奕》云："王锡韩侯，玄衮赤舄。"僖二十八年《左传》：晋文公献楚俘于王，赐之大路之车，戎辂之服。诸侯朝于天子有赐服之事。此诗言终南，言君子至止，襄公亦当朝京师，受服归国，大夫因而进戒也。"①诗云："君子至止，锦衣狐裘。颜如渥丹，其君也哉？"《传》曰："狐裘，朝廷之服。"郑《笺》："至止者，受命服于天子而来也。诸侯狐裘，锦衣以裼之。"

马瑞辰在《毛诗传笺通释》中以《礼记·玉藻》进一步证实此说。诗中"颜如渥丹"而服朝服、威仪尊严者，正乃秦襄公；诗中"黻衣绣裳。佩玉将将，寿考不亡"者，则云"君子德足称服，故美之也"。② 由此可见《终南》亦秦襄公始封之诗，清儒或以此诗咏"终南"，秦襄公时境未至此，而以为《终南》晚出。然终南西起秦陇，东至蓝田，绵亘至广，岐之东西皆有终南，不必定至岐东之地。胡辰琪的《毛诗后笺》论之甚详，兹不赘述。

春秋初年，周平王锡命郑武公为周王室司徒。此为人所共知之大事，故周史官作《缁衣》之诗，美郑武公受王命为伯。今本《竹书纪年》曰："（三年）王锡司徒郑伯命。"《纲鉴易知录》卷三载："癸酉，三年（前七六八），以郑掘突为司徒。"③掘突即郑武公。锡命之礼必作命辞，并由史官宣读于仪式之上。

这一大事不能无诗，诗即《缁衣》，在今本《诗经·郑风》中。《毛诗序》云："《缁衣》，美武公也。父子并为周司徒。"黄中松在《诗疑辨证》中云："窃意经文六予字自是周人自予。周人与武公有同朝之谊，无尊卑之分，故曰予曰子，为平等之称。若郑人爱其君，岂可斥之为子？

---

① 转引自陈子展撰述：《诗三百解题》，472 页，上海，复旦大学出版社，2000。
② （清）王先谦撰：《诗三家义集疏》，452 页，北京，中华书局，1987。
③ （清）吴乘权等辑：《纲鉴易知录》，77 页，北京，中华书局，1960。

郑人献于公，敢自号曰予乎？此诗虽为周人所作，而主美郑君，郑人荣之，传流本国，采诗者得之于郑地，遂以之冠《郑风》也。……此诗武公为司徒，善于其职，周人善之而作者，是已。"他还说：

> ……《礼记·缁衣》：子曰："好贤如《缁衣》。"《孔丛子》：孔子曰："于《缁衣》见好贤之至。"今读其词，欢爱之意，笃厚之情殷勤缱绻，有加无已，不啻家人父子之相亲者，好贤若此，宜夫子屡叹之也。①

黄中松认为此诗在述欢爱之意，表好贤之情。他以诗之六"予"为周人，"子"指郑武，此说极是。然细察诗意，此授衣于郑武之"周人"待郑武公"不啻家人父子之相亲者"，并非周之同朝之臣，而当为周平王。何楷在《诗经世本古义》中引徐学谟之说云："适馆授粲，岂是民之得施于上者？"②诗中改衣授粲当为周平王隆礼重贤之举，俞樾在《群经平议》中以礼证此诗云："篇中言予者，皆设为周天子之辞。……《仪礼·觐礼》'天子赐侯氏以车服'，此即所谓敝予又改为也。其云适子之馆者，《觐礼》'天子赐舍'是也。其云还予授子之粲者，《觐礼》'飧礼乃归'是也。武公以诸侯入为卿士，故用诸侯之礼，诗人纪其实耳。"③王先谦的《诗三家义集疏》释"予"字正与俞说同。由此可见，《缁衣》所述乃因郑武贤能，又为周之宗室，平王命其为司徒，行赐命礼，当时太史作此诗以美其事也。此于郑人甚为荣耀，故采而录之，列于《郑风》之首。

列国之中，鲁与周关系最近，故凡鲁有大功大事，天子必遣使致命。《春秋·文公元年》载："夏，四月，丁巳，葬我君僖公。天子使毛伯来锡公命。"此年所记实即追命鲁僖公，此例与《春秋·庄公元年》所载"冬，十月，乙亥，陈侯林卒。王使荣叔来锡桓公命"追命鲁桓公正同。春秋中叶时，鲁僖公克淮夷有功，周室亦册命之以嘉其功。诗人美之，作《閟宫》，隐括册命之辞入诗。可以说，《閟宫》就是一篇"诗

---

① 《景印文渊阁四库全书》第 88 册，285~286 页，台北，台湾商务印书馆，1986。

② 《景印文渊阁四库全书》第 81 册，625 页，台北，台湾商务印书馆，1986。

③ 《续修四库全书》经部第 178 册，131~132 页，上海，上海古籍出版社，2002。

化"的册命文。

上文论及,《閟宫》一诗为颂扬僖公能郊天祭祖兴鲁而作,诗中也引用周成王册命鲁之先祖之命辞。史学家齐思和曾评"王曰"至"土田附庸"曰:"以金文铭辞例之,此盖隐括封建鲁国时锡命之原文也。"[①]这也证明,前朝受封诸侯所保留的王室册命这种带有纪念性的"神圣文本"在春秋时期随着礼器的播迁而传播,并进而为一般贵族所熟悉,所以在各种场合对其加以运用。

第五节　由"礼"而"仪":
"礼"在春秋时期精神价值的失落

礼乐在春秋时期变得异常烦琐,而且被普遍僭越,如《论语·八佾》所提到的鲁国大夫季氏"八佾舞于庭""三家者以《雍》彻""季氏旅于泰山"等。礼乐文化传统被严重侵蚀,一些史官也由此而变得世故起来。《左传·襄公二十五年》载,崔武子在吊唁齐棠公时见棠姜貌美,要东郭偃为自己娶之。东郭偃以同姓不婚的理由加以劝阻。崔武子卜筮,史臣为了讨好崔武子而"皆曰吉",结果导致了灾祸。这一现象的背后隐藏着对礼乐的轻贱,预示了礼乐的社会约束功能的衰退。当然,仍有人顽强地坚持着传统的礼乐观,对礼崩乐坏的现实予以讥讽和抵抗,而有识之士则对之进行了深刻的反省。

巫史传统之外的贤人在掌握了巫史知识之后,往往对巫史抱有一种怀疑态度。《左传·昭公二十六年》载,齐侯使人禳祭彗星,受到了晏子的阻拦。晏子的理由就是天命是依据现世的德行,是改变不了的,"祝史之为,无能补也"。这些较为开明的贤臣,对宗教祭祀往往采取权变和敷衍的态度。如《左传·昭公七年》载,郑国权臣子产是当时精通巫史知识的人。伯有作祟于郑国,国人恐惧,子产立伯有之子为大

[①]　齐思和:《周代锡命礼考》,见齐思和:《中国史探研》,118页,石家庄,河北教育出版社,2000。

夫。子产解释说："鬼有所归，乃不为厉，吾为之归也。"《左传·昭公十九年》载"郑大水，龙斗于时门之外洧渊"，国人请求举行祭礼，但子产并不同意。他说："我斗，龙不我觌也。龙斗，我独何觌焉？禳之，则彼其室也。吾无求于龙，龙亦无求于我。"子产是相信有鬼神存在的，他对伯有的鬼魂的解释很为时人信服。从后面这段话中，我们也可以看出子产并不否认龙的存在，但他对祭祀鬼神的目的和手段表示怀疑，所以不同意祭祀。再如前所举《左传·昭公元年》所载子产为晋侯解释"实沈、台骀为祟"事，子产虽然能说出与此有关的精深的巫史知识，但并不相信这些东西，他说："若君身，则亦出入饮食哀乐之事也，山川星辰之神，又何为焉？"子产从现实的角度出发，对疾病作出解释。可以想象，以子产的巫史文化修养而反对巫史文化，必将在很大程度上动摇当时史官的地位。子产的行为在当时也许并不普遍，但在思想界应该是很有代表性的。它一方面反映了巫史知识已广为人们所掌握，另一方面也说明了它在相当程度上为人们所质疑。这两者之间有着必然的联系。

对宗教仪式的普遍质疑，已经动摇了史官和礼乐文化的主导地位。那么，如何保证传统文化的号召力、维持礼乐文化本身对社会的维系作用，就成了摆在史官以及一切有识之士面前的一个严峻课题。春秋时期，人们提出了"礼""仪"二分法，试图将质疑留在礼仪的外壳也就是"仪"上，以求得"礼"的精神继续对社会发挥作用。就现有材料看，最早提出这一观点的是来自史官内部的贤人。

春秋前期的内史过承认巫祭礼仪不是重要的，巫祭仪式背后的虔敬之心以及在此观照下的人的德行才是巫祭文化的要义。因此，他提出了舍弃仪式、回归德行的主张。《国语·周语上》载录了他针对虢君向神求土田之举的评论：

> 虢必亡矣，不禋于神而求福焉，神必祸之；不亲于民而求用焉，人必违之。精意以享，禋也；慈保庶民，亲也。今虢公动匮百姓以逞其违，离民怒神而求利焉，不亦难乎！

所谓"禋"，就是至诚的精神。也就是说，如果缺少内在的虔敬、缺少慈爱百姓之心，祭祀不但不会带来福泽，还会招致灾难。内史过实际上认为，祭祀的效果不在于仪式，而在于祭祀的过程以及祭祀者内在的精神，也就是说把仪式和精神区分开来。显然，巫史传统中的仪式部分已经不能满足新时代的需要了，所以它受到了质疑。而"礼""仪"之分实际上是巫史传统退让之余，在客观上为自己保留了一个存在的理由，也保留了一定的阐释空间。史官们在春秋时期有一个果断的选择，那就是主动和巫事脱离，因为巫术已经和那些形式化的仪式不可分割了。其直接表现就是对神及祭祀仪式的漠视。《左传·庄公十四年》记载，申䋣在解释两蛇相斗的现象时说：

> 妖由人兴也。人无衅焉，妖不自作。人弃常，则妖兴，故有妖。

又《左传·庄公三十二年》记载，虢公使史嚚等祭神求土：

> 史嚚曰："虢其亡乎！吾闻之：国将兴，听于民；将亡，听于神。神，聪明正直而壹者也，依人而行。虢多凉德，其何土之能得？"

申䋣是鲁国贤人，常备鲁君顾问；史嚚和申䋣一样，都是巫史。他们发扬了周公的"黍稷非馨，明德惟馨"的思想，都把鬼神、祭祀看作纯粹的无关紧要的形式而予以舍弃，而着力阐发一种人本或民本的政治伦理观念。这应该是春秋后期"礼""仪"两分法的源头。

"礼""仪"两分法认为巫史文化散落在社会中的不过是"仪"，而不是"礼"，如《左传·昭公五年》记载：

> 公如晋，自郊劳至于赠贿，无失礼。晋侯谓女叔齐曰："鲁侯不亦善于礼乎？"对曰："鲁侯焉知礼！"公曰："何为？自郊劳至于赠贿，礼无违者，何故不知？"对曰："是仪也，不可谓礼。礼，所以守其国，行其政令，无失其民者也。今政令在家，不能取也。有子家羁，弗能用也。奸大国之盟，陵虐小国。利人之难，不知其私。公室四分，民食于他。思莫在公，不图其终。为国君，难

将及身，不恤其所。礼之本末，将于此乎在，而屑屑焉习仪以亟。言善于礼，不亦远乎?"君子谓："叔侯于是乎知礼。"

又《左传·昭公二十五年》载：

> 子大叔见赵简子，简子问揖让周旋之礼焉。对曰："是仪也，非礼也。"简子曰："敢问，何谓礼?"对曰："吉也闻诸先大夫子产曰：'夫礼，天之经也，地之义也，民之行也。'天地之经，而民实则之。则天之明，因地之性，生其六气，用其五行。气为五味，发为五色，章为五声。淫则昏乱，民失其性。是故为礼以奉之……生，好物也；死，恶物也。好物，乐也；恶物，哀也。哀乐不失，乃能协于天地之性，是以长久。"简子曰："甚哉，礼之大也!"对曰："礼，上下之纪、天地之经纬也，民之所以生也，是以先王尚之。故人之能自曲直以赴礼者，谓之成人。大，不亦宜乎!"

这两段话都有明显的人文主义倾向，指出"仪"作为"礼"的外在形式，不具有特别的实在的意义，而强调"仪"背后的真正精神，即"礼"。如此强调的目的显然是为了反流俗，因为礼仪知识的流溢、推广必然造成仪式本身的泛滥，而礼仪的真正内涵也就在这泛滥之中被消解，从而在一定程度上成为一种流俗。女叔齐和赵简子也正是站在这一立场上来批判礼仪的。就这两段话来说，他们对"礼"的内在精神的认识也是不一样的。女叔齐所强调的是"礼"的守国守民的政治功能，而赵简子所强调的是天地、人民的和谐和秩序。显然，赵简子的话更接近巫史精神，他认为在"礼"的背后有一种超越性的宗教精神以及以此为中心的意识形态，这虽然不离巫史传统，却显示了明确的人文主义立场。

春秋时，开明的史官已普遍具有这种人本或民本思想，并对祭祀仪式持淡然的态度，刻意把自己身上的祭祀职能剥离开去。这是春秋史官在新的历史条件下的自我拯救行为。经过春秋时期的砥砺之后，史官逐渐从巫术宗教事务中摆脱出来，最终成为文献和文化专家。

第四章　春秋史官文化的转型与史传文献的生成

　　春秋时期是史官文化的辉煌时期，史官在一个宗教文化衰落、社会理性发展的历史时期自觉地承担起社会意识形态建设和监督社会的责任。在原始宗教文化和道德理性文化之间缀合二者的是礼乐制度，史官的话语权威依赖于礼乐制度。但随着原始文化的逐渐衰落，礼乐观念本身的合理性也越来越受到质疑。我们在春秋时期的史著中常常看到史官就同一事件能发表分别基于原始宗教和道德理性的两种不同解释，就显示了原始文化自身的尴尬。正是在这一文化背景下，史官们开始强调礼乐中的民本、秩序、谦卑、诚信等道德精神，礼乐文化的天平开始向理性的一头倾斜。同时，史著行为中的主观色彩也逐渐增强。史官们已不再满足于仅仅作为天命的见证者，他们希望在自己的著述中发扬褒贬之义，以实现裁决天下的理想。虽然我们已经不太可能看到此时史官的原始工作文本，但稍后编订的《春秋》《左传》等应该能够反映这一时期史官的撰述情况。

　　《春秋》仍然承继了传统史录的记录方式，也由此承继了来自原始文化的宗教性权威。但史官通过文本表述方式的细微变化传达出自己的价值判断，这就是所谓"春秋笔法"。"春秋笔法"显示了史官新的价值观念，也显示了史官以史著裁决天下的社会责任感。《春秋》经、传相辅而成。经以大义行，其叙述特点是微言而止，不关心事实的起因、发展过程以及影响，只是针对礼仪制度呈现事实的片断现象，因此被视为"断烂朝报"。而《左传》叙事谨严，特别关注事实的过程，尤其关注导致严重后果的微小原因，反映了发展了的社会文化和思维特点。显然，《左传》史料不来自《春秋》，而是自有其渊源。春秋史官之所以能有与《春秋》迥异的另一套撰录系统，与史官的"传闻"制度有关。面对春秋时期礼崩乐坏的现实，史官很难继续凭着仪式性的载录来裁决天下、维持天人秩序。因此，他们必须改革传统的撰史方法，使其更符合并有利于新的意识形态建设。这就导致了《左传》和《春秋》在叙事逻辑上的明显区别。

第一节　春秋时期史官文化的转型

春秋时期，史官仍然是社会上一种十分活跃的政治和文化力量。有学者统计，仅《左传》中关于史官活动的记录就有 48 处，若再加上《国语》《礼记》《庄子》《吕氏春秋》《史记》等书的记载，则有关春秋史官的文献有 70 多条。他们的活动除了史录和文献工作外，还包括执行王命、接受咨询等政治活动，也包括参与祭祀和占卜等宗教活动。① 下面，我们对春秋史官的职事活动作简要的分析。

载录和文献是史官标志性的职责。春秋时期史官的载录活动似较西周更为活跃，并且已经制度化。各主要诸侯国差不多都设有史职，他们随时载录本国大小事件，使得纷乱复杂的春秋历史得以保存。《左传·僖公七年》载："夫诸侯之会，其德刑礼义，无国不记。记奸之位，君孟替矣。作而不记，非盛德也。"《左传·襄公二十九年》载："鲁之于晋也，职贡不乏，玩好时至，公卿大夫相继于朝，史不绝书，府无虚月。"据此推测，每一次外交往来会盟都应该有史官随行载录，久之就会积累大量的史料文献。除记录外，各诸侯国史官还建立了通报制度，这就扩大了史官的载录范围，使得载录本身从仪式活动中独立出来，为史学的诞生准备了条件。《左传·隐公十一年》载："冬，十月，郑伯以虢师伐宋。壬戌，大败宋师，以报其入郑也。宋不告命，故不书。凡诸侯有命，告则书，不然则否。师出臧否，亦如之。虽及灭国，灭不告败，胜不告克，不书于策。"可见，春秋史官是严格遵守通报规

① 参见林晓平：《春秋战国时期史官职责与史学传统》，载《史学理论研究》，2003(1)。

则的。

载录工作的日常化和制度化，使得史官的职业意识明显增强，并形成了忠于职守的品德。《左传·襄公二十五年》载，齐大臣崔杼杀了齐君作乱，"大史书曰：'崔杼弑其君。'崔子杀之。其弟嗣书，而死者二人。其弟又书，乃舍之。南史氏闻大史尽死，执简以往。闻既书矣，乃还"。这种前仆后继的以性命维护自己的职业的精神，是前代所未有的，它反映了史官作为一个职业群体，对自己的载录事业有着强烈的责任感和自信心。同样的例子还见于《左传·宣公二年》："乙丑，赵穿攻灵公于桃园。宣子未出山而复。大史书曰'赵盾弑其君'，以示于朝。"晋国史官为了维护某种原则，而将弑君罪名强加在大臣赵盾身上，这其中的风险是明显的。以上的载录需要巨大的勇气，也显示了春秋史官职业精神的空前高涨。

春秋时期，随着载录活动的活跃，史官所保留的文献越来越多，其守藏之职也愈见明显。如《左传·昭公二年》记载了晋侯使韩宣子来聘之事："观书于大史氏，见《易象》与《鲁春秋》曰：'周礼尽在鲁矣。吾乃今知周公之德，与周之所以王也。'"这一事件除了说明史官掌管着文献外，还可以说明当时的文献已经或至少是有条件地公开，并不如前代那样密藏，所以非史官人员如韩宣子可以请求观览。当时的文献或至少是部分文献已经过编辑修订，若《鲁春秋》还只是一条条的无序的原始载录文件，当难以供外人观览。此外，从季札观乐中，我们可以看到《诗》顺序井然，也是经过整理的。后一点在史传传统中尤其重要，它说明史官开始有意识地编辑史著文献，史学由此而进入新的历史阶段。当然，这种编辑工作可能是在春秋后期进行的，但可以相信这种编辑工作在各诸侯国普遍存在。墨子在《明鬼下》中说自己曾见过"百国春秋"，并提到"周之《春秋》""燕之《春秋》""宋之《春秋》""齐之《春秋》"。《孟子·离娄下》也说："晋之《乘》，楚之《梼杌》，鲁之《春秋》，一也。'其事则齐桓、晋文，其文则史。'"其实被编订的成书还远不止这些，这不但可以说明史官的职责意识加强了，而且可以说明史官的阐释意识和史学观念发展了。

除了载录和文献事务外，史官仍然从事着祭祀与卜筮等神职工作。

《左传·闵公二年》记载了狄人囚史华龙滑与礼孔之事，此二人曰："我，大史也，实掌其祭。不先，国不可得也。"可见，史官在春秋时期掌管诸侯的祭祀。《左传》中关于史官参与祭祀的记载很多，如庄公三十二年，"有神降于莘"，"虢公使祝应、宗区、史嚚享焉，神赐之土田"；昭公十七年，"日有食之，祝史请所用币"。至于占卜，更是史官的常见职责。春秋时并用龟蓍，而以筮占为主，所以又有"筮史"之称。如《左传·僖公二十八年》载："晋侯有疾，曹伯之竖侯獳货筮史，使曰'以曹为解……'"《国语·晋语四》载："公子亲筮之，曰'尚有晋国'。得贞《屯》、悔《豫》，皆八也。筮史占之，皆曰'不吉'。"一般来说，筮和史是分开的。筮掌管具体操作，而得出的结果要由史来解释。如《左传·僖公十五年》载："初，晋献公筮嫁伯姬于秦，遇归妹之睽。史苏占之曰'不吉……'"《左传·成公十六年》载，晋楚战于鄢陵时，"公筮之，史曰吉"。又《左传·哀公九年》载："晋赵鞅卜救郑，遇水适火，占诸史赵、史墨、史龟。"由上可见，史是比筮卜更高一级的神职人员。此外，史还负有对灾异等神秘现象的解释之责。如上例中"有神降于莘"，周惠王就特别向内史过请教它的原因，可见史官仍被看作理解和宣示天命的人。诸侯国出现灾异情况，往往会特别请教周朝廷的史官。如："(僖公)十六年，春，'陨石于宋，五'，陨星也。'六鹢退飞，过宋都'，风也。周内史叔兴聘于宋，宋襄公问焉，曰：'是何祥也？吉凶焉在？'"又如："(哀公六年)有云如众赤鸟，夹日以飞，三日。楚子使问诸周大史。"史官掌祭祀和卜筮，表明这个职务仍然保持着它的神圣性质，这使其可以继续以天命代言人的身份从事社会活动。而这一点对史官的撰史和文献工作有着十分重要的意义，也是其话语权力的根源。

可以说，记事和宗教是史官最本职的工作。但除此之外，春秋史官还广泛地参与到政治事务中。林晓平据其春秋战国史官职名及活动一览表分析："表中列出春秋战国史官70人，根据有关历史文献的记载，这些史官所从事的各种活动共95项次，其中，涉及政治方面的活动达51项次，占总项次的53.6%，可见，史官一职具有相当突出的

政治功能。"①表中只有很少几例是战国时期的，所以，它反映的主要
是春秋时期史官的情况。林晓平将史官的政治活动概括为宣达王命、
掌书王命和提供政治上的咨询几类，其实，充当王的使者而宣达王命、
会葬、策命、聘问等都是史官的传统职责。而在春秋时期，最值得我
们注意的是史官的另一类活动方式，即为周王或诸侯、大臣提供政治
或军事上的咨询以及对时局发表评论等。

《国语·周语上》有"故天子听政，使公卿至于列士献诗，瞽献曲，
史献书……瞽、史教诲……而后王斟酌焉，是以行事而不悖"的说法，
说明了史官及文献被认为有佐政之用。古代于此最有名的当算是辛甲
了。裴骃注《史记·周本纪》"辛甲"一词引刘向的《别录》说："辛甲，故
殷之臣，事纣。盖七十五谏而不听，去至周，召公与语，贤之，告文
王，文王亲自迎之，以为公卿，封长子。"②《左传·襄公四年》载："昔
周辛甲之为大史也，命百官，官箴王阙。"可见史官谏王古已有之。《国
语·晋语四》又说文王"诹于蔡、原而访于辛、尹"，其中辛即辛甲，尹
为尹佚，皆史官，可见史官有应对天子咨政的职责。这一传统在春
秋时期得到进一步的认可，并发挥着实际的作用。《左传·襄公三十
年》载季武子之言："晋未可媮也。有赵孟以为大夫，有伯瑕以为佐，
有史赵、师旷而咨度焉，有叔向、女齐以师保其君。"那么，史官的政
治话语有什么特点呢？我们可以看下一例。昭公八年，楚灭了陈国后，
晋侯问史赵陈国是否就此灭亡，史赵回答说：

> 　　陈，颛顼之族也。岁在鹑火，是以卒灭，陈将如之。今在析
> 木之津，犹将复由。且陈氏得政于齐，而后陈卒亡。自幕至于瞽
> 瞍，无违命。舜重之以明德，置德于遂，遂世守之。及胡公不淫，
> 故周赐之姓，使祀虞帝。臣闻盛德必百世祀，虞之世数未也。继
> 守将在齐，其兆既存矣。

晋侯询问史赵关于陈国的未来，是相信史赵有这方面的知识和判断能

---

①　林晓平：《春秋战国时期史官职责与史学传统》，载《史学理论研究》，2003(1)。
②　(汉)司马迁：《史记》，116页，北京，中华书局，1982。

力。这是一个纯粹的政治问题，但史赵的解释却并不是从现实政治出发的。徐复观说："史赵判断陈不会遂亡，是宗教性的判断。但他的根据有二，一是星相学，这是因史主管天文，中国的星相学，可能即是史的副产品。另一是道德的报应说，这是史臣把历史知识及他们的愿望混合在一起所构成的。"①显然，星象学知识和历史知识为史官的现实话语权力提供了依据。当然，除了历史知识之外，还有新兴的人文精神，而且历史知识、人文精神的重要性也越来越明显。如《左传·庄公三十二年》中史嚚论"虢其将亡"曰："国将兴，听于民；将亡，听于神。神，聪明正直而壹者也，依人而行。虢多凉德，其何土之能得？"所依据的就是新兴的礼教伦理。文公十八年，史克在向鲁文公解释季文子驱逐莒太子仆一事时，先引述了《周礼》《誓命》中的话，然后历数了高阳氏、高辛氏、尧、舜、帝鸿氏时代的贤人和恶人，以及诸先圣贤如何对待恶人的史实，以说明季文子"虽未获一吉人，去一凶矣。于舜之功，二十之一也，庶几免于戾乎"。虽然史克不难通过现实的分析去说明季文子驱逐莒太子仆的理由，但是他显然认为，只有历史和文献才能够给现实提供更充分的理由。由此我们可以看出，史官参与现实政治仍然得益于其宗教和史录的职能，而历史意识的增强是这一时期史官话语最为突出的特点。正如葛兆光所说："当时人对于秩序的理性依据及价值本原的追问，常常追溯到历史，这使人们形成了一种回首历史，向传统寻求意义的习惯。"②

总体来说，春秋史官仍然延续着前代史官的文化权威，在某些方面还有所发展，如撰史和议政等，尤其是使撰史事业达到了第一个高峰。但随着社会文化的发展，以原始宗教为基础的史官的文化能力也显示出明显衰落的趋势。

其实，这一趋势在春秋以前就已经开始萌芽。西周时期，巫史的职能不断分化。从《周礼》中的描述来看，史职已经泛滥到比比皆是的程度，差不多每个部门中都有史官担当一般的事务性职责。史官分化

---

① 徐复观：《两汉思想史》第三卷，141页，上海，华东师范大学出版社，2001。
② 葛兆光：《中国思想史》第一卷，169页，上海，复旦大学出版社，2001。

得越细致，其行政职事特质就越明显，而其宗教性、超越性的特点也就越模糊。史职的宗教权威被动摇，史官的地位自然也会随之而下降。除此以外，随着诸侯势力的增大，西周中央政府也处在不断衰微之中。周王室的衰微，一方面使得以祖灵天神为核心的宗法意识形态渐趋瓦解，另一方面也令其无力顾及、扶持史官的巫史事业，这些都必然会损害史官的文化权力和社会地位。《史记·历书》云："幽、厉之后，周室微，陪臣执政，史不记时，君不告朔，故畴人子弟分散，或在诸夏，或在夷狄，是以其机祥废而不统。"再如司马迁在《史记·太史公自序》中自述其家世时说："司马氏世典周史。惠襄之间，司马氏去周适晋。"作为"王官"的史官不能得到重用，从而怀抱典籍流亡诸侯国，这一现象一直延续到春秋时期。春秋晚期，史官衰败的趋势已十分明显。昭公二十六年，周廷内乱，"王子朝及召氏之族、毛伯得、尹氏固、南宫嚚奉周之典籍以奔楚"。其中的尹氏是史佚之后。史佚是周朝著名的史官，又称作册逸、史逸或尹佚，此后世为周朝史官。但随王子朝奔楚后，自此湮没无闻。史官的分散，导致了所谓"天子失官，学在四夷"的现象。无论是"史不记时"还是"子弟分散"，都预示了史官这一集团面临着很大的危机，巫史知识已难以保证他们原来的地位。

春秋时期，诸侯执政，周王室威信扫地，礼崩乐坏。史官虽仍然从事着祭祀、占卜等宗教事务，但他们由服务于天命和王室而获得的神圣光环也逐渐消退。昭公二十年，齐侯因疥疟不愈而听信大夫的话，认为祝史没能尽到责任，要杀祝史。而晏子认为"家事无猜"，则"祝史不祈"，并说："虽其善祝，岂能胜亿兆人之诅？君若欲诛于祝史，修德而后可。"齐侯认为祝史没能影响天命，是不尽职，所以要杀。而晏子干脆认为史官的职能对天命不可能有什么影响，影响天命的是君侯自己的德行；如果史官能够以祝告的方式影响天命的话，其他人也同样能以诅咒的方式影响天命，因此史官在天命上并无什么特别的能力，所以诛杀史官是无意义的。由此看来，史官的天职在春秋时期已经受到了质疑。如果史官所赖以安身立命的宗教权威已经不再被社会所尊敬的话，那么史官的社会地位自然也会随之下降。一方面，礼仪本来就是对周的宗法政治秩序的文饰，如果诸侯们不再敬仰周天子的政治权威，楚子可以问鼎之轻重大小，那么首先遭到蔑弃的就是那些礼仪；另一方面，由于宗族子弟成为社会的主要政治力量，必然越来越多地浸润、掌握一些原来只有史官才能掌握的知识。《国语·楚语上》论及教育太子时言："教之春秋……教之世……教之诗……教之礼……教之乐……教之令……教之语……教之故志……教之训典……"其中大多数内容应该属于原为史官所掌的历史文献知识，这就使得史官不能再垄断这些知识。春秋时期君子大量出现，并且在政治文化事务中具有越来越大的影响力，说明史官的地位已经动摇。晋国是史官文化最发达的国度之一，但叔向作为卿大夫而习《春秋》，并以"立言"而著称于史。同样，郑国的子产也不是史官出身，却被称为"博物君子"，他对史官文献的了解一点儿也不比史官差。《左传·昭公元年》载晋侯有疾，卜人推占为"实沈、台骀为祟"，而晋国的史官却无法对此作出解释，于是叔向只好向子产请教。子产有一大段解说，远溯传说中的高辛氏和金天氏，以及与此相关的星宿和山川之神，还谈到晋国和他们之间的关系，条理极为清晰，但却是地地道道的巫史知识。可见，子产在巫史文化方面的修养已经远远超过了一般的史官。史官渐渐丧失在意识形态和博物知识方面的权威，史官职业也因此而走向衰落。在很多诸侯或大臣眼里，史官似乎只能做些占卜之事了。史官们自己好像也有些气馁，对待文献也不那么用心了。所以，能读"三坟、五典、八索、九丘"的楚史倚相，就成了楚王向中原人夸耀的对象。

　　史官的衰落，于史有征。仅以晋国而言，董氏和籍氏是著名史官家族。董氏出过董因、董狐、董叔这样有名的史官，但春秋晚期时，其后人董安于却沦为赵简子家臣。他先是充当家史，"进秉笔，赞为名命"，后任上地守，就干脆弃笔不为史了。赵简子的家史还有史黯。《国语·晋语》载："赵简子田于蝼，史黯闻之，以犬待于门。"韦昭注："史黯，晋太史墨，时为简子史。"此外，《左传·昭公三十一年》还有史墨为赵简子占梦的记载。这都是史官在"公室日卑"的历史背景下不得

不"托庇于大族"的例子。① 强族大夫之所以收留史官，大约不是因为
史官的传统职掌，而是如鲁之季氏"八佾舞于庭"，以寻求僭越的快感，
不过是装潢门面而已，其文化和史传创作的意义是微不足道的。《左
传·昭公十五年》载，晋国的另一个史官家族籍氏，到鲁昭公时有籍
谈。他以"介"的身份随荀跞往周会葬穆后，在回答周王晋何无物贡献
王室时，以晋国始封未能获周王所赐明器作答。周王在反驳了籍谈之
后，数落他说：

> 且昔而高祖孙伯黶，司晋之典籍，以为大政，故曰籍
> 氏。……女，司典之后也，何故忘之？

似籍谈这样数典忘祖的史官，颇能说明春秋后期史官对自己的职掌已
经懈怠了，也就说明了史职本身不再受到尊敬和重视。又《左传·哀公
十七年》载：

> 楚子问帅于大师子穀与叶公诸梁。子穀曰："右领差车与左史
> 老皆相令尹、司马以伐陈，其可使也。"子高曰："率贱，民慢之，
> 惧不用命焉。"

杨伯峻引杨树达的《读左传》中的"据下文子穀语，二人盖皆俘也，似非
谓贱官"②以解释子高之言。有学者就此进一步申说："就楚国官制言，
左史并非贱官，但楚能用贱俘任左史，说明此职到春秋晚期地位已经
下降了很多。"③确乎如此。

---

① 胡新生：《异姓史官与周代文化》，载《历史研究》，1994(3)。
② 杨伯峻编著：《春秋左传注(修订本)》第四册，1708 页，北京，中华书局，1990。
③ 许兆昌：《试论春秋时期史官制度的变迁》，载《烟台师范学院学报(哲学社会科学
版)》，1998(2)。

第二节　祭告制度与《春秋》的生成

《春秋》是较为成熟的史著文本，是先秦史官文化鼎盛时期的产物。《春秋》的形成过程、文体形态、文化功能等可追溯到史官的职事行为，以及这一职事所包含的责任和信念。春秋时期，社会文化发生着急剧的变化，而史官正处在这一继往开来的关键位置，他们凭着职事传统所赋予的话语权力，自觉推动了社会文化的变革和发展。《春秋》正是这一文化变革过程的典型样本。

一、"告命"和"祭告"

《春秋》是鲁国史官所录二百多年书策之累积成果，其原始状态为每事一策，在春秋末期被编订成书。这些策是怎样形成的呢？《左传·隐公十一年》载：

> 凡诸侯有命，告则书，不然则否。师出臧否，亦如之。虽及灭国，灭不告败，胜不告克，不书于策。

所谓"诸侯"，是指鲁国以外的诸侯国。这段话的一层意思是说，诸侯国来告本国之事，鲁史书之于策；如诸侯国不来告，则鲁史即使知其事也不会书策。由此可知，书策不是鲁史独立自主的行为，而是与"来告"相连，或是"来告"活动的一部分。一般情况下，鲁史不会擅自将他国之事书策。

"来告"者不可能是诸侯本人，而是各诸侯国的史官。因此，这段话的另一层意思是说，诸侯虽然"有命"，但是否"来告"则取决于其史官。《左传》中史官受命于诸侯而"来告"的例子颇多，如隐公八年"齐侯使来，告成三国"之类。我们现在无法找到"诸侯有命"而史官不告的例子，但可以看到史官未受命于诸侯而"来告"的情况：

> 乙丑，赵穿攻灵公于桃园。宣子未出山而复。大史书曰"赵盾

弑其君"，以示于朝。宣子曰："不然。"对曰："子为正卿，亡不越
竟，反不讨贼，非子而谁？"（《左传·宣公二年》）

　　大史书曰："崔杼弑其君。"崔子杀之。其弟嗣书，而死者二
人。其弟又书，乃舍之。（《左传·襄公二十五年》）

与这两件事相对应，《春秋》载：

　　秋，九月，乙丑，晋赵盾弑其君夷皋。（《春秋·宣公二年》）
　　夏，五月，乙亥，齐崔杼弑其君光。（《春秋·襄公二十
五年》）

这些是春秋时期关于史官书策的较为清晰的记载。事件发生在晋、齐
两国，原始书策者分别为晋、齐之史官。《春秋》所载内容同于两国史
官在本国所书，说明鲁策源于晋、齐史官的"来告"。这两次"来告"是
否受命于诸侯呢？赵盾和崔杼皆为本国举足轻重的大臣，足以影响新
国君的意志，无论如何不会主动或同意以自己弑君的恶名告鲁。尤其
是赵盾，并未弑君，但不得已而听任史官董狐书策，要他冒着巨大的
名誉风险同意赴告外国，这不合乎常情。显然，这两次"来告"是诸侯
史官自作主张，说明当时诸侯史官是否"来告"不完全听命于诸侯。

　　诸侯的意志对史官是否"来告"没有绝对的影响力，而《左传》又明
显强调了"诸侯有命"是"来告"的前提条件，那么，"命"和"告"到底是
什么关系呢？我们可以结合下文来理解："师出臧否，亦如之。虽及灭
国，灭不告败，胜不告克，不书于策"，就是说，"诸侯有命"的语法意
义等同于"师出臧否"。显然，这里的"命"不能解释为"命令"或"指派"，
而是指应该"来告"之事，如同"师出臧否"。西周时期，"命"通常指分
封、任命、赏赐等来自周王的恩惠，用作动词的"命"指赐命。《国
语·周语上》言："襄王使太宰文公及内史兴赐晋文公命……命于武
宫……太宰以王命命冕服，内史赞之，三命而后即冕服。"其中第一、
第三个"命"用作名词，第二、第四、第五个"命"用作动词。"命"还可
以表示个人的命运。《周易·乾》之象辞云："乾道变化，各正性命。"孔

颖达曰："命者人所禀受，若贵贱夭寿之属是也。"①一些突发事件需要祭告祖先，也被称为"命"。《周易·泰》言："上六：城复于隍，勿用师。自邑告命，贞，吝。"这里的"命"指城墙倾覆之事，此事被认为与天意有关，所以需要告庙。由此可知，来自周王的赏赐、命运变化、有寓意的突发事件等，都可以是"命"，要祭告神灵，常用作"赐命""告命"。那么，"诸侯有命"实际上是指诸侯国发生了重大事件，如同"师出臧否"，要由史官决定是否"来告"。

从上所举晋、齐两国之例还可以看出，当"诸侯有命"时，可能形成两种类型的文献：一是诸侯史官的原始书策，二是鲁史因诸侯"来告"而再次书策。前者被称为"诸侯之策"，诸侯之史可以此赴鲁告命，亦可不赴鲁告命。《左传·襄公二十年》载，卫国大夫宁殖感慨自己因放逐卫君而"名藏在诸侯之策"，曰："孙林父、宁殖出其君。"而《春秋·襄公十四年》关于这件事情的记载曰："己未，卫侯出奔齐。"可以推测，就宁殖等驱逐卫侯这件事而言，卫国史官至少有两则载录，却只以"卫侯出奔"来告鲁国，所以《春秋》不载"孙林父、宁殖出其君"，而这个记载所在的"诸侯之策"只能是卫国史策。另外，赵盾和崔杼两例还显示，《春秋》在著录"诸侯之策"时只是增加了国名、人名等必要信息，对诸侯史官的载录内容则一字未改。尤其是对赵盾弑君的载录，虽与事实完全不符，也未作任何改动或解释。这说明，针对"来告"，鲁史书策只是转录，显然是受到某种规定性的制约。而这一点，也正反映了"来告"的仪式性特征。

"告"在殷商时期即作为一种仪式存在，甲骨卜辞中多有"告"的记载，如：

> 丁未卜，争，贞王告于祖乙。(《甲骨文合集》1583)
>
> 贞告疾于祖丁。(《甲骨文合集》13853)
>
> 丙戌卜，大，贞告执于河，袤……沉三牛。(《甲骨文合集》

---

① （三国魏）王弼注，（唐）孔颖达疏：《周易正义》，7～8页，北京，北京大学出版社，1999。

22594）

这几个例子中的"告"的对象是祖先或河神。20 世纪初，叶玉森提出："卜辞之告为祭名。"①高田忠周云："祭必献牛羊，又必具册词。《论语》'告朔之饩羊'可证。告字从牛从口，会意之旨，甚显然矣。"②此后，姚孝遂、肖丁指出卜辞"告"还有报告之意，他们认为其内容大体可分为两类：一为祭告，其对象为神祖；二为臣属之报告，其内容多为有关田猎之情报及敌警等。"凡称'告曰'者，均为臣属之报告，无例外。"③也就是说，卜辞"告"有祭祀仪式和报告两种含义。梅军对这两类卜辞作了分析，认为祭告的内容主要包括告秋（农业丰收）、告日（异常天象）、告疾（以求福佑）、告方（征伐方国）、告执（俘虏罪隶）等数项，而臣属报告的内容则集中在告伐、告麦、告猎三项。④ 不难看出，臣属报告的内容与祭告相同或相近：告伐同于告方，告麦近于告秋。郭沫若说："《月令》'孟夏之月农乃登麦，天子乃以彘尝麦，先荐寝庙。'此云'告麦'，盖谓此。"⑤此外，商王狩猎既是仪式行为，也具有政治意义，是极为重要之事，行前必然要祭告。可以推测，早期用作"报告"的"告"与祭告有着密切的关系。因此，学者普遍认为，"报告"这一义项是从祭告变化发展而来，祭告是"告"的本义。⑥ 据统计，用作祭名之"告"见于《甲骨文合集》的有 600 多条，祭告的对象主要为殷商先王先妣，也有自然神灵。"告"的内容涉及疾病、出省、田猎、出征、灾异、收获、献俘等，目的是呈请神灵决疑、佑助，或者仅仅就

---

① 叶玉森：《殷墟书契前编集释》，33 页，上海，大东书局，1934。

② 李圃主编：《古文字诂林》第 1 册，756 页，上海，上海教育出版社，1999。

③ 姚孝遂、肖丁：《小屯南地甲骨考释》，158 页，北京，中华书局，1985。

④ 梅军：《殷墟甲骨"告"类刻辞考论》，载《中山大学学报（社会科学版）》，2013(1)。

⑤ 郭沫若：《卜辞通纂》，见郭沫若著作编辑出版委员会编：《郭沫若全集·考古编》第二卷，411 页，北京，科学出版社，1983。

⑥ 学者一般认同"告"的本义为祭告，而祷告、告知、告身等义则为引申义，见徐山：《释"告"》，载《长安大学学报（社会科学版）》，2004(3)；李玲玲、刘精盛："告"字本义考，载《汉字文化》，2012(2)等。

是告知。①

周灭殷后，祭告仪式得到继承，并且较为盛行。下面是西周、春秋时期的祭告仪式的内容：

> 为坛于南方，北面，周公立焉。植璧秉珪，乃告大王、王季、文王。（《尚书·金縢》）
>
> 王命作册，逸祝册，惟告周公其后。（《尚书·洛诰》）
>
> 王不革服，格于庙，秉语治庶国，篇人九终。王烈祖自太王、太伯、王季、虞公、文王、邑考以列升，维告殷罪。（《逸周书·世俘》）
>
> 冬，公至自唐，告于庙也。（《左传·桓公二年》）
>
> 祀于河，作先君宫，告成事而还。（《左传·宣公十二年》）
>
> 孔子曰："诸侯适天子，必告于祖，奠于祢。冕而出视朝。命祝史告于社稷、宗庙、山川。乃命国家五官而后行。道而出，告者五日而遍，过是非礼也。凡告用牲币，反亦如之。诸侯相见，必告于祢。朝服而出视朝。命祝史告于五庙，所过山川。亦命国家五官，道而出。反必亲告于祖祢，乃命祝史告至于前所告者，而后听朝而入。"（《礼记·曾子问》）
>
> 若宗子死，告于墓，而后祭于家。（《礼记·曾子问》）
>
> 予小子履，敢用玄牡，敢昭告于皇皇后帝：有罪不敢赦。帝臣不蔽，简在帝心。（《论语·尧曰》）

这些"告"都是祭告的意思。西周春秋时期，祭告的对象有先公先王、山川之神，以先公先王为多，山川之神则逐渐减少，这与宗法制度逐渐成熟有关。祭告的内容包括结盟、祭祀、作宫、出生、丧葬、婚娶、出行等。祭告仪式从殷商到春秋时期一直保持着稳定的态势，是当时人神交通最常见的方式之一。

据甲骨卜辞，殷商主持祭告仪式的有"王"和"史"。王为大巫师，

---

① 郭新和：《卜辞中的"告"》，见郭旭东主编：《殷商文明论集》，101～111 页，北京，中国社会科学出版社，2008。

史是掌管文献的巫师。西周以后，主持祭告仪式的还有"祝"。孔安国释《尚书·金縢》中"乃告大王、王季、文王"曰："告谓祝辞。"《周礼》言"大祝"之职为："掌六祝之辞……一曰顺祝，二曰年祝，三曰吉祝，四曰化祝，五曰瑞祝，六曰筴祝。……作六辞以通上下亲疏远近，一曰祠，二曰命，三曰诰，四曰会，五曰祷，六曰诔。"贾公彦疏："此六辞，皆是祈祷之事，皆有辞说以告神，故云六祝之辞。"据此，大祝在西周可主持祭告。所谓"上下""亲疏""远近"指的是天神、祖先、地祇等各类神灵，是祭告的对象；"六辞"则为不同场合、仪式中的"告"辞。当时，祝史并不截然区分。《尚书·金縢》载周初史逸可"册祝"；《左传·桓公六年》云"祝史正辞，信也"，即祝史皆可陈"辞"；《左传·哀公二十五年》载"因祝史挥以侵卫"，杨伯峻认为祝史挥一人身兼祝、史两职，也就是说周代祝、史都能主持祭告仪式。

周代"大祝"主持祭告仪式始于周公。禽簋、大祝禽鼎等器铭文显示，周公的儿子伯禽曾在周廷任大祝。[①] 根据上古职事传承的规律，可以推断周公也有大祝之职。周公利用宗教权威的身份"制礼作乐"，缔造了新型的周文化。周公文化革新的主要方式就是神道设教，即利用祭仪和神意发布新的观念，推行新的制度。在周公主持的祭告仪式中，"告"变成一种双向的沟通。周公既以人事告神，也向参加祭祀者传达神意。为区别久已存在的"告"，而将后者称为"诰"。例如，何尊铭文云"佳武王既克大邑商，则廷告于天"，这里的"告"是对神的祭告；又云"王诰宗小子于京室"，这里的"诰"所面对的是助祭众人。"诰"也称"诰教"，《尚书》"八诰"就是对诰教仪节的载录和整理。[②] 可见，祭告仪式在周公"制礼作乐"活动中起着特别重要的作用。

《逸周书·尝麦解》载："太祝以王命作筴，筴告太宗，王命□□秘，作筴许诺，乃北向繇书于两楹之间。"这是西周初期祭告仪式的载录，文中的"繇书"即"读书"。类似的记载还见于《逸周书·世俘解》：

---

① 郭沫若：《殷周青铜器铭文研究》，75～76页，北京，科学出版社，1961。

② 关于"诰"的意义和功能，参见过常宝：《先秦散文研究——早期文体及话语方式的生成》，87～88页，北京，人民出版社，2009。

"武王降自车，乃俾史佚繇书于天号"，"天号"即神号。[①] 由此可知，祭告乃史官将王命书策后宣示给祖神。策亦作册。《尚书·金縢》载："周公立焉。植璧秉珪，乃告大王、王季、文王。史乃册，祝曰……"《正义》曰："史乃为策书，执以祝之。"此策为周公告三先王之辞，祈求三位祖先能让自己代替武王。《尚书·金縢》又云："公归，乃纳册于金縢之匮中。"这说的是策作为神圣文献在仪式后被收藏。此外，当时重要的政治活动如分封、任命、赏赐诸侯等，都需祭告神灵才能生效。《礼记·祭统》云："古者，明君爵有德而禄有功，必赐爵禄于大庙，示不敢专也。故祭之日，一献，君降立于阼阶之南，南乡，所命北面，史由君右，执策命之，再拜稽首，受书以归，而舍奠于其庙。"因此，策又是政治活动最重要的见证，有保存之必要。

甲骨卜辞有"尊告盟室"（《甲骨文合集》24942）的记载，说明了祭告是在"盟室"中举行的。从字面上看，"盟室"与结盟有关，结盟是早期社会的主要政治活动和组织方式。甲骨卜辞有不少殷商与方国结盟的记载，如"丙寅卜，即，贞其牧羊盟子"（《甲骨文合集》22857）、"其盟岳"（《甲骨文合集》29655）、"乙巳卜，中贞：于方非人盟，雨"（《甲骨文合集》24892）等，这些卜辞载录了殷商与子族、岳、方夷结盟之事。结盟有着不言而喻的重要性，而能保证盟约得以遵守的只能是神灵了，所以盟誓一定要祭告。殷商所设"盟室"是否专用于结盟仪式？目前无法确考。西周也有同样的场所设置。《逸周书·尝麦解》载"王命大正正

---

① 此说见于王国维的《史籀篇疏证》："《说文》云：'籀，读（书）也。'又云：'读，籀书也。'古籀、读二字同声同义。又古者读书皆史事……《逸周书·世俘解》：'乃俾史佚繇书于天号。'《尝麦解》：'作筴许诺，乃北向繇书于两楹之间。''繇'即'籀'字。《左传》之'卜繇'，《说文解字》引作'卜籀'，知左氏古文'繇'本作'籀'。《逸周书》之'繇书'亦当作'籀书'矣。籀书为史之专职。"见谢维扬、房鑫亮主编：《王国维全集》第五卷，5 页，杭州，浙江教育出版社，2010。顾颉刚为《逸周书·世俘解》作注时引用了王国维此说，并解释了"天号"："按《周礼·大祝》：'辨六号：一曰神号'，《郑注》：'神号'，若云'皇天上帝'，《尚书纬·帝命验》：'帝者，天号也。'是此句之意，为武王至周庙，命史佚向上帝朗诵书文。"见顾颉刚：《〈逸周书·世俘篇〉校注、写定与评论》，见新建设编辑部编：《文史》第二辑，18 页，北京，中华书局，1963。

刑书"，并论及分官设职之事，"太史乃藏之于盟府，以为岁典"。①
《左传·僖公五年》载："虢仲、虢叔，王季之穆也；为文王卿士，勋在
王室，藏于盟府。"《左传·襄公十一年》载："夫赏，国之典也，藏在盟
府，不可废也。"这两例说明"盟府"到春秋时期仍然存在。"盟府"即卜
辞之"盟室"。由上可知，除了盟约外，"盟室"还收藏典章、赏赐、纪
功等文献。实际上，上古所有的政治行为都基于结盟的思维，分封、
赏赐、诰训甚至分官设职、法律典则等，都涉及权利、责任和义务的
约定，可以看作某种盟约。周初分封伯禽、康叔、唐叔时，除了授土
授民外，还"命以《康诰》和《唐诰》"（《左传·定公四年》），有学者认为
这些"诰"就是约书。② 各类约书实际上也是祭告文献，所以，"盟府"
应该就是商周收藏告策之处。

《周礼·司约》云："凡大约剂，书于宗彝。小约剂，书于丹图。"这
是说，重要的盟约被契刻在青铜器上保存，不太重要的盟约则书写保
存。现存青铜器铭文包括了分封、纪功、受赏、契约等多种内容，这
些都是"大约剂"。而那些记录在"丹图"上的"小约剂"早已湮灭无闻。
还有另一种可能：有铭鼎彝一般都是受到册封、赏赐一方所作，目的
是将这份荣耀祭告祖先，是一种家族文献，那么，应该会有另一份同
样的"约剂"保存在王朝"盟府"中，可能是"丹图"的形式。也就是说，
西周祭告所形成的策，最终保留在彝器铭文或"丹图"之中。周王赐命
和诸侯告命的宗教意义、政治意义并不相同，但它们都有祭告仪式，
也应该有着相同的文献制度。

---

① 李学勤在《逸周书汇校集注·序》中表示，《世俘解》《商誓解》《皇门解》《尝麦解》《祭
公解》《芮良夫解》等篇"均可信为西周作品"（见黄怀信、张懋镕、田旭东：《逸周书汇校集注
（修订本）》，3页，上海，上海古籍出版社，2007）。刘起釪则认为："《程典》……《尝麦》以及
《常训》等十余篇，保存了西周原有史料，其文字写定可能在春秋时。"（见刘起釪：《尚书学史
（订补修订本）》，95页，北京，中华书局，2017）

② 见葛志毅：《试据〈尚书〉体例论其编纂成书问题》，载《学习与探索》，1998（2）。但
这里的"诰"除了包括约定的内容如分封外，还包含了在告祭仪式上周公假借祖先之口的训诫
之辞，内容较"告"更多。

二、"岁典"和"来告"

值得注意的是《逸周书·尝麦解》中"以为岁典"的说法。甲骨卜辞中的"岁"字大多与祭祀有关，用作祭名。[①] 于省吾等人认为，卜辞中的"岁"字原义为斧钺。[②] 那么，"岁"乃一种杀牲以祭的方法。姚孝遂解释"岁"字时说："也用作祭名，同时为用牲的一种方法，相当于'刿'，其义为'杀'。"[③] 卜辞中，岁祭的对象都是祖先。李学勤考察了清华大学所藏的一版历祖岁祭卜辞后表示："当时曾逐日举行先王的岁祭，每次祭祀都设定在和所祭先王的日名相同的日干进行……还有一日祭祀两王的，如戈甲、羌甲，这些都不像后来的'周祭'那样规则。"[④] 晁福林亦指出："岁祭在殷代肯定不是一年一次的大祭，因为'王宾岁'的记载几乎每月都有若干次。"[⑤] 也就是说，殷商的岁祭是一种分割牺牲以祭祀祖先或合祭多位祖先的仪式，时间并不固定。周代仍然有岁祭。《尚书·洛诰》载："戊辰，王在新邑，烝祭岁，文王骍牛一，武王骍牛一。王命作册，逸祝册，惟告周公其后。"晁福林认为"岁祭""似指供奉牺牲以祭"[⑥]，即杀牲祭祖，同于卜辞。但这是西周早期的情况，就整个周代文献而言，"岁"字的含义有了明显的变化。《仪礼·少牢馈食礼》载主人之语曰："孝孙某，来日丁亥，用荐岁事于皇祖伯某，以某妃配某氏，尚飨！"郑玄注曰："荐，进也，进岁时之祭事也。"在郑玄看来，"岁"的含义是"岁时"。后人对"岁时"有两种理解：一是每年，二是四季。潘振解《逸周书·尝麦解》中的"岁典"为"每岁之

① 如裘锡圭云："'岁'也是卜辞常见的祭名，如'丙辰卜，岁于祖己牛'。"见裘锡圭：《古代文史研究新探》，52页，南京，江苏古籍出版社，1992。

② 于省吾：《甲骨文字释林》，67~68页，北京，中华书局，1979。

③ 姚孝遂：《商代的俘虏》，见吉林大学古文字研究室编：《古文字研究》第二辑，353~354页，北京，中华书局，1979。

④ 李学勤：《论清华所藏的一版历祖岁祭卜辞》，见中国文物研究所编：《出土文献研究》第七辑，4页，上海，上海古籍出版社，2005。

⑤ 晁福林：《夏商西周的社会变迁》，407页，北京，北京师范大学出版社，1996。

⑥ 晁福林：《夏商西周的社会变迁》，407页，北京，北京师范大学出版社，1996。

祀典"，庄述祖解为"岁事之常"。① 今人黄怀信亦认为"岁典"是"当年
的重要典籍"②。而连劭名根据对"三礼"等先秦文献的综合考察，认为
岁祭是一年中的常祀，如春礿、夏禘、秋尝、冬烝等。③ 也就是说，
"岁"是四时常祭。现在看来，支持"四时"说的材料有很多，可从《尚
书·洛诰》所谓"烝祭岁，文王……"也显示了岁祭和四时常祭的融合。
我们可以这样理解：相较于殷代而言，周代的祭祀观念发生了很大变
化，变得更有节制，通常是每季一次集中祭祖，一般也不会采取当场
杀牲的祭祀方法，因此"岁"也就由杀牲祭祖变成了四时祭祖。甲骨卜
辞中的岁祭都不含年时的意思，而周代文献中的岁祭大多指四时之祭。
学者们关于"岁"到底是杀牲法还是岁时的争议，是对不同时期材料各
有偏重导致的。

　　"岁典"就是用于四时祭祖的典策。"典"的甲骨文字形像双手捧册
置于几上，其意思是将册供奉起来。卜辞有"癸丑卜……甲寅工典，其
翌……"（《怀特氏收藏甲骨文集》1805）、"癸未卜，王在丰贞……在六
月甲申，工典其酒彡"（《甲骨文合集》24387）等。于省吾释"典"云："指
简册言之。其言贡典，是就祭祀时献其典册，以致其祝告之词也。"④
李孝定也认为"典"所载乃"祝告之词"，同于《尚书·洛诰》所谓"王命作
册，逸祝册"之"册"。郭沫若曰："'叀册用'与'叀祝用'为对贞，祝与
册之别，盖祝以辞告，册以策告。《书·洛诰》'作册逸祝册'，乃兼用
二者。"⑤可见，典、册、策皆指祝告之辞。《逸周书·尝麦解》云"太史
乃藏之于盟府，以为岁典"，是说典策被制作后，要先藏入"盟府"，等
到举行岁祭时再以之祭告先王。为何不能当时就用这些典策进行祭告
呢？从理论上说，能够祭祀祖先的只有王，祝史虽然主持祭告仪式，
却必须有王在场，而王不可能随时入庙祭祀。所以，如非王本人特别

　　① 见黄怀信、张懋镕、田旭东撰：《逸周书汇校集注（修订本）》，750 页，上海，上海
古籍出版社，2007。
　　② 黄怀信：《逸周书校补注译（修订本）》，299 页，西安，三秦出版社，2006。
　　③ 连劭名：《商代岁祭考》，载《考古学报》，2007(2)。
　　④ 于省吾：《甲骨文字释林》，71 页，北京，中华书局，1979。
　　⑤ 郭沫若：《殷契粹编》，343～344 页，北京，科学出版社，1965。

需要或认可，史官会将各种书策存留到四时常祭时再行祭告。如前所引，《尚书·洛诰》中"王在新邑，烝祭岁"一句，王国维在《〈洛诰〉解》一文中云："祝册，犹《金縢》言'册祝'。告者，告于文王、武王也。……王命周公后者，因烝祭告神，复于庙中以留守新邑之事册命周公。"①也就是说，王国维认为"告"是在烝祭文王、武王的仪式上进行的，而烝祭正是常规祭祖仪式之一。同样，春秋诸侯史官"来告"，也要先将书策交与鲁国史官保存，等到四时常祭时，由鲁史再行书策集中祭告。我们相信，鲁国史官的自主书策，也会在四时常祭时集中祭告。

四时常祭集中告神，对当时的政治生活有着重要的意义。《周礼》"大史"条云：

> 若约剂乱，则辟法，不信者刑之。正岁年以序事，颁之于官府及都鄙，颁告朔于邦国。

郑玄注曰："辟法者，考按读其然不。"可见，太史有审查"约剂"执行情况的职责。"颁告朔"，后人一般理解为"授民时"，但这并没有根据。《春秋·文公十六年》载"公四不视朔"，孔颖达疏云："视朔，谓听治月政。"《周礼》言大史"颁告朔于邦国"，贾公彦疏云："视朔者，人君入庙视之。告者，使有司读祝以言之。"也就是说，"告朔"是由"有司"（祝史之官）主持的祭告仪式，于国君而言则称为"视朔"。日人铃木敏弘也不认同"授民时"之说，他认为："周王朝所进行的所谓'告朔'礼大体上是在每月的一日，周天子在圣殿举行听天，并将天意告之诸侯的一种仪式，这种仪式与宗庙祭祀有着密不可分的关系。"②他所理解的"告朔"与"诰"的仪式颇相近。"授民时"每年一次，不会逐月举行，因此与"告朔"之礼无关。无论是以天意告人，还是将人事告神，"告朔"都与祭告有关。那么，《周礼》"正岁年"一句的意思就是：史官安排每年的常规祭祀，并告知官府和各地，将每次告庙的情况告知朝廷。显然，"颁告朔于邦国"，是主持祭告仪式的延伸，体现了神权和政权的结合，客观

---

① 王国维：《观堂集林》（外二种），15页，石家庄，河北教育出版社，2003。
② ［日］铃木敏弘：《中日"告朔"礼比较》，王铁军译，载《日本研究》，2009(3)。

上显示了史官的"辟法"权力。

祭告及"岁典"仪式，是史官书策的制度性依据。我们相信，这一制度形成于西周，并在春秋时期得到发展。春秋礼崩乐坏，一方面使得诸侯国的卿大夫、史官拥有更多的礼仪权力，另一方面也激发起他们维护礼乐的意志。所以，礼乐在卿大夫、史官这个层次得到特别的重视，并被用以体现这一社会阶层的礼仪理想和政治干预。在这种社会背景下，祭告和"岁典"仪式在史官这个层面被制度化，并被赋予了特别重要的意义和新的文化功能。

《左传》中有很多关于"告"的记载，可以分为两类。一部分以"来告"表示，往往与传统的祭告仪式相关，如：

> 齐侯使来，告成三国。（《左传·隐公八年》）
> 晋侯使以杀大子申生之故来告。（《左传·僖公五年》）
> 王使以周公之难来告。（《左传·成公十二年》）

另一部分是告知的意思，是诸侯国或大夫之间就某事相互通告，为一般性的外交或其他活动的记述，通常用"告于"表示，如：

> 巴子使韩服告于楚，请与邓为好。（《左传·桓公九年》）
> 杞子自郑使告于秦。（《左传·僖公三十二年》）。

《左传》言"来告"者，其内容大多数也见于《春秋》，可见"来告"即指来鲁告命；而言"告于"者，其内容大多数不见于《春秋》，不是告命行为。[1] 比较典型的是《左传·隐公五年》的记载：

> 宋人取邾田。邾人告于郑曰："请君释憾于宋，敝邑为道。"郑

---

[1] 据笔者统计，《左传》载录"来告"20次，见于《春秋》经文14次。其不见于经文的6次"来告"中，成公二年、成公十三年、哀公十四年、哀公十六年4次出自人物转述，不是关于"来告"的正式载录。另有2次无经。《左传》载录"告于"26次，除鲁国自身有"告于"而书经5次外（鲁国祭告不可能用"来告"表示，如桓公二年《传》载"公至自唐，告于庙也"，《经》曰"冬，公至自唐"等），其余21次记载中有4次见于《春秋》。因此，大抵可以判断"来告"都会载策，而"告于"只是一般的叙述性语言，少数例外可能是在编订、流传过程中造成的。此外，春秋礼崩乐坏，僭越现象很多，霸主和从属国之间、诸侯国之间都有可能告命。

人以王师会之，伐宋，入其郛，以报东门之役。宋人使来告命。
公闻其入郛也，将救之。问于使者曰："师何及？"对曰："未
及国。"

与这个记载相对应的《春秋》经曰："邾人、郑人伐宋。"对比可知，
《左传》中的邾人"告于"郑是叙述语，而宋人"来告命"表示来鲁祭告，
因此被史官载策。特别值得注意的是"来告命"的组合，表示"来告"和
"告命"的联系，"告命"是仪式性的，而《左传》中未出现"告命于"的组
合。由上可知，诸侯国"来告"鲁国，是《春秋》载录的最为重要的根据，
而一些未被《春秋》载录的大事，很有可能就是不曾"来告"。

诸侯史官"来告"制度源于祭告仪式，目的也在于祭告。但春秋毕
竟不再是一个礼制森严的社会，"来告"的仪式性、神圣性也很难得到
完全的保证。史官有可能在"告命"或"来告"的启发下，将载录转变为
职业权力和习惯。《左传·僖公七年》曰："夫诸侯之会，其德刑礼义，
无国不记。记奸之位，君盟替矣。作而不记，非盛德也。"《国语·鲁语
上》云："君举必书，书而不法，后嗣何观？"这些关于载录的观念中，
就不再强调其与祭告的关系了，说明史官载录逐渐职业化有其现实的
目的。《左传·成公二年》载，晋于鞌之战胜齐，晋景公派大夫巩朔献
捷于周。周王认为"蛮夷戎狄，不式王命，淫湎毁常，王命伐之，则有
献捷"，而齐乃"甥舅之国"，听任晋国献捷是"废旧典以忝叔父"，但又
不敢得罪晋国，就将献捷礼改为告庆礼，并"以巩伯宴，而私贿之"。
周王自知改礼和"私贿"亦不妥，"使相告之曰：非礼也，勿籍"。杨伯
峻注曰："谓此种接待不合于礼，嘱其不记载于史册。"讲究礼制的周王
能够建议史官不再就事书策，说明书策的神圣性已经大大弱化了。在
这种情况下，书策和告命中的仪式规范就会逐渐松弛。如《春秋·隐公
十年》载：

宋人、卫人入郑。宋人、蔡人、卫人伐戴。郑伯伐取之。

这是围绕一个事件收集多方面信息而写成的，不是一个典型的祭告书
策。此外，我们还能在一些"来告"中看到"多余"的信息，如：

王使来告难，曰："不毅不德，得罪于母弟之宠子带，鄙在郑地氾，敢告叔父。"(《左传·僖公二十四年》)

臧孙如防，使来告曰："纥非能害也，知不足也。非敢私请！苟守先祀，无废二勋，敢不辟邑！"(《左传·襄公二十三年》)

这两个"来告"中都包括了事件发生的原因，有违祭告法则。实际上，《春秋》经文也只是依照惯例书策为"天王出居于郑""十月，乙亥，臧孙纥出奔邾"，不包括"来告"中的解释性信息。这些事实说明，《春秋》载录并非皆是严格的祭告载策，史官载录有职业化的趋势。因此，"来告"可能不是史录的唯一来源。上例还能说明，史官开始关心事件的原因了，"来告"的宗教意义逐渐淡薄，职事或现实政治的意义则逐渐加强。

总体来说，祭告和"来告"有着悠久的传统，是书策的制度性依据，也是书策的主要形成方式。春秋时期，史官载录自主性增强、目的多样，但相信他们依然会按惯例祭告或告鲁，从而保证书策的权威性，并以此种方式汇聚书策。① 而认为"来告"只是各国史官之间的相互转告或通报，则是不全面的。

根据以上对于"告""盟府""岁典""来告"等资料的梳理，我们可以拟出一个渊源有自的传统，它包含如下内容：第一，上古祭告在社会和政治生活中十分重要，祝史是祭告的主持者，祭告的对象主要是祖先，周朝祭告通常假岁时常祀举行；第二，祭告的内容包括结盟、分封、征伐、立法、奖赏、律令、纠纷裁决、婚娶、出行、祭祀等一切重要事务；第三，史官书策"以为岁典"，就是将"约剂"付诸神灵的监督和裁决；第四，西周时期多"策命"，而春秋时期主要为"告命"，两者有着相同的仪式形态；第五，这一传统赋予史官维护礼制、批判社会的权力。

---

① 参见过常宝：《先秦散文研究——早期文体及话语方式的生成》，127 页，北京，人民出版社，2009。

三、"鲁之《春秋》"及其编纂

《左传》中无鲁国史官往他国告命的记载，对其他诸侯国之间相互告命虽偶有记载，但这是对礼制的僭越，是不正常的情况。一般说来，春秋时期的"来告"特指其他诸侯国史官以"诸侯之策"赴鲁国告命，这种礼制是如何形成的呢？

殷商时，诸侯或归附方国需将自己的祭祖权交给殷王，而殷王亦凭此祭祀权力来控制诸侯或归附方国。① 盘庚迁都时训诫"民众"云："兹予大享于先王，尔祖其从与享之。"又云："汝有戕，则在乃心。我先后绥乃祖乃父，乃祖乃父乃断弃汝，不救乃死。"这些话表明，"民众"祖先的神灵已被安置在殷商太庙中，盘庚在祭祀自己的祖先时会连带祭祀"民众"的祖先，并在祭祀中报告他们后人的所作所为，从而通过这些神灵对"民众"施行赏罚。

周行宗法制，周王和同姓诸侯同宗共祖。周王为大宗，设太庙，专有对宗族共祖的祭祀权，诸侯可在周王祭祖时助祭。诸侯为小宗，只能在国内设置本宗的祖庙，但鲁国却可自主使用天子祭仪。《礼记·明堂位》云："……鲁君孟春乘大路，载弧韣，旂十有二旒，日月之章，祀帝于郊，配以后稷，天子之礼也。"又云："凡四代之服、器、官，鲁兼用之。是故鲁，王礼也，天下传之久矣。"这一制度到春秋时仍然得以保留。《春秋·僖公八年》载："秋，七月，禘于大庙。"《左传·襄公十年》载："鲁有禘乐，宾、祭用之。"太庙和禘祭都是天子礼制，在其他诸侯国为僭越，而在鲁国却被称许为"不弃周礼"。鲁国为何能拥有天子礼仪特权呢？《礼记·明堂位》云："成王以周公为有勋劳于天下，是以封周公于曲阜，地方七百里，革车千乘，命鲁公世世祀周公，以天子之礼乐。"《礼记·祭统》云："昔者周公旦有勋劳于天下，周公既没，成王、康王追念周公之所以勋劳者，而欲尊鲁，故赐之以重祭。外祭则郊、社是也，内祭则大尝禘是也。"也就是说，周公因有大功，

---

① 王晖、吴海：《论周代神权崇拜的演变与天人合一观》，载《陕西师范大学学报（哲学社会科学版）》，1998(4)。

被认为有天子之德，成王特许其后代祭之以天子之礼。也有人认为鲁国的天子之礼是专用于祭祀先祖周文王的，如《史记·鲁周公世家》云"成王乃命鲁得郊祭文王"。无论是祭祀周公还是祭祀文王，都使得鲁国拥有太庙，可以禘祭、郊祀，行天子之礼仪。

事关诸侯本人，首先要在本国宗庙祭告，其次再赴太庙祭告。相对于诸侯，大夫、世家又为小宗，只能在族庙和诸侯宗庙中祭告。前所引晋太史董狐书策后"示于朝"，齐国史官宁可一死也要在特定地点执简宣示"崔杼弑其君"，所反映的应该都是本国告庙或"颁告朔"仪式。所谓"诸侯之策"就是指诸侯宗庙里的祭告书策。涉及诸侯王或诸侯国之间的大事，则需要到太庙祭告。也就是说，诸侯有命，既可到周王太庙"来告"，也可到鲁国太庙"来告"，还有可能两处皆"告"，周和鲁也可能互相"告命"。如《左传·昭公十八年》载郑国火灾，子产"使祝史徙主祏于周庙，告于先君"，即在周庙行祭告之礼。太庙中的祭告仪式由天子史官或鲁国史官主持，告辞也由天子史官或鲁国史官书策保存。归顺于周人的他姓诸侯亦会将自己祖先的祭祀权交给周王，从而使得周人宗庙也为异姓诸侯所宗，因此宋、齐等国亦会"来告"。所以，只有周策和鲁策才包括各诸侯国的告辞。《史记·十二诸侯年表》载，孔子为编次《春秋》"西观周室"而"兴于鲁"，也能从侧面说明两处书策的权威性和全面性。

《墨子·明鬼下》提到了"百国《春秋》"，包括"周之《春秋》"、"燕之《春秋》"、"宋之《春秋》"和"齐之《春秋》"；《孟子·离娄下》提到了"晋之《乘》、楚之《梼杌》、鲁之《春秋》"。现在看来，"周之《春秋》""鲁之《春秋》"和其他各诸侯国之《春秋》不处于同一个层次。其他各诸侯国之《春秋》即所谓"诸侯之策"，原则上不会载录他国的史事，我们可从秦、晋二国史书中窥见一斑。司马迁撰《史记》时感慨秦烧天下诗书，诸侯史记尽失，"独有《秦记》"，"太史公读《秦记》，至犬戎败幽王，周东徙洛邑，秦襄公始封为诸侯，作西畤用事上帝，僭端见矣"，可惜《秦记》"不载日月，其文略不具"。金德建从《史记》中摘出16则材料，指出《秦记》开始于秦文公十三年，比《春秋》还要早30多年，而内容也仅限于秦国，且多荒诞不经之语。① 杜预介绍晋太康年间出土的《竹书纪年》："其《纪年》篇起自夏、殷、周，皆三代王事，无诸国别也。唯特记晋国，起自殇叔，次文侯、昭侯，以至曲沃庄伯。庄伯之十一年十一月，鲁隐公之元年正月也，皆用夏正建寅之月为岁首。编年相次，晋国灭，独记魏事，下至魏哀王之二十年。盖魏国之史记也。"② 以上两书皆属"诸侯之策"，它们主要记载本国之事，说明没有形成他国史官到秦、晋等国"告命"的制度。

西周早期，周公制礼作乐、以神道设教，祭告礼受到空前的重视。周公教化成王、诸侯、大臣等，主要是在祭告礼上进行的。周公之后，由于缺少有魅力和政治远见的宗教领袖，祭告中教化的内容大大减少，但告庙和告朔礼仍然在政治生活中起着重要的作用。春秋礼崩乐坏，周天子和鲁国的告庙礼已经现出松懈的状况，《春秋》载鲁文公"四不视朔"，《论语》载子贡"欲去告朔之饩羊"。此外，西周礼制赋予天子和鲁国的特权被强权所觊觎，《左传·昭公三年》载晋国规定各附属国"三岁而聘，五岁而朝，有事而会，不协而盟"，就是一种礼制上的僭越。《左传·昭公二十年》载："卫侯告宁于齐，且言子石。"所谓"告宁"是一种典型的祭告仪式。卫国原为康叔所封之地，理应以周天子为宗，但因为弱小而不得不和晋国结盟，后来又听命于齐国，这才有"告宁于齐"的行为，而齐史也可能将此次"来告"书策。这种行为导致了告礼地位的下降，也导致了"诸侯之策"载录范围的扩大。

二百四十二年所积攒的鲁策，在春秋末年被编订为《春秋》，一般认为编订者为孔子。《孟子·滕文公下》云："世衰道微，邪说暴行有作，臣弑其君者有之，子弑其父者有之，孔子惧，作《春秋》。"《史记·十二诸侯年表序》云："是以孔子明王道，干七十余君，莫能用，故西观周室，论史记旧闻，兴于鲁而次《春秋》。"从现有材料来看，孔子在春秋末期可能对《春秋》做过整理工作，并使《春秋》走下神坛，作为教化文

---

① 金德建：《司马迁所见书考》，419 页，上海，上海人民出版社，1963。
② 杜预所见《竹书纪年》在宋时已散佚，现存《竹书纪年》是后人收集整理而成的，内容包含了晋、魏以外的诸侯国史事，但应该不是原始面貌。

献在社会上传播。因此，孔子对《春秋》的编纂和传播有着重要的贡献。

　　春秋史官对祭告的载录，将事件系于王年、月直至干支日下，时间信息较为具体，这为它的编次创造了最基本的条件。而此前的载录，如殷商甲骨卜辞，在大多数情况下只记载占卜或祭祀的干支日，如"戊子卜，何，贞王其田，往来亡灾"（《甲骨文合集》28474）、"己丑卜，其雙众告于父丁一牛"（《甲骨文合集》31995）。卜辞中，王年的记载通常用"祀"来表示。如"癸丑卜贞：今岁受禾，弘吉。在八月，佳王八祀"（《殷契粹编》896），其中"佳王八祀"虽然可以看作纪年，但所指的是第八次祭祀。① 显然，对于殷商巫史来说，干支日决定着祭祀的次序，是祭祀对象本身的属性，因此具有重要的意义，而年代则没有这样的意义。西周铭文中月份记载增多，如早期的静方鼎有"佳十月甲子"，中期的丰卣有"佳六月既生霸乙卯"等。到西周中晚期的铭文中，纪年逐渐增多，如走马休盘有"佳廿年正月既望甲戌"、史颂鼎有"佳三年五月丁巳"等。这些年月时序不是仪式不可或缺的一部分，它可能出于世俗"记忆"的目的或是印证、稽核的需要等。此外，载录时间还可能是史官出于保存、检索的目的，是一种职业性行为。

　　《春秋》的基本记事时序是年月日，反映了自西周以来史官著录的发展趋势。但《春秋》似乎更加突出季节性时序，显示出以四季为单元的编次痕迹。《春秋·隐公元年》曰"元年春王正月"，此后不载录任何事件。这个现象不但绝非个别，而且很有规律，都只出现在四季的开始月。元人李廉云：

　　　　无事书"春正月"者二十四，自隐元年始；书"夏四月"者十一，自桓九年始；书"秋七月"者十七，自隐六年始；书"冬十月"者十一，自桓元年始。②

　　① 陈双新认为这里的"祀"反映的是殷商周祭的周期，"与太阳年之数基本上是相合的"，故可成为"年"的代称。见陈双新：《祀、年、岁、载——上古记年词语的综合考察》，见教育部语言文字应用研究所编：《语言文字应用研究论文集》Ⅱ，70 页，北京，语文出版社，2004。也就是说，卜辞中的"佳王八祀"之"祀"不是严格的太阳年。

　　② （元）李廉：《春秋诸传会通》，见《景印摛藻堂四库全书荟要》经部第 39 册，374 页，台北，台湾世界书局，1985。

这种现象非常特殊，不可能是脱简造成的，因为太有规律了。《榖梁传·桓公元年》释"无事书"云："无事焉，何以书？不遗时也。《春秋》编年，四时具而后为年。"这段话有两层意思：其一，"四时"在春秋时期有着重要的观念性意义，它所体现的是化生万物的天意，因而也是人事活动的法则，人需严格遵守四时的规律来行事，这在春秋时期表现为"时也"或"不时"的价值判断；其二，"四时"被书录是史官的"编年"行为，是自觉的持续性文献活动的结果，也就是说，"四时"在史官眼里是最为基本的具有意义的时间单位，将这个时间单位标记出来，才能形成"编年"。可是，史官只是仪式主持者，不可能凭空产生"编年"的动机，那么，无事而书"四时"的"编年"意识是怎样形成的呢？

因殷商卜辞中未见"夏""冬"二字，有学者认为当时一年只分为春、秋二季。① 随着对甲骨卜辞"四方风名"研究的加深，当代学者倾向于认为殷商时已有四时的观念。② 甲骨卜辞不见"夏""冬"，可以说明殷商并无四时祭祀制度。那么，四时祭祖的制度形成于何时呢？汉代学者认为形成于西周、春秋时期。如《诗经·鲁颂·閟宫》："春秋匪解，享祀不忒。"郑玄笺曰："春秋，犹言四时也。"《诗经·小雅·天保》："禴祠烝尝，于公先王。"毛传云："春曰祠，夏曰禴，秋曰尝，冬曰烝。"但颇多学者不认可这一成说，如沈文倬说："《那》与《楚茨》的'以往烝尝'，都是祭祀现场的描写，烝尝连文，不能说既是烝祭，又是尝祭，只能作'奉进祭品给祖先尝新'解。"③因此，烝尝在周初只是祭法。刘源认为，"《春秋》经传中没有祠、礿，且烝、尝多违时"，"金文中祠、禴、尝、登（烝）都出现过，但却很难与四时之祭联系起来"。④ 因此，四时之祭的说法是战国之后的发明。但是，以上所讨论的实际上是祠、禴、尝、登（烝）作为四时常祭之名的问题，而非四时祭祖的问题。一般说来，周人既然有清晰的四时观念，则必然也会发展出四时

---

① 于省吾：《岁、时起源初考》，载《历史研究》，1961(4)。
② 李学勤：《商代的四风与四时》，载《中州学刊》，1985(5)。
③ 沈文倬：《菿闇文存——宗周礼乐文明与中国文化考论》上册，359 页，北京，商务印书馆，2006。
④ 刘源：《商周祭祖礼研究》，60～61 页，北京，商务印书馆，2004。

祭祖的制度。《诗经·鲁颂·闷宫》所谓"春秋匪解，享祀不忒"，反映了鲁国岁时祭祖的规制，郑玄以"春秋"为"四时"的解释应该没有问题。所以，春秋时期，至少在鲁国已经形成了四时常祭的岁祭制度。根据《逸周书·尝麦解》，四时祭祖时史官会举行祭告仪式，即"以为岁典"。

岁祭和"无事书"有什么关系呢？就常理而言，鲁国国君自己有祭告之需要，可随时举行。而其他诸侯国的"来告"以及鲁国史官平时的自主性书策，则只能利用岁祭而集中祭告。岁祭于每季首月举行，那么该月可能作为岁祭的重要环节而被书策，或者作为集中祭告的提示性语言而被书策。可以肯定的是，正是岁祭赋予史官书策以"四时"的节奏，从而出现"无事书"四时的现象。利用岁祭进行祭告，需将三个月所积攒的"来告"一次性祭告祖先，故需要对这些"来告"进行编次。从《春秋》来看，它们是按月日顺序排列的，这就是"数典"。可以说，岁祭中的祭告仪式是书策以四时编次的根源。在这一基础上，才形成了"四时具而后为年"的编年实践和历史意识。岁祭活动中所形成的书策编次，为孔子编订《春秋》奠定了基础。

鲁国史策为什么会被称为"春秋"呢？《孟子·离娄下》云："晋之《乘》，楚之《梼杌》，鲁之《春秋》，一也。"可见晋、楚、鲁皆有史策传世，只是名号不同而已。"乘"之名义不得而知，而"梼杌"可略而论之。赵岐注"梼杌"曰："'梼杌'者，嚚凶之类，兴于记恶之戒，因以为名。"这一说法对后世影响很大，其来源是《左传·文公十八年》中的一段话："颛顼氏有不才子，不可教训，不知话言，告之则顽，舍之则嚚，傲很明德，以乱天常，天下之民谓之梼杌。"此外，《国语·周语上》云："商之兴也，梼杌次于丕山。"从这两段话来看，"梼杌"本是颛顼之子。贾逵和韦昭都认为此"梼杌"即鲧，而鲧在《尚书·尧典》中名列"四罪"。显然，梼杌是一个被征服民族的象征，将它塑造成一个凶恶的形象是文化冲突的反映，它应该处于中原民族的外围。《左传·昭公九年》载："先王居梼杌于四裔，以御螭魅。"而颛顼是楚人的先祖，《离骚》首句云"帝高阳之苗裔"，其中的"高阳"即是颛顼，因此梼杌也是楚人的先祖。楚国史策以"梼杌"命名，反映了它是祭告祖先的产物。

至于鲁国史策被命名为"春秋"，则与岁祭仪式有关。岁祭是春夏秋冬四时常规之祭，郑玄注《诗经·鲁颂·闷宫》"春秋匪解，享祀不忒"云："春秋，犹言四时也。"则四时常祭可称为"春秋"。又《左传·襄公十三年》载，楚共王与大臣讨论自己死后的谥号时说："唯是春秋窀穸之事，所以从先君于祢庙者，请为'灵'若'厉'。"《国语·楚语上》亦有类似的内容："唯是春秋所以从先君者，请为'灵'若'厉'。"韦昭注"春秋"曰："言春秋禘、祫，当以立谥，序昭穆，从先君于庙堂也。"此处的"春秋"指祢庙之祀，亦即四时祭祖。我们可以得出推论："春秋"在当时可指四时祭祖，而四时祭祖中祭告之礼是史策文献形成和编次的关键环节，这是"春秋"作为文献名称的来源。

第三节 《春秋》的叙事方式与史官的话语权力

《春秋》包含了二百四十二年的鲁策，经过十数代史官的累积，现在看来，其撰写体制较为稳定。后世学者对《春秋》文体风格的描述一般用"简"这个概念，刘知幾在《史通·叙事》中云："夫国史之美，以叙事为工，而叙事之工者，以简要为主。简之时义大矣哉！……《春秋》变体，其言贵于省文。"①但是，《春秋》似乎"简"得有些过分了。东汉桓谭曰："《经》而无《传》，使圣人闭门思之，十年不能知也。"②如果"简"到不能理解的程度，就不能再将其看作一种文体风格了。具体说来，《春秋》所谓"简"主要表现在两个方面：一是不载录事实过程；二是不作任何评判，只有特别简略的陈述。如隐公元年只记"郑伯克段于鄢"六个字，人物关系、事情起因、发生过程等阙如。如果没有《左传》，后人的确无法知晓"郑伯克段于鄢"到底意味着什么。《春秋》所有的记载都是如此，它一定不是出于对某种表述风格的追求。那么，如何解释《春秋》这种独特的文体现象呢？

----

① （唐）刘知幾撰、（清）浦起龙释：《史通通释》，168 页，上海，上海古籍出版社，1978。

② （清）严可均辑：《全后汉文》，132 页，北京，商务印书馆，1999。

　　史官书策无论是在西周还是在春秋时期，也无论书策者的动机为何，其本质仍然不能脱离宗教仪式，是宗教仪式的一部分。策是人神交往的媒介，它的撰写体制、文体风格都必须符合这一特定的情境。在宗教情境中，一切裁决和赏罚权力归于神灵，人们只能以禁忌和敬畏而非理解的原则来遵循某些行为准则、接受天命，即使是通天人之际的祝史，也无权代神进行裁决。所以，当郑庄公和大叔段的战争爆发后，史官需就郑庄公出征、大叔段出亡等事祭告周族祖神，"郑伯克段于鄢"所表达的就是禁忌思维的特点。而一旦指出原因、发展过程，实际上就是对事实作出了判断，也就违背了宗教的原则。正是这样的情境，导致了《春秋》特殊的表达方式和"简"的文本特征。

　　文笔之"简"是与理义之"丰"相对而言的，后人相信《春秋》包含着深刻而复杂的"大义"。孟子所谓"孔子成《春秋》而乱臣贼子惧"，说的也是《春秋》文本的社会裁决功能。但一个不提供原因、不叙述过程、不作任何评论的极简之陈述，为什么能具有如此强烈的政治效应呢？《左传·襄公二十年》载：

> 卫宁惠子疾，召悼子，曰："吾得罪于君，悔而无及也。名藏在诸侯之策，曰：'孙林父、宁殖出其君'。君入则掩之。若能掩之，则吾子也。若不能，犹有鬼神，吾有馁而已，不来食矣。"悼子许诺，惠子遂卒。

宁殖曾参与放逐国君，其事被本国史官书策，他因害怕鬼神的责罚，死不瞑目。显然，书策意味着史官祭告，而祭告过程就是呈请鬼神鉴证的过程，鬼神之罚才是宁殖恐惧的原因，也是所有的"乱臣贼子惧"的原因。祭告的传统和对鬼神的恐惧意识，给史官提供了维护礼制的权力和手段，因此春秋史官特别重视以诸侯非礼行为书策、告命。如隐公五年，史官书"公矢鱼于棠"。此"棠"为鲁宋两国交界之地，"矢鱼"可能是某种民间仪式。《左传·隐公五年》云："书曰'公矢鱼于棠'，非礼也，且言远地也。"这个告命不是国君的旨意，它体现了史官自觉监督、审判社会的意识。

　　《周礼》谓太史"辟法，不信者刑之"，即看到了祭告传统所赋予史官的社会审判之权力。史官无行政和司法之权，所谓"辟法"只能通过书策和告命仪式，依靠神明以"辟法"。诸侯、贵族等对史官书策的敬畏，会激励史官主动、积极地告命和"辟法"。在那个礼崩乐坏的时代，史官的社会角色开始发生转变，从仪式职业人员变成了维护礼乐制度的斗士。上文所举晋太史董狐和齐太史兄弟等，就是很好的例证。在宗教传统中，史官的书策和告命只是一种天人之间的中介行为，可以称之为"见证"。但春秋史官积极地以诸侯、大夫的非礼行为书策，就是一种明显的"指证"行为了。

我们以《春秋》盟誓书策为例，来说明史官"指证"的方式和意义。《穀梁传·隐公八年》言："诰誓不及五帝，盟诅不及三王，交质子不及二伯。"范宁释曰："世道交丧，盟诅滋彰，非可以经世轨训，故存日以记恶，盖《春秋》之始也。"他认为盟誓盛行于春秋时期是礼崩乐坏的结果。其实古来即有盟誓，但到春秋时期渝盟现象增多，导致滥盟。所以，史官记录盟誓几近于"记恶"，尤其是有关渝盟的书策，体现了史官维护礼仪、忠于职守的主体精神。《左传·僖公二十八年》载，晋侯在城濮之战后献俘于王，周王策命晋侯为侯伯，并告诫晋侯："敬服王命，以绥四国，纠逖王慝。"后又盟于王庭，其辞云：

> 皆奖王室，无相害也！有渝此盟，明神殛之！俾队其师，无克祚国，及而玄孙，无有老幼！

策命和盟誓仪式中都有"尊王"的约定，书之于策，"藏于盟府"。不久，晋侯大会诸侯于温，"召王，以诸侯见，且使王狩"。这显然有违此前的约定。虽然天子并没有要求和晋侯对质，但史官出于对盟约的责任，以"天王狩于河阳"告庙，除了显示事件的非礼性质外，也揭发了晋侯没有遵从"敬服王命"的盟约。史官将这个渝盟事件呈告给"明神"，期望神灵能够降罪于"不信者"，这就是史官的"辟法"。

史官的告命和辟法，在性质上同于一个盟誓中的立盟和渝盟。所以，我们可以将史官的载录分为立盟式和渝盟式两类，举例如下：

> 十有一年，春，正月，齐人、卫人、郑人盟于恶曹。（《左

传·桓公十一年》)

十有三年，春，二月，公会纪侯、郑伯。己巳，及齐侯、宋公、卫侯、燕人战。(《左传·桓公十三年》)

宋人以齐人、蔡人、卫人、陈人伐郑。(《左传·桓公十四年》)

这三则书策以郑国为中心，却牵涉多个诸侯国，记述了它们在几年间的结盟、争战。第一则是立盟式书策，后两则都是针对第一则的渝盟式书策，暗含"明神殛之"的吁请。如果我们将眼光从"盟"扩大到"礼"，立盟同于合礼，而渝盟同于非礼，那么《春秋》中几乎所有的书策都可以归为这两类。如《春秋·隐公元年》所载：

三月，公及邾仪父盟于蔑。（立盟式）

夏，五月，郑伯克段于鄢。（渝盟式）

秋，七月，天王使宰咺来归惠公、仲子之赗。（立盟式）

九月，及宋人盟于宿。（立盟式）

冬，十有二月，祭伯来。公子益师卒。（立盟式）

除了人事外，史官还载录灾异，如《春秋·隐公三年》载："三年，春，王二月，己巳，日有食之。"灾异被认为是神灵意志的体现，通常是为了警示周王或诸侯，是"明神殛之"的表现，也可看作渝盟式书策。

所有的告命都是一种"见证"行为，史官不能代替神灵作出评判，因此书策不会有对事实的解释和评判。但春秋史官已经将"见证"行为发展为"指证"行为，必然包含着鲜明的立场。所以，在书策从立盟延伸到渝盟、从"约"延伸到"礼"的过程中，我们能感觉到史官以礼制裁决天下的意志和激情。更进一步地说，史官期待能够直接在书策中裁决人物和史事，但他们只能在天人之间上传下达，并没有解释和评判的权力。于是，在遵从不解释、不评价的载录法则的前提下，史官通过特殊的记述方式委婉地表现出是非判断，就形成了"春秋笔法"。

春秋史官选择不正常之事主动告命，此为"书法"之"常事不书"。如《春秋·桓公四年》载："四年春正月，公狩于郎。"《公羊传》释曰：

狩者何？田狩也。春曰苗。秋曰蒐。冬曰狩。常事不书，此

> 何以书？讥。何讥尔？远也。诸侯曷为必田狩？一曰干豆，二曰宾客，三曰充君之庖。

"常事"就是四季常规礼仪，本身不必祭告，因此史官不应书策。而鲁桓公狩非其地，违背了礼仪规范，所以被史官"指证"出来。再如《春秋·桓公十八年》载："冬十有二月己丑，葬我君桓公。"《穀梁传》释曰：

> 君弑，贼不讨，不书葬，此其言葬，何也？不责逾国而讨于是也。

弑君之贼未惩，亡灵不能得到安抚，不应匆忙下葬，即使不得已而入葬，也不会告庙。史官主动以葬礼祭告，目的就是为了"指证"当权者的"贼不讨"行为。

与"常事不书"相对的"隐而不书"，实际上是以拒绝告命的方式，否认"盟约"的合法性，如鲁史在隐公元年没有将隐公即位书策，《左传》解释说"摄也"。也就是说，鲁隐公实际上是篡位，属非礼行为，所以史官以拒绝告命来表示自己的态度。而"天王狩于河阳"的书策，同时体现了"常事不书"和"隐而不书"的"书法"原则。《左传·僖公二十八年》载：

> 是会也，晋侯召王，以诸侯见，且使王狩。仲尼曰："以臣召君，不可以训。"故书曰："天王狩于河阳。"言非其地也。且明德也。

就这则书策而言，"狩"为"常事"，史官书策以"指证"天王狩非其地。在这一事件中，史官不以晋侯与周天子、其他诸侯的盟约告命，意在不承认这一盟约的合礼性。又如《春秋·襄公三十年》载："晋人、齐人、宋人、卫人、郑人、曹人、莒人、邾人、滕人、薛人、杞人、小邾人会于澶渊，宋灾故。"这是一个关于结盟的告辞，但内容不完整。《左传·襄公三十年》解释说：

> ……及小邾之大夫，会于澶渊。既而无归于宋，故不书其人。……书曰"某人某人会于澶渊，宋灾故"，尤之也。不书鲁大

　　夫，讳之也。

澶渊之盟达成了为宋赈灾的盟约，但没有任何一个诸侯国愿意兑现，史官在告命时故意以残缺的方式提示这一盟约的缺陷。残缺的也可以是人物的爵号名氏，如《春秋·隐公四年》载：

　　　　翚帅师会宋公、陈侯、蔡人、卫人伐郑。

史官直接称"翚"是不正常的，《公羊传》释曰："翚者何？公子翚也。何以不称公子？贬。曷为贬？与弑公也。"史官以简省爵号的方式提及某人，目的仍然是在不改变告命规则的前提下间接地表达自己的态度。"常事不书"和"隐而不书"的书策思路基本相同，都是通过有无之间的错位"指证"事实的非礼性。① "常事不书"和"隐而不书"要求读者必须知道礼制规则和被隐藏起来的事实，并有能力作出是否合礼的判断。只要当事者、当世知情者理解这些书策所隐含的意义，并相信神灵也同样知晓，史官的"执法"愿望就实现了。

　　此外，在维护书策固有表达方式的同时，史官会通过使用某一特定的字或改变某一个正常使用的字来暗示自己的态度，这就是"一字褒贬"。如杀君曰"弑"，即表达对所有杀君行为的谴责。但弑君的情况又不可一概而论，史策因而多有变化，所谓"称国以弑，目大臣也，不书大夫，君无道也；称人以弑，目贱人也，亦恶其君也；称盗以弑，非君之恶也"②，这就是结合了"一字褒贬"和上文所说"隐而不书"的"书法"原则，目的是区分弑君行为中各方的责任。

　　书策和告命的传统中，一直就包含着神灵的鉴证和裁判，对社会行为起着监督和约束的作用。在宗教礼仪具有震慑力的时代，史官隐身在神灵背后，只是以自己的职事技艺引导仪式的完成，默默地延续着神圣传统。到了礼崩乐坏的时代，史官不得已而通过书策现身，积

---

① "隐而不书"的内容也可能是在编纂过程中被删除的，那么，同时阅读过原始文本和编纂文本的读者，会从这个差异性中理解"书法"的审判意义。

② （唐）陆淳：《春秋啖赵集传纂例》，见王云五：《丛书集成初编》第3637册，146页，上海，商务印书馆，1936。

极裁判现实，成了礼乐文化的卫士。史官之所以能有这样的信念和权力，就在于其所凭依的神圣传统、在于其所发明的各种"书法"。祭告仪式和"书法"有着奇特的关系：首先，两者相互依存，祭告仪式赋予书策以神圣权力，"书法"附着于书策，被用来维护礼制传统；其次，"书法"实际上是对史官书策规则的突破，在一定程度上逾越了宗教礼制。正是这小小的突破和逾越，开启了春秋史官思想解放的闸门。春秋史官在"书法"中所建立起来的各种理性精神、批判意识，超越了自身的传统，为《左传》《国语》等铺平了道路。可以说，《春秋》显示了一个知识阶层的主体自觉，推动了社会文化向理性主义的转型和发展。

第四节　史官"传闻"制度与《左传》的生成

《春秋》经、传相辅相成。经以大义行，其叙述特点是微言而止，不关心史事的起因、发展过程以及影响，只是针对礼仪制度呈现史事的片断现象，因此被视为"断烂朝报"。而《左传》叙事俨然，特别关注史事的过程，尤其关注导致严重后果的微小原因，反映了发展了的社会文化和思维特点。显然，《左传》史料不来自《春秋》，而是自有其渊源。春秋史官之所以能有与《春秋》迥异的另一套撰录系统，与他们的"传闻"制度有关。面对春秋时礼崩乐坏的现实，史官很难继续凭着仪式性载录来裁决天下，维持天人秩序。因此，他们必须改革传统的撰史方法，使其更符合并有利于新的意识形态建设，这就导致了《左传》和《春秋》在叙事逻辑上的明显区别。《左传》的叙事逻辑体现了原始宗教文化和理性文化交融混合的特点，而以理性文化为主。它关注史事的动机、过程和后果，也就必然要关注史事的细节。当然，《左传》的话语权力还必须要靠时时回顾原始宗教文化因素来维护。因此，在《左传》中，原始宗教文化仍然有其重要的地位。意识形态的差别也导致了叙事方法的改变，《左传》中的虚饰行为与史官的因果信念有关，所以，重新认识《左传》中的"虚构"对我们理解《左传》的文化逻辑、文化意义和叙事成就都有很大的帮助。

司马迁在《史记·十二诸侯年表序》中解释《左传》的缘起时说：

> 是以孔子明王道，干七十余君，莫能用，故西观周室，论史记旧闻，兴于鲁而次《春秋》，上记隐，下至哀之获麟，约其辞文，去其烦重，以制义法，王道备，人事浃。七十子之徒口受其传指，为有所刺讥褒讳挹损之文辞不可以书见也。鲁君子左丘明惧弟子人人异端，各安其意，失其真，故因孔子史记具论其语，成《左氏春秋》。

从理论上说，《春秋》由于自身体例的限制，虽备"王道""人事"，却终究隐而不彰，其中的大义应有相应的著述予以发掘、阐释。《春秋》三传就是这一逻辑发展的结果。但后人对司马迁的这段话多有疑问，问题集中在以下两个方面。第一，子曰："巧言、令色、足恭，左丘明耻之，丘亦耻之。匿怨而友其人，左丘明耻之，丘亦耻之。"（《论语·公冶长》）有人据此认定，左丘明应是孔子所敬仰的前代贤人，应无可能为《春秋》作传。[1] 第二，《左传》与《春秋》在内容上有相互背离之处，即有无传之经和无经之传存在，所以《左传》不为传《春秋》而作，当是一部独立意义的史书。[2] 现在看来，如果将《左传》的作者确指为左丘明，确实难有史料的支持；将《左传》看作《春秋》的注释解说，也似乎过于严格。所以司马迁说的"因孔子史记具论其语"，是应该打些折扣

---

[1] 陆淳曰："夫子自比，皆引往人，故曰'窃比于我老彭'，又说伯夷等六人云'我则异于是'，并非同时人也。丘明者，盖夫子以前贤人，如史佚、迟任之流，见称于当时耳。"（唐）陆淳：《春秋啖赵集传纂例》，见王云五：《丛书集成初编》第3636册，8页，上海，商务印书馆，1936。

[2] 西汉时的刘歆在《移太常博士书》中就认为《左传》不传《春秋》。唐宋以后，学者往往有此观点，如韩愈的《寄卢仝》曰："《春秋》三传束高阁，独抱遗经究终始。"（唐）韩愈：《韩昌黎全集》，79页，上海，世界书局，1935。清人刘逢禄《箴膏肓评·叙》云："余欲以《春秋》还之《春秋》，《左氏》还之《左氏》，而删其书法凡例及论断之谬于大义，孤章绝句之依附经文者，冀以存《左氏》之本真。"（清）阮元、王先谦编：《清经解》第7册，445页，上海，上海书店，1988。刘逢禄作有《左氏春秋考证》一书。今人大多认为《左传》是独立于《春秋》的一部史学著作，如胡念贻：《〈左传〉的真伪和写作时代问题考辨》，见中华书局编辑部编：《文史》第十一辑，北京，中华书局，1981；赵光贤：《〈左传〉编撰考》，见《古史考辨》，北京，北京师范大学出版社，1987；杨伯峻编著：《春秋左传注（修订本）》，前言，北京，中华书局，1990；等等。

的。但后人也没有足够的证据完全否认《左传》和《春秋》的关系，《左传》和《春秋》即使不如司马迁所说的那样关系密切，也绝不是毫不相干的。东汉桓谭曰：

> 《左氏传》遭战国寝废，后百余年，鲁人穀梁赤为《春秋》，残略多所遗失。又有齐公羊高缘经文作传，弥离其本事矣。《左氏传》于经，犹衣之表里，相待而成。《经》而无《传》，使圣人闭门思之，十年不能知也。①

虽然古今都有学者强调《春秋》与《左传》是各自独立的史书，但正如桓谭所说，二者如"衣之表里"，完全切断二者的联系是很难的。

可以相信，《春秋》和《左传》的原始形态之间有相互关联的关系，但二者又不是严格的经典和注释之间的关系。它们应该是出于一体而又有所分工。解释这一现象的关键是它们各自的材料来源，尤其是《左传》的材料来源。当代学者对此也多有探讨，认为先秦时期存在着两类不同的史书。如徐中舒为《左传选读》作序时称："当时所存的重要史料，除了《春秋经》以外，还有大量珍贵的口头文献流传于乐官中，由瞽矇以传诵的方式保存下来。"②《左传》即以此为据。王和提出了《左传》的两个材料来源：一个是"春秋时期各国史官的私人记事笔记"，另一个是"流行于战国前期的、关于春秋史事的各种传闻传说"。王和特别注意到古人的简、策之论，并以此来证明存在着两类不同的史书。③这些研究成果，对我们解开《左传》来源之谜有着很大的启发意义。下面，我们在此基础上进一步讨论春秋史官的两种载录制度，我们认为，《左传》和《春秋》一样有其制度上的渊源。

《春秋》的原始材料来自鲁国史官的正式文献。现在看来，《春秋》的叙事形式呈现出孤立、松散的特征，这一特征和古代其他巫史文献如甲骨文、钟鼎铭文相似。春秋以前，举凡即位、婚丧、征伐、献俘、

---

① （清）严可均辑：《全后汉文》，132 页，北京，商务印书馆，1999。
② 徐中舒：《〈左传〉的作者及其成书年代》，载《历史教学》，1962(11)。
③ 王和：《〈左传〉材料来源考》，载《中国史研究》，1993(2)。

结盟、朝会等仪式性事件，都会被史官记录下来，藏之于宗庙，示之神祇。史官的职责是对天命和礼仪负责，其文献行为虽然神圣，但不过是一种见证性的工作，是沟通天人的职业行为。在天命鬼神的背景下，史官所呈现的正式载录只能是这种片段式的零散形态，其原因在于如下两个方面：第一，原始思维是一种禁忌思维，只考虑某事本身是否合乎礼仪，而不关心它的因果；第二，鬼神无所不知，不需要史官为其提供因果解释，史官更无权对事件作出判断，所有的监督和裁决权力都取决于鬼神，人类所能做的只能是恭候天谴而已。所以，早期史官的文献形式只能是一种既无因果又无判断的"呈现"形态。当然，在历史的发展中，史官也逐渐利用这种神圣的文献载录形式显示自己的社会批判精神，获取话语权力。但他们的载录行为仍然要遵从原先的表达规则和习惯，批判只能在巫史传统的庇护下进行。所以，春秋史官只能通过对事件的选择即"书"和"不书"以及对载录句法的局部作异常变动来显示自己的态度，这就形成了"书法"。但它仍不能在载录中直接说明因果关系，也不能对事件作出直接的评判，否则将失去巫史传统的庇护。现存《春秋》可能经由孔子的加工改造，但在形式上仍然保留了原始史官正式载录的形态。因此，说《春秋》来源于史官的官方文献是没有疑问的。

《左传》的叙事形态和《春秋》有着很大的区别。王应麟的《汉艺文志考证》云：

> 《严氏春秋》引《观周篇》云："孔子将修《春秋》，与左丘明乘，如周，观书于周史，归而修《春秋》之经，丘明为之传，共为表里。"①

经、传之说自是儒家的老调，但王应麟认为两类史料都来自"周史"。当然，我们知道除了周史官之书外也包括鲁史官之书。但是同样来自

---

① （宋）王应麟：《汉艺文志考证》，见《景印文渊阁四库全书》第 675 册，33 页，台北，台湾商务印书馆，1986。《严氏春秋》属春秋公羊学，后汉立为官学，见《四库全书》史部目录类。

史官，为什么会有两类形式完全不同的陈述呢？

春秋时的史官应该有两种载录方式。其一是作为正式文献收藏在宗庙石室中呈现给神灵和祖先的，它的形式是孤立的片段，不注重因果关系，也没有价值判断。从史实的角度而言，《春秋》类的载录只是一种标志性的东西，史官必须对这种标志性的东西背后的事实有所了解。这是职业延续的一个条件，也是一个传统。继承一个史官的职位，就意味着继承这些具体的历史内容。所以，史官还有一种更为详细的历史文本供自己使用，或在自己职业内部传递。部落时代的酋长或巫师在传递自己的职务时，除了将历史的标志性象征物如绳结、图画等传递给继任者外，还要秘密地将这些象征物背后的部落历史传递给继任者。如佤族（西盟）祖传一根木刻，每一刻口表示一件事情，刻口深浅表示事之大小，在特定的时候由专人讲述，本村的历史由此得以流传下去。① 标志性象征物是公开的，而那些更为详细的历史知识或神话传说则是酋长或巫师所独享的，也是他们用以维护自己身份神圣性的一个重要条件。这一传承历史的方式，对中国古代的史官来说也不应例外。而且春秋处于历史变革时期，史官也由纯粹的巫祭之责转而关注社会。他们要负责历史的传承，通过对历史的阐释确立新的社会价值，指导社会现实。因此，史实对他们来说是传统承继的问题，更是职业传统的革新和转变的问题，是十分重要的。

其二是史官在自己职业内部相互传递的更为详细的历史记录，它可能如徐中舒所说的那样以口头的形式进行，但根据史官的学养及职务的便利，它更可能是笔录而形诸文字的。《左传·隐公十一年》载："冬，十月，郑伯以虢师伐宋。壬戌，大败宋师，以报其入郑也。宋不告命，故不书。凡诸侯有命，告则书，不然则否。师出臧否，亦如之。虽及灭国，灭不告败，胜不告克，不书于策。"杜预注曰："命者，国之大事政令也。承其告辞，史乃书之于策。若所传闻行言，非将君命，则记在简牍而已，不得记于典策。此盖周礼之旧制。"

依杜预的理解，史官在处理所发生的事件时有两种获得、处理信

---

① 李家瑞：《云南几个民族记事和表意的方法》，载《文物》，1962(1)。

息的方式，就是"承告"和"传闻"。所谓"承告"是指别国史官以书面的形式前来通报本国事件，通报所用言辞当然是经过谨慎选择的，符合当时的"书法"原则，在形式上应和《春秋》没有什么不同，如"崔杼弑其君"之类。"承告"是诸侯国史官之间正式的文件往来，接受者应原样录于典策，不作任何改动。这一类文献构成官方史录，它们被史官藏之于宗庙呈现给神灵。《春秋》应主要根据"承告"改编，但是此类文献并没有展现事件的全貌。作为历史事件的把握者，史官有必要了解而且传承更为详细的史料。而顾名思义，所谓"传闻"则是指史官通过非正式的文告所得来的信息，其内容涉及事件发生的原因、过程等，其中也可能包括史官个人的态度和评判。"承告"记载于正式的"典策"，而"传闻"则记载于"简牍"。宋人魏了翁曾说到这两种文献的不同：

> 仲尼修经皆约，策书成文。丘明作传皆博采简牍众记。故隐十一年注云"承其告辞"，史乃书之于策。若所传闻行言非将君命，则记在简牍而已，不得记于典策。此盖周礼之旧制也。又庄二十六年经皆无传，传不解经。注云："此年经、传各自言其事者，或策书虽存，而简牍散落，不究其本末，故传不复申解。"是言经据策书，传冯简牍，经之所言其事大，传之所言其事小，故知小事在简，大事在策也。①

"小事在简，大事在策"的区别其实是根据"所传闻行言非将君命"来划分的，"君命"云云不可当真，它所强调的是官方色彩。正式"承告"而来的策书与"传闻"而来的简牍，使得经、传的材料来源有了不同的依据——经据策书，传凭简牍。从客观的作用来讲，"传闻"在内容上补充了正式"承告"的不足。"传闻"被载录于非正式的"简牍"，成为史官个人或内部的文献。"典策"有神性特点，《左传·襄公二十年》记卫宁殖的话曰："吾得罪于君，悔而无及也。名藏在诸侯之策，曰'孙林父、宁殖出其君。'君入则掩之。若能掩之，则吾子也。若不能，犹有鬼神，

---

① （宋）魏了翁：《春秋左传要义》，见《景印文渊阁四库全书》第 153 册，261 页，台北，台湾商务印书馆，1986。

吾有馁而已，不来食矣。"①从理论上说，"典策"的神性权力是在史官主观意志之外的，史官的话语权必须来自解释。正是由于凭借"简牍"，史官才掌握了对历史的再现及阐释的权力。

此外，《周礼·夏官》有"训方氏"一职，其职责是"掌道四方之政事与其上下之志，诵四方之传道"。柯尚迁解释说："传道民臣所传说邪正利病之事，及传闻四方诸侯之事，必为王诵之，盖天子耳目之官也。"②训方氏既然掌四方之事，则其职责应源于史官。杜预在《春秋左氏传注疏》的序中云："《周礼》有史官，掌邦国四方之事，达四方之志。"训方氏搜集的所"传道"的四方诸侯之事，也是史官通过正式"承告"所不能获得的资料，可以补充史官"传闻"之不足。这说明了史官对"传闻"史料的重视，也说明了史官职责内即有搜集和保管"传闻"的任务。

春秋时代史官"书法"诸多回护、避讳的特殊性，致使"传闻"和"承告"的内容相差很大，所以《公羊传》才有"所见异辞""所闻异辞""所传闻异辞"的说法。何休在"公子益师卒"下注曰："所见者，谓昭、定、哀，己与父时事也；所闻者，谓文、宣、成、襄，王父时事也；所传闻者，谓隐、桓、庄、闵、僖，高祖曾祖时事也。"认为"所见""所闻""所传闻"有时间远近的区别。其实更宽泛地说，"所见""所闻""所传闻"还可以就史官获得事实真相的途径的远近而言。此处的"所见"应是指对于本国史事的了解，"所闻"是指信息来自前来通报的史官；而"所传闻"则是指辗转相告，可能专指边远或人力不足的小诸侯国所发生的事情。可以相信，"传闻"在春秋时代已经形成某种默契或制度，构成了史官的知识储备，成为史官的职业性行为。由"承告"和"传闻"而形成的两类文献并行不悖，共同构成了史官的知识素养。"经据策书，传冯简牍"，从形式而言，二者有正式、非正式之分；从途径而言，二者

---

① 今《春秋》在襄公十四年载"夏四月……己未，卫侯出奔齐"，与宁殖的话有异，但这应该是《春秋》编订者为体现"书法"而改订的。从表达形式来看，"孙林父、宁殖出其君"与《春秋》一致，是官方文献。

② （明）柯尚迁：《周礼全经释原》，见《景印文渊阁四库全书》第 96 册，896～897 页，台北，台湾商务印书馆，1986。

有近、远之分；而从文本的形态而言，前者表现为大事纲要，后者表现为具体而微。这些区别造成了最初意义上的经和传的分工。

我们可以进一步从经、传记载的内容来看二者的不同。《孟子·离娄下》云：

> 王者之迹熄而《诗》亡，《诗》亡然后《春秋》作。晋之《乘》，楚之《梼杌》，鲁之《春秋》，一也。其事则齐桓、晋文，其文则史。

人们在解释最后一句时，一般将"事""文"合而论之，认为说的是史书的内容和文笔。如杨伯峻就译为："所记载的事情不过如齐桓公、晋文公之类，所用的笔法不过一般史书的笔法。"[①]可是从这一句型来看，"事""文"又显然是分开而论的："文"归之于史，而"事"则否。如合而论之，则孟子此处所指当是鲁之《春秋》，但孟子又分明说过"仲尼之徒无道桓文之事者"，而《春秋》中"桓文之事"成分极少，所以"其事"云云显然不是指《春秋》。应这样解释：此处"史"指《春秋》，以"书法"为主，故云"文"；而"事"则另有所载，以齐桓公、晋文公等事件为主。"文"和"事"其实就是策和简这两类不同的文献，由此我们可以重新考虑孔子所谓"质胜文则野，文胜质则史。文质彬彬，然后君子"。这句话中的"史"在历代都被解释为有文采的意思，但这显然是一个望文生义的解释，古代的"史"断无如此用法。这句话中的"野"是指以事实为主，后代所谓"野史"之"野"即源于此；而"史"则是指以书法为主，即正史。二者兼通的史官，可称为君子。

古代史官据"传闻"所作的记载，现在尚有踪迹可循。《史记·陈杞世家》载，孔子读史记至楚复陈，曰："贤哉，楚庄王！轻千乘之国而重一言。"楚庄王所言为何，在《春秋》中找不到答案。倘楚庄王的话载于《鲁春秋》，孔子既然如此看重，在修《春秋》时是断然不会弃去的。那么，孔子所读之"史记"就不是《鲁春秋》，而是另有所本。而楚庄王轻国重言之事见于《左传·宣公十一年》：

---

①　杨伯峻编著：《孟子译注》，192～193 页，北京，中华书局，1960。

冬，楚子为陈夏氏乱故，伐陈。谓陈人“无动！将讨于少西氏”。遂入陈，杀夏征舒，轘诸栗门。因县陈。陈侯在晋。申叔时使于齐，反，复命而退。王使让之，曰：“夏征舒为不道，弑其君，寡人以诸侯讨而戮之，诸侯、县公皆庆寡人，女独不庆寡人，何故？”对曰：“犹可辞乎？”王曰：“可哉！”曰：“夏征舒弑其君，其罪大矣；讨而戮之，君之义也。抑人亦有言曰：‘牵牛以蹊人之田，而夺之牛。’牵牛以蹊者，信有罪矣；而夺之牛，罚已重矣。诸侯之从也，曰讨有罪也。今县陈，贪其富也。以讨召诸侯，而以贪归之，无乃不可乎？”王曰：“善哉！吾未之闻也。反之，可乎？”对曰：“可哉！吾侪小人所谓‘取诸其怀而与之’也。”乃复封陈。乡取一人焉以归，谓之夏州。

我们当然不能说孔子所看的“史记”是《左传》，但其一定是《左传》所借鉴而以之为蓝本者。“史记”又可称为“春秋之记”，《韩非子·内储说上·七术》和《管子·法法》中皆提及《春秋之记》。所问内容虽见于《春秋》，但学者却举出《春秋之记》所载与《春秋》所载至少有三处不同。[1]可见《春秋之记》并非《春秋》，从孔子的解答中亦看不出有修改的必要，所以也不是《鲁春秋》。又《汉书·艺文志》载录有《青史子》一书，共五十七篇，班固自注曰“古史官记事也”，不曰某国之史，而特别说明是“记事”，当也是史官特为记述事件经过的职业文献。此外，春秋战国时流行的“语”或“事语”类著作也应是此类文献，不过它偏重于贤人尤其是史官业内人士的言语。马王堆出土的帛书《春秋事语》，其载录形式就同于《左传》，但比《左传》更原始。从这些极其有限的材料来看，确实存在着流传于史官业内的较之正式官史更为详尽、真实的史料文献，这些文献正是《左传》的源头。

至于《左传》的编订者是否为左丘明，以及左丘明的具体生活年代、行止，实难以考订。在存疑的状态下，只能宁可信其有了。作为史官而又被称为“鲁君子”的左丘明，是有条件既通于《春秋》又谙熟史家内

---

[1]　赵生群：《〈春秋〉经传研究》，24页，上海，上海古籍出版社，2000。

部文献的，而且他的思想和孔子相近，这才有可能使《左传》和《春秋》相辅而行，以事实本身凸显《春秋》中的微言大义。《汉书·艺文志》说：

> （孔子）与左丘明观其史记……有所褒讳贬损，不可书见，口授弟子，弟子退而异言。丘明恐弟子各安其意，以失其真，故论本事而作传，明夫子不以空言说经也。《春秋》所贬损大人当世君臣，有威权势力，其事实皆形于传，是以隐其书而不宣，所以免时难也。

"免时难"之说当然是无稽之谈，《春秋》所记不尽当时之事、本国之事，孔子自然无须为此担心。而所谓"褒讳贬损，不可书见"，其实是囿于史官正式文献的特殊表达方式，不得已而采取书法、义例等形式传达自己的价值倾向。《春秋》中的书法、义例，都是对事实的不正常的描述方法。它们的用意不在于遮蔽事实，而在于通过对事实的不同寻常的处理方法表明对事实的态度。离开了事实本身，这些书法、义例就变得无从理解了。所以，《鲁春秋》和《春秋》的微言大义都依赖于史官的"传闻"，《左传》则是根据《春秋》而有意继承、修改史官"传闻之史"而来。无《左传》之记事，则《春秋》之微言大义不可得窥。

史料文献由史官内部保存、流传转而为用于进行社会教育，为圣人的经书作传，先决条件就是社会的发展不能再保证史官的文化地位。史官制度松懈，使得相当一部分史官不得不转而从事社会教育，依靠他们所掌握的知识传道授业。如此，史家之独藏遂成为社会之公器。《左传》的整理成书及流传，就是在孔子的教育活动中出现的。若以司马迁之言，左丘明是"惧（孔子）弟子人人异端"而作《左传》，则左丘明直接参加了孔子的教育活动。从教学角度来说，《左传》与《春秋》的关系如讲义与教学大纲的关系，缺一不可。所以说，左丘明即使没有直接从事教育士人的工作，也是赞成、支持孔子的这一活动的。此外，现行《左传》有着一个相对严密的思想逻辑和叙事模式，这显然不太可能是依靠漫长时间、数代史官积累起来的原始"传闻之史"本身所具有的。《左传》的思想体系来自《春秋》，它的叙事模式虽与《春秋》有较大的差别，但也深受《春秋》的影响。可以说，如果没有孔子的《春秋》编修活动，就很难陡然出现如此流畅、完美的《左传》。

第五节 《左传》的叙事逻辑

《春秋》所依据的原始材料是来自各国史官正式"承告"的典策文献，体现了史官的传统载录方式。史官的典策文献是藏之于宗庙呈现给天帝神灵的，它不需要来自人间的价值评判，所以没有关于事件的动机、原因和过程的记述。隐藏在这一叙述理念背后的是原始禁忌思维，那就是看事件合乎礼仪与否，任何情况下的非礼行为都应该受到天谴。基于同样的思维方式，灾异作为一种神秘的天命也是毋需解释的，人只能恭候天谴而已。这一思维导致《春秋》的叙述只能是一种孤立的呈现状态。《左传》和《春秋》之间虽然有着逻辑依存关系，但在叙事原则上却迥然不同。《左传·僖公十六年》有一则记载，颇能说明两种不同载录方式的理据：

> 十六年，春，"陨石于宋，五"，陨星也。"六鹢退飞，过宋都"，风也。周内史叔兴聘于宋，宋襄公问焉，曰："是何祥也？吉凶焉在？"对曰："今兹鲁多大丧，明年齐有乱，君将得诸侯而不终。"退而告人曰："君失问。是阴阳之事，非吉凶所生也。吉凶由人，吾不敢逆君故也。"

这段话常被解释为体现了一种进步的人文思想，但从周内史的答话和《左传》此后的说明中，还是可以看出他相信在异常天象和人间吉凶之间存在着某种必然的联系。他所说的"失问"，是指宋襄公不该就此事发问，因为"阴阳之事"既不是原因，也不是结果。人的吉凶只能由人自己负责，所以对待任何征兆，人所能做的就是谨慎戒惧。企图从征兆那里获悉灾异发生的原因或避让的方法，是不符合宗教精神的。在这种情况下，史官的仪式性叙述都排斥了理由，所以《春秋》在载录这件事时只用了"陨石于宋，五"和"六鹢退飞，过宋都"这样简单的句子。

从这一事例中，我们还可以看到，春秋史官正试图通过自己的理解向社会解释异常现象，而其也常被国君或其他人要求对社会事件进行解释。在这一历史文化背景下，史官作为社会价值的体现者，在天命神权的传统之外还必须有着更加现实的理性精神，才能为自己的史录工作建立起新的价值依据，重新确立自己的批判权力。因此，春秋史官在来自"承告"的"典策"之外又建立了另一套文献系统，那就是来自"传闻"的"简牍"。史官通过"简牍"来体现这种新的价值标准，建立自己社会裁决的权威。这种价值依据依然可以用"礼"来说明，但这时的"礼"已经不是纯粹的宗教禁忌，而是神秘意志和道德理性的混合物，是神秘意志和道德理性相互支持所构建而成的社会规范体系。而神秘意志和道德理性都必须得到阐释，为此，春秋史官采用了不同的阐释策略，不同的阐释策略也就形成了不同的叙事逻辑。

在早期人类思想中，神秘世界在价值和意义上要高于经验世界，它为现实生活提供根据。人们从异乎寻常的自然现象或精神现象中感受到某种惊奇，并把它看作神秘世界所给予的某种启示，这种启示需要获得理解。史官利用自己的宗教背景，通过基于象征的阐释、叙事，在神秘世界和经验世界之间建立一种同构的关系。《左传》中大量的灾异记录和各种形式的占卜预言，就是借助神秘意象来理解现实生活的一种叙事方式，是象征方法的表现形式之一。象征性叙事并不是春秋史官的创造，但确实是由于史录性质的现实化转变而大量出现。相对于象征性叙事而言，对事实的基于因果关系的理性阐释是春秋史官努力建设新的意识形态的主要手段，是一种文化创新活动。它的目的是使传统的"礼"渐渐脱离宗教的性质，成为道德秩序的象征。道德秩序之所以不同于天命意志，就在于它看重个人行为的动机，强调行为和后果之间的必然联系。所谓惩恶扬善虽然具有相当的理想色彩，但和此前的神秘意志已经颇有不同。

神秘意志在《左传》叙事中主要体现在两个方面：灾异事件和占卜行为。《左传》中的灾异记录，包括特殊的自然现象，如日食、彗星、云气、水旱灾害等，也包括如二蛇相斗、雄鸡自断其尾等奇异现象。据周旻统计，《左传》中共有神异记录 105 条，在全书中占有很大篇幅。①春秋史官将这些灾异事件看作神秘意志的一种呈现方式，是神秘意志裁决人间德行的一种预兆，因而隐藏着人间的祸福和前程。从另一个角度来说，当史官将人间的祸福命运和这些灾异事件联系起来时，也就反过来确证了天命神意的存在，为人间道德理性寻找到一种终极的依据。因此，利用灾异事件进行社会批评或对人的命运进行推测，就成了史官工作的一个重要内容。

《左传》主要是通过象征性叙事在灾异事件和现实生活之间建立起联系，以达到阐释现实的目的。《左传·昭公七年》有一条关于日食的载录云：

> 夏，四月，甲辰，朔，日有食之。晋侯问于士文伯曰："谁将当日食？"对曰："鲁、卫恶之，卫大鲁小。"公曰："何故？"对曰："去卫地如鲁地。于是有灾，鲁实受之。其大咎，其卫君乎，鲁将上卿。"

日食为凶兆，而这次日食发生在卫鲁分野，士文伯由此推断卫鲁有灾。由于日食始发于卫之分野而波及鲁，所以卫灾大而鲁灾小。此年八月卫襄公卒，十一月鲁上卿季武子卒，士文伯的预言应验了。士文伯的解释基于两个逻辑前提：一是日食为凶象，往往意味着君王的死亡；二是星宿分野理论。前者起源于原始巫术思维，后者则是在春秋时期发展起来的，它的基本原理是将天上的星分为二十八宿，以对应地上的各诸侯国，并根据各星宿的异常情况来判断各诸侯国的命运。②这种理论认为，在天宇和地面这上下两个世界之间存在着对应的关系，天命神灵首先通过星象展示自己的意志，最终将落实在人间社会。因此可以将星象看作一个象征系统，并用来解读人类的命运。春秋时期流行的星占学，就是这样一套完整的象征系统。相比较上引日食阐释

---

① 周旻：《左传研究》，北京师范大学博士学位论文，2001。

② 如《汉书·艺文志》天文类序所云："天文者，序二十八宿，步五星日月，以纪吉凶之象，圣王所以参政。"

之例，昭公十年裨灶根据一颗出现在婺女宿的客星预言晋君将死于该年七月戊子日的解释更为精密，更能显示这种象征性思维的特点。

春秋时期是一个理性发展的时期，人们依靠有限的理性能力以及简单的因果思维尚不能理解所有的事实，因此还需要一种值得依赖的文化传统和价值的支持，所以部分保留天命的神秘性是非常重要的。下面这个发生在哀公六年的例子，就能说明这个问题：

> 秋，七月……昭王攻大冥，卒于城父……是岁也，有云如众赤鸟，夹日以飞，三日。楚子使问诸周大史。周大史曰："其当王身乎！若禜之，可移于令尹、司马。"王曰："除腹心之疾，而置诸股肱，何益？不穀不有大过，天其夭诸？有罪受罚，又焉移之？"遂弗禜。

史官认为楚昭王之死是出于一种纯粹的命定原因，除了能说明天命的不可抗拒之外，还能说明天命是不可追究的、是无原因的。第一，楚昭王之死并无宗教礼仪或现实道德的原因；第二，楚昭王对既定命运持一种不卑不亢、不避不迎的态度，只尽人间的职责，命运的事自有神灵负责。所以孔子称赞曰："楚昭王知大道矣。"（《左传·哀公六年》）神异性预言的目的是要营造一种神秘的象征，而神秘性本身屏蔽了人们改善命运的主观努力，也在一定程度上缓解了理性缺陷所带来的压力。

占卜也是基于象征性思维的，《左传》中最为突出的占卜形式是易占。春秋占卜的喻体不是来自神龟，而是来自巫史对《周易》某卦爻的指认，或是偶然获得的梦境，甚至人的名字、长相等。《周易》的卦爻辞是历史上流传下来的，对于春秋时人来说是一个既定的存在。但如果进一步分析，我们就能看出，流传下来的卦爻辞不过是一种解读方法。在易占过程中，真正关键的是卦象的获得过程，而这一过程是偶然的。也就是说，在《周易》占卜中，偶然性正意味着必然性。原始巫术神话思维不相信有什么偶然的东西，正如恩斯特·卡西尔所说："没有能力构想一件在任何意义上都是'偶然的'事件，这一点已经被称为神话思维的特征，通常在我们从科学的观点谈论'偶然性'的地方。神话意识坚决主张一个原因，并在任何单一的情况中都假定这样一个原因。"①偶然性的存在是因果性叙述的一个缺憾，它意味着解释的缺席，是人类理性的一个空白点。人们对由偶然性导致的不确定性会感到明显的不安，象征性叙事能在一定程度上弥补这种缺失。所以，占卜在春秋时代大行其道，也为史官所重视。

《左传·庄公二十二年》载：

> 初，懿氏卜妻敬仲。其妻占之，曰："吉！是谓'凤皇于飞，和鸣锵锵。有妫之后，将育于姜。五世其昌，并于正卿。八世之后，莫之与京。'"陈厉公，蔡出也，故蔡人杀五父而立之。生敬仲。其少也，周史有以《周易》见陈侯者，陈侯使筮之，遇观䷓之否䷋，曰："是谓'观国之光，利用宾于王'。此其代陈有国乎？不在此，其在异国；非此其身，在其子孙。光远而自他有耀者也。坤，土也。巽，风也。乾，天也。风为天于土上，山也。有山之材而照之以天光，于是乎居土上，故曰：'观国之光，利用宾于王。'庭实旅百，奉之以玉帛，天地之美具焉，故曰：'利用宾于王。'犹有观焉，故曰：'其在后乎！'风行而著于土，故曰：'其在异国乎！'若在异国，必姜姓也。姜，大岳之后也。山岳则配天。物莫能两大。陈衰，此其昌乎！"

针对陈太子田完的前程，两次易占结论一致，都预言了一个非常遥远的结局：从时间上来说在他的第七代孙，从空间上来说远在异国他乡。对于这样一个遥远的事实，要想用因果关系把它和田完联结起来，是非常困难的，甚至是做不到的。田氏篡齐是春秋时代政权下移的必然结果，但这一从历史的眼光来看属于必然的现象如果被放到用道德编制的儒家的因果链条上来看，就是一个偶然现象，因为它不能获得道德的解释。虽然《左传》也作了这方面的努力，比如特别记载了田完逃难至齐后曾辞谢过齐侯的高位，并在一次宴会上很有节制地劝止了齐

---

① ［德］恩斯特·卡西尔：《神话思维》，黄龙保、周振选译，54页，北京，中国社会科学出版社，1992。

桓公夜以继日地酗酒的行为(《左传·庄公二十二年》),但这两件事情作为其后代篡齐自立为王的道德理由,显然是远远不够的。不过田氏篡齐无论如何是要解释的,因果叙事在此的缺憾可以通过《周易》的象征性解释得到弥补。古人认为在卦爻辞和所占卜的人生现象之间存在着神秘的象征关系,对此往往深信不疑。这一解释使得田氏篡齐这一偶然事件得到安置,从而成为一个不可追问的必然事件。

《周易》卦象的获得,在《左传》中常用一个"遇"字,如上文所说"遇观䷓之否䷋"。"遇"字清晰地表达了卦象获得过程的偶然性,但这个偶然性是在极严格的操作程序中形成的。占卜者最初必须拥有巫史身份,后来才扩及一些贤人君子,《左传》还特别强调他们的品德或地位。而对卦象的解释虽然允许有主观发挥,但决不是随意的。这些条件在很大程度上增加了《周易》预言的神秘性,遮掩了它的偶然性。当人们不再追问《周易》预言的合理性时,其关注点就只能集中到卦爻辞的象征意义上来。而象征作为一种古老的话语方式,在当时是有魅力的。

《左传》中还有不少龟卜、梦占等内容,其思维机理和文化功用基本与易占相同,也属于象征话语系统。尤其是梦占,在《左传》中的分量很重,在文化背景和功能方面也有自己的特点。

唐人刘知幾在评论《左传》的艺术特征时说:"夫当时所记或未尽,则先举其始,后详其末,前后相会,隔越取同。"①所谓"前后相会,隔越取同",就是突破《春秋》以季节为参照的点状时序意识,从始和末两端寻找对当下事实的理解。也就是说,《左传》通过倒叙、预言等手法动摇了《春秋》中铁定的自然时序,强调了起始和结局的对应关系,从而将《春秋》的"呈现式"叙事改造为"再现式"叙事。这和只衡量当下事实是否合礼的传统禁忌性思维显然有所不同。

《左传》对事情的起因有着异乎寻常的关注。隐公元年,《春秋》有"郑伯克段于鄢"的记载。这一记载通过称谓词和动词的异常变动,暗示了这是一件有违礼仪的事件。而《左传》在"初"这一具有追忆特征的词的引领下,具体地叙述了武姜因为"庄公寤生"而对其厌恶,转而溺

---

① (唐)刘知幾撰,(清)浦起龙释:《史通通释》,222页,上海,上海古籍出版社,1978。

爱共叔段，并纵容他的贪心；通过请制、请京、筑京不度、贰西鄙北
鄙、"缮甲兵将袭郑"等情节，叙述了共叔段的骄蛮、贪婪和愚蠢；通
过郑庄公对公子吕、子封说的话，显示了他由无奈而生出的险恶机心；
等等。从而将这一非礼事件分解为多种逐渐萌发的非礼因素，体现了
理性意义上的各负其责的价值观念。《春秋》中的片断、孤立的叙述，
到了《左传》里就成了一个首尾完整的故事。春秋史官相信，对于一个
异常事件，当事人一定有着可供追溯的动机或品质上的动因，而这些
动机或品质应该对事情的结果负责。也就是说，对于史官和读者来说，
真正有意义的不是异常事件本身，而是促使事件发生的诸种原因。

　　《左传》中共有 86 个起引领、追溯作用的"初"字。有些记述虽然不
以"初"字引领，而是依纪年顺序进行叙述，但却明显是史官的追溯之
笔。如《左传·宣公十七年》有如下的记载：

> 　　十七年，春，晋侯使郤克征会于齐。齐顷公帷妇人，使观之。
> 郤子登，妇人笑于房。献子怒，出而誓曰："所不此报，无能涉
> 河！"献子先归，使栾京庐待命于齐，曰："不得齐事，无复命矣。"
> 郤子至，请伐齐。晋侯弗许。请以其私属，又弗许。

一个诸侯使臣的人格受辱，在春秋时期未必是一件大事，所以《春秋》
不载。但这件事却是后来齐晋鞌之战的起因之一，所以应该是史官事
后所追记的，如杜预所说，目的是"为成二年战于鞌传"。按照赵生群
的研究，《左传》中超出了《春秋》内容的所谓"无经之传"大多是为了交
代《春秋》大事的原因而补充的。① 这些追溯性叙述的作用，就是全面
地将《春秋》的片断的"呈现式"叙事改造成为首尾俱备的"再现式"叙事，
从而根本地改变《春秋》的叙事面貌。

　　春秋末期，天命意识的淡薄使得人们开始理性地反省人类行为本
身，把灾祸的原因追溯到更早更小的事情上，以便能够更容易地避开
最终无法控制的结局。孔子所说的"四端"，就是从个人品行的最微小
处着手；曾子所说的"吾日三省吾身"，就是强调个人的修养以防微杜

---

① 　赵生群：《〈春秋〉经传研究》，95 页，上海，上海古籍出版社，2000。

渐。这与此前的天命神灵思想是有差别的。《韩非子·外储说右上》云：

> 子夏曰："《春秋》之记臣杀君、子杀父者，以十数矣，皆非一
> 日之积也，有渐而以至矣。"凡奸者，行久而成积，积成而力多，
> 力多而能杀，故明主蚤绝之。今田常之为乱，有渐见矣，而君不
> 诛。晏子不使其君禁侵陵之臣，而使其主行惠，故简公受其祸。
> 故子夏曰："善持势者，蚤绝奸之萌。"

在子夏看来，《春秋》的历史教训就是要防微杜渐，要靠自己的努力以断绝灾祸。但我们如果光读《春秋》，是看不出这个思想的，想必是子夏在孔子的传授过程中有所体会。而《左传》主要就申述了这种思想，如徐复观所说："孔子作《春秋》的用心，《公羊》《穀梁》两传，皆以'空言'加以发明，此有思想上的意义，没有史学上的意义。惟《左氏传》则主要以行为之因果关系，作为空言判断的根据，遂成为一部完整的史学著作。"[1]

《左传》对因果关系的认定，主要是采取追溯的方法，也就是从一件已发生的重大异常事件出发，通过逆叙追溯事件的开端。春秋史官相信，异常事件必有其可供追寻的端绪，在"微""渐"和异常事件之间存在着必然的联系。史官认为，根据这一逻辑，反过来也可以从微小的事端中推断出未发生的异常事件或人生结局。因此，《左传》叙事还特别看重预言和应验的记载。

预言有着神秘的特征，本来就属于巫术宗教的领域，但在《左传》中却被附益了很多的因果逻辑因素。也就是说，在《左传》中，史官的很多预言并不完全依赖天命，而是根据某种必然性的因果观念，见微知著，由今推往，从而捕获未来的命运，体现了一定的理性原则。下面这则预言发生在庄公三十二年：

> 秋，七月，有神降于莘。惠王问诸内史过曰："是何故也？"对
> 曰："国之将兴，明神降之，监其德也；将亡，神又降之，观其恶

---

① 徐复观：《两汉思想史》第3卷，185页，上海，华东师范大学出版社，2001。

也。故有得神以兴，亦有以亡，虞、夏、商、周皆有之。"王曰：
"若之何？"对曰："以其物享焉。其至之日，亦其物也。"王从之。
内史过往，闻虢请命，反曰："虢必亡矣。虐而听于神。"

内史过对"有神降于莘"的看法是不用过于关心，按常例祭祀即可。因
为神的降临既可能是"国之将兴"的预兆，也可能是"国之将亡"的预兆，
而兴亡则完全是虢国的人事，与神的现身与否关系不大。但虢国国君
没有听他的话，竟然向神求赐土田。内史过从此事判断虢国国君贪婪、
愚蠢，再根据他暴虐的性情，预言虢国必亡。这虽然是一起神秘事件，
但内史过的逻辑出发点是一种见微知著的因果关系，不同于以往的禁
忌性思维。

春秋时期，由于诗与仪式的特殊关系，人们相信诗具有神圣性，
因而也就相信通过诗所表现出来的个人品性是无可隐讳的，并可以据
此推断出赋诗人的命运。《左传·襄公二十七年》载：

> 郑伯享赵孟于垂陇，子展、伯有、子西、子产、子大叔、二
> 子石从。赵孟曰："七子从君，以宠武也。请皆赋，以卒君贶，武
> 亦以观七子之志。"子展赋《草虫》。赵孟曰："善哉！民之主也。抑
> 武也，不足以当之。"伯有赋《鹑之贲贲》。赵孟曰："床第之言不逾
> 阈，况在野乎？非使人之所得闻也。"子西赋《黍苗》之四章。赵孟
> 曰："寡君在，武何能焉？"子产赋《隰桑》。赵孟曰："武请受其卒
> 章。"子大叔赋《野有蔓草》。赵孟曰："吾子之惠也。"印段赋《蟋
> 蟀》。赵孟曰："善哉！保家之主也。吾有望矣。"公孙段赋《桑扈》。
> 赵孟曰："'匪交匪敖'，福将焉往？若保是言也，欲辞福禄，得
> 乎？"卒享。文子告叔向曰："伯有将为戮矣！诗以言志，志诬其
> 上，而公怨之，以为宾荣，其能久乎？幸而后亡。"叔向曰："然。
> 已侈！所谓不及五稔者，夫子之谓矣。"文子曰："其余皆数世之主
> 也。子展其后亡者也，在上不忘降。印氏其次也，乐而不荒。乐
> 以安民，不淫以使之，后亡，不亦可乎？"

晋臣赵孟作为客人，在郑国君臣款待自己的宴享活动中，提议赋诗以

"观七子之志"。在这次赋诗活动中，赵孟对参与赋诗的七个郑国大臣的命运进行了精确的预言，其中最为突出的是伯有、子展、印段三人。赵孟认为伯有将有杀身之祸，因为伯有所赋《鹑之贲贲》是一首讽刺卫宣姜淫乱的诗，有关"床笫之言"是不适合用于这种外交场合的。伯有因"辞不顺"而有违礼仪，自然难逃天谴。但这一点并不是赵孟预言的主要根据，他真正的理由是"志诬其上"。因为《鹑之贲贲》中有"人之无良，我以为君"之句，它透露了伯有内心对郑国国君的怨恨情绪。而伯有居然以这种情绪来取悦客人，可以想见，他平日对郑国国君的态度自然会引起对方的不满和仇恨，那么他的下场就是可想而知的了。春秋时期，人们相信人在赋诗过程中是无法掩饰自己的心志的，而人的心志必然会对命运有所影响，所以据此所作的预言是毫无疑义的。出于同样的道理，对子展、印段命运的预言也是由其心志而判断其可能的行为以及由此导致的结局，原理都是见微知著，其中有一条因果链在起着作用。但叔向预言伯有死在五年之内，赵孟预言子展、印段数世后灭亡的顺序，就有些让人觉得太过神奇了。我们只能认为，赵孟和叔向通过比较"志诬其上""在上不忘降""乐而不荒"这三种心志的道德地位，根据天命赏善罚恶的原则，再加上他们的直观判断，而给出了更具体的预言。"诵诗"原是礼仪中很重要的一部分，因此它本身具有神秘意味，这才有可能影响诵诗人的命运。但在赵孟这里，关于命运的预言已经带有明显的理性色彩。

如果说基于仪式、诵诗的预言的背景多少具有神秘意味的话，那么基于世俗行为的预言就更能显示春秋史官对因果关系的重视。比如关于齐懿公之死，在《左传》中就有两次著名的预言。《左传·文公十五年》载：

> 齐侯侵我西鄙，谓诸侯不能也。遂伐曹，入其郛，讨其来朝也。季文子曰："齐侯其不免乎！己则无礼，而讨于有礼者，曰：'女何故行礼？'礼以顺天，天之道也。己则反天，而又以讨人，难以免矣。诗曰：'胡不相畏？不畏于天。'君子之不虐幼贱，畏于天也。在《周颂》曰：'畏天之威，于时保之。'不畏于天，将何能保？

以乱取国，奉礼以守，犹惧不终，多行无礼，弗能在矣。"

又《左传·文公十七年》载：

> 襄仲如齐，拜谷之盟。复曰："臣闻齐人将食鲁之麦。以臣观之，将不能。齐君之语偷。臧文仲有言曰：'民主偷，必死。'"

这两次预言的依据一大一小，结果都是齐懿公将死。在季文子看来，齐懿公以他人举行正常的礼仪为罪名而施以讨伐，违背了最基本的天人法则，是"不畏天"。这在当时应该是最明显、最具根本性的过错，所以会为天命所不容。而襄仲的根据是齐懿公"语偷"。所谓"语偷"，可能是指在这次外交会谈中，齐懿公言辞不够严谨、完整，或者是语气较为疲弱、懈怠，总之是表现出苟且、怠惰的精神状态。襄仲不以无礼，而以齐懿公的精神状态来预言他的命运，则其对因果的追究更为远而微。襄仲的逻辑是：精神怠惰则行事昏悖，行事昏悖则必有天谴，其结果是必死。

象征关系和因果关系是《左传》叙事的两种最重要的手段，它们共同构建了史官的话语权力，奠定了新的意识形态。由于《左传》中灾异、占卜的内容语涉"怪力乱神"，范宁在《穀梁传集解》序中认为"其失也巫"[1]，往往存而不论，或者将其看作文学性特征，是小说家语[2]。这些都是没有考虑到当时特殊文化背景的偏颇之论。首先，《左传》中的象征叙事是一种阐释。其次，这种阐释的逻辑来自史官的宗教背景，因而它为史官提供了一种现实批判权力。同时，象征叙事作为初起的理性因果叙事的一个补充和支持，与其共同建构了史官的话语权力，但社会文化本身的发展又不能不对这种叙事方法造成冲击。史官本身也能看到这种叙事方法的缺陷，从而在叙事时造成尴尬的情形。杜预就曾指出："俱论岁星过次，梓慎则曰宋、郑饥，裨灶则曰周、楚王

---

① 李学勤主编：《春秋穀梁传注疏》，11 页，北京，北京大学出版社，1999。

② 如清人冯镇峦《读聊斋杂说》云："千古文字之妙，无过《左传》，最喜叙怪异事，予尝以之作小说看。"见张友鹤辑校：《聊斋志异（会校会注会评本）》，9 页，上海，上海古籍出版社，1962。

死。传故备举，以示卜占惟人所在。"①《左传》还载录了预言不准的情况。如昭公十七年和十八年，裨灶皆预言郑国有火灾，前者应验，而后者则未应验。除了预言不准外，象征性思维的不可理喻性也使人们对这部分叙述难以接受。如上文所举的周太史为楚王占"有云如众赤鸟，夹日以飞，三日"的例子，就很能显示史官对这一叙事方式的矛盾处境。这则关于灾异的解释的象征逻辑本身并没有什么问题，也应验了，但楚昭王面对天命的不卑不亢在很大程度上消释了天命本身的威权。更为重要的是，这个具有德行、被孔子称为"知大道"的国君，为何要遭受这样的命运呢？这是史官所难以回答的。也就是说，象征叙事的非理性、不可追问性使它有可能背离道德理性，从而违背了史官努力的方向。这说明，象征叙事在建构新的意识形态和话语权力方面有着不可克服的缺陷。

因果关系虽然也强调必然性，但这种必然性又不是那么确定不移的。有多种因素会影响因果关系的成立，而且这些因素是不可预料的。再如，对因果的起点和终点的不同认识也会导致不同的判断。《左传·襄公十四年》载：

> 秦伯问于士鞅曰："晋大夫其谁先亡？"对曰："其栾氏乎！"秦伯曰："以其汰乎？"对曰："然。栾黡汰虐已甚，犹可以免。其在盈乎！"秦伯曰："何故？"对曰："武子之德在民，如周人之思召公焉，爱其甘棠，况其子乎？栾黡死，盈之善未能及人。武子所施没矣，而黡之怨实章。将于是乎在。"

士鞅在这里预言了栾家将要灭亡的命运，他的主要依据是栾黡汰虐，因而必招致罪罚，而这罪罚却要由栾黡的儿子栾盈来承担。栾黡的父亲栾书有德于民，栾黡虽为祸首，却可以承继其父亲的恩泽，得以善终其身。这里有两个问题是可以质疑的：第一，如果因果报应不在其身，反而要好人承担坏的命运、坏人承担好的命运，则有违赏善罚恶的基本原则；第二，如果认可这种因果链可以代代相积以致无穷，那

---

① 李学勤主编：《春秋左传正义》，1075 页，北京，北京大学出版社，1999。

么赵孟根据诵诗可以预测子展等为"数世之主",而栾书德如召公却只能恩荫其子,区别这两个不同命运的理由是什么呢?史官并没有给出明确的依据。也就是说,春秋史官在处理事实之间的因果关系时有着简单化和过度化的特征,是较为幼稚的。这使得叙事过程中的因果关系显得非常脆弱,而且具有很大的任意性,尚不足以完全确立一种明确的社会理性。

无论是象征叙事还是因果叙事,都是春秋史官对现实进行阐释以获取社会批判权力,建构新的意识形态的一种方法。史官的努力对推动中国传统文化的发展尤其是推动理性思维的发展,有着重要的意义。在这一文化革新、发展的过程中,史官推动了理性的进步,因而对象征叙事采取排斥的态度;同时,由于历史原因,也由于初期理性文化的脆弱和不完善,史官又不得不依赖于象征叙事。结果,就形成了《左传》中象征叙事和因果叙事双线并行的事实。

第五章　春秋君子"立言不朽"的
文化观念与"语"类文献的生成

　　以史官为代表的礼乐文化，在春秋中后期逐渐衰落。在复杂政治
环境的培育下，一些有见识、有承担的贤人从贵族阶层中脱颖而出，
成为社会意识形态的代言人。他们在指责春秋种种非礼现象之余，也
开始对礼乐文化进行反思，推动了理性精神的发展。这些文化贤人被
称为君子。所谓君子，即是那些浸染着礼乐文化却有着理性精神，并
能立言于世的人。君子文化是从巫史文化到士文化的过渡阶段，起着
承上启下的作用。春秋君子阶层对"辞"有着异常敏锐的追求。君子"有
辞"的追求和君子"立言"的思潮紧密相关，是大夫阶层主体意识的体
现。史官参与并以文献的方式支持了君子的"立言"，《左传》《国语》等
都大量载录了君子的"立言"。作为一种文献样式的"语"由此得到较快
的发展，《国语》是其中最有代表性的著作。春秋后期的"语"类文献种
类较多。《老子》是一部从史职箴诫功能中发展出来的"语"类文献，有
着明显的职业性特点，体现了史官阶层干预现实、训诫政治的愿望。
孔子是君子文化的集大成者，也是士文化的开创者，他通过系统传播
和阐释传统巫史文献的方式，使其成为社会理性的经典。而《论语》则
是孔子的立言，它的编纂体现了孔门弟子对孔子"君子"身份的认同。
春秋"语"类文献的兴盛为中国士文化奠定了基础，对诸子文献起到了
示范性的作用。

第一节 先秦"辞"的演变及特征

"辞"在先秦文献中是对某些语言类型的描述，如誓辞、"六祝之辞"、卦爻辞、教辞等，这些"辞"在使用情境、使用者、使用方法、语体形态等方面存在着某些共同的规定。也正是在这些规定下，后世所命名的楚辞、卜辞等能得到普遍的认可。讨论中国早期文献、文学、文章，都离不开"辞"。但"辞"的外在形式特征并不统一：既包括口语，也包括文本文献；既有诗体，也有散文体。因此，学术界对"辞"一直没有一个明确的描述或界定。"辞"的复杂性说明了它的文化内涵的丰富性和重要性，梳理出其中的内在逻辑有利于正确地描述这一语言现象，也有利于加深对先秦文化、文献和文体之间关系的理解。

一、祝祭之辞

甲骨卜辞中有𤔲字，饶宗颐读为"辞"，他的观点如下："𤔲盖䛆字，《说文》：'辭，籀文从司作嗣'。金文'司工''司马''参有司'诸司字皆同，或省口作䛆。……《周礼·太祝》作六辞，一曰祠。郑司农云'祠当为辞'，此即'辞'、'祠'字通之证。"[1]西周金文"辞"形作𤔲（司工丁爵）、𤔲（康侯簋）、𤔲（令鼎）、𤔲（师虎簋）、𤔲（荣有司再鼎）、𤔲（兮甲盘）、𤔲（儐匜）等。季旭昇说："司工丁爵、兮甲盘从𤔲辛口，儐匜从𤔲辛言。𤔲，治也；辛即乂之本字，引申有治理之义；口、言所以治之。"[2]根据二位学者的说法，在殷商甲骨文和西周金文中，"辞"与"祠""司"相通，指以语言方式行使的神灵祭祀或事务治理行为，语义较为综合。

上古时期，世俗权力往往是从神圣职事转化而来，早期的"有司"主要是各类神职人员，并以宗教方式行使职事。甲骨文"𤔲"和金文诸

① 于省吾主编：《甲骨文字诂林》第三册，2493 页，北京，中华书局，1999。
② 季旭昇：《说文新证》，1007 页，福州，福建人民出版社，2010。

"辞"字形中都含有"弓"这一符号，这一符号也同时出现在甲骨文"凤"
"龙""商""言"等字中，被认为是巫史群体神圣权力的象征。① 因此，
"辞"是一个具有神圣意味的复合字。但随着社会文化的发展，"辞"的
含义出现了分化，至少在西周中后期，这个字就主要用以指神圣职事
中的言语行为了。如周懿王时期的𤳹匜铭文所载：

> 汝敢以乃师讼，汝上听先誓，今汝亦既有御誓，薄格啻睦𤳹，
> 授亦兹五夫，亦既御乃誓，汝亦既从辞从誓……伯扬父乃或使牧
> 牛誓曰……牧牛辞誓成，罚金。②

这则铭文记载了一次诉讼过程，其中判决是通过盟誓完成的，而盟誓
需有鬼神作证才能成立。铭文"从辞从誓"说明了"辞"即盟誓之辞，其
语言含义十分明确。

西周时期，祝官于祭祀仪式中"主赞词"。《周礼》言"大祝"之职云：

> 大祝掌六祝之辞，以事鬼神示，祈福祥，求永贞。一曰顺祝，
> 二曰年祝，三曰吉祝，四曰化祝，五曰瑞祝，六曰筴祝。……掌
> 六祈，以同鬼神示，一曰类，二曰造，三曰禬，四曰禜，五曰攻，
> 六曰说。……作六辞，以通上下、亲疏、远近，一曰祠，二曰命，
> 三曰诰，四曰会，五曰祷，六曰诔。

"事鬼神示"的主要方法是"六祝之辞"，郑玄注引郑司农曰：

> 顺祝，顺丰年也。年祝，求永贞也。吉祝，祈福祥也。化祝，
> 弭灾兵也。瑞祝，逆时雨、宁风旱也。筴祝，远罪疾也。

此六项为常规性祭祀，前三项是祝颂娱神并祈求福佑，后三项则是祈
求远离战争、自然灾害、罹罪患病等灾祸。这两类祭祀包括了人神交
往的主要目的。至于"六祈"，郑玄注云：

---

① 林甸甸：《上古天学知识及文献研究》，20 页，北京，北京师范大学出版社，2016。
② 参见马承源主编：《商周青铜器铭文选》第 3 册，184～185 页，北京，文物出版社，
1988。

> 谓有灾变，号呼告神以求福。天神、人鬼、地祇不和，则六
> 沴作见，故以祈礼同之。

"六祈"是为禳灾而举行的，是针对偶发性事件的临时祭祀。"号呼告神"必然有辞，之所以不在"六祝之辞"之中，是因为"六祈"之"号呼告神"乃因事而发，并无固定的"辞"。至于"上下、亲疏、远近"，指的是天神地祇、祖先、山川地望之神，所谓"六辞"亦是人神交通之辞。"六辞"的特殊性待下文讨论。显然，"辞"是大祝沟通鬼神的专业性、神秘性、规范性语言。

与祭祀有关的另一个重要职事是史，一般认为史官以文字载录区别于祝官。最初的人神交往是由祝官①完成的，史官只是负责占卜过程的载录。但随着进入宗教仪式的社会事务越来越繁杂，史官凭着载籍的优越性，逐渐取代祝官的位置而主导祭祀仪式。尤其是注重文献的策命类仪式，在西周后期基本就由史官负责了。换句话说，祭祀中的言辞到西周时期分为口语和书写两部分，前者被称为"辞"，后者则被称为"策"。祝官主辞，而史官主策。

在先秦文献中，我们还能看到"辞"的一些特殊用法，如"狱讼之辞""奉辞伐罪"等，它们其实也是与宗教仪式有关的。《说文解字》曰："辞，讼也。"《周礼·士师》中有多处"察狱讼之辞"的记载，则狱讼控辩双方的言语亦称"辞"。上古诉讼主要采用神判来解决，金文古"法"字右半边似兽形，有人认为即法兽獬豸，古有皋陶以神兽断狱之说。商周时期的狱讼也要通过宗教仪式完成，诉讼之词及判词皆需呈告于神灵，故称"辞"。《尚书·大禹谟》载：

> 禹乃会群后，誓于师曰："济济有众，咸听朕命。蠢兹有苗，
> 昏迷不恭，侮慢自贤，反道败德，君子在野，小人在位，民弃不

---

① 甲骨卜辞中即有"祝"字，据研究，西周时期祝官的职事"最主要的就是负责祭祀活动中以言语沟通神人，进行祝号"（于薇：《周代祝官制度考略》，吉林大学硕士学位论文，2005）。

保，天降之咎。肆予以尔众士，奉辞伐罪。尔尚一乃心力，其克
有勋。"

这里的"伐罪"之辞，乃出于誓师仪式。早期誓师仪式有祭天和祭祖的
内容，因此"伐罪"之辞被认为获得神灵认可，故能"奉"而伐人。如《尚
书·牧誓》载武王历数纣罪之后，曰："今予发，惟恭行天之罚。"这里
所说的"行天之罚"与上文所说的"天降之咎"，都表明伐罪之辞的神圣
性质。同样，《尚书·吕刑》所谓"有辞于苗"，也是这个含义。

根据以上论述，我们推断："辞"最早指的是宗教仪式中的语言，
尤其是程式化、规范化的语言。《礼记·表记》云："夏道未渎辞……殷
人未渎礼。"殷人之"礼"指的就是祭祀占卜仪式，那么夏人之"辞"亦如
此，只是夏人简朴，可能只是祝告而已，故只以"辞"言之。但"辞"和
"礼"皆不可"渎"，这是宗教自身的要求。

二、教诫之辞

周革殷命后，周公制礼作乐、神道设教，礼仪从宗教祭祀向社会
教化扩展，因此"辞"的含义也有所变化。太祝"六辞"即是这一文化革
新的产物。

《周礼》云大祝在"六祝之辞"外另有"六辞"，曰祠、命、诰、会、
祷、诔。郑玄注引郑司农曰：

> 祠当为辞，谓辞令也。命，《论语》所谓为命裨谌草创之。诰，
> 谓《康诰》《盘庚之诰》之属也。……会，谓王官之伯，命事于会，
> 胥命于蒲，主为其命也。祷，谓祷于天地、社稷、宗庙，主为其
> 辞也。……诔，谓积累生时德行，以锡之命，主为其辞也。

郑玄又补充曰，"辞"为"交接之辞"，"会"为"会同盟誓之辞"，"祷"为
"贺庆言福祚之辞"。也就是说，祝官"六辞"不用于祭祀神灵，而用于
人际交往。孙诒让《周礼正义》云："此以生人通辞为文，与上六祝六祈

主鬼神示言者异。"①为何这些社会交往性辞令也属于祝官的职事呢？

我们可先从"诰"说起。诰源于告。"告"在商周是一种祭名，也称告祭。甲骨卜辞中告祭载录甚多，殷人因疾病、出省、婚丧、田猎、结盟、出征、灾异等所有人力难以左右或无法保证的自然、社会事件，以及国家、宗族之重大事务与君主的个人愿望等，都需告祭祖先和自然神灵。周公制礼作乐，因发布教诫之辞的需要，改革告祭仪式，在告祭之后又演变出一个"诰"的仪节。在这个仪节中，周公作为主祭者，可以代神灵传达意旨，这就是"诰教"，为其神道设教的主要方法之一。② 西周初期何尊铭文对此有清晰的记载：

> 在四月丙戌，王诰宗小子于京室，曰："昔在尔考公氏克，克逑文王，肆文王受兹大命。唯武王既克大邑商，则廷告于天，曰：'余其宅兹中国，自兹乂民。'呜呼！尔有虽小子亡识，视于公氏，有勋于天，彻令敬享哉。"惟王恭德裕天，训我不敏。王咸诰，何易贝卅朋，用作庚公宝尊彝。

这则铭文中同时出现了"告"和"诰"。文中的"王诰宗小子于京室"和"王咸诰"都是王在这次仪式上对何及其他助祭者的教诫之辞；而诰辞中出现的"武王既克大邑商，则廷告于天"，指的是周武王灭商后的一次告祭仪式。在这则铭文中，"告"和"诰"的不同用法是十分清晰的，前者是告祭仪式，后者是主持仪式的王对助祭者的教诫。实际上，"诰"是在告祭祖先的仪式上发生的，先"告"而后"诰"。据何尊铭文所载，"佳王初迁宅于成周，复禀武王礼福于天"，是说周王因迁居成周而祭祀武王，这实际上是一个告祭仪式，"王诰宗小子于京室"和"王咸诰"便发生在这个仪式上。

"诰"为"六辞"之一，是因为它有宗教仪式的背景，必须由大祝假

---

① （清）孙诒让撰：《周礼正义》，1993 页，北京，中华书局，1987。

② 过常宝：《先秦散文研究——早期文体及话语方式的生成》，86～88 页，北京，人民出版社，2009。

借神灵之名才能言之于人。周公在朝廷有大祝①之职，以"六祝之辞"祭神告神，又常在主持宗教仪式之时以"王"的身份"诰"助祭者。周公之诰多载于《尚书》，如《尚书·酒诰》载周公之语云："汝勿佚，尽执拘以归于周，予其杀。又惟殷之迪诸臣，惟工乃湎于酒，勿庸杀之，姑惟教之，有斯明享。乃不用我教辞，惟我一人弗恤，弗蠲乃事，时同于杀。"《酒诰》是周公封康叔于卫的诰辞，中心内容是劝诫康叔"无彝酒""无湎酒"。值得注意的是，周公自称此诰为"教辞"，即强调"诰"的教化性质。显然，"教辞"源于祭辞，并以祭辞为其合法性根据，但它是面向世俗社会的教化之辞。在"诰"之外，"六辞"中其他诸辞也都不能离开大祝的职事行为，聘问、会盟、贺庆、锡命、吊唁这些社会事务也都是在仪式中完成的，都有着宗教背景。仪式中的"祠""命""会""祷""诔"与"诰"相似，都包含着世俗教诫的内容，表现为"祭祀＋教诫"的结构形式。西周大祝拥有教诫之权，是周公神道设教为西周所留下的宝贵的政治遗产，这就是在"六祝之辞"之外又有"六辞"的原因。也就是说，"辞"在西周时期仍然是大祝等宗教人员的特权，它包含了通神和教化两方面的内容。

随着神权的式微，仪式的功能和形态也逐渐发生变化，出现了越来越多的政治化、社会化仪式。这些仪式都有或多或少的宗教意义，但已经与宗教祭祀仪式不同了，我们称之为"礼仪"。相应地，"辞"的构成由"祭祀＋教诫"逐渐变为"礼仪＋教诫"。如《周礼·考工记·梓人》所载"祭侯之礼"，其辞曰："惟若宁侯，毋或若女不宁侯不属于王所，故抗而射女。强饮强食，诒女曾孙诸侯百福。"这里说的是射礼仪式，"侯"为箭靶，但在"辞"中借以谴责不顺从王的诸侯，是典型的政治教诫。此外，《士冠礼》中有"醴辞""字辞"，《士昏礼》中有"昏辞"，

---

① 出土禽簋铭文曰："王伐奄侯。周公某禽祝。禽有脤祝。"郭沫若解释说："周公与禽同出，周公自周公旦，禽即伯禽。伯禽殆曾为周之大祝，别有《大祝禽鼎》可证。"（郭沫若：《两周金文辞大系图录考释》下册，11 页，上海，上海书店出版社，1999）伯禽如不是巫祝专家，是不可能任"周之大祝"职务的。郝铁川据此推论云："从西周贵族世官制来看，可以反证周本为巫祝，且系巫祝集团的首脑。"[郝铁川：《周公本为巫祝考》，载《人文杂志》，1987(5)]

《聘礼》中有"聘辞"，宴饮、朝觐、田猎等各自有"辞"，这些"辞"也都有教诫之义。《礼记·经解》载孔子之语曰："入其国，其教可知也。其为人也温柔敦厚，《诗》教也。疏通知远，《书》教也。广博易良，《乐》教也。洁静精微，《易》教也。恭俭庄敬，《礼》教也。属辞比事，《春秋》教也。"以上所列的《诗》《书》《乐》《易》《礼》《春秋》，与早期宗教仪式密切相关，或载录了祭辞、颂辞、祷辞、卜辞、告辞、诰辞等，本有不少教诫之辞。春秋之时，这些文献被编纂和阐释，其中的政治、伦理、宗法等思想被特别强调，因而都被孔子认为是"教辞"。

《春秋》本为史官告命之作，《左传·隐公十一年》载："凡诸侯有命，告则书，不然则否。"《左传》有多处"告命"载录，如"宋人使来告命"（《左传·隐公五年》），"齐侯使来，告成三国"（《左传·隐公八年》），"王使以周公之难来告"（《左传·成公十二年》）等。所谓"告命"实际上是一种特殊的告祭仪式，指的是各诸侯国的祝史之官以诸侯之事告祭周廷或鲁国之宗庙，其形式则为告辞。西周时期，告辞不具有训诫意味，诰辞才具有训诫意味、才是教辞。但在春秋礼崩乐坏的情况下，缺乏周公及西周大祝那样的宗教权威，诰教制度式微，祝史只能在纯粹的告祭之辞上下功夫，变通而为"春秋笔法"，使得告辞具有了启示和教诫的功能。① 这就是《春秋》又被认为是教辞的原因，所谓"属辞比事而不乱，则深于《春秋》者也"，指的就是《春秋》"教辞"的性质。

三、君子"有辞"

"辞"在春秋时期沿着社会化、训诫性的路子继续发展，成为一个很特殊的文化现象，这在《左传》中有充分的体现。我们先看宣公十二年晋楚邲之战的一段载录，当时楚将乐伯等往晋军致师，反被晋军追击：

> 乐伯左射马而右射人，角不能进，矢一而已。麋兴于前，射

---

① 参见过常宝：《"春秋笔法"与古代史官的话语权力》，载《北京师范大学学报（社会科学版）》，2003(4)。

> 麇丽龟。晋鲍癸当其后，使摄叔奉麇献焉，曰："以岁之非时，献
> 禽之未至，敢膳诸从者。"鲍癸止之曰："其左善射，其右有辞，君
> 子也。"即免。

鲍癸的话显示，当时对"君子"身份的尊重甚至超越了敌对双方的立场。在这个例子中，判断"君子"的标准是"善射"和"有辞"。射为西周贵族所学习"六艺"之一，称赞艺高者为"君子"是可以理解的。而"辞"不见于"六艺"，以"有辞"者为君子是春秋时期特有的观念。《左传·襄公三十一年》载：

> 叔向曰："辞之不可以已也如是夫！子产有辞，诸侯赖之，若
> 之何其释辞也？《诗》曰：'辞之辑矣，民之协矣。辞之绎矣，民之
> 莫矣。'其知之矣。"

子产是春秋时期最为著名的"君子"之一，获得了各诸侯国的普遍尊重，成就了他"君子"之名的正是"有辞"。

春秋时期深受推崇的"有辞"到底有何含义呢？我们还是回到乐伯和摄叔的射麇、献麇中来。孔颖达云：

> 《周礼·兽人》"冬献狼，夏献麇，春秋献兽物"者，谓献之以
> 共王之膳耳，非能遍及于百官也。礼，冬猎曰狩，言围守而取之，
> 获禽多也。于时虞人所献，或颁及群臣，故言"岁之非时，献禽之
> 未至"，以为语之辞耳。

"献"是一项礼仪活动，兽人或虞人四季各有所献。至冬，周王率臣狩猎，虞人清点猎物后献上，禽鸟则赏赐群臣。因此，乐伯和摄叔的射麇、献麇一方面表示了对晋将的服膺和尊重，另一方面也通过"献禽之未至"的解释避免了越礼的误解。显然，通过献禽之辞，乐伯和摄叔宣示了"致师"的礼仪性质，而两人对礼制的娴熟以及恭敬的态度也赢得了鲍癸的尊重，成功地化解了一场危机。所以，"辞"的背后是礼仪，"有辞"只是礼仪周详的代称；符合礼仪程序或礼仪精神的话即为"辞顺"。《左传·襄公二十四年》载文子之语曰："其辞顺。犯顺，不祥。"

冒犯了"辞"也就是唐突了礼仪，会招致神灵的惩罚，此为"不祥"。严格来说，摄叔献麇并不符合礼制，在这一行为中值得推崇的是对礼制的熟悉，以及由此所显示出来的礼仪态度、方式、价值。

显然，"辞"起源于宗教，但在向礼教发展的过程中开始逸出宗教，成为一种独特的社会行为方式，代表的是世俗价值。《左传·桓公六年》载季梁之语云：

> 所谓道，忠于民而信于神也。上思利民，忠也；祝史正辞，信也。今民馁而君逞欲，祝史矫举以祭，臣不知其可也。

从这段话来看，"辞"仍是祝史交通鬼神的方法，以"信"为本。但"辞"是否"信"是以是否"忠于民"为前提的，如果没有做到"忠于民"，"矫举以祭"固然没有好下场，如果以自己的恶德如实告神，也同样没有好结局。也就是说，宗教仪式层面上的"辞"不能独立显示价值，它需以"忠于民"这样的世俗观念为基础。《左传·襄公二十七年》载赵孟评价当时的贤人时说："夫子之家事治，言于晋国无隐情，其祝史陈信于鬼神无愧辞。"所谓"无愧辞"，依赖的正是"家事治""无隐情"这两种世俗品行。

同样，春秋时期仍然在"奉辞伐罪"的旗号下进行战争，但其已经不依赖仪式了。《左传·宣公十五年》载，狄人杀晋景公之姊，晋侯将伐狄，诸大夫不赞成，伯宗曰：

> 必伐之！狄有五罪，隽才虽多，何补焉？不祀，一也。耆酒，二也。弃仲章而夺黎氏地，三也。虐我伯姬，四也。伤其君目，五也。怙其隽才，而不以茂德，兹益罪也。后之人，或者将敬奉德义以事神人，而申固其命，若之何待之？不讨有罪，曰"将待后"，后有辞而讨焉，毋乃不可乎？夫恃才与众，亡之道也。商纣由之，故灭。天反时为灾，地反物为妖，民反德为乱。乱则妖灾生。故文反正为乏，尽在狄矣。

伯宗指出，狄有罪而我"有辞"，可伐，如狄人以后能"敬奉德义以事神人"，转而"有辞"，也就不可伐了。在晋人看来，有理就是"有辞"，"有辞"与否决定着讨伐的正当性。伯宗所列狄人五罪，是典型的"奉辞伐罪"，在形式上虽然有《尚书·牧誓》的影子，但已经是纯粹的事理了，与仪式没有任何关系。

由上可知，春秋时期的"辞"的含义有了明显的扩大，除了仪式用语外，举凡具有训诫之义或符合礼制、礼仪精神的言论，都可以称为"辞"，或者被许为"有辞""辞顺"。此外，春秋时期还有"辞直""无辞""失辞"等说法，这其中的"辞"基本都脱离了宗教仪式，又多少与仪式传统有关，成为一种新的社会价值尺度。

春秋的"有辞"观念和君子"立言"的思潮紧密相关，《左传·襄公二十四年》载鲁大夫叔孙豹之语云：

> "大上有立德，其次有立功，其次有立言。"虽久不废，此之谓不朽。若夫保姓受氏，以守宗祊，世不绝祀，无国无之。禄之大者，不可谓不朽。

"三不朽"以立德、立功、立言依次相列，而德和功的概念古已有之，王者立德，诸侯立功。真正具有新意的是"立言"，这是为正在兴起的大夫阶层量身打造的价值标尺。① 换句话说，"三不朽"使得大夫阶层的自身价值得以确立，也标志着一个新的历史时代的开始。继祝史之后，大夫阶层成为这个新的时代的文化创新的主导者。《左传·襄公二十五年》载孔子论"子产有辞"云：《志》有之：'言以足志，文以足言。'不言，谁知其志？言之无文，行而不远。晋为伯，郑入陈，非文辞不为功。慎辞哉！"也就是说，"有辞"和"立言"可以建功，可以明志，是大夫阶层主体精神的标志。又《礼记·哀公问》载孔子之言曰："君子言不过辞，动不过则，百姓不命而敬恭。如是则能敬其身。能敬其身，则能成其亲矣。"君子之"言"应以"辞"为标准，这样，君子"立言"就会成为社会的规范，起到教诫百姓的作用。

春秋的"有辞"观念是和"君子"这一社会阶层的兴起紧密相关的，它意味着社会文化由祝史主导变为大夫主导，"辞"则从宗教情境中脱

---

① 过常宝、高建文：《"立言不朽"和春秋大夫阶层的文化自觉》，载《北京师范大学学报（社会科学版）》，2014(4)。

离出来，成为社会意识形态建设的主要手段。当然，在孔子看来，"有辞"和"立言"的共同特征是"文"，而"文"则是对"辞"在形式上的要求。

四、"辞"之"文"

"辞"有着自身的传统，承担着独特的文化功能，在内容上有其规定性，从而和一般言语方式相区别。我们相信，"辞"的特殊性也必然会在形式上有所显示，这就是"文"。但孔子所谓"文"到底是什么含义呢？《论语·八佾》载孔子之语曰："周监于二代，郁郁乎文哉！吾从周。"这里的"文"是对西周完备的礼乐制度的描述。又《论语·季氏》载孔子之语曰："不学诗，无以言。"这实际上反映了春秋时期君子引诗"立言"的状况，而君子引诗的理由也是诗代表着礼乐传统。所以，孔子所谓"文"实际上指西周礼乐之盛。具体到辞令上，它指"辞"与传统礼乐的关联性表征，可以说仪式性是"辞"的标志。我们可以将这种关联性总结为五个方面，先秦"辞"在形式上至少体现出其中一个方面的特征。

第一，韵文形式。"辞"最基本的意义是宗教仪式用语，包括颂赞、祷祝、占卜等形态。颂赞辞用于歌颂神灵的功绩和恩德，最具代表性的是《诗经》三颂以及《大雅》中的部分诗篇，如《大雅·生民》颂扬周人先祖后稷神奇的出生和农艺技能，这是典型的颂赞辞。祷祝辞向神灵表达了祭祀者的意愿，如早期的蜡辞："土反其宅，水归其壑，昆虫毋作，草木归其泽。"西周祭祀仪式上，祝常代替尸向主人表达祝愿，称为祝嘏辞。如《仪礼·少牢馈食礼》载："皇尸命工祝，承致多福无疆于女孝孙。来女孝孙，使女受禄于天，宜稼于田，眉寿万年，勿替引之。"《诗经·大雅·既醉》所谓"君子万年，介尔景福"之类，杜伯盨铭文"用祷寿，丐永命。其万年，永保用"等，都是祝嘏辞。颂赞辞、祷祝辞等基本都是韵文形态，有着相对稳定而规范的格式。此外，易卦爻辞也有不少歌谣、韵语，如《明夷·初九》爻辞曰："明夷于飞，垂其翼。君子于行，三日不食。"这就是一首完整的韵语。可以说，春秋以前所有的韵文都是"辞"。战国屈原诗歌乃是文学作品，但人们习惯性地将它们命名为"楚辞"。

第二，程式化结构。"辞"与仪式不能分离，因此仪式结构的程式化特点也对"辞"产生了深刻的影响。如铭文一般采用"祭祀者曰＋颂祖辞＋祈福嘏辞"的结构，其中颂祖辞和嘏辞多采用韵语的形式；再如盟誓一般包括立约和罚则两部分，如《左传·僖公二十八年》载周王与诸侯盟于王庭，其辞云："皆奖王室，无相害也！有渝此盟，明神殛之！俾队其师，无克祚国，及而玄孙，无有老幼！"前二句为立约，后一句为罚则。可以说，用于仪式的"辞"在结构上一般都有着程式化的特点。

第三，仪式用语。如甲骨卜辞是对占卜的记录，占卜辞主要出现在"贞"和"王占曰"之后。其后发展起来的易卦爻辞，有着类似于甲骨卜辞的"亨""利贞"等语词。西周制礼作乐中兴起的"教辞"，往往也是通过某种特殊的语词将自己与仪式联系在一起，如诰辞的一个最为重要的标志是"王若曰"。白川静说："若，原是表示像女巫披头散发，在忘形忘我的状态中之形。……神谕便借此女巫的口而传达之，'若'字具有'许诺''承诺'之意者，就是这个缘故。"①如此，"王"应指受祭祀的神灵，由主持祭祀者"像"之而代言。相对于"王"，所有助祭者都被称为"小子"。"小子"为"宗小子"之简称，本为相对于大宗子而言之。但面对宗庙中的受祭祖先，即使身为王、为现世之大宗子，亦只能居"小子"之位。严志斌说："统观青铜器铭，王自称小子多在言及上帝百神或追记其祖先功烈的情况下出现。"②反之，称他人为"小子"者也一定出自祖先之口。《尚书·酒诰》云"文王诰教小子有正有事，无彝酒"，可文王早亡，此必主祭者周公代言。"小子"指康叔，是参与祭祀者；"无彝酒"为训诫之辞。诰辞除了见于《尚书》《逸周书》外，多见于钟鼎铭文，在西周时期尤为集中，其内容越来越现实化，但它一直保存着来自仪式的提示性语词"王若曰"或其变化形式，如"周公若曰""王曰"以及后来的"子曰"等，并因此维系着文体的特征。

第四，"信而有征"。春秋时期的君子"立言"之辞已经完全脱离了

---

① ［日］白川静：《中国古代文化》，［日］加地伸行、范月娇译，198 页，台北，文津出版社，1983。

② 严志斌：《关于商周"小子"的几点看法》，载《文物春秋》，2001(6)。

仪式，成为一种俗世话语。而俗世话语如何使人信服呢？这就必须使用特殊的话语方式。《左传·昭公八年》载叔向之语云："子野之言，君子哉！君子之言，信而有征，故怨远于其身。小人之言，僭而无征，故怨咎及之。"所谓"信而有征"，就是说有征引的言论可以使人信服。《左传》中的君子"立言"之辞，一般都会有征引。如《左传·宣公十六年》载，晋羊舌职称赞士会曰：

> 吾闻之："禹称善人，不善人远。"此之谓也夫！《诗》曰："战战兢兢，如临深渊，如履薄冰。"善人在上也。善人在上，则国无幸民。谚曰："民之多幸，国之不幸也。"是无善人之谓也。

这段话同时征引了三种不同的文献："闻之"、《诗》、谚。《左传》"立言"之辞中，征引最多的是《诗》，然后是《书》《易》。此外，还有"史佚有言""故志"等史官职业典籍。所以，孔子才说"不学《诗》，无以言"。显然，"立言"之辞通过征引的方式与宗教仪式或宗教文献建立联系，表明自己属于一个悠久的传统，并因此而获得话语权。

第五，仪式性场合。春秋时还有另一种"辞"，主要依赖于仪式性场合，如外交场合下的应对、问罪、申述等，其文体性特征更加薄弱。《礼记·表记》引孔子的话云："无辞不相接也，无礼不相见也。"孔颖达云："言朝聘会聚之时，必有言辞以通情意。若无言辞，则不得相交接也。"《左传·成公二年》有这样的记载：

> 晋侯使巩朔献齐捷于周，王弗见，使单襄公辞焉，曰："蛮夷戎狄，不式王命，淫湎毁常，王命伐之，则有献捷，王亲受而劳之，所以惩不敬，劝有功也。兄弟甥舅，侵败王略，王命伐之，告事而已，不献其功，所以敬亲昵，禁淫慝也。今叔父克遂，有功于齐，而不使命卿镇抚王室，所使来抚余一人，而巩伯实来，未有职司于王室，又奸先王之礼。余虽欲于巩伯，其敢废旧典以忝叔父？夫齐，甥舅之国也，而大师之后也，宁不亦淫从其欲以怒叔父，抑岂不可谏诲？"

晋侯献捷，因不符合礼制，为周王所拒。"使单襄公辞焉"之"辞"，既可解释为推辞，也可解释为致辞。如《左传·文公十四年》所记载的如下内容："晋赵盾以诸侯之师八百乘，纳捷菑于邾。邾人辞曰：'齐出貜且长。'宣子曰：'辞顺而弗从，不祥。'乃还。"其中"辞"即有致辞之意。单襄公以礼制和宗法大义劝止晋侯献捷，是一个典型的"有辞"，为晋人所尊重。实际上，春秋时期某些评论性、解说性的言论就不再称为"辞"，而是称为"语"，如《国语》《论语》之类。君子之"辞"的世俗化发展使得"辞"渐渐失去宗教特征，"辞"也就不复存在了。

由于"辞"源于人神交往，其"文"的特征还可以从内外两个方面来说明。

《周易·乾·文言》中"修辞立其诚"说的是"辞"的内在品质。"辞"用于向神祝告，所以有真诚、诚信的要求。《礼记·郊特牲》云"币必诚，辞无不腆"，《诗经·大雅·板》云"辞之辑矣，民之洽矣。辞之怿矣，民之莫矣"，说的都是"辞"的真诚与否决定了人神交往的效果，也会反过来影响言说者的命运。同样，由于"辞"具有"诚"之品格要求，它能揭示言说者的品性和心态。《周易·系辞下》云："将叛者其辞惭，中心疑者其辞枝。吉人之辞寡，躁人之辞多。诬善之人其辞游，失其守者其辞屈。"也就是说"辞"的神圣"诚"性是不可能被遮蔽的，这也是春秋贤人通过诵诗判断他人命运的理由。

《礼记·表记》中的"情欲信，辞欲巧"，说的是"辞"的美学特征。《仪礼·聘礼》曰："辞无常，孙而说。辞多则史，少则不达。辞苟足以达，义之至也。"也就是说，"辞"在沟通人神时要表现出谦逊、和顺，要恰到好处，使神灵愉悦，这就是"巧"。也就是说，"辞"应该具有很好的文学性和表现力。后人将孔子所谓"文"理解为"巧"是有一定道理的，它们都是指"辞"应有文质彬彬、内外兼美的特质。

第二节　春秋君子"立言不朽"的文化观念

君子文化产生于春秋时期，它并无特定的组织形态和明确的文化纲领，延续的时间也不算太长，却是礼崩乐坏时代里最为绚丽的一道风景。优良的礼仪和文献修养，赋予君子一定的话语权力；而切实的政治实践，又使得君子对历史和现实有着更深刻的理解。君子通过立言的方式，顺利地从即将衰落的巫史手中承接过文化责任，延续并推进了历史发展的趋势，对中国文明的进展有着重大的贡献。

从西周到春秋时期，随着政治文化发展，各类等级不同、名称有异的史职成了官府里的簿书顾问官员，史职的宗教性质渐渐被削弱了。与此同时，宗族子弟需承担越来越多的行政事务和祭祀活动，也就需要越来越多的文献知识和礼仪修养。到春秋时期，能掌握巫史文献和礼仪知识的贵族已经很多。

西周时，朝廷已经开始有计划地对宗族子弟进行礼乐教育。《礼记·王制》记载了西周学宫的状况：

> 天子命之教，然后为学，小学在公宫南之左，大学在郊。天子曰辟廱，诸侯曰頖宫。天子将出征……受命于祖，受成于学。出征执有罪，反，释奠于学，以讯馘告。……乐正崇四术，立四教。顺先王《诗》《书》《礼》《乐》以造士。春秋教以《礼》《乐》，冬夏教以《诗》《书》。王大子、王子、群后之大子，卿大夫、元士之适（嫡）子，国之俊选，皆造焉。

以上所提及的"小学""大学""辟廱""頖宫"等名目，被后世学者看作各类等级不同的学宫或学宫的异名。学宫并不专作教学之用，所谓"释奠于学，以讯馘告"是一种献俘仪式。此外，学宫还用来举行乡饮、乡射的礼仪。杨宽说："西周大学不仅是贵族子弟学习之处，同时又是贵族成员集体行礼、集会、聚餐、练武、奏乐之处，兼有礼堂、会议室、俱乐部、运动场和学校的性质，实际上就是当时贵族公共活动的场所。"①因此，学宫首先是礼仪场所，其次才是用于对宗族子弟进行礼仪训练和实习的学校。

在学宫里承担训练宗族子弟任务的是"乐正"，即乐太师。《尚书·舜典》中舜令夔"典乐，教胄子"，《周礼·春官》中大司乐的职责亦有"掌学政"一项。由此可以推断，贵族教育以音乐为主。俞正燮认为："虞命教胄子，止属典乐；周成均之教，大司成、小司成、乐胥皆主乐；《周官》大司乐、乐师、大胥、小胥皆主学。……通检三代以上书，乐之外无所谓学。"②刘师培作《学校原始论》说："商代之大学曰瞽宗，而周代则以瞽宗祀乐祖，盖瞽以诵诗，诗以入乐，故瞽矇皆列乐官。……观《周礼》大司乐掌成均之法，以教合国之子弟，并以乐德、乐舞、乐语教国子。而春诵夏弦，诏于太师；四术四教，掌于乐正。则周代学制，亦以乐师为教师，固仍沿有虞之成法也。"③音乐是礼仪的核心部分之一，以乐师教育子弟，实际上是培养宗族子弟的礼仪修养。《礼记·内则》谈及贵族教育时云：

> 六年，教之数与方名。七年，男女不同席，不共食。八年，出入门户即席饮食，必后长者，始教之让。九年，教之数日。十年，出就出傅，居宿于外，学书计。……十有三年，学乐诵《诗》，舞《勺》。成童，舞《象》，学射御。二十而冠，始学礼，可以衣裘帛，舞《大夏》。

《礼记·文王世子》云：

> 春夏学干戈，秋冬学羽籥，皆于东序。小乐正学干，大胥赞之。籥师学戈，籥师丞赞之。

前引《礼记·王制》所谓"《诗》《书》《礼》《乐》"四教，以及《礼记·内则》

---

① 杨宽：《古史新探》，202页，北京，中华书局，1965。
② （清）俞正燮撰：《癸巳存稿》，60～61页，北京，中华书局，1985。
③ 刘师培：《刘申叔遗书》上册，677页，南京，江苏古籍出版社，1997。

所谓"射御"之教，皆与礼仪有关。西周时期，贵胄子弟要承担职事，所以必须掌握仪式知识和仪式技能。

春秋时期，有识之士更看重德行在政治活动中的意义，而德的养成则要依赖前代文献。这样，史官文献的宗教意义被削弱，而它的政治伦理价值则得到强调。《国语·楚语上》记楚大夫申叔时谈论太子教育时说：

> 教之《春秋》，而为之耸善而抑恶焉，以戒劝其心；教之《世》，而为之昭明德而废幽昏焉，以休惧其动；教之《诗》，而为之导广显德，以耀明其志；教之礼，使知上下之则；教之乐，以疏其秽而镇其浮；教之令，使访物官；教之语，使明其德，而知先王之务用明德于民也；教之故志，使知废兴者而戒惧焉；教之训典，使知族类，行比义焉。

所谓《春秋》、《世》、《诗》、礼、乐、令、语、故志、训典云云，无一不是巫史阶层所专有的文献。早期王侯或贵族"临事有瞽史之导，宴居有师工之诵"，因而没有必要掌握这些知识。随着世俗政治的发达，贵族的政治身份日渐明晰，所承担的社会责任也就越来越多。在这种情况下，申叔时提出系统地学习巫史文献，大大扩展了贵族教育的内容。

申叔时的教育理念在春秋时并没有形成制度，但我们知道春秋时确实有不少贵族已经非常熟悉《春秋》、《诗》、礼等史官文献。如晋国的叔向"习于《春秋》"，郑国的子产被称为"博物君子"，他们皆非史官出身，对史官文献却非常熟稔。这些文献知识是不可能从学官中学到的，那么他们是通过什么途径获得的呢？从现有的文献来看，春秋贵族获得文献和礼仪知识的主要途径是"观"和"问"。

"观"，即观礼、观乐、观书。"观"的最早记录，是鲁襄公二十七年吴公子季札"请观于周乐"。当时鲁国乐工为他演奏了《诗经》中的风、雅、颂，又表演了《象箾》《南籥》《大武》《大夏》《韶箾》等舞蹈。季札的观乐是一种私人观摩，具有学习的特点。昭公二年，韩宣子来聘，"观书于大史氏，见《易象》与《鲁春秋》"，与季札观乐相同，也是私下的学习观摩。这些观乐和观书行为，主要发生在有权力的高级贵族身上。

此外，朝廷衰落或战乱导致巫史失业，文献也就随之而流落各地。天子史官毛伯得、尹氏固、南宫嚚等奔楚，鲁国"太师挚适齐，亚饭干适楚，三饭缭适蔡，四饭缺适秦，鼓方叔入于河，播鼗武入于汉，少师阳、击磬襄入于海"。连最讲礼仪的周王朝和鲁国都不能完整地保有史职了，更何况其他诸侯国。司马迁在《太史公自序》中言其祖先为"重黎之后""世典周史"，周惠王、周襄王时司马氏于乱中奔晋，春秋战国之交"分散，或在卫，或在赵，或在秦。其在卫者，相中山。在赵者，以传剑论显，蒯聩其后也。在秦者名错，与张仪争论，于是惠王使错将伐蜀，遂拔，因而守之。错孙靳，事武安君白起。而少梁更名曰夏阳。靳与武安君坑赵长平军，还而与之俱赐死杜邮，葬于华池。靳孙昌，昌为秦主铁官，当始皇之时"。到战国时代，司马氏已经完全没有从事史职的了。不但司马氏如此，其他史官家族到春秋晚期也基本"休业"，史官世传制度在战国初期即已中断。史官地位下降，为下层贵族或士人的问学提供了很好的条件，孔子就是通过"观"或"问"成为饱学之士的。《论语·子张》载子贡之言："夫子焉不学？而亦何常师之有？"《论语·八佾》说"子入太庙，每事问"。《史记·孔子世家》记载孔子与学生南宫敬叔俱适周观书，访礼于老子。《严氏春秋》引《观周篇》云："孔子将修《春秋》，与左丘明乘如周，观书于周史，归而修《春秋》之经。"[①]《春秋公羊传·隐公元年》徐彦疏云："孔子受端门之命，制《春秋》之义，使子夏等十四人求周史记，得百二十国宝书。"以上载录未必俱是事实[②]，但孔子的学问得之于史官是无可怀疑的。孔子自云"师挚之始，关雎之乱，洋洋乎盈耳哉"，又说"师冕见"。徐中舒以为皆是孔子

---

①　李学勤主编：《春秋左传正义》，13 页，北京，北京大学出版社，1999。

②　对于孔子是否适周的问题，因古代记载在时间、随同人物等方面的错乱，现代学者往往多有不同意见，如蒋伯潜认为，孔子确实"欲远适东周，观王官之藏书。此事之年，本难确指，只能如梁氏所说，付之阙疑，约略计之，当在志学已久，三十而立之后也"（《诸子通考》，53 页，杭州，浙江古籍出版社，1985）。而钱穆认为："孔子见老聃问礼，不徒其年难定，抑且其地无据，其人无征，其事不信。"（《先秦诸子系年》，39 页，石家庄，河北教育出版社，2002）

"与鲁国太史和乐官经常有往还"①的证据。《论语》中还两次提到孔子见到瞽者都表示崇敬(《子罕》《乡党》),《史记·孔子世家》说孔子曾向卫国乐官师襄"学鼓琴"。孔子大概经常观看鲁礼,他在《论语·八佾》中谈到了听太师奏乐的感受:"始作,翕如也;从之,纯如也,皦如也,绎如也,以成。"孔子还与史狗、史鰌为师友,其中史鰌是当时很有影响的人物。②《左传·昭公十七年》载孔子向郯子学习过,并感慨说:"天子失官,学在四夷,犹信。"孔子"无常师",说明了私学出现之前士人获得知识的途径。《吕氏春秋·当染》有这样一段记载:"鲁惠公使宰让请郊庙之礼于天子。桓王使史角往,惠公止之。其后在于鲁,墨子学焉。"墨子的学问渊源在史官。再如《左传·昭公七年》载鲁国孟僖子"病不能相礼,乃讲学之,苟能礼者从之"。所谓"能礼者"当然首先是指那些巫史人员。以上举的这些例子都发生在鲁国,因为鲁国是除了周王朝廷外礼仪文献保存最完整的地方。其他诸侯国也不同程度地存在这样的情况。

自觉地学习巫史文献,在春秋晚期已经形成了风气。《左传·昭公十八年》记闵子马说:"夫学,殖也。不学将落。"《国语·晋语九》记范献子云:"人之有学也,犹木之有枝叶也。木有枝叶,犹庇荫人,而况君子之学乎?"这说明追求知识已成为贵族修养的一部分了。知识可以自我庇护,所以君子必须有更为广博的知识,才能在社会中立身。

春秋时期,贵族不但在政治上占有重要地位,在文化上也开始成为主流。一般认为,懂得礼仪规范、能够恰当地称引文献的贵族,也必定具有很高的道德修养,堪为社会典范。《左传·僖公二十七年》载,晋文公"作三军,谋元帅"时,赵衰举荐郤縠说:

> 臣亟闻其言矣,说《礼》《乐》而敦《诗》《书》。《诗》《书》,义之府也;《礼》《乐》,德之则也。德、义,利之本也。《夏书》曰:"赋

---

① 徐中舒:《〈左传〉的作者及其成书年代》,载《历史教学》,1962(11)。

② 钱穆:《孔子年表》,见罗根泽编著:《古史辨》第4册,77~81页,上海,上海古籍出版社,1982;钱穆:《蘧瑗史鰌考》,见《先秦诸子系年》,58~61页,石家庄,河北教育出版社,2002。

纳以言，明试以功，车服以庸。"君其试之。

从这里可以看出，具有礼仪修养的贵族已经受到社会的推崇，他们被称为"君子"。

"君子"一词，在早期文献中就出现了。今文《尚书·周书》中有四篇提到"君子"，其意泛指臣僚。《诗经》中"君子"比较多，最基本的含义是对贵族的称谓，但也可以用来称呼上至君王、下至丈夫和情人的人，是一种敬称。① 可以说，在西周和春秋前期，"君子"标志着一种社会身份。与此不同的是，《左传》中的"君子"特别用来称呼有礼仪修养的人。从以下几个例子中，我们能看出"君子"的特殊含义。宣公十二年，晋楚邲之战，晋将鲍癸认为楚军"其左善射，其右有辞，君子也"。成公二年，齐晋鞌之战，齐将邴夏称晋将韩厥为"君子"，齐侯曰："谓之君子而射之，非礼也。"成公九年，晋范文子称楚囚为"君子"，因为他"言称先职，不背本也；乐操土风，不忘旧也"。昭公二十年，齐侯招虞人以弓，不进。虞人说："旃以招大夫，弓以招士，皮冠以招虞人。臣不见皮冠，故不敢进。"孔子认为虞人能"守官"，可以为君子所效仿。此外，晋侯称子产为"博物君子"（《左传·昭公元年》），师旷因"信而有征"被叔向称为君子（《左传·昭公八年》），子大叔、子游、子旗、子柳等因为在赋诗中表现得体而被晋大夫韩起称为"二三君子"（《左传·昭公十六年》）。以上这些"君子"基本上没有后世的道德或政治含义，所关涉的行为是射、辞令、御、乐、守礼以及精通文献等。换句话说，人们由于具有传统的礼仪修养而被称为"君子"。从鲍癸和邴夏对"君子"的态度中，我们可以看到人们对"君子"的敬重程度。

"君子"的起点是礼仪，但它的文化意义并不止于此。他们的存在显示了一种新的价值标准和社会理想，体现了新文化和巫史文化的区别。我们来看《左传》中的几个例子。桓公五年，郑庄公曰："君子不欲多上人，况敢陵天子乎?"文公十五年，鲁国季文子曰："君子之不虐幼贱，畏于天也。"襄公二十五年，大叔文子曰："君子之行，思其终也，

---

① 池水涌、赵宗来：《孔子之前的"君子"内涵》，载《延边大学学报（哲学社会科学版）》，1999(1)。

思其复也。"襄公三十一年，北宫文子曰："故君子在位可畏，施舍可爱，进退可度，周旋可则，容止可观，作事可法，德行可象，声气可乐，动作有文，言语有章，以临其下，谓之有威仪也。"这些例子主要是用"君子"来表明理想状态下的礼仪规范、行为方式或者人格典范。再如襄公二十四年，子产曰："侨闻君子长国家者，非无贿之患，而无令名之难。"昭公元年，子产曰："侨闻之，君子有四时，朝以听政，昼以访问，夕以修令，夜以安身。"昭公四年，浑罕曰："君子作法于凉，其敝犹贪。"这些例子大多说明在行政谋事时所应该遵循的原则。所有这些都可以说是从礼仪发展出来的新的文化政治理想，也正是君子文化的价值所在。由这些理想形成了春秋时期的主流社会意识形态，它的基本价值观念在春秋晚期到战国时期被发扬光大，成了中国传统文化的主流。因此，君子文化是国家宗教和士人文化之间的过渡阶段，是史官文化到诸子文化的中介，也是儒家的先驱。

除了礼仪修养外，春秋"君子"还有一个显著的特征：立言。这一特点与新意识形态的建设方式有关。

《左传》等史著中的"君子"，还有以评论者身份出现的。《左传·文公六年》载：

> 秦伯任好卒。以子车氏之三子奄息、仲行、针虎为殉。皆秦之良也。国人哀之，为之赋《黄鸟》。君子曰："秦穆之不为盟主也，宜哉！死而弃民。先王违世，犹诒之法，而况夺之善人乎？《诗》曰：'人之云亡，邦国殄瘁。'无善人之谓。若之何夺之？"……君子是以知秦之不复东征也。

这段文字中两次出现了"君子"："君子曰"是对秦穆公以子车氏三子为殉一事的评论，"君子是以知"是对秦国前途的预测。这两个用法，也是《左传》中"君子"以评论者身份出现时的常见用法。前者如《左传·隐公元年》载，颍考叔使郑庄公母子重新相见：

> 君子曰："颍考叔，纯孝也。爱其母，施及庄公。《诗》曰：

'孝子不匮，永锡尔类。'其是之谓乎！"

后者如《左传·襄公三十一年》载，季武子在葬礼上三次换丧服，"君子是以知其不能终也"。"君子曰"的功用在于对行为或人物进行评判，也典型地显示了立言的价值，而立言者也被史官称为"君子"。所以，春秋时期非常注重立言。《左传·襄公二十四年》载：

> 穆叔如晋，范宣子逆之，问焉，曰："古人有言曰，'死而不朽'，何谓也？"穆叔未对。宣子曰："昔匄之祖，自虞以上，为陶唐氏，在夏为御龙氏，在商为豕韦氏，在周为唐杜氏，晋主夏盟为范氏，其是之谓乎？"穆叔曰："以豹所闻，此之谓世禄，非不朽也。鲁有先大夫曰臧文仲，既没，其言立。其是之谓乎？豹闻之：'大上有立德，其次有立功，其次有立言。'虽久不废，此之谓不朽。若夫保姓受氏，以守宗祊，世不绝祀，无国无之。禄之大者，不可谓不朽。"

这里所揭橥的"三不朽"，以"立言"为最末，但从穆叔对臧文仲的称赞来看，"立德"和"立功"不过是借来为"立言"张目，他的真正用意还是在"立言"。《左传·襄公二十五年》载录孔子的话，他认为"立言"可言志，"《志》有之：'言以足志，文以足言。'不言，谁知其志？言之无文，行而不远。"春秋意识形态转型，正是在立言中完成的。

能立言即为"君子"。《左传·文公二年》云："君子以为失礼。礼无不顺。祀，国之大事也，而逆之，可谓礼乎？子虽齐圣，不先父食，久矣，故禹不先鲧，汤不先契，文、武不先不窋。宋祖帝乙，郑祖厉王，犹上祖也。"杨向奎认为这段话实出自《国语·鲁语》中鲁"有司"关于宗庙昭穆的一段议论，"两书的字句虽有不同，而意义如一，定知《左传》编者变鲁有司的话为'君子曰'"，则"有司"因立言而可以为"君子"。同样，"《左传》中的名人言论在其他书内也有化为'君子曰'者"。杨向奎指出，《说苑·君道篇》中有一段"君子闻之曰"的载录实际上采自《左传·庄公十一年》臧文仲的一段话。① 可见，尊重立言者、将立言者视为君子，是一种载录规则。

《左传》有意识地载录了"君子"所立之言。隐公三年，卫大夫石碏针对公子州吁"有宠而好兵"发表议论云：

> 臣闻爱子，教之以义方，弗纳于邪。骄、奢、淫、泆，所自邪也。四者之来，宠禄过也。将立州吁，乃定之矣。若犹未也，阶之为祸。夫宠而不骄，骄而能降，降而不憾，憾而能眕者，鲜矣。且夫贱妨贵，少陵长，远间亲，新间旧，小加大，淫破义，所谓六逆也。君义，臣行，父慈，子孝，兄爱，弟敬，所谓六顺也。去顺效逆，所以速祸也。君人者，将祸是务去，而速之，无乃不可乎！

这段话虽然有其起因，但所论的是一种新的社会伦理规范，也是一种典型的立言载录。此外，隐公五年鲁国的臧僖伯论治国和祭祀制度之间的关系，桓公二年晋国的师服阐述名、义、礼的关系，皆史官特为立言而录。春秋时期，立言几成一种风气。在《左传》中，立言者既有各国的卿大夫如鲁国的臧哀伯、申缟、臧文仲、臧武仲，晋国的师服、荀息、叔向、师旷、蔡墨，齐国的鲍叔牙、管仲、晏婴，郑国的子展、子产、子罕、游吉、女叔齐，楚国的申叔时、椒举、蓮启疆，宋国的子鱼，随的季梁，秦国的公孙枝，周之富辰、王孙满等，也有史官如内史过、史嚚、卜偃、内史叔兴、大史克、史赵、大史（见《左传·昭公十七年》）、泠州鸠、史墨、史鰌等。还有一些女性，如楚武王夫人邓曼、楚文王夫人息妫、楚国之穆姜、晋国之叔向之母等。甚至平民也立言传世，如鲁国的曹刿，不在"肉食者"之列，却以"何以战"的高论得以留名；晋国的宁赢，乃逆旅之大夫，以评论阳处父而留名；秦国的医和，在给晋平公治病时也有一大段议论；晋国的膳宰屠蒯，能以智慧阻止晋侯饮酒作乐；楚国的戍官为沈尹，职阶低下，却能论

---

① 杨向奎：《中国社会与古代思想研究》上册，305～306 页，上海，上海人民出版社，1962。

古今天子、诸侯之守。可以说，只要有一言可采，即可传播人口，为史官所录。黄鸣在其学位论文中罗列《左传》中各类辞令（也就是立言）的记载达 148 条之多①，可见立言风气之盛。立言到春秋后期大为发展，孔门四科中，"言语"仅次于"德行"，位居第二。

《左传·昭公八年》载叔向评论师旷说："子野之言，君子哉！君子之言，信而有征，故怨远于其身。"其中，"信而有征"是君子立言的一种标志性特征。征即征引，所论有据。君子所征为何？又以何为据呢？叔向云："礼，王之大经也。"又云："言以考典，典以志经。"巫史文化传统能够使立言成为一种权威性话语，这就是"信而有征"的意义。所以，君子之言要求证于古代巫史传统、前代文献。当晋人就郑国伐陈向子产问罪时，子产先是谈及陈和周的历史渊源，这是征史；在晋人问何故侵小时，子产又以晋文公的"各复旧职"之命相对，以征诸前代盟誓文献。这番言论虽非严格意义上的立言，但却是君子言语的典型形式。以上的答辩被晋人认为是"辞顺"，所以受到了尊重。由此我们可以看出，"辞顺"与否的关键在于是否"有征"，而与事实本身并无多大干系。

春秋君子所征引最多的是《诗》。据统计，《左传》中征引《诗》共 82 处②，则平均不到两处立言就有一处征引《诗》。所以孔子说"不学《诗》，无以言"，这大约是贵族较为熟悉祭祀用乐的原因。此外，外交场合下的"赋诗言志"也可以看作征引《诗》的一种特别形式，它将自己的心志、愿望完全托付《诗》来表达，并因此而受到对方的高度尊重。《诗》之外，以《书》和《易》为多。尤其是《易》，人们在利用它进行占卜的同时开始征引其中的句子。"史佚有言""故志"等也常常被征引，这些文献现已不传，但我们可以根据名字判断它们是前代史官典籍。此外，立言者常说"吾闻之"。如史嚚在论虢公求神赐土田时有言："吾闻之：国将兴，听于民；将亡，听于神。"叔向的母亲在论娶妻时有言：

---

① 黄鸣：《春秋时代的文学与文学活动——〈左传〉研究札记》，复旦大学博士学位论文，2006。

② 张伟保：《〈诗三百〉的形成与流传研究》，北京师范大学博士学位论文，2004。

"吾闻之：'甚美必有甚恶。'"这些"吾闻之"也可能是有出处的，或者是口传习语，但作为征引，它们仍然是有效的话语资源。有的话语同时使用多种征引方式，如宣公十六年，晋羊舌职称赞士会有言："吾闻之：'禹称善人，不善人远。'此之谓也夫！《诗》曰：'战战兢兢，如临深渊，如履薄冰。'善人在上也。善人在上，则国无幸民。谚曰：'民之多幸，国之不幸也。'是无善人之谓也。"这段话征引了三种不同的文献，其中"谚"也应该是一种无名文献，从其内容来看，并非民间谚语。由此可见，君子的话语形式是离不开征引的。

立言除征引文献以外，还有对史事和前代礼仪制度的引述。史事原为巫史专职掌有，具有和文献同样的话语价值。春秋时期，天命观念逐渐淡薄，但君子从历史中看到了价值依据，并从中发掘出新理性的源泉。因此，君子立言常征引史事，以古论今，如宣公三年，楚庄王率兵过周，问鼎之大小轻重，王孙满答道：

> 在德不在鼎。昔夏之方有德也，远方图物，贡金九牧，铸鼎象物，百物而为之备，使民知神、奸。故民入川泽、山林，不逢不若。螭魅罔两，莫能逢之，用能协于上下，以承天休。桀有昏德，鼎迁于商，载祀六百。商纣暴虐，鼎迁于周。德之休明，虽小，重也。其奸回昏乱，虽大，轻也。天祚明德，有所底止。成王定鼎于郏鄏，卜世三十，卜年七百，天所命也。周德虽衰，天命未改。鼎之轻重，未可问也。

这段文字讲述了鼎的创建和流传过程，是巫史文化的核心知识之一。但王孙满一方面劝楚王立德，另一方面又说明周受天命庇佑而不可觊觎，其中的逻辑矛盾恰恰反映了新的历史理性和旧的天命观念相互纠缠的状态。春秋虽然有礼崩乐坏之说，但前代的礼仪制度作为一种神圣的话语资源，仍然受到人们的推崇。所以，以礼仪制度立言在春秋时期也很多。君子立言征引前代礼仪制度，但他们的目的却是着眼于现实和未来的，是一种推陈出新、古为今用的手段，如桓公二年，鲁臧哀伯谏纳郜鼎于太庙云：

　　是以清庙茅屋，大路越席，大羹不致，粢食不凿，昭其俭也。衮、冕、黻、珽，带、裳、幅、舄、衡、紞、纮、綖，昭其度也。藻、率、鞞、鞛、鞶、厉、游、缨，昭其数也。火、龙、黼、黻，昭其文也。五色比象，昭其物也。钖、鸾、和、铃，昭其声也。三辰旂旗，昭其明也。夫德，俭而有度，登降有数，文、物以纪之，声、明以发之，以临照百官。百官于是乎戒惧，而不敢易纪律。

臧哀伯认为古代设立宗庙的根本目的是"昭德塞违"，宗庙制度的种种细节和程序都是为了体现各种具体的德行，这就对古代礼仪制度作了符合新理性的解释。郜鼎是受贿赂所得，而将"昭违乱之赂器"纳入鲁国的宗庙与礼的精神相违背，又谈何德行？从这一立言可以看出，春秋君子对礼仪制度的征引既维护了史官的文化传统，又能发明新的时代精神，正体现了立言的意义所在。因此，周内史赞扬说："臧孙达其有后于鲁乎！君违，不忘谏之以德。"

　　由上可知，春秋君子实际上就是能立言的人，他们通过对巫史文化进行改造，开始构造出新的社会秩序和价值规范。文献、历史和仪式制度，是君子话语权力的三个来源。有学者撰文分析了《左传》中的"君子曰"的思想，认为"君子曰"在礼、国家与君主、善与恶等范畴上都有系统的思想，它们和孔子、孟子思想的区别仅仅在于所处时代的社会现实不同而已。① 春秋君子的思想已经基本上涵盖了后世儒家的主要命题，也奠定了后世儒家的基本价值倾向。

第三节　春秋"语"类文献之一：《国语》

　　君子文化和立言风尚的兴起，推动了记言体文献的发展。《国语》

---

　　① 见浦伟忠：《论〈左传〉"君子曰"的思想》，载《中国史研究》，1990(2)。该文认为"君子"所处的年代要后于孔子，是儒家思想的一个流变，其与孔子思想的差别是因为时代发展造成的。

是一部载录君子"嘉言善语"的史家著作，是在多种"语"类文献的基础上纂集而成。《国语》中各篇的载录方式并不统一，从时间发展的线索和编纂的顺序来看，有从零散载录到主题集中、从纯粹记言到言事合一、从道德性向功利性过渡的趋势。《国语》注重对"语"的修饰，叙事和描写亦有很高的水平。

前代文献屡屡提到史官记言。《礼记·玉藻》曰："卒食，玄端而居。动则左史书之，言则右史书之。"《汉书·艺文志》曰："古之王者世有史官，君举必书，所以慎言行，昭法式也。左史记言，右史记事，事为《春秋》，言为《尚书》。"天子左右史制度，可能是学者据春秋以后史家文体分记事和记言两类而推测的，并没有事实的根据。而且《尚书》中的"言"实际上是仪式背景下的训诰命誓之"辞"，其文化功能与甲骨卜辞中的"命辞"相似，还不能算是真正的"言"。但在春秋以前的文献中，可以看到引用前代人物只言片语的情况。如"迟任有言曰：'人惟求旧，器非求旧，惟新。'"（《尚书·盘庚》）"古人有言曰：'牝鸡无晨，牝鸡之晨，惟家之索。'"（《尚书·牧誓》）"我闻曰：'怨不在大，亦不在小，惠不惠，懋不懋。'"（《尚书·康诰》）"古人有言曰：'人无于水监，当于民监。'"（《尚书·酒诰》）这些引语应该都是来自前代贤哲。盘庚和周公能如此慎重地引出，也足见它们在社会上有效地流传着。《尚书·康诰》中，周公告诫康王说："今民将在祗遹乃文考，绍闻衣德言。往敷求于殷先哲王，用保乂民。"周公要康王寻求殷代哲王的"德言"，这说明其一定有传播的途径。传说三代有养老乞言之礼，《礼记·内则》云："凡养老，五帝宪，三王有乞言。五帝宪，养气体而不乞言，有善则记之为惇史。三王亦宪，既养老而后乞言，亦微其礼。皆有惇史。"这是说三代有向老人求取言语并载之史册的制度。《左传·文公六年》云："古之王者，知命之不长，是以并建圣哲，树之风声，分之采物，著之话言。"孔颖达云："为作善言遗戒。著于竹帛，故言著之也。"这是说王者有留言竹帛的制度。以上说法可能仅是一种理想，但古人有重视老人、王者、贤者等的言语，并有所载录，应该是没错的。及至春秋时期，散布在社会上的"德言"更多，如《左传》中多次提到的"史佚有言曰""周任有言曰""仲虺有言曰"等，此外还有更多的"吾闻之"，以及被称引的"先民之言""古人之言"等。这些"德言"有可能已经被整理过，如《左传》中所提到的"史佚之志"，即有可能是"史佚有言曰"的出处。"德言"的作者除了殷代哲王外，有名字的如迟任、史佚、周任、仲虺都是史官。因此，我们大致可以推断，在春秋以前，史官已经有记言的传统。由于所记的大多是史官自己的话，我们可以将它们看作史官在宗教事务之外表达自己的社会政治见解、突出自己的话语权力的一种方式。

《国语·楚语上》载，楚大夫申叔时曾论及太子教育的九门功课，其中之一是"教之语，使明其德，而知先王之务用明德于民也"。此处的"语"应该是被编订的"德言"。徐中舒认为"语"是瞽矇传诵的历史，到春秋末期经笔录后"成为一种新兴的书体"①。现在我们尚无证据说迟任、史佚、周任、仲虺都是瞽矇，但他们都是史官则无可怀疑。从有限的资料来看，春秋以前的"语"并不言事，只是一些治世处世的道理，所以不能当历史文本来看。所谓记言的《尚书》实际上是具有宗教性质的政治文献，具有宗教和政令的双重意义，不可与"周任有言曰"相提并论。真正具有官方史书性质的《春秋》，是不记言的。而同样出于春秋史官的"传闻之史"，由于它更为自由的性质，反映甚至是推动了当时君子文化的发展，自然不会放过君子之言。所以，我们在《左传》中就看到了记事和记言并存的情况。钱锺书论《左传》云："吾国史籍工于记言者，莫先乎《左传》，公言私语，盖无不有。"②所谓"公言"，除了行人辞令外，应该就是在各种场合发表的"德言"，是一种具有公共意义的语言。由于前代记言文献的流传和整理，再加上春秋时期君子文化背景下史官的记言自觉，才使得"语"作为"一种新兴的书体"在春秋后期得到了发展。春秋中期始，君子文化开始成为意识形态的先锋和主流。贵族和史官都开始重视言语的载录，这就导致私门之史的出现。如《国语·晋语九》载晋卿赵简子用董安于为家史，智伯以士茁为家史。董安于自云："方臣之少也，进秉笔，赞为名命，称于前世，

---

① 徐中舒：《〈左传〉的作者及其成书年代》，载《历史教学》，1962(11)。
② 钱锺书：《管锥编》(一)，271 页，北京，生活·读书·新知三联书店，2007。

立义于诸侯，而主弗志。"秉笔自然是载录，载录则是为了赵简子能"立义于诸侯"，在当时应该主要是记言。当此之时，言语载录文献往往多有，这为史官编撰"语"类文集提供了条件。现在我们所能看到的早期"语"类文本，主要记载的是春秋君子的"德言"，亦即关于"邦国成败"的"嘉言善语"，其典型则是《国语》。

1973 年于长沙马王堆三号汉墓出土的一种帛书，内载春秋史事及有关议论，"使人一望而知这本书的重点不在讲事实而在记言论"①。专家认为它属于"语"体史籍，并推想它和刘向《战国策书录》所提及之《事语》相类，因此名之为《春秋事语》。数十年来，学者对此命名并无异议，说明"事语"作为一种先秦文体已经得到学界的普遍认可。沈长云认为：《事语》也是一种"语"，这种"语"就其名号看来，"是既有故事，又有议论，事语结合，而以语为主的一种体裁。"②俞志慧认为"语"可以分为"言类"和"事类"两种，并指出先秦成篇或结集的"事类之语"有《战国策》的底本之一《事语》和帛书《春秋事语》，以及《国语》中之《晋语》《吴语》《越语》等。③ 笔者认为，"事语"并非原本就是"语"中的一类。王树民的说法似更有道理："大致早期的'志'，以记载名言警句为主，后经发展，也记载一些重要的事实，逐渐具有史书的性质。"④早期"语"的内容都是经验、训诫、预言，出于先王、老人等具有魅力之人，所以无须即事而言，后人往往将其当作律令来听从或征引，因此它的文体意义尚不明朗。及至春秋时期，君子、史官等的话语权威不能与前代的先王、老人相比，立言往往需要有所依凭或即事有感而发，这才出现"未尝离事而言理"⑤的情况。立言风尚所带动的言语载录之风，使得君子之"语"有可能成为一种供后人揣摩理解的独立文本。由于它不具有神圣的或制度性的权威，所以往往要依托事实才能获得

---

① 张政烺：《〈春秋事语〉解题》，载《文物》，1977(1)。
② 沈长云：《〈国语〉编撰考》，载《河北师院学报(哲学社会科学版)》，1987(3)。
③ 俞志慧：《事类之"语"及其成立之证明》，载《淮阴工学院学报》，2005(4)。
④ 王树民：《释"志"》，见中华书局编辑部编：《文史》第三十二辑，316 页，北京，中华书局，1990。
⑤ (清)章学诚著，叶瑛校注：《文史通义校注》，1 页，北京，中华书局，1985。

理解。正是由于有了这种即事而言的"语"，其文体意义才明晰起来。

《春秋事语》中的叙事基本是清晰的，记言亦十分突出，显示出言事两分而以记言为主的特点。如第七章记齐桓公因蔡夫人荡舟暂将其送归，而蔡人又将其嫁出。文末载录了士说的评论："夫女制不逆夫，天之道也。事大不报怒，小之利也。"①申述夫妇之道及大国和小国的关系，并断言蔡将亡。就这则记载而言，编写者的重点在于士说的这段有关"邦国成败"的"嘉言善语"，所以它是一种立言文体。从整理者公开发表的十六章《春秋事语》来看，每一章都有这样的从事实出发而推及物理的立言。而且，我们还可以看到一个特别的叙事特点：有些叙事也是通过人物语言来完成的。如第十章记"吴人会诸侯，卫君后，吴人止之"，子赣为太宰嚭分析了卫国的形势以及卫君的态度，使得吴人放弃了对卫侯的追究。这一段载录中，最重要的是子赣的话。但子赣的话并非置身事外的评论，而是推动情节发展的重要因素。在叙事中加入大量的人物语言，其实也反映了载录者记言的自觉。龙建春认为，《春秋事语》中的人物语比叙述语丰富："人物语最少的《吴伐越章》也占全章的50%，而人物语最多的《杀里克章》占全章的92%。全书人物语与叙述语之比大约为7∶3。这种人物语大大多于叙述语的事实，清楚地表明了《春秋事语》是一部地地道道的记言体史书。"②

《春秋事语》在内容上与《左传》相近，而在形式上则更接近《国语》。《春秋事语》的编纂年代以及和《左传》《国语》的关系都还不能准确判定，但就现在看到的十六章而言，它的编纂目的是保留春秋时期的"语"。虽然帛书的抄录时间可能是在秦末汉初③，但是可以肯定，它和《左传》《国语》是同一文化背景的产物。只是由于编者见识、资料来源、编纂时间等方面的差异，才使得这个文献比《左传》《国语》显得更为零碎、粗糙，显示出某种初级或更为原始的"语"体形态来。

---

① 马王堆汉墓帛书整理小组：《马王堆汉墓出土帛书〈春秋事语〉释文》，载《文物》，1977(1)。

② 龙建春：《〈春秋事语〉记言论略》，载《江淮论坛》，2004(2)。

③ 马王堆汉墓帛书整理小组：《马王堆汉墓出土帛书〈春秋事语〉释文》，载《文物》，1977(1)。

《国语》是最具有代表性的"语"体著录的汇编，它同《左传》一样，是经过后世整理的。现在仍然能看到《国语》中的某些篇章的异文。《礼记·大学》引《楚书》曰："楚国无以为宝，惟善以为宝。"孔颖达注曰：

> 案《楚语》云："楚昭王使王孙围聘于晋，定公飨之。赵简子鸣玉以相问于王孙围，曰：'楚之白珩犹在乎？其为宝几何矣？'王孙围对曰：'未尝为宝。楚之所宝者，曰观射父，能作训辞，以行事于诸侯，使无以寡君为口实。'"

可见，《礼记》所引之《楚书》即为《楚语》之别传本，内容较为简略。而《国语》所录内容不仅情节清楚，而且语言整饬繁多，不经后人整理增饰是不可能的。

《史记·太史公自序》说："左丘失明，厥有《国语》。"《汉书·艺文志》录有"《国语》二十一篇"，班固自注云"左丘明著"。关于这一说法，有很多疑点。《经义考》引司马光的话曰：

> 先儒多怪左丘明既传《春秋》，又作《国语》，为之说者多矣，皆未甚通也。先君以为丘明将传《春秋》，乃先采集列国之史，因别分之，取其精英者为《春秋传》，而先所采集之稿因为时人所传，命曰《国语》，非丘明之本志也。故其辞语繁重，序事过详，不若《春秋传》之简直精明、浑厚道峻也。又多驳杂不粹之文，诚由列国之史学有厚薄，才有浅深，不能醇一故也。不然，丘明作此重复之书何为邪？

司马光质疑左丘明编撰《国语》说有下列几个理由：重复、叙事累赘、议论不纯粹（即思想杂驳），今人否定《国语》作者为左丘明也基本是根据这些理由。[①] 虽然如此，司马光仍认为《国语》传自左丘明，其说如此：第一，《国语》乃采集而非撰写；第二，《国语》是《左传》的素材；第三，《国语》传世非左丘明本意。这些解释的逻辑算是顺畅的，但并

---

① 见谭家健：《关于〈国语〉的成书时代和作者问题》，载《河北师院学报（哲学社会科学版）》，1985(2)。

没有什么事实依据。现在看来，《国语》是一部完整的文献，并非原始资料。而且，虽然各国载录有详略的区别，但《国语》显然是整理后的作品。所以，司马光的这几点解释，在我们看来有些接近于故事。但如果抛开左丘明编撰《国语》说，则司马光所论主要为如下几条：第一，《国语》与《左传》有多方面的不同；第二，《国语》在资料性质方面较《左传》为原始；第三，《国语》为多国史料，后经人编辑为一书。以上这三点颇为现代学者所赞同，只是有人根据其中《晋语》分量较大而认为编者是晋人，又因其中有战国时代的痕迹而推断编辑时间是在战国后期。[①]上古书的编纂非一时所成，可能会延续一个相当长的时间，或在编成后又屡经修订增补，所以不宜以某些琐屑痕迹来判断《国语》编订时间。《左传》在成书的过程中有可能借鉴过"语"类文献，所以说《国语》在逻辑上可能成为《左传》的史料来源。但就文体本身而言，《国语》已经达到成熟的地步，它有可能是与《左传》同时出现的一种史官文体。

　　作为"语"类文体的集大成者，《国语》是对采自周、鲁、齐、晋、郑、楚、吴、越八国"语"著的总结汇编，共二十一卷。各国"语"著长短不同，发生的时间也不一致，而且在文体形式上有一定的差别。《周语》历时五百年以上；《鲁语》记春秋时期鲁国事，前后大约二百年，而且很少涉及重大历史事件；《齐语》主要记管仲和桓公的论政之语；《晋语》侧重记述文公的事迹以及在他前后的历史，约二百年；《郑语》只记史伯论天下兴衰；《楚语》记灵王、昭王时期大约一百年事，也较少涉及重要历史事件；《吴语》记夫差伐越和吴之灭亡约二十年事；《越语》则仅记勾践灭吴之事，与《吴语》在时间上相仿佛。其中一些"语"所描写的事件、人物比较集中，秩序井然，可以判断它们在进入《国语》之前就是完整成型的，如《晋语》。而《吴语》《越语》完全是记事文本，可以推论是这两个诸侯国的"语"类文献材料缺乏，编者以史传充数而已。我们现在着重讨论一下《国语》的结构形式。

　　俞志慧认为，在"周、鲁、郑、楚、晋语"中，存在着一个固定的三段式结构模式：第一段，嘉言善语的背景或缘起；第二段，嘉言善

[①]　沈长云：《〈国语〉编撰考》，载《河北师院学报（哲学社会科学版）》，1987(3)。

语；第三段，言的结果。这其中以第二段为主，第一段、第三段"只是
作为第二段嘉言善语的陪衬而存在的"。但他认为第二段中存在一个变
例，就是问答式的情况。① 这一分析是可信的，也是《国语》之所以为
"语"体文章的原因。从记言的角度来看，除《吴语》《越语》明显为记事
体，与《左传》并没有什么区别外，其他各"语"中以《周语》和《鲁语》较
为纯粹，记事成分最少，基本上都在开头极简单地提示立言背景，在
结尾用一两句话说明言语的效果，而《晋语》的记事成分最多，叙事详
明。《周语》和《鲁语》立言的方式也有差别，《周语》立言主要是单一说
白，而《鲁语》立言多采取对话的形式。显然，这说明"语"的载录方式
在不同国度和不同时期是不一样的。俞志慧认为，较为完整的三段论
是最早的"语"体形态，然后发展到问答式，再往后就发展到纯粹的无
记事的格言式。等到以议论为主的子书出现，"语"体就消解了。② 对
于三者的顺序，笔者的看法恰恰相反。从"语"的流传和保存的历史来
看，最初的应该是格言式，或者是没有记事的纯粹立言形式。从《尚
书》到《左传》中出现的较早期的征引，都是简单的不附带有历史背景的
格言。如《尚书·盘庚》所记迟任之言"人惟求旧，器非求旧，惟新"，
《左传·僖公十五年》引史佚之言"无始祸，无怙乱，无重怒"，还有各
文献中所引之"志"，皆只是格言警语。这些应该是立言或"语"体的最
初形式。原因也很简单，因为最初的立言往往是权威人士对礼仪的解
释或发挥，其功能就是训诫，故无须言说背景，亦无须以事实来证明
其效果。即从《国语》本身来看，《周语》虽然也分三段载录，但第一段、
第三段都较别国之语简单，也就是说记事最为薄弱，所以最为接近纯
粹的"语录"。而《周语》所载录的年代从周穆王征犬戎起，比其他各
"语"都要早上几百年。这也说明"语"体是由纯粹的格言渐渐发展到言
事并录，且事的成分越来越多。这也很容易解释：春秋时期的立言主
要是君子就事论事，其文化品格朝"理"的方向发展，不似前代话语权

---

① 俞志慧：《〈国语〉"周、鲁、郑、楚、晋语"的结构模式及相关问题研究》，载《汉学研究》，2005(12)。

② 俞志慧：《〈国语〉"周、鲁、郑、楚、晋语"的结构模式及相关问题研究》，载《汉学研究》，2005(12)。

威有神性背景，所以春秋载录者也很难将立言从事实中剥离开来，这就形成了言事并录的情形。此外，《国语》等春秋"语"类文献在本质上仍是历史文献，是要付诸理解的，有事实背景是为了帮助理解。而早期的"语"类文献是宗教性的训诫文献，不需理解，只要遵行便可。

"语"类文献的发展过程是渐由散录有意味的言论到系统地载录一事或一段历史中的系列言论，这不但体现在各种"语"类文献中，也体现在《国语》自身各部分中。《周语》年代最早，所载录的言论皆各自独立，并不连贯。《周语上》有以下内容：祭公谏穆王征犬戎、密康公母论小丑备物终必亡、邵公谏厉王弭谤、芮良夫论荣夷公专利、邵公以其子代宣王死、虢文公谏宣王不籍千亩、穆仲论鲁侯孝、仲山父谏宣王料民、西周三川皆震伯阳父论周将亡、郑厉公与虢叔杀子颓纳惠王、内史过论神、内史过论晋惠公必无后、内史兴论晋文公必霸。以上十四则记言，包括了从西周穆王至春秋襄王共三个多世纪的历史，除了最后两章晋惠公之败和晋文公之兴可说略有联系外，其他都毫不相干。立言者也非常分散，除邵公和内史过两见外，其他都只出现过一次。可见，其载录方式是片断性的以"语"为主的原始性载录。《鲁语》三十七章虽相对集中在二百年间，但也基本没有构成事件发展的系列。到了《晋语》，情况有了很大的改变。《晋语一》详细地载录了骊姬蛊惑晋献公使除去太子申生的过程：献公卜伐骊戎胜而不吉、献公将黜太子申生而立奚齐、优施教骊姬远太子、献公卜作二军以伐霍、申生伐东山，再加上《晋语二》开端的骊姬谮杀太子申生、公子重耳夷吾出奔两章，情节紧凑且完整。《晋语四》则详细记载了重耳自流浪到回国称霸的过程，各章之间互相呼应，其情节并不比专以记事为主的《左传》简略。显然，《晋语》的言语载录并不专以"嘉言善语"为标准，而是以事件为线索。从《周语》到《晋语》出现这种变化，因时间而发展只是部分理由。《晋语》固然比《周语上》的大部分篇目要晚，但它与《周语上》的最后两章是同时的，即使是更晚的《周语》中下部分，也没有表现出如《晋语》这样的记史意识。这可能是由于各国负责记言的史官有着不同的载录趣味和标准：周室史官相对典正刻板，所以载录守其旧例；而晋国史官有革新意识，为使立言更加容易理解而多录史事，并且不限于"嘉言善语"。可以说，《晋语》代表了"语"类文献发展的方向。

春秋时期的"语"类文献虽仍以记言为目的，但已从孤立的只言片语发展到载录连续事件中的言语，其中的记史意识明显增强，叙事内容也多了起来。也正是在这种发展趋势下，《国语》编者才能将《吴语》和《越语》一并收入，这显示了"语"体有与记事史著合流的趋势。

作为君子文化的产物，《国语》历来很受儒家学者的重视，其文化地位仅次于"十三经"。《国语》所记言论主要反映春秋君子的礼乐之道和民本政治思想，郭预衡总结为"重民""重先王""重王德"①等，基本与《左传》相同。其中有些观点还较为激进，如《鲁语上》中，鲁太史里革论晋厉公被杀时说："夫君人者，其威大矣。失威而至于杀，其过多矣。"就是说所有被杀的国君都是咎由自取，都应该对自己国内糟糕的政治状况负责。这话虽然有些偏执，但其根据为民本思想，所以是君子立言。并不是各国之"语"都有这种立场，如《晋语》所载之骊姬和优施的夜谋，虽然是在交代事情的起因，但并不是完全必要的，《左传》中就没有这样的细节。显然，《晋语》编著者有着明显的猎奇色彩。

细加分析会发现，《国语》立言有从道德化向功利化发展的趋势。早期君子之言强调行事的礼仪背景，如《周语上》祭公谋父谏穆王伐犬戎，其理由是"先王耀德不观兵"和畿服制度。再如芮良夫论荣夷公专利，云："夫王人者，将导利而布之上下者也，使神人百物无不得其极，犹日怵惕，惧怨之来也。"强调利权神属以及敬惧待神。这些观点都以神秘意志为最终依据，而不关心具体事实的前因后果，是典型的训诫之"语"。发展到后期，这些训诫之"语"往往被一些明显具有功利意味的言论所代替，这在《晋语》中最为明显。如郤献子使齐为妇人所笑，归而请伐齐，晋国正卿范武子退朝后对儿子说："吾闻之，干人之怒，必获毒焉。夫郤子之怒甚矣，不逞于齐，必发诸晋国。不得政，何以逞怒？余将致政焉，以成其怒，无以内易外也。尔勉从二三子，以承君命，唯敬。"范武子视事敏捷，有先见之明，也能屈己为国，可谓良臣。这段话虽然很有见识，但不具备道德训诫的价值，它的出发

---

① 郭预衡：《中国散文史》上册，78~81页，上海，上海古籍出版社，1986。

点是纯粹功利的，是通过得失比较或某种现实必然性作出的推断，结论亦非"嘉言善语"。俞志慧关于《国语》编撰思想的考论颇有意思，他认为《国语》以八国入选及其顺序安排并不是偶然的，而是有自己的思想逻辑线索。首先，周王朝是政统的代表，而鲁国则是周文化道统的代表，所以依次入选，《周语》和《鲁语》的内容显示了"周德衰落"的过程。其次，此下六国皆曾于春秋时称霸，显示了"诸侯代兴"的发展趋势。诸侯称霸是对周天子权威的挑战，但诸侯也都声称尊王，这显示了《国语》编者退而求其次的思想。其中郑国虽霸业不显，但由于尊王突出，而得以与诸霸国并提；秦国虽称霸，但由于与中原文化圈"尊王"无关，故不入选。最后，宋襄公亦曾有过短暂的图霸事业，但宋为商后，为遵从"一姓不再兴"之文化理想，亦不入选。此一说法虽不乏想象而难以证实，但立论精巧，且能从一侧面反映出《国语》的编撰思想。① 总之，"立言"这一观念在春秋时期由意识形态建设朝事功的方向变化，这也显示了历史意识的发展。② 这一变化其实也与儒家的民本思想有关，因为民本本身就有脱离天命而追求现实功利的性质。如《鲁语上》中的曹刿论战，就以听狱公正来否定或降低"不爱牲玉于神"的意义，其赖以作战的理由是民"必将至矣"，其中的现实功利性特点很明显。所以，《国语》的记言是不纯粹的，它受《尚书》《左传》等影响，也能看到《战国策》的影子。

各国之"语"所显示的思想倾向和文章风格，受到所在国家的社会风气的影响，也受到载录时代的影响。各国之"语"的年代有很大差别，但每一国别的"语"内部的思想和风格相对较为统一。陈桐生指出：《周语》和《鲁语》"均以浑朴平实见长"，原因是"它们拥有共同的政治资

---

① 俞志慧：《〈国语〉的文类及八〈语〉遴选的背景——从"语"的角度的研究》，载《文史》，2006(2)。

② 孙雪霞撰文将《国语》按时间分成三个阶段，第一阶段以《周语》为代表，在形式上是语录体，在思想上"竞于道德"；第二阶段以《齐语》为代表，在形式上是对话体，在思想上反映了新社会制度的建立和士的主体意识；第三阶段以《吴语》《越语》为代表，在形式上以叙事为主，在思想上崇尚计谋。见《从〈国语〉看我国早期散文的发展轨迹》，载《贵州社会科学》，2004(2)。

源——礼乐文化";《郑语》文风与《周语》《鲁语》略同,"体现了西周史官文化的特色";《齐语》文风"干练明断",显示了齐国文化"锐意创新"的特点;《晋语》出自"晋人善讲权变、精于谋略的传统",内容是"深不可测的权术、机心和政治旋涡",文风"波谲云诡";《楚语》"则于浑厚古朴之中蕴含着一个新崛起的泱泱大国所特有的大气、朝气和颖锐之气";吴、楚晚近,政治风格一阳刚一阴柔,其"语"文风亦块然分明。① 这一分析是有道理的,其原因就是《国语》是由不同国家、不同时期的"语"类文献汇集而成的。

《国语》主要记录对事件的评论,以及朝聘、飨宴、讽谏、辩诘、应对之辞等。与《左传》相比,《国语》所记录的人物语言往往篇幅更长,立论也更周详。比如曹刿论战,《左传》中曹刿所言仅"小惠未遍,民弗从也""小信未孚,神弗福也""忠之属也,可以一战"几句,而《国语·鲁语上》中曹刿却有如下一段议论:

> 夫惠本而后民归之志,民和而后神降之福。若布德于民而平均其政事,君子务治而小人务力;动不违时,财不过用;财用不匮,莫不能使共祀。是以用民无不听,求福无不丰。今将惠以小赐,祀以独恭。小赐不咸,独恭不优。不咸,民不归也;不优,神弗福也。将何以战?夫民求不匮于财,而神求优裕于享者也,故不可以不本。……知夫苟中心图民,智虽弗及,必将至焉。

《国语》长篇大论多,说教气浓,文字更加整饬,所以有人认为《左传》记言优于《国语》。如司马光认为:"先所采集之稿因为时人所传,命曰《国语》",而"取其精英者为《春秋传》",所以《国语》"辞语繁重,序事过详,不若《春秋传》之简直精明、浑厚遒峻也。又多驳杂不粹之文,诚由列国之史学有厚薄,才有深浅,不能醇一故也"。现代学者也往往认为《左传》记言是对《国语》的再加工,但这一看法其实是难以成立的。《左传》记言可能经过加工,而《国语》记言的加工痕迹更重,二者都不

---

① 陈桐生:《〈国语〉的性质和文学价值》,载《文学遗产》,2007(4)。

可能是原始记言，这是不难看出的。只是二者的加工方向不同：《左传》记言在于指示事件，故求其叙事效果，所以崇尚简洁；而《国语》记言在于发表见解，故不辞繁重而务使其立论周详、语气恳切，所以难免迂曲委婉。《国语》对言辞的加工程度是超过《左传》的。上所举曹刿论战一节，《国语》之所以将其演绎为长篇大论，实际是为了阐明民为国本的道理，这与《左传》注重记载战争过程是完全不同的。《国语》记言多有精彩之处，如《周语上》邵公谏厉王弭谤、《鲁语下》公父文伯之母论劳逸、《晋语八》叔向论忧德不忧贫、《郑语》史伯为桓公论兴衰、《楚语下》王孙圉论国之宝等，层次清晰、推理精到，言辞也很有文采。此外，就语言姿态和气势而言，《国语》也颇可称道。如《周语中》周襄王不许晋文公请隧的辞婉义严、《吴语》越王勾践命诸稽郢求成于吴的辞卑气低等，都是很有特色的辞令。

　　春秋时期史官记言是凭个体的自觉，史官还未将这种载录形式视为常规，所以载录与否及如何载录，各国、各时期都不统一。如俞志慧指出，《国语》有"体例上没有一个完整统一的规模，或重记言，或重叙事，篇幅长短严重失衡，短则一章，长则九篇；各'语'时间上互不衔接，各有早晚，或呈点状，或呈块状，或呈线状；叙述时主人公位移；内容的重复或不一致等等"①特点。如《晋语三》记惠公、《晋语四》记文公、《晋语七》记悼公，这其中并不完全按时间的顺序。《晋语四》记重耳出亡事发生在《晋语三》惠公即位之前，这种情况可能是重耳和夷吾各有专史，所载录的两方面的材料在时间上有重叠，而结集时分系不同章所造成的。另一种情况是一个或几个"君子"较为杰出或者"君子"数量有限，致使载录集中，比如《齐语》主要载录管仲的言论。这种载录向个人集中的现象，在文章发展史上有很大的意义。首先，集中载录个人的言行，显示了史录向纪传体过渡的趋势。如《晋语》中关于文公的载录，其生平就算是很完整了。虽然它仍然是材料，尚未成为真正的传记，但完全可以当作纪传文来读。而这在此前的史传中是没

---

　　① 俞志慧：《〈国语〉的文类及八〈语〉遴选的背景——从"语"的角度的研究》，载《文史》，2006(2)。

有的，从《尚书》《春秋》《左传》的载录方式中也不大可能发展出人物传记来。《左传纪事本末·序》云："（《国语》）分八国，各为卷，是亦一国之本末也。其传一人之事与言，必引其后事牵连以终之，是亦一人一事之本末也。"① 所谓"一人一事之本末"，即纪传体。其次，由于《国语》记言的铺陈倾向，再加上对某些立言者的关注，会使立言系统化、系列化。如《齐语》中管仲的言论包括了治国、治民、治兵等方面，已经构成了完整的政治思想体系，如果把它们摘录出来，则可以看作诸子独立论著的先声。

"语"体载录在春秋时期受到史官的重视。通过对某一特定时期或特定人物、事件的追踪，会使得"语"体在一定程度上承载着历史叙事的功能，这在后期的载录如《晋语》中就比较明显。《晋语》前四卷从晋献公伐骊获姬、史苏预言有祸开始，写骊姬有宠，欲为儿子谋求君位，优施教其谗害太子申生，申生被害，公子重耳、夷吾出逃，献公死后大臣杀骊姬母子，夷吾即位，再记重耳流亡经历以及最终回国获位等。这一系列载录首尾清楚，情节生动曲折，富有戏剧性。其中有不少精彩的细节描写，如优施为试探大臣里克的立场，饮酒时以歌舞暗示里克，里克夜半召问优施，并许以中立自保的态度等（《晋语二》），描写细致生动，并能体现人物的性格特征。再如重耳流亡到齐国后，自甘安逸，《晋语四》有这样一段记载：

> 姜与子犯谋，醉而载之以行。醒，以戈逐子犯，曰："若无所济，吾食舅氏之肉，其知餍乎！"舅犯走，且对曰："若无所济，余未知死所，谁能与豺狼争食？若克有成，公子无亦晋之柔嘉，是以甘食，偃之肉腥臊，将焉用之？"遂行。

这一场景及人物语言不但真实可信，而且幽默有趣，比起《左传》的记载更加生动，确实是叙事笔法之上佳者。与《左传》一样，在这些以记言为主的叙事中也出现了虚拟的情节，除了我们在论述《左传》时曾列举的"钮麑之叹"外，关于骊姬谗毁太子申生的部分情节的描写更是神

---

① （清）高士奇：《左传纪事本末》，1页，北京，中华书局，1979。

秘。如骊姬与优施相通时的谋划、骊姬对献公的夜半而泣(《晋语一》),场景在床笫之间,非第三者所能知,而载录者言之凿凿、宛如亲见,必是出自揣测虚拟无疑。所虚拟者虽然也是言辞,但它的目的在于交代情节和发展故事,所以它体现的是叙事意识的自觉,这是史官记事意识进入"语"体的结果。我们在《晋语》中能看到七处"君子曰"①,而在其他各"语"中都没有看到。"君子曰"是《左传》的载录笔法,显然,晋国史官已经用记事之笔介入"语"体载录了。

《国语》虽为"语"体集大成者,但随着训诫意味的减弱和就事论理的加强,记言体文献对事实本身的关注也越来越多,有言事合一的倾向。其实,发展到《战国策》时,就已经很难从形式上区分记言和记事了。

第四节　春秋"语"类文献之二:《老子》

司马迁在《史记·老子韩非列传》中谈到了《老子》的著述经过:"老子修道德,其学以自隐无名为务。居周久之,见周之衰,乃遂去。至关,关令尹喜曰:'子将隐矣,强为我著书。'于是老子乃著书上下篇,言道德之意五千余言而去,莫知其所终。"从这段记载来看,老子积学深厚,在关令尹喜的要求下,一气撰成五千言。学者也一直将老子看成是一位具有原创意义的哲学家,《老子》则是一部原创性的个人著述。对于文学史家而言,《老子》在先秦散文史上是一个另类,很难给予恰当的界定,所以一般的文学史也就将《老子》略过,或泛泛而谈其思想、修辞。在春秋战国之交,还不可能出现纯粹的个人著述,文献撰述都是史官的职业行为,文体形式也必然有职业或文化行为方面的根据。所以,要探讨《老子》的文体,必须追寻它的职业性文化背景。

通行本《老子》一共八十一章,每一章数句。就每一章来看,《老子》并不以推理或归纳的方式导出结论,而是先给定一个训诫式或隐喻

---

① 见胡燕:《〈国语〉叙事特征论》,载《成都师专学报》,2003(1)。

式的格言，然后据此指出它的现实意义，整体上显示出训诫的意味。如其第二章：

> 天下皆知美之为美，斯恶已；皆知善之为善，斯不善已。故有无相生，难易相成，长短相形，高下相盈，音声相和，前后相随。是以圣人处无为之事，行不言之教；万物作焉而不辞，生而不有，为而不恃，功成而弗居。夫唯弗居，是以不去。

我们可以将这一章分为三个部分。自开头到"斯不善已"是一个格言类句子，训诫性特点很明显。自"有无"到"前后相随，恒也"是对前一句格言的阐释和发挥，意思是任何事物都两极转化、相反相成。这一阐释有着更强的概括性，哲学意味更加浓厚。它不可能来自民间社会，而是反映了作者的智慧。自"是以圣人"以下，是根据前面所揭示的理论原则对"圣人"行事方式所作的说明。

此处的"圣人"为谁？钱锺书说："老子所谓'圣'者，尽人之能事以效天地之行所无事耳。"①但这一解释是有问题的。道家的理想是成就自己天人合一的境界，是自我的。但在《老子》中，"圣人"往往与百姓或国家并出，如下面的例子：

> 圣人不仁，以百姓为刍狗。
>
> 圣人常无心，以百姓心为心。……圣人在天下，歙歙焉，为天下浑其心，百姓皆注其耳目，圣人皆孩之。
>
> 故圣人云："我无为，而民自化；我好静，而民自正；我无事，而民自富；我无欲，而民自朴。"
>
> 是以圣人欲上民，必以言下之；欲先民，必以身后之。是以圣人处上而民不重，处前而民不害。
>
> 是以圣人之治，虚其心，实其腹，弱其志，强其骨。
>
> 是以圣人云："受国之垢，是谓社稷主；受国不祥，是为天下王。"正言若反。

---

① 钱锺书：《管锥编》（二），655页，北京，生活·读书·新知三联书店，2007。

前四个例子说"圣人"治理百姓的方法，后两个例子说"圣人"治理国家的方法。虽然《老子》强调无为的统治理念，但这里的"圣人"肯定不是纯粹的思想者，而是君王。再如下面的例子：

> 非其神不伤人，圣人亦不伤人。
>
> 是以圣人自知不自见，自爱不自贵。故去彼取此。
>
> 是以圣人执左契，而不责于人。有德司契，无德司彻。

前两个例子看起来有些玄，但第一个例子前有"治大国，若烹小鲜"的句子，第二个例子前有"民不畏威，则大威至"的句子，所以可以肯定这两例中的"圣人"是君王。而第三个例子在讲税收，是治国之道，所以其中的"圣人"也是君王。《老子》中其他提到"圣人"的地方尚有九处，讲的都是无为怀柔的处世之道，如：

> 是以圣人不行而知，不见而明，不为而成。
>
> 圣人不积，既以为人己愈有，既以与人己愈多。

其中的"圣人"虽未明确指出就是君王，但也不能说肯定就是道家哲学家或隐者。在身份不明的情况下，我们还是应该根据前面的例子而认定他们为君王。

因此，我们可以肯定地说，《老子》第二章中第三部分是写给君王的。"是以"即"所以""应当如此"，是推断之意。《老子》除了言"圣人"外，还有其他称谓，如：

> 是以君子终日行不离辎重。虽有荣观，燕处超然。奈何万乘之主，而以身轻天下？
>
> 侯王若能守之，万物将自宾。
>
> 柔弱胜刚强。鱼不可脱于渊，国之利器不可以示人。
>
> 侯王若能守之，万物将自化。
>
> 是以侯王自称孤、寡、不穀。此非以贱为本邪？非乎？

这里实际上是以"君子""侯王"代替了其他章中的"圣人"，它们也旁证了"圣人"就是君王。"是以"和"若"这些词语虽然看起来较为委婉，但它们仍然表示了对君王的训诫之意。《老子》中明确出现了"是以圣人"以及相似的句子的共有二十余章，所以颇有学者言《老子》为治国之书。如严复在《老子评点》中云："老子言作用，辄称侯王。故知《道德经》是言治之书。"①张舜徽的《老子疏证》亦以老子的道即君人南面之术，他解释《老子》首章云："盖治人之具，因时而变，非可久长守者也。惟人君南面之术，蕴之于己，不见于外，乃治国之常道，历久远而不可变者。此乃老子宣扬君道之言，意谓凡人世可用言语称说之道之名，皆非其至者，以此见君道之可贵。君道微妙玄通，深不可识，故不可称说也。"②这些说法都有一定的道理。

　　从《老子》第二章分析出来的三个组成部分，实际上是《老子》文本结构的三个基本元素：格言、解释、训诫，《老子》其他章都是由这些元素构成的。根据不同的组合方式，我们可以将《老子》八十一章分为四种结构类型（见表 5-1）。

表 5-1　《老子》文本结构的类型

类型	格言	解释	训诫	章次
第一型	知人者智，自知者明。胜人者有力，自胜者强。知足者富，强行者有志。不失其所者久。死而不亡者寿。			第三十三章
第二型	道可道，非常"道"；名可名，非常"名"。"无"，名天地之始；"有"，名万物之母。	故常"无"，欲以观其妙；常"有"，欲以观其徼。此两者，同出而异名，同谓之玄。玄之又玄，众妙之门。		第一章

---

　　① 王栻主编：《严复集》第四册，1091 页，北京，中华书局，1986。
　　② 张舜徽：《周秦道论发微》，162 页，北京，中华书局，1982。

续表

类型	格言	解释	训诫	章次
第三型	重为轻根，静为躁君。		是以君子终日行不离辎重。虽有荣观，燕处超然。奈何万乘之主，而以身轻天下？轻则失根，躁则失君。	第二十六章
第四型	天长地久。	天地所以能长且久者，以其不自生，故能长生。	是以圣人后其身而身先；外其身而身存。非以其无私邪？故能成其私。	第七章

下面我们对表 5-1 作简单说明。

第一型只是一个格言或多个格言形成的，并不包括解释等其他元素。属于这一类型的有第四、第十、第十四、第十六、第十八、第二十、第二十五、第三十三、第三十五、第四十、第四十五、第五十二、第六十八等章。

第二型包括格言和解释两个部分，是一个复式结构。标志性词语是"故""是故""吾是以知"，有时也采用问句的形式以引出解释。属于这一类型的有第一、第八、第十一、第十三、第十五、第十九、第二十一、第二十四、第三十一、第三十四、第四十一、第四十二、第四十三、第四十四、第四十六、第五十、第五十一、第五十四、第五十六、第六十五、第六十七、第六十九、第七十三、第七十四、第七十六等章。

第三型包括格言和训诫两个部分，强调格言对于"圣人"治理天下的意义。标志性词语是"是以君子（圣人）……"，有时候也变作"侯王若能守之""圣人用之""故圣人云"，或作"国之……""故大国"等。有的虽然没有"圣人"或"国"等词，但从内容上也可看出是有关治理天下的。如第十七章后半云"功成事遂，百姓皆谓：'我自然'"，虽无标志性词语，但能看出是训诫国君要对百姓无为而治。属于这一类型的还有第十二、第十七、第二十七、第三十二、第三十六、第三十七、第四十

八、第五十八、第六十二、第六十三、第六十四、第七十一、第七十
九、第八十一等章。

第四型包括格言、解释和训诫三个部分，是一种完全形态。属于
这一类型的还有第二、第三、第七、第二十二、第二十八、第二十九、
第三十八、第三十九、第四十七、第五十七、第五十九、第六十一、
第六十六、第七十、第七十二、第七十七、第七十八等章，其中第三
十八章用"大丈夫"代替了"圣人"。此外，第三章明显是缺失了格言部
分，只保存了解释和训诫两个部分，我们也可将其归为此型。

《老子》中难以归类的只有五章，考虑到上古文献的失简、乱简等
问题，这五章不足以影响以上对《老子》全书的结构分析。

在所有这四种结构类型中，共同的是格言部分。所以，我们可以
将格言看作《老子》的核心文本，而将其他两部分看作对格言的阐释和
发挥，是一个延伸结构。《老子》中，同时具有核心文本和阐释文本的
第二、第三、第四型相加近六十章，占绝对多数。因此笔者认为，《老
子》文本基本上是一个阐释式的复式结构。而第一型只是一种原始的或
未完成的文本。有学者已经看到了《老子》的这种结构，如刘荣贤说：
"《老子》文本的最早形式可能只是一些十分精练而短小之文句，这些精
练化之语言乃是由'一批'不知名但对当代政治社会有所反思之思考者
所创发，并且在流传过程中为了适应口传之方便，甚至被转化成韵语。
这些文字被搜集之后，就形成《老子》之文本。形成文本之后，继续流
传，而在流传之中再辅以口说，因此某些借着口说而阐释文本之观念
乃又转化成文字而加入以形成新的文本。"①他认为《老子》由"十分精练
而短小之文句"的早期文本与"阐释文本之观念"的新文本共同组成，这
在形式上与我们的推理相符。其实，《老子》的理想结构可以这样表述：
格言＋一般意义＋治国方法。因此，《老子》是解释性的，它将格言的
意义最终落实到君王的政治实践中，是一种训诫式的文献。从逻辑上
说，格言具有天然权威的姿态，而引申和阐释文本则以其为根据，两

---

① 刘荣贤：《从郭店楚简论〈老子〉书中段落与章节之问题》，载《中山人文学报》，
2000(10)。

者有先后和主从关系。所以，我们在这里先给出一个假定：《老子》这本书具有传释的性质，其中的格言是先在的，而阐释文本是据格言而创作的新文本。那么，《老子》就不是纯粹的个人原创性文本，而可能具有某种职业性特点。

《老子》最初应该是一种收集来的"语"类汇编文献。我们从先秦一些文献中知道当时存在多种形式的"语"类文献，通过比较可以确认《老子》一些章节中的格言的来源。下面我们将《老子》中的部分格言摘出，以与其他文献比较（见表 5-2）。

表 5-2　《老子》与其他文献中的部分格言对比

《老子》章次	《老子》文	其他文献
第六章	谷神不死，是谓玄牝。玄牝之门，是谓天地根。绵绵若存，用之不勤。	《黄帝书》曰："谷神不死，是谓玄牝。玄牝之门，是谓天地根。绵绵若存，用之不勤。"（《列子·天瑞》）
第三十六章	将欲歙之，必固张之；将欲弱之，必固强之；将欲废之，必固兴之；将欲取之，必固与之。	《礼志》曰："将有请于人，必先有入焉。欲人之爱己也，必先爱人。欲人之从己也，必先从人。无德于人，而求用于人，罪也。"（《国语·晋语四》） 《周书》曰："将欲败之，必姑辅之；将欲取之，必姑与之。"（《战国策·魏策》）
第六十九章	用兵有言："吾不敢为主，而为客；不敢进寸，而退尺。"	《军志》曰："允当则归。"（《左传·僖公二十八年》） 《军志》曰："先人有夺人之心。"（《左传·宣公十二年》） 《军志》曰："先人有夺人之心，后人有待其衰。"（《左传·昭公二十一年》）
第七十三章	勇于敢则杀，勇于不敢则活。	《周志》曰："勇则害上，不登于明堂。"（《左传·文公二年》）

以上相关文献除了第一种为《黄帝书》外，其他都是"志"。《左传》《国语》中君子常征引的"志"文献有"志""故志""前志""周志""礼志""军志"，或以人名而称的"某某之志"等。王树民认为"早期的'志'，以记

载名言警句为主"①，这些"志"无疑都是"语"类文献，是春秋时期一个非常重要的话语资源，所以也为《老子》所采用。《黄帝书》虽是后人伪托，但应该也是采集古语而成的。② 它和《老子》未必有直接的关系，但可以说明"谷神不死"是一个流行的"语"。《老子》格言和相关文献在文本上的差异，可能是因为流传途径的不同。

《老子》还有一些章节中的"语"尚不能在其他文献中找到相应的句子，但《老子》自己说出了它们的出处，或者可以根据上下文推断它们是流行的"语"。前者如第四十一章：

> 故建言有之：明道若昧；进道若退；夷道若纇；上德若谷；大白若辱；广德若不足；建德若偷；质真若渝；大方无隅；大器晚成；大音希声；大象无形；"道"隐无名。

所谓"建言"未见于其他典籍，可能是一种佚失了的"语"类文献。同样的例子还有第五十章："盖闻善摄生者，陆行不遇兕虎，入军不被甲兵。""盖闻"者，说明其渊源有自，不是自己创作的。后者如第十三章：

> 宠辱若惊，贵大患若身。何谓宠辱若惊？宠为下，得之若惊，失之若惊，是谓宠辱若惊。何谓贵大患若身？吾所以有大患者，为吾有身，及吾无身，吾有何患？故贵以身为天下，若可寄天下；爱以身为天下者，若可托天下。

文中"何谓"以下句子，是对"宠辱若惊，贵大患若身"的解释。它显示了这个句子是一个既存的为人所知的成语，必非出自老子本人的创作。

除了"语"类专书外，还有学者认为《老子》的格言体式与古之"铭辞"有关。顾颉刚曾举汤之盘铭、商箴之铭、金人铭、黄帝铭等说其格言体式，并据《大戴礼记·武王践阼》所记武王铭于器物之事推断说：

---

① 王树民：《释"志"》，见中华书局编辑部编：《文史》第三十二辑，316 页，北京，中华书局，1990。

② 现代学者越来越多地认为《列子》为战国时期黄老著作，见胡家聪：《〈列子〉是早期的道家黄老学著作——兼论稷下黄老学之兴起高潮》，载《管子学刊》，1999（4）。则《黄帝书》当在战国前期，与《老子》先后流传于世。

"战国之世，好托古以自伸其说，教条式之铭辞乃骤然增多，黄帝铭固皆道家言，即武王铭亦宁非儒家言耶！"①其说很有启发。这些铭辞不可能出于商代、周初，但也不是如顾颉刚所说的那样要迟至战国。其实，据顾文中所引《晋语》和《楚语上》倚相之言，我们已可推断在春秋时期就有铭辞流行了，因此可能为《老子》所引用。郑良树认为《老子》有多章的文字与金人铭全同或相近，是《老子》引用金人铭的思想及文字的结果。②此外，谭家健、郑君华认为："《老子》吸收了大量来自人民群众的格言谚语。"③他们共列举了五例，其中"合抱之木，生于毫末；九层之台，起于累土；千里之行，始于足下""图难于其易，为大于其细；天下难事，必作于易，天下大事，必作于细"皆是《老子》中的格言。格言谚语也属于春秋时期的"语"的范畴，被多方征引。

以上虽不能说明《老子》八十一章所有格言的来源，但却可以使我们有理由推测：《老子》中的格言与春秋时期流行的"语"类文献有关。

那么，春秋时期有无格言类汇辑文献呢？上引诸"志"都只是只言片语，还不能显示"语"的汇辑本的形态。在老子时代，有两部文献能弥补这一缺憾：一是《逸周书》，二是楚帛书《黄帝四经》中的《称》。

《逸周书》是一部来历不太明朗的书。《汉书·艺文志》著录《周书》七十一篇，唐颜师古注曰："刘向云'周时诰誓号令也，盖孔子所论百篇之余也。'今之存者四十五篇矣。"此四十五篇本《周书》，西晋时孔晁曾为之作注。至东晋时，又从汲冢出土一种《周书》，《隋书·经籍志》著录十卷。学术界一般认为，现存的五十九篇本《逸周书》可能是东晋时期由以上两种《周书》合编而成的。④《逸周书》内容驳杂，有记载文武周公史事的，有记载文武周公的训诫之辞的，还有被认为是兵家之书和礼书的内容。其中不少篇章语言古拙，现代学者相信这些篇章是

西周、春秋时期的产物。① 《逸周书》中有《周祝解》一篇，是祝的职业文献。祝这一职官在《左传》中还常能见到，但在现存的战国史书中就几乎见不到关于祝的记载了。② 因此，《周祝解》至少应产生于春秋时期，肯定早于《老子》。所以陈逢衡说："（《周祝解》）通篇悉为韵语，似铭、似箴，盖直开老氏《道德》之先，匪特作荀子《成相》之祖。"③

我们将《周祝解》的一部分分段抄录于下：

> 故曰文之美也而以身剥，自谓智也者故不足。角之美杀其牛，荣华之言后有茅。凡彼济者必不息，观彼圣人必趣时。石有玉而伤其山，万民之患在口言。时之行也勤以徙，不知道者福为祸。时之徙也勤以行，不知道者以福亡。
>
> 故曰肥豕必烹，甘泉必竭，直木必伐。地出物而圣人是时，鸡鸣而人为时，观彼万且何为求。故天有时，人以为正，地出利而民是争。人出谋，圣人是经。陈五刑，民乃敬。教之以礼，民不争，被之以刑，民始听，因其能，民乃静。
>
> 故狐有牙而不敢以噬，獭有蚤而不敢以撅，势居小者不能为大。特欲正中，不贪其害。凡势道者，不可以不大。
>
> 故木之伐也而木为斧，贼难而起者自近者。二人同术，谁昭谁暝？二虎同穴，谁死谁生？

这些话所表达的都是某种富有隐喻意义的道理，但整体上并不连贯、系统，具有格言的特点。而每一个相对完整的陈述，都可以分成两个部分。一是以"故曰"或"故"领起的类似于谚语或格言的部分，如"肥豕必烹，甘泉必竭，直木必伐""狐有牙而不敢以噬，獭有蚤而不敢以撅"等，是喻体；二是由喻体阐释、引申而获得的政治意义，所以曰"民"

---

① 参见黄怀信：《〈逸周书〉源流考辨》，西安，西北大学出版社，1992；黄怀信、张懋镕、田旭东撰：《逸周书汇校集注（修订本）》，上海，上海古籍出版社，2007。

② 缪文远：《战国制度通考》，1～32页，成都，巴蜀书社，1998。该书的"职官考"载录各诸侯国职官名称，其中不录祝。

③ 转引自黄怀信、张懋镕、田旭东撰：《逸周书汇校集注（修订本）》，1048页，上海，上海古籍出版社，2007。

曰"圣人"云云，或者论及一般性的社会道理，如"势居小者不能为大""二人同术，谁昭谁暝"等。两部分共同形成一个解释性结构。对于第一部分的"故曰"或"故"，陈汉章解释说："此文'故曰'非承上之词。《史记·魏世家》索隐云'古人之言及俗语，故云"故曰"。'盖古字'故'与'古'通，'古'从十口相传。此'故曰'犹古人有言曰。下文'故曰肥豕必烹，甘泉必竭，直木必伐'同。"①此说有一定道理，但《周祝解》中"故曰"或"故"所引领的往往是俗语类的话，与"古人有言曰"颇不同。罗家湘认为格言有两个来源："民间智能系统和朝廷圣贤系统。在古书中常用'故曰'来表示格言的渊源有自。"②不管来自民谚还是圣贤之言，都是一种"语"，所以"故曰"或"故"标志着对"语"的征引。而第二部分则是《周祝解》对"语"的解释和引申。显然，《周祝解》在体裁上与《老子》极为相似，其中"故曰"和"故"作为一种标志性词语，除了在两书中位置前后不同外，所具有的文体功能是相同的。

　　1973 年于长沙马王堆汉墓出土的帛书《老子》乙本卷前附有《经法》《十六经》《称》《道原》四篇，其中《称》被认为是一种"格言类"汇集文献，其文如下：

　　　　圣人不为始，不专己，不豫谋，不为得，不辞福，因天之则。③

显然，《称》的语言形式和内容都与《老子》有相似之处，而且其中有些句子明显是征引而来的。据唐兰统计，《称》有 3 处与《国语·越语下》相同，可以认定这几处是春秋时期的"语"。此外，《称》还有 19 处与《鹖冠子》《淮南子》《文子》《汉书》《战国策》《说苑》《慎子》《管子》《吕氏春秋》《春秋繁露》《列女传》《史记》《荀子》等书中文字相似。④　这些书都是

---

　　①　转引自黄怀信、张懋镕、田旭东撰：《逸周书汇校集注（修订本）》，1052 页，上海，上海古籍出版社，2007。

　　②　罗家湘：《〈逸周书〉格言研究》，载《殷都学刊》，2001(3)。

　　③　魏启鹏：《马王堆汉墓帛书〈黄帝书〉笺证》，191 页，北京，中华书局，2004。

　　④　唐兰：《马王堆出土〈老子〉乙本卷前古佚书的研究——兼论其与汉初儒法斗争的关系》，载《考古学报》，1975(1)。

战国和汉代的，在时间上晚于《称》，但我们并不能认为这些书中的句子都是自《称》征引来的。可以作如下的解释：第一，这20余处被征引的句子都是"语"；第二，这些"语"可能在社会上普遍流传，因此才能被多部著述征引。叶山断言："《称》篇不能被认为是一部书的一个连贯浑成的组成部分，它更像是从较早的文献或口传中辑集的格言，其他篇章的作者由之获取灵感。"①大多数学者认为《黄帝四经》可能稍晚于《老子》，而成书在战国中期以前。② 但《称》中并没有与《老子》相同的文句，所以，我们只能将两者看作有着影响关系的同一类文献。

李学勤认为，《周祝解》《老子》和《称》都是格言体裁。③ 仅就《周祝》和《老子》而言，它们不仅有格言，还有对格言的阐释，是由格言和阐释两部分文献共同组成的一个解释性结构。因此，在《老子》前后确实存在着"语"类纂辑文献，它为我们推断《老子》中的格言的"语"类文献性质提供了一个可靠的旁证。尤其是《周祝解》，它还是一个以"语"为基础的传释性文献，可以帮助我们理解《老子》的文体结构及其文化渊源。

《周祝解》是一部职业文献。春秋时期，祝与巫史并称，《周礼》有大祝、小祝等一系列官职，其职责应是在祭祀仪式中以辞颂祷。《周礼》言大祝之职云：

> 大祝掌六祝之辞，以事鬼神示，祈福祥，求永贞。一曰顺祝，二曰年祝，三曰吉祝，四曰化祝，五曰瑞祝，六曰笑祝。……掌六祈，以同鬼神示，一曰类，二曰造，三曰袷，四曰禜，五曰攻，六曰说。……作六辞，以通上下、亲疏、远近，一曰祠，二曰命，三曰诰，四曰会，五曰祷，六曰诔。

---

① 转引自李学勤：《〈称〉篇与〈周祝〉》，见陈鼓应主编：《道家文化研究》第三辑，241页，上海，上海古籍出版社，1993。

② 李学勤：《申论〈老子〉的年代》，见陈鼓应主编：《道家文化研究》第六辑，75页，上海，上海古籍出版社，1995；陈鼓应：《先秦道家研究的新方向——从马王堆汉墓帛书〈黄帝四经〉说起》，载《管子学刊》，1995(1)。

③ 李学勤：《〈称〉篇与〈周祝〉》，见陈鼓应主编：《道家文化研究》第三辑，241页，上海，上海古籍出版社，1993。

其中的"事鬼神示，祈福祥，求永贞"和"通上下、亲疏、远近"皆是沟通鬼神的意思。大祝是各种仪式中祭祷辞的作者，是祭礼中专事文字撰写的巫史人员。但在"六祝之辞"外，《周礼》为何又有"六辞"的说法呢？孙诒让在《周礼正义》中说："此以生人通辞为文，与上六祝六祈主鬼神示言者异。"①即认为"六辞"是对人的。不过既然叫"辞"，它一定与宗教祭祀有关系，也就是说"六辞"是在仪式背景下产生的。"六辞"虽然是人对人的文本，但它受到神灵的保证和监督，因此具有神圣意味，与《尚书》六体有相近之意。《周礼·秋官·士师》云：

> 以五戒先后刑罚，毋使罪丽于民：一曰誓，用之于军旅。二曰诰，用之于会同。三曰禁，用诸田役。四曰纠，用诸国中。五曰宪，用诸都鄙。

五戒之一的"诰"为训诫体，这同于《尚书》诰体。至于"会"，邓国光认为郑玄注"会同盟誓之辞"是混淆了"会"与盟誓的区别，他认同王引之在《经义述闻》中的论述：

> 窃疑会乃譮之假借；譮，古话字也。《说文》："话，会合善言也。籀文作譮，从会。"《盘庚》曰："乃话民之弗率。"马注曰："话，告也，言也"。譮为告戒下民之辞，与诰相近，故三曰诰，四曰譮。②

邓国光考察了《诗经·大雅·抑》中的"其维哲人，告之话言"、《左传·文公六年》中的"著之话言"、《左传·文公十八年》中的"颛顼有不才子，不可教训，不知话言，告之则顽，舍之则嚚"等，印证了王引之"会"与"诰"同属告诫文体的观点。他说："诰用于全民，或者与国政相关；会用于专门场合，属个人道德行为上的指正。诰重而会轻，所以列次于诰之后。"③由此可知，祝所作"六辞"中有两项为告诫，这可说

---

① （清）孙诒让撰：《周礼正义》，1993 页，北京，中华书局，1987。
② （清）王引之撰：《经义述闻》，213 页，南京，江苏古籍出版社，1985。
③ 邓国光：《〈周礼〉六辞初探——中国古代文体原始的探讨》，载《汉学研究》，1993(1)。

明《周祝解》存在的理由。尤其值得注意的是，王引之云"会"即"话"，而《说文》释"话"为"会合善言也"。也就是说，祝可能会通过收集一些"善言"来行告诫之职。那么，我们可以推定：祝有训诫之职责，而祝的权威来自文献，所以祝的训诫主要以征引权威性的"语"来进行，故而祝很早就开始了收集"善言"的工作，并形成职业文献。这种职业文献最初就是具有教训意味的"语"的辑本，在职业发展的过程中又在"语"的基础上逐渐形成了解释和引申的文本，并最终使这种职业文献成为有着复式结构的传释文本。这就是《周祝解》的来历。

《周祝解》的内容较为抽象，具有哲理意味。这是因为长期的训诫实践使得祝讲求文献的普遍有效性，文本自然也就具有高度概括性。此外，由于祝掌祭祀鬼神，属于通天道的人，思维常会从虚无幽眇处着眼。如《周祝解》中的这一段：

> 故日之中也仄，月之望也食，威之失也阴食阳，善为国者使之有行。定彼万物必有常，国君而无道以微亡。

在后人看来，这似乎有些玄秘，但对于祝而言，则有着明显的职业特点。所以，李学勤说："《周祝》开篇即说'闻道'，《殷祝》也谈到阴阳、雄雌等范畴，很值得注意。这可能对道家《老子》《称》篇何以采取类似的体裁给予暗示。"[1]

先秦祝史连称，《左传·昭公十七年》曰："夏，六月，甲戌，朔日有食之。祝史请所用币。"老子本为"周守藏室之史"，这个"守藏室之史"可能是个泛称，只是表明他熟悉文献而已，而老子的职事有可能偏向祝一类。《老子》第十五章云："古之善为士者，微妙玄通，深不可识。"所谓"善为士者"指的应该就是那些精练而富有哲理的"语"。此外，我们还发现老子长于训诫。《史记》中关于孔子见老子有两处记载，其一在《孔子世家》，其二在《老子韩非列传》，老子之论如下："吾闻富贵

---

① 李学勤：《〈称〉篇与〈周祝〉》，见陈鼓应主编：《道家文化研究》第3辑，247页，上海，上海古籍出版社，1993。

者送人以财，仁人者送人以言。吾不能富贵，窃仁人之号，送子以言，曰：'聪明深察而近于死者，好议人者也。博辩广大危其身者，发人恶者也。为人子者毋以有己，为人臣者毋以有己。'"（《史记·孔子世家》）"子所言者，其人与骨皆已朽矣，独其言在耳。且君子得其时则驾，不得其时则蓬累而行。吾闻之，良贾深藏若虚，君子盛德容貌若愚。去子之骄气与多欲，态色与淫志，是皆无益于子之身。吾所以告子，若是而已。"（《史记·老子韩非列传》）。这两处所记载的都是老子对孔子的训诫，而且其一云"送人以言"，而"曰"后的文字应该是某种"语"，其二"吾闻之"后面亦是"语"无疑。这些都说明老子非常熟悉"语"并善于利用"语"进行训诫，由此可以判断老子十分热衷于祝的训诫之职。

说《老子》是一部职业文献，依然处在一个假设阶段。因为我们既无法肯定格言性的"语"类文献确实独立地存在过，也无法对它们逐一做追溯性研究。我们所能肯定的，也就是《老子》在一定程度上采用或汇辑了一些"语"类文献。通过对《老子》和《周祝解》的文献分析，我们也只是推断出在老子的时代确实存在一种以"语"为基础的阐释性文本，而《老子》在形式上具有这种文献的特征。其实，《老子》在解释或引申部分也有征引"语"的情况，如第七十八章引圣人之语云："受国之垢，是谓社稷主；受国不祥，是谓天下王。"再如谭家健、郑君华所列举的另外两条民间格言"善人者，不善人之师；不善人者，善人之资""知足不辱，知止不殆"，也都出现在书中的阐释和引申部分。[①] 这说明老子本人掌握了不少"语"，并可以随时引用它们。这些"语"类文献也许并不是老子继承来的，而是他收集、编纂的。更进一步推论，《老子》甚至有可能模仿"语"体，然后再加以阐释或引申。如王中江指出，《老子》中"上德不德"（第三十八章）、"功成而不有"（第三十四章）二句是对《左传·襄公二十九年》中赞美禹"勤而不德"等的总结，而"治大国，若烹小鲜"（第六十章）则来自《诗经·桧风·匪风》之"谁能亨鱼，溉之釜

---

① 谭家健、郑君华：《先秦散文纲要》，93 页，太原，山西人民出版社，1987。

鹥"。① 这是利用"语"的形式，对古代经验进行了加工。照此趋势来看，《老子》的格言中应该还有老子自己创作的，如第六十七章：

> 我有三宝，持而保之。一曰慈，二曰俭，三曰不敢为天下先。
> 慈故能勇；俭故能广；不敢为天下先，故能成器长。今舍慈且勇；
> 舍俭且广；舍后且先；死矣！夫慈，以战则胜，以守则固。天将
> 救之，以慈卫之。

不难看出，这一段中的"三宝"是老子自己的创作。老子还在后面堂而皇之地使用了一个阐释结构，这是一个自我作古的例子。"语"典的来源颇杂，甚至有老子自己创作的，这说明了《老子》并不是一部真正的传释性文献。归根结底，老子只是史官，并不是祝。他可能熟悉祝的职业文献，也乐意训诫天下，但我们很难肯定他的行为就是一种职业行为。也许，《老子》只是模仿了《周祝解》这样的职业文献。

《老子》一书，实际上反映了"语"在春秋社会的话语地位。早期的各种"志"皆出自史官之手，到春秋时则被普遍征引，成为一种权威的话语形式。从《左传》《国语》等文献中，我们可以看出"语"已经成为史官所敬重的职业文献，所以老子自然也期望利用这种话语方式来表达自己的思想。此外，春秋史官开始以一种私下的"传闻"文献来辅助、阐释更为经典的"承告"文献（如《左传》之于《春秋》），并且很喜欢借助"君子曰"这样的形式对言论或事实进行评论，这一点对《周祝解》《老子》采用传释结构的著述方式应该也有着影响。不过，比起《周祝解》来，《老子》的个性特点更明显。老子在汇集"语"时可能依据自己的思想进行了精心选择，甚至有创作的成分。而老子的阐释更加个性化、系统化，这则要归功于春秋末期的文化创新思潮和他本人的智慧。

---

① 王中江：《老子治道历史探源——以"垂拱之治"与"无为而治"的关联为中心》，载《中国哲学史》，2002(3)。

第五节　春秋"语"类文献之三：《论语》

孔子之前，巫史文化、君子文化为我国主流文化；孔子之后，诸子蜂起，士遂取巫史、君子而代之。在这之间，孔子实起承上启下之重要作用。《论语》作为孔子创业垂统的遗绪，虽然编成于其弟子之手，但以其义理烛照千秋，其文献意义亦十分重要。蒋伯潜称孔子为诸子的开山祖，而私家著述始于孔门弟子记孔子言行之《论语》，所以"与其以《论语》为六艺之附庸，不如以《论语》为诸子之冠冕耳"①。这说明了《论语》作为首部私家著述对士文化的卓越影响，并指出了《论语》的语录体特征。

在西周和春秋时代，教学在学宫进行，师由乐正、瞽矇等宗教人员担任，所学的内容主要是礼、乐、《诗》、《书》等，教学的目的在于礼仪修养。这时候的教育仍然是巫史文化的一部分，乐太师作为巫史人员受到社会的敬重，其教育的权威受宗教意识的保证。而孔子的世俗教育权威，是建立在师道和学统观念之上的。《论语·卫灵公》中有这样一段记载：

> 师冕见，及阶，子曰："阶也。"及席，子曰："席也。"皆坐，子告之曰："某在斯，某在斯。"
> 师冕出，子张问曰："与师言之道与?"子曰："然，固相师之道也。"

所谓"相师之道"的外在形式表现为对师的无条件的敬重，实际上则形成一种伦理法则。这种伦理法则又反过来制约着对所学内容和观念的忠诚，保证了学术的延续。这就是学统，它是道统的基础。孔子是师道和学统的创建者，孔门弟子对此也有深刻的自觉。《礼记·檀弓上》载曾子指责子夏曰："退而老于西河之上，使西河之民，疑女于夫子，

① 蒋伯潜：《诸子通考》，289 页，杭州，浙江古籍出版社，1985。

尔罪一也。"孔颖达曰："云'疑女于夫子'者，既不称其师，自为谈说，辨彗聪睿，绝异于人，使西河之民疑女道德与夫子相似。"曾子所言即对师道观念的维护，这也形成了儒家的传统。《荀子·修身》曰：

> 礼者，所以正身也；师者，所以正礼也。无礼何以正身？无师吾安知礼之为是也？礼然而然，则是情安礼也；师云而云，则是知若师也。情安礼，知若师，则是圣人也。故非礼是无法也，非师是无师也。不是师、法而好自用，譬之是犹以盲辨色，以聋辨声也，舍乱妄，无为也。

又《荀子·大略》曰：

> 言而不称师谓之畔，教而不称师谓之倍。倍畔之人，明君不内，朝士、大夫遇诸涂不与言。

在荀子看来，师是礼的传播者，从而也代替了以前的巫史，成为社会的指导者。弟子必须以师言为准则，并时常通过称引的方式表现出自己对师道的忠诚。师道具有了特别的伦理意义，并与天道和君道一起构成了新的社会价值体系，又与君道和父道相并而三。[1] 据学者研究，弟子对孔子有侍坐、从游、仆御、出使、担任家宰、充当庖人、担任侍卫、服丧等责任。[2] 这些未必都已经制度化或常规化，但"弟子服其劳"的意思是有了。到了七十子之徒所编纂的《礼记·学记》、战国稷下学派所立的《弟子职》等，则从具体行为方式上确立了师道的标准，并一直为后世所遵从。

孔子的教学内容为"六艺"，尤以"礼"为主。大小戴《礼记》中论礼的文章都出自孔门弟子之手，是对孔子礼学的记录和发挥，从中我们可以看到孔子关于《周礼》知识的渊博程度。但孔子最重要的贡献还不是传播礼乐及文献知识，而是将这些巫史技艺和文献发展成为士人人

---

① 阎步克对"三道"的形成另有详细的论述。见阎步克：《士大夫政治演生史稿》，86～99 页，北京，北京大学出版社，1996。

② 陈桐生：《孔门七十子开创的学规门风》，载《浙江师范大学学报（社会科学版）》，2007(5)。

格修养的标准和社会行为规范。《礼记·经解》记载了孔子的话："入其国，其教可知也。其为人也温柔敦厚，《诗》教也。疏通知远，《书》教也。广博易良，《乐》教也。洁静精微，《易》教也。恭俭庄敬，《礼》教也。属辞比事，《春秋》教也。"孔子认为"六艺"具有人格修养和政治教化的功用，所以他在《论语·述而》中期望弟子能"志于道，据于德，依于仁，游于艺"，并最终使自己"成人"。由此，巫史文献成为体现普遍理性的社会经典，巫史技艺也成为社会个体修养的方法和标准，完成了从"六艺"到"六经"的提升。如徐复观所说："把《诗》、礼、乐当作人生教养进升中的历程，这是来自实践成熟后的深刻反省，所达到的有机体的、有秩序的统一。此时的《诗》、礼、乐，成为一个人格升进的精神层级的复合体。即此一端，便远远超越了春秋时代一般贤士大夫所能达到的水准。"①《庄子·天运》中载录了孔子对老子说的话："丘治《诗》《书》《礼》《乐》《易》《春秋》六经，自以为久矣。""六经"云云当然不可能是孔子的原话，但它反映了人们在战国时期认识到孔子之教以"六经"为本，这已经与前代官学"六艺"有了本质的区别。

　　由于礼不再是庙堂仪式，而是个体修养的路径，孔子的教学对象就不再只是贵族子弟，而普及社会各阶层。这就打破了"礼不下庶人"的规矩，使得礼乐和文献都失去了阶级的属性。孔子说"有教无类"，又说"自行束脩以上，吾未尝无诲焉"。由此，贵族技艺和文献被推广为全社会的学问，"六经"成为道义的府库。

　　孔子终身学习和传播巫史文献，但他毕竟不是巫史中人，所以他的理想是君子。他称赞子产、南宫适、蘧伯玉等为君子。《论语·述而》记孔子之语说："圣人，吾不得而见之矣。得见君子者，斯可矣。"语气中充满了仰慕的情感。成为君子的条件，我们在上文中已有说明，那就是立言于世。但孔子自称"述而不作"，这又是为何呢？所谓"述而不作"是针对"六经"而言的，是为了维护"六经"的神圣经典地位。立言而为君子还有一个条件，那就是见诸史乘。春秋晚期史职衰落，即便孔子立言于世，又能有什么样的机会见之载籍呢？孔子抱着"君子疾没

———————————

① 徐复观：《徐复观论经学史二种》，13页，上海，上海书店出版社，2002。

世而名不称焉"的莫大遗憾离开了人世，但弟子们帮助他完成了这一心愿。孔门弟子不是史官，但他们做成了一件开天辟地的事，那就是编纂了孔子的私人语录《论语》，从而开创了私人著述的新时代。

《汉书·艺文志》曰：

> 《论语》者，孔子应答弟子时人及弟子相与言而接闻于夫子之语也。当时弟子各有所记。夫子既卒，门人相与辑而论纂，故谓之《论语》。

所谓"弟子各有所记"虽然是教学活动的一环，但它起到了私门之史的作用。"论"为"辑而论纂"，也就是汇集编纂。所以，"论语"的意思实际上是孔子的"语"集，它相当于"史佚之志"，是个人的"语"类文献汇编。当然，孔门弟子未必见过"史佚之志"，他们直接模仿的是《国语》，这一点我们从《论语》的名称中就可以看出。为孔子编纂一部"语"集，也就确认了孔子为当世之圣贤君子的崇高地位。其实，孔子的地位早在其生前就得到了社会的认可。《论语·八佾》记仪封子对孔门弟子说："二三子何患于丧乎？天下之无道也久矣，天将以夫子为木铎。"木铎本为乐器，后为瞽矇助行。《汉书·食货志》曰："孟春之月，群居者将散，行人振木铎徇于路，以采诗，献之大师，比其音律，以闻于天子。"此处行人为瞽史属官，负有采集歌谣之责，木铎实为瞽史乐师的一个标志。仪封子的意思是说：巫史衰落，而天意使孔子承继其职责，孔子就是继巫史之后的圣者。孔子自己似乎也认识到了这一点，他说："文王既没，文不在兹乎？天之将丧斯文也，后死者不得与斯文也。天之未丧斯文也，匡人其如予何？"又说："如有用我者，吾其为东周乎？"孔子认为自己将继承文王、周公的事业，成为时代的精神领袖。孔门弟子可能早已将孔子视为神圣启示者。《论语·阳货》载孔子曰："予欲无言。"子贡问道："子如不言，则小子何述焉？"孔子曰："天何言哉？四时行焉，百物生焉，天何言哉？"子贡所谓"述"，即孔子所谓"述而不作"之"述"。也就是说，孔子的话在弟子们看来是一种神圣经典。而"天何言哉"虽然是个比喻，但其中也有孔子自我期许的意思。俞志慧在论《国语》《论语》《事语》《新语》等书之得名及其体例时说："也当与

'语'有一定的相关性，譬如《论语》，当先有'孔子应答弟子时人及弟子相与言而接闻于夫子之语'在，然后才需要'门人相与辑而论纂'，而视孔门之言说为等同于格言谚语之'语'，则反映出'辑而论纂'者对于'语'这种既有文类的自觉及其心目中元儒言说的地位与价值。"①正是在这样的认识下，弟子们才能"相与辑而论纂"孔子之"语"，不但使其名列君子之林，而且以专集的形式独擅胜场。

此外，《论语》以"子曰"的形式载录孔子的言语，也具有特别的意义。"子曰"承自"王若曰"和"君子曰"。"王若曰"屡见于《尚书》和金文。我们在前面论《尚书》诰体时已经特别谈到"王若曰"是周公以主祭者身份发言时的用语，它是一种神圣的话语形式，也是记言的一个标志。春秋时期，史官常以"君子曰"的形式发表观点和进行评论，在载录嘉言善语时亦称"君子曰"，因此，"君子曰"即"当世、后世贤人传《语》时所发的议论"②。所以，"君子曰"又成为立言的标志。孔门弟子自然不能用"君子"这个泛称词来称老师，所以改"君子曰"为"子曰"。一般认为"子"即老师的意思，只有尊敬的含义而已。杨宽说："在春秋以前，'子'原为天子所属的卿的尊称，如微子、箕子之类。春秋初期只有少数诸侯所属的卿连'谥'称'子'，如卫的宁庄子、石祁子之类；到春秋中期以后，诸侯的卿就普遍连'谥'称'子'；大夫虽然没有连'谥'称'子'，也已相称为'子'，如子服子、子家子之类。到春秋、战国之际，由于士的社会地位的提高，著书立说和聚徒讲学之风兴起，'子'便成了著名学者和老师的尊称，如孔子、子墨子之类。"③但这一说法只是说明了缀在姓氏之后的"子"的含义，而"子曰"之"子"和"子墨子"前一"子"并不是学者和老师的尊称。"孔子""墨子"以及日常称呼中的"夫子"是对学者和老师的称呼，"子曰"连用只是一种文体的标志，是"王若曰""君子曰"的传统在新的形势下的延续。"子墨子"是对"子曰"的模仿。

---

① 俞志慧：《古"语"有之：先秦思想的一种背景与资源》，155 页，上海，华东师范大学出版社，2010。

② 张君：《〈国语〉成编新证》，载《河北学刊》，1991(2)。

③ 杨宽：《战国史（增订本）》，465～466 页，上海，上海人民出版社，1998。

　　孟子曾称《论语》为"孔传"，也就是将《论语》看作《诗》《书》《礼》《易》《春秋》之辅，这可能与孔子本人以传播、阐发巫史经典为志业有关。孟子认为《论语》属于经传系统，事实上，《论语》在孔子身后成为儒家后学传授孔子学术、延续师道的教材。① 这说明孟子的话是有一定道理的。何晏引刘向之言曰："《鲁论语》二十篇，皆孔子弟子记诸善言也。"②所谓"善言"，即韦昭《国语解叙》之"嘉言善语"。所以，刘向、何晏、韦昭都认为《论语》与《国语》是同类的文献。现在看《论语》，它的编辑并无特定的线索，不但二十章头绪散乱，而且每一章内部各句也都缺乏关联。《论语》纯粹是"语"的汇集，但它的作用是巨大的。它成就了孔子作为圣贤的历史地位，使得孔子列身于巫史、君子文化传统，并成为诸子文化的开创者。

　　孔子被称为中国历史上最伟大的思想家，而《论语》包含了以礼和仁为中心的思想观念，并在两千多年的历史中成为中国的统治思想。但孔子生前的主要学术行为是整理和传播巫史著述以使其成为儒家经典，他的思想主要也是寄托在这些儒家经典中，《诗》、《书》、礼、乐、《春秋》其实就包含着更为宏大而成体系的社会规范和人生理想。孔子之后，儒家学派主要传承的也都是这些经典。其间儒家学派虽然有分化，但孔子思想仍然是各派思想的核心。经汉代儒家学者的注疏，这些经典的意义相对固定下来。不过，就研究孔子本人而言，经典及注疏中所表现出来的思想经过了太多的累积，难以确认孔子的具体贡献。所以，一般以《论语》为主来讨论孔子的思想。

　　孔子可能对"语"有自觉的意识，但他不可能期待《论语》完整地表述自己的政治、伦理思想，弟子们在编纂《论语》时亦不可能有这种理论自觉。因此，《论语》所记录的只是一些即时的、零散的谈话。法国

---

　　①　在《论语》中，可以发现一些文字与孔子无关。如《季氏》后一章云："邦君之妻，君称之曰夫人，夫人自称曰小童，邦人称之曰君夫人，称诸异邦曰寡小君。异邦人称之亦曰君夫人。"再如《微子》云："大师挚适齐，亚饭干适楚，三饭缭适蔡，四饭缺适秦，鼓方叔入于河，播鼗武入于汉，少师阳、击磬襄入于海。"又如《尧曰》开头的一章。这些文字大约是教学时用得着的材料，于无意中被编入此书。

　　②　李学勤主编：《论语注疏》，2 页，北京，北京大学出版社，1999。

学者弗朗索瓦·于连说："这种谈话并不(无)意于构建一种'科学'，甚至也不想构建一种道德。从理论角度看，这种谈话什么也不构建；从神秘角度看，它也不揭示任何东西。"①也就是说，《论语》无意于理论构建的工作，这与西方学者的态度迥异。比孔子稍迟的古希腊学者柏拉图，就通过数十篇对话构建了二元论哲学体系，讨论了"相"的世界和现实世界中种种对立的现象和观念。但孔子的语录中很少有观念性的描述，看起来似乎是在刻意回避体系和概念。如在孔子哲学中居于中心地位的"仁"，在《论语》中也并没有一个明确的定义。孔子主要是通过对不同行为的评点，显示"仁"作为价值标准的意义。《论语·颜渊》记录了孔子对学生的何为"仁"的问题的回答："克己复礼为仁"；"出门如见大宾，使民如承大祭。己所不欲，勿施于人。在邦无怨，在家无怨"；"仁者，其言也讱"；"爱人"。此外，《论语·学而》说"巧言令色，鲜矣仁"，《论语·雍也》说"仁者先难而后获，可谓仁矣"，《论语·雍也》说"夫仁者，己欲立而立人，己欲达而达人。能近取譬，可谓仁之方也已"，《论语·子路》说"刚、毅、木、讷近仁"，等等。那么，"仁"是什么呢？它是守"礼"，是敬重他人，是友善，是朴实，是成人之美，是言语得体。它可能什么都是，但孔子并没有将它作为一个可定义的认知概念或准则说出来。孔子只是指出了不同情境中"仁"的不同表现形式，期望学生能够通过自身的体验感受到自己的内在良知，"仁"便是这种良知的行为体现。这是一种经验性的表述方式，它不关心理论认知，只在乎可体验性。所以颜回这样感叹道："瞻之在前，忽焉在后。夫子循循然善诱人，博我以文，约我以礼。欲罢不能。既竭吾才，如有所立卓尔，虽欲从之，末由也已。"所描述的就是言传身教的含义。

　　孔子之教具有实践性的特点，即学生必须通过自己的体悟才能得到一种有启示性的意义。不论是子夏对"绘事后素"的参悟，还是子贡对"如切如磋，如琢如磨"的斟酌，都是体悟的方式。《论语·为政》载，

――――――――――
　　① ［法］弗朗索瓦·于连：《迂回与进入》，杜小真译，201 页，北京，生活·读书·新知三联书店，1998。

孔子也不断鼓励弟子自觉进行体悟，他夸赞颜回曰："吾与回言终日，不违，如愚。退而省其私，亦足以发，回也不愚。"颜回对孔子的每句话都能"退而省其私"，并皆能有所醒悟发明。这种体悟的功夫是一种人生自觉，能达到一种高明的人生境界，而达到这种境界也就意味着道德的自由，无所不立。《论语·为政》所谓"三十而立，四十而不惑，五十而知天命，六十而耳顺，七十而从心所欲不逾矩"云云，就是对这个过程的描述。

将孔子比作木铎，就已经认识到了孔子的启示性意义。当木铎在庙堂中震响的时候，它实际上是对神灵的召唤，也是对人们的崇敬之心和信念的召唤，而所有的意义和价值就在召唤中生成。但木铎本身并不显示意义，孔子也是如此，他只是一个神奇的召唤者。他引导着领悟者和意义会面，但他自己却不发布意义。正因为如此，孔子才坚持不从抽象意义上论述如命、性、仁等概念。[1]

孔子之教并不依赖概念和体系展示一个理想世界的模型，更没有以此模型为标准来改造现实世界、衡量现实的行为。在孔子的教育中，关键是体悟，而精致的语词和概念不过是一种"巧言"，没有什么价值。所以，孔子只要求"辞达而已"，并一再提醒弟子要"讷于言""慎于言"。从《论语》中也可以看出，在孔子的教学活动或日常对话中是没有讨论的，也就是说，学生不应该从语言的磨砺中感受到知识的快乐。道德的快乐，也就是颜回的"饭疏食饮水"，"在陋巷，人不堪其忧，回也不改其乐"，是一种实践性的体悟，它与知识无关。从领悟的角度出发的真理认知，是期望着真理能在领悟者的实践过程中自动显示出来。但实际上这一过程还取决于领悟者自身的条件和能力以及具体的环境，这就为真理涂上了一种相对性色彩。孔子不肯给出一个确定性的定义，主要就是基于这方面的原因。《论语·先进》中有这样的记载：

> 子路问："闻斯行诸？"子曰："有父兄在，如之何其闻斯行之？"冉有问："闻斯行诸？"子曰："闻斯行之。"公西华曰："由也问

---

① 《论语·子罕》曰："子罕言利与命与仁。"《论语》中孔子言"仁"甚多，但其真正作为一个抽象的概念，孔子确实没有谈论过。

> 闻斯行诸,子曰'有父兄在';求也问闻斯行诸,子曰'闻斯行之'。
> 赤也惑,敢问。"子曰:"求也退,故进之。由也兼人,故退之。"

对于同样的问题,根据接受者自身条件的差异,孔子会给出完全不同的答案。而在这答案里并不包括"为什么"这样的理解因素,总是要通过自己的践行,才能感觉到其中的意义。

这种实践性的思维方式,比较接近古代巫史传统。孔子说"克己复礼为仁",也就是"仁"以"礼"为核心价值。"礼"也是古代巫史的价值标准。而"礼"的实际内容是各种形式的宗教仪式和宗教禁忌,是长期的宗教行为习惯所决定的,它并没有一个准确的行为规范的定义。所谓"敬"也只是一种态度,不能涵盖"礼"的内容和目的。因此,"礼"也是非真理性的,有着实践性特征,它永远追随着事实本身,并通过事实本身显示出它的意义来。同样,《春秋》这样的史著对"礼"的弘扬也是通过对具体事实的批评形成的,是实践性的。孔子的"仁"虽然比"礼"有着更高的理论意义,但它并没有成为一种理念或一个真理模式。《论语》也受到巫史表述方式的影响。

《春秋》"书法"最为突出的特点,就是将事件凸显在"礼"的背景下,或者隐藏在"礼"的阴影里,也就是让事件和"礼"之间显示出一种紧张的关系,使事件因此而得到裁判。这是在没有叙述和分析的情况下形成的一种价值显示方式。《国语》所载录的君子之"语",由于自身不具有礼仪的特点,所以主要表述方式是将事件和"礼"进行对比,从而进行判断。春秋晚期礼崩乐坏,"礼"已经无法作为一种价值尺度而凌驾一切;孔子作为世俗之士,也无权以传统史官的方式来展示社会事件并进行"礼"的审判。但孔子作为新文化、新理性的推行者,又必须有所建立。那么,在没有分析和推理的以零碎的方式显示出的"语"中,孔子是如何展示自己的评判的呢?

孔子的表述是《春秋》式的,它也将事实置于某一个关系中,通过关系本身的紧张或和谐使事实得到评判。用一个简单的例子可以说明这个问题。对于"以德报怨"这个观点,孔子是不赞成的,但他并没有对这一命题本身作出任何形式的分析,而只是问"何以报德"。这一提问的目的是较为全面地显示"德"和"怨"的关系："以德报怨"使"德"和"怨"处在同一层级关系之中，而这一关系将无法处理"报德"这样的问题。因此，孔子对"德"和"怨"层级关系的揭示也就说明了"以德报怨"这一命题的荒诞性，从而得出"以直报怨"的结论。在孔子的观念中，社会层级关系是最为重要的，无论是血缘亲疏关系还是政治等级关系，都是判断事实的标准。所以，孔子最常用的判断方法就是在这样的关系中指出事实的位置，它是一种指示性的陈述，如弗朗索瓦·于连所说的那样："以真理为目标的贤人承认他所关注的不是知识，而是调整行为——可与调整环境联系起来。这样，以老师教授学生形式说出的与环境相关的孔子之言，远非要描述现实，而是要在抽象领域中重新建立诸物之间的重要关联，它只能是指示性的。但由于它生动活泼并且运用特殊的表达方式，它同时向事物的无限进程开放。它从事物微小的细节出发委婉地阐明人们不能以普遍方法确定的东西：即事物的内在基础。所以它不是以逻辑方式铺陈，而它的功效是指示性的。"①再如《论语·阳货》载：

> 宰我问："三年之丧，期已久矣。君子三年不为礼，礼必坏；三年不为乐，乐必崩。旧谷既没，新谷既升，钻燧改火，期可已矣。"子曰："食夫稻，衣夫锦，于女安乎？"曰："安。""女安，则为之。夫君子之居丧，食旨不甘，闻乐不乐，居处不安，故不为也。今女安，则为之！"宰我出。子曰："予之不仁也！子生三年，然后免于父母之怀。夫三年之丧，天下之通丧也。予也有三年之爱于其父母乎！"

孔子是坚持"三年之丧"的，因为他的伦理理论是建立在血缘原则之上的。但孔子并没有从这个角度来论述"三年之丧"的必要性，那就只能认为他不喜欢理论性的正面阐释，而偏爱指示性的表述方法。宰我认为"一年之丧"就可以了，这是因为他认为"三年之丧"和礼乐之间存在

---

① ［法］弗朗索瓦·于连：《迂回与进入》，杜小真译，202 页，北京，生活·读书·新知三联书店，1998。

着矛盾。而孔子则认为"一年之丧"和礼乐之间存在着"不安"的关系，并且子女的"三年之丧"和父母的"三年之爱"之间是一种对应关系。也就是在这两重关系中，孔子确认了"三年之丧"的正当性。我们还能在这两重关系中看到宰我的礼乐是没有实际内容的，而孔子的礼乐却服从于父母之爱的血缘关系。当宰我不能理解孔子的提示时，孔子就结束了这次对话，并没有打算说服他。这表明孔子期待学生自觉领悟，如果没有领悟，也不强求。

这种表达方式所给出的往往不是一种普遍真理，而是一种与具体环境甚至是具体语境相联系的相对真理。如关于管仲的评价，孔子就有前后不同的说法：

> 子曰："管仲之器小哉！"或曰："管仲俭乎？"曰："管氏有三归，官事不摄，焉得俭？""然则管仲知礼乎？"曰："邦君树塞门，管氏亦树塞门。邦君为两君之好，有反坫，管氏亦有反坫。管氏而知礼，孰不知礼？"（《论语·八佾》）

> 子路曰："桓公杀公子纠，召忽死之，管仲不死。"曰："未仁乎？"子曰："桓公九合诸侯，不以兵车，管仲之力也。如其仁，如其仁。"（《论语·宪问》）

> 子贡曰："管仲非仁者与？桓公杀公子纠，不能死，又相之。"子曰："管仲相桓公，霸诸侯，一匡天下，民到于今受其赐。微管仲，吾其被发左衽矣。岂若匹夫匹妇之为谅也，自经于沟渎而莫之知也？"（《论语·宪问》）

前者说管仲不知礼，是因为他僭越了君臣礼制；后两者说管仲仁，是因为他能以道义服人，并且避免了中原文化的沦陷。由此看来，孔子并不关心对管仲本人的评价，他关心的是某一特殊行为的价值。这一思维方法与史官记事方式有关。昭公四年，子产作丘赋，浑罕预言"国氏其先亡乎"；昭公六年，子产铸刑书，叔向写信指责子产云"终子之世，郑其败乎"；昭公十六年，韩起因子产赋诗得体，而称其为"数世之主"。那么，子产到底是什么样的人？他的家族到底会延续多久呢？这些其实不是史官关心的问题，史官的评价是在此时此地、在特殊的关系中进行。再如《左传·宣公二年》中，晋太史董狐以赵盾未能讨贼而书"赵盾弑其君"，以表达对赵盾的谴责。而据《孔子家语》所载，孔子认为赵盾是"古之良大夫"，为其"为法受恶"而深感惋惜。可见，即使是同一件事情，如果转换角度，其评价也可能完全不同。所以，孔子的"语"在很大程度上继承了春秋史官的表达方式，是即时评点式的，要理解就必须回到具体的背景和关系之中。

这种即时即景的表达方法，使得《论语》显得较为自由和活泼。如《论语·先进》中记弟子侍坐时，曾点自述其"志"曰："莫春者，春服既成，冠者五六人，童子六七人，浴乎沂，风乎舞雩，咏而归。"这时孔子喟然叹曰："吾与点也！"表达了一种悠然恬淡的人生期待。而这个境界与知其不可而为之的丧家犬精神相差太远，有时难以被人们理解。但将这个境界放到当时"各言其志"的具体环境之中，联系到子路、冉有、公西华治国相礼的理想，则可看出：孔子所赞赏的场景里，既表达了礼乐社会的自由之境，也透露出他疲惫奔波的人生感慨。其精神境界和人生经历，都远较三子阔大且深邃。而脱离了此时此景，就只能将"风乎舞雩，咏而归"解释为陶渊明式的逍遥了，其相差无乃太远乎！

班固在《汉书·艺文志》中说："昔仲尼没而微言绝，七十子丧而大义乖。"孔子在整理和传播《春秋》时，自然也就接受了"微言大义"表述方法的影响，并在自己的"语"中表现出来。《论语》所体现出的指示性、即时性特征，是宗教文献的启示性、实践性特征的反映。它作为一种权威话语形式，对后世有着深远的影响。墨子弟子所编《耕柱》《贵义》《公孟》《鲁问》《公输》，录墨子行事言语，形式全仿《论语》。在《墨子》其他篇章中，也以"子墨子曰"的形式记载墨子的话。《史记》言孟子觉得道不行于世的时候，"退而与万章之徒序《诗》《书》，述仲尼之意，作《孟子》七篇"。《孟子》也采取了记言的形式，但孟子主要以论辩的方式立言，所以《孟子》也由语录体变为对话体。此后，各朝各代都有专人语录体著作出现，如朱熹的《朱子语类》等。由此可见，《论语》对后世文体的影响是十分深远的。

第六节　春秋"语"体兴盛与舆论的形成

在中国历史上，汉人好清议、魏晋名士好清谈、宋人好议论尽人皆知，殊不知春秋时期也是个热衷于议论的时代，而且史官也乐于将他们的议论载录下来。春秋时期是中国社会结构发生剧烈变革的时期，旧的社会制度已经崩溃，新的社会制度尚未建立，礼崩乐坏，王纲解纽。自西周以来盛行于世的礼乐传统虽然渐行渐远，但依然残存于那个时代知识阶层的观念体系中。过渡时期复杂多变的社会现实，使得春秋时人的好议呈现出别样的姿态和况味。在以往的研究中，学者们对《左传》《国语》等文献中的"君子曰""君子是以知"等给予了充分的关注，以此为主题的著述可谓浩繁，却始终难有定论。其实，史传文献中大量的"君子曰""君子是以知"等评论，是春秋时人品评议论的一部分。只有将其置于整个春秋时期的大环境中，才能准确地理解"君子曰"的文献意义。那么，春秋时人的议论风气到底是怎样一种状况？有哪些人群参与了议论？是怎样的社会现实导致了春秋时人好议论？他们的议论又有何社会效应？

一、春秋时人好议论

《左传》《国语》《春秋事语》等记载春秋历史的文献中出现了大量的春秋时人对政治事件或人物的评论，这一现象应该不是偶然的，而是史官有意识的记载。从评论的内容来看，主要有两部分：一是人物品评，即对当时人物品行、修养、智慧、能力的评价；二是时评，即对当时所发生的重要政治事件的议论评说。前者如鲁隐公元年，郑庄公克段于鄢后，苦于无计与生母复合。之前郑庄公曾对其母武姜起誓言"不及黄泉，无相见也"，无法收场。颍考叔建议挖一条隧道，取名"黄泉"，安排郑庄公与其母相见，实现了母子复合。《左传·隐公元年》以"君子曰"的形式记载了"君子"的如下评价："颍考叔，纯孝也。爱其母，施及庄公。《诗》曰：'孝子不匮，永锡尔类。'其是之谓乎！"这段话赞扬颖考叔不仅自己尊奉孝道，也帮助郑庄公重拾孝道。后者如鲁成公七年春，吴国攻打郯国，郯国求成。《左传·成公七年》记载的鲁国执政卿季文子的评价如下："中国不振旅，蛮夷入伐，而莫之或恤。无吊者也夫！《诗》曰：'不吊昊天，乱靡有定。'其此之谓乎！有上不吊，其谁不受乱？吾亡无日矣！"季文子批评了中原诸侯国不能互相勖勉，以致郯国惨遭南方蛮夷吴国侵略。

从评议的性质来说，既有事件发生后对事件起因、经过或结果的评价，也有对未来将要发生的事件或人物命运的预测。《左传·文公五年》载，文公五年，楚灭掉六与蓼。鲁国臧文仲闻六与蓼灭，曰："皋陶庭坚不祀，忽诸，德之不建，民之无援，哀哉！"六与蓼都是皋陶后裔。臧文仲感叹其二君不能树立德行、结援大国，以致忽遭灭亡。

事前的预测也就是预言，《左传》中的预言不胜枚举。《左传·宣公十五年》载，晋侯使赵同献狄俘于周，不敬。刘康公曰："不及十年，原叔必有大咎，天夺之魄矣。"刘康公因见赵同向周王献俘时态度不恭敬，预言他将犯大错，命不久矣。果然，鲁成公八年，赵同在晋国被杀。《左传·桓公十八年》记了申繻反对鲁桓公与姜氏如齐之事："十八年春，公将有行，遂与姜氏如齐。申繻曰：'女有家，男有室，无相渎也，谓之有礼。易此必败。'"桓公要去齐国，带上了夫人姜氏即文姜。文姜未嫁时本与兄长齐襄公有染，申繻预言此次桓公携文姜去齐国恐有不测。之后的历史证明，桓公果然因文姜而死。

春秋时人对历史事件发生后的评价，往往和对未来事态发展和人物命运的预测交织在一起。事件发生后，通过对事件过程中人物的品行、作为、能力的观察，来预测事件未来发展方向或者人物命运。《左传·桓公二年》载，夏四月，鲁取郜大鼎于宋。戊申，纳于大庙。臧孙达苦苦劝谏，鲁桓公不听。周内史闻之曰："臧孙达其有后于鲁乎！君违，不忘谏之以德。"周内史认为桓公到宋国取大鼎是违逆礼仪传统的，而臧孙达能够谏之以德，他的后代将来一定会成为鲁国的执政。在周内史简短的评价中，既有对桓公违礼行为的批判、对臧孙达以德谏言的赞誉，也有对臧氏后裔必然执政的预测。

从文献记载来看，春秋时期参与评论的主体主要是卿大夫、史官、君子，也有地位低微的国人、舆人、役人等。卿大夫参与政事和人物的评论，在文献中往往会写明姓名，如鲁国的臧孙达、臧文仲、臧宣叔、臧武仲、臧纥、申缭、季文子、叔孙豹、叔孙昭子，周朝的苌弘，刘国的刘康公、刘定公，晋国的师服、范文子、祁奚、叔向、士鞅、赵武、韩起、女叔齐，郑国的叔詹、祭仲、公子达、公孙黑肱、公孙挥、子大叔、子产、浑罕、郭偃，齐国的鲍叔牙、晏子，楚国的令尹子文、屈建，卫国的大叔文子、北宫佗，秦国的后子针，吴国的公子季札，等等。有的诸侯也参与了议论，如昭公元年，晋平公曾经评论子产是"博物君子"。甚至连周天子有时也进行议论，其语见《左传·襄公二十六年》载："晋韩宣子聘于周，王使请事。对曰：'晋士起将归时事于宰旅，无他事矣。'王闻之曰：'韩氏其昌阜于晋乎！辞不失旧。'"韩起入周行聘问之礼，言献职贡于宰旅，不违古礼，周灵王由此预言韩氏必然能在晋国长久执政。

在春秋时期，史官阶层依然扮演着文化创造者和传播者的重要角色。一方面，史官用文字记录历史。春秋列国均有史书，墨子将其总称为"百国春秋"，这些历史文献就是由当时各诸侯国的史官记载完成的。另一方面，史官也参与朝聘、劝谏等政治活动，切身见证了诸多历史事件的发生。作为春秋时期重要的文化创造者，他们不可能不对当时的历史事件有自己独特的认知和评价。这些认知和评价如何表达呢？从文献来看，史官主要有两种方式：第一，通过以文字记载历史事件表达自己的褒贬态度，如鲁国《春秋》中，鲁国史官就是通过一字寓褒贬、爵号名位寓褒贬等笔法曲折隐幽地表达自己的褒贬态度的；第二，在与他人进行政治交往的过程中，通过语言直接表达自己的褒贬态度和对事件未来发展方向或者人物命运的预测。春秋时期史职较为复杂，未必所有的史官都参与了文献的记载。那些参与了政治评论的史官的言语为专门记载历史的史官所重视，并被顺利地载入了史书中。史官在春秋时期是文化层次较高的人群，他们对于历史或者人物的看法往往具有深刻的指导意义。周内史叔服、内史过，虢国太史史嚚，楚国左史倚相等，都是当时长于品评议论的史官。《左传·庄公三十二年》载：

秋，七月，有神降于莘。惠王问诸内史过曰："是何故也？"对曰："国之将兴，明神降之，监其德也；将亡，神又降之，观其恶也。故有得神以兴，亦有以亡，虞、夏、商、周皆有之。"王曰："若之何？"对曰："以其物享焉。其至之日，亦其物也。"王从之。内史过往，闻虢请命，反曰："虢必亡矣。虐而听于神。"神居莘六月。虢公使祝应、宗区、史嚚享焉。神赐之土田。史嚚曰："虢其亡乎！吾闻之：国将兴，听于民；将亡，听于神。神，聪明正直而壹者也，依人而行。虢多凉德，其何土之能得？"

内史过之所以预言虢国必亡，是因为虢公本已暴虐，神灵降临后不但不反躬自省，反而向神灵求乞土田。后来，虢公果然向神求天。史嚚亦预言虢国必亡，理由同样是虢公无视民心、薄行寡德。后来，虢国果然为晋所灭。《左传·僖公十一年》载：

天王使召武公、内史过赐晋侯命，受玉惰。过归告王曰："晋侯其无后乎？王赐之命，而惰于受瑞，先自弃也已，其何继之有？礼，国之干也；敬，礼之舆也。不敬，则礼不行，礼不行则上下昏，何以长世？"

内史过预言晋惠公的后代必然不能享国，因为他无礼、不敬。晋惠公在位期间无所作为，在与秦国的交往中背信弃义，于韩原之战为秦所俘，经其姊秦穆夫人全力救助才得以回国。其继任者晋怀公后为晋文公重耳所杀，应验了当初内史过对晋惠公的预言。

先秦文献中提到的参与政治活动和品评议论的人群，除了天子、诸侯、卿大夫、史官外，还有国人、舆人、役人等。这些人群并非贵族阶层，但在春秋社会，他们在政治生活中的地位和作用不容小觑。国人是指居住在周王都或各诸侯国都城里的人，他们中有的是城市自由平民，有的是沦落在民间的旧贵族。由于居于都城之中，离政治中心较近，相对于野人而言，他们更容易获得政治信息，也有更为强烈的参政热情。当认为当权者出现施政漏洞，有必要劝谏时，他们会毫不吝惜言辞地讥讽批评。《国语·晋语三》载：

> 惠公即位，出共世子而改葬之，臭达于外。国人诵之曰："贞之无报也。孰是人斯，而有是臭也？贞为不听，信为不诚，国斯无刑，偷居幸生。不更厥贞，大命其倾。威兮怀兮，各聚尔有，以待所归兮。猗兮违兮，心之哀兮。岁之二七，其靡有征兮。若狄公子，吾是之依兮。镇抚国家，为王妃兮。"

晋惠公回国即位后，为无辜被杀的太子申生改葬，而尸臭散发到外面来。国人本来对晋惠公就无甚好感，加上改葬一事的刺激，于是以四言句吟诵的方式激烈地表达了对晋惠公的厌恶和对当时流亡于狄国的公子重耳的期盼，言辞犀利，恩怨分明。

诸多史例表明，国人在春秋时期是不可忽视的政治力量，对政治问题很有发言权，他们的言论和举动往往会产生强大的社会效应。除了贵族和各级职官之外，平民百姓也常常参与政治评判，比如舆人和役人。舆人最初是指制造车辆的人，后来义项逐渐扩大，引申为众人。要理解"舆人"的含义，得先从"舆"字字源说起。《说文解字》曰："舆，车舆也。从车，舁声。"①又曰："舁，共举也。"②罗振玉认为"舆"字"象众手造车之形"③。先秦文献中，"舆"字的用例非常广泛，《左传》《国语》《诗经》《周礼》《周易》《论语》《老子》《墨子》《孟子》《荀子》《韩非子》《战国策》《晏子春秋》等均有出现。其词义有二：一是指在车的整体结构中供人乘坐的箱体即车床部分，如《论语·卫灵公》言"在舆则见其倚于衡也"；二是代指车乘，如《论语·微子》言"执舆者"，《荀子·劝学》言"假舆马者，非利足也，而致千里"。舆人本是与车辆制造有关的专职人员，因地位低下、人数众多，逐渐演变为"众人"之意。汉魏以来，学者也多将《左传》《国语》中的"舆""舆人"训为"众""众人"。《左传·僖公二十八年》有"舆人之谋"之句，杜预注曰："舆，众也。"《国语·晋语三》有"舆人诵之"之句，韦昭注曰："舆，众也。""舆论"一词的含义是众人的议论，盖由"舆人"所引申出来的"众人"之意而得来。

---

① （汉）许慎撰：《说文解字》，301 页，北京，中华书局，1963。
② （汉）许慎撰：《说文解字》，59 页，北京，中华书局，1963。
③ 罗振玉：《殷虚书契考释三种》下册，477 页，北京，中华书局，2006。

虽然舆人在春秋政治舞台上身居卑位，但这并不妨碍他们参政议政的热情。"晋侯围曹，门焉，多死，曹人尸诸城上，晋侯患之。听舆人之谋曰：'称舍于墓。'师迁焉，曹人凶惧，为其所得者棺而出之。"（《左传·僖公二十八年》）晋国攻打曹国时，率先攻占城门的士卒多战死，曹人竟然凶残地将战亡者的尸首挂在城墙上。危难之际，晋文公听从了了众人的谋议——挖曹国墓。这一策略果然令曹人恐惧，将战死的晋国士兵用棺椁送出。"从政一年，舆人诵之曰：'取我衣冠而褚之，取我田畴而伍之。孰杀子产，吾其与之。'及三年，又诵之曰：'我有子弟，子产诲之。我有田畴，子产殖之。子产而死，谁其嗣之？'"（《左传·襄公三十年》）子产执政期间，不同的时期有不同的舆论反应。执政一年后，众人对其执政纲领不能领会，于是诵唱以讽刺；执政三年后，其行政效果渐渐明显，于是再次诵唱以赞美。"惠公入而背外内之赂。舆人诵之曰：'佞之见佞，果丧其田。诈之见诈，果丧其赂。得国而狃，终逢其咎。丧田不惩，祸乱其兴。'"（《国语·晋语三》）当初秦穆公派兵护送夷吾回国，夷吾答应事成之后将晋国黄河以西的土地割让给秦国作为回报。夷吾又派人给里克送信说，只要能回国当上国君，就把汾阳之邑赐给里克。结果，他当上国君之后就背信弃义，没有将黄河以西的土地给秦国，且派人杀害了里克。对于晋惠公的一系列举动，舆人皆看在眼里，于是作诗诵唱以讽刺。

役夫是从事苦力劳作的人。春秋时期，役夫也敢于作歌讽刺执政的大夫。"宋城，华元为植，巡功。城者讴曰：'睅其目，皤其腹，弃甲而复。于思于思，弃甲复来。'使其骖乘谓之曰：'牛则有皮，犀兕尚多，弃甲则那？'役人曰：'从其有皮，丹漆若何？'华元曰：'去之！夫其口众我寡。'"（《左传·宣公二年》）在宋、郑两国的战争中，华元战败被俘，后从郑国逃归。华元回国后为筑城的督工，他巡查工作时，役夫们作歌讽刺了他这段不光彩的经历。华元派骖乘与役夫们辩论，却不敌其人多口众而黯然离去。

综上所述，春秋时期是中国历史上极其崇尚言论的时代。上至周天子、诸侯王、卿大夫，下至平民、役夫，都极有表达各自政治意愿的诉求。他们或是通过口语化的对谈，或是通过歌唱，或是通过接近于歌唱的诵唱，或直接或间接地表达对政事、战争的看法和对人物的评价。《左传》《国语》中大量的"君子曰"，正是出现于这样的崇尚议论、人人争相评论的时代氛围中。

据学者统计，"君子曰"在《左传》中共出现过 78 次之多。① 另外，尚有三种类似于"君子曰"的评论形式："君子谓""君子以（为）""君子是以知"。据笔者统计，在《左传》中，"君子谓"出现 15 次，"君子以（为）"出现 4 次，"君子是以知"出现 9 次。在《国语》中，"君子曰"出现 11 次。在《左传》《国语》等撰述春秋历史的文献中，"君子曰""君子谓""君子是以知"等到底是什么人发表的议论呢？古今学者对此争论甚久。孔颖达云："传有评论，皆托之君子。"②然而，事实果真如此吗？如果我们将这一问题置于春秋崇尚议论的时代氛围中，可能会有一些新的启发。笔者认为，"君子曰"并非《左传》作者的评论，而是《左传》作者假托君子之名所发表的评论，理由有二。

第一，《左传》的执笔者如果想在载录历史时表达自己的臧否态度，那么他完全可以直接进行评论，没有必要冠之以"君子曰""君子谓"等名号。而实际上，《左传》的执笔者也正是这么做的。《左传·隐公元年》载："秋，七月，天王使宰咺来归惠公、仲子之赗。缓，且子氏未薨，故名。天子七月而葬，同轨毕至；诸侯五月，同盟至；大夫三月，同位至；士逾月，外姻至。赠死不及尸，吊生不及哀。豫凶事，非礼也。"鲁惠公死后，周平王派人来给他送丧葬用品，顺便连惠公夫人仲子的丧葬用品也一起送来了，而那时仲子还活着。《左传》的执笔者直接评论说这是"非礼"的，而非托之以"君子曰"。《左传·宣公四年》载："四年春，公及齐侯平莒及郯，莒人不肯。公伐莒，取向，非礼也。平国以礼，不以乱。伐而不治，乱也。以乱平乱，何治之有？无治，何以行礼？"鲁宣公四年，齐、鲁两国联合平定莒国和郯国间的纠纷，而莒国人不肯讲和。于是鲁宣公转而攻打莒国，且夺取了向地。《左传》的执笔者认为这是"非礼"行为，并进一步解释鲁国这种行为为何是非

---

①　郑良树：《竹简帛书论文集》，345 页，北京，中华书局，1982。

②　（清）阮元校刻：《十三经注疏》，1839 页，北京，中华书局，1980。

礼的。诸如此类，不胜枚举。

有时，《左传》的执笔者的直接评论和"君子"的评论同时出现，这更加说明冠之以"君子"之名的评论与《左传》的执笔者的评论并非一事。《左传·文公四年》记载了一件不合礼之事："逆妇姜于齐，卿不行，非礼也。君子是以知出姜之不允于鲁也。曰：'贵聘而贱逆之，君而卑之，立而废之，弃信而坏其主，在国必乱，在家必亡。不允宜哉！《诗》曰：'畏天之威，于时保之。'敬主之谓也。"

第二，《左传》中冠之以"君子"之名的评论如果仅仅是《左传》的执笔者自己的见解，那么这种行为与史官"秉笔直书"的职业传统是不相符的。更重要的是，史官在自己所撰述的史书中发表评论是不需要借重"君子"之名的。君子到底是一个怎样的群体呢？过常宝对此作过详细的考述，摘录如下："君子文化形成于春秋时期，它的主体是贵族大夫，但这一文化人群并不以政治身份划分。他们是这样的人：理解并坚持礼仪精神，同时也能引领社会理性的发展，通过某种途径知晓原史文献或礼仪知识，并能够立言于世。立言的标准是对原史文献或史事的征引。君子文化中所包含的精神义理，受到春秋史官的揄扬，并被载录下来。"①在政治领域，君子不能构成一个独特的社会阶层，也没有明显的身份标识。所以，君子与其说是一个阶层、人群，不如说是一种道德人格和行为能力的理想范式。正如孔子对"仁"的定义具有随机性、灵活性一样，春秋社会对"君子"人格的界定也是随机、灵活的，并没有一个完整、确切的定义。"能知其过"（《左传·昭公元年》）可被称为君子，不违礼可被称为君子，博闻强记可被称为君子，立言于世也可被称为君子。负责载录、传承文献的史官，同样可被称为君子，如《论语》称左丘明为"鲁君子"。与"君子"概念的不确定性相比，史官在春秋时期则是一个明确而独特的文化群体。他们利用自己的职业传统建构起儒家的道德规范和价值观念，在文化建构和传承方面显示出自己独特的话语权力。因而，史官阶层如果要表达臧否态度的话，是根本不需要借重"君子"之名的。

---

① 过常宝：《原史文化及文献研究》，绪言5页，北京，北京大学出版社，2008。

我们认为，"君子曰"应为时人或稍后人的评论，反映了事件发生时或稍后一段时间内在社会上广为流传的舆论倾向。这些发论的时人或者稍后时期的人尽管职业身份不同、社会地位高低不等，但对历史事件和人物都有自身独特的思考。在《左传》的执笔者看来，这些舆论中所体现出来的价值判断和倾向性代表了当时社会较为流行的价值观，具有一定的普遍性，同时也代表了当时思想领域较高层次的价值倾向，里面所体现的对历史和人物的看法符合自己的评判标准，因而将其载录进史书中，流传至今。下面这段《国语·楚语上》中的材料在以往的研究中被学者忽视，但它颇能说明问题：

> 司马子期欲以妾为内子，访之左史倚相，曰："吾有妾而愿，欲笄之，其可乎？"对曰："昔先大夫子囊违王之命谥；子夕嗜芰，子木有羊馈而无芰荐。君子曰：'违而道。'谷阳竖爱子反之劳也，而献饮焉，以毙于鄢；芋尹申亥从灵王之欲，以陨于乾溪。君子曰：'从而逆。'君子之行，欲其道也，故进退周旋，唯道是从。夫子木能违若敖之欲，以之道而去芰荐，吾子经营楚国，而欲荐芰以干之，其可乎？"子期乃止。

大司马子期打算立贱妾为正妻，就此事求教于左史倚相。左史倚相举了四个史例来劝谏他，这四个史例可分为两组。第一组两个史例：一是楚大夫子囊违背逝君遗命，定谥为"恭"；二是子木（即屈建）之父屈道嗜食芰（即菱角），屈建祭祀他宁愿用少牢也不用芰，违背了父亲祭祀用芰的遗命。第二组两个史例：一是子反嗜酒，侍卫谷阳竖在战时献饮以慰劳他，结果致其夜醉不起，而被楚恭王逼杀；二是芋尹申亥顺从楚灵王的嗜欲，导致灵王自杀于乾溪。两组史例之后，均有以"君子曰"领起的评论。在君子看来，子囊和子木虽然违背了君命和父命，却是符合道义的；谷阳竖和芋尹申亥虽然顺从君主的命令，却最终害了君主，实际上是忤逆的。这两则"君子曰"出现在左史倚相的劝说之辞中，所以绝不可能是《左传》的执笔者的评论。从下文中左史倚相论"君子之行"的话来看，这两则"君子曰"也绝不可能是后人的附益之辞。

我们先来看第一个史例。左史倚相生卒年虽不能确知，但他肯定做过楚灵王时期的史官，并得到过楚灵王的热烈夸赞。楚灵王为楚共王次子，那么左史倚相所生活的年代距离楚共王逝世并不太远。楚共王临终前嘱托大夫将自己的谥号定为"灵"或"厉"，而子囊却将其改谥为"恭"。从楚共王逝世到左史倚相听闻此事，中间存在一定的时间间隔。在这段间隔期内，楚国国内对大夫子囊违背君命将楚恭王改谥为"恭"一事曾经有过热烈的评论，评论的结果即为"违而道"。"违而道"显然不是左史倚相本人的评论，也不能确指是某一个人的评论，它所代表的是当时楚国国内整体的舆论倾向，是当时政治舆情的反映。后面的三个史例，也是同样的道理。

《左传》《国语》《春秋事语》《论语》等文献中，也记载了孔子及子夏、闵子骞等孔门弟子对当时政事和人物的诸多评论。从这些评论中，我们也能感受到春秋时人对于评论的热衷程度。《左传·成公二年》载：

> 既，卫人赏之以邑，辞，请曲县、繁缨以朝，许之。仲尼闻之，曰："惜也！不如多与之邑。唯器与名，不可以假人，君之所司也。名以出信，信以守器，器以藏礼，礼以行义，义以生利，利以平民，政之大节也。若以假人，与人政也。政亡，则国家从之，弗可止也已。"

齐、卫新筑之战，新筑大夫于奚救了孙桓子，使孙桓子得以免死。为答谢于奚，卫国赏赐给他城邑，但他却改请曲县和繁缨[①]。于奚本是大夫，而求取诸侯使用之物，是僭礼行为。所以，孔子认为卫国不该许诺给他曲县和繁缨。鲁成公二年即公元前589年，距孔子出生尚有38年的时间。到孔子长大听闻此事并有能力对历史进行评判，恐怕还得过至少十几年的时间。也就是说，孔子对于赐曲县、繁缨一事的评论是在事情过了几十年之后才进行的。《春秋》和《左传》有不同的文献来源，《春秋》源于各诸侯国的正式"承告"，而《左传》则源于史官间私

---

① 杨伯峻释"曲县"云："古代，天子乐器，四面悬挂，象宫室四面有墙，谓之'宫悬'；诸侯去其南面乐器，三面悬挂，曰'轩县'，亦曰'曲县'。"见杨伯峻编著：《春秋左传注》（修订本），788页，北京，中华书局，1990。"繁缨"是马饰。

下信息交流的"传闻"，因而《春秋》对此战记载甚简，《左传》则甚为详赡。①《左传》成书较《春秋》原始文献要晚得多，而且史官所掌握的以及力图呈现出来的材料要比《春秋》丰富得多。从事件发生到被载入《春秋》再到《左传》成书，中间存在一定的时间间隔。在这段间隔期内，人们对历史事件必然会有所评论。由于孔子在当时的文化地位引人注目，他的评论被《左传》的执笔者以署名的形式详细地载录下来。而那些更广大的不能确指发论者姓名的舆论，则被《左传》的执笔者以"君子曰"的形式载录下来。

二、春秋时代变革与好议之风的兴起

春秋时期的社会组织结构，从整体上来说是世袭社会。社会的主要资源——地位、权力、土地、财富、人力、名望等都集中在世卿、世大夫手中，血统、家世是取得精英地位的首要条件。卿、大夫、士的爵位一般都是世袭的，父亲的爵位通常会传给嫡长子，而众庶子则会得到其他的一些封邑。嫡子也好，庶子也好，由于血缘的高贵，他们会天然地拥有一些非贵族所不能拥有的资源。在春秋这样一个"血而优则仕"的时代，一般是不会有世系不清、来历不明的人跃居要职的。

但是，在春秋近三百年的时间里，世袭制度并不是时时刻刻都被严格遵守的，在某些时候尤其是春秋中后期出现了明显的松动。这种松动既体现在周王朝统摄力的急剧下滑，也体现在卿大夫阶层地位的衰落，同时更重要的是体现在士阶层地位的上升。这里的士，主要是指由庶民阶层上升而演变来的士。降至春秋末期，世袭制度走向崩溃。

世袭制度逐渐瓦解的过程，给寒门士子和家世早已衰败的旧贵族子弟提升自己的政治地位带来了机会，为他们提供了进身之阶。何怀宏指出："从社会的进身之阶来说，值得我们注意的是，春秋时代各国官制的发展还很不完善，还远未建立起如秦朝之后那样一种君权之下的明确、系统和固定的官僚体制，各国间的官制也不一致，政治权力

---

① 过常宝：《〈左传〉源于史官"传闻"制度考》，载《北京师范大学学报(社会科学版)》，2004(4)。

并不集中于中央君权及其之下的官僚体制，而是在相当大的程度上分散处于社会，分散储存于社会的各大家族。"①在职官制度不完善的情况下，寒门士子和没落的旧贵族子弟要想提升自己的政治地位，除了利用各种机会显露自己的政治才能之外，通过打造良好的社会声誉来获得他人的举荐也是一种改变命运的途径。而对于身处列国争霸、战乱频仍时代环境下的诸侯来说，要想存国甚或图强，就必须网罗人才，建立起属于自己的强大的智囊团。然而春秋时期的贵族多昏聩腐朽，不知学问为何物，"读《左传》则知其时贵族多不学无术，而所谓'王官之学'亦几于废坠。"②既然良好的血统并不总是意味着卓越的才能，诸侯在网罗人才时就必须将目光扩展到贵族之外的人群中。民间有智识的寒门士子、官僚系统中的低级职官以及散落在民间的旧贵族子弟，是他们必须要考虑的对象。在双方互相寻求的过程中，社会评价起了重要的推动作用。《国语·晋语五》载：

> 臼季使，舍于冀野。冀缺薅，其妻馌之，敬，相待如宾。从而问之，冀芮之子也，与之归；既复命，而进之曰："臣得贤人，敢以告。"文公曰："其父有罪，可乎？"对曰："国之良也，灭其前恶，是故舜之刑也殛鲧，其举也兴禹。今君之所闻也，齐桓公亲举管敬子，其贼也。"公曰："子何以知其贤也？"对曰："臣见其不忘敬也。夫敬，德之恪也，恪于德以临事，其何不济！"公见之，使为下军大夫。

冀芮（即郤芮）之子冀缺因父之罪（支持晋惠公，反对晋文公）被迫流落乡间，过着躬耕乡野的生活。晋国大夫臼季出使时碰巧见到了冀缺夫妇相敬如宾的一幕，回到晋国向晋文公举荐了冀缺，于是晋文公任其为下军大夫。如果没有臼季的品评和举荐，作为晋文公政敌之子，冀缺可能永远都无法重获官职。

---

① 何怀宏：《世袭社会及其解体——中国历史上的春秋时代》，101～102 页，北京，生活·读书·新知三联书店，1996。

② 童书业：《春秋左传研究》，339 页，北京，中华书局，2006。

春秋社会对人才的需求，使统治阶级不得不将筛选的范围扩及民间和邻国。正如陈槃所云："世卿、大族中不一定就能产生杰出的人才，所以必须破格拔擢，或取之民间，或求之邻国。"①虽然楚才晋用的情况在春秋时期非常普遍，但是任用非本国身份的人才毕竟具有一定的风险性，所以本国的寒门子弟就成了统治阶级选拔人才考虑的主要对象。与贵族子弟相比，寒门子弟进入职官系统的途径更加依赖于社会声誉，"正月之朝，乡长复事。君亲问焉，曰：'于子之乡，有居处好学、慈孝于父母、聪慧质仁、发闻于乡里者，有则以告。有而不以告，谓之蔽明，其罪五。'"（《国语·齐语》）春秋时期，齐国从民间挖掘人才的方式是乡长向国君举荐。乡长又是通过什么方式从本乡民众中发现人才呢？或者说，庶民子弟怎样才能让乡长发现自己呢？除了居处好学、对父母慈孝、聪慧且品行好等因素外，还需要"发闻于乡里"，即在本乡有良好声誉。良好声誉从何而来？那只能是来自乡人的评价。

春秋时期，在职官选拔制度并不完备的前提下，人才的选拔和任用充满不确定性。在职官员的赞誉可以使被赞誉者得到一定的官职，而乡间的广泛赞誉也可以使庶民子弟入仕。人物品评成为直接由血统决定地位的世袭制度的有力补充，甚至在更多情况下，由品评赞誉举荐出来的人才比单纯由高贵血统继承来的世官更加富有才能，对于职责的履行也更有保证。这种时代环境，为春秋时人热衷于品评议论提供了广大的空间。

大量的人才从何而来呢？当然是来自教育。教育是促进社会阶层流动的最重要的因素。贵族阶层对教育的重视和私学教育的兴起使社会各阶层的知识水平普遍得以提高，好学或者说后天的教育可以提升一个人的知识水平、道德修养、行为能力。贵族成员个人素质的提高，使得贵族阶层内部社会地位的流动性加强。有能力的下层贵族成员可以凭借自己后天的努力和能力突破由血统所界定的天然等级限制，跃升到地位较高的阶层中。而天生高贵却没有能力的贵族也有可能被拉

---

① 陈槃撰：《旧学旧史说丛》上册，249 页，上海，上海古籍出版社，2010。

入下层，甚至没落为平民。这使得整个贵族阶层不得不重视教育、重视后天的努力学习，"秋，葬曹平公。往者见周原伯鲁焉，与之语，不说学。归以语闵子马。闵子马曰：'周其乱乎！夫必多有是说，而后及其大人。大人患失而惑，又曰，可以无学，无学不害。不害而不学，则苟而可。于是乎下陵上替，能无乱乎？夫学，殖也，不学将落，原氏其亡乎！'"（《左传·昭公十八年》）原伯鲁因不爱学习而遭人耻笑，闵子马认为只有学习才能使人增长学问，不学习将会导致整个家族的没落。学习对于巩固家族地位是极其重要的。

私学教育使得寒门子弟的才能得以被挖掘和凸显。就私人设教而言，孔子当然是最著名、贡献最大的一位，但其却并非自孔子始。在孔子之前，如今能考察出名姓的私人设教者是一位叫壶丘子林的人物。《吕氏春秋·下贤》载："子产相郑，往见壶丘子林，与其弟子坐必以年，是倚其相于门也。"子产相郑期间，壶丘子林早已开门授徒，办起私学教育。这位壶丘先生想必学问也很大，连子产都以弟子礼事之，而不以爵位凌于其上。

孔子将私学教育发扬光大，他自身学而不厌、诲人不倦、发愤忘食、学而忘忧，热心于教育事业。只要弟子自行束脩以上，他未尝无诲。他也有自己的教育心得和理念，以德行、言语、政事、文学相教，因材施教，有教无类。因而，他弟子三千，身通六艺者七十有二。孔门弟子来自各诸侯国，鲁国居多，卫国次之，又有楚国、秦国、陈国、蔡国、晋国、宋国、吴国等，且多来自寒门。其中，子路、子贡、冉有、公良孺等均是春秋末至战国时期的政治舞台上较为活跃的人物。如果没有孔子的私人设教，恐怕这些寒门子弟穷其一生只能耕织于田亩之间了。

教育范围的扩大，增加了社会阶层之间互相流动的深度和广度。对于广大的平民子弟而言，通过受教育提高自身素质为他们涌入社会上层创造了必要的前提。在拥有高超的文化素质和道德修养之后，他们才有可能通过创造良好的社会声誉而被乡大夫举荐，或者直接以游说的方式跻身于职官系统当中。

春秋时人普遍存在一个根深蒂固的文化观念——立言不朽，即通过创作一些深含微言大义的嘉言善语并令其流传于世而使得自己的精神生命永垂不朽。在此问题上，最常被人们征引的材料就是《左传·襄公二十四年》所载鲁国叔孙穆子的"三不朽"之论："'大上有立德，其次有立功，其次有立言。'虽久不废，此之谓不朽。"叔孙穆子认为真正的不朽是立德、立功、立言，而"三不朽"之论也并非叔孙穆子首创，早在他之前就已流传，大概是春秋时人早已广泛接受的理念。立言为"三不朽"之一，排序虽不及于立德、立功，但同样为春秋时人热烈追求。《左传》《国语》等春秋文献记载了大量的嘉言善语，这些其实正是古已有之的"语"类文体。"'语'是一种古老的文类，是古人知识、经验的结晶和为人处世的准则，其中蕴含着民族精神，充满了先民的经验和智慧，是当时人们的一般知识和共同的思想、话语资源。"①这些"语"类文献，可能就是上古贤人基于立言的冲动而创作出来的口头文献。

春秋时人追求立言，还表现在乐于赠人以言。孔子如周见老子，老子也以言相赠。《史记·孔子世家》载老子之语：

> 吾闻富贵者送人以财，仁人者送人以言。吾不能富贵，窃仁人之号，送子以言，曰："聪明深察而近于死者，好议人者也。博辩广大危其身者，发人之恶者也。为人子者毋以有己，为人臣者毋以有己。"

赵文子行冠礼时需要以成人身份去各世卿大族家中拜访，各世卿大族的大家长如栾武子、中行宣子、范文子、韩献子、智武子、苦成叔子、温季子等都要赠之以美言，这在当时已经成为一种礼仪风尚。《国语·晋语六》载：

> 赵文子冠，见栾武子，武子曰："美哉！昔吾逮事庄主，华则荣矣，实之不知，请务实乎。"见中行宣子，宣子曰："美哉！惜也，吾老矣。"见范文子，文子曰："而今可以戒矣，夫贤者宠至而益戒，不足者为宠骄。故兴王赏谏臣，逸王罚之。吾闻古之王者，

---

① 俞志慧：《语：一种古老的文类——以言类之语为例》，载《文史哲》，2007(1)。

> 政德既成，又听于民，于是乎使工诵谏于朝，在列者献诗使勿兜，风听胪言于市，辨祆祥于谣，考百事于朝，问谤誉于路，有邪而正之，尽戒之术也。先王疾是骄也。"见郤驹伯，驹伯曰："美哉！然而壮不若老者多矣。"见韩献子，献子曰："戒之，此谓成人。成人在始与善。始与善，善进善，不善蔑由至矣；始与不善，不善进不善，善亦蔑由至矣。如草木之产也，各以其物。人之有冠，犹宫室之有墙屋也，粪除而已，又何加焉。"

各世卿大族告诫赵文子的话，都是修身处世的要言妙道，也是他们的经验之谈，对于赵文子成为晋国新的执政者具有一定的指导意义。同时，各世卿大族的话又被张老进一步评论。《国语·晋语六》载：

> 见张老而语之，张老曰："善矣，从栾伯之言，可以滋；范叔之教，可以大；韩子之戒，可以成。物备矣，志在子。若夫三郤，亡人之言也，何称述焉！智子之道善矣，是先主覆露子也。"

"立言"本身就是一种对历史事实或人物的评价，它体现出春秋时人试图总结人生经验、揭示历史发展规律的探索意识，显示出他们对原始宗教思维的突破和他们的理性精神的觉醒，预示着一个新的思想文化繁荣时代的到来。

综之，各种标明了姓名的卿大夫阶层的品评议论也好，以"君子曰""君子是以知"等形式发表的广大人群的品评议论也好，各色人物的"立言"也好，从本质上说其实都是对历史或现实的议论，代表了春秋时期社会各阶层的理性判断。这样的理性判断在春秋文献中大量涌现，有力地说明了春秋时期强大的舆论力量的存在。参与议论的人遍布社会各阶层，议论的内容涉及社会生活的诸多方面，既有对具体政治事件的评价和对历史经验的总结，也有对重要历史人物品行、修养、能力的品评。在世袭制度逐渐解体、规范的职官制度尚未建立的时代背景下，这些广大而深具内涵的评论对于擢拔和任用人才起到了极其重要的作用。学在四夷，教育的扩大为社会培养了大量知识分子。他们有参政的热情，也有表达的意愿和能力。他们通过创造良好的声誉而成为舆论品评的对象，从而进入职官系统当中。随着战国规范的官僚制度的建立和日趋稳定，舆论不再对权力发生实质性的作用，也就渐渐消失了。春秋时期的好议之风有其自身独特的时代背景和文化根源，从某种程度上说，它促进了世袭社会的解体，加深了社会各阶层间的交流互动。

第六章　春秋崇古观念与经典文献的运用和传播

在人类文明的早期阶段，文献的生成和传播与知识阶层的思想观念之间存在着密切的联系。观念是各种知识的集合体，是对自然、社会和人生或某一方面的系统认识，反映着特定社会群体或其杰出代表的意志和理想。文献则是知识和观念积淀下来的成果，它以语言或文字的形式记录了人类社会特定群体在某一历史时期的知识和观念。而在被经典化后，文献又为新的知识和观念的产生提供了合理性依据和话语资源，它的构成形态也会影响到新知识、新观念的形态。春秋时期处于中国文明的早期阶段，此期文献的生成、传播与知识阶层的观念之间有着极为密切的联系。从《左传》《国语》等历史文献的记载来看，春秋时期知识阶层普遍存在一种观念，即崇古、尊古。在崇古观念的导引下，春秋时期知识阶层展开了一系列的文献活动。

第一节　春秋时期知识阶层的崇古观念

从思维能力的发展进程来看，春秋时期知识阶层的思维状态处于原始宗教思维和理性思维并存的阶段。原始宗教思维的特征是认为任何事物的发生都是由神秘的和看不见的力量引起的，因果关系受互渗律支配，充满神秘意味。而理性思维则以逻辑为基础来思考问题，有明确的思维方向与充分的思维依据，能对事物或问题进行观察、比较、分析、综合、抽象与概括，是一种建立在证据和逻辑推理基础上的思维方式。春秋时期，面对一种自然或社会现象，有人会用原始宗教思维进行阐释，有人会用理性思维进行阐释。其至同一个人在解释一些自然或社会问题时，也会出现原始宗教思维和理性思维的交织。《左传》中记载了一些灾异现象，知识阶层对灾异现象的解释最能体现当时社会的思维状态。这两种思维方式的矛盾共存，既体现在不同的阐释者对同一灾异现象的不同解释上，也体现在同一阐释者面对同一问题时的复杂态度。子产可以说是春秋时期理性文化较具代表性的人物，也是对神秘巫术最为旗帜鲜明地持抵制态度的人物。然而，即使在他的思维系统中，也是原始宗教思维和理性思维相混杂。《左传·昭公十八年》载，裨灶预言郑国将发生第二次火灾，子产认为"天道远，人道迩"而未予理睬，这表现了他坚定的理性文化的姿态和立场。后来大夫里析发现不祥之气，预言"民震动，国几亡"。后来的事实证明，里析所预言的与裨灶所预言的是一回事。子产对裨灶不加理睬，对里析的话却有所动心。里析劝告他说迁都可以免祸，子产回答说："虽可，吾不足以定迁矣。"意即如果自己有决定权，是可以考虑迁都的。灾难发生后，子产又是如何采取补救措施的呢？"火作，子产辞晋公子、公孙于东门。……禳火于玄冥、回禄，祈于四鄘。书焚室而宽其征，与之材。三日哭，国不市。"在灾难面前，即使是子产也不得不放下理性文化的立场，而采取原始宗教巫术的方式攘除灾难。钱锺书云："盖信事鬼神，而又觉鬼神之不可信、不足恃，微悟鬼神之见强则迁、唯力是附，而又不敢不扬言其聪明正直而壹、冯依在德，此敬奉鬼神者衷肠之冰炭也。玩索左氏所记，可心知斯意矣。"[1]这段话对春秋时人对于鬼神的复杂微妙心态作了准确的描述。

同时我们也发现，对一部分先进知识分子来说，在原始宗教思维与理性思维的混杂中，理性思维已经渐居主导地位，巫史阶层对灾异现象的神秘解释已不被理性文化阶层所接受。昭公二十年，巫官梓慎和士大夫叔孙昭子都预测到宋国将有乱，然而他们却有不同的根据：梓慎是"望氛"，看到天上有一股不祥之气，因而作出预言；叔孙昭子不认同梓慎的看法，他认为"汏侈，无礼已甚，乱所在也"，行为习惯

---

① 钱锺书：《管锥编》（一），309页，北京，生活·读书·新知三联书店，2007。

不符合礼仪制度才是祸乱发生的真正原因。灾祸应该由人的行为来负责，而不能完全归咎于天命意志的神秘力量。

在《左传》中，进行天命意志的神秘解释有时仅仅是受威慑于君主世俗权力的无奈之举。《左传·僖公十六年》载：

> 十六年，春，"陨石于宋，五"，陨星也。"六鹢退飞，过宋都"，风也。周内史叔兴聘于宋，宋襄公问焉，曰："是何祥也？吉凶焉在？"对曰："今兹鲁多大丧，明年齐有乱，君将得诸侯而不终。"退而告人曰："君失问。是阴阳之事，非吉凶所生也。吉凶由人。吾不敢逆君故也。"

叔兴认为陨星和六鹢退飞是自然界阴阳变化，不是吉凶之所由，故曰"君失问"。之所以顺承襄公的问题而回答，只是因为"不敢逆君"。而且他认为"吉凶由人"，人世间的祸福不是由神秘莫测的天来决定，而是人自己行为的结果。子产的"天道远，人道迩"和晏子的"（禳）无益也，只取诬焉"的宣言，可以说是春秋时期理性文化的最强音。总体来看，《左传》对灾异的阐释鲜明地体现了春秋时期知识阶层原始宗教思维和理性思维相混杂的特点。但对如子产、晏子等有识之士而言，理性思维方式显然已居主导地位。

原始宗教思维的没落和理性思维的提升，为春秋时期知识阶层进行新的文化建设提供了极大的助力。降至春秋时期，西周所构建的宗法社会体系和礼乐文化制度面临着崩颓的危险，这引起了社会有识之士的高度关注。一方面，礼乐文化在理论上得到进一步的完善；另一方面，改革传统礼乐文化的意识也开始萌发。此时的知识类型理性化趋势更加明显，过去的知识多被重新解释或赋予新的含义，历史知识变得空前重要，而观念体系也基本脱离了宗教意识，政治化、道德化倾向越来越明显。君子开始从巫史手里接过话语权力，但话语资源仍然来自前代文献，这就是"君子立言"中的"信而有征"。历史知识和礼乐知识并重，历史意识和因果关系并重，这是春秋时期知识方面和观念方面最突出的特点。历史知识的不断累积和历史意识的不断增强，促使春秋时期知识阶层普遍出现一种新的观念——崇古，即对古典的知识、经验满怀敬意，并渴望从中汲取到某种对现实生活有借鉴意义的精神力量。正如葛兆光所云："当时的思想者相信，是非善恶自古以来就泾渭分明，道德的价值、意义与实用的价值、意义并行不悖地从古代传至当代，所以说'赋事行刑，必问于遗训，而咨于故实'，历史是一种可资借鉴的东西，而且是一种完美的正确的象征，历史的借鉴常常可以纠正当下的谬误，而古代的完美常常是当代不完美的一面镜子。"①春秋时人相信，从古代流传下来的故事、嘉言善语甚至传闻旧说中所蕴含的道理，对当下的政治统治、人格修养依然具有深刻的指导意义。如果能做到依从古训，从古代文献中汲取治世和修身的道理，必然能够提高执政的水平，也能提升个人的修养和思想境界。

春秋时期知识阶层的崇古观念体现在三个方面：第一，善于从古人古事中汲取经验教训；第二，乐于遵从古礼和古制；第三，唯"古训"是式。

春秋时期知识阶层善于从古人古事尤其是古代圣王和贤臣的事例中汲取执政和为人的经验教训。《国语·周语上》载：

> 襄王使邵公过及内史过赐晋惠公命，吕甥、郤芮相晋侯不敬，晋侯执玉卑，拜不稽首。内史过归，以告王曰："晋不亡，其君必无后。且吕、郤将不免。"王曰："何故？"对曰："……古者，先王既有天下，又崇立上帝、明神而敬事之，于是乎有朝日、夕月以教民事君。诸侯春秋受职于王以临其民，大夫、士日恪位著以儆其官，庶人、工、商各守其业以共其上。犹恐其有坠失也，故为车服、旗章以旌之，为贽币、瑞节以镇之，为班爵、贵贱以列之，为令闻嘉誉以声之。犹有散、迁、懈、慢而著在刑辟，流在裔土，于是乎有蛮、夷之国，有斧钺、刀墨之民，而况可以淫纵其身乎？夫晋侯非嗣也，而得其位，蘁蘁怵惕，保任戒惧，犹曰未也。若将广其心而远其邻，陵其民而卑其上，将何以固守？"

《国语·周语下》载：

---

① 葛兆光：《中国思想史》第 1 卷，87 页，上海，复旦大学出版社，2001。

灵王二十二年，谷、洛斗，将毁王宫。王欲壅之，太子晋谏曰："不可。晋闻古之长民者，不堕山，不崇薮，不防川，不窦泽。夫山，土之聚也；薮，物之归也；川，气之导也；泽，水之钟也。夫天地成而聚于高，归物于下。疏为川谷，以导其气；陂塘污庳，以钟其美。是故聚不阤崩，而物有所归；气不沉滞，而亦不散越。是以民生有财用，而死有所葬。然则无夭、昏、札、瘥之忧，而无饥、寒、乏、匮之患，故上下能相固，以待不虞，古之圣王唯此之慎。"

《国语·周语下》载：

景王二十一年，将铸大钱。单穆公曰："不可。古者，天灾降戾，于是乎量资币，权轻重，以振救民。民患轻，则为作重币以行之，于是乎有母权子而行，民皆得焉。若不堪重，则多作轻币而行之，亦不废重，于是乎有子权母而行，小大利之。今王废轻而作重，民失其资，能无匮乎？若匮，王用将有所乏，乏则将厚取于民。民不给，将有远志，是离民也。且夫备预未至而设之，有至而后救之，是不相入也。可先而不备，谓之怠；可后而先之，谓之召灾。周固羸国也，天未厌祸焉，而又离民以佐灾，无乃不可乎？将民之与处而离之，将灾是备御而召之，则何以经国？国无经，何以出令？令之不从，上之患也，故圣人树德于民以除之。"

《国语·楚语下》载：

是以古者先王日祭、月享、时类、岁祀。诸侯舍日，卿、大夫舍月，士、庶人舍时。天子遍祀群神品物，诸侯祀天地、三辰及其土之山川，卿、大夫祀其礼，士、庶人不过其祖。

《国语·楚语下》载：

夫古者聚货不妨民衣食之利，聚马不害民之财用，国马足以行军，公马足以称赋，不是过也。公货足以宾献，家货足以共用，不是过也。夫货、马邮则阙于民，民多阙则有离叛之心，将何以封矣？

《国语·越语上》载：

> 越人饰美女八人纳之太宰嚭，曰："子苟赦越国之罪，又有美于此者将进之。"太宰嚭谏曰："嚭闻古之伐国者，服之而已。今已服矣，又何求焉。"夫差与之成而去之。……句践之地，南至于句无，北至于御儿，东至于鄞，西至于姑蔑，广运百里。乃致其父母昆弟而誓之曰："寡人闻，古之贤君，四方之民归之，若水之归下也。今寡人不能，将帅二三子夫妇以蕃。"……句践既许之，乃致其众而誓之曰："寡人闻古之贤君，不患其众之不足也，而患其志行之少耻也。"

《国语·越语下》载：

> 范蠡曰："臣闻古之善用兵者，赢缩以为常，四时以为纪，无过天极，究数而止。天道皇皇，日月以为常，明者以为法，微者则是行。阳至而阴，阴至而阳；日困而还，月盈而匡。古之善用兵者，因天地之常，与之俱行。后则用阴，先则用阳；近则用柔，远则用刚。后无阴蔽，先无阳察，用人无艺，往从其所。刚强以御，阳节不尽，不死其野。"

春秋时期知识阶层在处理政治问题时情愿遵从古礼和古制，认为古代的典章制度天然具有合理性，是值得现实政治生活效仿的典范。《左传·闵公二年》载：

> 晋侯使大子申生伐东山皋落氏。里克谏曰："大子奉冢祀、社稷之粢盛，以朝夕视君膳者也，故曰冢子。君行则守，有守则从。从曰抚军，守曰监国，古之制也。"

《左传·文公十五年》载：

> 夏，曹伯来朝，礼也。诸侯五年再相朝，以修王命，古之制

也。……六月，辛丑，朔，日有食之，鼓，用牲于社，非礼也。日有食之，天子不举，伐鼓于社，诸侯用币于社，伐鼓于朝，以昭事神、训民、事君，示有等威，古之道也。

《左传·成公三年》载：

冬，十一月，晋侯使荀庚来聘，且寻盟。卫侯使孙良夫来聘，且寻盟。公问诸臧宣叔曰："中行伯之于晋也，其位在三；孙子之于卫也，位为上卿，将谁先？"对曰："次国之上卿，当大国之中，中当其下，下当其上大夫。小国之上卿，当大国之下卿，中当其上大夫，下当其下大夫。上下如是，古之制也。卫在晋，不得为次国。晋为盟主，其将先之。"丙午，盟晋；丁未，盟卫，礼也。

《左传·襄公三十一年》载：

立敬归之娣齐归之子公子禂。穆叔不欲，曰："大子死，有母弟则立之，无则长立，年钧择贤，义钧则卜，古之道也。非适（嫡）嗣，何必娣之子？且是人也，居丧而不哀，在戚而有嘉容，是谓不度。不度之人，鲜不为患。若果立之，必为季氏忧。"武子不听，卒立之。比及葬，三易衰，衰衽如故衰。于是昭公十九年矣，犹有童心。君子是以知其不能终也。

《左传·昭公三年》载：

及晏子如晋，公更其宅，反则成矣。既拜，乃毁之，而为里室，皆如其旧。则使宅人反之。"且谚曰：'非宅是卜，唯邻是卜。'二三子先卜邻矣，违卜不祥。君子不犯非礼，小人不犯不祥，古之制也。吾敢违诸乎？"卒复其旧宅。公弗许，因陈桓子以请，乃许之。

春秋时期知识阶层唯"古训"是式，经常从其中汲取话语力量，古人流传下来的嘉言善语中包含着不易的真理和值得去遵从的价值典范。《左传·僖公七年》载：

初，申侯，申出也，有宠于楚文王。文王将死，与之璧，使行，曰："唯我知女。女专利而不厌，予取予求，不女疵瑕也。后之人将求多于女，女必不免。我死，女必速行，无适小国，将不女容焉！"既葬，出奔郑，又有宠于厉公。子文闻其死也，曰："古人有言曰：'知臣莫若君。'弗可改也已。"

《左传·襄公二十六年》载：

甲午，卫侯入。书曰："复归。"国纳之也。大夫逆于竟者，执其手而与之言。道逆者，自车揖之。逆于门者，颔之而已。公至，使让大叔文子曰："寡人淹恤在外，二三子皆使寡人朝夕闻卫国之言，吾子独不在寡人。古人有言曰：'非所怨，勿怨。'寡人怨矣。"

《左传·成公十七年》载：

公游于匠丽氏，栾书、中行偃遂执公焉。召士匄，士匄辞。召韩厥，韩厥辞，曰："昔吾畜于赵氏，孟姬之谗，吾能违兵。古人有言曰：'杀老牛，莫之敢尸。'而况君乎？二三子不能事君，焉用厥也？"

《左传·昭公七年》载：

子产为丰施归州田于韩宣子，曰："日君以夫公孙段为能任其事，而赐之州田。今无禄早世，不获久享君德。其子弗敢有，不敢以闻于君，私致诸子。"宣子辞。子产曰："古人有言曰：'其父析薪，其子弗克负荷。'施将惧不能任其先人之禄，其况能任大国之赐？纵吾子为政而可，后之人若属有疆埸之言，敝邑获戾，而丰氏受其大讨。吾子取州，是免敝邑于戾，而建置丰氏也。敢以为请。"宣子受之，以告晋侯。

生活于春秋晚期的孔子也是一位典型的崇古主义者，其思想意识中崇古的观念非常明显。孔子善于从古人古事中汲取人生经验，《论语》中记载了他推崇古人古事的诸多话语。《论语·里仁》载孔子之言曰："古者言之不出，耻躬之不逮也。"《论语·述而》载孔子之言曰："述而不作，信而好古，窃比于我老彭。""我非生而知之者，好古，敏以求之者也。"孔子说古人不轻易把话说出口，是因为他们以说出来却做不到为耻，为人应该言必信、行必果。孔子说自己的著述原则是传述过去的知识而不随意创新，他相信且热爱着过去的文化，私下把自己比作商朝的贤大夫彭祖。孔子总结自己的学术经验说，他并非生而知之，只是喜好古代文化并且努力去追求罢了。孔子否认自己是天才，并且总结出好古、勤学是他成功的两条经验。孔子可以说是春秋时期崇古主义的典型代表，他对古代文化的虔诚信任和竭力推崇代表了一代春秋时期知识阶层的集体意识。许倬云总结了春秋时期知识阶层的观念，"春秋时期总的态度是尊重传统、缅怀过去，下面文字可为见证：'不愆不忘，率由旧章。'春秋时期的确很少说改革和创新之事"①。葛兆光也表示："当时人对于秩序的理性依据及价值本原的追问，常常追溯到历史，这使人们形成一种回首历史，向传统寻求意义的习惯。先王之道和前朝之事是确认意义的一种标帜和依据。"②

　　春秋时期知识阶层中普遍存在崇古观念，其原因是多方面的。既有来自悠久历史传统的惯性力量，又有来自现实世界的诉求。从传统文化根源来看，上古以来的祖先崇拜观念是一个重要原因。祖先崇拜的典型体现是将祖先作为偶像进行膜拜，将世系血统神圣化，心理上崇拜祖先。行为上表现为对祖先进行持续不断的祭祀，在日常生活中恪守祖训祖制，有强大的历史回溯倾向。在原始氏族部落向文明社会演变的过程中，统治者的祖先往往被推演为"先王""古圣"，祖宗神则演化成"帝""先帝""上帝"。相应地，对祖先的崇拜也会演变为对"先帝""先王""古圣"的崇拜。《礼记·祭法》云："有虞氏禘黄帝而郊喾，祖颛顼而宗尧。夏后氏亦禘黄帝而郊鲧，祖颛顼而宗禹。殷人禘喾而郊冥，祖契而宗汤。周人禘喾而郊稷，祖文王而宗武王。"《国语·鲁

<hr />

① 许倬云：《中国古代社会史论——春秋战国时期的社会流动》，邹永杰译，184～185页，桂林，广西师范大学出版社，2006。

② 葛兆光：《中国思想史》第1卷，86页，上海，复旦大学出版社，2001。

语》："有虞氏禘黄帝而祖颛顼，郊尧而宗舜；夏后氏禘黄帝而祖颛顼，
郊鲧而宗禹；商人禘喾而祖契，郊冥而宗汤；周人禘喾而郊稷，祖文
王而宗武王；幕，能帅颛顼者也，有虞氏报焉；杼，能帅禹者也，夏
后氏报焉；上甲微，能帅契者也，商人报焉；高圉、大王，能帅稷者
也，周人报焉。凡禘、郊、祖、宗、报，此五者国之典祀也。"中国文
化中被当作古圣崇奉的人物本是先民的祖先神，司马贞在《史记索隐》
中释《史记·殷本纪》的"成汤"时引三国谯周之语曰："夏，殷之礼，生
称王，死称庙主，皆以帝名配之。"亦证明祖宗神、先王和帝是相通的。
在关于商朝始祖的神话中，帝与子姓的远祖之间并没有明显区别，有
的远祖同时也是先帝或上帝。如殷人的高祖夒，在东周文献里成了帝
喾、帝俊乃至帝舜。总之，中国远古文化史上的先王、古圣、三皇五
帝是祖先形象的演变。氏族社会结束以后，中国进入了有一定组织体
系的国家统治时代。中国的国家组织直接源于原始的血缘组织，中国
早期的"国"实即氏族部落。原始的氏族组织由穴居而宫室，形成村落。
村落之间起土为界，封疆划界以示区别，于是有了"封"或"邦"。我们
今天所谓"国"原指城邦，而城邦又是由上述更原始的村落组织演化来
的。早期的太昊、少昊、炎帝统辖的国家，实是氏族部落。《墨子·非
攻下》："古者天子之始封诸侯也，万有余。"这是说古代诸侯国有"万有
余"。《吕氏春秋·用民》："当禹之时，天下万国，至于汤而三千余
国。"这是说商汤时还有"三千余国"。这么多国家，只有把它们理解成
氏族组织或氏族组织的孑遗，才是合理的。甲骨卜辞和《尚书》中有所
谓"多方""四国多方"，如土方、鬼方、吉方、羌方，还有三苗、昆吾、
蜀等方国，大概均包括在内。经过战争和征服，许多方国消失了，氏
族部落也开始向国家组织过渡。中国历史上有过亦国家亦部落的过渡
性社会组织，黄帝、颛顼、帝喾、帝尧、帝舜等部落大概就处于这一
过渡阶段。直到夏、商、周三代，氏族组织向国家组织的过渡才最后
完成。

　　西周王朝建立以后，以农业立国。《诗经·大雅·生民》追溯周民
族的始祖为后稷，后稷在农业生产方面天赋异禀："蓺之荏菽，荏菽旆
旆，禾役穟穟，麻麦幪幪，瓜瓞唪唪。诞后稷之穑，有相之道。茀厥

丰草，种之黄茂。实方实苞，实种实襃。实发实秀，实坚实好。实颖实栗，即有邰家室。诞降嘉种，维秬维秠，维穈维芑。恒之秬秠，是获是亩。恒之穈芑，是任是负，以归肇祀。"后稷善于种植各种粮食作物，曾在尧舜时代当农官，教民耕种，被称作稷神或者农神。而周民族的"周"字，在甲骨文中写作"𤲃"，"田"的四个方格里各有一个大点，表示划界分明的农田。张日升考证曰："囗像四周田界，其中阡陌纵横，∷像田中所植，田言种植之地，𤲃则指田周四至，两者所指不同，而取谊则近，故《成周戈》'周'字直作田。"①也就是说，最早的"周"字是指界限分明的农田，田里种满了庄稼。在漫长的农业社会里，知识的增长非常缓慢，祖先世世代代传承积累下来的经验是农业社会成员最宝贵的知识，是安身立命之本。这些经验既包括农业种植的经验，也包括治国理政的经验和修身养性的经验。对周朝人而言，信任祖先、崇拜祖先是理所当然的心理倾向。"在农耕文明和宗法社会的基础上，中国远古强烈的祖先崇拜观念演化成对先王、先帝的崇拜观念，这种观念与人们对原始时代朴素淳厚的民风的眷恋情绪结合在一起，演化成中国文化史上普遍而强烈的崇古意识，并深刻地影响了整个中国文化。"②

春秋时期知识阶层确乎普遍存在崇古观念，他们在其导引下相应地进行了一系列文献活动。基于说理的需要，他们往往从古事、古训、古制和古礼中寻求话语资源，以建构起价值的合理性。崇古观念也加速了《诗》《书》等文献的经典化进程，春秋时期知识阶层通过歌唱、赋诵、解说、征引等方式使《诗》《书》等经典文献中所蕴含的话语魅力重新绽放出来。尽管随着时代的变迁，对经典文献的传播方式代有因革，但不管采用哪种方式来传播经典文献，均与春秋时期知识阶层的崇古观念有关。

---

① 周法高主编：《金文诂林》第二册，674 页，香港，香港中文大学，1975。

② 孙美堂：《崇古意识探微》，载《孔子研究》，1993(3)。

第二节　春秋赋诗与断章取义

"赋诗断章"一词见于《左传·襄公二十八年》。齐国大夫卢蒲癸娶了与之同姓的庆舍之女，庆舍之士谓卢蒲癸曰："男女辨姓，子不辟宗，何也?"卢蒲癸答曰："宗不余辟，余独焉辟之? 赋诗断章，余取所求焉，恶识宗?"春秋时期同姓不婚，所谓"辟宗"就是要回避同宗婚姻。"宗"在这里可指宗族，也可指同宗不婚的礼制。卢蒲癸说，宗族没能避开我，我也就不必回避同宗，表达了对宗法礼制的蔑视。用"赋诗断章"来取譬，说明其同样有着突破礼制的特点，并且已成为一个被广泛接受、可以取法的现象。长期以来，人们根据"余取所求"四个字认为"赋诗断章"即"赋者与听者各取所求，不顾本义，断章取义也"①。然而，《左传》中并不存在"不顾本义"的赋诗情况。相反，在赋诗活动中，诗之"本义"还相当重要。虽然对"本义"的理解有所不同，但"断章"的目的正是为了更为恰当地利用"诗义"。

《左传》一共载录了 33 次赋诗，赋诗场合为燕饮的有 26 次。其中"享（飨）"18 次，基本为诸侯王享外臣，只有一次例外——昭公元年，楚令尹享晋赵孟；其余 8 次包括"燕（宴）""饮""食""饯"等，其中 4 次为国君主持。也就是说，在燕饮赋诗过程中，有 21 次是国君主持、5次是大臣主持。另有 7 次未说明赋诗场合，如《左传·襄公十四年》所载"叔向见叔孙穆子，穆子赋《匏有苦叶》"，《左传·襄公十六年》所载穆叔"见中行献子，赋《圻父》"等，都是两国大臣之间的拜会。由上可知，赋诗基本发生在聘问会盟中的燕饮场合，尤其是国君主持的燕享礼中。

从金文材料来看，西周飨礼和燕礼都是王室或诸侯大礼。飨礼一般在祭祀征伐、封建巡察、大射大赏等重大场合举行，很少用于宾客

---

① 杨伯峻编著：《春秋左传注》（修订本），1146 页，北京，中华书局，1990。

之事；燕礼则多用于诸侯王招待"王出入事人"，也就是王的使者。①
由于出土鼎彝有限，金文所反映的西周礼仪制度可能不够全面。周王
对于前来朝聘会盟的诸侯王或大臣理当有飨燕之礼，《周礼·大宗伯》
所云"以飨燕之礼，亲四方之宾客"应该不是凭空想象的。至少到西周
后期，朝聘会盟中的飨燕之礼应该形成了规范。有学者根据各种现存
文献认为，西周朝聘礼仪包括告庙、迎送、行朝礼、接待宾客等多个
环节，并以飨、食、燕三种礼仪接待宾客。② 这应该是符合实际的。
一般认为飨礼最为重要，燕礼最为简易。褚寅亮云："飨重于食，食重
于燕。飨主于敬，燕主于欢，而食以明养贤之礼。飨则体荐而不食，
爵盈而不饮，设几而不倚，致肃敬也。食以饭为主，虽设酒浆，以漱
不以饮，故无献仪；燕以饮为主，有折俎而无饭，行一献之礼，说屦
升坐以尽欢。"③相对而言，文献提及食礼不多，春秋时期主要是飨礼
和燕礼。值得一提的是"燕主于欢"，《诗经·小雅·宾之初筵》比较详
细地再现了西周燕礼的场景：

> 宾之初筵，左右秩秩。笾豆有楚，殽核维旅。酒既和旨，饮
> 酒孔偕。钟鼓既设，举酬逸逸。大侯既抗，弓矢斯张。射夫既同，
> 献尔发功。发彼有的，以祈尔爵。
>
> ……
>
> 宾之初筵，温温其恭。其未醉止，威仪反反。曰既醉止，威
> 仪幡幡。舍其坐迁，屡舞仙仙。其未醉止，威仪抑抑。曰既醉止，
> 威仪怭怭。是曰既醉，不知其秩。

燕礼中，既有乐舞助兴，也有射箭的娱乐。来宾由最初的"左右秩秩"
到醉后的"不知其秩"，终于尽欢而散。

燕礼赋诗于西周文献不见明确载录，但在春秋时期却很普遍，它

---

① 刘雨：《西周金文中的飨与燕》，见《金文论集》，61～73 页，北京，紫禁城出版社，
2008。

② 李无未：《周代朝聘制度研究》，96～101 页，长春，吉林人民出版社，2005。

③ （清）褚寅亮：《仪礼管见》一，45 页，北京，中华书局，1985。

是如何形成的呢？刘雨云："燕重言，饮酒食馔，赋诗言志，尽欢而散。"①但西周燕礼赋诗言志于金文无考，因金文称燕为"言"，作者遂据"诗以言志"而推测"燕必赋诗"。其实，见于载录的西周飨礼和燕礼都只是用乐，《礼记·仲尼燕居》云：

> 大飨有四焉……两君相见，揖让而入门，入门而县兴，揖让而升堂，升堂而乐阕，下管《象》《武》，《夏》籥序兴，陈其荐俎，序其礼乐，备其百官……客出以《雍》，彻以《振羽》。

《仪礼·燕礼》云：

> 宾醉，北面坐取其荐脯以降。奏《陔》。……若以乐纳宾，则宾及庭，奏《肆夏》。宾拜酒，主人答拜而乐阕。公拜受爵而奏《肆夏》，公卒爵，主人升受爵以下而乐阕。升歌《鹿鸣》，下管《新宫》，笙入三成。遂合乡乐。若舞，则《勺》。

西周飨礼和燕礼都按程序作乐或"升歌"。飨礼所用《象》《武》《夏》等为三代帝王之乐，燕礼所用《鹿鸣》《新宫》为小雅诗，两者有着等级的差别。但无论是飨礼还是燕礼，都无自主赋诗现象。②

诗在西周前期用于祭祀仪式，诗乐舞三位一体，诗不能脱离仪式而单独诵唱。但到西周晚期，礼仪的内涵扩大，形式也发生了变化，诗歌诵唱与仪式的关系同样有了变化。《诗经·小雅·楚茨》云：

> 礼仪既备，钟鼓既戒。孝孙徂位，工祝致告。神具醉止，皇尸载起。钟鼓送尸，神保聿归。诸宰君妇，废彻不迟。诸父兄弟，备言燕私。
>
> 乐具入奏，以绥后禄。尔殽既将，莫怨具庆。既醉既饱，小

---

① 刘雨：《西周金文中的飨与燕》，见《金文论集》，73 页，北京，紫禁城出版社，2008。

② 《仪礼·燕礼》有"工歌"的内容，基本同于下所引《乡饮酒礼》。"工歌"有固定的程式，非自主诵唱。而且"工歌"的内容未必是西周的实际情况，很可能是春秋时期的情况或者是后儒想象的。

> 大稽首。"神嗜饮食，使君寿考。孔惠孔时，维其尽之。子子孙
> 孙，勿替引之。"

诗中所提到的"燕私"，是一种特殊形式的燕礼，它在周人祭祖仪式之
后举行，目的是犒劳、团结参加祭祀的宗亲大臣，与正式的燕礼不同。
《尚书大传》卷二云："宗室有事，族人皆侍终日。大宗已侍于宾奠，然
后燕私。"郑玄注曰："燕私者何也？祭已而与族人饮也。"①郑玄的解释
符合《诗经》多首诗歌的情况。"燕私"之"乐具入奏"与劝人"既醉既饱"
一样，都是为了娱宾，是为了使参与祭祖仪式的"诸宰君妇"和"诸父兄
弟"能够体验到快乐融洽的宗族情感。所以，这里的"乐具入奏"与正式
祭祖仪式显然不同，也与上文所述飨燕之礼按程序作乐不同。那么，
它是什么意思呢？

顾颉刚据《仪礼·乡饮酒礼》等文献认为，西周典礼中所用的乐歌
有三种：正歌、无算乐和乡乐，"正歌是在行礼时用的；无算乐是在礼
毕坐燕时用的；乡乐是在慰劳司正时用的。"所谓"礼毕坐燕"，即《楚
茨》之"燕私"。他认为"无算乐则多量的演奏，期于尽欢"，而"乡乐则
随便……有什么是什么了。"②《仪礼·乡饮酒礼》云：

> 工歌《鹿鸣》《四牡》《皇皇者华》。……笙入堂下，磬南，北面
> 立，乐《南陔》《白华》《华黍》。……乃间歌《鱼丽》，笙《由庚》；歌
> 《南有嘉鱼》，笙《崇丘》；歌《南山有台》，笙《由仪》。乃合乐，《周
> 南》：《关雎》《葛覃》《卷耳》，《召南》：《鹊巢》《采蘩》《采蘋》。工告
> 于乐正曰："正歌备。"乐正告于宾，乃降。……说屦，揖让如初，
> 升，坐。乃羞。无算爵，无算乐……明日，宾服乡服以拜赐……
> 乡乐唯欲。

所谓"正歌备"，即《楚茨》之"礼仪既备，钟鼓既戒"，"正歌"为正式礼
仪所用乐歌。而"无算爵""无算乐"即"无算爵""无算乐"则在正式礼仪

---

① 朱维铮主编：《中国经学史基本丛书》第一册，36 页，上海，上海书店，2012。
② 顾颉刚：《论诗经所录全为乐歌》，见《古史辨》第 3 册，652 页，上海，上海古籍出版社，1982。

之外，指饮酒不限、听乐不限，相当于《楚茨》之"既醉既饱"与"乐具入奏"。《仪礼·乡射礼》《燕礼》中也都有"无算爵""无算乐"的记载。"无算乐"用于娱宾，有"征唯所欲""尽欢而止"（《仪礼·乡饮酒礼》）的特点，所以不可能如"正歌"那样按顺序依次奏唱既定的乐歌，也不可能使用祭祀仪式所用的"正乐""正歌"，如"三颂"以及《文王》《生民》之类的大雅诗。也就是说，"无算乐"其实不仅是演奏数量不限，也指不限于"正歌"，还包括顾颉刚所谓"乡乐"等。① "乡饮酒礼"也不见于西周文献，它可能反映了后世儒者的礼乐文化理想，是综合西周不同礼仪而成，也可能是据春秋时期某地礼仪改写而成。但"无算乐"与《楚茨》"乐具入奏"有着明显的渊源关系，因此，用"无算乐"来说明西周后期祭祖礼"燕私"阶段的状况应该没有问题。

"'无算乐'就是诗篇之出于诗人吟咏或民间歌谣，而用于燕饮最后的乐次，借以娱宾的散歌，凡三百篇中不用于正歌之诗篇者皆属之。"②汇集"诗人吟咏"和"民间歌谣"的方式，不外乎"献诗"和"采诗"。《国语·周语上》载邵公语云"天子听政，使公卿至于列士献诗"，《孔丛子·巡守》说天子"命史采民诗谣，以观其风"，《汉书·食货志》云"孟春之月，群居者将散，行人振木铎徇于路，以采诗，献之大师，比其音律，以闻于天子"。这些说法虽难以证实，但也不会是空穴来风，大量的雅诗、风诗应该是通过"献诗"和"采诗"汇集来的。这些乐歌主题多样，风格不同于正式礼仪用乐，因此被称为"变乐""变诗"。孔颖达云："变者虽亦播于乐，或无筭之节所用，或随事类而歌。"春秋时期，由于仪式自身的发展，一些西周时期被用为"无算乐"的诗歌可能会升格为"正歌"。如《仪礼·乡饮酒礼》中所提到的《鹿鸣》《四牡》《皇皇者华》《关雎》《葛覃》等，在西周时期应该都是"燕私"之歌，而一些新采集的诗歌又会被补充到"无算乐"中来。

"无算乐"制度为贵族卿大夫进行诗歌创作和发布提供了一个机会。

---

① 由于乡乐并非典型的燕礼用乐，且在第二天使用，可暂不论。

② 何定生：《诗经与乐歌的原始关系》，见《定生论学集——诗经与孔学研究》，85页，台北，幼狮文化事业公司，1978。

厉王、幽王时期，国家衰颓，贵族卿大夫有着强烈的政治意愿需要表达出来，谤王者甚多，引起了厉王的恐惧，于是用卫巫监谤。所谓"谤"或即指"无算乐"阶段所诵唱的讽刺诗。祭祀刚刚结束，祖先神灵不远，其尸或许亦参与燕饮，得使厉王忌惮。卫巫也只有在仪式活动中才可能实施监督。所以，邵公所谓"公卿至于列士献诗"的制度性背景即当时贵族卿大夫创作诗歌并经乐太师加工后，于"无算乐"阶段诵唱。厉王时代有《荡》《民劳》《板》等讽刺诗，宣王时被编入《大雅》；宣王后期和幽平之际新创作的讽刺诗则被编入《小雅》。"献诗""采诗"的最初目的，就是满足"无算乐"阶段对歌词的需求。

春秋时期，朝聘会盟等并用享礼和燕礼。《左传·昭公元年》载：

> 夏，四月，赵孟、叔孙豹、曹大夫入于郑，郑伯兼享之。……及享，具五献之笾豆于幕下。赵孟辞，私于子产，曰："武请于冢宰矣。"乃用一献。赵孟为客，礼终乃宴。穆叔赋《鹊巢》。赵孟曰："武不堪也。"又赋《采蘩》，曰："小国为蘩，大国省穑而用之，其何实非命？"子皮赋《野有死麇》之卒章，赵孟赋《常棣》，且曰："吾兄弟比以安，尨也可使无吠。"穆叔、子皮及曹大夫兴拜，举兕爵曰："小国赖子，知免于戾矣。"饮酒乐。赵孟出，曰："吾不复此矣。"

这段记载将朝聘仪式中的享、燕之礼说得较为清楚。享礼最重要的仪节是"献"，所谓"一献之礼"包括一献、一酢、一酬三个环节。根据宾客的身份，有从一献到九献的区别。除了"献"外，享礼还有"飨（享）醴""命宥""赐物""奏乐"等仪节。[1] 显然，享礼有着复杂而井然的仪式规程。其中的献礼有饮酒，但郑伯享赵孟以一献之礼显然是不能尽欢，因此才有"礼终乃宴"。《国语·鲁语下》言："吴子使来好聘……宾发币于大夫，及仲尼，仲尼爵之。既彻俎而宴……"韦昭注曰："献酢礼毕，

---

① 《左传·庄公十八年》载："十八年，春，虢公、晋侯朝王，王飨醴，命之宥。皆赐玉五瑴，马三匹。"《左传·桓公九年》载："享曹大子，初献，乐奏而叹。"《左传》中有颇多类似的记载，可证春秋时期的享礼仪节。

彻俎而宴饮也。"王先谦在《清经解续编》云："享毕即燕，故宾主各赋也。"①杨伯峻亦云："古人飨礼，飨后必宴，宴即燕。"②这都是说燕礼紧接着享礼举行。清惠士奇在《礼说》中云："飨在朝，燕至夜，质明行事，日中礼成。"③还有享和燕隔日举行的情况，如《国语·晋语四》载"秦伯将享公子……明日宴，秦伯赋《采菽》，子余使公子降拜"。此外，享和燕还有在不同场合举行的，如《左传·昭公二年》载"既享，宴于季氏"等。

《左传·成公十二年》载晋郤至言曰："世之治也，诸侯间于天子之事，则相朝也，于是乎有享、宴之礼。享以训共俭，宴以示慈惠。共俭以行礼，而慈惠以布政。"郤至认为，享礼恭敬简朴，以行礼为目的；燕礼则要显示主人的恩惠，传达友善之情和政治意图。这两种不同的态度也反映在诗乐活动中，《左传·襄公四年》载：

> 穆叔如晋，报知武子之聘也，晋侯享之。金奏《肆夏》之三，不拜。工歌《文王》之三，又不拜。歌《鹿鸣》之三，三拜。韩献子使行人子员问之，曰："子以君命辱于敝邑，先君之礼，藉之以乐，以辱吾子。吾子舍其大，而重拜其细，敢问何礼也？"对曰："三《夏》，天子所以享元侯也。使臣弗敢与闻。《文王》，两君相见之乐也，臣不敢及。《鹿鸣》，君所以嘉寡君也，敢不拜嘉？《四牡》，君所以劳使臣也，敢不重拜？《皇皇者华》，君教使臣曰'必咨于周'。臣闻之，访问于善为咨，咨亲为询，咨礼为度，咨事为诹，咨难为谋。臣获五善，敢不重拜？"

这里说的也是国君为来聘外臣举行享礼的情况，其中有歌诗。奏乐程序和歌诗篇目与《乡饮酒礼》相近，显示了某种规定性。由这段载录可知，对于享礼中的"工歌"，宾客仅止于拜，完成礼仪过程、表达恭敬之情即可，不需要赋诗应答。

---

① （清）王先谦编：《清经解续编》第三册，851页，上海，上海书店，1988。
② 杨伯峻编著：《春秋左传注》(修订本)，1209页，北京，中华书局，1990。
③ 《景印文渊阁四库全书》第101册，494页，台北，台湾商务印书馆，1986。

从以上两段记载还能看到，春秋享礼用乐基本同于西周燕礼用乐，而春秋燕礼赋诗多来自《国风》，反映的是西周"燕私"阶段用乐不拘的状况。也就是说，春秋享、燕之礼实际上已经不同于西周享、燕之礼，至少在用乐上规格各降一级，分别相当于西周之燕礼和"燕私"。这反映了时代文化的变迁。

燕礼有赋诗应答，上文所引昭公元年穆叔、赵孟等赋诗都是在"礼终乃宴"之时，也就是在燕礼上。但《左传》记载赋诗多数都是在享礼上，这又如何解释呢？其实，《左传》云享礼赋诗只是一种大概的表述方式。从礼仪规范来说，燕礼是附属于享礼的，所以大多数情况下史官不特别提到燕礼，如《左传·僖公二十三年》载：

> 他日，公享之。子犯曰："吾不如衰之文也。请使衰从。"公子赋《河水》，公赋《六月》。赵衰曰："重耳拜赐。"公子降，拜稽首，公降一级而辞焉。衰曰："君称所以佐天子者命重耳，重耳敢不拜。"

从这个记载来看，秦穆公和重耳的赋诗是在享礼上进行的。但对比《国语·晋语四》的记载，我们就能明白，赋诗实际上发生在燕礼上：

> 他日，秦伯将享公子，公子使子犯从。子犯曰："吾不如衰之文也，请使衰从。"乃使子馀从。秦伯享公子如享国君之礼，子馀相如宾。卒事，秦伯谓其大夫曰："为礼而不终，耻也。中不胜貌，耻也。华而不实，耻也。不度而施，耻也。施而不济，耻也。耻门不闭，不可以封。非此，用师则无所矣。二三子敬乎！"
>
> 明日宴，秦伯赋《采菽》，子馀使公子降拜。秦伯降辞。子馀曰："君以天子之命服命重耳，重耳敢有安志，敢不降拜？"成拜卒登，子馀使公子赋《黍苗》。子馀曰："重耳之仰君也，若黍苗之仰阴雨也。若君实庇荫膏泽之，使能成嘉谷，荐在宗庙，君之力也。君若昭先君之荣，东行济河，整师以复强周室，重耳之望也。重耳若获集德而归载，使主晋民，成封国，其何实不从？君若恣志以用重耳，四方诸侯，其谁不惕惕以从命？"秦伯叹曰："是子将有

焉，岂专在寡人乎！"秦伯赋《鸠飞》，公子赋《河水》。秦伯赋《六
月》，子馀使公子降拜。秦伯降辞。子馀曰："君称所以佐天子匡
王国者以命重耳，重耳敢有惰心？敢不从德？"

《国语》很清楚地区分了享礼和燕礼，说明赋诗发生在次日的燕礼上，
体现了双方的"布政"行为。虽然如此，《左传》的载录也是有道理的。
因为燕礼本是享礼之附属，史官是据礼从简，将赋诗归于享礼。许维
遹云："《左传》所记者，又非尽为飨礼，间有名飨而实燕者。盖燕亦通
名飨，言飨以赅燕，惟言燕则不得赅飨也。"[1]付林鹏云："《左传》行
文，言'享'者是为尊崇来聘之国。但言'赋诗'者，却发生在燕礼场合。
因为燕礼又是飨礼的组成部分，所以不单独点明。只有当主持之人发
生转变时，才单独点明。像昭公二年，晋韩宣子聘鲁，鲁公享之，'既
享，宴于季氏'。"[2]

春秋赋诗行为，融合了西周朝聘燕礼和祭礼"燕私"之传统。何定
生表示，《左传》《国语》二书的记录可说是《诗经》在礼乐用途中的转型
期，故其所记之礼皆属"享"后的"宴"，而其乐次也即相当于"无算乐"。
故春秋时期的赋诗风气也可视为"无算乐"的一种转型活动，或与乐歌
兼行，有时也代替了"无算乐"的节次。[3]西周末年卿大夫借赋诗以讽
谏，春秋时期则通过赋诗来商讨政治事务或传达个人意志，都是将赋
诗由娱乐活动转为政治行为。

《左传》赋诗载录起于僖公二十三年、终于昭公二十五年，其中以
文公、成公、襄公时期最为集中。33 次赋诗共涉及诗 69 篇次，赋诗
者包括国君、大臣共 41 人。其中鲁国君臣赋诗最多，尤其是季文子、
季武子、穆叔。此外，晋国的赵孟、郑国的子产等也多次赋诗。从这
个统计来看，赋诗虽然是春秋时期一个引人注目的现象，但还没有形

---

①　许维遹：《飨礼考》，载《清华学报》，1947(1)。
②　付林鹏：《由燕礼仪程论春秋的赋诗现象》，见《诗经研究丛刊》第二十六辑，461 页，
北京，学苑出版社，2015。
③　何定生：《诗经与乐歌的原始关系》，见《定生论学集——诗经与孔学研究》，91 页，
台北，幼狮文化事业公司，1978。

成一种受到普遍遵守的外交制度，它显示了燕礼赋诗正处在一个发展阶段。

首先，春秋赋诗被认为是燕礼不可或缺的一环。《左传·襄公二十七年》载，郑简公燕请晋国大臣赵孟，赵孟提议赋诗"以卒君贶"。所谓"卒君贶"，就是完整地展现郑简公的美意，也就是使燕礼更完整。赵孟这一提议得到了在座者的响应，说明燕必赋诗这一观念正在形成。

其次，春秋燕礼赋诗一般是主客轮流赋诗，主人赋诗后，宾客应有答赋。《左传·昭公十二年》载：

> 夏，宋华定来聘，通嗣君也。享之，为赋《蓼萧》，弗知，又不答赋。昭子曰："必亡。宴语之不怀，宠光之不宣，令德之不知，同福之不受，将何以在？"

赋诗应答不是西周朝聘之燕礼，也不是祭礼后之"燕私"的要求，因此它是春秋时期新兴的规矩。昭子认为华定不答赋会招致"必亡"之祸，也就是将不答赋看作一种严重的非礼行为。

最后，赋诗和答赋需符合"类"的规范性。《左传·襄公十六年》载：

> 晋侯与诸侯宴于温，使诸大夫舞，曰："歌诗必类。"齐高厚之诗不类。荀偃怒，且曰："诸侯有异志矣。"使诸大夫盟高厚，高厚逃归。于是叔孙豹、晋荀偃、宋向戌、卫宁殖、郑公孙虿、小邾之大夫盟曰："同讨不庭。"

我们现在无从知道高厚所赋何诗，但结合《左传》诵诗诸例，可以推断出所谓"类"应该有两方面的含义：一是所赋之诗符合礼仪所规定的等级、场合、用法等原则，二是所赋之诗具有内容的正当性。前者如《左传·文公四年》载：

> 卫宁武子来聘，公与之宴，为赋《湛露》及《彤弓》。不辞，又不答赋。使行人私焉。对曰："臣以为肄业及之也。昔诸侯朝正于王，王宴乐之，于是乎赋《湛露》，则天子当阳，诸侯用命也。"

宁武子认为《湛露》是周天子燕乐诸侯的诗篇，鲁文公用《湛露》是僭越。也就是说，应该根据场合、身份择诗而赋。而每首诗在传统仪式中有其使用的规定性，赋诗不能冒犯这种规定性。后者如上举《左传·昭公十二年》之例，昭子认为华定不能理解《诗经·小雅·蓼萧》的内容，无法感受赋诗者借诗歌四章所表达出的"宴语""宠光""令德""同福"的心愿，因此也就有了"必亡"的命运。这是赋诗者在内容理解和沟通上的"不类"。我们也可以说，所谓"类"就是指所赋之诗需切合当下的情境以及此种情境下的礼制精神。"类"是对赋诗的规范性要求，"不类"就会导致严重的后果。

以上所举的只是一些个案，可以说明某些赋诗规范或观念正在形成。但春秋的礼乐文化氛围毕竟不同于西周，一个完全规范的、符合礼乐理想的燕饮赋诗礼仪是很难建立起来的。华定没能答赋，说明赋诗礼仪没有被普遍接受，或说明用诗的相关知识还不够普及。至于鲁文公赋《湛露》受宁武子责难，此事颇值得探讨。毛序云："《湛露》，天子燕诸侯也。"郑玄云："诸侯朝觐会同，天子与之燕，所以示慈惠。"《湛露》本是西周用于燕礼之诗，故有"厌厌夜饮，不醉无归"之句。西周时期的朝觐会同，大多发生在诸侯国和周天子之间。也就是说，西周诗尤其是褒奖或勉励朝聘者的诗，几乎都是天子之诗。如果这些诗都不能使用的话，春秋诸侯也就很难通过赋诗来表达对朝聘者的善意了。事实上，到春秋时期，西周时期的大部分仪式用诗都与仪式关系松弛，成为历史遗产，除了《颂》以及《大雅》中明显的祭祖诗外都可为赋诗者所用，并不会特别关注是不是天子用诗。此外，由于特殊的历史，鲁国是可以使用天子礼仪的。①《诗经》中除周颂、商颂外，就是鲁颂了。所以，宁武子的指责显然求之过深。细读宁武子的话，他实际上是对诸侯赋诗颇为反感，有抵触的情绪。显然，诸侯国的燕礼赋诗在当时并没有得到普遍的认可。

---

① 《礼记·明堂位》云："成王以周公为有勋劳于天下，是以封周公于曲阜，地方七百里，革车千乘，命鲁公世世祀周公，以天子之礼乐。是以鲁君孟春乘大路，载弧韣，旂十有二旒，日月之章，祀帝于郊，配以后稷，天子之礼也。"可见，鲁国在春秋时期仍然保留着太庙等，可以举行禘祭、郊祀等天子之礼。

此外，"歌诗必类"等对诗义的关注强调了赋诗的社会交往性和可理解性。文本是既定的，而理解总是开放的、主观的、当下的，听者所得未必是歌者所与，因此会使交流出现各种戏剧性的效果。《左传·僖公二十三年》载，秦穆公赋《六月》，重耳降级而拜，这出乎秦穆公意料，于是"降一级而辞焉"。赵衰解释曰："君称所以佐天子者命重耳，重耳敢不拜。"赵衰的解释只是他本人从《六月》中读出的意思，而不是秦穆公的本意，但既然赵衰从赋诗中解读出来这个意思，秦穆公也只能认可。就这个案例而言，秦穆公赋诗的真正目的仍然是娱宾，赵衰则利用"余取所求"的方法获得了秦穆公的政治承诺，反映了他的机敏，其中有偶然性。实际上，在得知秦穆公享重耳的消息时，狐偃自称"不如衰之文也"而推荐赵衰跟随重耳赴宴，这说明他已经了解燕礼赋诗需要个人智慧的参与，偶然性、主观性会动摇赋诗仪式的规范化发展。

仪式用诗最初是由乐工演唱的，它既是仪式行为，也是乐工的职业行为，所赋的必然是完整的诗篇。春秋早期所赋之诗都是完整的，《左传·文公七年》首次出现赋诗"断章"的载录：

> 先蔑之使也，荀林父止之，曰："夫人、大子犹在，而外求君，此必不行。子以疾辞，若何？不然，将及。摄卿以往，可也，何必子？同官为寮，吾尝同寮，敢不尽心？"弗听。为赋《板》之三章，又弗听。及亡，荀伯尽送其帑及其器用财贿于秦，曰："为同寮故也。"

晋襄公卒，晋权臣赵盾欲舍弃年幼的太子，改立在秦的废太子公子雍。先蔑受命往秦迎接公子雍，荀林父为了劝阻先蔑而赋诗。值得注意的是，此前的所有赋诗都发生在国君为外臣所举行的燕礼上，赋诗是燕礼的一个重要环节。但这次赋诗发生在"同寮"之间，荀林父赋诗的目的非常简单，就是要借助诗义以说服先蔑。《诗经·大雅·板》之第三章云："我虽异事，及尔同寮。我即尔谋，听我嚣嚣。我言维服，勿以为笑。"其意在劝人听从同寮的意见。而《诗经·大雅·板》其他各章都不能表达这个意思，所以荀林父只能"断章"赋之。荀林父赋诗并没有燕享礼的背景（两人见面可能有宴饮，但不可能有正式的燕享礼），他只是利用燕饮赋诗这个传统来表达自己的意图，这是前所未有的。诗毕竟是一个历史性的存在，不可能完全契合赋诗者当下的意图，所以"断章取义"在所难免。也正因如此，"断章"可以被看作赋诗性质变化的重要标志。

自此之后，大臣之间赋诗时见载录，并且常断章赋之。如《左传·襄公十四年》载，晋国叔向见鲁国叔孙穆子，穆子赋《邶风·匏有苦叶》；《左传·襄公十六年》载，鲁国穆叔见晋国中行献子赋《小雅·圻父》，见范宣子"赋《鸿雁》之卒章"；《左传·襄公十九年》载，穆叔见叔向"赋《载驰》之四章"；《左传·襄公二十七年》载，鲁国叔孙豹与庆封食，为赋《墉风·相鼠》；《左传·襄公二十八年》载，叔孙穆子食庆封，"使工为之诵《茅鸱》"。大臣之间赋诗实际上是对礼制的突破，大多包含了个人的意图，其中有不少"断章"赋诗就不难理解了。这一变化也会反过来影响到正式的燕享礼赋诗，如襄公四年，穆叔如晋，晋侯享之，使"工歌文王之三""工歌鹿鸣之三"等。

"断章"是出于现实的目的，也是出于对诗义的选择，即"余取所求"。赋诗的目的性、选择性与仪式的传统法则相抵触，但西周末年的赋诗讽谏已肇其端，所以并没有人公开指责"断章赋诗"为非礼，这就是卢蒲癸以此为借口的原因。此外，"断章取义"所表现出的主观目的性被后世经学家指责为有违"诗人本义"。实际上，诗在西周时期是仪式文献，被程序化地使用，"诗人本义"并不特别重要。而且春秋"取义"之法亦非完全随心所欲，而是遵循着"类"的合理性，也就是遵循着诗的传统用法、内容相关性等原则。《左传·襄公四年》关于用乐的记载虽然只是享礼用诗而非燕礼赋诗，但能够反映春秋时人对诗义的理解：穆叔对金奏《肆夏》之三和工歌《文王》之三皆不拜，是因为前者是天子享元侯所用乐，后者是两君相见之乐，而自己只是个外臣，于礼不称，所以不拜；拜《鹿鸣》《四牡》，是因为前者为"君所以嘉寡君也"，后者为"君所以劳臣也"。以上理解是基于《肆夏》《文王》《鹿鸣》《四牡》这些乐和诗在传统仪式中所适用对象的规定性，因此穆叔的"取义"能为人所接受。而对于《皇皇者华》，穆叔解释曰："访问于善为咨，咨亲

为询，咨礼为度，咨事为诹，咨难为谋。"《皇皇者华》第一章云："皇皇
者华，于彼原隰。駪駪征夫，每怀靡及。"毛序言《皇皇者华》"君遣使臣
也。送之以礼乐，言远而有光华也"，晋侯以此表达对穆叔来聘的慰
问。《皇皇者华》的第二、三、四、五章结尾两句分别是"载驰载驱，周
爱咨诹""载驰载驱，周爱咨谋""载驰载驱，周爱咨度""载驰载驱，周
爱咨询"，这里的"周"朱熹在《诗集传》中注为"遍"，诗的意思是使臣往
四方访问咨询。而穆叔读为周天子，"必咨于周"也就是尊崇天子，把
这看作晋侯的教导，明显不是晋侯的本意。但这一解读符合礼仪规范，
而在当时，价值正确也就意味着理解正确，所以晋侯只能接受穆叔的
解读。穆叔这一解释就是利用了诗歌文字的相关性，关乎某种交往情
境应该是赋诗的题中应有之义，但刻意从诗歌或诗句中解读出特定的
现实内涵则是春秋赋诗的特点。

对赋诗内容的过分关注加之对诗文本的迷信，就导致了春秋赋诗
"观志"现象。《左传·襄公二十七年》记载了晋国大臣赵武路过郑国时，
有一场赋诗活动：

> 郑伯享赵孟于垂陇，子展、伯有、子西、子产、子大叔、二
> 子石从。赵孟曰："七子从君，以宠武也。请皆赋，以卒君贶，武
> 亦以观七子之志。"子展赋《草虫》。赵孟曰："善哉！民之主也。抑
> 武也，不足以当之。"伯有赋《鹑之贲贲》。赵孟曰："床笫之言不逾
> 阈，况在野乎？非使人之所得闻也。"子西赋《黍苗》之四章。赵孟
> 曰："寡君在，武何能焉？"子产赋《隰桑》。赵孟曰："武请受其卒
> 章。"子大叔赋《野有蔓草》。赵孟曰："吾子之惠也。"印段赋《蟋
> 蟀》。赵孟曰："善哉！保家之主也。吾有望矣。"公孙段赋《桑扈》。
> 赵孟曰："'匪交匪敖'，福将焉往？若保是言也，欲辞福禄，
> 得乎？"

赋诗"观志"也就是将赋诗看作个人抒情言志的手段，这一看法逾越了
仪式性，与"赋诗断章"有着相同的逻辑。值得注意的是，赵孟能由赋
诗者的情志推导出赋诗者的命运："伯有将为戮矣！诗以言志，志诬其
上，而公怨之，以为宾荣，其能久乎？幸而后亡。""其余皆数世之主

也。子展其后亡者也，在上不忘降。印氏其次也，乐而不荒。乐以安民，不淫以使之，后亡，不亦可乎?"从表面上看，这是根据赋诗之义来判断赋诗者的伦理品格，又根据品格来判断赋诗者及其家族的命运，是一种道德决定论。但在赋诗"观志"中，还包含着某种神秘性。像《鹑之贲贲》这样明显不适用于当众所赋的诗，一般人是不会选择的，伯有赋《鹑之贲贲》给人以鬼使神差的感觉。所以，与其说是伯有选择了《鹑之贲贲》，倒不如说是《鹑之贲贲》选择了伯有。也就是说，赋诗行为中存在着某种伯有无法控制的情形，这应该与仪式传统的神秘性有关。此外，赵孟凭什么来决定子展、印氏及其他人的道德或命运的排列次序呢?不要说赵孟，甚至连整部《左传》都没有提供这样的依据。这一点显示了春秋解诗的主观性，它更多地依赖赵孟的解诗智慧。传统魅力和个人智慧的交织，使得春秋赋诗"观志"显示出一种奇妙的文化变革和过渡状态。

赋诗"观志"还被解释为"观风俗，知得失"。《左传·昭公十六年》载，晋大夫韩宣子聘于郑，郑国六卿为宣子举行燕礼。韩宣子曰："二三君子请皆赋，起亦以知郑志。"所谓"郑志"即郑国的"情志"，也就是通过郑国六位卿大夫的"情志"来看郑国的整体精神风貌和国祚兴衰。韩起还径以"郑志"称《诗经·郑风》，其隐含之意就是郑风能够表达郑国的风俗、意志和国运。这一逻辑和前述观赋诗者个人之志是一样的，有神秘主义成分，但后人更多地从"观风俗"意义上理解"观诗"。

春秋时期还存在大量的"引诗"现象，它可以被看作"赋诗取义"的逻辑延伸。前引荀林父为先蔑"赋《板》之三章"，虽然是一个"赋诗"行为，但如果将此前的劝止之辞和所赋《板》之三章联系起来，则未尝不可以看作一个征引。从《左传》的内容来看，"引诗"比"赋诗"出现得更早，使用得也更普遍。"引诗"往往被用在正式的或重要的话语中，所以其仍然是一种"赋诗断章，余取所求"。"断章"毕竟是对章节的选择，还部分保持着仪式的单元；而"引诗"所征引的只是句子，并且完全没有了仪式的过程。由于诗的仪式性背景能赋予"引诗"者及相关话语以权威性，所以"引诗"也可算是一种特殊的"赋诗"。

诗本用于仪式，是神秘的，有其完整统一性要求。但"赋诗断章，余取所求"这一观念导致了诗用的变化，无论是有着神秘意味的"观志"，还是完全应用于世俗话语的"引诗"，都以"取义"为主要手段，也就使得诗歌脱离了仪式。卢蒲癸引"赋诗断章"这个例子来为自己辩护，就是因为它意味着礼仪已经松懈，有了实用主义的倾向。但是，"赋诗断章"中所包含的文化含义却是卢蒲癸所无法理解的：正是赋诗行为使得诗从仪式文献转变成为一种权威的话语资源，完成了宗教文献的世俗经典化过程。《论语·阳货》载，孔子说："《诗》，可以兴，可以观，可以群，可以怨。迩之事父，远之事君，多识于鸟兽草木之名。"其中的"观"，指的应该就是"观志"①。所观者既有个人之志，亦有一地之风俗，"是对当时赋诗喻志和观志这一社会交际活动的理论概括"②。诗"可以群"之"群"，《玉篇》释为"朋也"③，其义同"友"。《左传·襄公十四年》载师旷言："是故天子有公，诸侯有卿，卿置侧室，大夫有贰宗，士有朋友。"则朋友为士之主要社会关系，而这一关系的建立亦与"观志"有关。杨树达说："春秋时朝聘宴享动必赋《诗》，所谓可以群也。"④也就是说，通过"观志"可以认取志同道合之人为朋友，而所谓"怨"则是诗中原有的政治讥刺之意。孔子的"兴观群怨"说实际上就是宣告了诗已经脱离仪式，成为新的意识形态话语的基础资源，成为士人的社会政治活动的依据和手段。而这一切离不开对诗意的求取，也就离不开"断章"的方式。可以说，"断章"和"引诗"对中国话语形态的转型有着标志性的意义。

第三节　引诗与说诗

引诗之"引"是征引、引用的意思。所谓引诗，就是在言谈或议论

---

① 《左传》中多有"观礼""观诗"的记载，但春秋"观诗"是为了学诗、理解诗，"观"是手段，与诗"可以观"之"观"作为目的有所不同。

② 贾东城：《横看成岭侧成峰——从春秋赋诗看孔子的"兴观群怨"说》，载《河北师范大学学报(社会科学版)》，1989(4)。

③ (梁)顾野王：《宋本玉篇》，430 页，北京，北京市中国书店，1983。

④ 杨树达：《论语疏证》，456 页，上海，上海古籍出版社，2013。

时征引《诗经》中的句子。赋诗活动中，诗和礼乐仪式存在着或强或弱的联系，诗是礼乐仪式的一部分。而引诗则不同，它是诗与音乐、仪式脱离而定格为纯粹的文献活动之后出现的一种文化现象。

据笔者统计，《左传》共引诗 181 次。其中，桓公年间 1 次，庄公年间 1 次，僖公年间 11 次，文公年间 6 次，宣公年间 14 次，成公年间 13 次，襄公年间 33 次，昭公年间 36 次，定公年间 2 次，哀公年间 5 次，作为评论的"君子"引诗 52 次，孔子引诗 7 次。《国语》共引诗 22 次，其中《周语》12 次，《鲁语》1 次，《晋语》7 次，《楚语》2 次。就频率而言，引诗显然要比歌诗和赋诗高出很多。

就《左传》《国语》所记来看，春秋士大夫引诗的方式大致有两种。第一种方式是在陈述一件事实或说明某种道理时，为增加言语的说服力而引诗为证。《左传·桓公六年》载：

> 公之未昏于齐也，齐侯欲以文姜妻郑大子忽。大子忽辞。人问其故，大子曰："人各有耦，齐大，非吾耦也。《诗》云：'自求多福。'在我而已，大国何为？"

郑太子忽护齐有功，齐僖公想嫁女于他，但太子忽无意与齐国联姻，引《诗经·大雅·文王》中"自求多福"之句以辅助表明自己的想法。

《左传·僖公五年》载：

> 初，晋侯使士蒍为二公子筑蒲与屈，不慎，置薪焉。夷吾诉之。公使让之。士蒍稽首而对曰："臣闻之：无丧而戚，忧必仇焉；无戎而城，仇必保焉。寇仇之保，又何慎焉！守官废命，不敬；固仇之保，不忠。失忠与敬，何以事君？《诗》云，'怀德惟宁，宗子惟城。'君其修德而固宗子，何城如之？三年将寻师焉，焉用慎？"

士蒍奉晋献公之命为公子重耳和夷吾筑城，不慎将木柴置于其中，遭到晋献公斥责。士蒍辩解说，没有战事却筑城，所筑之城必然成为寇仇的堡垒。既然如此，筑城的时候为什么还要那么谨慎呢？他征引《诗经·大雅·板》中"怀德惟宁，宗子惟城"之句指出，对于诸侯国来说，宗子是最稳固的堡垒。国君修德而保固诸公子，比修筑城墙更有意义。

《左传·僖公十九年》载：

> "宋人围曹"，讨不服也。子鱼言于宋公曰："文王闻崇德乱而伐之，军三旬而不降，退修教而复之，因垒而降。《诗》曰：'刑于寡妻，至于兄弟，以御于家邦。'今君德无乃犹有所阙，而以伐人，若之何？盍姑内省德乎，无阙而后动。"

宋国攻打曹国，大夫子鱼劝谏宋襄公不要攻打。他先征引昔日周文王攻打崇国一事，起先久攻不下，后来修德治教，崇国不攻而降。又征引《诗经·大雅·思齐》中"刑于寡妻，至于兄弟，以御于家邦"之句，来说明君主德行与治国安邦之间的关系。宋襄公德行犹有所缺，故而不宜攻打曹国。周文王伐崇古事和《诗经·大雅·思齐》中"刑于寡妻，至于兄弟，以御于家邦"之句，都是子鱼劝谏的依据。

《左传·僖公二十二年》载：

> 富辰言于王曰："请召大叔。《诗》曰：'协比其邻，昏姻孔云。'吾兄弟之不协，焉能怨诸侯之不睦？"王说。王子带自齐复归于京师。王召之也。

周大夫富辰征引《诗经·小雅·正月》中的诗句劝谏周襄王召回大叔王子带，云兄弟不和睦会给诸侯之间关系带来不利影响。周襄王纳谏，召回王子带。

《左传·僖公二十二年》载：

> 邾人以须句故出师。公卑邾，不设备而御之。臧文仲曰："国无小，不可易也。无备，虽众不可恃也。《诗》曰：'战战兢兢，如临深渊，如履薄冰。'又曰：'敬之敬之，天惟显思，命不易哉！'先王之明德，犹无不难也，无不惧也，况我小国乎！君其无谓邾小，蜂虿有毒，而况国乎！"

鲁僖公轻视前来攻鲁的邾国，不设置防备就前去抵抗。臧文仲引用《诗经·小雅·小旻》中的"战战兢兢，如临深渊，如履薄冰"和《诗经·周颂·敬之》中的"敬之敬之，天惟显思，命不易哉"，劝谏鲁僖公务必加强防范。

第二种方式是在陈述一件事实或说明某种道理后，引诗以证明论点的合理性。《左传·僖公二十年》载：

> 随以汉东诸侯叛楚。冬，楚斗榖於菟帅师伐随，取成而还。君子曰："随之见伐，不量力也。量力而动，其过鲜矣。善败由己，而由人乎哉？《诗》曰：'岂不夙夜，谓行多露。'"

随国率领汉东诸侯国叛楚，楚国斗榖於菟帅师伐随，攻取成邑而还。"君子"认为随国被伐是不自量力，咎由自取。《诗经·召南·行露》云"岂不夙夜，谓行多露"，意谓难道不想清晨夜晚赶路吗？无奈路中多露不得已啊。多露而不行，以喻有所畏惧而不能行动，量力后动。"君子"征引此句，来说明随国去攻打楚国是不明智的。

《左传·昭公八年》载：

> 八年，春，石言于晋魏榆。晋侯问于师旷曰："石何故言？"对曰："石不能言，或冯焉。不然，民听滥也。抑臣又闻之曰：'作事不时，怨讟动于民，则有非言之物而言。'今宫室崇侈，民力凋尽，怨讟并作，莫保其性。石言，不亦宜乎！"于是晋侯方筑虒祁之宫，叔向曰："子野之言，君子哉！君子之言，信而有征，故怨远于其身。小人之言，僭而无征，故怨咎及之。《诗》曰：'哀哉不能言，匪舌是出，唯躬是瘁。哿矣能言，巧言如流，俾躬处休。'其是之谓乎！是宫也成，诸侯必叛，君必有咎，夫子知之矣。"

晋国发生了石头说话的事件。师旷对晋平公说，如果君主"作事不时"，百姓心中有怨怼，就会有本不会说话的东西开口说话。如今晋国宫室崇侈，民力凋尽，百姓怨声载道，石头开口说话不也是很正常的吗？叔向听闻此事后评价说，师旷所言是信而有征的君子之言。叔向引用《诗经·小雅·雨无正》中的诗句，目的是说明师旷以谏言最终阻止晋平公修建虒祁之宫可谓"巧言如流"。在这里，叔向引诗，可谓"断章取义"。《诗经·小雅·雨无正》云"哀哉不能言，匪舌是出，唯躬是瘁。哿矣能言，巧言如流，俾躬处休"，原意本是赞颂不善言辞而鞠躬尽瘁者，批判那些凭巧舌如簧攫取功名者。叔向将《雨无正》这章全盘引用，其实只是看重"巧言如流"之句，其褒贬态度也与原诗意不统一。不过，对于春秋时期的贵族士大夫来说，这种"断章取义"的用法理解起来并不困难。

引诗的这两种方式的功能都是增强引诗者言说的话语权力，提高其论证观点的可信度。无论是在观点提出过程中引诗还是在观点提出之后引诗，本质都是一样的。

引诗活动的出现和盛行，是《诗经》的仪式性和音乐性逐渐消退的过程，也是文学与仪式、音乐逐渐脱离的过程，还是文学进一步走向独立的过程。从本质上讲，无论是歌诗、赋诗还是引诗，都是《诗经》在春秋时期的运用和传播方式。引诗在春秋时期出现的频率比歌诗和赋诗要高，且终春秋之世，歌诗和赋诗逐渐退出历史舞台，而引诗却大炽。究其原因，还是因为这种对于《诗经》的使用和传播方式适应了时代发展的需要。

春秋时期，周王室衰微，其实力充其量只相当于一个中等诸侯国，对下失去了统治力。诸侯国林立，互相攻伐，战争频仍。在诸侯国内部，卿大夫势力强大，权力斗争激烈，子弑其父者有之、臣弑其君者有之，政权更迭频繁，礼乐传统遭遇时代的挑战。在这种时代背景下，职官系统内的各级贵族卿大夫们为了在游说劝谏时说服对方，或者为了在品评议论时证明论点的合理性，都需要从已有的典籍中寻找话语资源。《诗经》当然是他们优先考虑使用的话语资源，游说劝谏也好，品评议论也好，只要将需要引用的语句表达出来，能证明自己的观点即可，不必歌唱，也不必赋诵。从实际操作的角度来讲，引诗比赋诗有一定的优越性，"赋诗言志仍然是一种仪式性与音乐性都比较浓厚的行为，它对礼乐仪式的依赖决定了它随同崩溃的礼乐制度一起消亡的命运。而言语引诗从一开始就是一种立足于歌辞、完全脱离了礼乐仪式的限制，从而具有最大自由度、可以在任何场合出现的用诗方式。"①赋诗在春秋时期盛行，战国时期却销声匿迹；引诗在春秋时期非常普遍，战国时期依然盛行，乃至汉代儒生们在著述议论时也常常引诗。作为一种论证方式和思考方式，"征引"具有一定的超越时空的普遍适应性，因而能一直沿用至今。

除了歌诗、赋诗、引诗外，《诗经》在春秋时期的运用和传播还有一种方式，就是说诗或者解诗。所谓说诗，就是对《诗经》中某些段落章句的解释。《左传·昭公七年》载：

> 夏，四月，甲辰，朔，日有食之。……公曰："《诗》所谓'彼日而食，于何不臧'者，何也？"对曰："不善政之谓也。国无政，不用善，则自取谪于日月之灾。故政不可不慎也。务三而已，一曰择人，二曰因民，三曰从时。"

晋平公与士文伯讨论日食问题。晋平公问《诗经·小雅·十月之交》中"彼日而食，于何不臧"的含义，士文伯说这句诗说的是君主治理朝政不善，上天就会降下灾异以示警诫，并告诫晋平公理政务必做到三点——择人、因民和从时。古人迷信，认为日食、月食等现象都是上天对人间政事的反馈和警诫。晋平公问诗，士文伯解诗，客观上促进了《诗经》的传播。又如，《国语·周语下》详细记载了叔向的说诗之举：

> 且其语说《昊天有成命》，颂之盛德也。其诗曰："昊天有成命，二后受之，成王不敢康。夙夜基命宥密，於，缉熙！亶厥心肆其靖之。"是道成王之德也。成王能明文昭，能定武烈者也。夫道成命者，而称昊天，翼其上也。二后受之，让于德也。成王不敢康，敬百姓也。夙夜，恭也；基，始也。命，信也。宥，宽也。密，宁也。缉，明也。熙，广也。亶，厚也。肆，固也。靖，和也。其始也，翼上德让，而敬百姓。其中也，恭俭信宽，帅归于

---

① 马银琴：《春秋时代赋引风气下〈诗〉的传播与特点》，见赵敏俐主编：《中国诗歌研究》第 2 辑，166 页，北京，中华书局，2003。

宁。其终也，广厚其心，以固和之。始于德让，中于信宽，终于固和，故曰成。单子俭敬让咨，以应成德。单若不兴，子孙必蕃，后世不忘。《诗》曰："其类维何？室家之壸。君子万年，永锡祚胤。"类也者，不忝前哲之谓也。壸也者，广裕民人之谓也。万年也者，令闻不忘之谓也。胤也者，子孙蕃育之谓也。单子朝夕不忘成王之德，可谓不忝前哲矣。膺保明德，以佐王室，可谓广裕民人矣。若能类善物，以混厚民人者，必有章誉蕃育之祚，则单子必当之矣。单若有阙，必兹君之子孙实续之，不出于他矣。

叔向先是逐字解说了《周颂·昊天有成命》和《诗经·大雅·既醉》第六章，用以赞美周卿士单靖公。其说诗方法是先作字义训诂，再推阐大义，最后归结于现实政治。对于叔向来说，阐发诗义是手段，为现实政治作导向才是目的。《论语·八佾》载孔子与子夏论说《诗经·卫风·硕人》，《论语·学而》载孔子与子贡讨论过《诗经·卫风·淇奥》。战国时期，出现了系统解说《诗经》的论著，即上博简《孔子诗论》。《孔子诗论》可能成书于战国时期，但是书中所记载的内容是孔子对《诗经》的讲说，故可理解为春秋时人对《诗经》的解说，其大概是用于教学的。陈桐生认为《孔子诗论》"可能是一位专治《诗三百》的经师的讲学大纲"①，是儒学经师以讲说《诗经》的方式进行诗教的教材。《孔子诗论》与春秋战国时期人们的说诗方法迥然有别，以认知《诗经》文本含义为目的，而不是要阐发《诗经》本义之外的政治寓意。由于《孔子诗论》是用于教学的，决定了求真是其主要目的。不管是以追求《诗经》本意为目的的说诗，还是为政治建设创造理论基础的说诗，客观上都促进了《诗经》的传播。

---

① 陈桐生：《〈孔子诗论〉研究》，156页，北京，中华书局，2004。

第四节 《书》在春秋时期的编纂、征引与阐释

先秦文献在征引或提及《尚书》这部文献时，一般将其称为《书》或者其中具体某篇的篇名。如《左传》《国语》《论语》《墨子》等在征引《尚书》时，均称"《书》云""《书》有之曰""《夏书》曰"等。《书》以《尚书》为专名，是汉代才有的事。司马迁在《史记·五帝本纪》中云："学者多称五帝，尚矣。然《尚书》独载尧以来。"《书》自《史记》而始称《尚书》。本节讨论的《书》的文献生成、传播和研究状况的时间限定在春秋时期，故以《书》相称。

《书》是我国最早的一部历史文献，记录了夏、商、周三代最高统治者与群臣之间政治和军事方面的谈话记录、誓命、训诰之词。虽然其中有若干篇目不同程度地受到后来文字的影响，也有一些篇目含有想象的成分，但仍是夏、商、周三代留存下来的第一手文献资料。同时，《书》中所蕴含的上古知识阶层的政治理念、道德情操和军事思想等，也奠定了整个华夏民族的思想底色。因此，《书》在先秦时期的文献地位极高，与《诗》齐名，并称"《诗》《书》"。春秋时期是《书》这部文献编纂和传播的重要时期，本节中我们将详细讨论其编纂、征引与阐释研究的状况。

一、《书》在春秋时期的编纂状况

《书》中各篇目具体内容的载录工作，当是由史官阶层来完成的。中国源远流长的文化传承血脉中，向来有重"史"的倾向。历史既是现实得以存在的依据，也在很大程度上影响了人类未来的发展方向。中国人很早就已经形成了十分清晰的记载历史的意识，商朝时，巫祭的职业化、巫祭知识的繁杂化导致了史职的产生。商代的史职中，见于甲骨文的有"大史"（《甲骨文合集》24929）、"小史"（《甲骨文合集》32835）、"我史"（《甲骨文合集》03481），还有"三史"（《甲骨文合集》00822 正）。在帝乙时期的甲骨卜辞中，我们能见到大史"寮"（《甲骨文

合集》36423)的称谓。显然，史官在商朝已经形成了一个职阶系列。甲骨文中的"史"字还可以解释为"使"，如"妇好史人于眉"(《甲骨文合集》06568 正)等。"使"乃是指令、授权他人行动的意思，与人的社会行为有关。派遣使者而用"史"字，可见这类职能多由史官承担。所以，甲骨卜辞中有四方之史：

> □□卜，亘，贞……东使来。(《甲骨文合集》05635 甲)
> 贞我西使亡。(《甲骨文合集》05636)
> 贞勿立使于南。(《甲骨文合集》05512 正)
> 贞在北史亡其获羌。(《甲骨文合集》00914 正)

此外，还有很多关于史的来往的卜辞。由此可以推测，商王、中央政权和诸方国的联系主要是靠史来进行的。使者为什么由史来充当呢？因为史是当时最为重要的专业人员。

"史"之外，商代的"尹"也是一种史职，并自成一职官系列。在甲骨文中，可以看到"三尹"(《甲骨文合集》32895)、"甲尹"(《英国所藏甲骨集》2283)、"多尹"(《甲骨文合集》19838)等，此外还有"族尹"(《小屯南地甲骨》1233)、"令尹"(《甲骨文合集》09472 正)、"小尹"(《小屯南地甲骨》601)等。王国维说："尹字从又持丨，象笔形……持中为史，持笔为尹。"他又引孙诒让的《周礼正义》中的观点，以及《吴尊盖》《虎敦》《牧敦》等多种古器铭文说："作册、尹氏皆《周礼》内史之职，而尹氏为其长，其职在书王命与制禄、命官，与大师同秉国政……然则尹氏之号，本于内史，《书》之庶尹、百尹，盖推内史之名以名之，与卿事、御事之推史之名以名之者同。"[①]从王国维所引材料来看，"尹"和"史"的职权有很多交叉重叠之处。但总体说来，"尹"职要高于"史"，并可能是"史"的管理者。如伊尹，《尚书·君奭》说"在昔成汤既受命。时则有若伊尹，格于皇天"，可见伊尹是专为商汤沟通天人关系的，居巫史之要职。

《尚书·顾命》曰："百尹、御事。"甲骨卜辞言王曰："余其曰多尹

---

① 王国维：《观堂集林》(外二种)，134～135 页，石家庄，河北教育出版社，2003。

其□二侯上丝……周。"(《甲骨文合集》23560)这两则材料可以表明尹职的高层能够传令诸侯，地位应仅在商王之下。实际上，伊尹曾任商汤之相。《竹书纪年·商》云"仲壬即位居亳，命卿士伊尹"，伊尹又被称为卿士，可见史、尹、卿士的职责是相关的。"尹"最能说明史官在商朝的崇高地位。

《尚书·多士》云："惟殷先人，有册有典。"也就是说，除了甲骨卜辞外，商代还有典册的存在，因此也就有典册之官，即作册。郭沫若说："祝与册之别，盖祝以辞告，册以策告也。《书·洛诰》'作册逸祝册'，乃兼用二者。旧解失之。"①他认为作册也是一种祭祀职务，是以书面形式进行祝告之巫职。之所以要以书面形式进行，有以下两种可能。一是祭祀要以王的名义进行，而由他人代祝时，书面形式较庄重并且可信，由此也就出现了祝册一职。商时作册般甗铭文曰："王宜人方，无殳（侮），咸。王商（赏）乍册般贝；用乍父己尊。来册。"②刘桓说："此器可能作于帝乙时。铭文述说铸器原由，乃因殷王俎祭人方的首领无殳，祭罢赏赐作册般贝，般才作器纪念其父父己的。这说明殷王祭祀人方无殳时作册般在场，作册是祭祀的参加者。"③显然，仅仅在场还难以解释殷王的赏赐，作册在这次祭祀中实际是执册而代王祝告。二是祭祀需要在神灵的面前将王命昭告天下，因此作册有形成公文并起到见证作用的意义。甲骨卜辞中有作册参与商王行赏的记载："王其宁小臣舌，叀作册商（赏）□□，王弗每。"(《殷虚书契前编》4.27.3)《周礼·春官宗伯·内史》云："凡命诸侯及孤卿大夫，则策命之。"则作册又参与策命仪式，所以王国维说作册的职责"在书王命与制禄、命官"，今亦有学者认为册类似于现代意义上的"档案"④，都不为无见。比起史来，作册与王政的关系显然要更为密切。作册既载录了王与神的交往，又记录了王的赐命并世代保存，作为某次赐命的合法

---

① 郭沫若：《殷契粹编》，343～344 页，北京，科学出版社，1965。

② 马承源主编：《商周青铜器铭文选》第 3 卷，6 页，北京，文物出版社，1988。

③ 刘桓：《殷代史官及其相关问题》，载《殷都学刊》，1993(3)。

④ 李零：《出土发现与古书年代的再认识》，见《李零自选集》，25 页，桂林，广西师范大学出版社，1998。

性的证明。作册因侍王左右，有时要代替王赐命，当是要职，非一般
史官所能做到。所以，作册总是和尹相联系的，而早期金文中有"作册
尹"的记录，如《师晨鼎》"王呼乍册尹册令师晨"①等。《书》是王朝档案
的记录，当由与权力中心的君主、王臣较为接近的史官记载完成，作
册在其中或许充当了极为重要的角色。甚至可以推断，他们就是《书》
的记录者和编纂者。

关于《书》在春秋时期的编纂情况，过去有一种说法广为流传，就
是孔子曾经删《书》，将《书》从三千多篇删到一百多篇。《史记·伯夷列
传》有言"《诗》《书》虽缺"，司马贞索隐云：又《书》称"孔子求得黄帝玄
孙帝魁之书，迄秦穆公，凡三千三百三十篇乃删以一百篇为《尚书》，
十八篇为《中候》。今百篇之内见亡四十二篇，是《诗》《书》又有缺亡者
也。"《史记·孔子世家》云："孔子之时，周室微而礼乐废，《诗》《书》
缺。追迹三代之礼，序《书传》，上纪唐虞之际，下至秦缪，编次其
事。"也就是说，在春秋之前存有不少的单篇《书》，后经整理约有百篇
传世。春秋晚期的文献工作非常活跃，孔子可能编纂、整理过《尚书》。
《论语·述而》载："子所雅言，《诗》《书》，执《礼》，皆雅言也。"想必是
以《书》为教，故而对《书》作过加工整理。当然，也有学者认为孔子根
本就没有删过《书》。刘起釪先生在分析上引材料时说："从周初几篇诰
辞中看出周公对夏商历史非常熟悉，缕举商代史事如数家珍，都足以
证明他确掌握了不少商代传下来的书篇。再加上周代统治时间比商王
朝更长，文字技术又比前进步，其为《书》之多，更可想见。因此说当
时的《书》有数千篇，应该一点也不夸张。但第二点说是经过孔子删去
几千篇，定下一百篇，这一说长期为儒者所遵信，但这实际完全是妄
说。因孔子尝慨叹'文献不足'，正搜求之不暇，哪里还会去删掉。"②
刘先生所论有一定的道理。孔子想了解夏商的历史，苦于文献不足，
肯定不会随意删减文献。不过，虽然孔子肯定不会随意删减有价值的
文献，但是上古文献繁杂，"左史记言，右史记事"，参与记事的史官

---

① 马承源主编：《商周青铜器铭文选》第 3 卷，203 页，北京，文物出版社，1988。
② 刘起釪：《尚书学史(补订修订本)》，10～11 页，北京，中华书局，2017。

应不止一人，记录相同史事的文献资料亦应不止一份，且文献质量良莠不齐。所以，由不同史官载录下来的针对同一事件的文献应该有很多。这些文献内容重合度高，文笔有优有劣，清晰程度亦不同。故孔子有可能将那些文笔和清晰程度都差一些的重复的文献删除掉，其道理与"孔子删《诗》说"是一样的。

　　"孔子删《诗》说"由司马迁提出，《史记·孔子世家》言："古者《诗》三千余篇，及至孔子，去其重，取可施于礼义……三百五篇孔子皆弦歌之，以求合《韶》《武》《雅》《颂》之音。"唐前儒者对此多深信不疑，东汉王充在《论衡·正说》中亦云："《诗经》旧时亦数千篇，孔子删去复重，正而存三百篇，犹二十九篇也。"①至孔颖达编著《毛诗正义》时提出质疑，此后异说不断，孔子是否删《诗》遂成为学术史上一桩聚讼纷纭的公案。所有质疑的声音中，所举材料最有力的是《左传·襄公二十九年》所记载的吴国公子季札来鲁国观周乐一事。鲁国使乐工为之歌《周南》《召南》《邶》《鄘》《卫》《郑》《齐》《豳》《秦》《魏》《唐》《陈》《郐》《小雅》《大雅》《颂》，这种"风""雅""颂"的编排已经跟传世本《诗》类似。而季札观乐时孔子才八岁，一个童蒙怎么可能对三千多首诗进行删减呢？那么，《左传》所记这条材料能不能从根本上否定"孔子删《诗》说"呢？笔者认为未必能。前代的学者们可能没有注意这样一个逻辑：季札观乐时，《诗》按《周南》《召南》《邶》《鄘》《卫》《郑》《齐》《豳》《秦》《魏》《唐》《陈》《郐》《小雅》《大雅》《颂》来编排，但是《左传》并没有明确记载各组下面收录多少首诗。所以，有一种可能性就是：季札观乐时，各组所收入的诗依然很繁杂，有重复的篇目。孔子晚年出于教学的需要，又对其重新进行编排。另外，季札观乐时演奏的顺序与传世本各组的顺序不一致，学者马银琴据此推断"在季札之后，必然有人进行过调整乐次，即所谓'正乐'的工作。能承担这项工作者则非孔子莫属"②。刘丽文以清华简《周公之琴舞》与今本《诗经》及《左传》相关资料证明：今本《诗经》确实是由古诗删减而成，周代一直有与传世本不同的"诸侯本"

　　①　黄晖撰：《论衡校释》四，1129 页，北京，中华书局，1990。
　　②　马银琴：《两周诗史》，415 页，北京，社会科学文献出版社，2006。

《诗经》存在，"孔子删《诗》说"不诬。①

　　既然"孔子删《诗》说"不为诬枉，那么删《书》也是极有可能的了。

　　春秋时期《书》的具体编目情况，并没有直接的材料可供借鉴。要了解这个问题，我们唯一的途径就是考察其他先秦文献中提到《书》时对它的称谓。从先秦文献征引《书》的过程中对其的称谓来看，有时候是总称，如"《书》云""《书》有之曰"，但从《左传》《国语》两部春秋时期的文献来看，更多的时候是直接指出篇名，如"《周书》曰""《康诰》曰""《商书》曰""《夏书》曰"等。从《夏书》《商书》《周书》《康诰》等文献专名的出现可知，在春秋时期，知识阶层已经开始有意识地自觉按照时代顺序对《书》的篇目进行有条理的编纂了。

二、春秋文献引《书》

　　《书》是我国早期的文化大典，对中国传统文化精神和政治伦理的形成起着奠基作用。刘起釪先生云："(《书》)是我们科学地研究中国原始社会和奴隶社会所必不可少的史料。它又是我国封建社会的政治哲学经典，在儒家'五经'中地位最尊，既是帝王的政治教科书，又是封建士大夫必读必遵的'大经大法'，历史上有过巨大影响。所以，研究中国封建社会历史少不了它。"②《书》中所蕴含的政治经验和人文思考成为当时贵族阶层执政议政的重要参考，也成为当时贵族君子为人处世、修身齐家的思想指导。因此，在春秋史传文献和战国诸子文献中，引《书》现象颇多。

　　关于《左传》引《书》的次数，各家统计标准不一，所以统计结果也就有一些差异。清代顾栋高在《春秋大事表》中统计的是 22 次，而陈梦家在《尚书通论》中统计的则是 47 次。据笔者统计，《左传》引《书》81次、论《书》2 次，是先秦典籍中引《书》论《书》最多者（见表 6-1）。《国语》引《书》26 次、论《书》1 次，在先秦典籍中亦属于引《书》论《书》较多者（见表 6-2）。

---

① 刘丽文：《清华简〈周公之琴舞〉与孔子删〈诗〉说》，载《文学遗产》，2014(5)。
② 刘起釪：《〈尚书〉学源流概要》，载《辽宁大学学报(哲学社会科学版)》，1979(6)。

表 6-1　《左传》引《书》情况

引《书》时间	征引名称	所出篇名	次数
隐公六年(公元前 717 年)	《商书》	《盘庚》	1
隐公六年(公元前 717 年)	周任有言	逸《书》	1
庄公八年(公元前 686 年)	《夏书》	《大禹谟》	1
庄公十四年(公元前 680 年)	《商书》	《盘庚》	1
僖公五年(公元前 655 年)	《周书》	《蔡仲之命》	1
僖公五年(公元前 655 年)	《周书》	《君陈》	1
僖公五年(公元前 655 年)	《周书》	《旅獒》	1
僖公二十三年(公元前 637 年)	《周书》	《康诰》	1
僖公二十四年(公元前 636 年)	《夏书》	《大禹谟》	1
僖公二十七年(公元前 633 年)	《夏书》	《盖稷》	1
僖公二十七年(公元前 633 年)	《夏书》	《大禹谟》	1
僖公三十三年(公元前 627 年)	《康诰》	《康诰》	1
文公五年(公元前 622 年)	《商书》	《洪范》	1
文公六年(公元前 621 年)	《前志》	逸《书》	1
文公七年(公元前 620 年)	《夏书》	《大禹谟》	1
文公十五年(公元前 612 年)	史佚有言	逸《书》	1
文公十八年(公元前 609 年)	《誓命》	逸《书》	1
文公十八年(公元前 609 年)	《虞书》	《舜典》	1
宣公六年(公元前 603 年)	《周书》	《康诰》	1
宣公十二年(公元前 597 年)	仲虺有言	《仲虺之诰》	1
宣公十二年(公元前 597 年)	史佚所谓	逸《书》	1
宣公十五年(公元前 594 年)	《周书》	《康诰》	1
成公二年(公元前 589 年)	《周书》	《康诰》	1
成公二年(公元前 589 年)	《太誓》	《泰誓》	1

续表

引《书》时间	征引名称	所出篇名	次数
成公四年（公元前 587 年）	史佚之志	逸《书》	1
成公六年（公元前 585 年）	《商书》	《洪范》	1
成公八年（公元前 583 年）	《周书》	《康诰》《无逸》	1
成公十五年（公元前 576 年）	《前志》	逸《书》	1
成公十六年（公元前 575 年）	《周书》	《康诰》	1
成公十六年（公元前 575 年）	《夏书》	《五子之歌》	1
襄公三年（公元前 570 年）	《商书》	《洪范》	1
襄公四年（公元前 569 年）	《夏训》	逸《书》	1
襄公四年（公元前 569 年）	《虞人之箴》	逸《书》	1
襄公四年（公元前 569 年）	《志》	逸《书》	1
襄公五年（公元前 568 年）	《夏书》	《大禹谟》	1
襄公十一年（公元前 562 年）	《书》	《周官》	1
襄公十三年（公元前 560 年）	《书》	《吕刑》	1
襄公十四年（公元前 559 年）	《夏书》	《胤征》	1
襄公十四年（公元前 559 年）	史佚有言	逸《书》	1
襄公十四年（公元前 559 年）	仲虺有言	《仲虺之诰》	1
襄公二十一年（公元前 552 年）	《夏书》	《大禹谟》	1
襄公二十一年（公元前 552 年）	《书》	《胤征》	1
襄公二十三年（公元前 550 年）	《书》	《康诰》	1
襄公二十三年（公元前 550 年）	《夏书》	《大禹谟》	1
襄公二十五年（公元前 548 年）	先王之命	逸《书》	1
襄公二十五年（公元前 548 年）	《志》	逸《书》	1
襄公二十五年（公元前 548 年）	《书》	《蔡仲之命》	1
襄公二十六年（公元前 547 年）	《夏书》	《大禹谟》	1
襄公二十八年（公元前 545 年）		《泰誓》	1

续表

引《书》时间	征引名称	所出篇名	次数
襄公三十年（公元前 543 年）	《仲虺之志》	《仲虺之诰》	1
襄公三十年（公元前 543 年）	《郑书》	逸《书》	1
襄公三十一年（公元前 542 年）	《大誓》	《泰誓》	1
襄公三十一年（公元前 542 年）	《周书》	《武成》	1
昭公元年（公元前 541 年）	《大誓》	《泰誓》	1
昭公元年（公元前 541 年）	《志》	逸《书》	1
昭公元年（公元前 541 年）	史佚有言	逸《书》	1
昭公三年（公元前 539 年）	《志》	逸《书》	1
昭公五年（公元前 537 年）	周任有言	逸《书》	1
昭公六年（公元前 536 年）	《禹刑》	逸《书》	1
昭公六年（公元前 536 年）	《汤刑》	逸《书》	1
昭公六年（公元前 536 年）	《九刑》	逸《书》	1
昭公六年（公元前 536 年）	《书》	《说命》	1
昭公七年（公元前 535 年）		《武成》	1
昭公七年（公元前 535 年）		《尧典》	1
昭公八年（公元前 534 年）	《周书》	《康诰》	1
昭公十年（公元前 532 年）	《书》	《太甲》	1
昭公十四年（公元前 528 年）	《夏书》	逸《书》	1
昭公十七年（公元前 525 年）	《夏书》	《胤征》	1
昭公二十年（公元前 522 年）	《康诰》	《康诰》	1
昭公二十四年（公元前 518 年）	《大誓》	《泰誓》	1
昭公二十六年（公元前 516 年）	先王之命	逸《书》	1
昭公二十八年（公元前 514 年）	《郑书》	《仲虺之诰》	1
定公四年（公元前 506 年）	《伯禽》	《康诰》	1
定公四年（公元前 506 年）	《康诰》	《康诰》	1

续表

引《书》时间	征引名称	所出篇名	次数
定公四年（公元前 506 年）	《康诰》	《康诰》	1
定公四年（公元前 506 年）	命书	《蔡仲之命》	1
哀公六年（公元前 489 年）	《夏书》	《五子之歌》	1
哀公六年（公元前 489 年）	《夏书》	《大禹谟》	1
哀公十一年（公元前 484 年）	《盘庚》之诰	《盘庚》	1
哀公十八年（公元前 477 年）	《夏书》	《大禹谟》	1
哀公十八年（公元前 477 年）	《志》	逸《书》	1

表 6-2　《国语》引《书》情况

引《书》时间	征引名称	所出篇名	次数
幽王八年（公元前 774 年）	《泰誓》	《泰誓》	1
幽王八年（公元前 774 年）	《训语》	逸《书》	1
僖公十一年（公元前 649 年）	《夏书》	《大禹谟》	1
僖公十一年（公元前 649 年）	《汤誓》	《汤诰》	1
僖公十一年（公元前 649 年）	《盘庚》	《盘庚》	1
僖公二十一年（公元前 639 年）	《书》	《君陈》	1
僖公二十三年（公元前 637 年）	西方之《书》	逸《书》	1
宣公八年（公元前 601 年）	先王之教	逸《书》	1
宣公八年（公元前 601 年）	《夏令》	逸《书》	1
宣公八年（公元前 601 年）	《周制》	逸《书》	1
宣公八年（公元前 601 年）	先王之令	《汤诰》	1
成公五年至成公十八年 （公元前 586—前 573 年）	《大誓》	《泰誓》	1
成公十六年（公元前 575 年）	《书》	《五子之歌》	1
成公十六年（公元前 575 年）	《太誓》	《泰誓》	1

续表

引《书》时间	征引名称	所出篇名	次数
襄公二十三年（公元前 550 年）		《禹贡》	1
襄公二十三年（公元前 550 年）		《尧典》	1
襄公二十三年至昭公八年 （公元前 550—前 534 年）	史佚有言	逸《书》	1
昭公元年至昭公十三年 （公元前 541—前 529 年）	《周书》	《无逸》	1
昭公八年（公元前 534 年）		《尧典》	1
昭公十三年（公元前 529 年）		《说命》	1
昭公十八年（公元前 524 年）	《夏书》	《五子之歌》	1
昭公二十年（公元前 522 年）		《牧誓》	1
昭公二十六年至哀公六年	《周书》	《吕刑》	1
公元前 460 年	《夏书》	《五子之歌》	1
公元前 460 年	《周书》	《康诰》	1
公元前 456 年	《志》	逸《书》	1

钱穆将春秋的历史称为"霸政时期"，并分为三个阶段：霸前时期（公元前 770—前 686 年）、霸政时期（公元前 685—前 558 年）、霸政衰微时期（公元前 557—前 468 年）。他说："春秋时期可以说是东周史之第一段落。此段落约占三百年。《春秋》自鲁隐公元年迄鲁哀公十四年，凡二百四十二年。《左传》记载史事较《春秋》为明备，又下续至哀公二十七年终，凡二百五十五年。若自周平王东迁一并计入，共三百零三年。"①据表 6-1、表 6-2 所整理的内容可见，在霸政时期及后来的霸政衰微时期，知识阶层一直都在频繁征引《书》。春秋初期，《书》学还未引起时人的关注，用《书》作例证相对较少。但到了齐国首霸、晋楚坐庄的春秋中期，受"尊王""崇礼"成为促进齐桓公夺得首霸地位的重要

① 钱穆：《国史大纲》，52 页，北京，商务印书馆，1994。

因素的影响，各国尽管处于混战争霸之中，仍秉承周礼以使自己得益。大国秉承周礼、尊敬王室，以表明自己的正义性，进而争取各国的认同；小国亦遵礼行事，从而尽力保全本国国土完整。故在此阶段，各诸侯国对诗书礼乐的需求大量增加，《书》的价值受到前所未有的重视，引《书》次数也骤增。马银琴说："当齐桓霸业成为大国诸侯追求的理想时，秉周礼、尊王室、以德服众也成为后继者求霸过程中奉行的原则。"[①]各国王室贵族纷纷征引，或议政、或劝谏、或敬神，推动了《书》的广泛传播。霸政衰微的春秋后期，时人用《书》较霸政时期并未减少，其征引《书》的频次与霸政时期齐平。这主要有两个方面的原因：第一，与贵族阶层力图恢复周礼以重建有序政治秩序的诉求密切相关；第二，与知识阶层的好议之风有关。

众所周知，鲁昭公是春秋晚期一位重礼的君主。从《左传》记载来看，他非常重视礼仪素养，能够以礼仪德行出处应对、协调各诸侯国之间的关系，维持相对和平。《左传·昭公五年》载：

> 公如晋，自郊劳至于赠贿，无失礼。晋侯谓女叔齐曰："鲁侯不亦善于礼乎？"对曰："鲁侯焉知礼！"公曰："何为？自郊劳至于赠贿，礼无违者，何故不知？"对曰："是仪也，不可谓礼。礼，所以守其国，行其政令，无失其民者也。今政令在家，不能取也。有子家羁，弗能用也。奸大国之盟，陵虐小国。利人之难，不知其私，公室四分，民食于他。思莫在公，不图其终。为国君，难将及身，不恤其所。礼之本末，将于此乎在，而屑屑焉习仪以亟。言善于礼，不亦远乎？"君子谓："叔侯于是乎知礼。"

鲁昭公五年（公元前537年），鲁昭公去晋国朝拜晋平公。从郊劳（晋国在郊外举行的欢迎仪式）直至馈赠等所有的外交仪式，鲁昭公都做得非常到位。晋平公不禁对鲁昭公刮目相看，他对晋国大夫女叔齐说："鲁国国君不是很知礼吗？"不料，女叔齐却不认可晋平公的说法，说鲁昭

---

① 马银琴：《春秋时代赋引风气下〈诗〉的传播与特点》，见《中国诗歌研究》第 2 辑，165 页，北京，中华书局，2003。

公擅长的只是仪式，而不是周礼。女叔齐解释说："礼，所以守其国，行其政令，无失其民者也。今政令在家，不能取也……公室四分，民食于他。思莫在公，不图其终。为国君，难将及身，不恤其所。礼之本末，将于此乎在，而屑屑焉习仪以亟。言善于礼，不亦远乎？"这段话的意思是说，礼是用来守卫国家、执行政令、不失去百姓的东西，现在鲁国国君的大权旁落到了士大夫的手中，鲁国公室被季孙氏、叔孙氏、孟孙氏三大政治家族分成了四份。由于大权旁落，老百姓现在都不怎么关注国君的处境了。身为国君，祸难就快降临到自己身上了，却不赶紧想办法解决，还在琐琐屑屑地学习礼仪，这哪里算得上是知礼呢？女叔齐认为，"礼"的核心精神绝对不是掌握各种"仪"的细节，而是要通过"礼"达到协调人事关系、巩固政权、安定世道人心的目的。以此考量，鲁昭公确实是不知礼的。更何况鲁昭公还曾经娶妻于同姓的吴国，连孔子都无法为其遮掩。[①] 鲁昭公知"仪"而不知"礼"，他熟悉外交礼节，却在治国、娶妻等更重大的问题上犯错。一国之君若不能很好地治理国家，只是把精力用在学习外交仪式上，那无疑是舍本逐末的做法。

　　女叔齐的说法有一定的道理，他细致地区分了"礼"与"仪"的差异，对列国君主尊"礼"、以"礼"治国提出了至高的要求。然而，从另一个角度看，在周王室衰微、列国争霸已经持续两百余年的时代环境下，尚有诸侯国君主不遗余力地倡导、践履礼仪，这着实是难能可贵的。"仪""礼"固然有别，然又密不可分："仪"需要"礼"来作为思想支撑，"礼"需要借助"仪"来展现。从某种程度上来讲，鲁昭公知"仪"是对西周礼仪的极大维护，不应该遭到贬斥，反而应该极力褒扬。至于鲁国境内朝政混乱、公室四分、大夫专权等政治乱象，在春秋列国普遍存在，又岂是鲁国一个国家的独特现象？而娶妻于同姓的吴国之事，放在充满宫廷丑闻和逸闻的春秋时期，亦不足为奇。所以，女叔齐对鲁

---

　　① 针对鲁昭公是否"知礼"的问题，《论语·述而》中也有一段讨论："陈司败问：'昭公知礼乎？'子曰：'知礼。'子退，揖巫马期而进之，曰：'吾闻君子不党，君子亦党乎？君娶于吴，为同姓，谓之吴孟子。君而知礼，孰不知礼？'巫马期以告。子曰：'丘也幸，苟有过，人必知之。'"

昭公的批评过于求全责备。客观一点来讲，鲁昭公蹈厉周"仪"、回护周"礼"，在当时的历史条件下是一种带有理想主义色彩的复古之举，是值得赞颂的。他传达出这样一种声音：持续两百多年的战乱已经让人们困苦至极，希望回复到周初温情脉脉、温文尔雅的相对和平的环境中。作为与周王朝关系最为亲密的鲁国的国君，鲁昭公率先倡导恢复周礼并付诸实践，在春秋时期绝无仅有。与鲁昭公基本同时期的孔子对礼崩乐坏痛心疾首、想望和追慕西周礼乐制度，未尝不可以看作其同道知音。

鲁昭公时期鲁国力图恢复周礼的举动，所代表的不仅仅是鲁国一个诸侯国贵族阶层的思想动向。在其他各诸侯国贵族卿大夫当中，力图恢复周礼以规范现实秩序的声音同样存在，这从当时各诸侯国卿大夫引《书》论《书》一事中即可看出。有学者作了如下统计：周王朝引《书》论《书》5次，晋国7次，鲁国2次，郑国5次，楚国4次，齐国2次，共计25次之多。① 这当然不是一种巧合，而是代表着当时人们对经典文献的关注，以及力图通过经典文献传达思想、重建理想社会秩序的诉求。

春秋已经是一个思维能力急剧提升甚至可以说民智大开的时代，社会各个阶层尤其是贵族卿大夫阶层在言谈之间都免不了崇尚议论并发表一己之见。如何来增强言谈的话语权力呢？他们想出来的办法便是从经典文献中来寻找话语资源，以提高和增强论证的可信度和说服力。包含着深刻的政治思考和道德训诫的《书》，自然成为他们征引的对象。《左传·庄公八年》载：

> 夏，师及齐师围郕。郕降于齐师。仲庆父请伐齐师。公曰："不可！我实不德，齐师何罪？罪我之由。《夏书》曰：'皋陶迈种德，德，乃降。'姑务修德以待时乎。"秋，师还。君子是以善鲁庄公。

鲁庄公八年（公元前686年）夏，鲁国军队与齐国军队包围了郕这个地

---

① 王乐慧：《春秋〈书〉学研究》，硕士学位论文，曲阜师范大学，2016。

方，但是郕只向齐国投降而不向鲁国投降，齐国独享胜利的果实。鲁国大夫请示攻打齐国，但是鲁庄公不同意，说："实际上我德行不够高明，齐国有什么过错呢？《夏书》说：'皋陶长期培植良好的德行。有德行，对方就会投降。'姑且修习德行以待时机。"秋天，鲁国撤军。当时的君子阶层评论此事时盛赞鲁庄公。鲁庄公引用古逸《书》《夏书》中的话语来作为自己拒绝向齐国开战的依据，显然他是将《夏书》中的"皋陶迈种德，德，乃降"当作神圣话语来看的。从所引《书》的内容来看，多关乎道德教训和社会规范，"说明以礼乐整合社会的文化正在发生变化，社会的变化要求礼乐文明分化出道德等不同领域"①。《书》中所记录的圣贤人物的嘉言善语充当了春秋君子阶层言谈过程中的立论依据，这也是作为经典文献的《书》在当时最主要的文体功能。春秋时人各种"引证""称引"的材料，"彰显出这个时代对权威性言说资源的强烈的需求，而这种需求乃是思想文献化、文献经典化的根本动力。正是由于有这种强烈的需求，人们才注重把思想记录下来，把前代传下来的文献当作经典，在重要的谈话中频频引用"②。

三、春秋时期知识阶层对《书》的阐释和评价

从《左传》《国语》所记来看，春秋时期知识阶层除了对《书》进行征引以外，还对《书》作过一定程度的阐释和评价。据笔者统计，《左传》《国语》中分别记载了一则春秋时期知识阶层对《书》中语句的阐释，《左传》还记载了春秋时期知识阶层对《书》之文献价值的简短评价。这几则阐释和评价都是在人物之间的言谈中产生的，而不是专门的、有意识的；且阐释基本上都是对《书》中某篇之某句的阐释，而非对全书整体性、系统性的阐释。但无论如何，已经显示出春秋时期知识阶层对《书》进行阐释解读的欲望。

《左传·襄公四年》载：

---

① 陈来：《古代思想文化的世界——春秋时代的宗教、伦理与社会思想》，208 页，北京，生活·读书·新知三联书店，2009。
② 陈来：《古代思想文化的世界——春秋时代的宗教、伦理与社会思想》，199 页，北京，生活·读书·新知三联书店，2009。

　　无终子嘉父使孟乐如晋，因魏庄子纳虎豹之皮，以请和诸戎。晋侯曰："戎狄无亲而贪，不如伐之。"魏绛曰："诸侯新服，陈新来和，将观于我。我德则睦，否则携贰。劳师于戎，而楚伐陈，必弗能救，是弃陈也。诸华必叛。戎，禽兽也。获戎失华，无乃不可乎？《夏训》有之曰：'有穷后羿。'"公曰："后羿何如？"对曰："昔有夏之方衰也，后羿自鉏迁于穷石，因夏民以代夏政。恃其射也，不修民事，而淫于原兽。弃武罗、伯因、熊髡、龙圉，而用寒浞。寒浞，伯明氏之谗子弟也，伯明后寒弃之，夷羿收之，信而使之，以为己相。浞行媚于内，而施赂于外，愚弄其民，而虞羿于田，树之诈慝，以取其国家，外内咸服。羿犹不悛，将归自田，家众杀而亨之，以食其子。其子不忍食诸，死于穷门。靡奔有鬲氏。浞因羿室，生浇及豷，恃其谗慝诈伪，而不德于民。使浇用师，灭斟灌及斟寻氏。处浇于过，处豷于戈。靡自有鬲氏，收二国之烬，以灭浞而立少康。少康灭浇于过，后杼灭豷于戈，有穷由是遂亡，失人故也。昔周辛甲之为大史也，命百官，官箴王阙。于《虞人之箴》，曰：'芒芒禹迹，画为九州，经启九道。民有寝庙，兽有茂草，各有攸处，德用不扰。在帝夷羿，冒于原兽，忘其国恤，而思其麀牡。武不可重，用不恢于夏家。兽臣司原，敢告仆夫。'《虞箴》如是，可不惩乎？"于是晋侯好田，故魏绛及之。

山戎国国君嘉父派遣孟乐出使晋国，通过魏庄子即魏绛进贡虎豹之皮，以求讲和。晋悼公不同意，认为戎狄与中原疏远且贪婪，不如攻打之。魏绛却认为如果攻打戎狄，将不能有效救助中原国家陈国，而不能救陈则将失掉中原诸侯国的信任，带来更大规模的叛乱。而且魏绛想借机劝谏晋悼公不要沉迷于田猎，他征引《夏训》曰："有穷后羿。"然话未说完，就被晋悼公抢白。[1]　魏绛所欲征引的《夏训》应该出自《尚书·五

---

　　①　杨伯峻说："魏绛之语未竟，下文是晋悼公突然插问。诸说《左氏》书，唯日人中井积德《左传雕题略》得之。"见杨伯峻编著：《春秋左传注》（修订本），936页，北京，中华书局，1990。

子之歌》，其文曰："太康尸位以逸豫，灭厥德，黎民咸贰。乃盘游无度，畋于有洛之表，十旬弗反。有穷后羿，因民弗忍，距于河。厥弟五人御其母以从，傒于洛之汭。"晋悼公不懂"有穷后羿"的典故，故向魏绛发问。魏绛遂以一通长论详细阐释了"有穷后羿"好畋失国的故事，来警示晋悼公。

《国语·楚语下》载：

> 昭王问于观射父，曰："《周书》所谓重、黎实使天地不通者，何也？若无然，民将能登天乎？"对曰："非此之谓也。古者民神不杂。民之精爽不携贰者，而又能齐肃衷正，其智能上下比义，其圣能光远宣朗，其明能光照之，其聪能听彻之，如是则明神降之，在男曰觋，在女曰巫。是使制神之处位次主，而为之牲器时服，而后使先圣之后之有光烈，而能知山川之号、高祖之主、宗庙之事、昭穆之世、齐敬之勤、礼节之宜、威仪之则、容貌之崇、忠信之质、禋洁之服，而敬恭明神者，以为之祝。使名姓之后，能知四时之生、牺牲之物、玉帛之类、采服之仪、彝器之量、次主之度、屏摄之位、坛场之所、上下之神、氏姓之出，而心率旧典者为之宗。于是乎有天地神民类物之官，是谓五官，各司其序，不相乱也。民是以能有忠信，神是以能有明德，民神异业，敬而不渎，故神降之嘉生，民以物享，祸灾不至，求用不匮。及少皞之衰也，九黎乱德，民神杂糅，不可方物。夫人作享，家为巫史，无有要质。民匮于祀，而不知其福。烝享无度，民神同位。民渎齐盟，无有严威。神狎民则，不蠲其为。嘉生不降，无物以享。祸灾荐臻，莫尽其气。颛顼受之，乃命南正重司天以属神，命火正黎司地以属民，使复旧常，无相侵渎，是谓绝地天通。其后，三苗复九黎之德，尧复育重、黎之后，不忘旧者，使复典之。以至于夏、商，故重、黎氏世叙天地，而别其分主者也。其在周，程伯休父其后也，当宣王时，失其官守，而为司马氏。宠神其祖，以取威于民，曰：'重实上天，黎实下地。'遭世之乱，而莫之能御也。不然，夫天地成而不变，何比之有？"

这段材料经常被研究巫史文化的学者引用。楚昭王对于《周书》中所记载的"重、黎实使天地不通"不解其意，大夫观射父予以详细解释。他首先解释了早期巫觋集团的素质要求。"民神不杂"时代，巫觋在内在精神和学识方面都要求能超出常人。他们具有相当的人格魅力，甚至具备了神的某些品质，唯其如此才能得到神的信任，也得到人的信任。他们以祭祀和仪式来组织、规范社会活动，使人间社会有序，而这个秩序的核心就是人神关系的原则，也就是祭祀精神：使人民能够有忠信，有某种精神依赖和信仰；使灾祸不生，日用得到满足。巫觋所掌握的关于祭祀仪式的种种知识就是全社会知识的核心，其他的一切都可以由此推理出来。如政治秩序、职官设置等，都可以通过巫觋的"上下比义"而获得，民间社会的实用知识自然也不会例外。不仅如此，神灵还保证了这些知识的天然合理性和有效性。可见，巫觋文化是一种信仰和技术的叠加物，是后世文明的萌芽，国家的基本形态正是在此基础上构成的。之后，他解释了巫觋集团的职业化过程："及少皞之衰也，九黎乱德，民神杂糅，不可方物。夫人作享，家为巫史，无有要质。""绝地天通"的传说实际上描述了巫职的独立过程。虽然所谓少皞、颛顼云云是一种半神话性的表述，在年代上不可当真，但在历史发展的逻辑上却有"家为巫史"之可能。"家为巫史"必须是技术简单、操作简易才可以做到的，它说明在文明的初期阶段虽然存在着一个巫觋集团，但这一集团是不稳定的。由于巫觋集团体现了人类社会的基本价值秩序和行为规范，所以它的不稳定对于世俗权威和世俗秩序的形成极为不利。"绝地天通"的结果是使巫觋成为一个脱离百姓的职业人群，从而获得更加稳定的社会地位，在天人秩序下再形成一个严格的人间秩序。

《左传·僖公二十七年》载：

> 冬，楚子及诸侯围宋。宋公孙固如晋告急。先轸曰："报施救患，取威定霸，于是乎在矣。"狐偃曰："楚始得曹，而新昏于卫，若伐曹、卫，楚必救之，则齐、宋免矣。"于是乎蒐于被庐，作三军，谋元帅。赵衰曰："郤縠可。臣亟闻其言矣，说礼、乐而敦

《诗》《书》。《诗》《书》，义之府也；礼、乐，德之则也。德、义，
利之本也。"

鲁僖公二十七年（公元前 633 年）冬，楚国率领诸侯盟军攻打宋国，宋国向晋国乞兵求援。晋国决定伐曹、卫，分散楚国的军力以救宋，要推选能带兵打仗的元帅。赵衰推选郤縠，理由是郤縠"说礼、乐而敦《诗》《书》。《诗》《书》，义之府也；礼、乐，德之则也。德、义，利之本也"。赵衰荐举郤縠的这段话，包含了春秋时期知识阶层对《书》这一文献的整体认知：《书》与《诗》一样，是"义之府"，即道义、仁义的府库，里面蕴含着无尽的需要琢磨的道理。

以上三则材料是《左传》《国语》中所记载的较为明确的对《书》进行阐释解读的文字。很显然，前两则是士大夫对于《书》中某段话或某个知识点的解读。魏绛也好，观射父也好，解读的方式都可以说是"以事解经"，即通过还原对国君来说已经久远模糊的史实或传说来对《书》中话语进行阐释，且都阐释得非常详细到位。这也说明春秋时期知识阶层对《书》中史实、传说、掌故都是非常熟悉的。而后一则是对《书》这一文献作的整体性、概括性的评价，这样的评价只有对全书都非常熟悉之后才有能力作出。这也说明春秋时期知识阶层对《书》已然进行过细致深入的研究。虽然我们在目前的文献中还找不到春秋时期的《书》学训诂类型的文献，但通过这三则材料可以料定，春秋时人其实是有能力对《书》进行文本方面的细致解读和整体评价的。综之，虽然这样的解读性质的文字在文献记载中并不多见，但它们实际上代表了春秋时期知识阶层对《书》进行阐释解读的愿望和能力。从某种程度上说，这些记载代表了春秋时期《书》学研究的旨趣和水准。

第七章　春秋军事知识的累积与
兵学文献的生成

　　春秋时期，诞生了我国第一部军事理论著作《孙子兵法》。《孙子兵法》作为我国第一部系统完整的兵学文献，集传统军事思想之大成，奠定了中国古典军事理论的基础，体现出鲜明的现实针对性和理论深刻性。

　　春秋时期，诸侯国间频繁的战争使得传统的礼乐文化观念受到巨大冲击。这种冲击体现在文化创造和思维方式上，就是由重视德行礼仪转而讲求实际效益和理智分析。春秋二三百年的战争实践为《孙子兵法》的战略思想以及战略战术提供了切实的理论基础。如果说对于《周易》等儒学理论的吸收使《孙子兵法》的理论内核具有了哲学和政治学的深厚底蕴的话，那么，春秋时期频繁的战争实践和军事知识的累积则使得这部兵学文献具有了切实的实践指导意义。《孙子兵法》是战乱年代必然会出现的思想结晶，不仅具有高妙深远的实践指导价值，而且具有无可替代的文学价值。

第一节　春秋军事知识的累积与《孙子兵法》的战略思想

　　春秋时期是中国历史上的大变革时期，其社会运行最首要的特点就是战争频仍，这在《左传》等史传文献中有详细的记载。《左传》擅长描写战争，有学者作了统计，其记载了大大小小的战争 483 次。① 对

---

① 潘万木：《〈左传〉的战争叙述》，载《荆门职业技术学院学报》，2004(4)。

一些重要的战争如郑国与周王朝的繻葛之战(《左传·桓公五年》)、齐
国与鲁国的长勺之战(《左传·庄公十年》)、秦国与晋国的韩之战(《左
传·僖公十五年》)、宋国与楚国的泓之战(《左传·僖公二十二年》)、
晋国与楚国的城濮之战(《左传·僖公二十八年》)、秦国与晋国的崤之
战(《左传·僖公三十三年》)、秦国与晋国的河曲之战(《左传·文公十
二年》)、楚国灭庸之战(《左传·文公十六年》)、晋国与楚国的邲之战
(《左传·宣公十二年》)、齐国与晋国的鞌之战(《左传·成公二年》)、
晋国与楚国的鄢陵之战(《左传·成公十六年》)、齐国与晋国的平阴之
战(《左传·襄公十八年》)、吴国与楚国的柏举之战(《左传·定公四
年》)、齐国与鲁国的清之战(《左传·哀公十一年》)、齐国与吴国的艾
陵之战(《左传·哀公十一年》)等,《左传》所记皆能曲尽其妙。《左传》
中的战争叙述的最宝贵的意义除了在于数量上的丰富,还在于对战争
经验的总结。

　　《左传》记载战争,总结战争胜负的原因和经验,包括着重分析战
争的起因、集中叙述战争双方胜负的缘由以及礼义道德、政通人和等
综合因素对战争的影响。郭预衡云:"《左传》描写战争,还不仅生动具
体地写出战争中间的各种动态,而且善于揭示战争的前因后果,揭示
战争的经验教训。"[1]袁行霈认为《左传》写战争能"深入揭示战争起因、
酝酿过程及其后果"[2]。徐北文也认为《左传》的战争描写往往"赋于所
写的一些战争现象以较深刻的意义,耐人寻味,给读者以启发"[3]。如
《左传·僖公二十八年》记载的晋楚城濮之战,最终的结果是晋国胜利,
楚国战败。《左传》对战争过程的记载简略,却花了许多笔墨揭示晋国
之所以胜利、楚国之所以战败的原因。晋国极其注重运用战略战术,
战争开始前就定下了"楚始得曹,而新昏于卫,若伐曹、卫,楚必救
之,则齐、宋免矣"这样一个总体的作战方针,先从卫国入手,初战取
胜,为晋、齐之盟奠定了基础,也逼迫鲁国从楚国的阵营中分化出来,

----

① 　郭预衡:《中国散文史》上册,94 页,上海,上海古籍出版社,1986。
② 　袁行霈主编:《中国文学史》第一卷,91 页,北京,高等教育出版社,1999。
③ 　徐北文:《先秦文学史》,119 页,济南,齐鲁书社,1981。

继而围曹、入曹。至此，附于楚国的曹、卫两国都被征服，大大地削弱了楚国的力量。接着，晋国又用先珍之谋使齐、秦两国"喜赂怒顽"，与晋结为联盟拒楚，以解除后顾之忧，同时也迅速壮大了自己的力量。在与楚国的正面交锋中，晋国恰当地选择了战场，避开楚国主力部队的锋芒，以下军之佐对抗组成楚右翼部队的陈、蔡两国军队，楚右师战败。然后，"栾枝使舆曳柴而伪遁，楚师驰之。原轸、郤溱以中军公族横击之，狐毛、狐偃以上军夹攻子西，楚左师溃。楚师败绩。"这样晋国就造成了事实上对楚国的优势，掌握了主动权，使自己处于有利的战略地位，从而取得了最后的胜利。晋国取得胜利的每一步，都是同充分发挥将帅的主观能动作用、顺应客观规律、采取正确的战略战术分不开的。除城濮之战外，《左传》记载的其他战争如鞌之战、邲之战等，同样有对战争胜败原因和经验教训的暗示和总结。这说明，春秋时期的史官具有明确的总结归纳、追溯事件本质的理性意识。

孙子生逢春秋末世，对各诸侯国间的战事耳闻目睹、悉心留意，因此能敏锐地从中找出许多战略战术，并运用到《孙子兵法》的撰写中。笔者通过对《孙子兵法》文本的细致解读，梳理总结出了其中与《左传》所记载的战事密切相关的六条战略战术（见表7-1）。

表 7-1　《孙子兵法》战略战术与《左传》所载相关战事对比

《孙子兵法》	《左传》	战略战术
"故善动敌者，形之，敌必从之。"（《孙子兵法·势篇》）	"胥臣蒙马以虎皮，先犯陈、蔡。陈、蔡奔，楚右师溃。狐毛设二旆而退之。栾枝使舆曳柴而伪遁，楚师驰之。原轸、郤溱以中军公族横击之，狐毛、狐偃以上军夹攻子西，楚左师溃。楚师败绩。"（《左传·僖公二十八年》）	以假象蒙蔽敌人，敌人必定上当。

《孙子兵法》	《左传》	战略战术
"以利动之，以卒待之。"（《孙子兵法·势篇》）	"楚伐绞，军其南门。莫敖屈瑕曰：'绞小而轻，轻则寡谋。请无扦采樵者以诱之。'从之。绞人获三十人。明日，绞人争出，驱楚役徒于山中。楚人坐其北门，而覆诸山下。大败之，为城下之盟而还。"（《左传·桓公十二年》）	以小利引诱敌人，以伏兵待机破敌。
"兵之形，避实而击虚。"（《孙子兵法·虚实篇》）	"晋车七百乘，韅、靷、鞅、靽。晋侯登有莘之虚以观师，曰：'少长有礼，其可用也。'遂伐其木以益其兵。己巳，晋师陈于莘北，胥臣以下军之佐当陈、蔡。子玉以若敖六卒将中军，曰：'今日必无晋矣。'子西将左，子上将右。胥臣蒙马以虎皮，先犯陈、蔡。陈、蔡奔，楚右师溃。狐毛设二旆而退之。栾枝使舆曳柴而伪遁，楚师驰之，原轸、郤溱以中军公族横击之，狐毛、狐偃以上军夹攻子西，楚左师溃。"（《左传·僖公二十八年》）	避实就虚。
"善用兵者，避其锐气，击其惰归，此治气者也。"（《孙子兵法·军争篇》）	"公与之乘。战于长勺。公将鼓之。刿曰：'未可。'齐人三鼓，刿曰：'可矣。'齐师败绩。公将驰之。刿曰：'未可。'下，视其辙，登轼而望之，曰：'可矣。'遂逐齐师。既克，公问其故。对曰：'夫战，勇气也。一鼓作气，再而衰，三而竭。彼竭我盈，故克之。夫大国难测也，惧有伏焉。吾视其辙乱，望其旗靡，故逐之。'"（《左传·庄公十年》）	一鼓作气。

《孙子兵法》	《左传》	战略战术
"客绝水而来，勿迎之于水内，令半济而击之，利。"（《孙子兵法·行军篇》）	"十一月，庚午，二师陈于柏举。阖庐之弟夫概王晨请于阖庐曰：'楚瓦不仁，其臣莫有死志。先伐之，其卒必奔。而后大师继之，必克。'弗许。夫概王曰：'所谓"臣义而行，不待命"者，其此之谓也。今日我死，楚可入也。'以其属五千先击子常之卒，子常之卒奔，楚师乱，吴师大败之。子常奔郑。史皇以其乘广死。吴从楚师及清发，将击之，夫概王曰：'困兽犹斗，况人乎？若知不免，而致死，必败我。若使先济者知免，后者慕之，蔑有斗心矣。半济而后可击也。'"（《左传·定公四年》）	警惕"困兽犹斗"，寻找有利战机。
"辞强而进驱者，退也。"（《孙子兵法·行军篇》）	"秦为令狐之役故，冬，秦伯伐晋，取羁马。晋人御之。赵盾将中军，荀林父佐之；郤缺将上军，臾骈佐之；栾盾将下军，胥甲佐之。范无恤御戎，以从秦师于河曲。臾骈曰：'秦不能久，请深垒固军以待之。'从之。"（《左传·文公十二年》）	敌人派来的使者言辞强硬，并在行动上摆出进逼的架势，这往往是撤退的征兆。

《孙子兵法》是春秋时期长久以来实战经验的总结和提升。孙子本人也是武将，参与实战，故而也能总结大量的实战经验。在这样的历史条件下，《孙子兵法》应运而生。

第二节　春秋思维能力的发展与《孙子兵法》的辩证思想

春秋时期是知识阶层的思维能力得到飞速发展的时期，此期虽没有严格意义上的逻辑学著作流传，但是我们可以通过《左传》《国语》等史传类文献中对某些事件的记载和当时知识阶层对于这些事件的认知和阐释来了解当时知识阶层的思维方式和思考能力。《左传》中关于灾异、梦境等事件的载录和阐释典型地体现了春秋时期卿大夫、巫史等知识阶层的思维方式和思考能力，下面我们从《左传》对灾异现象的载录和解读来考察春秋时期知识阶层的思维发展状况。

从语义学角度来说，"灾异"是一个并列词组，"灾"和"异"具有不同的内涵：前者指给人或社会带来严重阻碍的破坏性事件，属于对后果的表达；后者则强调事件的不同寻常性，属于对状态的描述。在《左传》中，"灾"和"异"常常是相互属连的，一种异常现象往往是灾难性后果的预兆或原因，从灾难中也可追溯到早有预示的异常现象，因"异"可见"灾"，因"灾"也可见"异"。《左传》记载了大量的灾异现象，包括水灾、火灾、地震、冰雹、日食、彗星、客星、云气等自然灾害和天象异变以及鬼神、方怪等神秘事物。《左传》不仅对这些现象进行记录，而且记载了当时的文化群体对这些现象的阐释。阐释往往意味着当时文化背景下的理解和价值判断，在对一个问题的阐释中，我们是不难看到阐释者的思路和意图的。《左传》在对灾异现象进行阐释时，也透露出当时的文化群体的评判意图。面对一种灾异现象，可以预测其后果，可以追溯其前因，也可以对事后的补救措施进行分析，这体现了阐释者处理问题的不同的方式和思维方向。根据阐释者思维方向的不同，我们将灾异现象分为三类（见表7-2）。

表 7-2　《左传》所载灾异现象

序次	纪年	事项	类型	理据	受难情况
1	桓公二年	初，晋穆侯之夫人姜氏以条之役生太子，命之曰仇。其弟以千亩之战生，命之曰成师。师服曰："……今君命大子曰仇，弟曰成师，始兆乱矣。"	预测后果	恶名	国家动乱

序次	纪年	事项	类型	理据	受难情况
2	庄公八年	冬，十二月，齐侯游于姑棼，遂田于贝丘。见大豕，从者曰："公子彭生也。"公怒，曰："彭生敢见！"射之，豕人立而啼。公惧，队于车，伤足丧屦。	追溯前因	异怪	君亡
3	庄公十一年	秋，宋大水。公使吊焉，曰："天作淫雨，害于粢盛，若之何不吊？"对曰："孤实不敬，天降之灾，又以为君忧，拜命之辱。"	追溯前因	天命、人事	国家灾难
4	庄公十四年	初，内蛇与外蛇斗于郑南门中，内蛇死。六年而厉公入。	预测后果	异怪	国家动乱
5	庄公二十五年	夏，六月，辛未，朔，日有食之。鼓，用牲于社，非常也。	补救措施	星占	国家灾难
6	庄公二十五年	"秋，大水。鼓，用牲于社、于门"，亦非常也。	补救措施	天命	国家灾难
7	庄公三十二年	秋七月，有神降于莘。……内史过往，闻虢请命，反曰："虢必亡矣。虐而听于神。"	预测后果	神怪	国家灾难
8	僖公五年	八月，甲午，晋侯围上阳。问于卜偃曰："吾其能济乎？"对曰："克之。"公曰："何时？"对曰："童谣云'丙之晨，龙尾伏辰；均服振振，取虢之旂……'丙子旦，日在尾，月在策，鹑火中，必是时也。"	预测后果	谣占	战争缘起
9	僖公十年	秋，狐突适下国，遇大子。大子使登仆……（巫）告之曰："帝许我罚有罪矣，敝于韩。"	预测后果	鬼怪	战争缘起
10	僖公十四年	秋，八月，辛卯，沙鹿崩。晋卜偃曰："期年将有大咎，几亡国。"	预测后果	自然界异常	国家灾难

序次	纪年	事项	类型	理据	受难情况
11	僖公十六年	春，"陨石于宋，五"，陨星也。"六鹢退飞，过宋都"，风也。周内史叔兴聘于宋，宋襄公问焉，曰："是何祥也？吉凶焉在？"对曰："今兹鲁多大丧，明年齐有乱，君将得诸侯而不终。"退而告人曰："君失问。是阴阳之事，非吉凶所生也。吉凶由人，吾不敢逆君故也。"	预测后果	阴阳、人事	国家灾难
12	僖公二十一年	夏，大旱，公欲焚巫尪。臧文仲曰："非旱备也！修城郭，贬食省用，务穑劝分，此其务也。巫尪何为？天欲杀之，则如勿生，若能为旱，焚之滋甚。"公从之。是岁也，饥而不害。	追溯前因	人事	国家灾难
13	僖公三十二年	冬，晋文公卒。庚辰，将殡于曲沃，出绛，柩有声如牛。卜偃使大夫拜，曰："君命大事，将有西师过轶我，击之，必大捷焉。"	预测后果	鬼怪	战争缘起
14	文公十四年	有星孛入于北斗，周内史叔服曰："不出七年，宋、齐、晋之君，皆将死乱。"	预测后果	星占	君死
15	文公十五年	六月，辛丑，朔，日有食之。鼓，用牲于社，非礼也。日有食之，天子不举，伐鼓于社，诸侯用币于社，伐鼓于朝，以昭事神、训民、事君，示有等威，古之道也。	补救措施	星占	国家灾难
16	成公五年	梁山崩……（重人）曰："山有朽壤而崩，可若何？"	追溯前因	理性判断	国家灾难

序次	纪年	事项	类型	理据	受难情况
17	襄公九年	春,宋灾。……晋侯问于士弱,曰:"吾闻之,宋灾,于是乎知有天道,何故?"对曰:"古之火正,或食于心,或食于咮,以出内火。"	追溯前因	阴阳	国家灾难
18	襄公二十七年	十一月,乙亥,朔,日有食之。辰在申,司历过也,再失闰矣。	追溯前因	星占	国家灾难
19	襄公二十八年	春,无冰。梓慎曰:"今兹宋、郑其饥乎?岁在星纪,而淫于玄枵。以有时灾,阴不堪阳。……宋、郑必饥。"	追溯前因	星占	国家灾难
20	襄公三十年	过伯有氏,其门上生莠。……裨灶指之,曰:"犹可以终岁,岁不及此次也已。"及其亡也,岁在娵訾之口。其明年乃及降娄。	预测后果	星占	臣死
21	襄公三十一年	春,王正月,穆叔至自会见孟孝伯,语之曰:"赵孟将死矣。其语偷,不似民主。"	预测后果	相面	君死
22	昭公元年	晋侯有疾。……子产曰:"……若君身,则亦出入饮食哀乐之事也,山川星辰之神,又何为焉?侨闻之,君子有四时,朝以听政,昼以访问,夕以修令,夜以安身。于是乎节宣其气,勿使有所壅闭湫底,以露其体,兹心不爽,而昏乱百度。今无乃壹之,则生疾矣。"	追溯前因	人事	君疾
23	昭公四年	大雨雹。季武子问于申丰曰:"雹可御乎?"对曰:"圣人在上,无雹,虽有不为灾。"	追溯前因	人事	国家灾难

续表

序次	纪年	事项	类型	理据	受难情况
24	昭公七年	夏，四月，甲辰，朔，日有食之。晋侯问于士文伯曰："谁将当日食？"对曰："鲁、卫恶之，卫大鲁小。"	预测后果	星占、分野理论	国家灾难、君死、臣死
25	昭公八年	春，石言于晋魏榆。……叔向曰："……是宫也成，诸侯必叛，君必有咎，夫子知之矣。"	追溯前因	人事	国家动乱
26	昭公九年	夏，四月，陈灾。郑裨灶曰："五年，陈将复封，封五十二年而遂亡。"	预测后果	星占、五行	亡国
27	昭公十年	春，王正月，有星出于婺女。郑裨灶言于子产曰："七月戊子，晋君将死。今兹岁在颛顼之虚，姜氏、任氏，实守之地。居其维首，而有妖星焉，告邑姜也。"	预测后果	星占	君死
28	昭公十五年	春，将禘于武公，戒百官。梓慎曰："禘之日，其有咎乎！吾见赤黑之祲，非祭祥也，丧氛也。其在莅事乎？"	预测后果	气占	臣死
29	昭公十六年	郑大旱，使屠击、祝款、竖柎，有事于桑山。斩其木，不雨。子产曰："有事于山，薮山林也。而斩其木，其罪大矣。"夺之官邑。	补救措施	天命、人事	国家灾难
30	昭公十七年	夏，六月，甲戌，朔，日有食之。祝史请所用币。昭子曰："日有食之，天子不举，伐鼓于社。诸侯用币于社，伐鼓于朝。礼也。"	补救措施	星占	国家灾难

续表

序次	纪年	事项	类型	理据	受难情况
31	昭公十八年	夏，五月，火始昏见。丙子，风。梓慎曰："是谓融风，火之始也。七日，其火作乎？"戊寅，风甚。壬午，大甚。宋、卫、陈、郑皆火。	预测后果	星占、五行	国家灾难
32	昭公二十年	梓慎望氛，曰："今兹宋有乱，国几亡，三年而后弭。蔡有大丧。"叔孙昭子曰："然则戴、桓也。汏侈，无礼已甚，乱所在也。"	预测后果	气占、人事	国家灾难
33	昭公二十一年	秋七月壬午朔，日有食之。公问于梓慎曰："是何物也？祸福何为？"对曰："二至二分，日有食之，不为灾。"	预测后果	星占	国家灾难
34	昭公二十四年	夏五月乙未朔，日有食之。梓慎曰："将水。"昭子曰："旱也。"	预测后果	星占、阴阳	国家灾难
35	昭公二十五年	"有鸜鹆来巢"，书所无也。师己曰："异哉！吾闻文、成之世，童谣有之，曰，'鸜之鹆之，公出辱之。鸜鹆之羽，公在外野，往馈之马。鸜鹆跦跦，公在乾侯，征褰与襦。鸜鹆之巢，远哉遥遥，稠父丧劳，宋父以骄。鸜鹆鸜鹆，往歌来哭。'童谣有是。今鸜鹆来巢，其将及乎！"	预测后果	谣占	君主出逃
36	昭公二十六年	齐有彗星，齐侯使禳之。晏子曰："无益也，只取诬焉。"	补救措施	人事	国家灾难
37	昭公三十一年	十二月，辛亥，朔，日有食之。……（史墨）对曰："六年及此月也，吴其入郢乎，终亦弗克。"	预测后果	星占	国家动乱

续表

序次	纪年	事项	类型	理据	受难情况
38	哀公六年	是岁也，有云如众赤鸟，夹日以飞，三日。楚子使问诸周大史。周大史曰："其当王身乎！……"王曰："……有罪受罚，又焉移之？"	预测后果	气占	君死
39	哀公十二年	冬，十二月，螽。季孙问诸仲尼，仲尼曰："丘闻之，火伏而后蛰者毕。今火犹西流，司历过也。"	追溯前因	五行	国家灾难
40	哀公十四年	春，西狩于大野，叔孙氏之车子钮商获麟，以为不祥，以赐虞人。仲尼观之，曰：'麟也。'然后取之。	预测后果	异怪	国衰道穷

第一类，预测后果的灾异现象。

这类记录由一种异乎寻常的现象预测未来事态的发展，且多是水旱灾害、覆国、君死、臣死等灾难性后果，具有明显的预言性质。据笔者统计，这类记录不少于 24 例，占全书灾异记录的 60%。

第二类，追溯前因的灾异现象。

与第一类不同，这类记录是从一种灾难性后果出发，追溯其之所以发生的原因。这些原因有可能是星象的异常变化、阴阳失衡、五行相克等天命神秘因素，有的被解释为自然力正常作用所致，也有的是从人类尤其是君王的行为方面寻找解释。对原因进行追溯，体现出阐释者对天人关系进行解释并通过解释为规诫现实秩序所作出的努力。人（主要是作为统治阶层的君王）的品性和行为在灾异现象原因中的凸显，体现了春秋时期理性精神的成长和壮大。据笔者统计，这类记录不少于 11 例。

第三类，分析补救措施的灾异现象。

灾异发生后，人们并不是消极地等待天谴，而是积极主动地采取措施进行补救：

> 夏，六月，辛未，朔，日有食之。鼓，用牲于社，非常也。（《左传·庄公二十五年》）
>
> "秋，大水。鼓，用牲于社、于门"，亦非常也。（《左传·庄公二十五年》）
>
> 六月，辛丑，朔，日有食之。鼓，用牲于社，非礼也。日有食之，天子不举，伐鼓于社，诸侯用币于社，伐鼓于朝，以昭事神、训民、事君，示有等威，古之道也。（《左传·文公十五年》）

这三则事例甚是相似。作者没有对灾异的前因进行追溯，也没有对灾异的后果进行预测，而是对灾异发生之后的补救措施进行了载录和评判。我们从中可以看到，春秋时人对灾异现象并不是消极静观，而是采取了一些力所能及的补救措施，即用祭祀的方法禳除日食、水旱等带来的灾难。且不管这些措施是否具有实际的效用，又是否与当时的习惯观念——礼相符合，仅其本身就表明了一种对天命意志的反抗精神。在春秋时期，一方面，不能完全割舍掉从商周承传下来的天命观，即天命意志是世界的最高主宰，是掌握着人间祸福的神秘力量，人在其面前是渺小而无能为力的；另一方面，周初新的天命观"天命靡常，惟德是庸"在春秋时期进一步发展，人对天命、鬼神等神秘力量半信半疑，理性文化进一步发展，人的地位和作用更加凸显。表现在对灾异现象的态度上，就是认为灾异虽然可能是一种天谴，但绝非不可改变，人可以通过自身的努力减轻乃至消除灾异，体现出运用理性逻辑思维改变神秘天命意志的自觉精神。

另外，《左传》有一些灾异记录较为简单，既不追溯前因也不预测后果，更没有记载灾异发生之后的补救措施，仅仅是对某一灾异现象作标题式的呈现，如《左传·文公十六年》载"楚大饥"。由于它们没有被当时的文化群体解释，便很难看出其中蕴含的文化理念和承担的文化功能。还有一些灾异记录是《左传》作为《春秋》之传对其记载体例的解释，如《左传·桓公十七年》载"'冬，十月，朔，日有食之'。不书日，官失之也"，解释了《春秋》为何不书具体日期。这两类灾异记录在

《左传》中的事例较少，与前述三类区别甚大。本节出于考察《左传》关于灾异现象的思维特征和文化功能的考虑，不将其作为讨论对象，仅作为特例来处理。

综合几种分类，我们发现《左传》所记录的灾异现象具有如下几个特点。其一，现象本身都具有浓郁的神秘色彩。用现代理性思维来看，这些现象都是不可思议的。其二，灾异现象的阐释者有两大群体，即巫史阶层和诸侯士大夫。前者借助神异现象在天命和人事之间建立对应关系，为现实统治秩序寻求来自彼岸世界的终极依据。鲁国的梓慎、郑国的裨灶、晋国的卜偃、周朝的苌弘等都属于这类群体，他们是原始宗教文化的代表。而子产、晏子等士大夫则代表了当时正在崛起的理性文化，他们不再对天命意志深信不疑，而是从人的行为本身出发寻找灾异现象的原因和后果，在其发生之后采取合乎理性的补救措施，显示出人文精神的突出地位。这两种思维倾向交替出现，是春秋时期原始宗教文化和理性文化杂糅共处的体现。其三，大多数灾异现象具有明显的预言性质，且多应验。无论是天象的异变、鬼神的谶语还是各种自然怪象，除个别事例（如《左传·襄公二十八年》载梓慎预言"宋、郑必饥"）不验外，多数预言都如影随形。

无论是追溯灾异的前因还是从灾异现象中预测后果，阐释者都有一套思维的推导机制。这套机制将充分体现阐释者由现象到前因后果的逻辑顺序，其展开必然有一些可供依赖的理据。那么，有哪些理据呢？

第一，星占、气占和分野理论。

骤然出现的客星、横扫天际的彗星以及日食、月食现象都让古人惊异和惶恐，他们不能够从自身经验世界中找到合理的解释。《周易·系辞上》曰："天垂象，见吉凶。"古人认为天象的变化是天命意志的显现，通过观测日月星辰等天象就可以预测人间的祸福吉凶。后来又将天空中的星宿分为十二次，配属于各国，用以占卜吉凶，这就是分野理论。《左传·昭公七年》载：

> 夏，四月，甲辰，朔，日有食之。晋侯问于士文伯曰："谁将

当日食？"对曰："鲁、卫恶之。卫大鲁小。"公曰："何故？"对曰：
"去卫地，如鲁地。于是有灾，鲁实受之。其大咎，其卫君乎。鲁
将上卿。"

杜预注曰："灾发于卫，而鲁受其余祸。"杨伯峻在《春秋左传注》中注
曰："娵訾为卫之分野，降娄为鲁之分野。去卫地者，士文伯以此次日
食，先始于娵訾之末。如鲁地者，日行至降娄之始然后见日。"卫国是
这次日食的主要受灾国，鲁国是旁及国，因此卫国的受难者是君主，
而鲁国的受难者仅仅是上卿。预言者根据星占之术和分野理论对灾异
现象进行预测。

异乎寻常的云气也是灾难的一种预兆。《左传·昭公十五年》载：

十五年，春，将禘于武公，戒百官。梓慎曰："禘之日，其有
咎乎！吾见赤黑之祲，非祭祥也，丧氛也。其在莅事乎？"二月，
癸酉，禘。叔弓莅事，篚入而卒，去乐卒事，礼也。

在祭祀过程中，梓慎发现一团赤黑色的妖恶之气，断言主持祭祀者将
有亡命之灾，果然叔弓死了。类似的事例还有《左传·昭公十八年》载，
郑国里析发现不祥之气，预言郑国将有大灾；《左传·哀公六年》载，
周大史发现如众赤鸟的云气绕日飞翔三天，断言楚昭王将会有大难。

第二，阴阳观与五行观。

春秋时期，阴阳观、五行观和星占之术三者通常密切结合，共同
充当预言人间吉凶祸福的理据。殷商人早就有五方的观念，他们把自
己所居地区称为"中商"，与东土、西土、南土、北土并列，形成五个
空间方位的观念，并且把春夏秋冬四时的风雨气候变化与五个空间方
位联系起来考察。春秋时期，这一观念进一步发展。《国语·鲁语》言：
"及地之五行，所以生殖也。"《国语·郑语》言："故先王以土与金木水
火相杂，以成百物。"《左传·昭公二十五年》载："则天之明，因地之
性，生其六气，用其五行。"至汉代，董仲舒把五行观与邹衍"五德始终
说"相结合，构造出天人感应的思想体系，以预言人间的吉凶变幻，这
是五行观发展的极致。阴阳观来源于对客观世界的抽象，阴阳首先是

一种实体，即气。阴气和阳气相辅相成，共同建构着万物的生成和变化。同时，阴阳也指事物的社会属性，如君、父、夫为阳，而臣、子、妻则为阴。运用阴阳观、五行观和星占之术共同阐释灾异现象，在《左传》中分布较多。如《左传·昭公九年》载：

> 夏，四月，陈灾。郑裨灶曰："五年，陈将复封，封五十二年而遂亡。"子产问其故。对曰："陈，水属也。火，水妃也。而楚所相也。今火出而火陈，逐楚而建陈也。妃以五成，故曰五年。岁五及鹑火，而后陈卒亡，楚克有之，天之道也，故曰五十二年。"

陈国为颛顼之后，故为水属。楚为祝融之后，故为火属。火与水相辅相成，陈国发生火灾，即"火出而火陈"，所以是逐楚而建陈。至于具体年限，杜预有详细的注解。这些解释今天看来已是十分烦琐和牵强，我们暂且存而不论。我们看到的是，春秋时人确实是在用阴阳观与五行观来对这些灾异现象进行解释，在现象与原因、结果之间建立必然的对应关系。这种运作机制尽管与现代理性文化有相当的距离，却代表了人类当年的智慧和情怀。

第三，童谣、恶名、面相。

在《左传》中，一首童谣、一个不吉利的名字、一种不庄重的面相都可能成为国家治乱兴衰、个人祸福夭寿的先在性的决定条件。在古人的观念里，童谣往往具有预言性质，是天命的暗示。如《左传·昭公二十五年》载：

> "有鹳鹆来巢"，书所无也。师己曰："异哉！吾闻文、成之世，童谣有之，曰：'鹳之鹆之，公出辱之。鹳鹆之羽，公在外野，往馈之马。鹳鹆跦跦，公在乾侯，征褰与襦。鹳鹆之巢，远哉遥遥，稠父丧劳，宋父以骄。鹳鹆鹳鹆，往歌来哭。'童谣有是。今鹳鹆来巢，其将及乎！"

稠父即昭公，鹳鹆来巢成为昭公出走的预兆。

君王名字欠佳将导致祸乱。《左传·桓公二年》载，师服曰："异哉，君之名子也！夫名以制义，义以出礼，礼以体政，政以正民，是以政成而民听。易则生乱。嘉耦曰妃，怨耦曰仇，古之命也。今君命大子曰仇，弟曰成师，始兆乱矣。兄其替乎！"师服认为，晋太子取名为仇是国家祸乱的预兆。

面相也是灾难的一种预兆。《左传·文公十七年》载：

> 襄仲如齐，拜穀之盟。复曰："臣闻齐人将食鲁之麦。以臣观之，将不能。齐君之语偷。臧文仲有言曰：'民主偷，必死。'"

襄仲认为齐懿公在宴会上语言懈怠、苟慢，不具备一位君王所应有的精神风貌，必然有亡命之灾。与童谣、恶名相比，这种面相术似乎具有更多的理性成分。一个人的精神风貌往往是智慧、能力的表现，精神懈怠就意味着才能的不足。作为一位君王，如果不具有卓越的才能，在群雄逐鹿的时代环境下必然遭遇弱肉强食。从这个角度说，襄仲的面相术是合乎一定的理性逻辑的。这三者也构成当时的文化群体对灾异现象进行解释的理据。

第四，理性判断。

春秋时期，虽然原始宗教巫术仍有相当的地位，但理性文化也日益发达。表现在对灾异现象的认识上，就是人们已经不再满足于天命意志的神秘解释，企图通过理性逻辑思维寻找灾异现象存在的依据。《左传·成公五年》载，梁山崩塌，重人曰："山有朽壤而崩，可若何？"认为山川崩塌是自然现象，而不是鬼神祸福之预言。《左传·昭公十八年》载，神灶预言郑国又将发生火灾。子产曰："天道远，人道迩，非所及也，何以知之？灶焉知天道？是亦多言矣，岂不或信？"子产认为，天道之理幽远难寻，人事之理切近，两不相干，如何能够由天道而知人道？神灶的预言之所以有时候能够应验，只是因为说得多了偶然说中罢了。最后郑国也没有发生火灾。《左传·昭公二十六年》载，齐国出现彗星，齐侯决定禳祭以除灾。晏子曰："无益也，只取诬焉。……且天之有彗也，以除秽也。君无秽德，又何禳焉？若德之秽，禳之何损？"在晏子看来，禳祭是一种诬妄行为，根本不能解决问题。子产和晏子都用实际行动来反对巫术行为，用理性思维来判断、处理问题，可以说代表了理性文化在春秋时的发展水平。

从上面的分析中我们可以看到，在春秋时期，基于逻辑思维的理性判断与星占、气占、分野理论、阴阳观、五行观、童谣、恶名等具有神秘色彩的原始象征思维共同在对灾异现象进行解释的运算机制中起作用，共同构成运算的理论依据。

从上一部分对灾异现象与前因后果的推导机制的分析中，我们已经约略可以看到《左传》对灾异现象的解释中原始宗教思维和理性思维相混杂的思维特征。[①] 这两种思维方式的矛盾共存不仅体现在不同阐释者对同一问题的不同解释上，也体现在同一阐释者对同一问题的复杂态度上。子产可以说是春秋时期理性文化较具代表性的人物，也是对神秘巫术最为旗帜鲜明地持抵制态度的人物。然而，即使在他的思维系统中，也是原始宗教思维和理性思维相混杂。前面我们已经举过《左传·昭公十八年》记载的郑国发生火灾的例子，这里有必要再运用一次：裨灶预言郑国将发生第二次火灾，子产认为"天道远，人道迩"而未予理睬，这表现了他坚定的理性文化的姿态和立场。后来大夫里析发现不祥之气，预言"民震动，国几亡"。后来的事实证明，里析所预言的与裨灶所预言的是一回事。子产对裨灶不加理睬，对里析的话却有所动心。里析劝告他说迁都可以免祸，子产回答说："虽可，吾不足以定迁矣。"意即如果自己有决定权，是可以考虑迁都的。灾难发生后，子产又是如何采取补救措施的呢？"火作，子产辞晋公子、公孙于东门。……禳火于玄冥、回禄，祈于四鄘。书焚室而宽其征，与之材。三日哭，国不市。"在灾难面前，即使是子产也不得不放下理性文化的立场，而采取原始宗教巫术的方式攘除灾难。钱锺书云："盖信事鬼神，而又觉鬼神之不可信、不足恃，微悟鬼神之见强则迁、唯力是附，而又不敢不扬言其聪明正直而壹、冯依在德，此敬奉鬼神者衷肠之冰炭也。玩索左氏所记，可心知斯意矣。"这段话对春秋时人对于鬼神的复杂微妙心态作了准确的描述。

---

① 法国列维-布留尔在其著作《原始思维》中表示，原始思维的性质实质上是神秘的，它的集体表象是受互渗律支配的；原始思维的特征是认为任何事物的发生都是由神秘的和看不见的力量引起的。见［法］列维-布留尔：《原始思维》，丁由译，237、418 页，北京，商务印书馆，1985。

　　同时我们也发现，对一部分先进知识分子来说，在原始宗教思维与理性思维的混杂中，理性思维已经渐居主导地位，巫史阶层对灾异现象的神秘解释已不被理性文化阶层所接受。昭公二十年，巫官梓慎和士大夫叔孙昭子都预测到宋国将有乱，然而他们却有不同的根据：梓慎是"望氛"，看到天上有一股不祥之气，因而作出预言；叔孙昭子不认同梓慎的看法，他认为"汏侈，无礼已甚，乱所在也"，行为习惯不符合礼仪制度才是祸乱发生的真正原因。灾祸应该由人的行为来负责，而不能完全归咎于天命意志的神秘力量。

　　在《左传》中，进行天命意志的神秘解释有时仅仅是受威慑于君主世俗权力的无奈之举。《左传·僖公十六年》载：

　　　　十六年，春，"陨石于宋，五"，陨星也。"六鹢退飞，过宋都"，风也。周内史叔兴聘于宋，宋襄公问焉，曰："是何祥也？吉凶焉在？"对曰："今兹鲁多大丧，明年齐有乱，君将得诸侯而不终。"退而告人曰："君失问。是阴阳之事，非吉凶所在也。吉凶由人，吾不敢逆君故也。"

叔兴认为陨星和六鹢退飞是自然界阴阳变化，不是吉凶之所由，故曰"君失问"。之所以顺承襄公的问题而回答，只是因为"不敢逆君"。而且他认为"吉凶由人"，人世间的祸福不是由神秘莫测的天来决定，而是人自己行为的结果。子产的"天道远，人道迩"和晏子的"（禳）无益也，只取诬焉"的宣言，可以说是春秋时期理性文化的最强音。总体来看，《左传》对灾异的阐释虽然仍处于原始宗教思维和理性思维相混杂的阶段，但对如子产、晏子等先进知识分子来说，后者已居主导地位。

　　至战国时期，中国逻辑学得到突飞猛进的发展，"诸子十家"竞相骋智，"各引一端，崇其所善"，站在各自的立场上为社会的发展开药方、为人性的健全提供导向，这本身就是逻辑思维能力绽放的表现。除此之外，诸子文献中也包含了许多对于逻辑问题的表述。

　　我国古无"逻辑"之名，只有"形名"或"辩"之称。《庄子·天道》言："形名者，古人有之。"晋代的鲁胜在《墨辩注叙》中说："墨子著书，作

《辩经》以立名本。"①"形名""辩"与西方所讲的"逻辑"其实是一致的。
那么"形名家"(《战国策·秦策》)、"辩者"(《庄子·天下》)大体可以说
就是致力于逻辑研究的人。班固的《汉书·艺文志》虽然将名家定性为
"苟钩鈲析乱"之流，但是他们的言论中所蕴含的逻辑学成就是无论如
何不能抹煞的。撮其大要，战国逻辑学的成就主要体现在以下几个
方面。

第一，关于"名"的理论达到了很高的水平。它揭示了名的本质：
名是用来反映事物的("名，实谓也")，是对许多事物共同本质的反映
("名也者，所以期累实也")。它提出了"正名"的思想：名要有确定性
("其名正则唯乎其彼此焉")，名实要相符("所以谓，名也；所谓，实
也。名实耦，合也")。它对名作了相当科学的逻辑分类：从外延上，
《墨辩》将名分为达、类、私三类，《正名》则将名分为共名和别名。从
内涵上，《墨辩》将名分为形貌之名和非形貌之名、居运之名和数量之
名，《正名》则将名分为刑名、爵名、文名、散名。从语言表现形式上，
荀子将名分为单名和兼名，公孙龙和墨家还提出对事物进行分类的"偏
有偏无有"原则，即必须以一方偏有、一方偏无有的属性作为事物分类
的标准，并且"偏有偏无有"的属性应该是事物的本质属性。它提出了
名的约定俗成原则。《墨辩》言："君、臣、萌(民)，通约也。"《正名》
言："名无固宜，约之以命，约定俗成谓之宜。"

第二，在"辞"(即判断)的理论上贡献突出。它揭示了辞的本质：
辞是连属不同的名以明白表达一个思想的思维形式("辞也者，兼异实
之名以论一意也")，辞的任务是抒意("以辞抒意")。它指出了正确的
思维要"当其辞"，即辞表达思想要准确明白。它总结出了辞的一些形
式，如"尽，莫不然也"(全称判断)、"或"(近似特称判断)、"必"(必然
判断)、"假"(假言判断)等。

第三，在"说""辩"(逻辑推理)方面也取得了一定的成就。它阐述
了"说""辩"的本质：从狭义上讲，二者意义各有侧重。"说，所以明
也"，主要指推理；"辩，争彼也"，指的是进行争论的矛盾对立的双

---

①　见(唐)房玄龄等撰：《晋书》，2433 页，北京，中华书局，1974。

方，即辩难。从广义上讲，二者同义，都是指推理、论辩。推理、论辩必然有对有错、有胜有负。它提出了许多具体的判断推理形式，如"假"（假言判断）、"必"（必然判断）、"尽"（全称判断）、"或"（特称判断）、"类"（类比推理）、"取"（归纳推理）、"予"（演绎推理）等。

专事中国逻辑史的学者指出，先秦逻辑史是中国逻辑史的开始阶段。和我国秦以后的逻辑比较起来，我们可以看出先秦是中国古代逻辑史上最辉煌的时期。秦以后罢黜百家，独尊儒术，百家争鸣没有了，中国古代逻辑也日趋衰微了。魏晋时期，名辩思潮复兴，出现了像鲁胜那样有成绩的逻辑家。但总的说来，甚至没有达到《墨辩》的水平，更不用说超过先秦逻辑了。直到清朝，考据之学兴起，对诸子之学的评注之风日渐高涨，随之带来了中国古代逻辑的复兴。这个时期不仅出现了《墨子》《公孙龙子》《荀子》等书的许多注疏本，还出现了一些关于《墨辩》、惠施、公孙龙、荀子名辩思想的研究专著。但是这些工作仅仅旨在整理、注疏先秦名辩古籍，进而揭举其中的精华，并不见多少创新与发展。这个事实进一步说明，先秦确实是中国古代逻辑史上的高峰。①

生活于春秋末年的孙子，可以说正处于中国逻辑学飞速发展和广泛运用的时期。《孙子兵法》中蕴含的辩证思想，正是此期逻辑学发展的硕果。《孙子兵法》是一部成熟的军事学著作，其中所包含的辩证法思想在中国哲学史上占有极其重要的地位。《孙子兵法》以唯物主义的世界观为其军事辩证法思想的理论前提，注意到战争过程中关系到胜败的矛盾对立的双方，强调于矛盾变化中因势利导以争取有利地位，重视发挥将士的主观能动性，通过考察战争要素在客观条件下的辩证发展过程充分地挖掘出战争中的辩证法规律，形成了完整的军事辩证法思想体系。

《孙子兵法》有明确的唯物主义世界观。春秋末期乃至战国秦汉，中国社会整体仍然普遍存在原始的宗教巫术思维方式。就在这样的文

---

① 周云之、刘培育：《先秦逻辑史》，310～311 页，北京，中国社会科学出版社，1984。

化历史背景下，《孙子兵法·用间篇》明确提出："故明君贤将，所以动而胜人，成功出于众者，先知也。先知者，不可取于鬼神，不可象于事，不可验于度，必取于人，知敌之情者也。"孙子认为，明君贤将要想取得战争的胜利，必须预先掌握情报。如何获得情报呢？不要依靠卜筮问鬼神，不要通过八卦数术象于事，不要相信天象乩祥验于度，而是要通过"人"来掌握真实的情报信息。孙子坚持以唯物主义世界观去观察和思考，体现出明显的理性思维精神。与同时期原始宗教思维和理性思维混杂的卿大夫、巫史相比，他显然站在了唯物主义世界观的前端。

《孙子兵法》蕴含着成熟的辩证思维。在《孙子兵法》中，孙子提出了一系列矛盾对立、相反相成的概念组合，如治与乱、勇与怯、强与弱、胜与败、存与亡、生与死、利与害等。《孙子兵法·势篇》言："治乱，数也；勇怯，势也；强弱，形也。"孙子充分认识到战争中敌我双方的实力和态势都具有多重属性，而且各种属性是运动发展变化的，会在一定的条件下相互转化。所以孙子在《孙子兵法·虚实篇》中提出，在战争过程中可以通过"形人而我无形，则我专而敌分；我专为一，敌分为十，是以十攻其一也，则我众而敌寡"的办法来改变敌我双方力量的对比，争取对己方有利的局势。

《孙子兵法》主张看问题要抓住矛盾的主要方面。他敏锐地体察到人性之中普遍存在求生避死、趋利避害、好逸恶劳的特点，提出将帅在面对战争中的利与害、胜与败、生与死、存与亡等重大问题时不应该简单地对士卒的这种本能进行"善恶"道德评价，而应该实事求是地利用这种本能，积极采取"投之亡地然后存，陷之死地然后生"的策略来实现军队和士兵的生与死、胜与败等相反属性的有利转化。《孙子兵法·势篇》言："三军之众，可使必受敌而无败者，奇正是也。……凡战者，以正合，以奇胜。……战势不过奇正，奇正之变，不可胜穷也。"《孙子兵法·九地篇》言："故善用兵者，譬如率然；率然者，常山之蛇也。击其首则尾至，击其尾则首至，击其中则首尾俱至。……夫吴人与越人相恶也，当其同舟而济，遇风，其相救也如左右手。是故方马埋轮，未足恃也；齐勇若一，政之道也；刚柔皆得，地之理也。

故善用兵者，携手若使一人，不得已也。……投之亡地然后存，陷之死地然后生。夫众陷于害，然后能为胜败。"只要对人的本能认识准确并利用好，即使是仇雠如吴越，在特殊情况下也可以因"害之"而"相救如左右手"，最后达成共同"活之"的结局。

孙子还认识到了量变和质变之间的关系，指出量变累积到一定程度就会引起质变，"凡事有度，过犹不及"，因此必须把握限度。《孙子兵法·行军篇》言："兵非益多也，惟无武进，足以并力、料敌、取人而已；夫惟无虑而易敌者，必擒于人。卒未亲附而罚之则不服，不服则难用也；卒已亲附而罚不行，则不可用也。故令之以文，齐之以武，是谓必取。令素行以教其民，则民服；令不素行以教其民，则民不服。令素行者，与众相得也。"在论及军队管理的赏罚原则时，孙子提出要掌握好赏罚时机。除了赏罚时机有度之外，孙子在《孙子兵法·行军篇》中还提出要掌握好赏罚力度和频率，避免出现"数赏者，窘也；数罚者，困也"这种过犹不及、偏颇失中的情况。孙子强调军队管理中的赏罚时机、赏罚力度、赏罚频率都要追求合适，不偏不倚，这体现出唯物主义辩证法中正确把握量变和质变之间的关系的原则。

《孙子兵法》已经包含了成型的系统思维。系统是逻辑学中经常出现的词汇，是指由相互作用、相互依赖的若干组成部分结合而成的具有特定功能的有机整体，这个有机整体又是它从属的更大系统的组成部分。作为兵家，孙子最关心的问题莫过于是否发动或者接受一场战争以及如何才能取得战争的胜利。在这个问题上，孙子表现出清楚的系统整体性、系统结构性与系统层级性思维。① 《孙子兵法·计篇》在论述如何研判"兵者，国之大事，死生之地，存亡之道，不可不察也"这一国防和战争战略问题时，首先提出了第一层级系统要素，即"经之以五事，校之以计而索其情：一曰道，二曰天，三曰地，四曰将，五曰法"。紧接着，对"道、天、地、将、法"五个第一层级系统要素进行了第二层级系统要素的划分和论述："道者，令民于上同意也，可以与

---

① 华杰：《论〈孙子兵法〉的世界观与思维方式》，载《重庆工商大学学报（社会科学版）》，2018(2)。

之死，可以与之生，而不畏危。天者，阴阳、寒暑、时制也。地者，
远近、险易、广狭、死生也。将者，智、信、仁、勇、严也。法者，
曲制、官道、主用也。"《孙子兵法》的这种语言组织形式和表达方式，
有力地证明了其思维的系统整体性、系统结构性与系统层级性非常成
熟。有学者总结说："如果用系统理论观点看《孙子兵法》，首篇《计篇》
是这个系统的最高层次，即关于战争的最根本的观点——关于战争的
'五事论'和'诡道论'。第 2 篇《作战篇》是其第二个层次即关于战争的
经济观。这两篇是《孙子兵法》战争论的两块唯物论基石。第 3 篇《谋攻
篇》是第三个层次，即关于胜败的'知'的哲学——百战百胜军事学说的
灵魂。第 4 篇、第 5 篇《形篇》和《势篇》可合起来看作第四个层次，即
关于胜败的'势'的哲学。第 6 篇《虚实篇》是其第五个层次，即关于胜
败的'诡'的哲学。这四篇 3 个层次是胜败辩证法的卓越论述。"①

　　思维能力的发展水平是人类进化所达到程度的重要参照，人类的
发展史就是人类思维能力的发展史，思维方式直接影响生产力的作用
发挥。放在世界文化的大背景中，孙子所处的时代正是雅思贝尔斯所
说的"轴心时代"的前期。在孙子逝世稍后，出现了一个"百家争鸣"的
文化爆炸局面。"九流十家"纷纷著书立说，针对不同的问题阐发自家
观点。孙子虽然较后起的墨家、儒家、道家、法家等早一些，但他熟
悉历史、明晰掌故，有超出常人的逻辑思维能力。《孙子兵法》一书的
出现，也就是历史的必然。书中所包含的逻辑思维方面的论述，在哲
学和逻辑学发展史上具有重要意义。"《孙子兵法》中的唯物世界观和科
学思维方式就是中国传统文化留给世人的一座思想丰碑，不仅可以指
导人们在军事领域认识和改造世界的实践中更科学、更清醒、更全面、
更丰富、更灵活、更高效，而且通过进一步发掘和借鉴利用，其成熟
的辩证思维、可验的实证思维、整体的系统思维、敏锐的直觉思维以
及超常的破规思维等也必将在更广阔的非军事领域照亮和指引人们探

---

　　①　张文：《浅论〈孙子兵法〉中的哲学思维》，载《新疆社科论坛》，1992(3)。

索未知，攻坚克难的征途。"①

第三节　《孙子兵法》成书年代的考察

　　关于《孙子兵法》的作者和成书年代，宋以前几乎没有异议，直到北宋陈振孙才在《直斋书录解题》中首次提出质疑："孙武事吴阖庐而不见于《左氏传》，未知果何时人也?"②南宋叶适在《习学记言序目》中也表达了类似的异议。近代学者姚际恒、梁启超、栾调甫等曾一致认为《孙子兵法》的作者不是春秋末年的孙武，而是战国时期的孙膑。直至20世纪60年代初期，对于《孙子兵法》作者问题的主流看法依然是："《孙子》是春秋至战国时期的军事著作，它的奠基人是孙武;在这基础上加上春秋战国间的战争经验及军事学说而予以整理补充的是孙膑。"③但是，1972年，山东临沂银雀山一号汉墓同时出土了《孙子兵法》和《孙膑兵法》，自此《孙子兵法》确系孙武所著的旧论重新得到承认。

　　孙武，字长卿，春秋末年的思想家，齐国人，后人尊称为"孙子"，是春秋时期兵家学派的代表人物。因史料阙疑，其具体的生卒年湮没无闻。据学者推测，孙武生于公元前535年左右，卒于公元前480年左右。④　其先祖是陈国的公子完。公元前672年，陈国发生内乱，陈完奔齐避难，后改姓为田，陈完便改称田完。田完的五世孙田书因伐莒有功被齐景公封于乐安，并赐氏为"孙"，孙武即是孙书之孙。孙武父孙凭位至齐卿。孙武出身于封建领主贵族家庭，田氏家族也是具有

①　华杰：《论〈孙子兵法〉的世界观与思维方式》，载《重庆工商大学学报(社会科学版)》，2018(2)。

②　(宋)陈振孙撰：《直斋书录解题》，359页，上海，上海古籍出版社，1987。

③　郭化若：《论孙子兵法》，见(魏)曹操等注：《十一家注孙子》，郭化若译，3页，北京，中华书局，1962。

④　杨善群：《孙子评传——孙武　孙膑　司马穰苴》，84、109页，南京，南京大学出版社，1992。

兵学传统的军事世家，其祖先立过军功。孙武从小就受到军事熏陶，广泛接触文化典籍，为日后带兵征战以及创作军事理论提供了坚实的基础。

齐国也具有悠久的兵学传统。齐国的创始人姜太公就是一位杰出的军事家，他先辅佐西伯姬昌，后又辅佐周武王伐商，战功卓越。《史记·齐太公世家》载：“天下三分，其二归周者，太公之谋计居多。……其事多兵权与奇计，故后世之言兵及周之阴权皆宗太公为本谋。”由此看来，姜太公是古代军事理论的重要奠基者。

我们要讨论《孙子兵法》的文体学价值，首先要解决的一个问题就是明确其写作年代。只有明确了《孙子兵法》的写作年代，其文体学价值才能得以彰显。现有文献中，对孙武其人和《孙子兵法》的撰述时间记载最早的应该是《史记》。《史记·孙子吴起列传》载：

> 孙子武者，齐人也。以兵法见于吴王阖庐。阖庐曰：“子之十三篇，吾尽观之矣，可以小试勒兵乎？”对曰：“可。”阖庐曰：“可试以妇人乎？”曰：“可。”于是许之，出宫中美女，得百八十人。孙子分为二队，以王之宠姬二人各为队长，皆令持戟。令之曰：“汝知而心与左右手背乎？”妇人曰：“知之。”孙子曰：“前，则视心；左，视左手；右，视右手；后，即视背。”妇人曰：“诺。”约束既布，乃设鈇钺，即三令五申之。于是鼓之右，妇人大笑。孙子曰：“约束不明，申令不熟，将之罪也。”复三令五申而鼓之左，妇人复大笑。孙子曰：“约束不明，申令不熟，将之罪也；既已明而不如法者，吏士之罪也。”乃欲斩左右队长。吴王从台上观，见且斩爱姬，大骇。趣使使下令曰：“寡人已知将军能用兵矣。寡人非此二姬，食不甘味，愿勿斩也。”孙子曰：“臣既已受命为将，将在军，君命有所不受。”遂斩队长二人以徇。用其次为队长，于是复鼓之。妇人左右前后跪起皆中规矩绳墨，无敢出声。于是孙子使使报王曰：“兵既整齐，王可试下观之，唯王所欲用之，虽赴水火犹可也。”吴王曰：“将军罢休就舍，寡人不愿下观。”孙子曰：“王徒好其言，不能用其实。”于是阖庐知孙子能用兵，卒以为将。西破强

楚，入郢，北威齐晋，显名诸侯，孙子与有力焉。

根据《史记》的记载，孙武曾经带着《孙子兵法》十三篇去拜谒吴王阖闾，并以宫中美姬实验兵法，最后罪斩美姬。《史记·吴太伯世家》载：

> 三年，吴王阖庐与子胥、伯嚭将兵伐楚，拔舒，杀吴亡将二公子。光谋欲入郢，将军孙武曰：“民劳，未可，待之。”

吴王阖闾三年（公元前 512 年），孙武已经在吴国为将，与伍子胥等人为吴王阖闾出谋划策。那么，他携《孙子兵法》十三篇拜谒吴王阖闾的时间至迟是在公元前 512 年。也就是说，如果《史记》所记不误，至迟在公元前 512 年，孙武已经完成了《孙子兵法》的撰写工作。1972 年在山东临沂银雀山一号汉墓出土的一批古书中，有一篇《见吴王》，同样记载了孙武以兵法斩美姬一事，内容与《史记·孙子吴起列传》大致相同，可见《史记》所记不虚。

与儒家最早的文献《论语》、道家最早的文献《老子》相比，《孙子兵法》的成书年代远在二者之前。孔子卒于鲁哀公十六年，即公元前 479 年，《论语》一书是孔子去世后其弟子及再传弟子编撰而成的，一般认为其成书年代应该在战国中期。如此说来，《孙子兵法》的成书应该比《论语》要早。《老子》和《孙子兵法》成书孰先孰后的问题，此前有争议。郭沫若认为《孙子兵法》晚出，“《孙子兵法》是稍后于《老子》的一部杰出的古代军事著作，相传为孙武所作。孙武，齐人，活动于春秋晚期，做过吴国的将领。他所著的《孙子兵法》发展了老子的军事思想，为后来兵法家的先驱。”①而李泽厚则认为《孙子兵法》为《老子》祖，先秦思想流派中最先发展和应用辩证思维的是兵家，《老子》的“思想来源可能与兵家有关。《老子》是由兵家的现实经验加上对历史的观察、领悟概括而为政治——哲学理论的”②。20 世纪 30 年代，古史辨派曾经针对《老子》的成书年代问题展开过激烈的争论，形成了意见截然相反的两派。一派坚持认为老子早于孔子，老子学说经弟子世代相传编订于战

---

① 郭沫若：《中国史稿》第一册，376～377 页，北京，人民出版社，1976。
② 李泽厚：《中国思想史论》上册，82～83 页，合肥，安徽文艺出版社，1999。

国时期；另一派坚持认为老子晚于孔子，《老子》成书也必然晚于《论语》。但不管两派观点如何歧异，他们在《老子》成书年代这一问题上都是倾向于战国时期的。如此看来，《老子》成书年代肯定是比《孙子兵法》要晚一些的。当代学者何炳棣运用全书搜索法，将《孙子兵法》中有关辩证的词组放到《论语》《墨子》《吴子》《司马法》《商君书》《孟子》《左传》《国语》《庄子》《荀子》等先秦诸文献中搜索，发现其中有许多在这些书中均不见，而独见于《老子》。既知《孙子兵法》成书年代远在《老子》之前，故可确证《老子》源于《孙子兵法》，《孙子兵法》为《老子》所祖，而非相反。[1]《孙子兵法》早于《论语》和《老子》，更早于后来的《墨子》《孟子》《荀子》《庄子》等文献。明确《孙子兵法》的写作年代及其与先秦其他文献的先后关系，是我们进一步讨论其文体学价值的前提。

第四节 《孙子兵法》的文体学价值

作为一部对中国思想文化产生深远影响的优秀传统文献，几千年来《孙子兵法》的思想内涵已经得到充分的关注，历朝历代受到《孙子兵法》思想影响的军事家、政治家、文人不计其数。韩非子云："境内皆言兵，藏孙、吴之书者家有之。"[2]曹操云："吾观兵书战策多矣，孙武所著深矣。"[3]自汉代以来，关于《孙子兵法》的注释之作开始陆续出现。李零在《关于银雀山简本〈孙子〉研究的商榷——〈孙子〉著作时代和作者的重议》中认为，《四变》《黄帝伐赤帝》《地形二》都是解释发挥十三篇的文字，应作《孙子》后学的注解看待。汉末曹操博览群书，尤好兵法，于戎马倥偬之际为《孙子兵法》作注，使其进入了系统阐释的时代。之后，南朝有孟氏注本，唐代有李筌注本、贾林注本、杜牧注本、陈皞注本，宋代有王晳注本、梅尧臣注本、何氏注本、张预注本。民国时

---

① 何炳棣：《中国思想史上一项基本性的翻案：〈老子〉辩证思维源于〈孙子兵法〉的论证》，载《东吴学术》，2014(3)。

② (清)王先慎：《韩非子集解》，452 页，北京，中华书局，1998。

③ 安徽亳县《曹操集》译注小组：《曹操集译注》，208 页，北京，中华书局，1979。

期，更是出现了研究《孙子兵法》的高潮。由于抗战的需要，一些军事专家、古代兵学爱好者及其他知识分子相继参与到研究《孙子兵法》的热潮中来，出现了若干部《孙子兵法》学研究著作。① 可以说，《孙子兵法》的思想价值已经得到了充分的认识和广泛的实践应用。然而，作为一部优秀的中国传统文化经典文献，《孙子兵法》的文献价值是多方面的，思想价值只是其中的一个方面。笔者认为，《孙子兵法》的文体学价值也应该得到应有的关注。几千年来，《孙子兵法》的思想价值太过光辉璀璨，以致掩盖了其文体学价值。本节力图从多个方面挖掘《孙子兵法》的文体学价值，以期给予其应有的文体学史地位。

近年来留意到《孙子兵法》的文体学价值的学者指出，在其中已经出现了骈文和赋的文体要素。于景祥说："该书大量使用对偶的行文方式，在有些文章中对偶句已经占据主体地位，展示出明显的骈化趋势，具有骈体文的要素……该书论述过程中经常使用赋体的表现手法，在列举论据、逻辑推理、归纳分析等各个环节都重视铺陈和排比，与对偶的行文方式相互结合，造成句式整齐、妙语连珠、气势强劲的表达效果，具备赋体的文章要素。"② 这一观察非常仔细，事实也确乎如此。然而，《孙子兵法》的文体学价值尚不止这些。

《孙子兵法》蕴含了"假设问对"体的开端。先秦时期的问对体主要有两种类别：一种是"实问实对"体，即真实的历史人物或者撰写者认为实际存在的人物之间的对话；另一种是"假设问对"体，即撰写者通过让虚拟出来的人物或动物、植物等进行对话而开展思想表达的文体形式。"实问实对"体比较容易理解，可以说古已有之。自人类有了最初的交往，问对也就随之产生了。而将问对诉诸文字，最早见于殷墟甲骨卜辞。一篇完整的卜辞通常由叙辞、命辞、占辞和验辞四部分组

① 这一时期比较具有代表性的《孙子兵法》学研究著作主要有：许有成的《孙子与现代》（健社，1932年）、蒋百里、刘邦骥的《孙子浅说》（大中书局，1936年）、吴石的《孙子兵法简释》（兵学研究会，1936年）、李浴日的《孙子兵法之综合研究》（商务印书馆，1939年）、李则芬的《以孙子兵法证明日本必败》（生活书社，1939年）、温晋城的《孙子浅说补解》（中央政校，1939年）、吴鹤云的《孙子兵法新探讨》（战地图书出版社，1940年）、肖天石的《孙子战争理论之体系》（大江出版社，1942年），等等。

② 于景祥：《论〈孙子兵法〉的文体价值》，载《文艺研究》，2017(2)。

成：叙辞是卜辞前面关于卜日和贞人名字的记载；命辞是所占卜的问题，通常以"贞"字领起，所以又称为贞辞；占辞记载占卜结果，是占卜者根据卜兆所作的判断吉凶祸福的预言；验辞是后人补上的与占卜有关的事实，如下例所示：

> 丙午卜，壳（以上为叙辞），贞呼师往见右师（以上为命辞）。
> 王占曰：惟老惟人途。遘若……卜惟其匄（以上为占辞）。二旬有
> 八日壬……师夕死黾（以上为验辞）。（《甲骨文合集》17055
> 正、反）

问对结构存在于命辞和占辞当中。命辞应该都是疑问句，其前面的"贞"意为贞问。商王想问："师往见右师"可行吗？从占卜的征兆推断，"师"在经历了平安旅途后会有凶险，这是神对占卜者所作的答语。一问一答，就构成了一个简单的问对结构。卜辞是寻求天命启示的占问之辞，是人神问对。神虽然是不可见的超验的存在，但是卜骨的裂纹会代其作答。屈原的《天问》也是以人问天，只不过有"问"而无"对"，与甲骨卜辞同属于宗教文献。《尚书》《管子》《晏子春秋》中所包含的君臣之间的对话晤谈，有些出自历史事实，有些是作者所认为的历史事实，都可以当作"实问实对"体来看待。① 比较难于理解的是"假设问对"体。

南朝时期，刘勰已经注意到"假设问对"体的存在，其《文心雕龙·杂文》曰："智术之子，博雅之人，藻溢于辞，辞盈乎气，苑囿文情，故日新殊致。宋玉含才，颇亦负俗，始造对问，以申其志，放怀寥廓，气实使之。……自《对问》以后，东方朔效而广之，名为《客难》。托古慰志，疏而有辨。扬雄《解嘲》，杂以谐谑，回环自释，颇亦为工。"② 刘勰所说的"对问"实际上指的是设问，即"假设问对"的一种，也就是萧统《文选》中所说的"设论"和张溥《汉魏六朝百三家集》中所说的"设难"。

---

① 侯文华：《论〈管子〉君臣问对体及其文化渊源》，载《管子学刊》，2012(1)。
② （梁）刘勰著、范文澜注：《文心雕龙注》，254～255 页，北京，人民文学出版社，1958。

刘勰认为宋玉的《对楚王问》"始造对问",宋玉与楚王的对话是虚造,并非史实,所以它是"假设问对"。明代徐师曾的《文体明辨》延续了此一看法:"按问对者,文人假设之词也。"①与刘勰基本同时期的萧统也注意到"问对"和"设论"两者之间的差别,其《文选》卷四十四将"对问""设论"两体分别列述。"对问"条下收《对楚王问》②一篇,而"设论"条下收东方朔的《答客难》、扬雄的《解嘲》、班固的《宾戏》三篇。显然,"对问"指的是"实问实对",而"设论"指的是"假设问对"。《文选》首次将"问对"和"设论"区别言之,展现出萧统卓越的文体辨别意识,甚是可贵。

那么,"假设问对"体的源头在哪里呢?刘勰把问对体的源头追溯到《对楚王问》,可能还不够彻底。笔者认为,《孙子兵法》中蕴含着最早的"假设问对"体,其《九地篇》中有两处"假设问对"的段落。

其一:

> 所谓古之善用兵者,能使敌人前后不相及,众寡不相恃,贵贱不相救,上下不相收,卒离而不集,兵合而不齐。合于利而动,不合于利而止。敢问:"敌众整而将来,待之若何?"曰:"先夺其所爱,则听矣。"

这一段讲用兵原则问题。古时善于用兵的人能使敌人前后无法顾及,大部队与小部队不能互相依恃,官兵无法互相救援,上下阻隔而无法聚拢,即使聚拢也很不整齐。有利的行动就去做,不利的行动就不做。试问:"如果敌军众多而且阵势齐整地向我军进攻,该如何应对?"答曰:"先夺取敌军的要害之处,这样敌军就会被迫听任我军的摆布了。"这一段包含着问与答两个环节,是一个完整的问答回合。

其二:

---

① (明)吴讷、徐师曾:《文章辨体序说 文体明辨序说》,134 页,北京,人民文学出版社,1962。

② 萧统将《对楚王问》看作史实,所以将其列入"实问实对"类型当中,其观点与刘勰不同。

　　　　故善用兵者，譬如率然；率然者，常山之蛇也。击其首则尾
　　至，击其尾则首至，击其中则首尾俱至。敢问："兵可使如率然
　　乎？"曰："可。"夫吴人与越人相恶也，当其同舟而济，遇风，其相
　　救也如左右手。是故方马埋轮，未足恃也；齐勇若一，政之道也；
　　刚柔皆得，地之理也。故善用兵者，携手若使一人，不得已也。

　　这一段依然讲用兵原则问题。孙武用了一个常山之蛇的比喻说明善于
用兵的人带兵打仗就像敲蛇一样，有牵制军队的能力，调遣整支军队
就像使用单独的一个人那样容易。

　　以上两个关于用兵的段落中，都出现了"敢问""曰"这样的问对形
式。在这里，"敢问"的主体是谁呢？对答的主体又是谁呢？前者应该
是孙武臆想中的吴王阖闾，而后者应该就是孙武本人。孙武撰写《孙子
兵法》时并未真正见到吴王阖闾，他是在写完书之后带着它去拜谒吴王
阖闾的，以求干进。孙武进行创作时，心中预设的接受对象非常明确，
就是吴王阖闾。关于这一点，我们在书中也可以找到三处内证：其一，
《孙子兵法·计篇》云："将听吾计，用之必胜，留之；将不听吾计，用
之必败，去之。"孙武将这句话置于《孙子兵法》的首篇，表明了他的撰
写意图和预设的接受对象。其二，《孙子兵法·九地篇》云："夫吴人与
越人相恶也，当其同舟而济，遇风，其相救也如左右手。"其三，《孙子
兵法·虚实篇》云："以吾度之，越人之兵虽多，亦奚益于胜败哉？故
曰，胜可为也。敌虽众，可使无斗。"孙武在解释用兵原则问题时没有
随便举例，所举事例是与吴国相关的吴越关系，而吴越关系以及两国
实力的此消彼长正是吴王阖闾最为关心的问题。所以，《孙子兵法·九
地篇》中的两处问对都是"假设问对"，是孙武在意念当中虚想的与吴王
阖闾之间的对话问答。

　　可见，《孙子兵法》中已经出现了"假设问对"。书中的两则问对虽
然都是一问一对的简单对话，仅仅一个回合，但在文体学史上具有开
创性的意义。"假设问对"的出现标志着先秦时期知识阶层在思维方式
上已经突破经验性思维的限制，开始在想象、虚拟的世界里寻求更精
准、更富有传达效果的表达方式。"假设问对"以预想的人物发问，提

出需要撰写者来深入解答的问题，引起接受对象或其他读者群体在阅读过程中对所论问题的重视，体现出撰写者具有明确的问题意识。与一般的平铺直叙、直接发论相比，"假设问对"更能起到强调或者补充说明的作用。这是早期"假设问对"所具备的独特的文体功能。

战国秦汉时期，"假设问对"体作品逐渐增多，文人们争相以此种形式表达情感或宣扬思想。其在楚辞类作品、骚体赋、散体大赋中运用较多，如屈原的《渔父》①、宋玉的《对楚王问》、贾谊的《鹏鸟赋》、枚乘的《七发》、司马相如的《子虚赋》《上林赋》等。东方朔的《答客难》、扬雄的《解嘲》、阮籍的《大人先生传》等作品，也沿用了主客问答的形式。随着该文体被不断运用，它所承担的文体功能也在不断丰富和提升。在上述作品当中，"假设问对"或者作为独立的文章体裁（如《渔父》《对楚王问》），或者作为表达方式嵌入其他文体当中（《鹏鸟赋》《七发》《子虚赋》《上林赋》《答客难》《解嘲》）。它所承担的文体功能不仅仅是强调或补充说明，而是更加淋漓尽致地展现出作品中抒情主体复杂纠结的内心世界，或者引领话题的方向，更加自然地推进情节的发展。以《渔父》为例，作品以遭放逐之后的屈原为抒情主人公，其时屈原正处于进与退的复杂纠结的心绪之中。屈原与渔父的对话所隐喻的，是屈原内心世界中继续抗争和退隐江湖两种价值观念和行为方式的激烈斗争。渔父并非实有之人，而是作者虚设出来的艺术形象，是抒情主人公内心世界中另外一种声音的外化。在《子虚赋》《上林赋》中，作者也是虚设出子虚乌有的人物进行对话，从而推进叙述的展开和情节的推演。

一、完整的专题论说文

《孙子兵法》十三篇奠定了先秦论说文的基本结构体制，是专题论说文的真正开端。

现行的文体学史普遍认为，专题论说文的定型和成熟是在战国晚

---

① 《渔父》作者有争议。东汉王逸言："《渔父》者，屈原之所作也。"朱熹、洪兴祖、王夫之等从王逸说。

期的《荀子》。实际上，这样的推断大概是比较滞后的。笔者认为，专
题论说文的定型和成熟应该上推到《孙子兵法》。可以说，《孙子兵法》
十三篇中的几乎每一篇都是主题鲜明、有较为顺畅的逻辑论证过程和
明确的结论的专题论说文。以《孙子兵法·计篇》为例：

> 孙子曰：兵者，国之大事，死生之地，存亡之道，不可不
> 察也。
>
> 故经之以五事，校之以计而索其情：一曰道，二曰天，三曰
> 地，四曰将，五曰法。道者，令民与上同意也，可以与之死，可
> 以与之生，而不畏危。天者，阴阳、寒暑、时制也。地者，远近、
> 险易、广狭、死生也。将者，智、信、仁、勇、严也。法者，曲
> 制、官道、主用也。凡此五者，将莫不闻，知之者胜，不知者不
> 胜。故校之以计而索其情，曰：主孰有道？将孰有能？天地孰得？
> 法令孰行？兵众孰强？士卒孰练？赏罚孰明？吾以此知胜负矣。
>
> 将听吾计，用之必胜，留之；将不听吾计，用之必败，去之。
> 计利以听，乃为之势，以佐其外。势者，因利而制权也。兵者，
> 诡道也。故能而示之不能，用而示之不用，近而示之远，远而示
> 之近；利而诱之，乱而取之，实而备之，强而避之，怒而挠之，
> 卑而骄之，佚而劳之，亲而离之。攻其无备，出其不意。此兵家
> 之胜，不可先传也。
>
> 夫未战而庙算胜者，得算多也，未战而庙算不胜者，得算少
> 也。多算胜，少算不胜，而况于无算乎！吾以此观之，胜负见矣。

此篇以"计"命名，通篇围绕着"计"的重要性展开论述。文章一共包含
四个部分。首先，开篇明确提出观点："兵者，国之大事，死生之地，
存亡之道，不可不察也。"所谓"不可不察"也就是说战争事关国家存亡，
一定要有智慧投入，即用"计"；其次，阐述如何用"计"，即"经之以五
事"和"校之以计而索其情"；再次，探讨在"将听吾计"的前提下如何
"为之势"，即通过用"计"来创造有利于本国军队的形势；最后，重申
用"计"对于战争胜负的重要意义。全篇仅四百余字，但是主题集中、
论点明确，在论证过程中有总有分、逻辑严密，且文章结构首尾呼应、

圆融完整。我们完全可以说，这就是一篇具有典型意义的专题论说文。在文章结构和逻辑性方面，《孙子兵法》其余十二篇基本上保持了与《计篇》相当的水准。有些篇目在论证方法方面甚至更加多样化，如《孙子兵法·势篇》论证出奇制胜的作战策略时云："故善出奇者，无穷如天地，不竭如江河。"以连环譬喻的形式进行论证。受篇幅所限，我们没有办法对其余十二篇一一展开论述，但可以明确的是，《孙子兵法》十三篇基本上每篇都是专题论说文。虽然处于专题论说文的初创时期，也有文体早期形态的一些弊病，比如篇制过于短小、论证方法比较单一等，但是它们奠定了先秦专题论说文基本的体制特征，这在文体学史上具有重要意义。因此，文体学史上所普遍认为的《荀子》是先秦专题论说文最早形态的说法可能就得作出一定的修正。另外，有学者甚至发现了《孙子兵法》在篇章结构安排上的奥秘：《孙子兵法》秉承中华传统文化的精华，将十三篇内容按"道""法""术"三个层面进行了安排，从而形成了一个完整、严密的军事学术体系。上卷包括《计篇》《作战篇》《谋攻篇》《形篇》《势篇》，大体包括现代战略学所研究的内容；中卷包括《虚实篇》《军争篇》《九变篇》《行军篇》，大体概括了现代战役学的研究内容；下卷包括《地形篇》《九地篇》《火攻篇》《用间篇》，大体相当于现代战术学的内容。可见，《孙子兵法》无论是单篇的结构体制还是整体的谋篇布局都是匠心营造的，逻辑性非常强。

二、最早使用意义性篇题的文献

篇题也是文章体制结构的重要组成部分，是衡量文体形态是否成熟的重要参考向度。先秦时期文献的篇题拟定主要有以下两种方式。一是撮取篇首几字为题。这是一种较为初级的文献取名方式，不需要撰述者或编纂者有过多的智力投入，因而读者也很难从篇题中窥见文章的主要内容。对文献而言，这样的篇题仅仅起到标识的作用，而起不到总概意义的作用，我们不妨称之为标识性篇题。二是根据文章的内容拟定篇题，篇题基本上就是文章的主旨。这样的篇题才是真正意义上的篇题，我们不妨称之为意义性篇题。

意义性篇题至战国中后期始流行开来，如《庄子》"内七篇"《逍遥游《齐物论》《养生主》《人间世》《德充符》《大宗师》《应帝王》，篇题与文章的主旨内容基本上是相符合的。"内七篇"为庄子自著，说明庄子已经有较为明确的篇题意识。而出自庄子弟子及后学的《外篇》《杂篇》则无一例外都是撮取篇首几字为题，回到了文献定名的初期状态当中，不能不说是一种遗憾。战国晚期的《荀子》和《韩非子》也都较为注意篇题问题。《荀子》共三十二篇，大多数做到了文题呼应，如《劝学》《修身》《荣辱》《君道》《臣道》《礼论》《乐论》《性恶》等，只有少数几篇如《仲尼》《儒教》《哀公》《议兵》《成相》《大略》是撮取篇首两字为题。《韩非子》共五十五篇，每一篇的篇题都与文章的主旨内容相关，是其的高度概括。

春秋及更早的文献一般都是撮取篇首几字为题，即标识性篇题。《诗经》共三百零五篇，无论是祭祀诗、农事诗、宴饮诗还是怨刺诗、征役诗、婚恋诗，其篇题与正文都不存在对应关系，取名方式基本上都是标识性篇题，如《周南·关雎》《小雅·伐木》《小雅·南有嘉鱼》《邶风·柏舟》《唐风·扬之水》《郑风·女曰鸡鸣》等。有些篇题如《王风·君子于役》《卫风·氓》《邶风·燕燕》等，看似与主题内容有一定的联系，但文献的编纂者在编订的时候并没有明确的意识，从本质上讲依然是撮取篇首几字为题，文与题存在一定联系实不过是一种偶然。《论语》二十篇《学而》《为政》《八佾》《里仁》《公冶长》《雍也》《述而》《泰伯》《子罕》《乡党》《先进》《颜渊》《子路》《宪问》《卫灵公》《季氏》《阳货》《微子》《子张》《尧曰》，其篇题无一例外是标识性篇题。有些篇题甚至不成词汇，如第一篇《学而》之名取自首句："子曰：'学而时习之，不亦说乎？有朋自远方来，不亦乐乎？人不知而不愠，不亦君子乎？'"第七篇《述而》之名取自首句："子曰：'述而不作，信而好古，窃比于我老彭。'"第九篇《子罕》之名取自首句："子罕言利与命与仁。"可见，这些篇题存在的意义仅仅是标注篇目，不能起到概括主旨思想的作用。《孟子》七篇《梁惠王》《公孙丑》《滕文公》《离娄》《万章》《告子》《尽心》，其篇题也都是标识性篇题。

然而，春秋文献中《孙子兵法》是一个例外。《孙子兵法》十三篇《计篇》《作战篇》《谋攻篇》《形篇》《势篇》《虚实篇》《军争篇》《九变篇》《行军篇》《地形篇》《九地篇》《火攻篇》《用间篇》，篇题皆简洁凝练，高度概括文章的主旨内容。如《谋攻篇》围绕着如何谋划进攻的问题，强调谋略的重要意义，并揭示出"知彼知己，百战不殆"的金科玉律；《形篇》围绕如何创建有利于己方的有利形势展开论述，主张作战过程中要寻求敌人的可乘之隙，以压倒性的优势打击敌人，达到"自保而全胜"的目的；《虚实篇》主要论述在作战指导上必须"避实而击虚""因敌而制胜"，能调动敌人而不被敌人调动，灵活主动地争取战争的胜利。这些具有明确意义指向的篇题，应该说是孙武有意为之。《孙子兵法》十三篇是孙武赴吴国求取功名的敲门砖，是孙武游说吴王阖闾的法器，所以他在撰写文章时一定要考虑到如何才能让君主迅速掌握他的思想，并对其产生兴趣。这要怎样实现呢？除了在行文上讲究逻辑和实际效用之外，孙武所运用的比较独到的办法就是给每一篇文章加上能高度概括其思想内涵的标题，标题和正文内容之间存在严密的对应关系。孙武后来被吴王阖闾留作大将，参与伐楚之战且战果丰赡。从他的经历来看，这种写作方式的确起到了一定的作用。

《孙子兵法》开了文章附加意义性篇题的先例，之后的《墨子》《庄子》《荀子》《韩非子》等均沿用了此法。至汉代，文章附加意义性篇题成为一种惯例。

三、最早注意作者署名问题的文献

关于古籍的署名问题，余嘉锡先生的《古书通例》所论甚详：

> 周秦古书，皆不题撰人。俗本有题者，盖后人所妄增。……《史记·韩非传》云："人或传其书至秦，秦王见《孤愤》《五蠹》之篇曰：'嗟乎！寡人得见此人与之游，死不恨矣。'李斯曰：'此韩非之所著书也。'"《司马相如传》云："蜀人杨得意，为狗监侍上。上读《子虚赋》而善之曰：'朕独不与此人同时哉！'得意曰：'臣邑人司马相如自言为此赋。'上惊，乃召问相如，相如曰：'有是。'"秦皇、汉武亲见其书，乃不知为何人所作，非李斯与韩非同门，杨得意与相如同邑，熟知其事，竟无从得其姓名矣。此皆古人不自

　　　　署名之证也。①

　　余先生这段对于先秦文献署名问题的论述影响深远，先秦时期的典籍文献的确是不署名、不知作者的居多。《诗经》三百零五篇，作者情况有迹可循的也不过一二十篇。有的诗歌文本中本身含有作者信息，如《大雅·崧高》《大雅·烝民》《小雅·巷伯》《小雅·节南山》。《小雅·节南山》末篇云"家父作诵，以究王讻"，说明作者是周孝王之子家父。《大雅·烝民》末篇云："吉甫作诵，穆如清风。"说明《烝民》为周宣王时代的重臣尹吉甫所作。有的诗篇本身虽然没有透露作者信息，但能通过对其他文献尤其是史传类文献的查考获知。如《鄘风·载驰》的作者，我们确定是许穆夫人。《左传·闵公二年》载："许穆夫人赋《载驰》。齐侯使公子无亏帅车三百乘，甲士三千人以戍曹。归公乘马，祭服五称，牛、羊、豕、鸡、狗皆三百，与门材。归夫人鱼轩，重锦三十两。"《桑柔》《时迈》《思文》《常棣》《抑》《鸤鸠》六篇也都可以通过类似方法查考其作者。当然，《诗经》众多作者当中，能查考的是少数，以不能查考的居多。《尚书》的作者也是湮没无闻，不具姓名。据陈梦家统计，《论语》《孟子》《左传》《国语》《墨子》《礼记》《荀子》《韩非子》《吕氏春秋》等先秦著作引《尚书》多达 168 次，没有一次提及作者的姓名。②　整体来看，《诗》也好，《书》也好，其作者大多不明朗。同被奉为"六艺"的《礼》《易》《春秋》也是如此。

　　　　文献得以成书，必有其作者。不管是凭一己之力完成还是世代累积集体创作，必有其行事的主体。作者不署名，必有其深层次的原因。笔者认为，文献是否署名与其公私性质有密切的关系。周秦时期的官方文献一般不署名，《诗》《书》《礼》《易》《春秋》即是。春秋以前，学在官府，所有典籍都为官府所有，这些典籍由此也被称为"官书"。学者总结官书有三个基本特点：不准公众传播、作者不署名、书无定本，

---

① 余嘉锡撰：《古书通例》，18～19 页，上海，上海古籍出版社，1985。

② 陈梦家：《尚书通论》，3～26 页，北京，中华书局，2005。

此三特征决定了官书具有与汉以后书籍迥然不同的存在形态与演变规律。① 其中，作者不署名可以说是先秦官书共有的特点。章学诚在《文史通义·言公》中云："古人之言，所以为公也，未尝矜于文辞，而私据为己有也。"②除此之外，还有一个很现实的原因是：在春秋及以前，将官书的署名权私据己有对文献著述者而言几乎没有现实功利意义。官书的撰述者一般都是史官，而史官在职官系统中基本上是父死子继、世代相袭，所以即使署名也不会为其带来仕途的晋升。对史官个人而言，是否署名也就显得无所谓了。

　　与官书不同，先秦时期的私家著述其实是有署名的。《论语》记载了孔子及其弟子如有子、曾子、子贡等人的言论。凡某人的言论，前面一般都加上"某曰"来点明言论表达的主体。"子曰：'学而时习之，不亦乐乎？'"表明是孔子的言论。"有子曰：'其为人也孝弟，而好犯上者，鲜矣。不好犯上，而好作乱者，未之有也。君子务本，本立而道生。孝弟也者，其为仁之本与！'"表明是有子的言论。"曾子曰：'吾日三省吾身，为人谋而不忠乎？与朋友交而不信乎？传不习乎？'"表明是曾子的言论。这样的标注方式，其实完全可以看作文献的编纂者对言论发布者的知识产权的尊重。同理，《孙子兵法》中的"孙子曰"、《孟子》中的"孟子曰"、《墨子》中的"墨子曰"也是如此。

　　上文中已经论证过，《孙子兵法》的成书年代比《论语》《孟子》等都要早。《孙子兵法》十三篇，每篇篇首无一例外是以"孙子曰"提起，而且通篇都是只使用一次"孙子曰"，这就表明下文的内容作者都是"孙子"。每篇篇首的"孙子曰"，完全可以看作文章的署名。《孙子兵法》是中国文体学史上第一部注意到文献的署名问题、作者明确的私家著述，这在文献学史和文体学史上均具有开创性意义。《孙子兵法》是孙武凭一己之力完成，而非《论语》《庄子》等那样由门人弟子辑纂而成。何炳棣说《孙子兵法》是"中国现存最古的私家著述"③，实不为过。

　　① 刘光裕：《简论官书三特征——不准公众传播、作者不署名、书无定本》，载《济南大学学报(社会科学版)》，2011(3)。

　　② (清)章学诚著，叶瑛校注：《文史通义校注》，169 页，北京，中华书局，1985。

　　③ 何炳棣：《中国现存最古的私家著述：〈孙子兵法〉》，载《历史研究》，1999(5)。

综上可见，《孙子兵法》不仅蕴含了最早的"假设问对"体的因素，也是较为完整成熟的专题论说文的开端。它最早使用了意义性篇题，也最早注意到了作者署名问题，还是最早的私家著述。总之，《孙子兵法》的文体学价值丰富多样，在多个方面均具有开创性意义，不容忽视。

第八章　春秋时期的刑罚观念
与刑书的颁布

　　习惯法指的是经国家认定的对民众行为具有一定程度的外在约束力，但又无明确的法律条文规定的社会习惯和风尚，而成文法指的则是国家机关根据法定程序制定发布的系统的法律文件。[①]　在中国法制史上，一般认为夏、商、西周时期是习惯法的时代，战国以降是成文法的时代，而春秋时期则是两者之间的过渡时代。

　　在春秋时期，由于自西周以来宗法制度逐渐崩塌，原先的以礼治为主体的习惯法已不可能再完全支撑起社会统治的主体框架。所以，适应新的社会秩序需求的相关成文法的制定势在必行。由是，法治建设在这一时期空前活跃。各诸侯国根据实际发展的需要，竞相颁布适合本国国情的法律文献，也就是法典。一方面，法典的颁布是春秋时期知识阶层的法治观念不断推进与更新的必然结果；另一方面，法典颁布之后又在春秋时期知识阶层间掀起了轩然大波，引发了关于礼治与法治的激烈讨论。这是前诸子时代早期儒家与早期法家最早的交锋，拉开了儒法斗争的序幕。

　　① 《中国大百科全书·法学》认为成文法是"由一定的国家机关按一定程序制定的、以规范性文件的形式表现出来的法"。见《中国大百科全书·法学》，86 页，北京，中国大百科全书出版社，1984。《法学大辞典》认为成文法是"有权制定法律规范的国家机关依照法定程序制定和公布的、以成文形式出现的法律"。见曾庆敏：《法学大辞典》，481 页，上海，上海辞书出版社，1998。

第一节　春秋时期的刑罚观念

与史传、礼乐、兵学等文献的成书过程一样，春秋时期法治文献的生成首先有赖于其时知识阶层的法治观念。观念的改变或提升，促使了法治文献即法典的生成和颁布。因此，如果我们想要弄清楚这些法治文献的由来，首先就要考察一下春秋时期知识阶层的法治观念。春秋时期知识阶层的法治观念主要体现在以下三个方面。

一、德刑双构，礼法并重

春秋战国及其以后，"德"往往被解释为伦理道德的观念。例如，《左传·成公十六年》载："民生厚而德正。"孔颖达注曰："德谓人之性行。"《周礼·地官司徒》"师氏"曰："以三德教国子。"孙诒让注曰："德行内外之称，在心为德，施之为行。"

但是，这并非"德"最初的含义。李玄伯从"所得以生谓之德"入手，认为"德"代表图腾生性，隐藏在"德"后面的是血缘关系。"最初德与性的意义相类，皆系天生的事物。这两字的发源不同，这团名为性（生团），另团名为德，其实代表的仍系同物，皆代表图腾的生性。"①"德"最初的含义是对父母尽孝守祀，回报父母生育养育之恩。《诗经·小雅·蓼莪》云："父兮生我，母兮鞠我。拊我畜我，长我育我。顾我复我，出入腹我。欲报之德，昊天罔极！"《诗经·小雅·卷阿》云："有冯有翼，有孝有德。以引以翼。岂弟君子，四方为则。"《诗经·大雅·下武》云："成王之孚，下土之式。永言孝思，孝思维则。媚兹一人，应侯顺德。永言孝思，昭哉嗣服。"这些诗句中的"德"，显然是不能直接用"道德""德行"解释通的。"欲报之德"，就是要报答父母的养育之恩。"有冯有翼，有孝有德"，意思是我依赖您，您也庇护我，所以我对您有孝敬之心，且对您的亡灵进行祭祀。"媚兹一人，应侯顺德"，是说

---

① 李玄伯：《中国古代社会新研》，184 页，上海，开明书店，1948。

应侯爱戴其父周武王,且对他进行祭祀。

从祭祀父、祖开始,扩而大之,就是对本宗族的远祖以及本族团的始祖进行祭祀。宗族或者族团的集体祭祀仪式法则,也概称为"德"。因此,"德"与宗族产生了密切的联系。一个宗族,便有一个宗族之德。《国语·晋语四》:"昔少典娶于有蟜氏,生黄帝、炎帝。黄帝以姬水成,炎帝以姜水成。成而异德,故黄帝为姬,炎帝为姜,二帝用师以相济也,异德之故也。异姓则异德,异德则异类。异类虽近,男女相及,以生民也。同姓则同德,同德则同心,同心则同志。"同一宗族的子弟拥有共同的祖先,其祭祀对象是相同的。因此便有相同的祭祀法则,即"同姓则同德"。

周初封土建国,建立不同的宗族。宗族子弟对先祖进行祭祀,使之"继嗣不绝",这叫作"明德""昭德"。《左传·定公四年》载:"昔武王克商,成王定之,选建明德,以蕃屏周。故周公相王室,以尹天下,于周为睦。分鲁公以大路、大旂,夏后氏之璜,封父之繁弱,殷民六族,条氏、徐氏、萧氏、索氏、长勺氏、尾勺氏,使帅其宗氏,辑其分族,将其类丑,以法则周公,用即命于周。是使之职事于鲁,以昭周公之明德。"鲁国立周公之后,"昭周公之明德",成王继位后,"昭文、武之德"。总之,后嗣祭祖即为"德"。

"德"的意义有时也扩大为对一切神祇的祭祀。《尚书·多方》曰:"惟我周王,灵承于旅。克堪用德,惟典神天。""旅"即"祭天尸",是一种祭祀无上天神的祭礼。周人恭敬地、坚持不懈地"用旅",终于获得天命。《尚书·盘庚》曰:"兹予大享于先王,尔祖其从与享之。作福作灾,予亦不敢动用非德。"将个别宗族的祖先与众先王共同祭祀,无论先祖先王态度如何,作福也好、作灾也好,都不能以"非德"改变祭祀的法则,必须一并恭敬地进行祭祀。

在殷商甲骨文和周初金文中,"德"写作"徝",并无"心"字。徝、陟同字。《集韵》释"陟"言:"陟,得也。"①德、得同音,德有"正""当"的含义。郭沫若说:"德字照字面上看来是从徝(古直字)从心,意思是

---

① (宋)丁度等编:《集韵》,761页,上海,上海古籍出版社,2017。

把心思放端正，便是《大学》上所说的'欲修其身先正其心'。"①"徝"发展为"循"，"循"的本义就是"德"。李泽厚、何新根据字义的变化，推断出"德"的本义就是习惯法，即宗族祭祀祖先的法则。②《尚书·高宗肜日》曰："民有不若德，不听罪。天既孚命正厥德。"宗族子弟如果不遵循祭祀的法则、不接受惩罚，老天就会来纠正他。《尚书·召诰》曰："我不可不监于有夏，亦不可不监于有殷。我不敢知曰，有夏服天命，惟有历年。我不敢知曰，不其延，惟不敬厥德，乃早坠厥命。我不敢知曰，有殷受天命，惟有历，我不敢知曰，不其延，惟不敬厥德，乃早坠厥命。"如果不恭敬地进行祭祀，天命就会陨灭。《尚书·康诰》曰："克明德慎罚，不敢侮鳏寡。"对祭祀恭敬，对刑罚谨慎，用可用，敬可敬，刑可刑，明此道以示民。

作为早期人类社会的行为规范体系，"德"自然有其保障手段——刑罚。

周人认为，"刑"源于苗人。③《尚书·吕刑》曰："苗民弗用灵，制以刑，惟作五虐之刑曰法，杀戮无辜。爰始淫为劓、刵、椓、黥，越兹丽刑，并制，罔差有辞。"苗人"弗用灵"，是说苗人实现对族群秩序的控制不是通过祭祀先祖亡灵的方式，而是通过制定刑罚。苗人制定了劓、刵、椓、黥等各级刑罚，通过惩戒的方式实现对社会秩序的有效控制。

周人从苗人那里学来刑罚，以保证"德"的实施。《尚书·吕刑》曰："穆穆在上，明明在下，灼于四方，罔不惟德之勤。故乃明于刑之中，率乂于民棐彝。典狱，非讫于威，惟讫于富。敬忌，罔有择言在身。惟克天德，自作元命，配享在下。"在西周时期，"德"是习惯法，虽然对人们的行为有一定规范约束作用，但毕竟是建议性质的，不具备强制性。"刑"作为一种强制性的惩戒，以惩罚民众的身体为手段，保证

---

① 郭沫若著作编辑出版委员会编：《郭沫若全集·历史编》第一卷，336页，北京，人民出版社，1982。

② 何新：《诸神的起源——中国远古神话与历史》，309～310页，北京，生活·读书·新知三联书店，1986。

③ 杨鸿烈：《中国法律发达史》上册，36页，上海，商务印书馆，1930。

"德"的有效实施。

春秋及其以后,"德"的意义发生改变。其作为习惯法的作用渐渐隐退,而逐渐演变为对人们内在德行的强调。"德"的含义由对人们的外在行为有约束力的习惯法,变成了道德、德行。但是,这种转变并不意味着"德"对人们的行为已经毫无约束力,而是这种约束力由外在的强制作用转变为内在的、自主的道德追求。也就是说,到春秋战国时期,"德"的约束力依然在,人们也并没有放弃"德"对自身行为所产生的约束作用(尽管是内在的),并且常常将其与"刑"并联起来,二者互相依赖、互为补充。当"德"的含义内化为德行时,它又引申出另外一层意思——行赏、赏赐。《左传·成公十六年》载楚大夫申叔时曰:"德以施惠,刑以正邪。"德即行赏、赏赐的意思,与刑罚相对举。

"德"的涵义渐渐内化之后,其作为习惯法的外在约束作用由另外一种行为规范体系替代,这种行为规范体系就是"礼"。

礼起源甚早,其出现大概也跟远古时期的祭祀活动有关。《说文解字·示部》云:"礼,履也,所以事神致福也。从示从豊。"徐灏笺云:"礼之言履,谓履而行之也。礼之名起于事神,引申为凡礼仪之称。"①《说文解字》释"豊"云:"行礼之器也。从豆象形……读与礼同。"王国维认为"豆"上面的盘中所盛之物是"珏"②。刘师培在《古政原始论》中云:"礼字从示,足证古代礼制悉该于祭礼之中,舍祭礼而外固,无所谓礼制。"③郭沫若在《十批判书》中表示:礼起于事神,故其字后来从示,其后扩展而为对人,更其后扩展而为吉、凶、军、宾、嘉等各种仪制。④

上古文献多处提到周公制礼作乐。《左传·文公十八年》载鲁大夫太史克曰:

> 先君周公制《周礼》曰:"则以观德,德以处事,事以度功,功

---

① 丁福保编纂:《说文解字诂林》,1034页,北京,中华书局,1988。
② 王国维:《观堂集林(外二种)》,143~144页,石家庄,河北教育出版社,2001。
③ 刘师培:《刘申叔遗书》上,678页,南京,江苏古籍出版社,1997。
④ 郭沫若:《十批判书》,96页,北京,东方出版社,1996。

以食民。"作《誓命》曰："毁则为贼，掩贼为藏。窃贿为盗，盗器为奸。主藏之名，赖奸之用，为大凶德，有常无赦。在《九刑》不忘！

《左传·哀公十一年》载孔子评论季孙氏云：

> 君子之行也，度于礼，施取其厚，事举其中，敛从其薄。如是，则以丘亦足矣。若不度于礼，而贪冒无厌，则虽以田赋，将又不足。且子季孙若欲行而法，则周公之典在。若欲苟而行，又何访焉？

《逸周书》言：

> 周公摄政君天下，弭乱六年而天下大治。……明堂，明诸侯之尊卑也，故周公建焉，而明诸侯于明堂之位。制礼作乐，颁度、量，而天下大服，万国各致其方贿。

孔子所提到的"周公之典"，还有《国语·鲁语》所谓"周公之籍"，可能是指传为周公所作的《尚书》《周易》等，也可能是春秋时期人们对周公制礼作乐的整理或总结。上古礼乐的含义较为复杂，它的核心含义是宗教性仪式，可扩大为社会交往，可以应用于社会生活的多个方面。古人一般将礼分为吉、凶、军、宾、嘉五类，即所谓"五礼"。《周礼·春官·大宗伯》曰"以吉礼事邦国之鬼神示""以凶礼哀邦国之忧""以宾礼亲邦国""以军礼同邦国""以嘉礼亲万民"，各类礼仪中又包括多种不同的仪式。这里所说的"礼"主要指的是各类特殊的仪规和行为方式，但周公制礼作乐又不限于这些仪式性行为，还包括观念、社会制度等多个方面。关于周代所谓礼制，后人有"经礼三百，威仪三千"的说法。孔颖达认为"经礼三百"即《周礼》，"威仪三千"即《仪礼》。郑玄注《周礼·天官·冢宰》曰："周公居摄而作六典之职，谓之《周礼》。营邑于土中。"唐代贾公彦在《仪礼疏序》中说："至于《周礼》《仪礼》，发源是一，理有终始，分为二部，并是周公摄政致太平之书。"现代的学者普遍认为，《周礼》《仪礼》里面包含有许多春秋战国时的内容，不可能出于周公。不过，周礼"郁郁乎文哉"，虽非一时之功，但其必有始倡者。

"然作《周礼》者，必有所本，不可能凭空虚构，其托名于周公，正如庄子后学托名于庄子，墨家弟子托名于墨子，儒家学派托名于孔子，都有一定的依据，并非全为无稽之谈。《周礼》虽非出自周公之手，但总有后人已无法见到的西周文献作蓝本，至少有周公制礼作乐的总体构想在。所以，我们完全有理由把《周礼》当作周公制礼作乐的理性蓝图来看待。"①这一看法是合乎情理的。

礼对人们的举止有一定的约束和规范指导的作用。《左传·隐公十一年》载"君子"之语曰："礼，经国家，定社稷，序民人，利后嗣者也。"《左传·昭公二十五年》载子大叔引子产之语曰："夫礼，天之经也，地之义也，民之行也。"礼是人们的行为法则，是建立良好社会秩序的有效手段。《荀子·礼论》言及"礼起于何也"时曰："人生而有欲，欲而不得，则不能无求；求而无度量分界，则不能不争。争则乱，乱则穷。先王恶其乱也，故制礼以分之。"荀子是从人性本恶的角度来解释礼的起源和作用的，他认为人天生是有欲望的们，欲望得不到满足就会起纷争，于是先王制礼以约束人们的行为，减少或者避免纷争。

春秋时期知识阶层的法治观念呈现出德刑双构、礼法并重的特点。德是对内在德行的强调，君主为政有德，即可认为是"德政"。刑、法以及秦汉以后常说的律三者，通常可以互通互训。法的核心主要就是刑，法是刑的依据，刑是法的体现和保障手段，刑与法存在的目的都是为了建立有"礼"而井然有序的社会。礼从外在角度规范、约束、指导人们的思想和言行，礼与法也是互相依存的关系，正如汉代贾谊所言，"夫礼者禁于将然之前，而法者禁于已然之后"（《汉书·贾谊传》）。春秋时期知识阶层既注重对内在德行的强调，又呼吁建立"合礼"的社会秩序，同时也坚定地认识到刑与法在建立理想社会秩序方面所具有的强制效用。《左传·僖公七年》载管仲言于齐桓公曰："招携以礼，怀远以德。德、礼不易，无人不怀。"又曰："夫诸侯之会，其德、刑、礼、义，无国不记。"招抚有二心的国家时用礼，怀柔关系疏远的国家时用德。凡事不违背德和礼，没有一个人不归附的。诸侯盟会时，在

---

① 谢谦：《中国古代宗教与礼乐文化》，90～91 页，成都，四川人民出版社，1996。

会场上所展示的德行、刑罚、礼仪、道义皆为各诸侯国所关注，没有一个国家不加以记载的。《左传·隐公十一年》载："郑伯使卒出豭，行出犬鸡，以诅射颍考叔者。君子谓：'郑庄公失政刑矣。政以治民，刑以正邪。既无德政，又无威刑，是以及邪。邪而诅之，将何益矣！'"郑国伐许，公孙阏因与颍考叔有隙，故在战争中将其暗算。郑庄公明知凶手是谁，但仍然用诅咒的方式蒙混其事，因而遭到当时的有识之士"君子"对其"既无德政，又无威刑"的批判。《左传·僖公二十五年》载，周襄王将阳樊、温、原、欑茅之田赐给晋国。阳樊不服，围之。苍葛呼曰："德以柔中国，刑以威四夷，宜吾不敢服也。"这当然是阳樊人苍葛的不平之辞，其实也是周王朝当时的治国理念，德的对象绝不仅仅是中原诸侯，刑的对象也绝不仅仅是四夷。《左传·宣公十二年》载晋国大夫随武子赞楚国曰："德、刑、政、事、典、礼不易，不可敌也……伐叛，刑也；柔服，德也。……德立、刑行、政成、事时、典从、礼顺，若之何敌之？"楚国受到随武子赞扬，正是因为德刑兼备。《左传·成公十七年》载晋国大夫胥童之言曰："……乱在外为奸，在内为轨。御奸以德，御轨以刑。不施而杀，不可谓德；臣逼而不讨，不可谓刑。德、刑不立，奸、轨并至。""刑"指的就是治内之"刑"。随着天下一家的局面的瓦解，诸侯"各自为家"。而各诸侯国大都内乱不断，无力对外用兵，因此相关说法就变成了治内以刑（在内为轨，御轨以刑），治外以德（在外为奸，御奸以德）。

二、以罪量刑，追求刑罚的公正性

夏、商、西周三代的刑书往往是以刑名来分类，笼统地规定各种刑种，而没有规定具体的罪行与罪名当处以何种刑罚。这种以刑统罪的法治形式用刑的主要目的大概是惩罚犯罪者，罪只以轻重区分，没有种类之别。

关于夏朝的刑罚，文献记载甚少。《左传·昭公六年》载："夏有乱政，而作《禹刑》。"《禹刑》是以大禹命名的夏朝法律的总称。大禹在世时，夏朝尚未建立，《禹刑》大概是启及其后继者根据氏族社会晚期的习俗陆续建立起来的一套习惯法。夏朝还有皋陶之刑，《左传·昭公十四年》载叔向曰："己恶而掠美为昏，贪以败官为墨，杀人不忌为贼。《夏书》曰：'昏、墨、贼，杀。'皋陶之刑也。"《夏书》记载的这几种刑罚相传为皋陶所创，夏朝建立后仍相沿用。皋陶之刑规定，归入死刑的有三种罪，即昏、墨、贼。做了坏事而剽窃别人的美名叫作昏，贪得无厌、败坏官纪叫作墨，肆无忌惮地杀人叫作贼。

商朝的刑罚的文献记载比夏朝要详细一些。《左传·昭公六年》载："商有乱政，而作《汤刑》。"《汤刑》大概是商朝以汤命名的法律的总称，产生于商朝政治动荡之时。随着社会的发展，它也几经修改。《尚书·盘庚上》载，盘庚迁都时，为教化民众，曾"正法度"。《竹书纪年》记载："（祖甲）二十四年，重作《汤刑》。"《吕氏春秋·孝行览》引《商书》曰："刑三百，罪莫重于不孝。"其文言商朝有刑三百，最大的罪过是不孝。

商朝的刑罚中有断手、炮烙、醢脯等酷刑。《韩非子·内储说》言："殷之法，弃灰于公道者断其手。"《史记·殷本纪》言："纣乃重刑辟，有炮格之法。……九侯有好女，入之纣。九侯女不喜淫，纣怒，杀之，而醢九侯。鄂侯争之强，辨之疾，并脯鄂侯。"商朝的刑罚体现出明显的严刑峻法的特点。

《尚书·伊训》载商汤曾"制官刑，儆于有位"："敢有恒舞于宫，酣歌于室，时谓巫风。敢有殉于货色，恒于游畋，时谓淫风。敢有侮圣言，逆忠直，远耆德，比顽童，时谓乱风。惟兹三风十愆，卿士有一于身，家必丧；邦君有一于身，国必亡。臣下不匡，其刑墨，具训于蒙士。"主要内容是惩治官吏中的"三风十愆"，即官吏如果有三种歪风中的十种罪过，一律予以刑事制裁。三风即巫风、淫风、乱风，十愆即恒舞、酣歌、贪货、贪色、贪游、贪畋、侮圣言、逆忠直、远耆德、比顽童。

西周是中国上古文明的全盛时期，其政治、文化、法律及各种典章制度的建设彬彬之盛。《论语·八佾》载孔子曾对西周礼乐、典章制度大加赞叹："周监于二代，郁郁乎文哉！吾从周。"《左传·昭公六年》载："周有乱政，而作《九刑》。"《九刑》可能是西周初期制定的刑书，由九篇构成。上古文献中有不少关于《九刑》的说法，《周礼》《逸周书》《汉书》等就有"刑书九篇""周法九篇"的记载。《九刑》的具体内容已经佚失，也有学者认为其并非成文刑书，而是西周刑罚的九种类型。① 《九刑》之外，西周还有《吕刑》。《尚书·吕刑》载："吕命，穆王训夏赎刑，作《吕刑》。"《竹书纪年》载："（穆王）五十一年作《吕刑》。"《尚书·吕刑》载："墨罚之属千，劓罚之属千，剕罚之属五百，宫罚之属三百，大辟之罚其属二百。五刑之属三千。"

由上可见，夏、商、西周时期的刑罚在制定和实施过程中都是以刑统罪，只笼统地规定刑罚的种类。降至春秋，逐渐由以刑统罪向以罪统刑转变，已经意识到要寻求罪与刑之间明确的对应关系，规定什么样的犯罪行为应该对应什么样的刑罚。据《左传》记载，春秋时期各诸侯国都有所谓"常刑""常法"，指的都是固定下来的规定了罪与刑之间明确的对应关系的刑罚条例。《左传·昭公三十一年》载晋侯荀跞对鲁国季孙意如曰："有君不事，周有常刑。子其图之！"《左传·哀公三年》载鲁国宗庙起火，子服景伯命众人各自待命，曰："命不共，有常刑。"如果众人不执行命令，等待他们的将是法律的惩罚。《左传·昭公十四年》记载了在晋国发生的一起因争田而起的命案：

> 晋邢侯与雍子争鄐田，久而无成。士景伯如楚，叔鱼摄理。韩宣子命断旧狱，罪在雍子。雍子纳其女于叔鱼，叔鱼蔽罪邢侯。邢侯怒，杀叔鱼与雍子于朝。宣子问其罪于叔向。叔向曰："三人同罪，施生戮死可也。雍子自知其罪，而赂以买直，鲋也鬻狱，邢侯专杀，其罪一也。己恶而掠美为昏，贪以败官为墨，杀人不忌为贼。《夏书》曰：'昏、墨、贼，杀。'皋陶之刑也，请从之。"乃施邢侯，而尸雍子与叔鱼于市。

叔向详细分析了三人各自的罪责所在，指出了论罪的依据，也给出了相应的惩罚办法。叔向的判案得到了孔子的激赏。

另外，《左传》中还记载了一些具体的罪与刑对应的案例。

《左传·成公十六年》载晋国大夫郤至曰："伤国君有刑。"伤害国君

---

① 叶孝信：《中国法制史》，29 页，北京，北京大学出版社，1989。

要遭受刑罚。

《左传·襄公二十二年》载楚国大夫弃疾对楚王曰："泄命重刑，臣亦不为。"泄露国君的机密要判重刑。

《左传·襄公十九年》载："妇人无刑。虽有刑，不在朝市。"杜预注曰："无黥、刖之刑。""谓犯死刑者，犹不暴尸。"妇人不受黥、刖之刑，被判死刑也不会被暴尸于市。

因为有罪受刑成为常制，春秋时人就有了另外一种观念，即有罪不逃刑，甚至能做到自纳于刑。《左传·襄公三年》载：

> 晋侯之弟扬干乱行于曲梁，魏绛戮其仆。晋侯怒，谓羊舌赤曰："合诸侯，以为荣也。扬干为戮，何辱如之？必杀魏绛，无失也！"对曰："绛无贰志，事君不辟难，有罪不逃刑，其将来辞，何辱命焉？"言终，魏绛至，授仆人书，将伏剑。士鲂、张老止之。……晋侯以魏绛为能，以刑佐民矣。反役，与之礼食，使佐新军。张老为中军司马，士富为候奄。

《左传·定公十四年》载：

> 吴伐越，越子句践御之，陈于檇李。句践患吴之整也，使死士再禽焉，不动。使罪人三行，属剑于颈，而辞曰："二君有治，臣好旗鼓。不敏于君之行前，不敢逃刑，敢归死。"遂自刭也。

《左传·庄公十九年》载：

> 初，鬻拳强谏楚子，楚子弗从，临之以兵，惧而从之。鬻拳曰："吾惧君以兵，罪莫大焉。"遂自刖也。楚人以为大阍，谓之大伯，使其后掌之。君子曰："鬻拳可谓爱君矣，谏以自纳于刑，刑犹不忘纳君于善。"

既然周有常刑，罪与罚关系相对固定，那么同样的罪行就应该受到同样的惩罚。《左传·定公十三年》载：

> 荀跞言于晋侯曰："君命大臣，始祸者死，载书在河。今三臣

始祸，而独逐鞅，刑已不钧矣。请皆逐之。"

范氏、中行氏伐赵氏之宫，三臣同罪，而唯独赵鞅被驱逐，这样是不公平的，应该全部驱逐，同罪同罚。如果同罪异罚，是不符合刑罚的公正性的。《左传·僖公二十八年》载：

> 晋侯有疾，曹伯之竖侯獳货筮史，使曰："以曹为解。齐桓公为会而封异姓，今君为会而灭同姓。曹叔振铎，文之昭也。先君唐叔，武之穆也。且合诸侯而灭兄弟，非礼也。与卫偕命，而不与偕复，非信也。同罪异罚，非刑也。礼以行义，信以守礼，刑以正邪，舍此三者，君将若之何？"公说，复曹伯，遂会诸侯于许。

《左传·襄公六年》载：

> 宋华弱与乐辔少相狎，长相优，又相谤也。子荡怒，以弓梏华弱于朝。平公见之，曰："司武而梏于朝，难以胜矣。"遂逐之。夏，宋华弱来奔。司城子罕曰："同罪异罚，非刑也。专戮于朝，罪孰大焉？亦逐子荡。"子荡射子罕之门，曰："几日而不我从？"子罕善之如初。

追求罪与刑之间明确的对应关系，以罪统刑，不再笼统地随意定罪，是春秋时期法治观念较之三代的显著进步。

三、倡导明德慎罚，反对淫刑滥罚

周初统治者在争取和巩固政权的残酷政治斗争过程中深刻认识到，欲使统治长久，不仅要敬天，还要保民。因为"惟命不于常"（《尚书·康诰》），天命的转移是有规律可循的。在王朝末世出现暴君的时候，上天总是寻求能为民做主的统治者，"天惟时求民主"（《尚书·多方》）。要成为民之主，就必须"先知稼穑之艰难"，且要"怀保小民"（《尚书·无逸》）。所谓敬天保民，也就是要敬重上天、爱护百姓，不能随意践踏虐待百姓。要做到敬天保民，统治者必须有"德"，天命也总是归于有德者。《尚书·蔡仲之命》言："皇天无亲，惟德是辅。民心无常，惟惠之怀。为善不同，同归于治。为恶不同，同归于乱。"夏桀、商纣"惟不敬厥德，乃早坠厥命"（《尚书·召诰》）。天命靡常，统治者必须"敬天""保民""敬德"。在法治上，周初统治者也汲取了商朝滥施刑罚、不修德政而激起民愤，最终导致亡国的残酷教训，提倡"明德慎罚""敬明乃罚"（《尚书·康诰》）。春秋时期知识阶层继承了自西周以来敬天保民的为政理念，倡导明德慎罚，反对淫刑滥罚。

然而，所谓"敬天保民""明德慎罚"只是知识阶层的理念。在现实政治实践的层面，由于统治者的专断，春秋时期还是呈现出淫刑滥罚的局面。《左传·桓公十三年》载：

> 莫敖使徇于师曰："谏者有刑。"及鄢，乱次以济。遂无次，且不设备。及罗，罗与卢戎两军之，大败之。莫敖缢于荒谷。群帅囚于冶父，以听刑。楚子曰："孤之罪也！"皆免之。

楚国伐罗，莫敖一意孤行，"谏者有刑"，谁要劝谏阻止他都得遭受刑罚。

《左传·僖公二十三年》载：

> 九月，晋惠公卒。怀公命无从亡人。期，期而不至，无赦。狐突之子毛及偃从重耳在秦，弗召。冬，怀公执狐突，曰："子来则免。"对曰："子之能仕，父教之忠，古之制也。策名，委质，贰乃辟也。今臣之子名在重耳，有年数矣。若又召之，教之贰也。父教子贰，何以事君？刑之不滥，君之明也，臣之愿也。淫刑以逞，谁则无罪？臣闻命矣。"乃杀之。

狐突认为不滥施刑罚是好君主的表现，然而"刑之不滥"仅是他的理想，最终他还是被他的君主随意杀害了。

《左传·襄公五年》载：

> 楚人讨陈叛故，曰："由令尹子辛实侵欲焉。"乃杀之。书曰"楚杀其大夫公子壬夫"，贪也。君子谓："楚共王于是不刑。《诗》曰：'周道挺挺，我心扃扃。讲事不令，集人来定。'己则无信，而

杀人以逞，不亦难乎？《夏书》曰：'成允成功。'"

杜预注曰："陈之叛楚，罪在子辛。共王既不能素明法教，陈叛之日，又不能严断威刑，以谢小国，而拥其罪人，兴兵致讨。加礼于陈，而陈恨弥笃，乃怨而归罪子辛。子辛之贪，虽足以取死，然共王用刑，为失其节，故言不刑。"《左传·襄公二十六年》载：

> 声子通使于晋。还如楚，令尹子木与之语，问晋故焉。且曰："晋大夫与楚孰贤？"对曰："晋卿不如楚，其大夫则贤，皆卿材也。如杞、梓、皮革，自楚往也。虽楚有材，晋实用之。"子木曰："夫独无族姻乎？"对曰："虽有，而用楚材实多。归生闻之：'善为国者，赏不僭而刑不滥。'赏僭，则惧及淫人；刑滥，则惧及善人。若不幸而过，宁僭无滥。与其失善，宁其利淫。……古之治民者，劝赏而畏刑，恤民不倦。赏以春夏，刑以秋冬。是以将赏为之加膳，加膳则饫赐，此以知其劝赏也。将刑为之不举，不举则彻乐，此以知其畏刑也。夙兴夜寐，朝夕临政，此以知其恤民也。三者，礼之大节也。有礼无败。今楚多淫刑，其大夫逃死于四方，而为之谋主，以害楚国，不可救疗，所谓不能也。"

《左传·昭公三年》载：

> 初，景公欲更晏子之宅，曰："子之宅近市，湫隘嚣尘，不可以居，请更诸爽垲者。"辞曰："君之先臣容焉，臣不足以嗣之，于臣侈矣。且小人近市，朝夕得所求，小人之利也，敢烦里旅？"公笑曰："子近市，识贵贱乎？"对曰："既利之，敢不识乎？"公曰："何贵？何贱？"于是景公繁于刑，有鬻踊者，故对曰："踊贵屦贱。"既已告于君，故与叔向语而称之。景公为是省于刑。君子曰："仁人之言，其利博哉！晏子一言，而齐侯省刑。"

由上可见，春秋时期法治状况呈现出以下特点和趋势：在知识阶层的观念世界里，他们努力追求立法的公正性，认识到德与刑之间的互助互补关系。但是在统治者实际执行的过程中，执法的随意性、专断性却从来不曾避免过，各诸侯国刑罚泛滥成灾的情况屡见不鲜。因此，颁布为全民所共知并受到监督的成文法势在必行。

第二节　各诸侯国刑书法典的颁布

"我国自三代以来，纯以礼治为尚。"①三代以来的社会，我们称之为"礼乐社会"或者"礼治社会"。礼治社会的基本思路是：基于社会中每个人出身、才能和性情的不同，人天然就有高低贵贱之分，应该根据不同的人群分别制定不同的社会规范——"礼"。礼的内容千差万别，"名位不同，礼亦异数"（《左传·庄公十八年》），但礼本身并不是目的，而是维持这种贵贱等级秩序的手段。《礼记·曲礼》言："礼者，所以定亲疏，决嫌疑，别同异，明是非也。"《荀子·荣辱》言："故先王案为之制礼义以分之。使贵贱之等，长幼之差，知贤愚、能不能之分，皆使人载其事而各得其宜。"在这种情况下，社会等级秩序中的周天子、诸侯王、卿大夫、士，有关冠昏、丧祭、宫室、衣服、饮食、器具、言语、容貌、进退等凡一切人事，无论大小，悉纳入礼之范围。日本学者穗积陈重在谈及早期社会"礼治"发达的缘由时说："当社会发展之初期，民智蒙昧，不能依于抽象之原则以规制其行为。故取日用行习之最适应于共同生活者，为设具体的仪容，使遵据之。则其于保社会之安宁，助秩序的发达，最有力焉。"②

但礼只在社会秩序相对稳定、周天子统治力相对强大的时候才起作用。周自东迁后，政治失纲、社会失序，以宗法血缘关系为基础的社会政治体系逐步瓦解，礼治秩序趋于崩溃。政治外交上，礼乐征伐不是出自周天子，而是出自诸侯霸主。诸侯国之间的兼并战争十分残酷。据《春秋》经传所记，春秋初期有诸侯列国百余，迄西狩获麟时即

---

① 范忠信选编：《梁启超法学文集》，70 页，北京，中国政法大学出版社，2004。
② 转引自范忠信选编：《梁启超法学文集》，104 页，北京，中国政法大学出版社，2004。

鲁哀公十四年(公元前 481 年)，只存数十国。在这个时期，兼并和反兼并的战争空前频繁。列国为适应对外战争和稳定国内局势的需要，都对本国现行的政治社会体制进行了调整和变革。其时，各诸侯国内部强族骄横，卿大夫专权跋扈。"世衰道微，邪说暴行有作，臣弑其君者有之，子弑其父者有之"(《孟子·滕文公下》)，出现了"社稷无常奉，君臣无常位"(《左传·昭公三十二年》)的局面。仅以《春秋》所载，臣弑君的事件就有："卫州吁弑其君完"(《春秋·隐公四年》)，"宋督弑其君与夷及其大父孔父"(《春秋·桓公二年》)，"宋万弑其君捷及大夫仇牧"(《春秋·庄公十二年》)，"晋赵盾弑其君夷皋"(《春秋·宣公二年》)，"齐崔杼弑其君光"(《春秋·襄公二十五年》)，"齐陈恒弑其君壬于舒州"(《春秋·哀公十四年》)，等等。其他如晋文公违反礼制"请隧"(《左传·僖公二十五年》)、季氏"八佾舞于庭"(《论语·八佾》)等违礼行为，数不胜数。

正当此"王纲解纽""礼崩乐坏"的时期，社会控制的复杂程度也与日俱增。就社会结构而言，社会的流动性空前加大。在思想文化领域，过去被贵族阶层垄断的学术也开始走向民间。三代以来以宗法血缘关系为基础、固定的社会关系安排——"礼治"，无论在实际操作方面还是思想基础方面都受到严峻的挑战，时代呼唤一种全新的社会组织和社会控制模式。因此，各诸侯国纷纷颁布适合本国具体情况的刑书，也就是成文法。

一、郑国

郑国在子产执政时期，将原来藏在官府中的刑书铸于鼎上公布出来，史称"铸刑书"。《左传·昭公六年》载："三月，郑人铸刑书。"杜预注曰："铸刑书于鼎，以为国之常法。"

郑国除国家统一的法典外，还有私人编订的刑书。《左传·定公九年》载："郑驷歂杀邓析，而用其《竹刑》。"鲁定公九年，即郑献公十三年(公元前 501 年)，郑国的执政驷歂杀死了大夫邓析，但采用了邓析所编订的《竹刑》。

二、晋国

《左传·昭公二十九年》载孔子之言曰："文公是以作执秩之官，为被庐之法，以为盟主。"晋文公四年（公元前 633 年），晋国制定了关于官员爵禄的法条，称"被庐之法"。

《左传·文公六年》载："宣子于是乎始为国政。制事典，正法罪，辟狱刑，董逋逃，由质要，治旧洿，本秩礼，续常职，出滞淹。既成，以授大傅阳子与大师贾佗，使行诸晋国，以为常法。"赵宣子在执政期间不仅修订了法律，使之成为经久适用的国之常法，而且设置了专门的执法人员。

《左传·昭公二十九年》载："冬，晋赵鞅、荀寅帅师城汝滨，遂赋晋国一鼓铁，以铸刑鼎，著范宣子所为刑书焉。"晋平公四年（公元前 554 年），范宣子在执政期间曾经制定刑书。鲁昭公二十九年（公元前 513 年），赵鞅、荀寅铸造了载有范宣子刑书的铁鼎，史称"铸刑鼎"，并由此引发了激烈的思想争鸣。孔颖达曰："范宣子制作刑书，施于晋国，自使朝廷承用，未尝宣示下民。今荀寅谓此等宣子之书可以长为国法，故铸鼎而铭之，以示百姓。犹如郑铸刑鼎。"

三、楚国

《左传·昭公七年》载楚国的芋尹无宇曰："吾先君文王，作《仆区》之法，曰'盗所隐器，与盗同罪'，所以封汝也。"楚文王时期（公元前 689—前 677 年）制定了"《仆区》之法"，规定隐匿盗所掠取的器物者与盗同罪。

《韩非子·外储说右上》说荆庄王有茅门之法，其文曰："群臣大夫诸公子入朝，马蹄践霤者，廷理斩其辀，戮其御。"楚庄王时期（公元前 613—前 591 年）制定了禁止臣下乘车进入宫门的法律"茅门之法"。

《战国策·楚策一》记载楚昭王时期，吴楚大战，吴入郢都。楚人蒙穀"遂入大宫，负鸡次之典，以浮于江，逃于云梦之中。昭王反郢，五官失法，百姓昏乱；蒙穀献典，五官得法，而百姓大治"。楚昭王时期（公元前 515 年—前 489 年）曾经奉行行政方面的法典"鸡次之典"，其内容现已不得而知，但是昭王返郢之后，蒙縠献典，楚国大治，可见"鸡次之典"的确在治国安邦方面发挥了很大作用。

四、宋国

《左传·襄公九年》载："九年，春，宋灾。乐喜为司城以为政。……使乐遄庀刑器，亦如之。"乐遄是司寇，刑器也就是刑书。孔颖达云："此人掌具刑器，知其为司寇也。恐其为火所焚，当是国之所重，必非刑人之器，故以为刑书也。"

五、卫国

《左传·定公四年》载卫国大夫子鱼之言曰："臣展四体，以率旧职，犹惧不给，而烦刑书。若又共二，徼大罪也。"所谓"烦刑书"，也就是有过错而遭受刑法处置。从子鱼所言可见，当时卫国是有刑书的。

第三节 "礼治—法治"二元对立结构及其引发的思想争鸣

春秋中后期各诸侯国颁布法典之后，在知识阶层内部掀起了激烈的思想争鸣，尤以郑国和晋国最为激烈，《左传》对此有详细的记载。《左传·昭公六年》记载了"郑人铸刑书"以及叔向、子产针对此事的往来书信，具体内容如下：

> 三月，郑人铸刑书。叔向使诒子产书曰："始吾有虞于子，今则已矣。昔先王议事以制，不为刑辟，惧民之有争心也。犹不可禁御，是故闲之以义，纠之以政，行之以礼，守之以信，奉之以仁，制为禄位，以劝其从，严断刑罚，以威其淫。惧其未也，故诲之以忠，耸之以行，教之以务，使之以和，临之以敬，莅之以强，断之以刚。犹求圣哲之上，明察之官，忠信之长，慈惠之师，民于是乎可任使也，而不生祸乱。民知有辟，则不忌于上，并有

争心，以征于书，而徼幸以成之，弗可为矣。夏有乱政，而作《禹刑》。商有乱政，而作《汤刑》。周有乱政，而作《九刑》。三辟之兴，皆叔世也。今吾子相郑国，作封洫，立谤政，制参辟，铸刑书，将以靖民，不亦难乎？《诗》曰：'仪式刑文王之德，日靖四方。'又曰：'仪刑文王，万邦作孚。'如是，何辟之有？民知争端矣，将弃礼而征于书。锥刀之末，将尽争之。乱狱滋丰，贿赂并行。终子之世，郑其败乎？肸闻之：'国将亡，必多制。'其此之谓乎！"复书曰："若吾子之言，侨不才，不能及子孙，吾以救世也。既不承命，敢忘大惠？"

士文伯曰："火见，郑其火乎！火未出，而作火以铸刑器，藏争辟焉。火如象之，不火何为？"

《左传·昭公二十九年》记载了晋国铸造刑鼎之事以及孔子、史墨对此事的看法：

冬，晋赵鞅、荀寅帅师城汝滨，遂赋晋国一鼓铁，以铸刑鼎，著范宣子所为刑书焉。仲尼曰："晋其亡乎！失其度矣。夫晋国将守唐叔之所受法度，以经纬其民，卿大夫以序守之，民是以能尊其贵，贵是以能守其业。贵贱不愆，所谓度也。文公是以作执秩之官，为被庐之法，以为盟主。今弃是度也，而为刑鼎，民在鼎矣，何以尊贵？贵何业之守？贵贱无序，何以为国？且夫宣子之刑，夷之蒐也，晋国之乱制也，若之何以为法？"蔡史墨曰："范氏、中行氏其亡乎！中行寅为下卿，而干上令，擅作刑器，以为国法，是法奸也。又加范氏焉，易之，亡也。其及赵氏，赵孟与焉。然不得已，若德，可以免。"

从《左传》所记来看，叔向、孔子、史墨对铸刑书、刑鼎一致持反对态度。他们反对什么呢？是反对刑法的存在还是反对将刑法铸于鼎铭公之于世？或者是反对其他的什么东西？

叔向、孔子并不反对"刑"的存在。叔向说"严断刑罚，以威其淫"，他充分认识到了"刑"在维持社会秩序方面所起的震慑作用。孔子也是

如此,《左传·昭公十四年》载:

> 仲尼曰:"叔向,古之遗直也。治国制刑,不隐于亲,三数叔鱼之恶,不为末减。曰义也夫,可谓直矣!平丘之会,数其贿也,以宽卫国,晋不为暴。归鲁季孙,称其诈也,以宽鲁国,晋不为虐。邢侯之狱,言其贪也,以正刑书,晋不为颇。三言而除三恶,加三利,杀亲益荣,犹义也夫!"

叔向、孔子也并不反对将法典公之于世。法律制度具有稳定和维护社会秩序、预防和威慑犯罪的作用,所以制订出来后就是要让人们知晓并遵循的。假如制订了法律制度却不公布,那就只是个别人的心机,而不是法律。即使有法律也等于无法律,就失去了制订法律制度的作用和意义。所以,中国古代各朝代有了法律制度后就一定会公布出来,只是公布的范围可能有广狭之别。但这些法律制度一定是曾经以各种方式公布过的,否则后人就不可能了解前朝前代曾经制订过什么样的法律制度。西周时已有刑书的记载,《周礼·秋官司寇·大司寇》载:"正月之吉,始和布刑于邦国都鄙,乃县刑象之法于象魏,使万民观刑象,挟日而敛之。"《孔子家语·五刑解》记载了孔子要求公布法律制度的主张:"圣人之设防,贵其不犯也;制五刑而不用,所以为至治也。凡民之为奸邪、窃盗、靡法、妄行者,生于不足,不足生于无度。无度则小者偷惰,大者侈靡,各不知节。是以上有制度,则民知所止;民知所止,则不犯,故虽有奸邪、窃盗、靡法、妄行之狱,而无陷刑之民。"[①]

但是,叔向、孔子能接受的法律公开是有限度的公开。什么样的行为有罪,是可以公开的;但是,什么样的罪行应该遭受什么样的处罚,是不能公开的。罪与刑如何对应,要根据具体情况临时决定,也就是"议事以制"。《左传·昭公六年》载叔向云"议事以制,不为刑辟",杜预注曰:"临事制刑,不豫设法。"孔颖达曰:"圣王虽制刑法,举其

---

① (三国魏)王肃注,[日]太宰纯增注:《孔子家语》,242~248页,上海,上海古籍出版社,2019。

大纲……令不测其浅深，常畏威而惧罪也。"叔向所主张的"议事以制"实行的背景并非没有成文法规，而是在适用法律时先议而后定。在夹谷之会上，孔子谈及对不合时宜的滑稽表演实施的惩罚措施时说"匹夫而营惑诸侯者罪当诛"（《史记·孔子世家》），后议定为斩去手脚。这说明当时法律规定是明确的，但是使用法律的过程是不确定的，议定罪行的轻重带有很大的随意性。

"临事制刑"说明当时成文法并不真正公之于众，主要由司法长官掌握，保持着所谓"刑不可知"的特权。英国比较法学家、法史学家梅因在分析了许多落后的法律形式以后，提出古代法律在形式上的发展要经过三个阶段：第一个阶段是没有成文法，主要依据习惯法作出判决；第二个阶段是有了成文法，但是藏之于祭祀神灵的地方，由司法长官掌握；第三个阶段就是向全社会公布成文法。① 西周及春秋时期社会的法律形式，就处于梅因所说的第二个阶段。《逸周书·尝麦解》曰："维四年孟夏……王命大正正刑书……太史筴刑书九篇，以升，授大正……大正坐，举书，乃中降，再拜稽首……太史乃藏之于盟府，以为岁典。"大正概是司寇，曰"授"、曰"举"、曰"藏"表明实有刑书在，这正是叔向、孔子所希望的法的存在形态。

由于刑书的载体是鼎，其能承载的文字容量有限，不可能公布刑事法典的全部文字，其内容也不可能完善地涵盖社会生活的每一个方面，更不可能涵盖每一种犯罪行为所对应的处罚。但是，它一定是在某种程度上、某种范围内具体地规定了罪与刑之间明确的对应关系。由于历史的局限性，其内在的逻辑性和立法的技术性仍然十分粗疏。但这并不要紧，重要的是它削弱了贵族阶层的司法特权，公开了百姓行为的最低许可限度，统一了刑罚标准，让人们对过去无所不在的礼制不再敬畏，这才是叔向和孔子之所以痛心疾首的原因。这是一种几乎对族内族外之人平等适用的刑法典，是一种事先把何为犯罪及应处何种刑罚规定得较为清楚的法典，是一种让司法者不易上下其手的法律规范体系。这样的法典让统治者有些"束手束脚"，因为这会使他们

---

① ［英］梅因：《古代法》，沈景一译，1～12 页，北京，商务印书馆，1959。

在灵活机动地打击"犯罪"问题上不能像过去一样随心所欲，所以遭到了旧派贵族势力的强烈反对。①

叔向、孔子认为，理想的治国手段是礼而不是法，国家主要应通过礼以及相关的仁、义、信、德政来治理，法只不过是在礼的控制力不足的情况下的一种临时补充。只有礼对人性的恶无法感化、消弭的时候，才需要法的严酷，"严断刑罚，以威其淫"。此外，他们认为法的治理效果也不如礼。《论语·为政》载孔子之言曰："道之以政，齐之以刑，民免而无耻。道之以德，齐之以礼，有耻且格。"统治者如果用政令来治理百姓、用刑法来整顿百姓，那么百姓会只求能免于因犯罪受惩罚，却没有廉耻之心；如果用道德来引导百姓、用礼制来同化百姓，那么百姓不仅会有羞耻之心，而且会有归服之心。礼能从根本上革除人心之非，而法仅仅能使人免于刑罚。

法的控制力如果过于强大，就会削弱礼的力量，最终使贵族阶层失去对社会秩序的控制力。如果罪与罚的对应关系在刑书、刑鼎上有明确的规定，那么民众犯罪之后能预知将要遭受什么样的处罚，就会在刑书、刑鼎上找依据，而不会由贵族"议事以制"。贵族不仅失去了"议事以制"的特权，而且自己也被置于刑罚的控制之下，如有罪过也要遭受刑罚，其身份、特权被拉低、减弱。侯外庐说："因为'礼'是讲上下尊贱之别的，是不能在所谓一个标准之下来'齐'的。然而'法'却不然，'法'是要讲一个标准的。所谓'范天下之不一，而归于一'（《说文》）。所以，礼在于'别'，而法在于'齐'。中国古代社会的刑是与礼对立的；而古代末期的法与其说是对于贵族'刻薄少恩'，毋宁说把贵族的'别''分'降低了。因为'礼，国之干也。……礼不行则上下昏，何以长世？'（《左传·僖公十一年》）以法代礼，岂不是把氏族贵族置于与国民同等地位了么？"②这是试图维护礼治的旧贵族们所不能容忍的。

叔向、孔子的反抗有效果吗？面对叔向一番苦心孤诣的批评劝说，

---

① 黄东海、范忠信：《春秋铸刑书刑鼎究竟昭示了什么巨变》，载《法学》，2008(2)。

② 侯外庐、赵纪彬、杜国庠：《中国思想通史》第一卷，589～590页，北京，人民出版社，1957。

锐意改革的子产丝毫不为所动，坚持自己的"救世"主张，只是礼节性地感谢叔向的关心而已。历史的车轮滚滚向前，礼治已经不能从根本上解决实际问题。春秋末期至战国时期各诸侯国轰轰烈烈的改革，正说明了春秋时期这场关于礼治与法治的争论必然以改革派的胜利告终。叔向等保守派虽然怀着对仁义社会的憧憬和信心，不愿意承认礼并不能杜绝人性中不可泯灭的恶，但在历史的洪流面前，也不得不听之任之。

郑国铸刑书和晋国铸刑鼎，是为满足"救世"的需要而被迫采取了"缘法而治"的新的社会治理模式，从而否定了过去的宗法礼治模式，也否定了以礼法网罗生活一切方面的社会控制理念。因此，铸刑书刑鼎的核心意义在于社会控制模式的巨大转变。"礼治—法治"二元对立结构中礼与法的激烈斗争，实质就是早期儒家与早期法家的第一次较量。刑书刑鼎的颁布，暗示着春秋时期已经成为"缘法而治时代的开始"①。

---

① 赵晓耕编著：《中国法制史》，51页，北京，中国人民大学出版社，2004。

参考文献

古籍文献

（春秋）左丘明传，（晋）杜预注，（唐）孔颖达正义：《春秋左传正义》，北京：北京大学出版社，1999 年版。

上海师范大学古籍整理组校点：《国语》，上海：上海古籍出版社，1978 年版。

（春秋）管子著，黎翔凤撰：《管子校注》，北京：中华书局，2004 年版。

（战国）韩非著，陈奇猷校注：《韩非子新校注》，上海：上海古籍出版社，2000 年版。

（战国）吕不韦著，陈奇猷校释：《吕氏春秋新校释》，上海：上海古籍出版社，2002 年版。

（战国）荀况著，王天海校释：《荀子校释》，上海：上海古籍出版社，2005 年版。

（汉）毛亨传，（汉）郑玄笺，（唐）孔颖达疏：《毛诗正义》，北京：北京大学出版社，1999 年版。

（汉）司马迁撰，（宋）裴骃集解，（唐）司马贞索隐，（唐）张守节正义：《史记》，北京：中华书局，1959 年版。

（汉）班固著，（唐）颜师古注：《汉书》，北京：中华书局，1962 年版。

（汉）公羊寿传，（汉）何休解诂，（唐）徐彦疏：《春秋公羊传注疏》，北京：北京大学出版社，1999 年版。

（汉）孔安国传，（唐）孔颖达疏：《尚书正义》，北京：北京大学出版社，1999 年版。

（汉）刘向撰，向宗鲁校证：《说苑校证》，北京：中华书局，1987 年版。

（汉）赵岐注，（宋）孙奭疏：《孟子注疏》，北京：北京大学出版社，1999 年版。

（汉）郑玄注，（唐）贾公彦疏：《仪礼注疏》，北京：北京大学出版社，1999 年版。

（汉）郑玄注，（唐）贾公彦疏：《周礼注疏》，北京：北京大学出版社，1999 年版。

（汉）郑玄注，（唐）孔颖达疏：《礼记正义》，北京：北京大学出版社，1999 年版。

（晋）杜预集解：《春秋经传集解》，上海：上海古籍出版社，1988 年版。

（晋）范宁集解，（唐）杨士勋疏：《春秋穀梁传注疏》，北京：北京大学出版社，1999 年版。

（梁）刘勰著，范文澜注：《文心雕龙注》，北京：人民文学出版社，1958 年版。

（魏）何晏注，（宋）邢昺疏：《论语注疏》，北京：北京大学出版社，1999 年版。

（唐）韩愈著：《韩昌黎全集》，北京：中国书店，1991 年版。

（唐）刘知幾撰，（清）浦起龙释：《史通通释》，上海：上海古籍出版社，1978 年版。

（宋）朱熹注，王华宝整理：《诗集传》，南京：凤凰出版社，2007 年版。

（宋）王应麟撰：《汉艺文志考证》，《景印文渊阁四库全书》第 675 册，台北：台湾商务印书馆，1986 年版。

（明）柯尚迁著：《周礼全经释原》，《景印文渊阁四库全书》第 96 册，台北：台湾商务印书馆，1986 年版。

（明）吴讷、徐师曾著：《文章辨体序说　文体明辨序说》，北京：人民文学出版社，1962 年版。

（清）段玉裁撰：《说文解字注》，北京：中华书局，2013 年版。

（清）高士奇著：《左传纪事本末》，北京：中华书局，1979 年版。

（清）何楷撰：《诗经世本古义》，《景印文渊阁四库全书》第 81 册，台北：台湾商务印书馆，1986 年版。

（清）焦循撰，沈文倬点校：《孟子正义》，北京：中华书局，1987 年版。

（清）刘宝楠撰，高流水点校：《论语正义》，北京：中华书局，1990 年版。

（清）刘熙载撰：《艺概》，上海：上海古籍出版社，1978 年版。

（清）阮元校刻：《十三经注疏》，北京：中华书局，1980 年版。

（清）阮元编：《清经解》，上海：上海书店，1988 年版。

（清）孙希旦撰，沈啸寰、王星贤点校：《礼记集解》，北京：中华书局，1989 年版。

（清）孙诒让著：《墨子间诂》，北京：中华书局，1986 年版。

（清）孙诒让撰：《周礼正义》，北京：中华书局，1987 年版。

（清）王先慎撰，钟哲点校：《韩非子集解》，北京：中华书局，1998 年版。

（清）王引之撰：《经义述闻》，南京：江苏古籍出版社，1985 年版。

（清）严可均辑：《全后汉文》，北京：商务印书馆，1999 年版。

（清）章学诚著，叶瑛校注：《文史通义校注》，北京：中华书局，1985 年版。

（清）朱为弼撰：《蕉声馆文集》，《清代诗文集汇编》第 501 册，上海：上海古籍出版社，2010 年版。

（清）朱彝尊撰：《经义考》，北京：中华书局，1998 年版。

安徽亳县《曹操集》译注小组译注：《曹操集译注》，北京：中华书局，1979 年版。

陈鼓应著：《老子注译及评介》，北京：中华书局，1984 年版。

陈鼓应注译：《庄子今注今译》，北京：中华书局，1983 年版。

程俊英、蒋见元著：《诗经注析》，北京：中华书局，1991 年版。

董立章著：《国语译注辨析》，广州：暨南大学出版社，1993 年版。

范祥雍订补：《古本竹书纪年辑校订补》，上海：上海古籍出版社，2018 年版。

傅亚庶撰：《孔丛子校释》，北京：中华书局，2011 年版。

郭化若撰：《论孙子兵法》，（魏）曹操等注，郭化若译：《十一家注孙子》，北京：中华书局，1962 年版。

何建章注释：《战国策注释》，北京：中华书局，1990 年版。

黄怀信、张懋镕、田旭东撰：《逸周书汇校集注》修订本，上海：上海古籍出版社，2007 年版。

黄怀信著：《逸周书校补注译》修订本，西安：三秦出版社，2006 年版。

李山著：《诗经析读》，海口：南海出版公司，2003 年版。

马承源主编：《商周青铜器铭文选》第 3 册，北京：文物出版社，1988 年版。

聂石樵主编：《诗经新注》，济南：齐鲁书社，2000 年版。

清华大学出土文献研究与保护中心编：《清华大学藏战国竹简（壹）》下册，上海：中西书局，2012 年版。

山西省文物工作委员会编：《侯马盟书》，北京：文物出版社，1976 年版。

徐元诰撰：《国语集解》，北京：中华书局，2002 年版。

杨伯峻编著：《孟子译注》，北京：中华书局，1960 年版。

杨伯峻撰：《列子集释》，北京：中华书局，1979 年版。

杨伯峻著：《春秋左传注（修订本）》，北京：中华书局，1990 年版。

袁珂著：《山海经校译》，上海：上海古籍出版社，1985 年版。

中国人民解放军军事科学院战争理论研究部《孙子》注释小组注：《孙子兵法新注》，北京：中华书局，1977 年版。

研究专著

A

［英］安东尼·吉登斯著，李康、李猛译：《社会的构成：结构化理论大纲》，北京：生活·读书·新知三联书店，1998年版。

B

［日］白川静著，加地伸行、范月娇译：《中国古代文化》，台北：文津出版社，1983年版。

［日］北冈诚司著，魏炫译：《巴赫金：对话与狂欢》，石家庄：河北教育出版社，2002年版。

C

蔡仁厚著：《论语人物论》，台北：台湾商务印书馆，1996年版。

岑仲勉著：《西周社会制度问题》，上海：上海人民出版社，1957年版。

晁福林著：《夏商西周的社会变迁》，北京：北京师范大学出版社，1996年版。

陈汉平著：《西周册命制度研究》，上海：学林出版社，1986年版。

陈来著：《古代思想文化的世界：春秋时代的宗教、伦理与社会思想》，北京：生活·读书·新知三联书店，2009年版。

陈来著：《古代宗教与伦理：儒家思想的根源》，北京：生活·读书·新知三联书店，2009年版。

陈梦家著：《尚书通论》，北京：中华书局，2005年版。

陈梦家著：《西周铜器断代》，北京：中华书局，2004年版。

（清）陈寿祺撰：《五经异义疏证》，上海：上海古籍出版社，2013年版。

陈戍国著：《中国礼制史·先秦卷》，长沙：湖南人民出版社，2002年版。

陈桐生著：《〈孔子诗论〉研究》，北京：中华书局，2004年版。

陈子展撰述：《诗三百篇解题》，上海：复旦大学出版社，2001年版。

D

丁福保编纂：《说文解字诂林》，北京：中华书局，1988年版。

F

冯时著：《中国天文考古学》，北京：社会科学文献出版社，2001年版。

［法］弗朗索瓦·于连著，杜小真译：《迂回与进入》，北京：生活·读书·新知三联书店，1998年版。

傅亚庶著：《中国上古祭祀文化》，北京：高等教育出版社，2005年版。

E

［德］恩斯特·卡西尔著，黄龙保、周振选译：《神话思维》，北京：中国社会科学出版社，1992年版。

G

葛兆光著：《中国思想史》第一卷，上海：复旦大学出版社，2001年版。

顾颉刚、刘起釪著：《尚书校释译论》，北京：中华书局，2005年版。

顾颉刚编著：《古史辨》第三册，上海：上海古籍出版社，1982年版。

顾颉刚著：《史林杂识初编》，北京：中华书局，1963年版。

郭沫若主编：《中国史稿》第一册，北京：人民出版社，1976年版。

郭沫若著作编辑出版委员会编：《郭沫若全集·历史编》第一卷，北京：人民出版社，1982 年版。

郭沫若著：《两周金文辞大系图录考释》，上海：上海书店出版社，1999 年版。

郭沫若著：《十批判书》，北京：东方出版社，1996 年版。

郭沫若著：《殷契粹编》，北京：科学出版社，1965 年版。

郭沫若著：《殷周青铜器铭文研究》，北京：科学出版社，1961 年版。

郭英德著：《中国古代文体学论稿》，北京：北京大学出版社，2005 年版。

郭预衡著：《中国散文史》，上海：上海古籍出版社，1986 年版。

过常宝著：《先秦散文研究——早期文体及话语方式的生成》，北京：人民出版社，2009 年版。

过常宝著：《原史文化及文献研究》，北京：北京大学出版社，2008 年版。

H

何怀宏著：《世袭社会及其解体——中国历史上的春秋时代》，北京：生活·读书·新知三联书店，1996 年版。

何九盈、王宁、董琨主编：《辞源》第 3 版，北京：商务印书馆，2016 年版。

侯外庐、赵纪彬、杜国庠著：《中国思想通史》第一卷，北京：人民出版社，1957 年版。

胡厚宣主编：《甲骨文合集释文》，北京：中国社会科学出版社，1999 年版。

胡厚宣、胡振宇著：《殷商史》，上海：上海人民出版社，2003 年版。

胡新生著：《中国古代巫术》，济南：山东人民出版社，1998 年版。

黄德宽主编：《古文字谱系疏证》，北京：商务印书馆，2007 年版。

黄怀信著：《〈逸周书〉源流考辨》，西安：西北大学出版社，1992

年版。

（清）惠士奇著：《礼说》，《景印文渊阁四库全书》第 101 册，台北：台湾商务印书馆，1986 年版。

J

季旭升著：《说文新证》，福州：福建人民出版社，2010 年版。

蒋伯潜著：《诸子通考》，杭州：浙江古籍出版社，1985 年版。

姜义华主编：《胡适学术文集·中国哲学史》下册，北京：中华书局，1991 年版。

金德建著：《司马迁所见书考》，上海：上海人民出版社，1963 年版。

L

蓝勇编著：《中国历史地理》，北京：高等教育出版社，2010 年版。

[美]李惠仪著，文韬、许明德译：《〈左传〉的书写与解读》，南京：江苏人民出版社，2016 年版。

李匡武主编：《中国逻辑史》先秦卷，兰州：甘肃人民出版社，1989 年版。

李零著：《李零自选集》，桂林：广西师范大学出版社，1998 年版。

李圃主编：《古文字诂林》第 1 册，上海：上海教育出版社，1999 年版。

李山著：《诗经的文化精神》，北京：东方出版社，1997 年版。

李无未著：《周代朝聘制度研究》，长春：吉林人民出版社，2005 年版。

李玄伯著：《中国古代社会新研》，上海：开明书店，1948 年版。

李泽厚著：《中国思想史论》，合肥：安徽文艺出版社，1999 年版。

梁启超著：《墨子学案》，上海：商务印书馆，1922 年版。

梁启超原著，范忠信选编：《梁启超法学文集》，北京：中国政法大学出版社，2004 年版。

林义光著：《诗经通解》，上海：中西书局，2012 年版。

刘起釪著：《尚书学史》（修订本），北京：中华书局，2017 年版。

刘师培著：《刘申叔遗书》，南京：江苏古籍出版社，1997 年版。

刘翔、陈抗、陈初生等编著：《商周古文字读本》，北京：语文出版社，1989 年版。

刘瑛著：《〈左传〉、〈国语〉方术研究》，北京：人民文学出版社，2006 年版。

刘源著：《商周祭祖礼研究》，北京：商务印书馆，2004 年版。

柳诒徵编著：《中国文化史》上册，上海：东方出版中心，1988 年版。

（唐）陆淳著：《春秋啖赵集传纂例》，《丛书集成初编》第 3637 册，上海：商务印书馆，1936 年版。

罗根泽撰：《罗根泽说诸子》，上海：上海古籍出版社，2001 年版。

罗根泽编著：《古史辨》第 4 册，上海：上海古籍出版社，1982 年版。

吕静著：《春秋时期盟誓研究——神灵崇拜下的社会秩序再构建》，上海：上海古籍出版社，2007 年版。

M

马承源著：《中国古代青铜器》，上海：上海人民出版社，2008 年版。

马银琴著：《两周诗史》，北京：社会科学文献出版社，2006 年版。

［英］梅因著，沈景一译：《古代法》，北京：商务印书馆，1959 年版。

缪文远著：《战国制度通考》，成都：巴蜀书社，1998 年版。

Q

钱穆著：《国史大纲》，北京：商务印书馆，1994 年版。

钱穆著：《先秦诸子系年》外一种，石家庄：河北教育出版社，2000 年版。

钱穆著：《中国思想史》，北京：九州出版社，2012 年版。

钱玄著：《三礼通论》，南京：南京师范大学出版社，1996 年版。

钱锺书著：《管锥编》，北京：生活·读书·新知三联书店，2007 年版。

裘锡圭著：《古代文史研究新探》，南京：江苏古籍出版社，1992 年版。

S

沈文倬著：《菿闇文存——宗周礼乐文明与中国文化考论》，北京：商务印书馆，2006 年版。

宋镇豪著：《中国风俗通史·夏商卷》，上海：上海文艺出版社，2001 年版。

T

谭家健、郑君华著：《先秦散文纲要》，太原：山西人民出版社，1987 年版。

唐晓峰著：《从混沌到秩序：中国上古地理思想史述论》，北京：中华书局，2010 年版。

陶秋英著：《汉赋研究》，杭州：浙江古籍出版社，1986 年版。

童书业著：《春秋左传研究》，北京：中华书局，2006 年版。

W

王贵民、杨志清编著：《春秋会要》，北京：中华书局，2009 年版。

王国维著：《观堂集林》外二种，石家庄：河北教育出版社，2003 年版。

王世民、陈公柔、张长寿著：《西周青铜器分期断代研究》，北京：文物出版社，1999 年版。

王栻主编：《严复集》第四册，北京：中华书局，1986 年版。

魏启鹏著：《马王堆汉墓帛书〈黄帝书〉笺证》，北京：中华书局，2004 年版。

闻一多：《闻一多全集》第 1 册，北京：生活·读书·新知三联书店，1982 年版。

X

谢谦著：《中国古代宗教与礼乐文化》，成都：四川人民出版社，1996 年版。

谢维扬、房鑫亮主编：《王国维全集》第五卷，杭州：浙江教育出版社，2010 年版。

徐北文撰：《先秦文学史》，济南：齐鲁书社，1981 年版。

徐复观著：《两汉思想史》第 3 卷，上海：华东师范大学出版社，2001 年版。

徐复观著：《徐复观论经学史二种》，上海：上海书店出版社，2002 年版。

许倬云著，邹永杰译：《中国古代社会史论——春秋战国时期的社会流动》，桂林：广西师范大学出版社，2006 年版。

Y

阎步克著：《士大夫政治演生史稿》，北京：北京大学出版社，1996 年版。

阎勤民著：《孙子兵法制胜原理》，郑州：中州古籍出版社，1992 年版。

杨鸿烈著：《中国法律发达史》，上海：商务印书馆，1930 年版。

杨宽著：《古史新探》，北京：中华书局，1965 年版。

杨宽著：《战国史》（增订本），上海：上海人民出版社，1998 年版。

杨善群著：《孙子评传——孙武 孙膑 司马穰苴》，南京：南京大学出版社，1992 年版。

杨树达著：《论语疏证》，上海：上海古籍出版社，2013 年版。

杨向奎著：《中国社会与古代思想研究》上册，上海：上海人民出版社，1962 年版。

杨志刚著：《中国礼仪制度研究》，上海：华东师范大学出版社，

2001 年版。

姚孝遂、肖丁著：《小屯南地甲骨考释》，北京：中华书局，1985 年版。

叶孝信主编：《中国法制史》，北京：北京大学出版社，1989 年版。

于省吾主编：《甲骨文字诂林》第 3 册，北京：中华书局，1999 年版。

于省吾著：《甲骨文字释林》，北京：中华书局，1979 年版。

于省吾著：《双剑誃尚书新证 双剑誃诗经新证 双剑誃易经新证》，北京：中华书局，2009 年版。

余嘉锡著：《古书通例》，上海：上海古籍出版社，1985 年版。

俞樾著：《群经平议》，《续修四库全书》经部第 178 册，上海：上海古籍出版社，2002 年版。

俞正燮著：《癸巳存稿》卷 2，《丛书集成初编》，北京：中华书局，1985 年版。

袁行霈编：《中国文学史》第 1 卷，北京：高等教育出版社，1999 年版。

Z

张光裕著：《雪斋学术论文集》，台北：艺文印书馆，1989 年版。

张舜徽著：《周秦道论发微》，北京：中华书局，1982 年版。

赵逵夫著：《屈原与他的时代》，北京：人民文学出版社，2002 年版。

赵沛霖著：《诗经研究反思》，天津：天津教育出版社，1989 年版。

赵生群著：《〈春秋〉经传研究》，上海：上海古籍出版社，2000 年版。

赵晓耕编著：《中国法制史》，北京：中国人民大学出版社，2004 年版。

郑良树著：《诸子著作年代考》，北京：北京图书馆出版社，2001

年版。

周云之、刘培育著：《先秦逻辑史》，北京：中国社会科学出版社，1984 年版。

朱光潜著：《诗论》，北京：生活·读书·新知三联书店，1998 年版。

朱维铮主编：《尚书大传》，《中国经学史基本丛书》第 1 册，上海：上海书店出版社，2012 年版。

褚寅亮著：《仪礼管见》，北京：中华书局，2011 年版。

［日］竹添光鸿著：《左氏会笺》，成都：巴蜀书社，2008 年版。

图书在版编目(CIP)数据

早期中国知识观念与文献的生成·春秋卷/侯文华，韩高年，过常宝著. —北京： 北京师范大学出版社， 2024.10
ISBN 978-7-303-29636-1

Ⅰ. ①早…　Ⅱ. ①侯…②韩…③过…　Ⅲ. ①文献学－研究－中国－春秋时代　Ⅳ. ①G256

中国国家版本馆 CIP 数据核字(2023)第 237803 号

早期中国知识观念与文献的生成·春秋卷

ZAOQI ZHONGGUO ZHISHI GUANNIAN YU WENXIAN DE SHENGCHENG CHUNQIUJUAN

侯文华　韩高年　过常宝　著

策划编辑：禹明超　　责任编辑：王　亮
美术编辑：王齐云　　装帧设计：王齐云
责任校对：丁念慈　　责任印制：赵　龙

出版发行： 北京师范大学出版社	开本： 730mm × 980mm　1/16	版次： 2024 年 10 月第 1 版
印刷： 北京盛通印刷股份有限公司	印张： 26.5	印次： 2024 年 10 月第 1 次印刷
经销： 全国新华书店	字数： 520 千字	定价： 126.00 元

北京师范大学出版社　　　　　　　　版权所有·侵权必究

http://www.bnup.com　　　　　　　反盗版、 侵权举报电话： 010-57654750
北京市西城区新街口外大街 12-3 号　　北京读者服务部电话： 010-58808104
邮政编码： 100088　　　　　　　　　外埠邮购电话： 010-57654738
营销中心电话： 010-58805385　　　　本书如有印装质量问题， 请与印制管理部联系调换。
主题出版与重大项目策划部： 010-58805385　　印制管理部电话： 010-58808284